程正民著作集

俄罗斯
文学批评家研究

程正民　著

中国社会科学出版社

图书在版编目（CIP）数据

俄罗斯文学批评家研究／程正民著 . —北京：中国社会科学出版社，2017.3
（程正民著作集）
ISBN 978 - 7 - 5161 - 9471 - 3

I. ①俄…　Ⅱ. ①程…　Ⅲ. ①文艺思想—研究—俄罗斯—现代　Ⅳ. ①I512.095

中国版本图书馆 CIP 数据核字（2016）第 311548 号

出 版 人　赵剑英
责任编辑　罗　莉
责任校对　李　林
责任印制　戴　宽

出　　版　中国社会科学出版社
社　　址　北京鼓楼西大街甲 158 号
邮　　编　100720
网　　址　http://www.csspw.cn
发 行 部　010 - 84083685
门 市 部　010 - 84029450
经　　销　新华书店及其他书店

印刷装订　北京君升印刷有限公司
版　　次　2017 年 3 月第 1 版
印　　次　2017 年 3 月第 1 次印刷

开　　本　710 × 1000　1/16
印　　张　25.75
字　　数　405 千字
定　　价　92.00 元

目　录

第一编　列宁文艺思想与当代

总论　列宁文艺思想是马克思主义文论发展的新阶段

中篇　列宁文学批评的理论、实践和方法

下篇 列宁文艺思想和当代文艺学的发展

第二编 卢那察尔斯基文学理论批评的现代阐释

导论 卢那察尔斯基其人

上篇　卢那察尔斯基的文艺思想

下篇 文艺批评家卢那察尔斯基

我所走过的学术道路①

程正民

一

　　1955 年我从厦门双十中学毕业，到北京师范大学中文系学习，至今已经整整 60 年了。我的祖籍是惠安，出生地是厦门，18 岁以前一直在厦门生活和求学，是家乡的水土养育了我，是家乡的老师培育了我，我对福建、对厦门怀有深深的感情。

　　1959 年，我从北京师范大学中文系毕业，留在文艺理论教研室工作，从此走上文艺理论教学和研究的道路。60 年代中期，转入苏联文学研究室和后来的苏联文学研究所，专门从事俄苏文论和俄苏文学的研究工作和教学工作。期间曾任《苏联文学》杂志常务副主编和苏联文学研究所副所长。90 年代初，苏联文学研究所解散，叶落归根，我又回到中文系文艺理论教研室，先后担任过教研室主任和中文系系主任。退休以后，我一直在 2000 成立的教育部人文社会科学重点研究基地北京师范大学文艺学研究中心工作。50 多年来，工作单位虽有变化，但我的学术研究和教学工作始终没有离开文学理论，重点也一直是俄苏文学理论。

　　"文化大革命"前我主要从事文艺理论教学工作，"文化大革命"期间除了"大批判"根本谈不上什么学术研究，我们这一代人的宝贵青春是在政治运动中耗掉的。好在历史是有情的，新的历史时期使我们重新获得学术生命，在科学的春天里开始了真正的科学研究。新时期以来，我的

---

　　①　本文是为《程正民著作集》写的总序。

研究工作以俄苏文论为中心，先后从事以下几个方面的研究：（1）俄苏文学批评史的研究，俄苏马克思主义文论的研究；（2）文艺心理学的研究，俄国作家创作心理学的研究；（3）巴赫金的研究；（4）20世纪俄罗斯诗学流派的研究。这次出版的这套著作集基本上反映了以上几个方面的研究成果。

在著作集编辑出版的过程中，我的学生王志耕、邱运华、陈太胜和他们的学生在各个方面做出了很大的努力，付出了辛勤的劳动，他们对老师的爱让我深深感动，我谢谢他们。

二

新时期我的学术研究是从俄苏文学批评史研究，从俄苏马克思主义理论批评研究起步的。俄苏文学批评、俄苏马克思主义理论批评，在世界文学理论批评格局中占有重要地位，对中国现代文学理论批评也产生过独特的、深刻的影响，这项研究的意义是不言自明的。1983年，我参加刘宁主持的国家社科"六五"重点项目"俄苏批评史"的研究工作，同他一起给研究生开设"俄苏文学批评史"课程，共同编写出版《俄苏文学批评史》（1992），后来又参加他主持的《俄国文学批评史》（1999）的编写。在宏观研究的基础上，我又抓住列宁和卢那察尔斯基这两个重点人物进行研究，这两个项目先后被列入"八五"和"九五"国家社科基金项目，出版了《列宁文艺思想与当代》（1997）和《卢那察尔斯基文学理论批评的现代阐释》（2006）这两本专著。前者被评论认为是"对列宁文艺思想中的一系列重大理论问题进行了深入的研究，可称建国以来中国学者集中研究列宁文艺思想的突破性和总结性成果"（《文艺理论与批评》1998年第5期）。尽管当下有些人看不上马克思主义文艺理论批评，但我始终认为马克思主义文论是经过实践检验的科学真理，当今西方一些著名的文学理论家都十分看重它，认为马克思主义文艺理论是无法绕过的。问题是马克思主义文艺理论需要随着现实生活的发展，随着当下文学艺术的发展而发展。为了总结20世纪马克思主义文艺理论的新发展、新形态以及多样性、当代性、开放性等一系列新特征，我于2003年申请了国家社科重点项目"20世纪马克思主义文艺理论国别研究"，并邀请我的朋友童庆炳同我一起担任总主编，大家经过多年努力，出版了包括中国、俄国、日本、德国、法国、英国、美国七大卷的《20 世纪马克思主义文艺理论国别研究》（2012）。其中，我参加了《20 世纪俄国马克思主义文艺理论研究》的编写。国别史的研究引起学界的重视，著名文艺理论家钱中文指出："这套丛书，应该说是对 20 世纪世界范围的马克思主义文艺理论成就、问题的一个总体性的详尽描述、一个综合性的理论总结，堪称一部 20 世纪全景式的马克思主义文艺理论发展史。这样全面性的介绍、大规模的综合研究，在中国自然是第一次，在世界范围内也更属首创，这真使我们大开眼界。"（《中国图书评论》2012 年第 10 期）

三

历史地看，马克思主义文论、马克思主义艺术社会学，在 20 世纪俄罗斯文论中占有主导的地位，但随着材料的发掘和研究的深入，人们发现俄罗斯文论并非只此一家别无分店。20 世纪俄罗斯诗学不仅有普列汉诺夫、列宁、沃罗夫斯基和卢那察尔斯基这些光辉的名字，也有什克洛夫斯基、普罗普、维戈茨基、洛特曼和巴赫金这些曾受过批判但具有国际影响的文论大家，不同的诗学流派构成了 20 世纪俄罗斯诗学多姿多彩的灿烂图景，他们的理论探索和理论贡献开拓了新的文艺理论空间，影响了世界文论的发展。注意到这种新情况，近十几年来，我的俄罗斯文论研究以巴赫金的研究为起点，开始转向更为开阔的俄罗斯诗学流派研究，并于 2010 年申请了教育部人文社会科学研究基地重大项目"20 世纪俄罗斯诗学流派"，同我的年轻朋友一起从事社会学诗学、形式诗学、心理诗学、叙事诗学、历史诗学、结构诗学和文化诗学等七大诗学流派的研究。

20 世纪初，俄罗斯诗学产生了重要变化，在出现了马克思主义社会学诗学的同时，也出现了把文艺等同于政治、经济的庸俗社会学（非诗学的社会学），出现了只讲形式结构忽视历史文化语境的形式主义（非社会学的诗学）。面对这种复杂的局面，如何把文学的内容研究和形式研究、历史研究和结构研究、外部研究和内部研究统一起来，成了文艺理论家纠结的大问题。当年俄罗斯各诗学流派的代表人物顶住了被打成"形式主义"的罪名和"离经叛道"的种种压力，进行了长期的、艰难的理论探索。普罗普用了 20 年时间以故事结构研究为起点，进而把故事的结构研究和历史研究结合起来，他的研究深深影响了西方的叙事学。维戈茨基作为著名的心理学家，专注于作品叙事的结构研究，寻找读者审美反应和文本艺术结构的内在联系。洛特曼的诗歌研究从诗歌结构入手，研究诗歌结构和意义生成的关系，提出应当把文本结构和超文本结构（历史文化语境）结合起来。这些诗学流派代表人物的研究，十分重视艺术形式结构的研究，又努力继承俄罗斯文论的历史主义传统，他们强调形式和内容的结合、结构和历史的融合、内部和外部的贯通，为文学研究闯出了新路。

在 20 世纪俄罗斯诗学七大流派的研究过程中，除了完成我个人承担的《巴赫金诗学研究》，我也对其他诗学流派做了概略的研究，写出了《历史地看待俄国形式主义》、《普罗普的故事结构研究和历史研究》、《维戈茨基论审美结构和审美反应》、《洛特曼论文本结构和意义生成》等系列论文。同时，应学校研究生院之约为文艺学硕士和博士研究生录了网络专题课"从形式主义到巴赫金——20 世纪俄罗斯诗学流派研究"。之后，为了深化这方面的研究，我写出了 20 万字的《在历史和形式之间——考察 19—20 世纪俄罗斯文论的一个视角》。我研究的目的是试图把一个重要的理论问题交还给历史，从史论结合的角度，从俄苏文学理论批评史的角度，来探讨内容和形式、历史和结构、外部和内部这个重要的文学理论问题，使得理论的研究有历史感，使历史的研究有方向感和理论深度。其中包括 19 世纪俄国文学理论批评的两种走向（别林斯基的历史批评及美学批评和皮萨列夫的"美学毁灭论"、德鲁日宁的"纯艺术论"），19 世纪末 20 世纪初俄罗斯学院派文学理论批评的两个派别（佩平的历史文化学派和维谢洛夫斯基的历史比较学派），20 世纪初俄罗斯文学理论批评的两个极端（俄国形式主义和庸俗社会学），俄罗斯马克思主义文学理论批评如何对待历史批评和美学批评（普列汉诺夫、列宁、卢那察尔斯基），十月革命后俄罗斯文学理论批评历史和形式相融合的新探索和新趋势。通过历史的研究可以发现，内容与形式、历史与结构、外部与内部的矛盾以及对于两者融合的追求和探索，始终贯穿其中。这个历史过程的展示，也能引发我们对如何达到两者融合的理论思考，并进一步把握理论发展的趋势。

四

在 20 世纪俄罗斯各种诗学流派中，最重要的也最令我神往的是巴赫金的诗学。巴赫金是 20 世纪俄罗斯乃至世界范围最伟大的哲学家和文学理论家。20 世纪 80—90 年代，当他进入国内学术界的视野时，人们普遍关注的是他的"对话"、"复调"、"狂欢"理论，在此之外，我更关心他的诗学理论。我认为一部《陀思妥耶夫斯基诗学问题》谈的与其说是陀思妥耶夫斯基的诗学，不如说是巴赫金诗学，巴赫金是通过研究陀思妥耶夫斯基的诗学来表达和阐明自己的诗学观点。巴赫金的诗学研究内容非常丰富、深刻，而且独具特色，其中包括语言诗学、体裁诗学、小说诗学、历史诗学、文化诗学和社会学诗学等。当年我的巴赫金诗学研究是从巴赫金文化诗学研究起步的，是在我的老师、中国民俗学泰斗钟敬文先生的关心和指导下进行的。他在《巴赫金全集》首发式上谈巴赫金的狂欢化思想和中国狂欢文化的关系，给了我很大的启发。当他看到我发表在《文学评论》（2000 年第 1 期）的论文《巴赫金的文化诗学》时，鼓励我将它扩展为一本书。2002 年 1 月，我把刚出版的《巴赫金的文化诗学》送到先生病床前时，他露出了微笑。而由他审阅过的《文化诗学：钟敬文和巴赫金的对话》发表在《文学评论》2002 年第 2 期时，他已离我们而去。巴赫金的文化诗学研究给我最大的启示是不能把文学研究封闭于文本之中，研究文学不能脱离一个时代完整的文化语境，要把文学理论研究同文化史研究紧密结合起来，只有这样做才能揭示文学创作的底蕴。巴赫金在《陀思妥耶夫斯基诗学问题》中，既细致地分析了复调小说在体裁、情节、结构和语言方面的一系列特征，又深入揭示了复调小说的文化历史根源，以及它同民间狂欢文化的联系，狂欢体小说的历史演变等。这样，他把文学的内部研究和外部研究完全融为一体。在从事巴赫金的文化诗学研究之后，我又先后研究了巴赫金的语言诗学、体裁诗学、小说诗学、历史诗学和社会学诗学，写出了 30 多万字的专著《巴赫金的诗学》。在这些研究中，我感到巴赫金不仅对各种诗学的研究有自己独到的见解和突出的理论建树，其中诸如"超语言学"、"体裁社会学"、"小说性"、"文学的内在社会性"等一系列理论观点，有很强的理论独创性和很高的理论价值，同时，巴赫金又是把诗学研究作为一个整体加以看待，他认为文学是一种复杂而多面的现象，有社会、文化、心理、语言、形式多种层面。文学研究没有什么灵丹妙药，必须从不同的角度和不同的层面进行研究，而不同角度和不同层面的研究又不是互不相干的，它们构成一个统一的整体，这是巴赫金诗学研究最富独创性和最具特色的地方。因此，我把巴赫金的诗学命名为巴赫金的整体诗学。巴赫金的整体诗学研究形成了一个基本的格局：（1）把形式和体裁放在一个重要的突出的地位，主张诗学研究应当从形式和体裁切入，从形式和体裁的创新来把握思想内容的创新，来把握作家创作的真正特质。（2）把文化诗学作为诗学研究的中心，既反对把文学同社会政治经济因素直接联系起来，又反对过分强调文学的特性，把文学同社会历史文化割裂开来，主张在一个时代广阔的整体的文化语境中来理解和把握文学现象。（3）为了深入把握一种艺术形式和艺术体裁的特征，还必须把体裁诗学同历史诗学结合起来，对艺术形式、艺术体裁、艺术手法的演变过程作深入的历史分析，使共时研究和历时研究得到相互印证。

不管是巴赫金也好，普罗普、维戈茨基、洛特曼也好，他们的研究对象虽然各不相同，巴赫金是研究小说的，普罗普是研究故事的，洛特曼是研究诗歌的，但他们都是在克服非社会学的诗学（形式主义）和非诗学的社会学（庸俗社会学）的基础上，积极探索和实践文学研究中形式研究和内容研究相结合、结构研究和历史研究相融合、内部研究和外部研究相贯通的道路。他们的研究既弘扬了俄罗斯文论的历史主义传统并克服其对艺术结构形式的忽视，又吸收西方文论对形式结构的重视并纠正其忽视社会历史文化语境的偏颇，这就为世界文论的发展找到了新的出路，开拓了新的理论空间。

五

文艺心理学研究，特别是俄国作家创作心理研究，也是我新时期文论研究的一个独具特色的方面。新时期的文艺心理学研究在沉寂了半个世纪之后重新活跃起来，许多研究文学理论的同行从文艺社会学的研究转向文艺心理学的研究。这种现象的出现不是偶然的。大而言之，它是同关注人自身、研究人自身的思潮相联系的，是同文艺界对审美主体的重视，对艺术特点和艺术规律的探求相联系的。文艺心理学在洞悉艺术的奥秘方面，比起文艺学的其他分支来就有不可代替的优势。从我个人来说，由文艺社会学转向文艺心理学研究，则是同自己的学术旨趣相关。在文学理论的教学和科研中，我一直对作家的个性和作家创作过程的奥秘感兴趣，但又苦于无法从理论上透彻说明一些问题，传统的文学理论很少涉及这方面的问题，而文艺心理学恰好能为探讨这些问题找到一些出路。我的文艺心理学研究最早得到我的老师黄药眠先生的关心和支持，他热情鼓励我从事文艺心理学研究，并建议利用熟悉俄苏文学文论的优势，先从了解苏联的文艺心理学研究做起。在先生的指导下，我先后翻译了苏联心理学家科瓦廖夫的《文学创作心理学》，苏联文艺学家梅拉赫的《创作过程和艺术接受》，并在《文艺报》上发表了《苏联的文艺心理学研究》（1985 年第 6 期）一文。事物的发展总有必然性也有偶然性，1985 年我的朋友童庆炳恰好申请到国家"七五"社科重点项目——"心理美学（文艺心理学研究）"，他诚恳地邀请我参加这项研究，于是我们同他的 13 位硕士生组成一个充满学术锐气和团结和谐的学术集体，师生平等地展开研究和对话，共同在文艺心理学的世界里遨游，当年的情景至今仍然令人神往。这项研究的最终成果是《现代心理美学》（1993），其中我写了"总论"。作为这一项目的组成部分，我们还出版了一套《心理美学丛书》（13 种），其中我写了《俄国作家创作心理学研究》（1990）。

《俄国作家创作心理学研究》是国内第一次从文艺心理学的角度探讨普希金、果戈理、屠格涅夫、陀思妥耶夫斯基、托尔斯泰、契诃夫等俄罗斯著名作家的创作心理，试图从作家个性特征和艺术思维特征的角度，更深入地揭示俄罗斯作家的创作奥秘和底蕴，为俄罗斯文学研究提供新的视角，开拓新的天地。研究的中心是作家的个性心理，其特色是理论研究和个案研究的结合。我力求运用文艺心理学的相关理论来阐明俄罗斯作家的创作心理，同时又借助俄罗斯作家创作心理的丰富内容来思考和深化文艺心理学一些重要的理论内容，其中涉及作家创作个性和作家气质的关系，作家艺术个性和作家艺术思维、艺术思维类型的关系，以及作家童年经验对作家创作的影响等问题。例如在作家创作个性和作家艺术思维关系问题上，指出由于感性、理性等不同的思维组成因素在不同作家身上形成不同的独特联系，作家艺术思维可以划分为主观型、客观型和综合型等不同类型，造成了作家不同的创作个性。普希金的创作个性是同诗人富于创造性的、开放性的和不断变化的艺术思维相联系的，是同思想、感情和形象和谐统一的艺术思维相联系的，而陀思妥耶夫斯基的创作个性则是同作家充满矛盾和充满活力的艺术思维相联系的。陀氏艺术思维中的感情因素和理性因素、形象因素和思维因素，常常处于不平衡和矛盾的状态。当作家从现实生活出发，当他的艺术思维中情感的因素占优势、逻辑的理性的因素被掩盖时，作品就充满艺术力量；当他的艺术思维中脱离现实生活的逻辑的理性的因素占优势，具体的形象的感性的因素只能做一种点缀时，这时作品必然丧失艺术力量。但总的来看，陀思妥耶夫斯基的艺术思维体系是现实主义的，它比作家那些脱离现实生活的偏执理论更有力量，天才作家不朽的力量盖源于此。

随着研究的深入，我也渐渐发现文艺心理学研究也有局限性，作家的创作心理实际上不仅是一种个性心理现象，也是一种社会心理现象。在文艺心理学研究中把文艺心理学和社会心理学结合起来是必然的，于是便有了《托尔斯泰的创作和俄国农民心理》、《俄国文学主人公的演变和社会心理的变化》、《俄苏文学创作和世纪之交的俄国心理学》等文章，并收入多人合作的《文学艺术与社会心理》（1997）之中。在《托尔斯泰的创作和俄国农民心理》中，我在学习列宁论托尔斯泰论文的基础上，试图进一步探讨托尔斯泰创作的矛盾、托尔斯泰创作的艺术独创性、托尔斯泰艺术思维的变化和托尔斯泰美学思想同俄国农民心理的内在联系，指出托尔斯泰把俄国千百万农民的真诚和天真、抗议和绝望，完全融进自己的创作探索和美学探求之中。

六

从中文系文艺理论教研室到苏联文学研究所，又从苏联文学研究所回到文艺理论教研室和文艺学研究中心，回顾 50 多年所走过的研究和教学的道路，由于历史的原因，我一直在文学理论研究和俄苏文论、文学两界穿行。我的文学理论研究以俄苏文论为中心，又同俄苏文学创作密切联系。这虽然是一种个人无法选择的命运安排，却暗合了理论和实践相结合、理论研究和历史研究相结合的研究路数。我常常告诉自己的学生，做文学理论研究，最好以一个国别的文学和文论的研究，或者以一段文学史或几个作家的研究作为根据地，只有真切地感悟文学作品的艺术魅力，真正深入到历史文化语境中去，这样谈起文学理论问题才不会从理论到理论，从概念到概念，才能避免干巴空疏，才能真正洞悉文学现象的全部历史复杂性，才能真正领略文学现象的无限生动性。理论和创作相结合，使我的文学理论研究获益不少。文学理论的视角给我的俄苏文学研究带来"理论色彩"，而俄苏文学的研究又使得我的文学理论研究有了创作实践的依据，也更富于历史感。比如，我的俄罗斯作家研究，由于从文艺心理学的角度切入，就更能深入作家的内心世界，更能把握作家的创作个性和艺术特色，同时，俄罗斯作家创作心理的个案研究也促使我思考作家的童年经验和创作的关系、作家的艺术思维类型和创作个性的关系等一系列文艺心理学的重要理论问题。又如，文学的内容和形式、历史和结构、外部和内部，一直是让历代文学理论家纠结和苦闷的问题，当我把这个重大的理论问题交给历史，特别是交给 20 世纪俄罗斯文学理论批评的新进展来进行思考时，我就可以从巴赫金、普罗普、维戈茨基这些理论大家的探索中得到启发，找到解决问题的思路，史论结合的方法使我尝到了甜头。

当然，这种两界穿行由于精力分散和自身学养不足，也存在明显的局限，两方面的研究常常顾此失彼，无法深入，因而两个方面的研究都很难达到比较理想的境界，并留下不少遗憾。随着时间的流逝，年岁的增长，这一切很难再有大的改进，只能留给年轻的一代学者去探索和解决。令我感到欣慰的是，在 50 多年的学术道路上我始终热爱自己的专业，始终没有懈怠，始终没有放弃自己的追求。让我感到温暖的是，在这条道路上一直有师长、同行和朋友的陪伴和相助，这一切我将永远铭记在心。

第一编

列宁文艺思想与当代

总　论

列宁文艺思想是马克思主义
文论发展的新阶段

　　弗拉基米尔·伊里奇·列宁（1870—1924）是在新的时代，即帝国主义和无产阶级革命时代的历史条件下，从事革命实践活动和理论活动的。列宁的天才在于，他不仅善于在新的历史条件下坚持和捍卫马克思主义，而且在总结俄国革命丰富经验的基础上进一步丰富和发展了马克思主义，把马克思主义推到了一个崭新的阶段。

　　列宁非常重视文学艺术问题，十分关心文学艺术在革命事业中的作用。十月革命前，列宁在运用马克思主义观点解决俄国革命问题时，也运用马克思主义观点解决俄国文学发展的问题。他在一系列论著中论述了马克思主义文艺理论的一些根本问题，不仅解决了俄国文艺理论批评二百年来悬而未决的一系列问题，同时为俄国马克思主义文艺理论和文艺批评奠定了坚实的理论基础，为布尔什维克党制定文化艺术政策奠定了坚实的理论基础。十月革命后，在年轻的苏维埃社会主义共和国最困难的时期，列宁依然对文化艺术建设倾注了极大的心血。他进一步发展了革命前所提出的艺术反映论、文学党性学说和两种文化学说，在同"左"和右的各种错误倾向的斗争中，在总结社会主义文化艺术建设新鲜经验的基础上，提出了社会主义文化建设的纲领，实践和发展了党领导文化艺术的马克思主义原理，为马克思主义文艺理论批评的发展作出了新的贡献。

　　列宁在马克思主义文艺理论发展史上的地位和作用是十分重要的，他不仅继承和发展了马克思和恩格斯的文艺思想，而且把马克思主义文艺理论推到了一个崭新阶段。列宁文艺思想对于无产阶级文艺运动和会主义文化建设曾经产生过巨大的作用，今天对世界各国的无产阶级文艺运动和社会主义文化建设仍有深刻影响。苏联著名的文艺理论家和文艺批评家卢那察尔斯基称列宁文艺思想是"当代文学实践和无产阶级文艺理论的指路明灯"。他认为："整个列宁遗产所特有的战斗的党性精神，这份遗产所固有的尖锐性同哲学深度和历史具体性的结合，必定使马克思主义文艺理论富有创造力，现在和将来都是如此。"①

　　马克思主义文艺理论列宁阶段的出现，是一种重要的历史现象。新阶段以列宁为主要代表，但不是仅此一人，新阶段同时涌现出一批杰出的马克思主义文艺理论家和文艺批评家，其中有普列汉诺夫、沃罗夫斯基、卢

---

① 《卢那察尔斯基文集》第 8 卷，莫斯科，1967 年，第 406 页。

那察尔斯基、奥尔明斯基、邵武勉、沃隆斯基和高尔基等。他们在新的历史条件下，在共同的革命实践和文艺实践中，同列宁一起继承和发展了马克思主义文艺理论，共同把马克思主义文艺理论推到一个崭新的阶段。

第 一 章

列宁文艺思想产生的历史条件

列宁是在 19 世纪末 20 世纪初从事革命实践活动和理论活动的。这个时期，世界进入帝国主义和无产阶级革命的时代，俄国社会生活也进入新的时期，这就是列宁所指出的俄国解放运动的第三个时期——无产阶级革命时期。这个时期的主要标志是：资本主义在俄国迅速发展并且进入帝国主义阶段，俄国社会阶级矛盾加剧；工人运动在俄国兴起，无产阶级成为俄国解放运动的领导阶级；马克思主义在俄国传播，马克思主义成为俄国革命运动的指导思想，马克思主义发展到列宁阶段。列宁文艺思想的产生是同这个时期的历史条件紧密联系的，它的产生正是为了回答时代提出的新问题，回答革命实践和无产阶级文艺运动提出的一系列新问题。

一 列宁文艺思想的产生和俄国革命发展的新形势

19 世纪末 20 世纪初，世界进入了帝国主义和无产阶级革命的时代，列宁主义是帝国主义和无产阶级革命时代的马克思主义。就欧洲范围而言，俄国本是一个经济落后的国家，自 1861 年农奴制废除之后，资本主义迅速发展。到了 19 世纪末 20 世纪初，俄国资本主义发展也进入帝国主义阶段。然而俄国帝国主义同其他帝国主义国家有所区别，它是垄断资本主义和封建农奴制残余的结合，沙皇专制制度是它的政治支柱，列宁称之为"军事封建帝国主义"。在沙皇专制统治下，国内阶级矛盾和民族矛盾十分尖锐。同时，沙皇又勾结西方帝国主义，对外实行扩张主义，侵略和剥削东方各国人民。这样一来，各种矛盾错综复杂，沙皇俄国成了帝国主义各种矛盾的集合点，同时也是帝国主义链条中的薄弱环节。

俄国工人不堪沙皇专制统治，早在 19 世纪 80 年代就开始觉醒。到了 19 世纪末，俄国工人运动更为高涨，斗争矛头直指沙皇专制制度。随着 1900—1903 年的经济危机，随着国内阶级斗争的激化，1905 年俄国爆发了资产阶级民主革命。俄国资产阶级民主革命与西欧资产阶级民主革命有所不同，它是由无产阶级领导的。俄国无产阶级领导的俄国资产阶级革命是无产阶级革命的序幕，它对欧亚反动势力最强大的堡垒——沙皇帝国主义的冲击，震撼了世界帝国主义的基础，成为世界社会革命的开端。从这个意义上讲，俄国当时已经成为世界革命的中心。

随着俄国革命形势的发展，俄国无产阶级文艺运动也得到迅速发展。俄国革命实践所提出的迫切任务是：总结帝国主义时代无产阶级革命的新鲜经验，总结帝国主义时代无产阶级革命文艺运动的新鲜经验，捍卫和发展马克思主义和马克思主义文艺理论。这些任务历史地落到了俄国无产阶级的肩上。以列宁为代表的俄国马克思主义者适应时代的需要，及时地把马克思主义和马克思主义文艺理论推到了一个新阶段。

二　列宁文艺思想的产生和马克思主义在俄国的传播

早在 19 世纪 40—60 年代，马克思主义思想就开始传入俄国，俄国革命民主主义者别林斯基、车尔尼雪夫斯基和赫尔岑都读过马克思和恩格斯的著作。谢尔古诺夫在车尔尼雪夫斯基主编的《同时代》杂志上发表了《英国和法国的工人阶级》一文，其中援引和节译了恩格斯的《英国工人阶级状况》一书，谢尔诺－索洛维耶夫等人组成的第一国际俄国分部，也做了不少介绍马克思主义思想方面的工作。在 60 年代末到 70 年代，俄国走上资本主义道路，民粹派中的先进人物在反对沙皇专制制度的斗争中，曾与马克思、恩格斯通信，并阅读他们的著作。1869 年，《共产党宣言》俄译本出版。1872 年，《资本论》俄译本出版。1882 年，莫斯科的大学生组织了翻译和出版马克思恩格斯著作的协会，把《反杜林论》、《社会主义从空想到科学的发展》、《法兰西内战》、《雇佣劳动和资本》、《英国工人阶级状况》等著作译成俄文出版。这一切都是马克思主义在俄国广泛传播的前奏。

马克思主义在俄国的广泛传播是从 19 世纪 80 年代开始的，这时，随着资本主义的发展，国内阶级矛盾的激化，工人阶级觉醒起来，开始进行有组织的政治斗争。由于工人运动发展的需要，1883 年普列汉诺夫创立了俄国第一个马克思主义组织——劳动解放社，从此开始了俄国马克思主义的历史。其中，普列汉诺夫对马克思主义在俄国的传播起了重要作用，他本人和他领导的劳动解放社翻译了马克思和恩格斯的许多重要著作。他在同民粹派的斗争中写了《社会主义和政治斗争》、《我们意见的分歧》和《论一元论历史观的发展》等马克思主义著作，系统阐述了马克思主义的基本原理。同时，普列汉诺夫也非常重视运用马克思主义基本观点解决文学艺术问题，他在《没有地址的信》、《艺术和社会生活》、《从社会学观点看 18 世纪法国戏剧和法国绘画》、《无产阶级运动和资产阶级艺术》等文艺论著中，在俄国首次把历史唯物主义运用于美学和文艺理论领域。普列汉诺夫的历史功绩是巨大的，但他在一些重要理论问题上偏离了马克思主义，特别是没有能够把马克思主义运用于解决俄国革命实际问题，没有能够创造性地完成新的时代所提出的新的历史任务。这个任务历史地落到列宁身上。

列宁是在马克思主义的影响下走上革命道路和开始从事理论活动的。1888 年，他在喀山参加了俄国第一个马克思主义小组，认真阅读了马克思的《资本论》。1889 年起，列宁移居萨马拉，开始了反民粹派的斗争，他一方面钻研马克思恩格斯的著作，阅读普列汉诺夫和劳动解放社的秘密出版物，另一方面深入农村，认真研究俄国经济状况。1893 年，列宁到了彼得堡，1895 年领导建立了工人阶级解放协会，进一步运用马克思主义同民粹派展开斗争。列宁在《什么是"人民之友"以及他们如何攻击社会民主主义者?》（1894）一书中，阐明了马克思关于社会存在决定社会意识的原理，论证了社会发展的客观规律性，彻底批判了民粹派的唯心史观——主观社会学，坚持和发展了唯物史观。列宁在运用马克思主义观点解决俄国革命实践问题时，同样也运用马克思主义观点解决俄国无产阶级文艺运动的迫切问题。他在《党的组织和党的出版物》（1905）、《列夫·托尔斯泰是俄国革命的镜子》（1908）、《纪念赫尔岑》（1912）、《关于民族问题的批评意见》（1913）等一系列论著中，论述了马克思主义美学和文艺理论批评的一系列重要问题，创造性地发展了马克思主义文艺理论。

　　需要指出的是，当时马克思主义的重要著作《德意志意识形态》、《自然辩证法》、《1844 年经济学 – 哲学手稿》，以及马克思恩格斯关于文艺问题的重要信件，都没有公之于世，列宁和普列汉诺夫都没有看到。恩格斯在 1859 年给拉萨尔的信，1888 年给哈克奈斯的信中，提到了现实主义问题，世界观和创作方法问题。普列汉诺夫在 1888 年评论民粹派作家乌斯宾斯基的论文中，列宁在 1908—1911 年评论列夫·托尔斯泰的论文中，也都涉及现实主义问题，世界观和创作方法问题。他们虽然处于不同的时代，但在许多观点上不谋而合，不约而同，他们都谈到了现实主义的力量，认为运用现实主义方法进行创作的作家是可以克服世界观的某些偏见从而真实地反映现实生活的。这一情况充分说明列宁和俄国的马克思主义者是在掌握马克思主义基本原理的基础上，独立地运用马克思主义的基本原理来解决俄国文学理论批评的实际问题的。

三　列宁文艺思想的产生和对各种反马克思主义错误思潮的批判

　　马克思主义的本质就是革命的和批判的。在列宁从事革命实践活动和理论活动的年代，马克思主义同修正主义在政治、哲学和文学领域一直展开剧烈的斗争，列宁主义是在同修正主义的斗争中产生的，列宁文艺思想也是在同资产阶级的、修正主义的和种种反马克思主义的错误思潮的斗争中产生的。

　　俄国马克思主义的历史是从批判民粹派的错误思潮开始的。列宁在批判民粹派的主观社会学时，也特别注意主观社会学在民粹派文学批评中的反映以及它对民粹派作家作品真实性的影响，同时在对民粹派作家批评家的评论中树立文学理论批评的历史唯物主义观点。之后，列宁又在同马赫的唯心主义的斗争中，发展了辩证唯物主义的认识论，在文艺和现实关系问题上坚持了辩证唯物主义的反映论，把文学理论批评建立在科学的辩证唯物主义的基础上，列宁的文学党性原则显然也是在批判资产阶级鼓吹的所谓"非党性"和"创作自由"口号的虚伪性和反动性中产生的。至于列宁对列夫·托尔斯泰的评论更是同当时的政治斗争、思想斗争和文学斗争紧密联系的。这些评论既反对了官方政府和资产阶级自由派把托尔斯泰说成"人类良心"、"伟大的寻神者"的唯心论，也针对了革命队伍内部把托尔斯泰看成始终不变的贵族的机械论，从而把文学评论建立在科学的辩证唯物主义反映论的基础上。十月革命后，面临着建设社会主义文化艺术的艰巨任务，列宁同无产阶级文化派展开剧烈的斗争，尖锐地批判他们否定人类文化遗产，脱离现实生活和背离人民群众的错误倾向，批判他们企图摆脱党的领导和马克思主义思想指导的错误倾向。也正是在这场斗争中，列宁鲜明地提出了继承遗产、面向生活和扎根人民的社会主义文化纲领，为社会主义文化艺术建设指明了前进的方向。

四 列宁文艺思想的产生和无产阶级文艺运动的 发展与社会主义文化艺术的建设

理论源于实践，马克思主义是对无产阶级革命实践的概括和总结，列宁文艺思想也是对俄国无产阶级文艺运动新鲜经验的概括和总结，对十月革命后社会主义文化艺术建设新鲜经验的概括和总结，从某种意义上讲，没有俄国无产阶级文艺运动的发展和苏联社会主义文化艺术建设，就不可能有列宁文艺思想。

恩格斯早在19世纪40年代，就要求文艺作品表现"倔强的叱咤风云的和革命的无产者"。[①] 到了80年代，随着工人阶级斗争的蓬勃发展，他进一步指出："工人阶级对他们四周的压迫环境所进行的叛逆的反抗，他们为恢复自己做人的地位所做的剧烈的努力——半自觉的和自觉的，都属于历史，因而也应当在现实主义领域内占有自己的地位。"[②] 然而由于历史和时代的局限，工人阶级在文艺作品中一直未能得到正确的表现，恩格斯的理想一直未能实现。直到19世纪末和20世纪初，随着世界进入帝国主义和无产阶级革命时代，随着俄国成为世界革命的中心和俄国无产阶级革命运动的高涨，人们才在俄国无产阶级文学中看到恩格斯理想的实现。90年代，俄国文学最重大的现象是出现了以无产阶级诗歌和高尔基创作为代表的新的无产阶级文学，前者号召人民进行革命斗争，充满乐观主义

---

① 《马克思恩格斯全集》第4卷，人民出版社1958年版，第223—224页。

② 同上书，第462页。

和集体主义的战斗精神；后者生动刻画了生活在社会底层的流浪汉和劳动者的形象，既表现他们的苦难和不幸，也表现他们的善良和反抗精神。其中，特别是高尔基 1906 年创作的长篇小说《母亲》，更是在人类文学史上首次塑造了自觉的工人阶级形象，被列宁誉为"一本非常及时的书"。从此，一种列宁称之为"真正自由的、同无产阶级公开联系的文学"，一种"为千千万万劳动人民"服务的文学诞生了。正是从无产阶级革命运动发展和无产阶级革命文艺运动发展的新形势出发，列宁开始认真总结无产阶级革命事业和无产阶级文学关系的一系列重大的理论问题和实践问题，在《党的组织和党的出版物》（1905）中，首先提出文学的党性原则，要求文学应该"在资产阶级社会范围内也能摆脱资产阶级的奴役，同真正先进的、彻底革命的阶级的运动汇合起来"。①

如果说列宁文学党性原则是无产阶级革命文学运动新鲜经验的总结，那么列宁的社会主义文化建设纲领则是社会主义文化建设新鲜经验的总结。十月革命后，在经济恢复和经济建设的同时，年轻的共和国也面临着社会主义文化艺术建设问题。社会主义文化同过去时代的文化究竟是什么关系，它本身有什么新的特点，社会主义文化应当由谁来建设，党如何正确领导社会主义文化建设，这一系列问题是前人没有碰到过的和没有解决的。列宁正是以巨大的理论勇气，在文化艺术建设的实践中解决这些问题，从而提出了社会主义文化建设纲领，为社会主义文化艺术建设指明了方向和道路。

从以上几方面的分析，可以看出列宁文艺思想的产生是有其历史必然性的，它是在新的历史条件下马克思主义同俄国革命实践和革命文艺运动实践相结合的产物。

---

① 《列宁论文学与艺术》，人民文学出版社 1983 年版，第 72 页。

第 二 章

列宁文艺思想的思想渊源

列宁文艺思想的产生有其社会历史条件，也有其深刻的思想渊源，它首先是对马克思恩格斯文艺思想的继承和发展，同时也继承和发展了俄国革命民主主义美学和文学批评的优秀传统。如果对列宁文艺思想的思想渊源缺乏深入的了解，就很难认识列宁文艺思想对马克思主义文艺理论发展的新贡献。

一　列宁文艺思想和马克思恩格斯文艺思想

马克思恩格斯文艺思想是在 19 世纪，在资本主义阶段形成的，列宁文艺思想则是在 20 世纪，在帝国主义和无产阶级革命时代形成的，他使得马克思恩格斯的文艺思想在新的历史条件下获得新的具体的历史内容和更加深刻的意蕴。

如前所述，在列宁形成自己文艺思想的年代，马克思恩格斯论及文化艺术问题的著作和书信尚未公开发表，马克思恩格斯的文艺思想也未能成为他专门研究的对象。然而列宁对马克思恩格斯的论著进行过精心的研究，其中包括《神圣家族》、《资本论》、《政治经济学批判》、《剩余价值论》、《反杜林论》，马克思和恩格斯的书信，以及他们两人之间的书信。这些论著和其他论著中有关文化、美学和文学的论述，列宁都非常熟悉。例如，早在 1895 年，列宁就读过《神圣家族》，并做了摘要，书中就涉及马克思对欧仁·苏的《巴黎的秘密》的评论。19 世纪末 20 世纪初，马克思恩格斯的学生们开始重视马克思恩格斯的美学思想。例如，拉法格在回忆录中，梅林在《马克思传》中，都介绍了马克思的文艺观点。拉法格、梅林、普列汉诺夫等人都深入研究了马克思恩格斯的美学观点，并且力图运用他们的观点来解决新的历史条件下的文学艺术问题。虽然他们在这方面已取得很大成绩，然而也还不能深刻地充分地理解马克思主义美学的一些重要思想，也还不能创造性地发展马克思恩格斯的文艺思想以适应新时代的需要。这个任务只有由列宁来完成。

　　列宁的文艺思想是对马克思恩格斯文艺思想的继承和发展，在新的历史条件下，他认为只有把马克思主义同俄国革命实践和俄国革命文艺实践结合起来，只有创造性地发展马克思主义文艺思想，才是对马克思主义的真正发展。列宁在 1899 年指出："我们决不能把马克思的理论看作某种一成不变的和神圣不可侵犯的东西；恰恰相反，我们深信：它只是给一种科学奠定了基础，社会主义者如果不愿落后于实际生活，就应当在各方面把这门科学向前推进。"① 列宁对待马克思主义文艺思想也是采取这样一种科学态度：他总是从新的社会历史条件出发，依据现实斗争的迫切需要，去解决文化和艺术问题，创造性地发展马克思主义。同时，他在从新时代和新任务出发解决文化艺术问题时，又总是坚定不移地立足于马克思主义的基本观点和基本方法，认为只有依据它们才能解决新时期一切复杂的文化艺术问题。这就是列宁文艺思想和马克思恩格斯文艺思想之间深刻的、辩证的渊源关系。这种思想渊源关系如果加以具体化，可以体现在下面几个方面。

　　1. 关于艺术社会本质问题

　　马克思恩格斯和列宁在各自的时代，都是反对艺术本质的唯心主义解释，都是坚持运用历史唯物主义和辩证唯物的基本观点来阐明艺术的社会本质。他们把艺术看成是社会意识形态，看成是社会生活的反映，认为艺术的发展归根到底是由社会物质生产发展制约的。这是列宁同马克思恩格斯对艺术本质问题的共同认识。这也说明列宁对艺术本质的认识是源于马克思恩格斯的基本思想的。

　　然而应当看到，列宁和马克思恩格斯处于不同的时代，面临不同的对立面和不同的历史任务，他们对艺术本质认识的侧重点也有所不同。马克思恩格斯在分析文学艺术现象时也指出文学艺术作品认识和反映生活的功

---

　　① 《列宁全集》第 4 卷，人民出版社 1958 年版，第 187 页。

能，不过他们当时主要面对的是历史唯心主义，因此他们首先强调的是艺术作为上层建筑的社会意识形态的主要特征以及它同社会经济基础的关系。他们在美学和文艺学领域的主要任务是阐明文学艺术的发展归根到底是受社会物质生产发展制约的，任何文艺现象都是由社会生活决定的，在阶级社会无不具有明显的阶级性。列宁在他的时代，主要面临马赫主义、经验批判主义等唯心主义思潮的挑战，他在继承马克思恩格斯关于文艺的社会性和阶级性的思想的同时，特别关注文艺的认识论本质，更侧重于运用辩证唯物主义观点来说明文艺的认识论本质，说明文艺和社会生活的辩证关系，把辩证唯物主义的反映论彻底贯彻于文学艺术领域。他认为任何真正的文学艺术作品不仅具有主观的内容，而且具有客观内容。在评论列夫·托尔斯泰的一组论文中，列宁提出一切伟大的作家总是要反映它生活的某些本质方面，提出应当将作家作品同一定时代的社会生活加以对照，深刻揭示历史上伟大作家同人民生活复杂联系的具体机制，以及这种联系的全部历史性、矛盾性和多样性。这一切都是列宁在文艺本质的问题上对马克思恩格斯文艺思想的继承和发展。

　　2. 关于文化和文学遗产问题

　　马克思和恩格斯在他们生活的年代，曾经对资产阶级文化做过全面而深刻的分析和批判，提出了资本主义生产敌视艺术和诗歌的原理，指出了资本主义社会物质生产发展和精神生产发展不可避免的不平衡性。他们认为由于资本主义社会生产的社会化和所有制私有化这一根本矛盾的存在，尽管资本主义的社会劳动生产力、科学和技术获得空前的发展，然而随着物质生产的高涨却出现精神文化的衰落，形成资本主义社会所固有的"对于理论、艺术、历史的蔑视和对于作为自我目的的人的蔑视"。① 同时，马克思恩格斯又指出，随着资本主义越来越成为社会发展的阻力和工人阶级斗争的高涨，资本主义和资本主义文化的反动倾向也不断增强。然而，他们并没有把资本主义文化看成铁板一块，他们敏锐地发现了资产阶级文化和知识界的分化，强调要严格区分资产阶级文化的进步倾向和反动倾向，促使文学艺术界的优秀分子代表转向无产阶级。

　　列宁关于文化和文学遗产的思想是源于马克思恩格斯关于资本主义社

---

　　① 《马克思恩格斯全集》第 4 卷，人民出版社 1958 年版，第 469 页。

会文化的分析，同时又是在更高历史阶段上对马克思恩格斯思想的发展。如果说马克思恩格斯主要生活的年代是资产阶级的上升阶段，只是在晚年才看到资本主义社会和资本主义文化的衰落和蜕化，那么在列宁所生活的帝国主义阶段，资本主义的腐朽和资本主义文化的反动则日益明显。列宁指出帝国主义一个不可避免的后果就是资产阶级社会的统治阶级在文化上变得异常粗野。同时，帝国主义时代加剧了反动统治阶级反动的民族主义和沙文主义，他们自称是民族传统和民族文化的保护人，实际上是背离了民族文化中进步的民主主义和社会主义的传统。正是在这种历史背景下，列宁创造性发展了马克思恩格斯关于文化和文学遗产的思想，坚决反对用民族文化的口号掩盖民族文化的阶级内容，明确提出两种文化学说，要求用阶级的观点来分析文化问题。列宁认为每个民族文化中都有民主主义和社会主义文化的成分，也有资产阶级文化的成分，无产阶级应当拿前者同后者相对抗，发展民主主义和社会主义的文化。在十月革命后，列宁根据建设社会主义文化的需要，又坚决批判对待文化遗产的虚无主义态度，明确指出无产阶级文化不是从天上掉下来的，它应当在批判继承人类文化遗产的基础上得到发展。

3. 关于无产阶级文学党性问题

马克思恩格斯早在19世纪就广泛提出文学的社会制约性问题，文学的倾向性和阶级性问题，他们要求创立同无产阶级革命运动保持密切联系的文学。青年马克思作为《莱茵报》的编辑，1842年在《关于出版自由的辩论》一文中，就反对书报检查制度竭力禁止文学中一切被视为党派的东西，认为增强文学中的党派倾向同批判封建官僚主义的书报检查制度具有同等意义。恩格斯在《诗歌和散文中的德国社会主义》（1847）中，批判了德国所谓"真正的社会主义"的小资产阶级倾向的文学，指出他们只歌颂各种各样的"小人物"，不歌颂"倔强的叱咤风云的和革命的无产者"。马克思恩格斯在《德意志意识形态》（1845—1846）中，认为1830年以后的德国资产阶级和小资产阶级"倾向"文学是原来没有现实的、激烈的、实际的"党派斗争"这个情况的产物。从这种立场出发，马克思恩格斯热情肯定文学艺术中一切真正革命的、真正无产阶级的、共产主义的倾向，称赞海涅的政治诗集，称赞席勒的《阴谋与爱情》是"德国第一部有政治倾向的戏剧"。然而，在当时的历史条件下，列宁所说的党的文学还没有提到日程上来。

列宁是在帝国主义和无产阶级革命的时代，在继承马克思恩格斯关于文学倾向性思想的基础上，提出文学党性原则。在俄国 1905 年革命所造成的新的历史条件下，随着无产阶级革命运动的高涨和无产阶级政党的出现，列宁要求文学摆脱资产阶级的奴役，同真正先进的、彻底革命的阶级的运动汇合起来，要求文学成为党的事业的一部分，要求文学为千千万万劳动人民服务。这个原则成为决定党在文学艺术方面政策的最主要的指导原则。列宁文学党性原则的历史内容和重要意义在于，它在马克思主义美学和文艺学历史上，第一次指出了文学和无产阶级革命运动的密切联系，指出了文学发展同工人阶级新型政党领导作用的密切联系。

二　列宁文艺思想和俄国革命民主主义者的美学思想

俄国革命民主主义美学和文学批评是列宁文艺思想另一个重要思想源泉，掌握革命民主主义的文学遗产对列宁转向马克思主义曾经起过十分突出的作用，可以说列宁是通过俄国革命民主主义美学走向马克思主义美学的。

列宁从小便表现出对俄国革命民主主义者的浓厚兴趣，他的作文从内容到形式都模仿别林斯基，他在 1882 年 12 岁时已经开始独立阅读别林斯基、杜勃罗留波夫和皮萨列夫的作品。克鲁普斯卡娅曾经说过："皮萨列夫、杜勃罗留波夫、车尔尼雪夫斯基、赫尔岑、涅克拉索夫等人的著作，以及《火星报》诗人们的作品……从列宁幼小时候起，就对他产生过巨大的影响。"[①]

列宁本人也多次谈过俄国革命民主主义文学遗产对他思想的影响。1887 年，列宁中学毕业后考入喀山大学，年底加入被警察称之为"倾向极端有害"的小组，探讨别林斯基、车尔尼雪夫斯基、杜勃罗留波夫和马克思等人的著作。之后由于参加大学生集会，列宁被学校开除，并被流放到科库什基诺村。在 1887 年 12 月到 1888 年秋天这一年的流放生活中，列宁的思想向马克思主义迅速发展，其中俄国革命民主主义者的思想对他

---

① 《论列宁》，莫斯科政治出版社 1960 年版，第 83 页。

世界观的转变产生巨大的和深刻的影响。列宁在 1904 年同 H. 瓦连廷诺夫（沃列斯基）的一次谈话中，谈到他在这个时期如饥似渴地读书，其中读得最多的是《现代人》、《祖国纪事》和《欧罗巴通报》杂志上论述以往十年社会政治问题的文章。列宁说："我喜爱的作者是车尔尼雪夫斯基。《现代人》上所载的一切我都一行不落地读完，并且一再去读。车尔尼雪夫斯基使我初次接触到哲学上的唯物主义。也是他第一个给我指出黑格尔在哲学思想发展上的作用，从他那里我懂得了辩证的方法，以后我掌握马克思主义的辩证法就容易多了。我从头到尾读过车尔尼雪夫斯基论述美学、艺术和文学的气势磅礴的文章，对别林斯基的革命形象也看得清楚了。我读遍了车尔尼雪夫斯基阐述农民问题的全部论文，以及他对米勒的政治经济学译文的注释。因为车尔尼雪夫斯基鞭挞了资产阶级的经济学，这为我后来转向马克思学说作了准备……"[1] 列宁这段自述十分重要，它既说明了俄国革命民主主义者对列宁思想的深刻影响，也说明了俄国革命民主主义者的思想遗产是引导列宁通向马克思主义的桥梁，接受他们的思想为列宁后来转向马克思主义打下了坚实的思想基础。

列宁文艺思想同俄国革命民主主义美学思想的渊源关系体现在以下几个方面。

1. 关于文学的认识作用问题

俄国革命民主主义者从唯物主义观点出发，高度评价文学艺术反映生活和认识生活的重要作用。别林斯基曾经说过："政治经济学家运用统计的材料，诉诸读者或听众的理智，证明社会中某一阶段的状况，由于某些原因，业已大为改善或大化恶化。诗人则运用生动而鲜明的现实的描绘，诉诸读者的想象，在真实的图画里显示社会中某一阶段的状况，由于某些原因，业已大为改善或大为恶化。"[2] 列宁自 19 世纪 90 年代成为马克思主义者起，依然对文学怀有浓厚的兴趣，他继承了俄国革命民主主义者的传统，一直把文学看成是认识生活和改造生活的手段。列宁在评论列夫·托尔斯泰的论文中指出托尔斯泰是俄国革命的镜子，就在于他十分看重托尔斯泰的创作对于认识俄国 19 世纪后三十年社会重大变动，对于认识俄

[1] 《文学问题》1957 年第 8 期，第 133—134 页。
[2] 《别林斯基选集》第 2 卷，时代出版社 1953 年版，第 429 页。

国资产阶级民主革命有重要的意义。再有，列宁也十分赞赏乌斯宾斯基的作品，这是因为乌斯宾斯基十分真实地描写俄国农村的生活，为正确了解俄国农村经济提供了宝贵的材料。1892 年，列宁根据统计学材料和乌斯宾斯基的作品得出结论，认为那种以为通过农村村社可以立即过渡到社会主义的说法，纯粹是民粹派狂热的幻想，因为俄国农村的资本主义正在发展，农民处于十分悲惨的境地。对此，克鲁普斯卡娅曾经提到："普列汉诺夫曾经说过，对待乌斯宾斯基这一类作家的作品，应该像对待统计学材料那样去仔细研究，这些都是活生生的现实的会说话的材料。我记得列宁也说过类似的话。他总是从文学作品中获得大量知识，特别是年轻的时候，文学向他提供很多了解人们观点的东西。"① 除了普列汉诺夫，恩格斯也说过，他从巴尔扎克《人间喜剧》中"所学到的东西，也要比当时所有职业的历史学家、经济学家和统计学家那里学到的全部东西还要多"。② 可见，列宁对文学认识作用的看法同恩格斯、普列汉诺夫、别林斯基是完全一致的，是不谋而合的。

2. 关于文学改造生活的功能问题

俄国革命民主主义者不仅认为文学是认识生活的手段，而且认为文学是生活的教科书，是改造生活的手段。把文学看成是革命意识的体现者和对人民进行社会政治教育的手段，是俄国革命民主主义美学固有的鲜明的特色。俄国革命民主主义者既是作家、批评家，同时又是革命家。赫尔岑写道："对于失去社会自由的人们，文学是唯一的论坛，从这个论坛上可以使人们听到自己的愤怒的呐喊和良心的呼声。"③ 列宁曾经在《纪念赫尔岑》和《俄国工人报刊的历史》等论文中，深刻揭示了俄国进步文学同俄国解放运动之间的血肉联系。

列宁继承了俄国革命民主主义者的光荣传统，随着 20 世纪初俄国革命运动的高涨，列宁把文学的宣传教育作用提到了重要地位。他在《怎么办》中谈到党所承担的历史责任和先进理论的重要意义和作用时，特别提到了俄国革命民主主义者的光辉榜样和俄国文学的世界意义。正是从

---

① 《对年轻人的要求》，《文学报》1933 年第 5 期，第 11 页。
② 《马克思恩格斯选集》第 4 卷，人民出版社 1972 年版，第 463 页。
③ 《赫尔岑文集》（30 卷集）第 7 卷，第 198 页。

重视文学的宣传教育作用出发，列宁高度评价高尔基的长篇小说《母亲》，认为它是"一本非常及时的书"，能够启发工人阶级从自发斗争走向自觉斗争。1911—1912 年期间，高尔基在布尔什维克报纸《明星报》上发表了《意大利童话》，作品充满革命乐观主义精神，同取消派所散布的惊慌失措和灰心丧气的情绪完全对立。列宁看完以后非常高兴，他在一封信中说："您写的那些精彩的《童话》对《明星报》帮助极大，这使我非常高兴。"① 同时，列宁还鼓励高尔基继续创作像《意大利童话》这样的"革命传单"。

特别需要指出的是，列宁同俄国革命民主主义者一样，并没有把文学的宣传教育作用同文学的审美作用对立起来。列宁一贯主张文学作品高度的思想性和完善的艺术性的统一，认为切合需要的内容和作家的才气，这些都是确定文学作品社会价值的重要条件。1904 年 1 月，瓦连廷诺夫在同列宁的一次谈话中，把车尔尼雪夫斯基的《怎么办？》称之为"缺乏才气的、粗浅的作品"，对此列宁立即尖锐地驳斥道："我声明：将《怎么办？》说成是缺乏才气的、粗浅的作品是不许可的。在它的影响下成百上千的人成了革命者。如果车尔尼雪夫斯基写得既无才气，又很粗浅，能出现这种情况吗？……比如说，它吸引了我哥哥，也吸引了我……这部作品能使人受用一辈子，一本没有才气的书是不可能具有这样的影响的。"② 在这里，列宁认为文学作品的教育作用和审美作用应当是一致的，文学作品的宣传教育作用应当通过作品对读者所起的审美作用来实现。

3. 关于文学批评的功能问题

俄国革命民主主义的文学批评有优良的传统，他们提倡现实主义的文学批评，主张文学批评不应当从主观愿望出发，而应当从作品出发，从生活出发。杜勃罗留波夫就要求文学批评"根据文学作品来阐明生活的现象，而不能把任何事先杜撰的思想和任务硬塞给读者"。文学批评的任务乃是"说明某一艺术作品所表现的生活现象"。③ 列宁对这种文学批评的原则和方法非常欣赏。他在 1904 年谈到杜勃罗留波夫文学批评给他的影

① 《列宁全集》第 35 卷，人民出版社 1959 年版，第 2 页。
② 《文学问题》1957 年第 8 期，第 131—132 页。
③ 《杜勃罗留波夫文集》第 6 卷，莫斯科，1963 年，第 98—99 页。

响时说："他的两篇文章（一篇是评论冈察洛夫的小说《奥勃洛莫夫》的，另一篇是评论屠格涅夫的小说《前夜》的）像雷电似的劈来。他把对《奥勃洛莫夫》的评论变成呐喊，号召人们向着自由、进取和革命斗争前进，而把《前夜》的分析变成一篇真正的革命宣言，文章写得至今令人记忆犹新。就得这样写啊！《曙光》社创办时，我常对斯塔罗威尔（波特列索夫）和扎苏里奇说：'我们正需要这样的文学评论'。哪儿去找啊，我们还没有被恩格斯称为社会主义的莱辛和杜勃罗留波夫那样的人才呢。"①

综观列宁所写的评论，我们可以发现俄国革命民主主义文学批评的原则和方法对他的深刻影响。列宁总是从生活的观点出发去看待文学的，认为文学典型本身就是生活典型的反映，他特别善于揭示艺术形象所蕴含的深刻的和恒久的社会意义，并且利用这些形象为尖锐的政治思想斗争服务。在《纪念葛伊甸伯爵》（1907）一文中，列宁就援引了屠格涅夫小说《总管》中的地主形象，以此揭示伪民主派的伪人道主义。列宁写道："对于葛伊甸的人道的敬崇，使我们不仅想起涅克拉索夫和萨尔蒂柯夫，而且想起了屠格涅夫的《猎人笔记》。在我们面前出现了一个文明的、有教养的地主，他举止文雅，态度和蔼，有欧洲人的风度。地主请客人饮酒，高谈阔论。他问仆人说：'为什么酒没有温？'仆人默不作声，脸色苍白。地主按一下铃，轻声地对进来的仆人说：'费多尔的事……去处理吧。'请看，这就是葛伊甸或葛伊甸 ala（之流——原编注）'人道'的典型。"② 从这里可以看出列宁运用文学形象进行政治思想斗争的才能。他经常面对读者实际生活经验和亲身感受，将生活和艺术，生活中的人物和文学形象进行对照。在这种对照中，他总是以文学形象作为基础，并且根据时代生活的变化，从本质上给予新的理解，从美学上加以变动，从而创造出新的形象。这样，就使他的评论既贴近生活，通俗易懂，又具有丰富的思想内容和特殊的艺术感染力。列宁评论这种独特的魅力在很大程度上是源于革命民主主义者的文学批评。

上面从几个方面分析了俄国革命民主主义美学和文学批评对列宁文艺

---

① 《文学问题》1957 年第 8 期，第 134 页。

② 《列宁全集》第 13 卷，人民出版社 1959 年版，第 39 页。

思想的深刻影响。那么为什么俄国革命民主主义美学和文学批评会对列宁文艺思想形成产生如此深刻的影响呢？从俄国革命民主主义美学和文学批评来看，它达到了马克思主义以前美学和文学批评的最高成就，是最接近马克思主义的，同时，它又是同俄国解放运动血肉相连的，它的代表人物别林斯基、车尔尼雪夫斯基和杜勃罗留波夫等人，在完成俄国革命民主主义任务中占有特别突出的地位。而这一切都是同列宁的思想和他所面临的革命任务最为接近的。从列宁本身来看，在他成为马克思主义者以前曾经有过一个准备时期，诚如他本人所说的，马克思一生中有过"马克思刚刚成为马克思"的时期，可以说列宁一生中也有过"列宁刚刚成为列宁"的时期，在这个时期中俄国革命民主主义遗产对他产生巨大的和深刻的影响。从某种意义上讲，列宁是通过俄国革命民主主义走向马克思主义的，通过俄国革命民主主义美学和文学批评走向马克思主义美学和文学批评的。这一重要现象告诉我们：马克思主义在一个国家的传播和扎根，除了需要一定的社会政治经济条件，也需要一定的思想文化准备。一个国家的先进人物在接受马克思主义思想时，总是以本民族的进步文化作为思想文化准备，并且总是同本民族的进步文化相结合的。从这个角度看，我们就容易理解列宁文艺思想为什么既源于马克思恩格斯的文艺思想，又源于俄国革命民主主义美学遗产，同时又是通过俄国革命民主主义美学走向马克思主义美学的。

第 三 章

列宁文艺思想的哲学基础

一定的文艺思想总是以一定的哲学思想作为基础的，美学家和文艺学家总是以一定的哲学观来观察世界和观察文艺现象的。马克思恩格斯美学思想的哲学基础是历史唯物主义和辩证唯物主义，俄国革命民主主义美学的哲学基础是唯物主义，黑格尔的哲学观尽管是唯心主义的，同时也含有辩证法和历史主义的因素，要了解黑格尔的美学观就必须了解黑格尔哲学观的全部复杂性。

列宁的文艺思想同样是以深厚的哲学思想作为基础的，而深入了解列宁文艺思想也必须深入了解列宁的哲学思想。列宁的哲学思想是在学习马克思主义哲学的过程中形成的，同时也是在同种种反马克思主义哲学思潮斗争中形成的。列宁在运用马克思主义哲学观点来观察、分析和解决俄国社会问题时，也运用马克思主义哲学观来观察、分析和解决俄国文学问题。

列宁是在 19 世纪 90 年代成为马克思主义者的。19 世纪 90 年代同民粹派唯心史观——主观社会学的斗争，20 世纪初同马赫主义经验批判主义唯心主义哲学的斗争，对列宁的马克思主义哲学思想的形成和确立，对列宁马克思主义文艺思想的形成和确立，具有重大的意义。

一 在同民粹派唯心史观作斗争中所确立的
唯物史观对列宁文艺思想的影响

19 世纪 60 年代以后，由于俄国农奴制的废除，资本主义的发展和工人运动的兴起，关于俄国社会性质、俄国社会改造力量和俄国社会道路问题，成了社会论争的焦点。在这一论争中，民粹派作为代表小资产阶级利益的空想社会主义派别，他们认为资本主义在俄国的发展不是历史的必然，主张把农民村社当作社会主义的胚胎和基础；同时认为无产阶级不是实现社会主义革命的主要力量，鼓吹依靠个人，依靠英雄创造历史。这种主观社会学的观点当时就受到俄国马克思主义者普列汉诺夫的批判，但斗争并没有结束。到了 90 年代，民粹派完全丧失原有的反对沙皇专制制度的革命民主主义精神，动摇到自由资产阶级方面，成为马克思主义的敌人。他们在刊物上更全面地反对马克思主义哲学，尤其是唯物史观，否定社会发展的客观规律，否定人民群众在历史上的作用，妄图诱使工人阶级抛弃革命斗争。面对这种情况，列宁从政治上和理论上同民粹派展开斗争。他在 1894 年写成的《什么是"人民之友"以及他们如何攻击社会民主主义者?》一书中，批判了民粹派的唯心史观——主观社会学，并在批判中坚持和发展了唯物史观。

列宁首先阐明马克思恩格斯关于社会存在决定社会意识，物质关系决定思想关系的基本原理，并且进一步论证了社会发展的客观规律性。

民粹派在考察和研究社会现象时，不是从现实的经济关系出发，而是从主观空想出发，从所谓"人类天性"出发。他们认为，是否符合公平、正义的原则，是否满足人类天性的要求，是判断社会制度好坏的标准，而根本不考虑生产力和生产关系发展的现实。在他们看来，资本主义制度不符合公平、正义的原则，不能满足人类天性的要求，因此，俄国不能发展资本主义，而根本不考虑俄国实际上已经走上资本主义道路的现实。同时，他们认为农民村社符合公平、正义的原则，能满足人类天性的要求，因此农民村社是社会主义的胚胎和基础，而根本不考虑俄国农村实际上已经两极分化，已经产生资本主义的客观现实。这种观点归根到底不是把生产力和生产关系的发展看成是社会发展的根本动力，而是把适合人类天性等主观意识当作社会发展的根本动力。

列宁认为民粹派的观点是一种体现为唯心史观的主观社会学，指出"主观社会学的最显著的特点就是害怕直接而确切地说明观点和分析现实，宁愿飞翔到……小市民的'理想'中去"。[①] 区别于主观社会学，马

---

① 《列宁全集》第 1 卷，人民出版社 1955 年版，第 33 页。

克思主义总是从客观的社会现实出发，从社会经济形态出发，来研究社会形态的性质和发展规律。列宁认为，一定的社会经济形态总是一定的生产关系的总和，是用来说明一定社会形态的结构和判定社会性质的依据。列宁在种种社会关系中划出生产关系来，把社会关系分成物质关系和思想关系，强调物质关系决定思想关系，物质关系是生产关系的基础和根源，"思想关系只是不以人们的意志和意识为转移而形成的物质关系的上层建筑"，① 应当用物质关系来说明思想关系。同时，列宁认为社会的发展，社会经济形态的发展，是一个自然的历史过程，是有客观规律可循的。在列宁看来，生产关系归根到底是由生产力决定的，生产力的发展引起生产关系的变革，引起社会的变革。在全部社会关系中应当抓住最主要的东西——生产关系，只要抓住了生产关系就能发现社会现象中的"重复性和常规性"，找到社会发展的客观规律。

列宁对民粹派主观社会学的批判，对唯物史观的阐述，是列宁论述文学与社会关系的重要哲学理论基础。

列宁继承和发展了马克思关于一切意识形态形式的更替，包含文学艺术形式的更替，都是来自物质生活的矛盾和发展这一基本观点，指出要对文艺和其他意识形态形式作出真正科学的说明，就要把社会发展过程当作自然历史过程来进行研究；要研究各种社会结构及其客观规律，就要把社会及其精神生活看作是一种活跃的、处在经常运动状态的社会机体。他指出民粹派所鼓吹的主观社会学的最大的特点就是害怕说明现实和分析现实，而"马克思和恩格斯称之为辩证方法（它与形而上学方法相反）的，不是别的，正是社会学中的科学方法，这个方法把社会看作处在经常发展中的活的机体（而不是机械结合起来因而可以把各种社会要素随便搭配起来的一种什么东西），研究这个机体就必须客观地分析该社会形态的生产关系，必须研究该社会形态的活动规律和发展规律"。② 列宁在这里提出了两个对于研究文学和社会的关系，研究文化史和文学史具有重要意义的范畴：一是要求把任何文化发展和文学发展看作是"自然历史过程"，③

---

① 《列宁选集》第 1 卷，人民出版社 1972 年版，第 18 页。
② 《列宁全集》第 1 卷，人民出版社 1955 年版，第 33 页。
③ 同上书，第 388 页。

要求揭示历史过程和文学发展过程的客观规律性，这是研究社会生活任何一个领域最重要的理论前提和基础。二是把社会包括文艺在内的全部精神生活看作是一种活跃的"社会机体"，① 看作是相互作用、相互抗衡、处在不断运动和发展中的一种结构。用列宁的话说，就是把某一种社会形态"作为活生生的东西"表现出来，把它的生活习惯、阶级对抗，以及它特有的上层建筑、思想意识以及家庭关系等都和盘托出。②

列宁正是依据上述唯物史观的理论和方法对俄国社会发展和文学发展的历史规律做出了精辟的概括。列宁关于俄国资本主义发展两条道路（改良道路和革命道路）的观点，关于俄国解放运动三个阶段（贵族革命时期、平民知识分子革命时期和无产阶级革命时期）的观点，正是力求寻找俄国社会发展的"自然历史过程"，并揭示其客观发展规律，它对于理解俄国文学发展的过程和规律具有重要意义。在列宁看来，俄国社会历史发展过程中的改良派和革命派代表着两种对立的历史趋势，两种不同的社会政治力量和思潮，它们之间的斗争决定着俄国社会运动的方向。列宁总是把 19 世纪俄国各种政治思潮和文艺思潮及其代表人物，放在这个总的社会历史背景上加以考察，从而确定他们的历史地位和历史作用，列宁同时把俄国文学同俄国解放运动联系起来，同俄国先进的知识分子对革命理论孜孜不倦的追求联系起来，他认为俄国进步文学的发展是同人民的觉醒过程相联系的，因此他十分注意人民觉醒过程的各个历史发展阶段，以及知识分子在各个历史发展阶段所起的作用。显然，列宁对俄国文学及其发展规律的洞察，正是源于他对历史唯物主义的深刻领悟。

二 在同经验批判主义作斗争中所确立的辩证唯物主义认识论对列宁文艺思想的影响

1905 年革命失败后，俄国进入斯托雷平反动黑暗时期，俄国国内阶级斗争极其残酷，俄国社会民主党内部在革命策略路线问题上的斗争也十分尖锐，这种斗争反映在哲学领域，就表现为两种对立的哲学观点的斗

---

① 《列宁全集》第 1 卷，人民出版社 1955 年版，第 389 页。
② 同上书，第 121 页。

争，表现为辩证唯物主义认识论同经验批判主义的斗争。列宁指出，在这个"社会政治反动时期，'消化'丰富的革命教训的时期，对于每个生气勃勃的派别来说，是把包括哲学问题在内的基本问题放在一个首要地位的时期"。① 为了"消化"革命的经验教训，为了批判经验批判主义，同时也是为了总结 19 世纪末 20 世纪初自然科学革命给哲学认识论提出的新问题，列宁于 1908 年 2 月到 10 月撰写了《唯物主义和经验批判主义》一书，并于 1909 年 5 月出版。

经验批判主义是 19 世纪末 20 世纪初欧洲比较流行的资产阶级唯心主义哲学流派，它的代表人物奥地利哲学家马赫（1838—1916）和德国哲学家阿芬那留斯（1843—1896）。他们宣扬"物质是感觉的复合"，把经验作为自己的哲学基础，声称要对经验（即人们对经验的唯物主义理解）作彻底的清洗，因此他们的哲学叫做"经验批判主义"。这种哲学流派在俄国的代表人物是波格丹诺夫（1873—1928）等党内修正主义分子，他们宣扬唯心主义哲学，反对辩证唯物主义哲学，是为了适应在政治上推行机会主义路线的需要。同马赫一样，波格丹诺夫提出的"经验一元论"，也是把经验当作自己哲学的基础。他把世界上的一切事物都称之为"要素的混沌世界"，而"要素"就是感觉。在这种感觉的基础上产生"人们的心理经验"，在"人们的心理经验"的基础上产生"更高一层的物理经验"，最后从这种经验中产生出人的认识来。这就是经验批判主义唯心主义哲学认识论的主要观点。

列宁在《唯物主义和经验批判主义》一书中，彻底揭露波格丹诺夫等人用马赫主义修正辩证唯物主义的荒谬性和反动性，指出马赫主义的唯心主义实质。列宁说："从物到感觉和思想呢，还是从思想和感觉到物？恩格斯主张第一条路线，即唯物主义的路线。马赫主张第二条路线，即唯心主义的路线。"② 在批判马赫主义的基础上，列宁明确提出辩证唯物主义认识论的几个重要结论。

第一，我们的认识对象，自然界和物是不依赖人的意识、感觉而在我们之外存在着的，被反映者不依赖反映者而存在。

---

① 《列宁全集》第 17 卷，人民出版社 1959 年版，第 59 页。
② 《列宁选集》第 2 卷，人民出版社 1972 年版，第 36 页。

　　第二，感觉、意识是物的映象，物和感觉、意识二者之间没有天生的不一致，"自在之物"是可知的。"在现象和自在之物之间决没有也不可能有任何原则差别。差别只存在于已经认识的东西和尚未认识的东西之间。"①

　　第三，认识是一个辩证发展的过程。"在认识论上和科学的其他领域一样，我们应该辩证地思考，也就是说，不要以为我们的认识是一成不变的，而要去分析怎样从不知到知，怎样从不完全的不确切的知识到比较完全比较确切的知识。"②

　　第四，认识来源于实践，实践是检验认识是否同客观对象相符合的客观标准。"生活、实践的观点，应该是认识首先的基本的观点。"③"在唯物主义者看来，人类实践的'成功'证明着我们的表象和我们所感知的事物的客观本性的符合。在唯我者看来，'成功'是我在实践中所需要的一切，而实践是可以同认识论分开来考察的。"④

　　列宁所阐述的辩证唯物主义认识论的基本原理，为他阐明文学与生活的辩证关系奠定了坚实的哲学基础。正是从这些基本观点出发，列宁批判了美学上的唯心主义的观点，认为生活是第一性的，艺术是第二性的，一切文学家艺术家的认识都是来源于生活，并且要受到生活的检验。列宁对列夫·托尔斯泰的评论，他指出"托尔斯泰是俄国革命的镜子"，指出"如果我们看到的是一位真正伟大的艺术家，那么他一定会在自己的作品中至少反映出革命的某些本质的方面"，⑤这一切都充分反映了列宁辩证唯物主义认识论的基本思想。

　　列宁在1914—1917年期间，为了革命斗争的需要，为了批判修正主义，专门研究了马克思和黑格尔的辩证法，写下了《哲学笔记》。在《哲学笔记》中，列宁指出对立统一规律是辩证法的实质和核心，考察了人类认识活动的辩证运动，揭示了认识过程的辩证法，并且精辟地指出辩证法就是马克思主义的认识论。列宁认为："形而上学的唯物主义的根本缺

①　《列宁选集》第2卷，人民出版社1972年版，第100页。
②　同上书，第100页。
③　同上书，第142页。
④　同上书，第139页。
⑤　《列宁论文学与艺术》，人民文学出版社1983年版，第201页。

陷就是不能把辩证法运用于反映论，应用于认识的过程和发展。"① 在列宁看来，认识论和辩证法是不能割裂的，旧唯物主义认识论根本不了解认识是一个充满矛盾、由不知到知、由知之不多到知之较多的辩证发展过程。列宁说："认识是思维对客体永远的、没有止境的接近。自然界在人的思想中的反映，应当了解为不是'僵死的'，不是'抽象的'，不是没有运动的，不是没有矛盾的，而是处在运动的永恒过程之中，处在矛盾的产生的永恒过程之中。"② 同时，列宁还进一步揭示了认识运动的辩证途径："从生动的直观到抽象的思维，并从抽象的思维到实践，这就是认识真理，认识客观实在的辩证途径。"③

艺术的认识形式和其他认识形式尽管各具特色，但都服从统一的认识规律，列宁关于认识运动辩证发展过程的论述为揭示艺术认识的本质和艺术创作过程的规律，奠定了坚实的哲学基础。艺术认识在认识的三个阶段上有自己的特色，艺术更多依赖个人直接感受来创作，即使在认识的第二阶段，也始终离不开形象，离不开情感，在整个认识过程中体现着形象思维和抽象思维的统一。尽管如此，艺术认识也是受着从生动直观到抽象思维，从抽象思维到实践这个认识过程共同规律的制约。再从艺术创作过程来看，尽管这个过程有着不同于一般认识过程的特点，带有艺术家个性的鲜明特征，每个艺术家的创作过程都不可能是雷同的，同时这个过程也充满无穷的奥秘，然而艺术创作过程同其他认识过程一样，是一个充满矛盾的运动过程，其中包含着一般认识过程的各种各样的矛盾，例如客体和主体的矛盾，实践和认识的矛盾，感性和理性的矛盾，现象和本质的矛盾，个别和一般的矛盾，等等，同时艺术创作也是在解决这些矛盾的过程中向前发展的。

① 《列宁选集》第 2 卷，人民出版社 1972 年版，第 715 页。
② 《列宁全集》第 38 卷，人民出版社 1959 年版，第 208 页。
③ 同上书，第 181 页。

第 四 章

列宁的文学艺术爱好

列宁非常喜爱文学艺术，并且对文学史和艺术史的研究也很有兴趣。1905 年俄国第一次革命期间，列宁有一次在列申科的寓所过夜，列申科家藏有全套克纳克弗士出版的纪念世界著名艺术家的集子。第二天早晨列宁向卢那察尔斯基说："艺术史是一个多么有趣味的部门。对一个共产党人说来，这里有多少值得研究的地方。昨夜我通宵都不能入睡，一直翻看这些集子，看了一本又一本。我感到遗憾的是，过去没有时间，将来也不会有时间来研究艺术。"①

列宁对文学艺术的爱好和了解，是列宁文艺思想形成的一个重要因素。列宁文艺思想源于马克思主义，源于俄国革命民主主义，同时也吸收和改造了人类文化遗产中一切有价值的东西。正如列宁所说："马克思这一革命无产阶级的思想体系赢得了世界历史性的意义，是因为它并没有抛弃资产阶级时代最宝贵的成就，相反却吸收和改造了两千多年来人类思想和文化发展中一切有价值的东西。"②

列宁的一生确实难得有时间集中精力研究文学艺术，但他有很高的文学艺术修养，喜爱文学艺术，熟悉文学艺术史。正因为如此，列宁才有可能对文艺问题发表十分精辟的见解，才能正确领导党的文学艺术事业。

我们从一些回忆录里可以了解到列宁十分喜爱并且深刻理解文学艺术的动人情景。

列宁非常喜爱音乐和唱歌。据德·伊·乌里扬诺夫回忆，列宁小时候

---

① 《列宁论文学与艺术》，人民文学出版社 1983 年版，第 422 页。
② 《列宁选集》第 4 卷，人民出版社 1972 年版，第 362 页。

学过钢琴，听力非常好，对音乐很容易接受，8 岁就能非常熟练地弹奏许多儿童歌曲，能跟成年人合奏。① 走上革命道路之后，不管是在国内还是流亡国外，列宁总是非常爱听音乐演奏。克鲁普斯卡娅曾谈到 1914 年在伯尔尼列宁同印涅萨听音乐的情景："她是一位优秀的音乐家，并且鼓动大家去听贝多芬作品演奏会，她自己也会弹许多贝多芬的作品。伊里奇特别喜欢《Sonatepathètigue》（《悲怆奏鸣曲》），总是请她弹——他也很爱音乐。后来已经是苏维埃年代了，他还常常去乔鲁帕那里，听一位著名的音乐家弹这支交响乐。"② 高尔基的回忆录也谈到列宁十分喜爱贝多芬的音乐，有一天晚上在莫斯科高尔基前妻彼希柯娃家里，列宁听了伊撒亚·多波洛文演奏的贝多芬的几支奏鸣曲。列宁说："我不知道还有比'热情奏鸣曲'更好的东西，我愿每天都听一听。这是绝妙的、人间所没有的音乐。我总带着也许是幼稚的夸耀想：人们能够创造怎样的奇迹啊！"③凯德洛夫的回忆也谈到列宁 1903 年在伯尔尼参加俄国学生举办的音乐会，并特别谈起到他家听演奏的情形："这一晚，我弹奏了不少曲子。伊里奇最喜欢贝多芬的音乐，他的'悲怆奏鸣曲'和'《de-moll》奏鸣曲'，他的'高丽奥朗'和'爱格蒙特'序曲。可是我对乐曲的解说却并不十分成功，引起了这位令人难忘的听众的幽默的批评：'不过别带解说'。伊里奇非常感兴趣地听了一些舒伯特、李斯特的作品（'森林之王'，'避难处'）和肖邦的序曲等，可是他不喜欢纯粹表现技巧的音乐，完全不能忍受门德尔松那支甜得发腻的'无言歌'。"④

列宁还喜欢唱歌，安·伊·乌里扬诺娃－叶利扎罗娃谈到，列宁低声唱起采捷尔巴乌姆流放时编的歌，"也唱一些他从流放的波兰工人那里学来的波兰革命歌曲，有些是波兰文的，有些由克里日桑诺夫译成了俄文，唱的时候妹妹给他弹琴。这些歌曲是：'发狂吧，暴君！'、'仇恨的旋风'、'红旗'。我清楚地记得沃洛佳在我们小饭厅里走来走去，兴致勃勃地唱道：旗帜的颜色是红的，/因为上面染着工人的血。他非常称赞波兰

① 《列宁论文学与艺术》（二），人民文学出版社 1960 年版，第 838 页。
② 同上书，第 852 页。
③ 同上书，第 884—885 页。
④ 同上书，第 908 页。

工人的革命歌曲，同时指出有必要为俄罗斯创作一些这样的歌曲"。① 马利亚·埃森的回忆录也谈到在列宁家里欢度晚会的情景："弗拉基米尔·伊里奇有一副略微低沉而非常悦耳的歌喉，他很喜欢参加合唱和欣赏歌曲。我们的节目的确非常丰富多采。通常以革命歌曲开始：'国际歌'，'马赛进行曲'，'华沙革命歌'等等，我们以最大的革命热情唱着'感受不自由的莫大痛苦'、'在茫茫草原的古墓上'。弗拉基米尔·伊里奇喜欢西伯利亚的歌曲：'暴风雨在呼啸'、'圣洁的贝加尔，光辉的湖'，还有关于斯捷潘·拉辛的歌——'伏尔加河上有块峭壁'。"②

列宁也非常喜欢绘画。克鲁普斯卡娅回忆 1914 年在伯尔尼的情景："我记得，有一次，弗拉基米尔·伊里奇不知怎么从沃罗考斯基那里弄来一大堆介绍各个画家绘画艺术特点的画册，我看他每天傍晚总是长久地翻阅这些画册，欣赏那些插图，这使我感到惊讶……"③ 另一次，"在熟人那里捡到一本他们扔掉的特列齐雅柯夫绘画陈列馆的绘画目录，列宁也爱不释手……"④

在一切艺术种类中，列宁花时间最多、最钟爱的是文学，直至逝世前一个月还让克鲁普斯卡娅为他朗读文学作品，可以说文学作品伴随列宁走完了一生。

列宁从小就读俄国作家的作品，他读车尔尼雪夫斯基的作品，读涅克拉索夫的诗，其中特别喜爱车尔尼雪夫斯基，14 岁那年就读《怎么办？》，并且深受影响。走上革命道路后，列宁无论在国外流亡还是在国内流放，总是抓住一切机会阅读文学作品。在流亡国外时，克鲁普斯卡娅在 1913 年从克拉柯夫给列宁母亲写信说："我们最渴望的就是文艺书。沃洛佳差不多把纳德桑和涅克拉索夫的著作都背下来了，一小本残缺不全的《安娜·卡列尼娜》也读了百来遍。我们的文艺书籍（很少一部分在彼得堡）都留在巴黎了，而这里没有地方弄到俄文书。有时候看到旧书商关于'乌斯宾斯基二十八卷集'、'普希金十卷集'等等广告，就非常羡慕。"⑤

---

① 《列宁论文学与艺术》（二），人民文学出版社 1960 年版，第 836—837 页。

② 同上书，第 894—895 页。

③ 同上。

④ 同上书，第 852 页。

⑤ 同上书，第 702—703 页。

克鲁普斯卡娅在《伊里奇喜爱什么文学作品》中谈到，列宁在被流放到西伯利亚时，把普希金、莱蒙托夫、涅克拉索夫的作品同黑格尔的书一起放在床边，到了晚上就拿来一遍一遍地读，他最喜欢普希金，也喜欢车尔尼雪夫斯基的小说《怎么办？》，当时，他还有一册德文本的歌德《浮士德》和一小本海涅诗选。回到莫斯科以后，列宁曾到戏院看霍普特曼的《赶车的亨歇尔》，他后来说很喜欢这个戏。在第一次流亡时，列宁在慕尼黑读了海尔哈特的小说《在妈妈那儿》和波兰茨的小说《农民》。在第二次流亡时，列宁在巴黎读了雨果描写 1848 年革命的诗集《惩罚》，从诗中感到了 1848 年革命的气息。第一次世界大战期间，列宁对巴比塞的《火线》发生兴趣，认为这是一部有巨大意义的小说。在列宁一生的最后几个月，克鲁普斯卡娅遵嘱给他读文学作品，"读了谢德林，读了高尔基的《我的大学》。他也喜欢听读诗，特别是杰米扬·别德内依的诗。但他喜欢的不再是杰米扬的讽刺诗，而是他那热情的诗……伊里奇逝世前两天，我在晚上给他读杰克·伦敦的短篇小说《对生命的热爱》——那本书现在还放在他房里的桌上。这是一篇非常有力的小说"。①

列宁不仅喜爱俄国和国外的优秀文学作品，同时也非常重视民间文学。根据邦契·布鲁也维奇回忆，有一次列宁对达里辞典里的俗语和格言发生很大兴趣，经常翻阅。他们在谈话中话题又转向民间史诗，列宁马上请邦契·布鲁也维奇借来编得非常出色的壮士歌、民谣和民间故事集。就在当天晚上，列宁聚精会神地阅读杜勃洛沃尔斯基编的斯摩梭斯克的乡土志。第二天早晨，列宁对邦契·布鲁也维奇说："多么有趣的材料！我粗略地翻了翻这些书，我觉得，显然，现在还没有人愿意总结这些材料，从社会政治的角度来整理这些材料，用这些材料是可以写出非常出色的关于人民的理想和愿望的著作。瞧这里！昂楚科夫的这些故事我翻过一遍，就有很精彩的地方。这就是我们应该提醒我们文学史家注意的东西。这是真正的民间创作，对于我们研究今天人民的心理是太需要、太重要了。"②

通过对列宁文学艺术爱好的介绍，可以看出以下几个特点。

---

① 《列宁论文学与艺术》（二），人民文学出版社 1960 年版，第 860—865 页。
② 同上书，第 956—957 页。

一　列宁有很高的艺术素养和艺术鉴赏力

列宁的文学艺术爱好既广且深，他喜爱音乐、绘画，更熟悉文学，他熟悉欧洲文学作品，对俄国文学史有系统、深入的了解。从列宁的文学艺术爱好中，可以看到列宁有很高的艺术鉴赏力。这种能力首先表现在列宁很容易被优秀的文学艺术作品所感染，有很强的艺术感受能力。他听贝多芬的音乐能很快陶醉其中，唱革命歌曲也很快情绪激动，读文学作品则能很快进入作品的情境和氛围之中。列宁喜爱契诃夫的作品，当他读完契诃夫新发表的中篇小说《第六病室》时，用下面一段话概括了作品给他留下的强烈印象："昨天晚上，我读完这篇小说后，觉得可怕极了。我在房间里待不住，站起来走了出去。我觉得自己也好像被关在'第六病室'里了。"[①] 列宁的艺术鉴赏力还表现为有一种很强的分析概括能力，他在读完作品之后，往往能很快抓住事物的本质，并且一语道破。高尔基在给克鲁普斯卡娅的信中曾经这样描述过："记得在喀普里他和我谈起那些时代一些作家的特点，并且无情地一下就把这些特点的本质揭露出来，还指出了我的一些短篇小说中存在的重大缺点，然后责备地说：'您把您的感受分散到很小的短篇小说里，那是白费，您应该把它放到一部书里，放到一部巨大的长篇小说里。'"[②]

二　列宁喜爱有认识价值的和崇高思想的作品

在文学作品的汪洋大海中，列宁的阅读选择是有鲜明倾向性的。首先，列宁看重有认识价值的文学作品，他通过俄罗斯作家的作品了解俄国社会。他喜爱乌斯宾斯基的作品，因为作家真实地反映了俄国农村在资本主义侵入后的破产景况，且有很高的认识价值。他关注民间创作，是因为从中可以了解人民群众的心理。

正如克鲁普斯卡娅所说："伊里奇非常熟悉俄国文学，他把它看成是

---

① 《列宁论文学与艺术》（二），人民文学出版社 1960 年版，第 835 页。
② 同上书，第 878 页。

认识生活的一种工具。艺术作品愈是完整、全面而又深刻地反映出生活，就愈是纯朴，也就愈为列宁所重视。"①　其次，列宁看重作品的思想倾向。他不喜欢那些纯粹追求形式的艺术作品和文学作品，时常把文学艺术作品的思想倾向提高到首位。埃森回忆说："列宁在散步或喝晚茶时，常常谈起文学，谈起他所喜爱的谢德林、涅克拉索夫和车尔尼雪夫斯基，特别是后者。列宁认为车尔尼雪夫斯基不仅是一位优秀的革命志士，伟大的学者，进步的思想家，而且也是一位艺术巨匠，他塑造了拉赫美托夫型的真正的革命者，大无畏的战士的杰出形象。列宁说：'这才是真正的文学，这种文学能教导人，引导人，鼓舞人。我在一个夏天里把《怎么办？》读了五遍，每一次都在这个作品里发现了一些令人激动的思想。'列宁把艺术作品的思想倾向提高到首要地位，因此他很推崇涅克拉索夫的作品，他几乎能背出涅克拉索夫的全部作品。有一次他问我会不会背诵《俄罗斯妇女》。我回答：会，但是只能默诵，因为泪水哽住了我的喉咙，读不出来。列宁说，'这才是艺术家的力量，多么生动'。"②

三　列宁善于运用文学典型阐明现实问题

列宁特别善于运用文学作品中的典型或形象来阐明现实的政治思想斗争问题。单是《列宁著作中的文学典故》③一书，就收集了《列宁全集》（中文版，1—38卷）中所引用的神话、圣经、传说、故事、寓言、诗歌、戏剧、小说、成语、警句6340个条目。列宁所引用的作家作品主要以俄国文学为主，整部俄国文学史，从头到尾没有哪个重要的俄国作家不曾以各种方式在列宁著作中留下自己的痕迹。同革命民主主义者别林斯基、车尔尼雪夫斯基、杜勃罗留波夫和皮萨列夫一起，经常被列宁提到的作家有普希金、莱蒙托夫和果戈理；列宁从近三十篇克雷洛夫寓言中引用巧妙的比喻和形象；列宁也很喜欢摘引涅克拉索夫的诗句；列宁经常提到的文学作品还有屠格涅夫的中长篇小说，冈察洛夫的《奥勃洛莫夫》，奥斯特罗

① 《列宁论文学与艺术》（二），人民文学出版社1960年版，第873页。
② 同上书，第897页。
③ 李星：《列宁著作中的文学典故》，山西人民出版社1984年版。

夫斯基的戏剧；列宁还引用过近三十篇谢德林的作品；列宁也引用过列夫·托尔斯泰、乌斯宾斯基、契诃夫和高尔基的作品。

列宁在运用文学作品为现实斗争服务时，总是特别善于揭示文学作品的底蕴，特别是文学典型或文学形象所蕴含的深刻、普遍而持久的文学意义和社会意义。例如，列宁在自己著作中引用果戈理长篇小说《死魂灵》中的马尼洛夫形象就达三十多次，并且称之为"马尼洛夫精神"。马尼洛夫是一个地主，具有多情善感、痴心妄想的性格，是一个想入非非、游手好闲、虚假伪善的典型。列宁对这个典型形象有深刻的理解，在引用这个形象时一般是根据被讽刺对象的情况，指出其具有马尼洛夫性格的某一特征。当列宁指出"每个民粹派分子身上都有马尼洛夫精神"时，那是指民粹派想入非非，存在不切实际的幻想，试图在农村恢复不可能存在的田园式的农民村社关系。[①] 当列宁把孟什维克的言论斥之为"都是欺人之谈和马尼洛夫精神"时，那指的是孟什维克对社会主义的背叛，指的是他们的一切言论都是"空谈"和"甜蜜的愿望"。[②] 列宁在自己的著作中引用契诃夫小说《套中人》主人公别里科夫的形象也有十多处。别里科夫是个性格孤僻古怪的中学希腊语教师，他总想把自己装在套子里，也想把整个世界装在套子里，因此称之为"套中人"，这是一个因循、保守、倒退的典型形象。列宁一般都是在同修正主义和机会主义斗争中引用这一形象，并且根据对象的不同特点揭示其不同嘴脸。他们有的是在革命高涨年代苟且偷安，有的是在革命低潮时期丧魂落魄，有的是在革命需要做决断的紧急关头陷入无穷的忧虑，有的是在困难面前一筹莫展，有的是在尖锐复杂的斗争中心惊胆颤，有的是在新制度面前惶惶不可终日，有的是对旧制度顶礼膜拜。不管他们以什么面目出现，"套中人"的因循保守的本质不变。契诃夫笔下的文学形象经过列宁的改造和运用，成了容易被读者理解和接受的、栩栩如生的新形象。从这里可以看出列宁对文学作品的深刻理解和他把文学形象巧妙用于现实斗争的能力。

---

① 《列宁全集》第 2 卷，人民出版社 1959 年版，第 277 页。
② 《列宁全集》第 24 卷，人民出版社 1957 年版，第 53 页。

第 五 章

列宁文艺思想的体系、特征和研究方法

在论述列宁文艺思想产生的外在和内在的条件之后，对于列宁文艺思想本身，对于它的体系、特征和研究方法需要有个总体的认识和把握。

一 列宁文艺思想是一个严整的理论体系

同马克思恩格斯的文艺思想一样，列宁文艺思想是一个严整的体系。把列宁文艺思想看成是严整的体系而不是一些零碎的观点的总和，这是列宁文艺思想研究首先面临的重要问题。在这个重要问题上，历史上曾经有过种种看法，现在虽然很少有人提出疑义，但也缺少令人信服的论证。

同对马克思恩格斯文艺思想的认识一样，人们对列宁文艺思想的认识也经历了一个发展过程。在 20 世纪 20 年代，列宁文艺论著在苏联也是没有地位的。当时文艺界认为理论上是普列汉诺夫，政治上才是列宁。"拉普"提出："在文艺学问题内，我们的批评将在普列汉诺夫正统的旗帜下发展。"① 弗里契甚至称普列汉诺夫是"马克思主义美学的奠基人"。关于列宁文艺思想，沃隆斯基曾经这样说过："正确阐述列宁对艺术、文化、文学的看法，并非是一件轻而易举的事情。他很少充分地谈过这些问题。这些问题不处于他视野的中心……在他的文学遗产里，只有论托尔斯泰的四篇小文是直接论述文学的，间接涉及文学的只有《纪念赫尔岑》和《党的组织和党的出版物》，他关于文艺的言论也少得很。"② 这种忽视列

① 杂志编辑部文章，《在文学岗位上》1929 年第 19 期。
② 《革命时代文艺运动简史》，莫斯科，1928 年，第 77 页。

宁文艺思想、认为列宁文艺思想不成系统的观点，到了 30 年代卢那察尔斯基发表《列宁与文艺学问题》（1934），才有了重大变化。在这部论著中，卢那察尔斯基首次对列宁文艺思想作了全面和系统的阐述，指出列宁主义是一个有机的完整的体系，列宁文艺思想的研究必须同列宁全部遗产的研究结合起来。到了 50—60 年代，苏联文艺理论界普遍认为马克思主义文艺理论是一个严整的体系，列宁文艺思想是马克思主义文艺思想发展的新阶段，列宁文艺思想具有完整性和科学性。到 70 年代，列宁文艺思想研究有了更大的发展，甚至形成了一门新的学科——列宁文艺思想研究（Литературоведческая – лениниана）。

列宁没有写过一般学者所说的完整的文艺学论著，为什么又说列宁文艺思想是一个严整的体系呢？这可以从列宁文艺思想的思想理论基础和基本理论观点的统一性和完整性这两个方面来分析。

首先是思想理论基础的统一性和完整性。

列宁主义是帝国主义和无产阶级革命时代的马克思主义，列宁主义本身是一个严整的科学体系，而列宁文艺思想是列宁主义的有机组成部分。列宁在考察和解决文学艺术问题时，总是依据统一的思想原则，这就是无产阶级革命和社会主义建设的任务。列宁认为无产阶级只有从解决无产阶级革命和社会主义建设的任务的观点出发，才能正确解决一切文化艺术问题。这一基本思想像一根红线，把列宁文艺思想所包含的种种思想观点有机地贯穿起来，这是列宁文艺思想的基础。同时，列宁在考察和解决文艺问题时，也总是依据统一的理论观点，也就是说，依据辩证唯物主义和历史唯物主义的基本理论观点。而辩证唯物主义和历史唯物主义基本理论观点的统一性，也就保证了列宁在分析任何文艺现象和阐明任何文艺理论问题时基本理论观点的统一性，保证列宁文艺思想本身的完整性和严密性。

其次是基本理论观点的统一性。

列宁文艺思想涉及文艺理论的许多重要的、带根本性的问题，而且这些问题不是互不相干而是密切联系，它们从几个重要的方面构成一个严整的体系，从而对马克思主义文艺理论的发展做出重大贡献。

在文艺与现实关系问题上，列宁提出了辩证唯物主义的艺术反映论，既反对唯心主义的文艺观，又反对机械唯物主义的文艺观，把文艺理论真正建立在科学的基础上。

在文艺与革命关系问题上，列宁提出文学党性原则，既强调文艺是党的事业的一部分，又充分重视这一部分的特殊性，重视文艺创作的特点和规律，这就为无产阶级政党制定文化艺术政策奠定了坚实的理论基础。

在文艺与传统关系问题上，列宁提出两种文化学说，提出无产阶级文化必须在批判继承人类文化的基础上得到发展，既重视历史文化遗产，又对历史文化遗产采取阶级分析的态度，这就为无产阶级文化建设指明了正确的方向。

艺术反映论、文学党性原则和两种文化学说从三个重要的方面涉及了文艺理论三个最基本的问题，构成列宁文艺思想的基础，形成列宁文艺思想完整的体系。

十月革命后，列宁根据社会主义文化艺术建设的新形势和新任务，又进一步提出社会主义文化建设纲领，它的主要内容包括：

社会主义文化艺术应当在批判继承人类文化遗产的基础上得到发展；

社会主义文化艺术需要面向新的生活，表现新的事物和新的人；

社会主义文化艺术必须扎根于人民，为人民所了解和爱好。

只要仔细分析社会主义文化建设纲领的主要内容，我们便会发现这个纲领正是列宁在十月革命前所提出的艺术反映论、文学党性原则和两种文化学说，在新的历史条件下的具体运用和发展。艺术反映论、文学党性原则、两种文化学说同社会主义文化建设纲领，虽然是列宁在不同历史条件下提出的，但它们的基本理论观点是完全一致和有机统一的。

列宁文艺思想的系统性和完整性正被越来越多的人所认识，事实上也正是列宁文艺思想所固有的系统性和完整性，使列宁文艺思想在马克思主义文艺理论中占有重要的地位。

二 列宁文艺思想的个性特征

列宁文艺思想不仅有系统性和完整性，同时具有鲜明的个性特征。西方美学史上的一些文艺理论大师都有突出的学术个性和风格特征，如马克思恩格斯的历史和逻辑的统一，黑格尔的辩证精神和历史感。俄国一些文艺理论家和文艺批评家的论著的学术个性也各放异彩，如别林斯基的直率、雄辩和情理交融；车尔尼雪夫斯基的鲜明战斗性和政治色彩；普列汉诺夫的宏大气魄和逻辑力量。列宁文艺论著继承了马克思恩格斯文论的风格特征，特别是继承了俄国革命民主主义者文论的战斗风格，同时又是别具一格的。对于列宁文艺思想的个性特征，卢那察尔斯基曾经做过相当准确和精彩的描述，他首先称列宁文艺思想是"当代文学实践和无产阶级文艺理论的指路明灯"，同时指出"整个列宁遗产所特有的战斗的党性的精神，这份遗产所固有的尖锐性同哲学深度和历史具体性的结合，必定使马克思主义文艺理论富有创造力，现在和将来都是如此"。① 下面结合卢那察尔斯基所指出的战斗的党性、哲学的深度和历史的具体性，分析一下列宁文艺思想的个性特征及其在文本中所体现出的风格特征。

首先是战斗的党性。

列宁文艺论著都具有强烈的党性精神，他不论涉及任何文艺理论问题都是公开而直率地站在无产阶级立场上，都是坚定不移地坚持马克思主义的基本原则，都是毫不妥协地同一切资产阶级观点和修正主义观点展开不调和的斗争。在艺术反映论问题上，列宁坚持辩证唯物主义认识论，反对马赫的主观唯心主义认识论；在文学党性原则问题上，列宁坚持党性原则，反对资产阶级所鼓吹的"非党性"和"创作自由"；在文化问题上，列宁坚持阶级观点，提出两种文化学说，反对资产阶级民族主义观点。

同战斗的党性相联系的是列宁文论强烈的政论色彩。这方面，列宁明显继承了俄国革命民主主义美学和文艺批评的传统。在列宁的文艺论著中，我们看到他所论述的文艺理论问题总是同社会政治思想斗争问题相联系，他总是通过文学批评来表明和宣传自己的社会政治观点。然而这种政论成分在他的文艺论著和文艺批评中，又总是同对艺术规律的阐发，同对具体作家作品的艺术分析有机地融合在一起。列宁的文艺评论文章虽然都是以评论某个作家作为基础，但它的出发点却往往都是为了批判某种错误的社会政治思潮或文艺思潮、文艺倾向，都是为了阐明无产阶级政党在某个重大社会政治问题上的主张和见解。例如，对列夫·托尔斯泰的评论，其基础当然是托尔斯泰的学说和创作，但其着眼点却是为了批判官方政府和资产阶级自由派对托尔斯泰的歪曲，是为了总结俄国第一次革命的经验和教训。以往有人常常用一般的文艺评论来要求列宁的文艺评论，认为列

---

① 《卢那察尔斯基文集》第 8 卷，莫斯科，1967 年，第 464 页。

宁的文艺评论不是文艺评论而是政论，因为其中很少进行艺术分析和美学分析。这种看法其实是对列宁文艺评论的特点了解得不够深切，列宁的文艺评论如果失去政论色彩，其结果当然也就会失去其固有的独特的魅力，也就失去其意义。

列宁文艺论著的战斗性和政论色彩在文体方面也有明显的表现，这就是他的文艺评论总是写得尖锐、泼辣，充满热情，这种特点又往往影响论文的基调和结构，使论文常常具有一种急速的节奏和活跃的气势。透过列宁的文艺论文，我们同样可以感到一种战士的强烈的激情，一种理论的力量和情感的力量。

其次是哲学的深度。

列宁的文艺论著不仅具有战斗的党性，充满战士的热情，同时具有很强的科学性和哲学的深度，他总是把政论批评的尖锐性和战斗激情同哲学批评冷峻的和哲理的分析有机地结合起来。列宁曾经指出，马克思主义理论"对世界各国的社会主义者之所以具有不可遏止的吸引力，就在于它把严格的高度的科学性（它是社会科学的顶峰）和革命性结合起来，并且不是偶然地结合起来（即不仅因为学说的创始人兼有学者和革命家的品质），而是把二者内在地和不可分割地结合在这个理论本身中"。① 这种革命家和科学家品质的结合，政论的尖锐性和哲学理论深度的结合，在具体文本中往往体现为情与理的融合，它不仅仅以情动人，更重要的是以理服人。例如，列宁对马赫主义唯心主义哲学和美学的批判，不仅与其誓不两立，剥去其种种伪装，深刻揭露其唯心主义本质，同时也正面阐述了反映的客体决定主体，反映主体的巨大能动性，反映主体和客体之间的矛盾运动等一系列反映论的重要观点，这就使这种批判具有理论的深度。又如对列夫·托尔斯泰的评论，列宁不仅满怀义愤揭露了官方政府和资产阶级及自由派歪曲托尔斯泰的反动目的，深刻揭示了托尔斯泰学说和创作的矛盾及其社会历史根源，而且还从辩证唯物主义反映论的角度出发，指出："如果我们看到的是一位真正伟大的艺术家，那么他就一定会在自己的作品中至少反映革命的某些本质的方面。"② 列宁这种分析就使"托尔斯泰

---

① 《列宁全集》第 1 卷，人民出版社 1955 年版，第 306 页。
② 《列宁论文学与艺术》，人民文学出版社 1983 年版，第 201 页。

是俄国革命的镜子"的结论不仅具有历史的内涵，同时具有哲学的深度，使对托尔斯泰的评论在整体上具有很强的理论穿透力。

第三是历史的具体性。

在文论中出现的列宁，不仅是文学家、哲学家、政论家，同时也是历史学家。他的文论具有历史的具体性，具有历史批评的历史感，这是列宁文艺思想最重要的特征。

列宁在考察作家作品，考察一切文学现象时，总是把它们放在一定社会历史环境中加以分析，把它看作是一定社会历史条件下的产物。正如卢那察尔斯基所说的，列宁"教导我们要确定发生这一现象的活生生的社会年代，也就是确定作为被研究对象的历史基础的、各社会现象之间的联系"。① 从这种观点出发，列宁总是把文学现象同一定时代的社会生活和精神生活从总体上有机统一起来加以认识。在对列夫·托尔斯泰的评论中，列宁不仅揭示造成托尔斯泰伟大创作的主观条件，也揭示其客观条件，把托尔斯泰的个人天才同重大的社会历史内容结合起来，指出托尔斯泰创作和思想的基本性质和基本矛盾是"19 世纪最后三十年俄国实际生活所处的矛盾条件的表现"。② 在《纪念赫尔岑》一文中，列宁同样指出赫尔岑的精神悲剧不是个人悲剧，而是时代悲剧的反映。他说："赫尔岑的精神悲剧，是资产阶级民主派的革命性已在消亡（在欧洲）而社会主义无产阶级的革命性尚未成熟的那个具有世界历史意义的时代的产物和反映。"③

值得注意的是，列宁文艺思想的历史具体性是同党性原则有机相结合的，列宁在论述文学艺术问题时总是公开站到无产阶级立场上对文学现象做出历史评价，同时又把这种历史评价同当代迫切问题联系在一起。列宁在评论托尔斯泰创作时就指出："只有从社会民主主义无产阶级观点出发，才能对托尔斯泰做出正确评价。"④ 他当时就是站在无产阶级立场上批驳官方和自由派对托尔斯泰的种种歪曲，并且把对托尔斯泰的历史评价

---

① 《卢那察尔斯基论文学》，人民文学出版社 1978 年版，第 36 页。
② 《列宁论文学与艺术》，人民文学出版社 1983 年版，第 203 页。
③ 同上书，第 213 页。
④ 同上。

同思考俄国革命的迫切问题，同总结俄国第一次革命的经验教训有机地结合起来。

三　列宁文艺思想的研究方法

列宁文艺思想是一个严整的体系，同时又有鲜明的个性特征，因此，对列宁文艺思想的研究也应当有一套与其相适应的研究方法。列宁文艺思想的研究方法是随着研究工作本身的不断深入和科学的不断发展，而越来越受到重视和不断得到发展和完善的。下面几种研究方法是理论界普遍公认和不断付诸实践的。

第一，把列宁主义看成一个完整的体系，要求把列宁文艺思想的研究同列宁整个思想的研究结合起来。

这种研究方法最早是卢那察尔斯基在《列宁与文艺学》（1934）中提出来的。卢那察尔斯基认为"马克思列宁主义是无产阶级唯一完整的观点体系"，列宁主义是一个有机的完整的体系，研究列宁文艺思想必须同研究列宁的哲学思想、文化思想，乃至经济思想、政治思想结合起来。其中，"列宁论证过的马克思主义一般哲学原则"对于文艺学"有着奠基意义，列宁有关社会科学的原则和资料值得仔细研究，列宁关于文化的学说"更是具有特别的意义。总之，卢那察尔斯基认为："列宁遗产中有些宝贵指示，揭明了我国经济史、政治史和文化史的精义，不懂得这个精义，就既不能认识文学的过去，也不能历史地了解文学的现在和未来。"[①]列宁夫人克鲁普斯卡娅对此持有相同的见解，她曾经说过："重要的是，不仅要把马克思、恩格斯、列宁关于文化问题的个别言论拿过来，而且要将这些言论最紧密地同他们的整个学说结合起来，这是保证它免受各种歪曲的最好方法。"[②]

卢那察尔斯基所倡导的这种方法到了 70—80 年代，随着综合研究方法和系统研究方法在科学领域中得到广泛运用，才又得到理论界的高度重视，他们试图运用综合系统方法研究列宁文艺思想。例如叶祖伊托夫在他

---

① 《卢那察尔斯基论文学》，人民文学出版社 1983 年版，第 4—5 页。
② 转引自吴元迈《探索集》，外国文学出版社 1986 年版，第 152 页。

的专著《列宁和现实主义问题》（1980）中，就联系列宁的哲学、政治、经济、美学思想，从列宁的政治现实主义、经济现实主义、哲学现实主义和日常生活现实主义的种种提法中，对列宁的现实主义美学思想的形成和发展作了系统的综合的研究。

第二，把列宁文艺思想看成是历史的产物，力求把理论研究和历史研究结合起来。

列宁文艺思想本身有深刻的历史感，充满历史主义精神，列宁总是把一定的文学现象放在一定的社会历史条件下加以分析，对列宁文艺思想的研究也应该体现这种历史主义精神。如果我们对列宁文艺思想的研究只停留在对列宁文艺观点的归纳和说明，不去深入了解列宁种种文艺观点产生的历史条件，是很难把握列宁文艺思想的精髓。

最早将列宁文艺思想的理论研究和历史研究结合起来的是苏联著名文艺学家梅拉赫。他在《列宁和19世纪末20世纪初俄国文学》（中译本书名改为《列宁和俄国文学问题》）的专著中，以大量翔实的材料论述列宁和19世纪末20世纪初俄国文学的关系，把对列宁文艺思想几个基本理论问题（艺术反映论、文学党性原则等）的阐发同俄国19世纪末20世纪初的社会思想斗争和文学斗争紧密结合起来。作者在新版"作者的话"中指出："全面研究列宁的文学论述和揭示这些论述具体的、历史的和方法论的内容是苏联文艺学的首要的和迫切的任务。"梅拉赫的这本专著正是他所提出的研究方法的成功尝试。在专著中他摆出了大量的历史材料，但又不让列宁文艺思想淹没其中。他摆出大量的历史材料不仅是作为列宁文论的注脚，更重要的是为了阐明列宁文艺思想产生的历史条件，加深人们对基本理论的理解，从而使理论获得一种深邃的历史感。由于把理论和历史的阐述结合得比较好，专著又处处给人一种方法论的启示。这一切在"列宁论列夫·托尔斯泰（撰写过程和有关问题）"一章中表现得尤为突出。梅拉赫在这一章里提供了围绕托尔斯泰寿辰和逝世所展开的社会政治思想斗争和文学斗争的大量历史材料，深刻揭示列宁的写作动机。同时他又用大量历史材料说明托尔斯泰是农民的代言人，从纵的方面说明托尔斯泰同俄国19世纪60年代革命者的思想渊源关系，从横的方面说明托尔斯泰创作的世界意义。这样就使我们对列宁评论的认识提到一个新的高度。梅拉赫的专著由于体现出一种新的研究方法，受到普遍欢迎，从1947年到 1970 年共出了四版，并且获得苏联国家奖金。苏联作家第二次代表大会的报告指出："梅拉赫所写的详尽而认真的专著分析了列宁关于俄国文学问题的意见"，"充满着已经成熟的历史观点的感觉，历史的具体性和艺术的具体性的感觉"。①

第三，把列宁文艺思想的研究同当代文艺学迫切问题的研究结合起来。

马克思主义文艺理论的特点是革命性、科学性和实践性密切结合，它是文艺实践的总结，反过来又指导文艺实践，它只有同文艺实践密切联系，在实践中不断发展，才可能有勃勃的生机。同样，列宁文艺思想的研究只有同当代文艺实践，同当代文艺学迫切问题相联系，才能有活力。20世纪 30 年代，卢那察尔斯基阐明列宁艺术反映论，是为了批判庸俗社会学把文艺看成是经济和阶级心理直接反映的错误理论，卢那察尔斯基阐述列宁批判地继承人类文化遗产的学说，也是针对"拉普"对待文化遗产所采取的"左"的态度。40 年代在延安，毛泽东同志指示《解放日报》发表列宁文艺论等，则是为他解决中国革命文艺运动问题提供理论武器。毛泽东的《在延安文艺座谈会上的讲话》所提出的文艺为工农兵服务的方向是同列宁在《党的组织和党的出版物》中所提出的文艺要为千千万万劳动人民服务是一脉相承的。50—60 年代以来，特别是 70—80 年代以来，社会主义文化艺术建设提出了种种新问题，西方形形色色的文艺理论也向马克思主义文艺理论提出新的挑战。面对新的形势，列宁文艺思想研究如何同当代文艺学迫切问题相联系，如何运用列宁社会主义文化建设的理论来回答社会主义文化艺术建设所提出的新课题，如何运用列宁文艺思想的基本原则对当代西方文艺理论进行具体的科学的分析，这是列宁文艺思想研究面临的迫切任务，列宁文艺思想研究也只有在解决这些新问题的过程中才能获得新的发展。

总之，理论、历史和现实的结合，这是列宁文艺思想研究历史经验的总结，也是列宁文艺思想研究今后发展的方向。当然，要做到三者的有机结合并非易事，但是只有朝着这个方向去努力，列宁文艺思想研究才能获得新的生命力。

---

① 《苏联人民的文学》（上册），人民文学出版社 1956 年版，第 226 页，

上　篇

列宁文艺思想是一个
严整的理论体系

第 六 章

列宁的艺术反映论及其历史命运

文艺与现实关系问题是美学和文艺学最根本的问题，自古以来中外美学家和文艺学家都试图对这个问题作出自己的回答，但由于他们的哲学观点和美学观点不尽相同，考虑问题的角度也各有差异，他们的回答自然是五花八门的，其中摹仿说、镜子说有之，美是生活说有之，表现说有之，自我表现说有之，几个世纪以来一直争论不休。到了 20 世纪初，列宁运用辩证唯物主义观点科学地阐明了文艺与现实的关系，提出了艺术反映论，解决了美学界和文艺学界长期无法得到解决的问题。列宁艺术反映论的提出对美学和文艺学，对文学艺术创作，都产生过重大的影响。保加利亚学者托多尔·巴甫洛夫院士主持的由苏保两国学者共同编写的专著《列宁的反映论和当代》指出："离开或者反对辩证唯物主义的反映论，就不可能正确地指出，也不可能有效地解决人类创造的问题。"[1] 法国作家罗曼·罗兰在《列宁·艺术和行动》一文中也指出列宁的反映论对文学创作的积极作用，他以赞美的口吻说："希望这也成为艺术的最高规律！"[2]

然而，列宁艺术反映论的提出并不意味着艺术与现实关系问题争论的终结，近一个世纪以来，在苏联，在中国，甚至在整个世界范围内，列宁的艺术反映论依然受到来自各方面的严重挑战，受到种种责难和歪曲。一种情况是，庸俗社会学者把文学艺术看成是现实的机械反应，他们或者把文学艺术看成是社会经济关系阶级心理的直接反映，或者是把艺术等同于

---

① 转引自梅特钦科《继往开来》，中国社会科学出版社 1983 年版，第 25 页。
② 同上书，第 31 页。

生活，在苏联和中国的文学评论中，有一个时期我们时常可以听到这样的责问："难道生活是这样的吗？"由于这些情况的出现，不少人把反映论误认为机械的反映论。另一种情况是，西方有些美学家和文艺学家把文学艺术只看成是作家艺术家主观精神的体现，似乎与现实生活无关。从这种观点出发，他们把再现和表现对立起来，剧烈反对艺术反映论，认为它已经过时了。美国哥伦比亚大学教授鲁弗斯·马修森就这样说过："你们的文学是靠了托尔斯泰、普希金、契诃夫的传统而发展的，它把生活描画得太清楚了。而反映的文学，我们是不感兴趣的。"① 以上两种极端实际上都背离了艺术反映论的基本原理，或者走向机械唯物论，或者走向唯心论。

诚然，20 世纪以来，自然科学和社会科学以及文学艺术本身都有很大的发展，列宁的艺术反映论也应当得到进一步发展，这是毫无疑问的，但这不等于说列宁的艺术反映论已经过时了。列宁的艺术反映论正像马克思主义的一些基本原理一样，是富有生命力的，是经得起历史的检验的。问题的关键在于，不少人在理论上和实践上对它缺乏全面的和正确的理解。在相当长的一个时期内，我们在创作实践中和批评实践中常常用机械的反映论代替能动的反映论，而西方的一些学者正是把这种庸俗化的倾向当作列宁艺术反映论本身加以贬低和嘲讽，根本不去理会能动的反映论本身。因此，全面而正确地阐明列宁的艺术反映论，并且从艺术反映论的历史命运中总结出必要的经验教训，这是我们在美学和文艺学领域坚持和发展列宁艺术反映论的重要的理论前提。

本章重点阐发列宁艺术反映论的重要内容，同时也兼及艺术反映论提出的历史背景和艺术反映论的历史命运。

一 居于首要地位的时代课题

任何哲学和美学的发展不仅要受本学科发展的逻辑走向的影响，同时也为它所处的时代的社会历史条件所制约。列宁对认识论的发展和艺术反映论的提出也是有深刻的社会历史原因的。它所回答的正是 20 世纪初居

---

① 《文学报》1970 年 2 月 25 日。

于首要地位的时代课题。

列宁是在 20 世纪初集中从事哲学研究的，在他研究认识论和提出艺术反映论的时代，世界正面临着两大时代课题，一是社会革命，一是自然科学的发展。这两大时代课题的解决，都对认识论的发展提出迫切的要求。

先谈社会革命。俄国自 1861 年废除农奴制度以后，资本主义得到迅速的发展。到了 19 世纪末 20 世纪初，俄国资本主义发展到帝国主义阶段；俄国社会的阶段矛盾加剧，工人运动兴起。1905 年俄国爆发了第一次革命，12 月的莫斯科工人武装起义使革命达到高潮。可是到了 1907 年，沙皇镇压了革命，革命形势转入低潮，俄国进入斯托雷平反动时期。在这种形势下，无产阶级政党的首要任务是总结革命的经验教训，制定新的斗争策略。为了完成这一任务，显然包括哲学认识论在内的理论问题便居于首要地位。列宁当时曾经说过，在这个时期内，“对于每个生气勃勃的派别来说，是把包括哲学问题在内的基本理论问题放在首要地位”。①

再谈自然科学发展。19 世纪末 20 世纪初，在世界范围内自然科学迅猛发展，特别在物理学方面有重大发现，其中主要有德国物理学家伦琴发现 X 射线，法国物理学家柏克勒发现了射线，英国物理学家汤姆逊发现了电子，波兰的居里夫人发现了镭。这些发现把人类对自然界的认识从宏观领域推进到微观领域，它生动证明构成物质世界最小单位的原子还可以进一步分割，证明了辩证唯物论的无比正确。然而有些自然科学家却对新的发现感到迷惑不解，甚至产生严重的“危机感”。例如意大利物理学家利希说：“电子论与其说是电的理论，不如说是物质的理论；新体系直接用电代替了物质。”在这种情况下，唯心主义乘虚而入，宣扬“物质消灭了”，“唯物主义靠不住了”，他们认为唯物主义讲的物质就是原子，是构成物体的最小单位，是不可分的；现在发现原子不是构成物质的最小单位，它由电子和原子核构成，物质不存在了，因此唯物主义也就不成立了。

当 20 世纪初的社会革命和自然科学新进展迫切要求发展马克思主义的时候，马克思主义却受到资产阶级和机会主义的进攻，而这种进攻主要

---

① 《列宁全集》第 17 集，人民出版社 1959 年版，第 59 页。

也表现在哲学方面，表现在认识论方面。无论是伯恩斯坦还是考茨基都想修正马克思主义。考茨基和第二国际各党的某些领导人认为马克思主义和修正主义是可以调和的。奥地利社会民主党领袖维·阿德勒等人宣称要把马克思主义和马赫主义结合起来，用马赫主义"最新的认识论"补充马克思主义。在俄国，由于1905年革命的失败，革命处于低潮时期，一时间修正马克思主义之风甚嚣尘上，一些所谓的马克思主义哲学家对马克思主义哲学大加攻击，仅在1908年不到半年时间内就出版了四本书：《马克思主义哲学概论》（巴扎罗夫、波格丹诺夫、别尔曼、格尔方德、尤什凯维奇、苏沃洛夫的论文集）、《唯物主义和批判实在论》（尤什凯维奇）、《从现代认识论来看辩证法》（别尔曼）、《马克思主义的哲学体系》（瓦连廷诺夫）。在这些著作里，俄国的经验主义者承继马赫主义的衣钵，宣扬"物是感觉的复合"的唯心主义哲学，认为"我们的知觉是我们唯一的对象"，"世界仅仅是由我的感觉构成的"，"感性表象也就是存在于我们之外的现实"等唯心主义哲学观点。在他们看来，马克思主义已经过时了，马赫主义是20世纪的自然科学的哲学，是自然科学领域里最进步的倾向。在这种唯心主义哲学思潮影响下，文学创作中颓废主义和神秘主义盛行，一些美学家认为文学艺术不过是作家艺术家主观经验的系统化，是"神秘的经验"的表现，他们甚至宣称："艺术除了宗教的含义外，没有任何本身的含义。"

针对哲学领域和艺术领域唯心主义泛滥的严重情况，列宁在《政论家的短评》（1910）中指出，党内"新派别"鼓吹的所谓"无产阶级哲学"，"其实指的就是马赫主义"。他说："凡是读过1908年至1909年间的社会民主党书刊的人，都是很清楚问题的实质的。在目前时期，在科学、哲学和艺术领域中，马克思主义和马赫主义者的斗争已经居于首要地位。"① 为了反击哲学领域和艺术领域唯心主义思潮的挑战，列宁在1909年写了《唯物主义和经验批判主义》一书，彻底清算了马赫主义的唯心主义哲学，创造性地发展了马克思主义认识论，提出了辩证唯物主义的能动的反映论。在列宁看来，艺术是人们认识现实世界的一种特殊形式，因此，在书中谈到美学问题时，他总是同辩证唯物主义的认识论紧密联系在

---

① 《列宁论文学与艺术》，人民文学出版社1983年版，第271页。

一起。在《唯物主义和经验批判主义》一书中，列宁虽然没有列出专章来直接论述艺术反映论问题，但他是把艺术同其他认识形式放在一起进行探讨的。对于列宁来说，认识无穷多样的自然现象和社会现象是一个统一的过程，尽管各种认识形式各具特色，但都服从于统一的认识规律。值得注意的是，列宁在写《唯物主义和经验批判主义》这部巨著期间（1908年10月脱稿，1909年5月出版），写了《列夫·托尔斯泰是俄国革命的镜子》（1908年9月11日）这篇重要的文学评论，在这篇文章和以后所写的评论托尔斯泰的文章中，反映论和文艺的问题便成了中心。这些评论可以看作是列宁在《唯物主义和经验批判主义》中所阐明的辩证唯物主义的反映论在艺术领域中的具体运用和进一步发展。其中，例如"托尔斯泰是俄国革命的镜子"的科学论断就是反映论的具体运用，这一论断本身可以说是有机地综合着社会历史的、哲学认识论的和文学审美的丰富内容，是列宁艺术反映论的生动体现。

依据列宁在《唯物主义和经验批判主义》和有关托尔斯泰论文中所阐明的基本观点，可以看出列宁的艺术反映论蕴含着十分丰富的内容，主要包括以下几个方面：生活实践的观点是艺术反映的首要观点；作为反映主体的艺术家具有能动作用；主体反映客体是充满矛盾的双向运动；艺术具有改造世界的巨大力量。

二 生活和实践的观点是艺术反映的首要观点

列宁的反映论首先是唯物论的反映论。在列宁看来，人的意识、认识以及知觉和表象，都是现实生活的反映。他指出："我们的感觉、意识只是外部世界的映象；不言而喻，没有被反映者，就不能有反映，被反映者是不能依赖于反映者而存在的。"① 从这一基本观点出发，他又进一步指出："生活、实践的观点应该是认识论的首要的和基本的观点"；"物存在于我们之外。我们的知觉和表象是物的映象。实践检验这些映象，区分它们的真伪。"② 列宁关于认识论的这些重要结论，对于我们理解艺术反映

① 《列宁选集》第2卷，人民出版社1972年版，第65页。
② 同上书，第142、107页。

论是十分重要的。

首先，艺术的反映对象在本质上是不依赖作家艺术家的意识和感觉而存在的，艺术是客观现实的反映，客观现实是艺术唯一的源泉。这一基本观点是艺术反映论的基石，它解决了自古以来关于艺术与现实关系的种种争论，实际上是把现实生活这一艺术的基原归还给艺术。也正是这一基本观点划清了艺术与现实关系问题上唯物主义和唯心主义的界线：一切唯物主义坚持物质第一性、意识第二性，生活第一性、艺术第二性；而一切唯心主义则坚持意识第一性、物质第二性，艺术第一性、生活第二性。正如列宁所指出的："唯物主义和唯心主义是依如何解答我们认识的源泉问题即认识同物理世界的关系问题而区分开来的。"①

既然承认现实生活是一切感觉的源泉，是文学艺术的源泉，那么就应该从现实生活本身去寻找文学艺术作品内容的渊源，寻找审美认识的渊源，我们在评价文学艺术作品的价值和意义时，首先也必须将作品的内容同现实生活加以对照，看它的真实性的程度如何。列宁在同卢那察尔斯基的谈话中曾经指出："在艺术作品中，重要的是读者不会怀疑被描写事物的真实性，读者的每根神经都在感觉到，一切正是这样发生的，正是这样感受、经历和说出来的。"② 我们可以清楚地看到，列宁所喜爱和所论及的作家尽管思想艺术水平高低不一，个人创作风格各异，但都有一个共同特点，这就是他们都是现实主义作家，他们的作品都真实地反映现实的社会关系和阶级关系，反映现实生活某些本质的方面。

列宁的上述观点在论托尔斯泰的论著中得到生动的体现和深刻的阐发。从反映论的基本观点出发，列宁认为托尔斯泰不是什么"人类的良心"，他的创作也不是主体精神的产物。在他看来，托尔斯泰的创作是同俄国现实生活密切联系的，托尔斯泰创作和思想的基本性质和基本矛盾是19世纪最后三十几年俄国实际生活所处的矛盾条件的表现。正是从这种唯物主义的反映论出发，他称托尔斯泰是"俄国革命的镜子"，指出："如果我们看到的是一位真正伟大的作家，那么他就一定会在自己的作品

① 《列宁选集》第2卷，人民出版社1972年版，第266页。
② 转引自《列宁文艺思想论集》，中国社会科学出版社1986年版，第112页。

中至少反映出革命的某些本质方面。"①

其次，生活实践是检验反映的真伪的唯一标准，评价艺术作品的真实程度不能脱离开生活实践。列宁提出生活实践的观点是认识论的首要和基本的观点，这是对认识论的重要发展，也是反映论的重要组成部分。意识是存在的反映，艺术是现实生活的反映，然而主体如何反映客体呢？主体和客体的相互联系和作用如何建立起来呢？唯心主义认为客体的相互联系和作用是靠超现实的所谓"最高的理智"、"神的创造行为"来建立的，而列宁认为主客体相互联系和作用的桥梁是社会实践。列宁说："自然界反映在人脑中。人在自己的实践中、技术中检验这些反映的正确性并运用它们，从而也就接受客观真理。"② 在这里，列宁强调了认识和反映对实践的依赖作用。人对客观现实的认识和反映是否准确、全面和深刻，首先取决于人们的实践水平，离开了人的社会实践，也就没有人们的认识。列宁这一思想对艺术创作意义十分重要。文学作品能否真实、深刻地反映生活取决于艺术家对生活的认识，而艺术家对生活的认识是否准确、全面和深刻归根到底取决于艺术家的社会实践。离开了生活实践，艺术便成了无源之水无本之木了。正是从这种观点出发，列宁在十月革命后要求作家艺术家"多接近生活"。列宁在 1919 年 7 月 31 日给高尔基的那封著名的信中，集中地阐明了艺术家的认识和实践的关系。他指出高尔基在十月革命后产生病态心理和不健康情绪有三个原因：一是受资产阶级包围；二是脱离工农兵火热的战斗生活；三是缺乏政治经验。列宁指出高尔基从事的是"一种特殊的职业"，是靠实践，靠直接观察来认识生活真理的。当他受"满怀怨恨的资产阶级分子"包围时，必然产生不健康情绪，在这种环境中，高尔基"不能直接观察工人和农民，即俄国十分之九的居民生活中的新事物"，这样他就失去了艺术认识首要的和基本的源泉。因此，列宁向高尔基指出，如果想当一个艺术家，那就应当"到那些不是对首都举行疯狂进攻、对各种阴谋作激烈斗争、表现出首都知识分子深仇大恨的中心所在的地方，到农村或外地的工厂（或前线），去观察人们怎样以新的方式建设生活。在那里，单靠普通的观察就很容易分辨出旧事物的腐朽和

---

① 《列宁论文学与艺术》，人民文学出版社 1983 年版，第 201 页。
② 《列宁全集》第 38 卷，人民出版社 1959 年版，第 215 页。

新事物的萌芽"。① 认识来源于实践，列宁所指出的高尔基犯错误的原因和改正错误的途径，是同列宁认识论和反映论的基本观点完全一致的。

三　作为反映主体的艺术家具有能动作用

只承认认识源于生活，还不是辩证唯物论的反映论，辩证唯物论和机械唯物论的重要区别在于是否承认主体在反映过程中的能动作用。马克思早就指出："从前的一切唯物主义——包括费尔巴哈的唯物主义——的主要缺点是：对事物、现实、感性，只是从客体的或直观的形式去理解，而不是把它们当作人的感性活动，当做实践去理解，不是从主观方面去理解。所以，结果竟是这样，和唯物主义相反，唯心主义却发展了能动方面，但只是抽象地发展了，因为唯心主义当然不知道真正的、感性的活动本身。"② 马克思在这里着重批评了机械唯物论，指出对现实的反映既要从客体的方面去理解和把握，也要从主体方面去理解和把握，充分重视反映主体的能动作用。

列宁在强调文学艺术是现实生活的反映时，十分重视反映主体的能动作用，列宁的艺术反映论是区别于机械反映论的能动反映论。列宁指出："艺术并不要求把它的作品当作现实"，③ "反映可能是对被反映者的近似正确的复写，可是如果说它们是等同的，那就荒谬了"。④ 在《党的组织和党的出版物》中，他突出强调必须保证创作主体的个人创造性和个人爱好，他认为在文学事业中，"绝对必须保证有个人创造性和个人爱好的广阔天地，有思想和幻想、形式和内容的广阔天地"。⑤ 在列宁看来，现实在人的意识中的反映，现实生活在作家头脑中的反映，不是机械的、僵化的、镜子式的反映，而是复杂的、曲折的、能动的反映。也就是说，作家艺术家在反映现实生活时，总是包含着自己对现实生活的认识、感受和评价，总是渗透着自己的情感和理想。反映主体可以说是反映过程中最具

---

① 《列宁论文学与艺术》，人民文学出版社 1983 年版，第 308—311 页。
② 《马克思恩格斯选集》第 1 卷，人民出版社 1972 年版，第 16 页。
③ 《列宁全集》第 38 卷，人民出版社 1959 年版，第 66 页。
④ 《列宁选集》第 2 卷，人民出版社 1972 年版，第 330 页。
⑤ 《列宁论文学与艺术》，人民文学出版社 1983 年版，第 68—69 页。

有活力的、最积极的因素，反映主体的能动性得到充分发挥，艺术创作就充满活力，反之，反映主体的能动性受到压抑和窒息，艺术创作就萎缩、疲软，艺术的创造性归根结底是源于艺术家主体的能动性和创造性。因此，列宁十分重视反映主体的能动性和创造性，十分重视情感、幻想和想象等主观因素在艺术创作中的能动作用。

艺术创作的重要特点是它同人的情感的紧密联系。艺术家在反映现实生活时总要渗透自己的感情。列宁曾经说过："没有人的感情，就从来没有也不可能有人对真理的追求。"① 这段话也完全适用于文学艺术这种"人对真理的追求"的形式。列宁 1921 年 11 月 22 日为白卫分子阿维尔钦科的反动小说集《插到革命背上的十二把刀子》所写的评论《一本有才气的书》② 中，就强调了情感对艺术创作的作用。文章一开头，列宁就尖锐地指出阿维尔钦科是一个"忿恨得几乎要发疯的白卫分子"，但在小说的一些篇幅中"他以惊人的才华刻画了旧俄罗斯的代表人物——生活优裕、饱食终日的地主和工厂主的感受和情绪"。列宁认为小说有些地方写得十分精彩，是因为作者"描写他非常熟悉的、亲身体验过、思考过和感受过的事情"，而且作者对失去了昔日天堂的地主资产阶级倾注了十分强烈的感情——"烈火般的仇恨，有时（而且多半）使阿维尔钦科的小说精彩到惊人的程度"。这说明艺术作品不是现实的机械再现，它是作家认识和情感的融合。

除了情感，列宁还指出幻想、想象在认识过程和创作过程中的重要作用。他赞同地引用俄国文学批评家皮萨列夫的话："只要幻想的人真正相信自己的幻想，仔细地观察生活，把自己观察的结果与自己的空中楼阁相比较，并且总是认真地努力实现自己的幻想，那么幻想和现实的差别就丝毫没有害处。只要幻想和生活有联系，那么幻想决没有什么不好的地方。"③ 列宁认为幻想、想象是认识的必要的组成部分。他曾指出，没有展望未来的能力，缺乏有助于构想出更完整的现实图景的想象力，不仅诗人的创作，甚至微积分的发现也是不可能的，他认为"幻想是极其可贵

---

① 《列宁全集》第 20 卷，人民出版社 1958 年版，第 255 页。
② 《列宁论文学与艺术》，人民文学出版社 1983 年版，第 365—366 页。
③ 《列宁全集》第 5 卷，人民出版社 1959 年版，第 481 页。

的品质"。① 列宁在同高尔基的一次谈话中，也曾经十分强调想象在艺术
创作中的重要作用。他说："您的事业反正不一样。不是在实质上，而是
在形式上。我没有权利把自己想象成傻瓜，而您呢，倒是应该如此，否则
就写不出傻瓜来。这就是区别之所在。"②

　　列宁在评论托尔斯泰的创作时，也特别强调作为创作主体的作家的能
动性和创造性，强调托尔斯泰特殊的世界观和艺术才能对创作的积极作
用。他认为托尔斯泰能成为"俄国革命的镜子"，归根到底在于托尔斯泰
创作个性的力量，在于托尔斯泰对现实独特的认识和独特的艺术表现才
能。列宁认为托尔斯泰的作品不是对现实的消极反映，在他的作品中列宁
看到"对国家、对警察和官办教会的那种强烈、激愤而且常常是尖锐无
情的抗议"，"对土地私有制毅然决然的反对"，"充满最深沉的感情和最
强烈的愤怒对资本主义进行不断的揭发"。③ 这一切说明艺术家对现实的
反映是包含着自己的认识、评价和感情的。更为深刻的是，列宁指出托尔
斯泰的批判是"富有独创性"④ 的，这也就是说托尔斯泰不是从贵族立
场，也不是从资产阶级立场来进行批判，而是用农民的观点进行批判的，
把农民的心理放在了自己的批判之中。因此托尔斯泰的批判才具有"这
样充沛的感情，这样的热情，这样有说服力，这样的新鲜、诚恳并有这样
追根究底要找出群众灾难的真实原因的大无畏精神"。⑤ 这一切确实是贵
族作家和资产阶级作家的作品所没有的。可见，列宁在评论托尔斯泰的论
文中，既强调艺术家创作是受俄国现实的制约，又肯定作为创作主体的艺
术家个人的能动性和创造性，把艺术家的作品看成是主观与客观、认识与
评价、理性与情感、现实与理想辩证统一的产物。

四　主体反映客体是充满矛盾的双向运动过程

　　列宁的反映论不仅强调反映客体是创作的源泉，也强调反映主体的能

---

① 《列宁全集》第 33 卷，人民出版社 1957 年版，第 282 页。
② 《列宁和高尔基》，苏联科学院出版社 1958 年版，第 295 页。
③ 《列宁论文学与艺术》，人民文学出版社 1983 年版，第 211 页。
④ 同上书，第 203 页。
⑤ 同上书，第 218 页。

动性和创造性，而且特别重视在反映过程和创作过程中主客体的相互关系和相互作用，主客体辩证统一的关系。人的认识也好，艺术家的创作也好，都不是主体和客体的相加，也不是主体和客体简单的死板的反映，在反映过程中主体和客体是相互作用的，是充满矛盾的，因此列宁把主体反映客体的过程看成是复杂的、曲折的和充满矛盾的双向运动过程。这是列宁反映论最重要、最精彩的思想，因为既讲客体和主体，又讲主体和客体的辩证统一关系，这才是完整的反映论，才是辩证的能动的反映论。

列宁关于反映过程中主客体关系的观点主要体现在下面这两段论述之中：

> 自然界在人的思想中的反映，应当了解为不是"僵死的"，不是"抽象的"，不是没有运动的，不是没有矛盾的，而是处在运动的永恒过程之中，产生解决的永恒过程中的。①

> 智慧（人的）对待个别事物，对个别事物的摹写（＝概念），不是简单的、直接的、照镜子那样死板的动作，而是复杂的、二重化的、曲折的、有可能使幻想脱离生活的活动……②

列宁这两段话虽然是从哲学的角度论述认识过程中主体和客体的相互关系，但对认识文学创作过程中主体和客体的相互关系也有重要意义。这两段话包含丰富的内容，它涉及认识过程和创作过程中主客体关系的两个重要的方面。

一是主体反映客体的过程是不断运动的过程，是充满矛盾的过程。

列宁的这种看法是充满辩证法精神的。在他看来，人对客观现实的认识不是一次性完成的，也不是没有矛盾的，而是一个不断解决矛盾的辩证发展过程。为什么主体反映客体的过程是一个充满矛盾的运动过程呢？这是由客体的复杂性和主体的局限性决定的。一方面是客观现实生活中现象和本质、主要和次要、新生和陈旧常常混杂在一起，主体往往难以立刻认

---

① 《列宁全集》第 38 卷，人民出版社 1959 年版，第 208 页。

② 同上书，第 421 页。

识清楚，所以人们对客观现实的认识必然是一个逐步向前发展的过程。艺术家如果要全面反映事物，要透过现象反映事物的本质，就必须下一番去粗取精、去伪存真、由此及彼、由表及里的功夫。另一方面是反映主体本身存在局限性。就作家艺术家来讲，既有认识方面的局限，也有艺术表现能力的局限，有时是对现实认识不深刻，有时是认识还算深刻，但又缺乏艺术表现力，这一切都必将影响对现实生活的反映。由于客体和主体条件的限制，人的认识过程也好，艺术家的创作过程也好，都是一种充满矛盾的过程，一种永恒的运动过程。这种主体反映客体过程中的矛盾恰恰是认识和创作的动力，一切认识活动和创作活动都是在不断解决矛盾中前进的，它们是永无止境的。从这个意义上讲，艺术创作的奥秘正是深藏于主客体的矛盾和矛盾的解决之中。

　　二是主客体在反映过程中是相互联系、相互作用、相互制约和相互融合的，是一种双向交流的过程。一方面是主体要受客体的制约，主体要贴近客体。这时在反映过程中要解决的主客体矛盾是主体通过认识活动使自己的认识从不符合客观实际走向符合客观实际。在创作过程中，我们常常看到，作品人物的性格一旦形成，往往就不听命于作家的意愿，而听命于性格的逻辑和生活的逻辑。托尔斯泰根据自己丰富的创作经验曾经指出："艺术家之所以为艺术家，只是因为他并不是按照他所想要看到的那样去看事物，而是按照事物本来的面目去看事物。"① 有一次，加·安·鲁·萨诺夫埋怨托尔斯泰，说他让安娜·卡列尼娜卧轨自杀，未免过于残酷。托尔斯泰笑了笑回答道："这个意见……使我想起了普希金遇到过的一件事。有一次他对自己的一位朋友说：'想想看，我那位塔姬雅娜跟我开了多大玩笑！她竟嫁了人！我简直怎么也没有想到她会这样做，关于安娜·卡列尼娜我也可以说同样的话。根本讲来，我那些男女主人公有时就常常闹出一些违反我本意的把戏来：他们做了实际生活中常有的事和应该做的事，而不是做了我所希望他们做的事。"② 在《复活》创作过程中也出现过同样情况。托尔斯泰原先打算让玛丝洛娃同聂赫留多夫结婚，但最后还是否定了原来的创作意图。作家夫人索菲亚·安德列耶夫娜在1898年8

① 《托尔斯泰全集》第30卷，第20页。
② 《托尔斯泰评传》，人民文学出版社1981年版，第344—345页。

月23日的日记中写道:"早晨列夫·尼古拉耶维奇写了《复活》,对那天的工作非常满意。当我走到他面前的时候,他对我说:'告诉你,她没有跟他结婚。我今天全部写完了,换句话说,解决得非常好!'"①乍一看,好像主人公跟作家开了玩笑,人物的行为违背了作家的意图。仔细一想,这正说明作家通过自己的情感体验和理性思考加深了对人物性格和心理的认识和理解,使人物最后服从于性格的逻辑和生活的逻辑。在这个过程中,客体占主导和支配地位,主体要通过认识活动贴近客体。

双向交流的另一个方面是客体也要受主体的制约,客体要贴近主体。在艺术创作过程中,我们也常常发现,客观事物不符合于主体的意向,不符合于艺术家的审美意向,因此艺术家总是要按照自己的审美理想、审美情感和审美趣味来改造现实素材,力求在自己所描写的事物和人物中渗透进自己的理想、情感和评价,从而使主体意向体现于客体之中,使客体贴近主体。在《战争与和平》中,安德烈眼中的同一棵橡树呈现出两种截然不同的形象就是一例。第一次,安德烈在经历战争和丧妻之后看到的橡树,"像一个古老的、严厉的、傲慢的怪物","不肯对春天的魔力屈服,既不注意春天,也不注意阳光","板着脸,僵硬,丑陋,冷酷"。这棵被蒙上阴冷色彩的橡树显然是安德烈当时那种阴冷、绝望心情的写照。过了一星期,当安德烈认识娜塔莎之后再看到那棵橡树时,橡树"却完全变了样子,展开一个暗绿嫩叶的华盖,如狂似醉地站在那里,轻轻地在夕阳的光线中颤抖。这时那些结节的手指,多年的疤痕,旧时的疑惑和忧愁,一切都不见了。透过那坚硬古老的树皮,以至没有枝子的地方,出生令人无法相信那棵老树会生得出的嫩叶"。乍一看来,好像是橡树变了,深一想,橡树还是那棵橡树,只不过是主人公的情感变了,他用自己的情感改造了橡树,在他情绪不好的时候注目的是橡树枯老僵化的一面,在他情绪好的时候注目的是枯木逢春、重发生机的一面。在这个过程中,主体占了主导和支配的地位,客体则贴近主体。·

总之,反映过程既是客体到主体的过程,又是主体到客体的过程,这是一个相互制约和相互融合的双向交流的过程。

---

① 多宾:《生活素材和艺术情节》,列宁格勒,1958年,第114页。

五 艺术具有改造世界的巨大力量

列宁的反映论不仅讲意识源于存在，艺术源于生活，而且讲意识不等于存在，艺术不等于现实，讲反映的能动性。反映的能动性如前所述，表现在反映主体的能动性和创造性，表现在主体和客体在反映过程中的相互作用，同时，反映的能动性还表现在意识对存在的反作用，艺术对现实的反作用。列宁指出："人的意识不仅反映客观世界，并且创造客观世界。"① 在他看来艺术不仅反映现实，而且对人的思想感情发生积极影响，参与社会的改造和发展。他认为观念形态的东西通过人的实践转变为现实，是根本性的变化。他说："观念的东西转化为实在的东西，这个思想是深刻的，对于历史是很重要的。"② 正是从这一基本观点出发，列宁视文学艺术在革命运动中的作用。他称高尔基为"无产阶级艺术的最杰出的代表"，归根到底是因为"高尔基同志用他伟大的艺术作品把自己同俄国和全世界的工人运动结合得太牢固了"。③ 高尔基在 1906 年写出了无产阶级文学的奠基作品《母亲》。列宁在这本书出版以前就读过手稿，满腔热情地肯定《母亲》是一本"非常及时的书"，指出"很多工人都是不自觉地、自发地参加了革命运动，现在他们读一读《母亲》，一定会得到很大益处"。④ 列宁在《国际歌》作者欧仁·鲍狄埃逝世 25 周年时，也专门写文章纪念他，称他是"一位最伟大的用歌作为工具的宣传家"，认为他的战斗歌曲对"生活中所发生的巨大事件作出反应"，而且"唤醒落后的人们的觉悟，号召工人团结一致"，向资产阶级展开斗争。诗人的《国际歌》唤起了千百万无产阶级的觉悟，"成了全世界无产阶级的歌"。⑤

列宁在评论托尔斯泰的论文中，也非常重视托尔斯泰的创作对现实生活能动的反作用，他既从起源学的角度分析托尔斯泰创作的社会历史根源，又从功能学的角度分析托尔斯泰作品在其存在的各个时代所起的作

① 《列宁全集》第 38 卷，人民出版社 1959 年版，第 228 页。
② 同上书，第 117 页。
③ 《列宁论文学与艺术》，人民文学出版社 1983 年版，第 268 页。
④ 同上书，第 411 页。
⑤ 同上书，第 334—335 页。

用。他指出在托尔斯泰的遗产里，"有着没有成为过去而属于未来的东西"。俄国无产阶级向劳动群众阐明托尔斯泰创作的批判意义，目的在于"使他们振奋起来对沙皇君主政体和地主土地占有制进行新的打击……把自己团结成一支社会主义战士的百万大军，去推翻资本主义，去创造一个人民不再贫困、没有人剥削人的现象的新社会"。① 同时，列宁也指出托尔斯泰创作和学说消极的一面，认为它们所具有的批判成分是空想社会主义的成分，它的意义"恰与历史发展进程成反比"。随着时间的推移，任何想把托尔斯泰学说理想化的企图，"都会造成最直接和最严重的危害"。②

上面我们从几个方面阐发了列宁艺术反映论，从中可以看出列宁艺术反映论的思想是十分系统和完整的，如果加以归纳，可概括为三个方面：第一，艺术反映的对象是不依赖艺术家的意识和感觉而存在的，艺术是客观现实的反映；第二，艺术家对现实生活的反映不是机械的、僵化的，而是能动的和富有创造性的，艺术作品是创作主体和创作客体相互结合的产物；第三，艺术不仅反映客观世界，而且要改造客观世界，艺术对现实有巨大的作用。以上三个方面的结合说明列宁艺术反映论既是唯物的，又是辩证的，既是反对唯心论的，又是反对机械唯物论的，不仅同主观唯心主义划清界限，也同旧唯物主义划清界限，它完全是一种崭新的辩证唯物主义的能动的反映论。

六 艺术反映论的历史命运

列宁艺术反映论以科学的认识作为基础，又科学地总结了艺术创作的规律，它是一种科学的文艺理论。近一个世纪以来文艺创作和文艺理论发展的历史事实证明，艺术反映论是富有生命力的。同时，我们也看到，如同一切马克思主义学说的命运一样，艺术反映论也受到来自各方面的挑战，它本身也在历史风雨的吹打中不断得到发展。总结一下艺术反映论的历史命运，对于我们全面和深刻地理解艺术反映论，并且在新的历史条件

---

① 《列宁论文学与艺术》，人民文学出版社 1983 年版，第 214—215 页。
② 同上书，第 236—237 页。

下坚持和发展列宁艺术反映论是十分有益的。

下面简要回顾一下，艺术反映论在苏联和中国的历史命运。

列宁的艺术反映论在十月革命后首先面临的是庸俗社会学的挑战。庸俗社会学作为一种理论体系，是学术界把马克思主义运用于学术领域的不成熟时期的产物，它对意识形态和经济基础的关系、意识形态的阶级性等问题作了简单化和庸俗化的阐述。在他们看来，文学艺术首先不是一定时代现实生活的反映，而是一定时代经济关系和阶级心理的直接反映。庸俗社会学的代表人物弗里契认为文学是"经济进化的一种标志"，文艺作品是"用艺术形象的语言来翻译社会经济生活"，"诗的风格是时代经济风格的审美表现"。他指出每一种艺术的基本类型都与一定的社会经济形式相适应，"是为了表达社会的经济内容和阶级内容的一种特殊的艺术——情感和形象的形式"。① 庸俗社会学的另一个代表人物彼列维尔泽夫则把艺术形象归结为"艺术家本人所属阶级的社会性的'异相存在'"，② 他在《文艺学》（1928）一书中提出文学就是"阶级意识和阶级心理的直接表现"，根本否认"任何阶级的艺术家客观地认识任何处于他的阶级或他的社会集团之外的现实的可能性"。庸俗社会学这些观点都是同列宁艺术反映论直接对立的，他们一是把艺术的反映对象简单归结为经济关系和阶级心理，否定艺术家反映本阶级以外的广阔的社会生活的可能性；二是把艺术的反映主体简单归结为阶级意识和阶级心理，否定不同阶级的艺术家客观地反映社会生活的可能性。

庸俗社会学在 20 年代对苏联的文艺创作和文艺理论都造成极其有害的影响，因此，从 30 年代开始苏联文艺界以列宁艺术反映论为指导，展开对庸俗社会学的批判。首先站出来批判庸俗社会学的当推卢那察尔斯基，他在《列宁与文艺学》（1932）中，鲜明地指出列宁反映论所强调的是艺术对社会生活的客观反映，而不是艺术家的阶级属性。他说："反映论所注意的，与其说是作家隶属的家系，不如说是他对社会变动的反映，与其说是作家主观上的依附性和他同某个社会环境的联系，不如说是他对

---

① 转引自《苏联文学思潮》，浙江文艺出版社 1985 年版，第 34—35 页。
② 《文学与马克思主义》1929 年第 11 期，第 20—22 页。

这种或那种历史局势的客观代表性。"① 他赞扬列宁的论文《列夫·托尔斯泰是俄国革命的镜子》是运用反映论的"一个特别突出的范例",认为列宁对托尔斯泰的看法"对于今后整个文艺学的道路有巨大意义"。里夫希茨在《列宁主义和文学批评》(1936)中,也阐明了艺术反映过程中主体和客体的关系,艺术客观真实性和阶级性的关系。他认为:"反映的真实性并不是同阶级性相矛盾的,精神现象的阶级实质不取决于他们的主观色彩,而取决于它们对现实理解的深度和正确性。阶级意识的主观色彩本身就是来自客观世界。主观色彩是结论,而不是出发点。"② 卢卡契的观点也同上述观点一致,在艺术本质问题上他强调艺术对现实的直接依赖关系,坚持艺术的客观性是不以艺术家的主观意志为转移的。他说:"'镜子',这个比喻是不可缺少的,因为只有借助它,才能理解艺术的世界观上的基本事实,即艺术是不依赖于我们的意识而存在的现实的特殊反映。"③ 他承认创作过程"只能主动地完成",但又强调"这一主动性绝不排斥整个过程是反映客观现实这个基本性质"。④

只要我们仔细研究 20 世纪 30 年代苏联文艺界对艺术反映论的阐发,便可以发现一个值得注意的历史事实:由于当时他们阐发列宁艺术反映论是为了批判庸俗社会学,他们在阐发艺术反映论时对创作主体的能动性虽然也有所涉及,但重点明显是放在艺术的客观性方面,这种倾向对后来苏联文艺创作和文艺理论的发展既带来积极的影响,也带来消极的影响。在一个相当长的时期,文艺界不重视创作主体的研究,不重视艺术家创作个性的研究,在创作实践和批评实践中常常把艺术等同于生活,只强调反映不强调创造。正如赫拉普钦科所尖锐批评的:"作家不久前还曾被许多批评家和理论家看作、直到现在还往往被描述为主要是多种多样事件、生活的某些变化、生活的个别特征和特点勤恳奋勉的记录员和认真的发报机。作家什么东西也不能发现,而只是'显示',什么东西也不能以自己的名义掺杂进去,而只是把观察到的东西加以复制,力图更广泛地'包罗生

---

① 《卢那察尔斯基论文学》,人民文学出版社 1983 年版,第 6 页。

② 《文学报》1936 年 1 月 20 日。

③ 《贝歇尔的诗歌》,《卢卡契文学论文选》第 1 卷,人民文学出版社 1983 年版,第 650 页。

④ 同上书,第 651 页。

活'；他是十足客观，同时又是显得完全无个性的。"①

上述局面一直到了50年代中期才得到扭转，文艺理论界在列宁反映论的研究中重新注意到了列宁所说的"人的意识不仅反映客观世界，并且创造客观世界"这句话的重要意义，开始重视反映主体的能动性和创造性，加强艺术家创作个性的研究，赫拉普钦科的《作家的创作个性和文学的发展》就是这方面的力作。这位理论家把艺术家的个性提高到了重要的地位，他认为艺术的发展是同创作个性的鲜明表现分不开的。

艺术反映论在中国所经历的过程同苏联有些相似，20—30年代，革命文艺队伍内部在文艺与生活、文艺与政治等问题上一直存在争论，一些革命作家满怀革命热情从事革命文艺运动，但由于受到苏联的庸俗社会学和"拉普"的影响，他们不是把文学看成是现实生活的反映，而要求文学摒弃"客观观照"、"如实描写"，直接表现阶级倾向，表现无产阶级思想观点。例如钱杏邨就批评青年作家李守章的作品说："在文学上，他不愿解释革命，不愿用文学来完成教养宣传的任务，这种马克思主义与非马克思主义同栖的倾向、矛盾的倾向，是非纠正过来不可。"② 这种观点是把文学与阶级、与政治的关系变成脱离现实、脱离艺术特性的机械关系，其结果必然使文学陷入主观主义和公式化、概念化的泥坑。

针对革命文学理论和创作中存在的反现实和反艺术的倾向，许多左翼作家在相当长时间内集中力量侧重宣扬现实主义文学，强调文学创作的客观真实性，这是有深刻的历史针对性的。茅盾认为现实主义文学的内容具有客观真实性，"文学家所表现的人生，决不是一人一家的人生，乃是一社会一民族的人生"。③ 他坚持以现实生活作为评价作品的参照系，要求批评家在文学作品中"凝视现实、分析现实、揭破现实"。④ 应当看到，左翼作家在强调文学的客观真实性时对创作主体能动性的研究是有所忽视的，这种倾向对以后文学的发展一直或显或隐地发生影响。

在同左翼文学存在的主观主义和机械论作斗争时，胡风是独树一帜

---

① 《作家的创作个性和文学的发展》，上海译文出版社1977年版，第68—69页。

② 《安特列夫与阿志巴绥夫倾向的克服》，《拓荒者》第1卷第4、5期合刊。

③ 《现代文学家的责任是什么》，《茅盾文艺杂论集》上集，上海文艺出版社1981年版，第3页。

④ 《写在〈野蔷薇〉的前面》，《茅盾论创作》，上海文艺出版社1980年版，第49—50页。

的，他的理论观点尽管不能说是无可挑剔的，但他在文学与生活关系问题上的观点是很有见地的。他提出"主观战斗精神"，强调作家的人格力量，既反对主观公式主义，又反对客观主义。从艺术反映论的角度看，在承认文学是现实的反映的前提下，胡风的研究重心从客体转到主体，他突出强调创作主体的主观能动性，并且深刻阐明主体和客体在创作过程中的相互作用。他认为在创作过程中客体是依赖主体的，"所谓现实，所谓生活，决不能是止于艺术家身外的东西，只要看到、择出、采来就是，而是非得透进艺术家内部，被艺术家底精神欲望所肯定、所拥有、所蒸沸、所提升不可"。① 而"真正艺术上的认识境界只有认识底主体（作家）自己用整个的精神活动和对象物发生交涉的时候才能达到"。② 为此，他对当时中苏理论界对创作主体的忽视曾经提出过批评。他在评苏联文学顾问会编的《给初学写作者的一封信》时指出："创作活动中作家底想象作用、直观作用，这是完全没有提到。"在谈到一些中国文艺家对典型理论的研究时，也指出他们同样存在这样的倾向："完全抛开了作家底对待对象（题材）的态度，作家的主观和对象的联结过程，作家底战斗意志和对象底发展法则的矛盾与统一的心理过程。"③

以上简要的历史回顾说明：近一个世纪以来人们对列宁艺术反映论的认识和实践，经历了一个十分曲折和复杂的过程，虽然这个过程至今仍没有终结，但我们已经可以从这些丰富的历史事实中得出一些有益的启示。

首先，列宁的艺术反映论是具有活力的，它历经近一个世纪历史风雨的吹打至今仍然闪耀着理论的光辉。历史的经验告诉我们，无论是苏联还是中国，文艺理论和文艺创作一旦离开了对艺术反映论全面的正确的认识，都将走入歧途，这方面苏联的庸俗社会学和"拉普"，中国左翼文学的主观公式主义和客观主义，都为我们提供了深刻的历史教训。应当看到，无产阶级文艺运动中的唯心论和机械唯物论，主观公式主义和客观主义，是有深刻的历史渊源的，它们至今仍然或隐或显地留存在文艺理论和

① 《为了电影艺术底再前进》，《胡风评论集》下册，人民文学出版社 1985 年版，第 198—199 页。
② 《为初执笔者的创作谈》，《胡风评论集》上册，人民文学出版社 1984 年版，第 222 页。
③ 《今天，我们的中心问题是什么》，《胡风评论集》中册，人民文学出版社 1984 年版，第 108 页。

文艺创作中，要克服这些错误的倾向，归根到底还得回到列宁的艺术反映论上来。

其次，人们对列宁艺术反映论的认识和实践是一个曲折和反复的过程，对此要采取历史主义和实事求是的态度。历史的事实告诉我们，对待艺术反映论问题，人们在不同历史时期重点阐明什么，反对什么，都有很强的历史针对性。当着主观主义突出的时候，理论界可能更多地强调艺术反映的客观性；当机械唯物论突出的时候，理论界就可能更多地强调艺术反映的主体性。因此，只要不是排斥客体而侧重论述主体就不能简单斥之为唯心主义，只要不是排斥主体而侧重论述客体就不能简单斥之为机械唯物论。人们对真理的认识是一个曲折、反复的过程，我们只有采取实事求是的科学态度，不断进行探索，才能使自己的认识从片面走向全面，才能不断逼近真理。

第三，列宁艺术反映论一要坚持二要发展。近一个世纪以来，列宁艺术反映论对文艺理论和文艺创作确实产生了巨大影响，同时也面临种种挑战，历史上围绕艺术反映论的种种论争本身也提出一些值得思考的问题，要求进一步发展艺术反映论。不论是苏联的庸俗社会学还是中国的主观公式主义，其中一个共同点就是把哲学反映论机械搬到艺术创作中来，简单理解文艺与生活、文艺与政治的关系，忽视艺术反映现实的特性和全部复杂性。这个问题后来逐渐引起理论界的重视，中苏两国理论界不约而同地关注艺术反映特性的研究，提出艺术反映是审美反映的观点。看来，在文艺理论和文艺创作中要彻底肃清唯心论和机械论的影响，需要进一步阐明艺术反映的审美特性，需要深入创作心理领域进一步研究艺术主体反映客体的全部矛盾和复杂性。

第七章

列宁的文学党性原则和当代美学问题

列宁 1905 年在《党的组织和党的出版物》① 中提出了文学党性原则问题，要求文学"在资产阶级社会范围内也能摆脱资产阶级的奴役，将真正先进、彻底革命的阶级的运动汇合起来"。文学党性原则是列宁文艺思想的基石，也是列宁对马克思主义文艺理论的重大发展，在文学艺术发展史上第一次把文学艺术的阶级性提高到党性水平，阐明了文学艺术同无产阶级革命事业深刻的、内在的和有机的联系，这就为无产阶级政党制定文化艺术政策奠定了坚实的理论基础。近一个世纪的历史经验证明，列宁文学党性原则深刻地影响着各国无产阶级文艺发展的进程，以及 20 世纪文艺理论发展的进程。世界各国无产阶级政党在实践列宁文学党性原则过程中有种种经验教训值得记取，20 世纪文艺理论发展也有不少经验教训值得总结。因此，在新的历史条件下，如何全面和正确地理解和实践列宁文学党性原则，如何深入认识列宁文学党性原则和 20 世纪文艺理论发展进程的内在联系，是我们面临的一个重要课题。

一 文学党性原则提出的思想基础和历史条件

列宁文学党性原则的提出是有深刻的思想基础和历史条件的。

首先，列宁文学党性原则是对马克思恩格斯文学倾向性思想的继承。

马克思恩格斯在他们生活的年代已经提出文学的倾向性问题，他们批

---

① 《列宁论文学与艺术》，人民文学出版社 1983 年版，第 66—72 页。以下相关引文均出于此。

判德国所谓"真正的"社会主义的小资产阶级文学，要求文学歌颂革命无产者的形象，要求在现实主义文学领域中表现工人阶级的反抗斗争，要求捍卫文学中一切真正革命的、真正无产阶级的倾向，也就是说，要求文学同无产阶级革命斗争相联系。列宁的文学党性原则正是对马克思恩格斯文学倾向性思想的继承。然而，马克思恩格斯在他们生活的年代还不可能提出文学党性原则，因为当时无产阶级的斗争还没有得到高度的发展。正如列宁所说，党性是"高度发展的阶级斗争的随行者和结果"。[①] 列宁这里所说的党性是党性的本义，他曾经说过，今天的哲学"像在两千年前一样，也是有党性的"，[②] 那是指哲学中唯物主义和唯心主义的斗争。列宁所说的文学党性是指文学同无产阶级政党的公开联系，同无产阶级革命事业的公开联系。因此，没有无产阶级革命斗争的高度发展，没有无产阶级政党的存在和发展，就不可能提出文学党性原则。

其次，文学党性原则的提出是同俄国革命新形势相适应的，同世界范围的无产阶级斗争的新高潮相联系的。

列宁《党的组织和党的出版物》一文是 1905 年 11 月 13 日在《新生活报》第 12 期上发表的，这张报纸实际上是布尔什维克中央的机关报，也是党的第一张合法报纸。

列宁写这篇文章时正是俄国 1905 年革命的高涨时期。1905 年 1 月 9 日沙皇枪杀彼得堡和平请愿的工人激怒了工人、农民和士兵。1905 年 10 月爆发了全俄政治大罢工，革命达到了高潮。列宁在这篇文章的开头就指出："十月革命（指十月全俄政治大罢工）以后在俄国造成的社会民主党工作的新条件，使党的文学问题提到日程上来了"。这里所说的"新条件"指的是由于群众革命斗争的高涨，迫使沙皇发表"10 月 17 日宣言"，答应人民"信仰、言论、集会和结社的自由"。这样一来，俄国社会民主党就可以从地下转入公开，党也可以出版合法报刊。而在这以前，党的报刊是非法的，只有在这种报刊上才能表明党的立场和观点，却不能公开合法出版；而在合法报刊上是各种观点的混杂，在这种报刊上表达党的立场和观点只能是吞吞吐吐的。这种情况的存在大大影响了党的政治宣传工

---

① 《列宁全集》第 10 卷，人民出版社 1958 年版，第 54 页。

② 《列宁选集》第 2 卷，人民出版社 1972 年版，第 365 页。

作。当时虽然革命尚未完成，"沙皇制度已经没有力量战胜革命，而革命也还没有力量战胜沙皇制度"。但是客观上已经出现了新的情况和新的条件，出版物"可以'合法地'成为百分之九十是党的出版物"。在这种情况下，党就必须为党的宣传鼓动工作提出更高的要求，要求党的出版物自觉地承担起革命的重担。列宁曾经指出，工人运动不可能自发地产生社会主义思想，无产阶级政党必须通过报刊等革命宣传工具向工人阶级灌输社会主义思想，"只有以先进理论为指南的党，才能实现先进战士的作用"。[①] 俄国文学曾经在俄国解放斗争中发挥过巨大的作用，在新的革命形势下，俄国文学的伟大作用将再一次显示出来，列宁要求俄国文学在无产阶级解放事业中进一步发挥更大的作用。

列宁提出文学党性原则固然同俄国革命新形势直接相联系，同时也是同世界革命的新形势相联系的。这时世界革命的中心已从西欧转到俄国，俄国革命新形势集中反映了世界革命的新形势。在世界范围内，随着资本主义进入帝国主义阶段和无产阶级革命的到来，建立新型的无产阶级政党已经成为历史的必然要求，而如何做好党的思想宣传工作，如何解决好文学艺术同党的工作的关系，也是建党学说的一个重要组成部分。从这个意义上讲，列宁文学党性学说的提出既然是适应了无产阶级革命新形势的要求，它也就具有普遍的世界意义。

第三，文学党性原则也是针对资产阶级所鼓吹的"无党性"、"非党革命性"和"创作自由"等虚伪的口号提出的。

俄国 1905 年革命是资产阶级民主革命，包括资产阶级在内的社会各阶级和各阶层都参加到革命中来。资产阶级为了掩盖他们的阶级目的和阶级利益，竭力把自己打扮成代表全民利益的政治代表，宣扬超阶级超党派的"无党性"和"非党革命性"的思想。自由资产阶级的代表立宪民主党人司徒卢威说："我们党同某种类型的党的本质区别……在于……我党是非阶级的党……它超出于阶级划分之上，它在它的上方、深处和下面找到全人类的利益和全人类的理想。"司徒卢威主编的立宪民主党周刊《北极星》声明："我们的杂志决不能是一个狭隘的、政治意义上的党刊。"他本人在刊物上鼓吹："不是诗歌需要人们把它装进公民性的画框。不，

---

① 《列宁选集》第 1 卷，人民出版社 1972 年版，第 242 页。

恰恰相反，倒是政治斗争——需要人们把它认定为伟大与永恒、无可置疑与充满诗意的一个方面。"在同一个刊物上，穆拉托夫忧心忡忡，他十分怀疑"自由的艺术创作的弱小幼苗"能否安然度过"革命的恐怖"。① 这种"非党性"的口号在当时是非常时髦的，它不但掩盖资产阶级的政治目的，同时是直接反对无产阶级政党和无产阶级革命的。列宁明确指出："非党性是资产阶级思想，党性是社会主义思想"。② 他认为在新的形势下，为了揭穿无产阶级和马克思主义敌人的虚伪性，为了公开和广泛地进行阶级斗争，就必须发展严格的党性，在理论上阐明无产阶级的党性原则。

列宁文学党性原则同时也是针对党内反对派的，是同孟什维克斗争的产物。孟什维克当时虽然身处党内，而实际上已经成为党内资产阶级反对派。他们对待党的出版物采取自由主义态度，正如列宁所说："著作家处于党外，高于党，没有任何监督，没有工作报告，也没有任何物质上的关系。这种情况同法国社会主义者处于最恶劣的机会主义时期的情况相类似，党是党，著作家是著作家，互不相干。"③ 列宁在文章里提到的"利用党的招牌来鼓吹反党观点的人"，显然指孟什维克的某些著作家。列宁提出"无党性的写作者滚开！超人的写作者滚开！"也是指凌驾于党之上的党员著作家说的。

列宁文学党性原则所包含的内容十分丰富，主要包括党和文学的关系，文学和人民群众的关系，以及批判资产阶级"创作自由"等方面。

二 文学党性既是政治思想问题，也是美学问题

列宁在《党的组织和党的出版物》中指出："社会主义无产阶级应当提出党的出版物的原则，发展这个原则，并且尽可能以完备和完整的形式实现这个原则。"列宁在这里谈了两个方面的问题：一是关于党的出版物

① 以上引文均见《列宁与俄国文学问题》，中国社会科学出版社 1983 年版，第 141 页。
② 《列宁选集》第 1 卷，人民出版社 1972 年版，第 660 页。
③ 《列宁全集》第 8 卷，人民出版社 1959 年版，第 514—515 页。

（俄语中 Литература 一词的词义很广，可指文学，也可指报刊、书籍、文献等一切书面印刷品，这里指报刊），即关于旨在研究和宣传布尔什维克党的理论、政治和组织原则的报刊；二是关于广义的文学创作的党性，即文学创作必须同无产阶级、同作家自觉的思想性公开联系。

列宁在论述党和文学关系问题时首先指出："写作事业应当成为无产阶级总的事业的一部分，成为由全体工人阶级整个觉悟的先锋队开动的一部巨大民主主义机器的'齿轮和螺丝钉'。写作事业应当成为社会民主党有组织的、有计划的、统一的党的工作的一个组成部分。"这里讲的是无产阶级文学艺术崭新的性质，即文学艺术同无产阶级革命事业深刻的内在的联系。列宁在文学艺术发展历史上首次把文学艺术同阶级的联系提高到同无产阶级政党的联系的水平，把文学的阶级性提高到文学党性的水平。为此，他要求文学艺术家自觉地承担起自己对无产阶级革命事业的责任，把党性看成是文学艺术家责任心的最高表现。在列宁看来，所谓文学的党性首先是指文学艺术家要公开地和自觉地同无产阶级斗争和无产阶级利益相联系，通过自己的文学艺术作品表现无产阶级的生活、斗争和利益。在这个问题上列宁反对两种倾向：一是把文学创作看成是同无产阶级事业无关的个人事业，当作个人赚钱和获取名利的工具。列宁认为这是资产阶级文学的原则。在资本主义社会，资本家的生产就是为了获取剩余价值，物质生产和精神生产都离不开利润。他们利用文学宣传个人主义、名利主义、唯利是图和无政府主义，实际上是为了维护资产阶级的利益。二是鼓吹"无党性"。资产阶级文学有鲜明的资产阶级党性，可是资产阶级文人却高喊"无党性"，其实质就是为了反对无产阶级宣传。为了使文学成为党的事业的一部分，列宁鲜明地喊出"无党性的写作者滚开！超人的写作者滚开！"的口号。

列宁把文学事业看成是党的事业的一部分，是同他对文学在无产阶级革命事业中的地位和作用的认识分不开的。无论是十月革命前还是十月革命后，列宁一贯重视文化思想战线的工作。列宁从俄国历史上看到，俄国进步作家、批评家在俄国解放斗争中所发挥的重要作用，对俄国革命民主主义者别林斯基、车尔尼雪夫斯基和赫尔岑等人给予崇高的评价。因此，列宁在俄国革命高涨的年代，把革命文化艺术看作是革命的准备；在十月革命中，把革命文化艺术看作是革命事业的一个重要组成部分；在十月革命后，又把革命文化艺术建设看成是社会主义建设的重要方面。

列宁在强调文学是党的事业的一部分时，特别强调它是无产阶级事业中特殊的一部分。当他把党性同文学相联系的时候，文学党性原则不仅被看作是政治思想原则，而且被看作是美学原则。在列宁看来，在无产阶级文学中，党性和审美不应当互相排斥，而应当是相互融合和高度统一的。他在文章中充分注意到了掌握艺术特性和规律的重要意义，反复强调："无可争论，写作事业最不能机械划一，强求一律，少数服从多数。无可争论，在这个事业中，绝对必须保证有个人创造性和个人爱好的广阔天地，有思想和幻想，形式和内容的广阔天地。"并且明确指出："无产阶级的党的事业中写作事业这一部分，不能同无产阶级的党的事业的其他部分刻板地等同起来。"可见，强调文学的党性并不排斥文学的特性，同时注意文学的特性也正是为了更好地发挥文学在党的事业中的重要作用。列宁在这里明确地阐述了党性和文学特性，党性和作家个性的辩证关系，同时也涉及文学艺术家的创作个性，艺术创作独特的思维方式，以及文学内容和形式的多样性等一系列重要问题。其中，作家的个人创造性，即作家的创作个性是根本，有了作家的个人创造性，才可能有思想和幻想的广阔天地，才可能有内容和形式的广阔天地。

列宁能够辩证地理解党性和艺术特性的关系，是同他对艺术特性和艺术规律的深刻认识分不开的。列宁不止一次地阐明文学艺术固有的特点。

列宁认为文学艺术的主要对象是人以及人与周围环境的关系。同高尔基一样，他很重视文学艺术是"人学"。他曾经同高尔基这样说过："这里的'心理学'，交给您了"，"整个人用统计学和算术是揭示不了的"。[①]他在给印涅萨·阿尔曼德的信中也指出，小册子不同于小说，"在小说里全部关键在于个别的环节，在于分析这些典型的性格和心理"。[②]

列宁反对文学艺术赤裸裸地表现思想，强调文学艺术要具有具体感情和动人心弦的特点。据卢那察尔斯基回忆，当列宁重读法国作家巴比塞反对第一次世界大战的小说《火线》后问道"您是否认为《火线》的俄译本大为减色呢？"卢那察尔斯基回答说："它在艺术方面确实失去许多东

① 《列宁和高尔基》，俄文版，第40、379页。
② 《列宁论文学与艺术》，人民文学出版社1983年版，第348页。

西……但是，主要的东西显然还是表现出来了，如全部热烈的反战劲头，前线的惨状，后方的无耻，士兵胸中的愤怒和觉悟的增长等等，都可以表现出来。"列宁听完他的回答后沉思起来，他说："是的，这一切都可以表达出来。但是，艺术作品首要的不是这种赤裸裸的思想！要知道，这一点在评论巴比塞著作的好文章中也可以直率地表达出来。读者不能对所描写的东西的真实性产生怀疑，这才是艺术最重要的东西。读者的每一根神经都会感到，一切正是这样发生的，这样感受的，这样体验的，这样说的。巴比塞的这一点最使我激动。"①

显然，列宁十分重视文学艺术的审美特征，注意文学的特殊表现形式，文学的形象特征和情感特征。

列宁在论述党性和艺术特性关系时，实际上从美学上提出一个重大理论问题，即艺术与其他意识形态的关系问题。如果联系 19 世纪末 20 世纪初文艺学美学发展的两种倾向来看，这个问题的提出具有重大美学意义。在 19 世纪末 20 世纪初，文艺学美学发展存在两种倾向：一方面是实证主义和文化历史学派的文艺理论，如法国的泰纳和俄国的佩平，他们很少研究艺术特点，只把文学艺术作品看作是分析社会生活和社会精神的材料，其结果必然把文学艺术等同于其他社会意识形态，把文学艺术淹没于其他社会意识形态之中。另一方面是现代主义和形式主义的文艺理论，如俄国形式主义，他们片面强调文学艺术的特征，把文学艺术排斥于社会生活之外，否定文学艺术的社会意识形态性质，其结果是把文学艺术作品只作为封闭的美学现象加以分析，把文学艺术同其他社会意识形态完全割裂开来。列宁同这两种倾向都是格格不入的，他既强调了文学艺术同其他社会意识形态的内在联系，又认为文学艺术是一种特殊的社会意识形态。从这种基本思想出发，他在阐明党的事业同文学的关系时，既强调文学的特殊性，认为不注意文学的特性就无法发挥文学在党的事业中的作用。同时，他又认为强调文学的特殊性"决没有推翻那个在资产阶级和资产阶级民主派看来是格格不入的和奇怪的原理，即写作事业无论如何必须成为同其他部分紧密联系着的社会民主党工作的一部分"。显然，列宁关于艺术同其他社会意识形态关系的思想，是列宁文学党性原则的美学思想基础。离

① 转引自《列宁文艺思想论集》，中国社会科学出版社 1986 年版，第 290 页。

开这一基本思想，就不可能对列宁文学党性原则有正确的和全面的认识，也不可能深刻认识和理解 19 世纪末 20 世纪初文艺学和美学发展的基本走向。历史的事实证明，苏联文艺学美学后来产生的庸俗社会学（忽视文艺特征，把文艺看成是经济和阶级心理的直接反映）和形式主义（片面强调艺术特征，否定艺术同社会生活和其他社会意识形态的关系），正是从不同方面偏离了列宁关于文艺与其他社会意识形态关系的思想。这两种倾向事实上深刻影响着 20 世纪文艺学美学发展的历史进程，在相当长时间内它们朝着各自的方向发展，直到后来它们又不断调整自己，逐渐向马克思、恩格斯和列宁所阐发的文艺与其他社会意识形态关系的基本思想靠拢。这一事实说明列宁文艺思想作为一种科学的思想，它是有长久的生命力的。

为了实现文学党性原则，列宁强调党的文学和党的出版物"应受党的监督"。首先，一切出版机构应接受党的领导，"报纸应当成为各个党组织的机关报"，"出版社和发行所、书店和阅览室、图书馆和各种书报营业所，都应当成为党的机构，向党报告工作"。其次，作为党员作家，"写作者一定要参加到各个党组织中去"，在党的领导下从事写作事业，为党工作。这里体现了列宁的建党思想。第三，"有组织的社会主义无产阶级，应当注视这一切工作，监督这一切工作，把生气勃勃的无产阶级事业的生气勃勃的精神，带到这一切工作中去"。从以上三方面来看，列宁把党对文学事业的监督和领导，既看成一种组织领导，也看成是一种思想领导，既强调党的一切文化出版机构要接受党的领导和监督，也强调要用生气勃勃的无产阶级精神来改造出版事业和文学事业，密切作家同读者的联系，让文学同无产阶级事业真正结合起来。

党对文学艺术的领导是一个政治思想问题，是一个组织问题，同时也是一个美学问题。我们说党对文学艺术的领导是个美学问题是从以下两个方面来考虑的。首先，党对文学艺术的领导必须符合文艺创作的特点和规律，不能把文学事业同党的其他事业刻板等同起来。其次，党对文学艺术的领导不仅符合文学艺术的社会使命，同时也符合文学艺术本身发展的规律。不应当把党对文学艺术的领导看成是从外部强加给文学艺术的要求，而应当把党对文学艺术的领导看成是文学艺术自身发展的内在要求。因为党的正确领导，马克思主义思想的指引，能够正确引导作家艺术家同现实生活保持密切联系，能够正确引导作家艺术家更好地认识生活和表现生活，使作家的聪明才智得到充分的发挥，保证他们在艺术探索中获得成就。正如毛泽东所指出的，马克思主义、辩证唯物论和历史唯物论，会帮助作家艺术家正确地观察世界，观察社会，它决不会妨碍创作情绪，而只有空洞枯燥的教条公式才会破坏创作情绪。① 因此，党对文学艺术的领导从根本上是符合艺术发展的内在规律的。实际上党的领导如果是行家里手，如果能够充分考虑艺术创作的特点和规律，那么它本身就会成为文学艺术创作过程不可缺少的组成部分。

既然党对文学艺术的领导会促进文学艺术自身的发展，那么为什么党的文化艺术政策有时还会出现一些偏差和失调呢？这主要是有些人往往把党对文学艺术领导的政治的、思想的和美学的方面割裂开来，不是把政治的、思想的和美学的因素看成密切联系和相互制约的整体。如果把这个整体加以割裂，当然就会导致文化艺术政策的片面、偏差和失调。如果把所谓的纯政治的方面提高到首位，不重视美学因素，甚至排斥和损害美学因素，那必然导致庸俗社会学，就会忽视文学艺术创作的特点和规律，就会对文学艺术采取简单粗暴的功利主义态度，要求文学艺术为一时一地的政治任务服务，其结果不仅糟蹋了艺术，也损害了政治的利益。相反，如果不适当地强调美学因素，忽视文学艺术的社会职能，排斥文学艺术同革命事业的关系，其结果也是违背列宁文学党性原则的。

三 文学应该为千千万万劳动人民服务

文学为千千万万劳动人民服务，也是列宁文学党性原则的基本内容。文学公开地同无产阶级事业相联系，也就意味着公开地同千千万万劳动人民相联系。列宁说，无产阶级文学"不是为饱食终日的贵妇人服务，不是为百无聊赖、胖得发愁的'几万上等人'服务，而是为千千万万劳动人民服务，为这些国家的精华、国家的力量、国家的未来服务"。封建阶级的文学是为封建地主阶级服务的，资产阶级文学是为资产阶级服务的，文学为谁服务问题是文学阶级性的主要标志。文学为千千万万劳动人民服

---

① 《毛泽东论文学与艺术》，人民文学出版社1960年版，第79页。

务是无产阶级文学同一切剥削阶级文学的分水岭，是无产阶级文学党性的主要标志，列宁在这里指明了社会主义文学的新方向。

列宁提出的文学为千千万万劳动人民服务的思想，是马克思恩格斯关于文学要正确表现工人阶级思想的进一步发展，它体现了人民群众是历史创造者的历史唯物主义思想。列宁认为"历史是由千百万人独立创造的"，[①] 千千万万劳动人民是历史的创造者，是主张人民群众创造历史还是主张英雄创造历史，这是唯物史观和唯心史观斗争的根本问题之一。列宁在同民粹派夸大个人在历史上作用的唯心史观进行论战时，就指出科学的决定论与宿命论的不同，它肯定了人民群众是历史发展的主要推动力。列宁认为历史发展具有必然性，是受客观规律支配的，个人的活动只有符合历史发展的规律才能成功；历史的活动是群众的活动，历史是由群众创造的，个人活动只有同群众的活动结合在一起，才能产生"重大的成果"。

列宁所指出的文学为千千万万劳动人民服务的思想，也从根本上解决了阶级的艺术和人民关系的问题。在阶级对抗的社会，艺术的阶级性和人民性的关系，艺术同人民的关系是十分复杂的。历史上各个阶级都有各个阶级的利益，然而在一定的历史阶段，一些阶级也可能存在共同的利益和理想。因此，艺术创作和艺术发展不仅取决于每个阶级的存在和意识的特点，也取决于更广泛的社会因素——一些阶级共同的全民的利益和理想。这样，阶级社会的文学艺术既有阶级性问题，也有人民性问题。然而文学艺术与人民的关系是相当复杂的，阶级社会的作家艺术家大多数不能不在经济上、思想上和心理上依附于统治阶级。当统治阶级同人民的利益一致时，例如资产阶级领导社会进步和发展时，统治阶级艺术不仅不是同人民对立的，相反，却具有人民性，具有民主精神。同时也应当看到，在阶级对抗的社会，文学艺术同人民的疏远也是客观的事实。无论在封建社会，还是在资本主义社会，文学艺术首先和主要是由有教养的人们所创作的。例如，车尔尼雪夫斯基在 19 世纪中叶就曾经说过，俄国农民的审美需要只有靠它自己的创作来满足。列宁在 20 世纪初也曾经指出，"甚至在俄

———————————

① 《列宁全集》第 27 卷，人民出版社 1958 年版，第 148 页。

国也只有少数人"① 知道托尔斯泰。20 世纪初，高尔基也面临极其尖锐的读者问题：俄国第一位无产阶级作家为无产阶级创作，而俄国无产阶级的绝大多数却是文盲或半文盲，他们很难阅读高尔基的作品。列宁认为，阶级对抗社会存在的文学阶级性和人民性的矛盾，文学同人民的疏密，只有无产阶级文学才能得到彻底的解决，因为无产阶级从根本上代表了千千万万劳动人民的利益，同人民不存在什么矛盾和利益的冲突，从这个意义上讲，文学为无产阶级革命事业服务，同文学为千千万方劳动人民服务是完全一致的。在十月革命后，列宁又提出了"艺术属于人民"的口号，并且采取种种有力措施，其中包括扫除文盲，兴办图书馆和出版俄罗斯古典作家作品的普及本，等等，力图通过使艺术接近人民和使人民接近艺术这两条重要的途径，最后达到让文学艺术为千千万万劳动人民服务的崇高目的。这一切标志着社会主义文学艺术发展的根本方向，也标志着人类文学艺术发展的一次根本革命。

四　资产阶级文学的不自由和无产阶级文学的自由

列宁在提出文学党性原则时就估计到会遭到资产阶级的剧烈反对。列宁做了这样的设想："怎么！也许某个热烈拥护自由的知识分子会叫喊起来。怎么！你们想使创作这样精致的个人事业服从集体！你们想使工人们用多数票来解决科学、哲学、美学的问题！你们否认绝对个人思想创作的绝对自由！"到底艺术创作有没有所谓的"绝对自由"？无产阶级文学为什么能获得"真正的自由"？从美学角度讲，文学党性和艺术家个性是什么关系？文学党性是艺术家发挥个人创造性的障碍，还是艺术家获得创作"真正自由"的保证？列宁在文章里对这一系列问题作了深刻的阐述。

在批判资产阶级叫嚷的"绝对自由"时，列宁首先说明党性原则指的是党内范围的问题，指的是"党的出版物和它应受党的监督"的问题。在党内，"每个人都有自由写他所愿意写的一切，说他愿意说的一切，不受任何限制"。然而党是无产阶级的先锋队，是无产阶级战斗组织，党有自己的党纲、党章，党员的自由不能超越党纲和党章，不能反对党，危害

---

① 《列宁全集》第 16 卷，人民出版社 1959 年版，第 321 页。

党，否则党就要根据党纲党章"清洗那些宣传反党的党员"。

列宁在阐明党内的言论自由和党的组织纪律关系之后，重点揭露了资产阶级鼓吹"绝对自由"的虚伪性。列宁指出："生活在社会中却要离开社会而自由，这是不可能的"，资产阶级"关于绝对自由的言论不过是一种伪善而已"，"是资产阶级的或者说是无政府主义的空话"。为什么说作家艺术家在阶级社会，在资本主义社会不可能获得"绝对自由"呢？主要可以从政治、经济和思想三方面来分析。

从政治上讲，作家艺术家摆脱不了警察的压迫。专制主义和政治高压是对作家艺术家创作的最大压抑。俄国大批作家艺术家惨遭沙皇专制制度的迫害，他们被逮捕、被流放，甚至被杀害，一部俄国文学史就是一部俄国作家的殉难史。旧中国在国民党统治下，进步的作家艺术家也惨遭迫害，"左联"五烈士为革命献出了生命。鲁迅曾说过："……中国无产阶级革命文学的历史的第一页，是同志的鲜血所记录，永远在显示敌人的卑劣的凶暴和启示我们的不断的斗争。"[①] 这种政治上的高压和专制，不仅摧残了作家和艺术家的生命，同时也窒息了作家艺术家的创作生机。列宁在文章中就把沙皇统治对作家艺术家思想上的压制称之为"思想上的农奴制"，他愤怒地指责："伊索的寓言式的笔调，写作上的屈从，奴隶的语言，思想上的农奴制——这个该诅咒的时代。"

从经济上讲，作家艺术家摆脱不了资本，他们的创作必须受资本主义生产法则的制约。列宁问道："作家先生，你们能离开你们的资产阶级出版家而自由吗？你们能离开那些要求你们作海淫的小说和图画，用卖淫来'补充''神圣'舞台艺术的资产阶级公众而自由吗？"这显然是办不到的，作家艺术家的作品如果不符合出版商的要求就无法出版，不符合资产阶级读者、听众和观众的口味就无法销售和演出，作品卖不出去连生活都维持不了，还能谈什么创作自由？凡·高当今是世界公认的大艺术家，他的画价值连城，可是生前穷困潦倒，连一张画也卖不出去。你的作品艺术价值再高，资产阶级出版商和公众如果不欣赏，你有什么办法？所以，列宁一针见血地指出："资产阶级的作家、画家和女演员的自由，不过是他们依赖钱袋、依赖收买和依赖豢养的一种假面具（或一种伪装）罢了。"

---

① 《鲁迅全集》第 4 卷，人民文学出版社 1957 年版，第 222 页。

列宁这段话深刻揭示了，在资本主义社会作家艺术家同资本家之间只是一种雇佣关系，他们作为资本家的雇佣者，就得听任资本家的摆布。十月革命前莫斯科最大的资本家和银行家、蝎子出版社和《金羊毛》杂志的创办人里亚布申斯基就把作家当娼妓看待。俄国人勃留索夫 1907 年 8 月 11 日在写给俄国作家梭罗古勃的信中，曾经这样写道："在这次会上（指一次编辑部会议——作者注）彻底弄清楚了，里亚布申斯基对待自己的编辑和作家们的态度从来都是这样的，他的态度使有自尊心的人实在无法在他的杂志社共事。我不想列举他说的所有的话，但是您不妨听听他着重地重复过几次的这样两句话：'难道我不能解雇自己的女厨子吗？对这件事，用不着《天秤》来干涉。'还有：'我深信，作家跟娼妓一样：谁给钱，他们就侍候谁，倘若肯出高价，那你爱怎么摆布他都行'。"①

　　从思想上讲，作家艺术家摆脱不了资产阶级思想的束缚，这包括列宁所指出的个人主义、名位主义，以及无政府主义。在资本主义社会，不少有才华的作家艺术家由于受到金钱、名利地位和腐朽生活的引诱和腐蚀，最终毁掉了自己的艺术生命。果戈理的小说《肖像》就揭露了金钱对艺术家腐蚀。画家恰尔特科夫得到了一笔意外之财，从此他便由一个有才华的艺术家堕落成一具只图物质享受、没有灵魂的活尸。德莱塞的长篇小说《天才》也深刻揭露了资本主义社会对艺术家的摧残。主人公青年画家尤金·威特拉的初期作品具有批判现实主义的进步倾向，社会赞扬他"富有生气，无所畏惧，没有向传统低头，不承认任何公认的方法"。同时，他却遭到资产阶级的诽谤和打击。后来，他在"为金钱而艺术"的资产阶级思想的腐蚀下，屈服于物质需求和社会的压力，逐渐堕落，成为金钱、情欲和名利的俘虏，终于身败名裂，家破人亡。事实说明，作家艺术家如果摆脱不了资产阶级思想的腐蚀，最终也会毁掉自己的艺术天才。

　　列宁在揭露了资产阶级鼓吹"绝对自由"的虚伪性的同时，深刻指出无产阶级文学将是"真正自由"的文学，其原因就在于"它不仅摆脱了警察的压迫，而且摆脱了资本，摆脱了名位主义，甚至摆脱了资产阶级无政府主义的个人主义"。具体来说，列宁讲了三个方面：一是无产阶级作家创作的指导思想是崇高的，他不是为了私利贪欲，也不是为了名誉地

---

①　转引自《列宁与俄国文学问题》，中国社会科学出版社 1982 年版，第 148 页。

位，而是为了社会主义和共产主义的理想；二是无产阶级作家的服务对象是无比广泛的，他不是为少数上等人服务，而是为千千万万劳动人民服务；三是无产阶级作家要表现的生活内容是崭新的和富有生气的，他要表现无产阶级的斗争和生气勃勃的工作，同时要把科学的社会主义同工人阶级的现实斗争结合起来。

这里涉及党性和作家艺术家个性之间的关系问题。在列宁看来，无产阶级党性并不妨碍作家艺术家的创作个性和创作自由，不妨碍作家艺术家个人才能的发挥，相反，无产阶级党性是作家艺术家发挥个人艺术才能的保证。因为艺术是反映现实生活的综合形式，真正的作家艺术家不可能在自己的创作中回避重要的政治问题和哲学问题。艺术虽然归属于政治和哲学，但它们之间也没有什么不可穿透的墙壁。伟大的作家艺术家本身总是具有复杂的政治、哲学、艺术观点体系，并透过它们的多棱镜来观察生活、认识生活和表现生活。作家艺术家如果能够用科学的世界观——马克思主义武装自己，肯定会有助于他认识生活和表现生活，进而施展自己的艺术才能。当然，先进的世界观并不能代替艺术家的创作，但这种世界观无疑可以扩大真正艺术天才的视野和才能，正如落后的世界观会缩小艺术家的视野和使他的才能萎缩一样。

第 八 章

列宁的两种文化学说和文化问题

　　文化和文学遗产问题是文学艺术发展的重要问题，也是马克思主义文艺理论的重要问题。马克思和恩格斯在他们生活的年代，从历史唯物主义观点出发，对资本主义社会的文化做过深刻的分析，并且随着资本主义文化反动倾向的不断增强，特别强调要严格区分资产阶级文化的进步倾向和反动倾向，促进文化艺术界的代表转向无产阶级。到了列宁生活的年代，资本主义发展到帝国主义阶段，资本主义文化的反动倾向日益明显，同时反动统治阶级又极力宣扬民族主义以掩盖反动文化的真面目。在这种情况下，文化和文学遗产问题就占有突出的地位，如何评价俄国进步文化，如何对待俄国革命民主主义文化传统，一直是 19 世纪末 20 世纪初俄国社会政治思想斗争和文化斗争的焦点。列宁在同民粹派作斗争时，就写过《我们究竟拒绝什么遗产》（1897）的文章，提出了对待"遗产"的态度问题，他曾经指出要区分两种遗产，一种是革命民主主义的遗产，一种是民粹派的遗产。在《论〈路标〉》（1909）一文中，列宁对"路标"派展开无情的批判，指出他们一面蔑视俄国进步文化传统，一面又拜倒在反动文化面前。到了 1913 年，列宁在《关于民族问题的批评意见》①中，第一次提出："每一个现代民族中，都有两个民族。每一种民族文化中，都有两种民族文化"。列宁在各民族文化艺术的继承和革新的问题上，既批判对民族文化不做阶级分析、全盘加以接受的所谓"单流论"，也批判了全盘否定文化艺术遗产的民族虚无主义。他所提出的两种文化学说，即在

---

① 《列宁论文学与艺术》，人民文学出版社 1983 年版，第 82—88 页，以下相关引文均出自此处。

资本主义制度下两种民族文化并存，民主主义和社会主义文化同资产阶级文化进行斗争的学说，这是科学的文化史和文学史的重要原理。

列宁两种文化学说的提出有很强的针对性，它涉及如何用阶级观点看待文化，如何解决国际文化和民族文化的关系等一系列问题。

一 "民族文化"是资产阶级的口号

列宁《关于民族问题的批评意见》写于 1913 年 10—12 月，发表于布尔什维克公开刊物《启蒙》杂志 1913 年第 10—12 期。列宁写这篇文章的目的是为了揭露资产阶级民族主义的反动本质，阐明马克思主义对待民族问题的原则立场，区分马克思主义和冒牌的马克思主义两种对立的民族观。列宁在当时指出："民族问题目前在俄国社会生活的许多问题中，已经上升到显著地位，本文有一个专门目的，就是要一般地研究一下马克思主义者和冒牌马克思主义者在民族问题上的这些带有纲领性的动摇思想。"① 可见，列宁在《关于民族问题的批评意见》中所提出的两种文化学说是有很强的针对性的。

就国际范围而言，1913 年正处于第一次世界大战前夕。帝国主义国家为了摆脱政治经济危机，重新瓜分世界，加紧进行争夺霸权的世界大战。他们为了欺骗人民，掩盖战争的罪恶目的，极力鼓吹大国沙文主义和民族主义，把帝国主义之间的战争说成是民族与民族之间的矛盾，企图用"保卫祖国"和"爱国主义"的口号动员人民为他们充当帝国主义战争的炮灰。俄国沙皇政府在其中也扮演重要角色。

就国内而言，1913 年前后俄国人民经历了 1905 年革命失败后的斯托雷平反动时期，革命正进入第二个高涨时期（1912—1914）。沙皇政府为了对付俄国各族人民的斗争，维护其反动统治，就极力煽动反动的民族主义，破坏各族人民的团结，瓦解人民的革命斗志。列宁指出，反动统治阶级总是在民族主义和"民族文化"口号的掩盖下，干着反动的肮脏勾当。他说："猖狂的资产阶级民族主义在钝化、愚弄和分化工人，使工人听任资产阶级摆布，——这就是当代的基本事实。"

---

① 《列宁全集》第 20 卷，人民出版社 1958 年版，第 1 页。

就社会民主党内而言，党内一些不坚定分子，以崩得分子为代表，也站到资产阶级一边，鼓吹资产阶级民族主义和"民族文化"。他们鼓吹"整体民族文化"论和"民族文化自治"论，掩盖民族文化的阶级内容。对此，列宁尖锐批评说："在谈到无产阶级时，这样把乌克兰的文化当作整体，把大俄罗斯的文化当作整体对立起来，就是对无产阶级利益的最无耻的出卖，这只能有利于资产阶级民族主义。"他认为："任何在谈论有关无产阶级问题时把一个民族文化当作整体来同另一个似乎是整体的民族文化对立起来的行为，都是资产阶级民族主义思想的表现，都应该坚决反对。"

列宁《关于民族问题的批评意见》就是同资产阶级自由派和党内机会主义在民族问题上进行斗争的产物。1913 年 9 月 13 日，列宁在《北方真理报》第 29 号发表了《自由派和民主派对语言问题的态度》一文，揭露自由资产阶级在民族问题上的机会主义立场，指出他们公开地把一只手伸向民主，背地里把另一只手"伸向农奴主和警察"。同时，与资产阶级的"民族文化"口号相对立，列宁提出了无产阶级的"民主主义和全世界工人运动的国际文化"的口号。列宁的文章发表后，崩得分子李普曼在犹太人的机会主义《时报》上发表文章攻击列宁的观点。乌克兰机会主义分子列甫·尤尔凯维奇也在孟什维克的民族主义月刊《钟声》上攻击马克思主义者的民族问题纲领。列宁《关于民族问题的批评意见》一文就是对他们的反击。

从以上情况看，当时民族问题和民族文化问题已经成为政治思想斗争和文化斗争的焦点，列宁提出两种文化学说旨在揭露"民族文化"口号的虚伪性，同时正面阐述马克思主义政党的文化纲领。

二 用阶级斗争观点看待文化问题

列宁对待民族文化问题的根本观点就是阶级和阶级斗争的观点。他尖锐地指出，讨论民族文化问题，不应当从"某个知识分子的诺言和善良的愿望"出发，也不应当从空洞的"一般原则"出发，而应当面对"现代民族生活的事实"，面对"某个国家和世界各国各阶级的客观的相互关系"，总之应当面对阶级和阶级斗争的现实。列宁的这种见解完全符合马克思主义的基本观点，马克思恩格斯所创立的历史唯物主义告诉我们，在阶级对抗的社会中，社会发展和文化发展的基本动力是阶级矛盾和阶级斗争。正是从这一基本观点出发，列宁把阶级分析的方法运用于民族文化领域，明确提出要"从马克思主义的观点，即从阶级斗争的观点"来看待民族文化问题。他说："如果是从马克思主义的观点，即从阶级斗争的观点来看，如果把口号同阶级利益和阶级政策对照起来而不是同空洞的'一般原则'、高调和空话对照起来看，那么现代民族生活的事实就是如此。"因此，列宁明确指出："民族文化的口号是资产阶级的（而且常常是黑帮一教派的）骗人工具。我们的口号是民主主义的和全世界工人运动的国际文化。"

首先，列宁认为从来不存在统一的和超阶级的文化，不能"把乌克兰的文化当作整体，把大俄罗斯的文化也当作整体对立起来"。他明确指出："每一个现代民族中，都有两个民族。每一种民族文化中，都有两种民族文化，有普利什凯维奇、古契柯夫和司徒卢威之流的大俄罗斯文化，但是也有以车尔尼雪夫斯基和普列汉诺夫为代表的大俄罗斯文化。乌克兰也有这样两种文化，正如德国、法国、英国和犹太人有这样两种文化一样。"

列宁所说的每一个现代民族中都有两个民族，指的是在阶级对抗社会中，每一个民族中都有不同的阶级，有剥削阶级，也有被剥削阶级，有统治阶级，也有被统治阶级，他们的社会经济政治地位不同，思想观念和生活习惯各异，好似两个民族。恩格斯在《英国工人阶级状况》中曾经说过："工人比起资产阶级来，说的是另一种习惯语，有另一套思想和观念，另一套习俗和道德原则，另一种宗教和政治。这是两种完全不同的人，他们彼此是这样的不同，就好像他们是属于不同的种族一样。"[①]

列宁所说的每一个民族都有两种文化，指的是每个民族都有剥削阶级的文化和被剥削阶级的文化。列宁说的是现代民族，也就是资本主义社会的民族。他说的两种文化就现代资本主义社会而言，就是"资产阶级文化"和"民主主义和社会主义的文化"。

具体来说，列宁以俄罗斯文化为例，指出俄罗斯文化中既有被剥削阶

---

① 《马克思恩格斯全集》第2卷，人民出版社1972年版，第410页。

级的文化，也有剥削阶级的文化，"有普利什凯维奇、古契柯夫和司徒卢威之流的大俄罗斯文化，但是也有以车尔尼雪夫斯基和普列汉诺夫为代表的大俄罗斯文化"。在列宁看来，车尔尼雪夫斯基和普列汉诺夫是被剥削阶级文化的代表。车尔尼雪夫斯基是俄国伟大的革命民主主义者，唯物主义哲学家和美学家。列宁认为他是"站在农民方面的革命家"，"他善于用革命的精神去影响他那个时代的全部政治事件，通过书报检查机关的重重障碍宣传农民革命的思想"。① 照列宁的说法，车尔尼雪夫斯基"散发着阶级斗争的气息"的著作教育了整整一代俄国革命者。而普列汉诺夫是俄国杰出的马克思主义者，俄国第一个马克思主义团体"劳动解放社"的创始人，他后来虽然成为机会主义者，但他对马克思主义在俄国的传播起过重大作用，列宁认为他是"最通晓马克思主义哲学的社会主义者"，②他的哲学著作应当列为"必读的共产主义教科书"。③ 列宁把车尔尼雪夫斯基和普列汉诺夫当作俄罗斯"民主主义和社会主义文化"的代表，归根到底，是因为他们的思想体系是属于被剥削阶级的思想体系，他们所代表的利益是被剥削阶级的利益。在列宁看来，普利什凯维奇、古契柯夫和司徒卢威是俄罗斯文化中资产阶级文化的代表，即剥削阶级文化的代表。普利什凯维奇是俄国大地主、黑帮首领之一，保皇党匪帮式组织"俄罗斯人民同盟的创始人"，他拥护沙皇制度，积极参加绞杀革命者，虐待犹太人和异民族的活动，是大俄罗斯民族主义的典型代表。古契柯夫是俄国大资本家，大资产阶级大地主反革命政党"十月党"（十月十七日同盟）的头目之一。司徒卢威是"合法马克思主义"的主要代表，后脱离社会民主党成为资产阶级立宪民主党右翼的首领。列宁认为他们是剥削阶级文化的代表，归根结底是因为他们的思想体系是属于剥削阶级的思想体系，他所代表的利益是剥削阶级的利益。

其次，列宁不仅指出每个民族存在两种文化，而且说明两种文化占有不同的地位，说明剥削阶级的文化"不仅是一些'成分'，而且是占统治地位的文化"。被剥削阶级的文化和剥削阶级的文化之所以占有不同地

---

① 《列宁全集》第 17 卷，人民出版社 1959 年版，第 104—105 页。
② 《列宁全集》第 19 卷，第 63 页。
③ 《列宁选集》第 4 卷，人民出版社 1972 年版，第 453 页。

位，归根到底是由它们在社会生产中所占的不同地位决定的。正如马克思恩格斯所说："统治阶级的思想在每一个时代都是占统治地位的思想。这就是说，一个阶级是社会上占统治地位的物质力量，同时也是社会上占统治地位的精神力量。支配着物质生产资料的阶级，同时也支配着精神生产的资料……占统治地位的思想不过是占统治地位的物质关系在观念上的表现，不过是以思想的方式表现出来的占统治地位的物质关系。"① 文化史告诉我们：剥削阶级的文化和被剥削阶级的文化不可能是和平共处，相安无事。占统治地位的剥削阶级的文化总是要压迫和摧残被统治阶级的文化，而被统治阶级的文化虽然只是一些成分，它也会在对抗统治阶级文化的斗争中，不断生成、壮大。

第三，列宁认为阶级对抗社会存在两种文化归根到底是源于两个阶级。根据历史唯物主义的基本观点，根据社会存在决定社会意识、阶级存在决定阶级意识的原理，在阶级对抗的社会中既然存在不同的阶级，那么不同阶级的生活条件就必然产生不同的思想体系和不同的文化。列宁说："每个民族的文化里面，都有一些哪怕是不大发达的民主主义和社会主义文化的成分，因为每个民族里面都有劳动群众和被剥削群众，他们的生活条件必然会产生民主主义和社会主义的思想体系。但是每个民族里面也都有资产阶级文化（大多数的民族里还有黑帮和教权派的文化），而且不仅是一些'成分'，而且是占统治地位的文化。因此，'民族文化'，一般说来是地主、神甫、资产阶级的文化。"

第四，列宁指出无产阶级对待民族文化应当采取的态度。针对资产阶级"民族文化"的口号，列宁提出无产阶级的口号是"国际文化"，即"民主主义和全世界工人运动的国际文化"。列宁认为对民族文化问题应当坚持国际主义立场，而不应当采取民族主义立场，同时要同资产阶级民族主义和资产阶级文化展开积极的斗争。他说："从每个民族的文化中取出民主主义和社会主义的成分，而取出这些成分只是并且无条件是为了同每个民族的资产阶级文化，资产阶级民族主义相对抗。"

每个民族都有两种文化；剥削阶级的文化是占统治地位的文化；两种文化属于两个阶级；无产阶级要从民族文化中取出民主主义和社会主义的

---

① 《马克思恩格斯选集》第 1 卷，人民出版社 1972 年版，第 52 页。

成分同资产阶级文化相对抗。这几方面就是列宁两种文化学说的主要内容，而其中的核心就是运用阶级和阶级斗争的观点分析民族文化现象。

需要说明的是，列宁在《关于民族问题的批评意见》中所说的两种文化虽然具体指的是现代民族中的两种文化，即资本主义社会中的两种文化，但列宁运用阶级分析的方法分析民族文化，对于分析其他阶级社会的民族文化同样具有普遍意义。毛泽东同志在《新民主主义论》中指出，对待封建时代的文化，必须"剔除其封建性的糟粕，吸收其民主性的精华"，"必须将古代统治阶级一切腐朽的东西和古代优秀的人民文化即多少带有民主性和革命性的东西区分开来"。[①] 这也是运用阶级分析方法分民族文化的典范。

三　对两种文化进行历史的、具体的和辩证的分析

民族问题和民族文化问题，是一个相当复杂的问题。列宁在《关于民族问题的批评意见》一文中，针对资产阶级抹杀阶级内容的"民族文化"口号，在当时重点强调民族文化的阶级内容。但是，列宁并没有对民族文化问题采取简单的态度，而是充分估计到民族文化问题的全部复杂性，并且对民族文化问题进行历史的、具体的和辩证的分析。

首先，列宁指出资产阶级文化是统治阶级的文化，而且在谈到大俄罗斯文化时是把资产阶级文化当作反动文化看待的，但是列宁也曾经指出必须对资产阶级和资产阶级文化采取历史主义态度，必须从整个历史文化发展过程来看待资产阶级文化。列宁在谈到 18 世纪启蒙主义思想家时，就指出不能把他们同他们所保护的"私利"混为一谈。他认为启蒙主义思想家在他们写作的时候，"新的社会关系及其矛盾，当时还处在萌芽状态。因此，资产阶级的思想家在当时并没有表现出任何自私的观念；相反地，不论在欧洲或俄国，他们完全真诚地相信共同的繁荣"。[②] 在 20 世纪初，舒里亚齐科夫在评论 18 世纪哲学史时，把整个 18 世纪唯物主义哲学的内容看作仅仅是歌颂资本主义的"资本主义的忠实奴仆"，完全忽视了

---

① 《毛泽东论文学与艺术》，人民文学出版社 1960 年版，第 24 页。
② 《列宁全集》第 2 卷，人民出版社 1959 年版，第 445 页。

资产阶级同封建主义的斗争，忽视了 18 世纪唯物主义哲学在同封建意识斗争中所起的进步作用。因此，列宁 1908 年在舒里亚齐科夫《西欧哲学（从笛卡尔到马赫）对资本主义的辩护》一书的批注中写道，作者"把哲学史庸俗化的时候，完全忘记了资产阶级和封建主义的斗争"，并指出"整个这本书就是把唯物主义肆无忌惮地庸俗化的榜样"，是"丑化历史上的唯物主义"。① 列宁的这些分析告诉我们，资产阶级在上升时期，在它同封建主义作斗争的时候，它保护的不完全是资产阶级"私利"，它还能代表人民的某些愿望和利益。同样，资产阶级文化在同封建主义作斗争时还有其进步的历史作用，不能简单加以否定。因此，必须采用历史主义的态度对待资产阶级文化的历史发展，并做出符合实际的评价。资产阶级作为一个阶级有产生、发展和腐朽的过程，资产阶级文化同样也有产生、发展和腐朽的过程。

其次，列宁在谈到被剥削阶级文化时，是将民主主义成分和社会主义成分并列在一起的，并且把两者看成一个同占统治地位的资产阶级文化相对抗的文化整体，这一点是很值得我们充分加以注意的。在列宁看来，民主主义成分和社会主义成分是既有区别又有联系的。民主主义成分就其思想体系而言，尚未达到无产阶级和马克思主义的高度，是同社会主义成分有区别的，不能把它提高到社会主义成分的高度。然而这两种成分都不占统治地位，都是被剥削的文化，都有共同的矛头所向。因此，列宁认为应当把民主主义成分同社会主义成分联合起来，共同对抗资产阶级文化。在俄国，列宁既重视民族文化中的社会主义成分，同时也很重视民主主义成分，列宁向来给俄国文化中的民主主义成分很高的评价，其中包括别林斯基、车尔尼雪夫斯基、杜勃罗留波夫、皮萨列夫和赫尔岑等政论家、美学家和批评家，以及涅克拉索夫、列夫·托尔斯泰、乌斯宾斯基等作家。在他所列举的大俄罗斯文化中被剥削阶级文化的代表人物中，普列汉诺夫属于社会主义者，车尔尼雪夫斯基则属于民族主义者，后者虽然没有达到马克思主义的高度，但列宁称他是"革命的民主主义者"，是"彻底得多的更有战斗性的民主主义者"。② 这样，并不妨碍他们一起同沙皇专制制度

① 《列宁全集》第 38 卷，人民出版社 1959 年版，第 564 页。
② 《列宁全集》第 20 卷，人民出版社 1958 年版，第 241 页。

作斗争，不妨碍他们共同对抗资产阶级文化。不论是排斥民主主义成分，或者是不恰当地抬高民主主义成分的做法，都是不符合实际的，都是同列宁两种文化学说的精神格格不入的。列宁关于文化中民主主义和社会主义成分结成联盟的思想，至今仍然有重要的现实意义。在资本主义社会，无产阶级在为社会主义而斗争时，需要有同盟军，社会主义文化同样需要有民主主义文化作为同盟军，才有可能去共同对抗资产阶级文化。在中国革命中也出现过同样的情况，毛泽东曾经对此作过精彩的分析，他在《新民主主义论》中谈到新民主主义文化时指出，"五四"以后，在中国既有帝国主义文化和半封建文化，而且它们是"非常亲热的两兄弟，它结成文化上的反动同盟，反对中国的新文化"。[①] 同时，在中国当时还有无产阶级文化、资产阶级文化、小资产阶级文化，其中无产阶级文化占领导地位，社会主义因素起决定作用，但它们都在反帝反封建的共同目标下结成联盟，共同对抗帝国主义文化和封建主义文化。

第三，列宁认为提倡"国际文化"的口号，提倡"民主主义和全世界工人运动的国际文化"的口号，是为了同资产阶级的抹杀阶级内容的"民族文化"的口号相对抗，然而"国际文化"并不是非民族的。崩得分子李普曼攻击国际文化口号是非民族的，是不可思议的纯粹的文化。对此，列宁反驳说："国际文化不是非民族的。谁也没有说过这个。谁也没有说过什么既不是波兰的，也不是犹太的，更不是俄罗斯等等的'纯粹的'文化，可见你用一大堆废话只是想转移读者的注意力，想用空话来掩盖事情的本质。"这一思想列宁在《关于民族问题的批评意见》中虽然没有充分展开，因为这不是文章的重点，然而这也是列宁文化思想的重要组织部分。1925 年，斯大林在《论东方民族大学的政治任务》[②] 的演讲中，就对这个问题进行了比较深入的阐述。斯大林首先指出资产阶级执政时期和无产阶级执政时期民族文化的不同性质：在资产阶级执政时期，民族文化是资产阶级的口号；在无产阶级执政时期，民族文化是无产阶级的口号。在无产阶级夺得政权的社会主义社会中，提倡民族文化的口号，发展民族文化，是符合列宁主义思想的。其次，斯大林认为无产阶级文化

---

① 《毛泽东论文学与艺术》，人民文学出版社 1960 年版，第 10 页。

② 《斯大林全集》第 7 卷，人民出版社 1958 年版，第 117—119 页。

"内容是无产阶级的，形式是民族的"。他说："我们在建设无产阶级文化。这是完全对的。但是社会主义内容的无产阶级文化，在卷入社会主义建设的各个不同的民族当中，依照不同语言、生活方式等等，而采取不同的表现形式和方法，这同时也是对的。内容是无产阶级的，形式是民族的，——这就是社会主义所要达到的全人类的文化。无产阶级文化并不取消民族文化，而是赋予它内容。相反，民族文化也不取消无产阶级文化，而是赋予它形式。"毛泽东后来又进一步发展了斯大林这一思想，他在1938年谈到马克思主义必须同中国革命实际相结合时说："洋八股必须废止，空洞抽象的调头必须少唱，教条主义必须休息，而代之以新鲜活泼的、为中国老百姓所喜闻乐见的中国作风和中国气派。把国际主义的内容和民族形式分离起来，是一点也不懂国际主义的人们的做法。我们则要把二者紧密结合起来。"[①] 1940年，毛泽东在《新民主主义论》中，又明确提出："中国文化应有自己的形式，这就是民族形式。民族的形式，新民主主义的内容——这就是我们今天的新文化。"[②] 看来，对于无产阶级文化的内容和形式的看法，列宁、斯大林和毛泽东是完全一致的。最后，斯大林阐明了各民族的民族文化和全人类的无产阶级文化的关系。他说："全人类的无产阶级文化不是排斥各民族的民族文化，而是以民族文化为前提并且滋养民族文化，正像各民族的文化不是取消而是充实和丰富全人类的无产阶级文化一样。"全人类的无产阶级文化是由各民族的无产阶级文化组成的，后者是前者发展的基础和前提，并且丰富和充实前者。民族文化越有民族特色越能丰富全人类文化，文学艺术作品越是具有民族特点和民族风格，就越有世界意义。同时全人类的无产阶级文化也以其丰富的内容和形式给各民族的无产阶级文化以滋养。通过各民族文化之间的交流，每个民族的文化就从其他民族的文化中吸取营养而进一步得到发展，最终将达到全人类文化的共同繁荣。

---

① 《毛泽东选集》第2卷，人民出版社1952年版，第497页。
② 同上书，第679页。

四　运用两种文化学说分析俄国文学现象

两种文化学说对列宁来讲不仅是一种理论，同时也是一种实践，他运用两种文化学说深刻分析了十分复杂的俄国文化和俄国文学现象，从中清理出清晰的发展脉络，为我们运用两种文化学说分析文化和文学现象树立了典范。

首先，列宁根据俄国资本主义发展两条道路的观点，提出俄国思想文化发展两种对立的历史趋势和两条路线的观点。

列宁认为俄国资本主义的发展存在两条道路。资本主义在俄国的发展是历史的必然，资本主义在俄国的发展必然会消灭农奴制的残余，俄国只有按资本主义方向发展一条道路，“但是发展的形式可能有两种。消灭农奴制残余可以走改造地主经济的道路，也可以走消灭地主大地产的道路，换句话说，可以走改良的道路，也可以走革命的道路”。① 列宁所提出的俄国资本主义发展两条道路的观点，抓住了俄国历史和俄国文化发展的核心问题，它对于理解俄国历史和俄国文化、俄国文学发展具有重要意义。列宁所指出的两条道路表现在社会政治思想领域，就是以俄国革命民主主义者为代表的主张自下而上的彻底解放农奴的革命派，同以贵族自由主义者为代表的主张自上而下解放农奴的改良派的斗争。这两派之间的斗争代表着两种对立的历史趋势，两种不同的社会政治力量和社会思潮，决定着俄国社会发展的方向和俄国思想文化发展的方向。列宁说：“60 年代的自由派和车尔尼雪夫斯基是两种历史趋向，两种历史力量的代表，这两种倾向和力量从那时起一直到今天都决定着为建立新俄国而进行的斗争的结局。”② 列宁认为，俄国社会发展的两条道路，政治思想的两个派别，最后决定了俄国文化和文学发展的两条路线；一条是以拉季谢夫、十二月党人、别林斯基、赫尔岑、车尔尼雪夫斯基、普列汉诺夫为代表的民主主义和社会主义的文化路线；一条是以《莫斯科新闻》、《俄罗斯通报》、立宪民主党人的政论文学以及《路标》的思想体系为代表的剥削阶级的文化

① 《列宁全集》第 13 卷，人民出版社 1959 年版，第 219 页。
② 《列宁全集》第 17 卷，人民出版社 1959 年版，第 104 页。

路线。列宁在研究文化、文学现象时，总是把各种文化思潮和文学思潮的代表人物，放在这一社会斗争和文化思想斗争的总背景上加以考察的。列宁给予别林斯基、车尔尼雪夫斯基、赫尔岑、涅克拉索夫、谢德林、列夫·托尔斯泰等俄国作家以崇高的评价，归根到底是因为他们站在被压迫的农民一边，同俄国专制制度进行坚决的斗争，列宁同时也无情地批判反动的美文学、立宪民主党的政论以及《路标》的文学思潮，归根到底是因为他们是站在农奴主和资产阶级的立场来反对革命的。

其次，列宁提出了俄国解放运动三个阶段的理论，体现了对历史文化遗产的科学分析态度，为俄国历史和俄国文化、文学史的研究提供了科学的根据。

列宁把俄国进步文学的发展，同俄国解放运动，同人民的觉醒过程，同知识分子对革命理论孜孜不倦的探求联系起来。在列宁看来，俄国进步文化、文学的发展，同人民本身的发展，即人民的觉醒过程是相联系的。因此，列宁十分注意研究人民觉醒过程的各个发展阶段，研究不同阶段的知识分子在各个发展阶段上所起的作用。

列宁在《纪念赫尔岑》[①]（1912）和《俄国工人阶级报刊的历史》[②]（1914）中，将俄国解放运动划分为贵族时期、平民知识分子时期和无产阶级时期。他说："俄国解放运动经历了三个主要阶段，这是与影响过运动的俄国社会的三个主要阶段相适应的，这三个主要阶段就是：（一）贵族时期，大致从 1825 年到 1861 年；（二）平民知识分子或资产阶级民主主义时期，大致上从 1861 年到 1895 年；（三）无产阶级时期，从 1895 年到现在。"[③]

值得注意的是，列宁的三个时期理论并没有简单理解解放运动阶段和阶级的关系，他不仅论述解放运动各阶段的参加者来自什么阶级的问题，而且侧重论述各阶段参加解放运动的先进分子同人民的联系问题，先进分子代表人民利益的程度问题。在第一阶段，由贵族革命家代表人民利益，但他们远离人民；在第二阶段，由平民知识分子革命家代表人民，他们同

---

① 《列宁论文学与艺术》，人民文学出版社 1983 年版，第 125—133 页。

② 同上书，第 160—168 页。

③ 同上书，第 160 页。

人民的联系密切起来了；第三阶段，由无产阶级革命家代表人民，他们同人民完全融合起来了。这一事实告诉我们，不应当只依据阶级出身，而应当依据他们代表人民利益的程度，来评价民主主义和社会主义文化的代表人物。

可见，运用列宁的两种文化学说分析文学现象不是一个简单的问题，我们不能把民主主义和社会主义文化同它的代表人物的阶级出身机械等同起来，同时也不能把一些没有直接参加解放运动，甚至还写过反动作品的大作家简单划归剥削阶级文化阵营。例如有人根据列宁在写给印涅萨·阿尔曼德的信中有"最拙劣的陀思妥耶夫斯基"这句话，就对这位大作家全盘否定。列宁1914年写的这封信在谈到对文尼阡柯的小说《先辈的遗训》的评论时提到陀思妥耶夫斯基。《先辈的遗训》因模仿陀思妥耶夫斯基受到《言论报》的赞扬，列宁批评了这部颓废小说，说它把各种各样"骇人听闻的事"凑在一起，"真是荒谬绝伦，一派胡说！"他说："《言论报》认为这部小说是模仿陀思妥耶夫斯基的，而且不无可取之处。我看，模仿是有的，但这是对最拙劣的陀思妥耶夫斯基的最拙劣的模仿。"①这里，列宁并不是对陀思妥耶夫斯基作出全面的评价，他指出文尼阡柯模仿的是陀思妥耶夫斯基身上"最拙劣"的东西，而根本不了解陀思妥耶夫斯基创作的精华。据邦契－布鲁也维奇的日记，列宁"不止一次地说过，陀思妥耶夫斯基的确是一位天才的作家，他研究了当代社会病态方面，但同时也有对现实生活的生动描绘"。②

---

① 《列宁论文学与艺术》，人民文学出版社1983年版，第342页。
② 转引自《列宁与俄国文学问题》，中国社会科学出版社1982年版，第16页。

第九章

列宁的社会主义文化建设纲领

列宁是在新的时代，即在帝国主义和无产阶级革命时代的历史条件下，从事革命实践活动和理论活动的。列宁的天才在于，他不仅善于在新的历史条件下坚持、捍卫并创造性地运用马克思主义，而且在总结俄国革命丰富经验的基础上进一步丰富和发展了马克思主义。

列宁非常重视文学艺术问题，十分关心思想文化战线上的斗争。在十月革命前，列宁发表了一系列文艺论著，他不仅解决了俄国文艺理论批评二百年来悬而未决的重大问题，为俄国马克思主义文艺理论批评奠定了坚实的基础，为布尔什维克党制定文化艺术政策提供了理论根据，而且把马克思主义美学的发展推进到崭新的列宁阶段。十月革命后，在年轻的苏维埃社会主义共和国最困难的时期，列宁依然对文化艺术建设倾注极大心血。他进一步发展了革命前所提出的艺术反映论、文学党性原则和两种文化学说，在总结社会主义文化艺术建设新鲜经验的基础上，在同"左"的和右的各种错误倾向的斗争中，提出了社会主义文化建设的纲领，实践和发展了党领导文化艺术的马克思主义原理。

十月革命后年轻的苏维埃社会主义共和国在打退国内外敌人的进攻和恢复国民经济的同时，也面临着社会主义文化艺术建设的任务，这是人类历史上前所未有的开创性的事业。列宁在十月革命前的《党的组织和党的出版物》（1905）中明确指出，文学事业应当成为无产阶级总的事业的一部分，应当为千百万劳动人民服务，应当受党的领导和监督。这实际上已为社会主义文化艺术建设指明了方向。然而十月革命后在社会主义文化艺术建设问题上却存在尖锐斗争，列宁的思想受到来自右的和"左"的挑战。托洛茨基从右的方面否定无产阶级文学艺术存在的可能性。在他的影响下，沃隆斯基在一段时间内也认为："无产阶级艺术现在没有，也不能有，暂时我们面临的任务是掌握旧文化和旧艺术。"①　而无产阶级文化派和未来派则从"左"的方面否定过去的文化艺术传统，否定社会主义文化同人类文化的继承关系。在这种情况下，不少人虽然认为社会主义文化艺术应当是崭新的，不同于以往时代的艺术，但却不清楚社会主义文化艺术究竟新在哪里？如何进行革新？正是在这个关键问题上，列宁明确提出社会主义文化艺术建设应当继承传统，面向生活，扎根人民的主张，尖锐批判了无产阶级文化派否定传统，脱离生活，背离人民，企图关起门来创造所谓纯粹的无产阶级文化的做法。这场斗争关系到年轻的社会主义文化艺术发展的命运，当时未来派和无产阶级文化派称霸一时，例如在人民教育委员部造型艺术处，未来派就把持了大权，把现实主义的艺术家挤走。如果照他们的路子走下去，社会主义文化艺术就有被葬送的可能。列宁正是看到问题的严重性，才坚决展开批判未来派和无产阶级文化派的斗争，而且在这场斗争中，提出了社会主义文化艺术建设纲领，进一步明确了社会主义文化艺术发展的方向。

社会主义国家文化艺术发展正面和反面的历史经验告诉我们，列宁的社会主义文化建设纲领是具有普遍意义的，是有生命力的。今天，我们正面临着建设具有中国特色社会主义文化的历史任务，认真学习列宁的社会主义文化建设纲领，不仅具有理论意义，而且具有现实意义。

列宁的社会主义文化建设纲领内容十分丰富，通过分析总结，可以把它归纳为以下几个方面。

一　在批判继承人类文化遗产的基础上发展文化艺术

建设新的社会主义文化艺术如何正确对待过去的文化艺术遗产，这是十月革命初期文化艺术界思想斗争的一个焦点。俄国的未来派在他们的宣言《给社会趣味一记耳光》中宣称："把普希金、陀思妥耶夫斯基、托尔斯泰等等，从现代生活的轮船上扔出去。"无产阶级文化派同未来派一样，也彻底否定过去的文化艺术遗产，无产阶级文化派的诗人基里洛夫这

---

①　转引自吴元迈《苏联文学思潮》，浙江文艺出版社 1985 年版，第 13 页。

样写道：

> 我们狂热，我们好斗，
> 我们如狂似醉。
> 让人们为我们叫喊：
> "你们是刽子手，你们扼杀美！"
> 以我们明天的名义——
> 我们要把拉斐尔烧成灰，
> 把博物馆统统捣毁，
> 把那艺术之花踩得粉碎。

这不能只当成诗人的夸张，它是有深刻的思想基础的。无产阶级文化派认为无产阶级文化是同古典文化遗产格格不入的。他们的杂志《未来》宣称："吸收资产阶级文化是一种不可救药的倒退"，旧文化渗透了旧阶级的"臭气和毒剂"，他们不会"写出什么对共产主义有价值的和有教益的东西"，"只会毒害无产阶级的心灵"。在文学方面，他们抨击普希金，说他"长年去写作《叶甫盖尼·奥涅金》，而没有把生命的任何一分钟献给矿工"。在戏剧方面，他们预言现实主义戏剧"将被工人阶级扔到历史的垃圾箱里去"，他们要求关闭亚历山德拉剧院，认为它是"反动的艺术巢穴"。在音乐方面，他们认为"柴可夫斯基的音乐调子阴沉，浸透了知识分子特有的心理，表现对不幸生活的苦恼。这种音乐我们不需要"。[1]

人类文化艺术的发展是有继承性的，社会主义文化建设是不能割断历史的，针对未来派和无产阶级文化派否定人类文化遗产的观点，列宁在《青年团的任务》（1920）中尖锐指出："无产阶级文化并不是从天上掉下来的，也不是那些自命为无产阶级文化专家的人杜撰出来的，如果认为是这样，那完全是胡说。无产阶级文化应当是人类在资本主义社会、地主社会和官僚社会压迫下创造出来的全部知识合乎规律的发展。"[2] 列宁在这里强调了社会主义文化同人类文化的继承关系，而这种继承性理论的基础

---

① 《列宁与无产阶级文化协会》，外国文学出版社1980年版，第113页。
② 《列宁论文学与艺术》，人民文学出版社1983年版，第106页。

是列宁的两种文化学说和反映论。根据列宁的看法，过去的文化存在民主主义和社会主义的成分，这些成分由于它客观地反映了现实生活，因此必然存在客观价值，民主主义和社会主义的成分越大客观价值就越大。相反，以波格丹诺夫为代表的无产阶级文化派认为文化艺术不是客观生活的反映，而是阶级集体经验的反映，"以往时代的文学都渗透了剥削阶级的精神"。因此，为了创造纯粹的无产阶级文化，就必须彻底否定过去的文化，可见，对待文化艺术遗产两种不同态度归根到底是源于两种截然对立的理论观点。

列宁的继承性思想又是同革新相联系的，他认为社会主义文化不仅要继承人类文化优秀成果，而且要加以改造。他指出："应当明确地认识到，只有确切地了解人类全部发展过程所创造的文化，只有对这种文化加以改造，才能建设无产阶级的文化。"① 这里所说的"改造"，一是指要批判继承，要用批判的态度来对待人类以往所创造的文化，分清反动的成分和民主主义、社会主义的成分，吸收一切有价值的东西；二是指要革新创造，要在批判继承的基础上创造社会主义的新文化。列宁在《关于无产阶级文化的决议的草稿》（1920）中又进一步阐明这一思想，他深刻指出："不是臆造新的无产阶级文化，而是根据马克思主义世界观和无产阶级在其专政时代的生活与斗争条件的观点，发扬现有文化的优秀的典范、传统和成果。"② 这就是说，列宁反对把建设社会主义文化归结为对古典作家毫无批判的模仿，他认为对过去优秀传统的忠实应当表现为用革新精神来创造性地丰富这些传统。究竟如何革新呢？列宁强调一要以马克思主义世界观作为指导，只有这样才能分清精华和糟粕，真正吸收到人类文化的优秀成果；二要从无产阶级现代的生活和斗争的条件和需要出发，对遗产加以改造，达到真正的创新。

列宁在反对否定文化艺术遗产的同时，也反对以标新立异姿态出现的假革新。当时有些人打着艺术革新的旗号，宣称现实主义过时了，同时又把西方各种病态的、矫揉造作的东西说成是艺术天才的最高表现，列宁对此十分反感，他说："即使美是'旧'的，我们也必须保留它，拿它作为

---

① 《列宁论文学与艺术》，人民文学出版社 1983 年版，第 106 页。
② 同上书，第 121 页。

一个榜样，作为一个起点。为什么只因为它'旧'，就要抛弃真正的美，拒绝承认它，不把它当作进一步发展的出发点呢？为什么只因为那是'新'的，就要把新的东西当作供人信奉的神一样来崇拜呢？那是荒谬的，绝对是荒谬的。"①

二　面向新的生活，表现新的事物和新的人

十月革命使俄国社会生活发生根本变化，新的事物、新的人和新的思想层出不穷。社会主义文化艺术的革新主要就表现在用新的思想去反映新的生活和新的人，这也是列宁对新的文化艺术的要求。列宁的这一要求是以他所提出的艺术反映论作为理论依据的，他指出，"生活、实践的观点应该是认识论的首要的和基本的观点"②，这也就是说文学艺术是客观现实生活的反映，现实生活是文学艺术的唯一源泉，新的社会主义文化艺术的建设是不能离开这一"首要的和基本的观点"的。但是应当看到，在十月革命胜利后的最初年代，要作家艺术家深入生活，表现新的生活是相当复杂和相当艰难的，这一点我们过去是认识不足的。当时的情况是，一部分作家对革命不理解，竭力想躲开生活，"艺术对许多人来说，成了沙漠中的绿洲，可爱的安静而有魅力的花园，在那里可以散散步，心里想：'一切都是平平安安的！什么事也没有'"。③另一方面的情况是，无产阶级文化派引导工人群众脱离生活，企图把他们关在实验室里创造所谓纯粹的无产阶级文化，协会的领导人和理论家卡里就曾经说过，"无产阶级文化协会是个实验室，无产阶级应当在这个实验室里创造新文化"。面对这种局面，列宁花了不少心血引导作家、艺术家多接近生活，表现新的生活和新的人物。

1918 年 9 月 20 日，列宁在《论我们报纸的性质》一文中，批评当时的报纸"老一套的政治鼓动——政治喧嚷——占的篇幅太多了，新生活建设方面种种事实的报道占的篇幅太少了"，他认为产生这一问题的原因

---

① 《列宁论文学与艺术》，人民文学出版社 1983 年版，第 434 页。

② 《列宁选集》第 2 卷，人民出版社 1972 年版，第 142 页。

③ 转引自《继往开来》，中国社会科学出版社 1983 年版，第 85 页。

就在于"我们很少注意工厂、农村和部队的日常生活，而这方面新鲜事物最多，最需要注意、宣扬和社会批评，最需要指责坏人坏事，号召向好人好事学习"，列宁在文章的最后号召新闻工作者，当然也包括文化艺术工作者，"少来一些政治喧嚷。少发一些知识分子议论。多接近生活。多注意工农群众怎样在日常工作中实际地建设新事物。多检查这种新事物含有多少共产主义成分"。① 不久，列宁收到《贫农报》编辑索斯诺夫斯基送来的托多尔斯基写的《持枪扶犁的一年》，他看了十分高兴，称赞这是"一本好书"，因为"作者把一个偏僻县份的革命过程描写得非常朴素而生动"。列宁特别欣赏这种由真正生活在群众中间的实际工作者写出来的书，认为出版这种"最真实的、最实在的、最富有宝贵实际内容的优秀作品"，"对社会主义事业来说，比发表那些经常钻在故纸堆里看不见实际生活的名作家写的文章要有益得多"。②

1919 年 6 月 28 日，列宁在《伟大的创举》一文中，又一次以极大热情提出"要支持普通的、质朴的、平凡的但是活生生的真正的共产主义幼芽"。他号召"少唱些政治高调，多注意些极平凡的但是生动的、来自生活的、被生活检验过的共产主义建设事实——我们全体，我们的作家、鼓动员、宣传员、组织员等等都应该不倦地重复这个口号"。③

值得重视的是，列宁还把接近生活看成是对作家和艺术家进行教育的途径。他认为高尔基十月革命时期犯了政治错误，其重要原因就在于受到满怀怨恨的资产阶级知识分子的包围，看不到占全国人口十分之九的工人农民生活中所产生的新事物，因此希望他到农村和工厂去，到那儿观察人们是如何建设新生活的。在列宁看来，作家艺术家只有深入生活，改变自己的世界观，才能表现新的生活和新的人。

与列宁的观点相对立，当时一些现代派艺术家常常离开现实生活，搞形式上的标新立异，列宁说他们"往往把最荒谬的矫揉造作的东西冒充为某种新东西"。在列宁看来，真正的艺术革新总是同现实生活相联系，首先是内容的创新，是内容和形式相联系的。列宁对艺术革新的见解是符

---

① 《列宁论文学与艺术》，人民文学出版社 1983 年版，第 350—352 页。
② 同上书，第 353 页。
③ 《列宁选集》第 4 卷，人民出版社 1972 年版，第 8 页。

合人类艺术发展的客观规律的，我们看到人类文学艺术史上那些真正的艺术革新总是作家接近现实生活，从审美角度观察体验生活，并在艺术认识上有新的发现的结果。托尔斯泰作为艺术革新家，他的独创性首先在于他用艺术形式天才地表现了俄国革命的准备时期，表现了这个时期农民的心理和情绪。高尔基创作的革新意义首先也在于他第一个表现了俄国工人阶级的觉醒。离开了他们各自源于生活的艺术发现，还有什么艺术革新可言？

三　文化艺术要扎根于人民，为群众所了解和爱好

从历史唯物主义观点出发，列宁认为"历史是由千百万人独立创造的"，千千万万劳动人民是历史的创造者，他们不仅是无产阶级革命的主力军，而且也是社会主义的建设者。在十月革命前，列宁就指出文学艺术必须为千千万万劳动人民服务。十月革命胜利后，列宁在谈到新文化建设时说："新的文化和过去的文化不同，在过去文化中，无产阶级是站在一边的，那时它完全是一个受资本家剥削的附属物。"① 显然，十月革命胜利后无产阶级成了文化的主人。人民群众创造了历史，也创造了文学艺术，因此文学艺术应当属于人民，为人民服务，这是列宁社会主义文化建设纲领的基石。这一基本思想的确立，不能只归之于列宁本人的民主作风，这首先是由列宁对历史发展进程和历史发展动力所作的深刻分析决定的。

从这一基本思想出发，列宁坚决反对那些远离人民，远离人民利益和需要，远离人民爱好的作品。他在同蔡特金的谈话中说："我不能把表现派、未来派、立体派和其他各派的作品，当作艺术天才的最高表现，我不懂它们，它们不能使我感到丝毫愉快。"问题不在于列宁个人的艺术趣味，而在于艺术的最高评判者是人民。列宁说："我们关于艺术的意见是不重要的。对于人口以百万计的广大居民来说，艺术对于其中几百人甚或几千人的贡献也是不重要的。艺术属于人民。它必须深深扎根于广大劳动群众中间。它必须为群众所了解和爱好。它必须从群众的感情、思想和愿

———————
①　《列宁论文学与艺术》（二），人民文学出版社1960年版，第519页。

望方面把他们团结起来并使他们得到提高。它必须唤醒群众中的艺术家并使之发展。"①

列宁所提出的"艺术属于人民"的思想是十分丰富和深刻的，它基本上包括两个方面，一是"使艺术可以接近人民"，一是使"人民可以接近艺术"。

所谓使艺术接近人民，列宁认为首先作家艺术家心中必须有人民，"必须经常把工农放在眼前"②，当工农大众还缺少黑面包的时候，不能只顾把精致的甜饼干送给少数人。工农大众为革命流血、牺牲，以自己的工作支持着国家，"他们有权利享受真正的、伟大的艺术"。③

其次，艺术必须为群众所了解和爱好，作家艺术家要创作为人民群众所喜闻乐见的作品。列宁不喜欢现代派的作品，归根到底是因为这些作品的内容和形式无法为人民群众所接受。

第三，艺术必须从思想感情上团结人民和提高人民，列宁肯定高尔基的《母亲》，说它是"一本非常及时的书"，就在于它表现工人阶级由自发走向自觉的过程，工人阶级读了会得到很大的益处。他在肯定别德内依诗歌鼓动作用的同时，又指出他的作品"有点粗俗。他走在读者后面。可是他应该多少走在前面些"。④ 这就是说作家要站得高一些，这样才能肩负起教育人民和提高人民的任务。

所谓使人民接近艺术，列宁主要指要从工农群众中培养作家艺术家，保证千百万劳动人民不仅能够欣赏过去时代和当代的艺术珍品，而且保证他们也能创造出新的艺术珍品。十月革命后，列宁不仅重视吸收和团结知识分子参加文化建设，同时也很重视在工农群众当中培养作家艺术家。在他看来，无论是经济建设也好，文化建设也好，"生气勃勃的创造性社会主义是由人民群众自己创立的"。⑤ 他认为工农大众是"文化的土壤，在那上面，将成长起一种按照内容而规定其形式的、真正新兴的、伟大的艺

---

① 《列宁论文学与艺术》，人民文学出版社 1983 年版，第 434—435 页。
② 同上。
③ 同上书，第 438 页。
④ 《列宁论文学与艺术》（二），人民文学出版社 1960 年版，第 886 页。
⑤ 《列宁全集》第 26 卷，人民出版社 1959 年版，第 269 页。

术，一种共产主义的艺术"。①

为了保证"艺术属于人民"理想的实现，为了使艺术和人民保持密切的联系，列宁认为关键是要提高人民的教育和文化水平。他指出："为了使艺术可以接近人民，人民可以接近艺术，我们就必须首先提高教育和文化的一般水平。"② 这是十月革命后列宁日夜思虑的问题，他在扫除大量文盲、普及教育、出版古典作品普及版、兴办图书馆博物馆等方面倾注了极大的心血，而这一切都是为了使艺术真正属于人民。

为了保证社会主义文化艺术建设纲领的实现，列宁特别强调党对文化艺术事业的领导，在十月革命后的文化艺术建设中，他进一步发展了党领导文化艺术的马克思主义原理。

革命前列宁在《党的组织和党的出版物》一文中提出了文学党性原则，革命后在新的历史条件下始终不渝地贯彻这一原则，并且进一步发展这一原则。革命后文化艺术建设面临的形势是，一方面革命解放了艺术生产力，作家艺术家获得了创作自由；另一方面是创作思想仍然存在混乱现象，新事物还只是一些嫩苗。列宁认为历史的辩证法在于，"当新事物刚刚诞生时，旧事物在相当时期内总是比新事物强些，这在自然界或社会生活中都是常见的现象"。③ 因此，他坚决驳斥考茨基和其他一些反对派关于社会主义国家"不干涉"文化艺术事业的理论。在他看来，当"旧东西的残余在革命后一定时期内必然战胜新的幼芽"的时候，不干涉政策就意味着对旧事物的支持，列宁在同蔡特金的谈话中充分发挥这一重要思想原则。他首先指出，十月革命解放了艺术生产力，"革命已使苏维埃国家成为艺术家的保护人和赞助人。每一个艺术家和每一个希望成为艺术家的人，都能够有权利按照他的理想来自由创造，不论那理想结果是好的还是坏的，这样你就碰到激动、尝试和混乱了"。他认为："混乱地激动，狂热地寻求新的解决办法和新的口号，今天'赞美'某些艺术和精神的倾向，明天'把它们钉在十字架上'！——那一切是不可避免的"。当时所存在的现象虽然是必然的，不可避免的，但党不能采取放任自流的不干

① 《列宁论文学与艺术》，人民文学出版社1983年版，第438页。
② 同上书，第435页。
③ 《列宁全集》第29卷，人民出版社1956年版，第387页。

涉政策。列宁对此坚定地指出："但自然我们是共产党人。我们决不可以无所作为，听任混乱随意扩展开来。我们还必须有意识地努力去领导这一发展，去形成和决定它的结果。"① 在这里，列宁深刻阐明了党领导社会主义文化艺术建设的原则，阐明了党的领导和作家艺术家创作自由的辩证关系。党和国家保证作家艺术家的创作自由，同时也要十分重视对作家艺术家加以引导，保证他们的创作按照正确的方向发展，产生好的结果。

在党领导社会主义文化艺术建设方面，列宁首先强调的是马克思主义思想的指导，列宁同无产阶级文化派的斗争实质上就是在文化问题上马克思主义和反马克思主义的一场斗争。无产阶级文化派的代表人物波格丹诺夫是马赫的忠实信徒，在十月革命前就因宣扬马赫的经验批判主义的反动哲学受到列宁的批判。十月革命后在文化问题上继续宣扬马赫的一套思想，认为文化艺术不是客观现实的反映，而是"经验的组织"，过去的文化就是剥削阶级经验的组织，因此无产阶级必须同过去文化决裂，关起门来创造纯粹的无产阶级文化。列宁认为："所有关于'无产阶级文化'的词句，正是用来掩饰同马克思主义的斗争的。"② 在他看来，"只有马克思主义的世界观才正确地反映了革命无产阶级的利益、观点和文化"。因此，列宁十分明确地指出，社会主义文化艺术建设的指导思想"不是特殊的思想，而是马克思主义"。③

列宁在强调马克思主义思想指导的同时，也十分强调党对社会主义文化艺术建设的组织领导。无产阶级文化派的主要错误首先就在于在政治上要求文化自治，反对党和政府的领导。按照 1917 年 11 月 9 日政府法令规定，无产阶级文化协会在国家教育委员会（即后来的教育人民委员部）的思想领导和物质帮助下实行自治。但协会实际上只要教育人民委员部的物质帮助，而拒绝其思想领导。1918 年，无产阶级文化协会主席列别杰夫·波梁斯基在《无产阶级文化》创刊号上写道："无产阶级文化只有在无产阶级不受任何法令的约束，在充分主动的条件下才能发展。"1919 年1 月通过的《无产阶级文化协会组织大纲》也声称："无产阶级文化协会

---

① 《列宁论文学与艺术》，人民文学出版社 1983 年版，第 433—434 页。

② 同上书，第 271 页。

③ 同上书，第 120—121 页。

是无产阶级文化创作的阶级组织，正如工人阶级政党是无产阶级的政治组织，工会是无产阶级的经济组织一样。"对于无产阶级文化派摆脱党和政府领导的企图，列宁多次进行原则斗争，要求文化艺术建设置于党和政府的领导和监督之下。1920 年 10 月 8 日列宁亲自为无产阶级文化协会全俄第一次代表大会写了决议草案《论无产阶级文化》，反对"把教育人民委员部和无产阶级文化协会的工作范围截然分开，或者在教育人民委员部机构中实行无产阶级文化协会的'自治'"，要求"无产阶级文化协会的一切组织必须无条件地把自己看作是教育人民委员部机关系统中的辅助机构，并且在苏维埃政权（特别是教育人民委员部）和俄国共产党的总的领导下，把自己的任务当作无产阶级专政的一部分来完成"。①

列宁在领导文化艺术建设中特别注意把党的领导同艺术创作的特性辩证结合起来。具体来说，列宁领导文化艺术建设有以下几个特点：

首先，对文化艺术问题不横加干涉，不随便发表个人意见，涉及政治问题则坚持原则，毫不退让。

如上所述，无产阶级文化派企图摆脱党和国家的领导，列宁对它的批评是十分尖锐的。1920 年，在无产阶级文化协会第一次代表大会上，卢那察尔斯基的讲话没有明确表达列宁要求协会接受教育人民委员部领导的指示精神，受到列宁的严厉的批评，用他自己的话说，"狠狠骂了我一顿"。之后，列宁当即亲自起草《论无产阶级文化》的决议草案，《俄共（布）中央全会关于无产阶级文化协会的决定草案》，明确规定协会必须服从党和国家的领导，"把无产阶级文化协会在科学教育和政治教育方面的工作并入教育人民委员部和各省国民教育厅"，同时又规定"协会在艺术（音乐、戏剧、造型艺术、文学）方面的工作仍保持自治"，教育人民委员部各机关"只是在对明显的资产阶级倾向作斗争方面保持领导作用"。② 列宁所起草的决定表明作家艺术家在艺术创作问题上有充分的自由权，党和国家不进行行政干涉。

其次，不把个人审美的好恶作为指导思想，而是尊重专家尊重群众，发扬艺术民主，走群众路线。

---

① 《列宁论文学与艺术》，人民文学出版社 1983 年版，第 120 页。
② 同上书，第 122 页。

列宁对文学艺术有很高的鉴赏力，但如同卢那察尔斯基所说，列宁"从来没有把个人审美上的好恶作为领导思想"。① 列宁对当时风行一时的现代派艺术是很不赞同的，但作为党和国家的领导人，他并不以个人好恶作为对待某一流派或某一作品的依据。有一次，他和卢那察尔斯基去看一个纪念像设计草案展览，他对一个用未来派手法设计的纪念像感到惊讶，但当别人征求他的意见时，他说："在这里我是一窍不通，你们问卢那察尔斯基吧。"当卢那察尔斯基表示还没有发现一个完美的纪念像后，列宁十分高兴地说："我原来以为您要摆上一个什么未来派的怪物呢！"②

列宁在艺术问题上所表现出的民主作风，决不仅仅是个人的谦虚，而且表明他对艺术的理解，对保证个人创造性和个人爱好的尊重，同时也是对群众的尊重，他能"经常把工农放在眼前"。

第三，既爱护和尊重作家艺术家的创作劳动，又严肃批评他们的错误。

列宁非常尊重作家艺术家，对他们十分关心和爱护，而这种尊重和关心是出自他对创作劳动的深切了解。

1908 年 2 月 13 日，列宁给卢那察尔斯基写信，准备请高尔基负责《无产者报》上文学批评栏的工作，但又怕影响高尔基的创作，他说："但是我害怕，而且非常害怕直接提出这一点，因为我不了解阿·马克西莫维奇的工作性质（和工作爱好）。如果一个人正在从事严肃的、巨大的著述工作，如果琐碎事情，报纸工作，政治评论会危害这一工作，那么妨碍和打扰他就是愚蠢和犯罪的行为！我十分了解这一点并深深感觉到这一点。"③ 这封信里字字句句表现出列宁对作家劳动的了解、尊重和关怀，其中关键是了解，是深深的了解，唯有了解才谈得上尊重和关怀。

列宁不仅反对干扰作家的工作，也反对对作家缺点吹毛求疵。列宁在1913 年 5 月底给《真理报》编辑部的信中，坚决反对只抓住诗人杰米扬·别德内依的一些个别缺点来否定他的工作。他说："对于杰米扬·别德内依，我仍旧拥护。朋友们，不要对人的缺点吹毛求疵！天才是罕见

---

① 《列宁论文学与艺术》，人民文学出版社 1983 年版，第 427 页。

② 同上书，第 423 页。

③ 同上书，第 251 页。

的，应当经常地慎重地给予支持。"① 列宁在这里肯定"天才是罕见的"，这说明他在艺术问题上很在行。艺术创作是富有高度创造性的劳动，创作需要天才，天才是罕见和宝贵的，正是从这种认识出发，列宁要求爱护和支持天才。

列宁不仅关心和爱护作家，对作家思想上的迷误也总是表现出高度的原则性。高尔基在十月革命前就在《新生活报》上以《不合时宜的思想》为总标题发表了一组政论文章，反对武装起义，十月革命后他又继续发表政论《不合时宜的思想》，抓住伟大革命运动中某些不可避免的、暂时的缺点、错误和阴暗现象攻击革命。诚然，高尔基的错误是由于对革命胜利缺乏信心，而不是从根本上反对革命。因此，列宁从无产阶级立场出发，既尖锐地直率地批评他的错误，又从艺术劳动的特点出发，结合作家认识生活的特点，深刻分析高尔基错误的原因，并指出改正错误的途径。列宁在 1919 年 7 月 31 日给高尔基写了一封著名的信②，信中坦率指出，"不论是这封信，或是您的结论、或是您的一切印象，都是完全不健康的"，"这完全是一种在满怀怨恨的资产阶级知识分子环境中变本加厉的病态心理"，"是人为地置身于无法观察新生活而受资产阶级大首都腐败印象折磨的境地的人的情绪"。列宁指出高尔基产生这种病态心理和不健康情绪有三个原因：一是受资产阶级包围；二是脱离工农兵火热的战斗生活；三是缺乏政治经验。列宁认为高尔基从事的是"一种特殊的职业"，他是靠观察，靠对生活的直接观察来认识生活真理的。当他受到"满怀怨恨的资产阶级知识分子"包围时，必然会产生不健康的情绪。在这样一种环境中，高尔基"不能直接观察工人和农民，即俄国十分之九的居民生活中的新事物"，这样，他就失去了艺术认识的首要的和基本的源泉。因此，列宁向高尔基指出："在这里生活，应当做一个积极的政治家，如果无意于政治，那就应当作为一个艺术家，到那些不是对首都举行疯狂进攻、对各种阴谋作激烈斗争、表现出首都知识分子的深仇大恨的中心所在的地方，到农村或外地的工厂（或前线），去观察人们怎样以新的方式建设生活。在那里，单靠普通的观察就很容易分辨出旧事物的腐朽和新事物

---

① 《列宁论文学与艺术》，人民文学出版社 1983 年版，第 339 页。

② 同上书，第 308—311 页。

的萌芽。"认识来源于实践，列宁指出的高尔基所犯错误的原因和改正错误的途径，是符合辩证唯物主义认识论的，也是符合文学艺术创作的特性和作家认识生活的心理特点的。

中 篇

列宁文学批评的理论、
实践和方法

第 十 章

列宁论文学批评

　　列宁的功绩不仅在于他在新的历史条件下进一步丰富和创造性发展了马克思主义文艺理论的基本内容，为无产阶级政党制定文化艺术政策打下坚实的基础，给社会主义文艺的发展指明了方向，而且还在于他运用历史唯物主义和辩证唯物主义的观点分析了大量的文艺现象，为马克思主义文艺批评做出光辉的榜样。

　　列宁不仅非常重视文学艺术问题，而且十分重视文学批评在思想斗争中的地位和作用。他在1908年2月7日给高尔基的信中谈到创办《无产者报》时说："党现在需要有一个正常出版并能坚持不懈地执行同颓废消沉作斗争的路线的政治性机关报——党的机关报"，而且特别指出报纸"为什么它不可以包括文学批评呢"？希望高尔基多写些像《新生活报》上《论小市民》一类的评论。列宁还无限感慨地说："哎，多种半党派性的和非党派性杂志所刊载的专门的文学批评文章，长篇大论，没有什么好东西！我们最好设法远离这种知识分子的陈旧的老爷派头，也就是说，把文学批评也同党的工作，同领导全党的工作更紧密地联系起来。"① 事隔几天，列宁在1908年2月13日给卢那察尔斯基的信中又谈到《无产者报》文学批评栏的事。他说："您打算在《无产者报》辟一小说栏并委托阿·马克西莫维奇负责，这是再好不过的事，我非常高兴。我希望把《无产者报》上的文学批评栏固定下来，委托阿·马克西莫维奇负责。"② 列宁在1912年9月8日给《真理报》编辑部的信中，谈到文学批评一个

---

① 《列宁论文学与艺术》，人民文学出版社1983年版，第248—249页。
② 同上书，第251页。

重要职能——向读者阐释和普及优秀的文学作品，并为当前斗争服务。他说："一般说，不时在《真理报》回忆、引证并解释谢德林及'旧时的'民粹民主派的其他作家的作品，是很好的。对《真理报》的二万五千名读者说来，这是恰当的、有意义的；而且可以从另一个方面、用另一种口吻阐明工人民主派的许多当前问题。"①

列宁不仅十分重视文学批评，他本人的文学批评实践也是十分丰富的，特别是在评论俄国艺术文化方面，他的功绩是伟大的，如前所述，他对俄国解放运动的三个时期作了真正科学的划分，为俄国文化艺术史的科学分期奠定了基础。列宁同时对俄国一系列大作家作了光辉的马克思主义评论。他关于列夫·托尔斯泰和赫尔岑的文学评论堪称马克思主义文学批评的真正杰作。他对民粹派作家（米哈伊洛夫斯基、乌斯宾斯基），革命民主主义美学家、批评家（别林斯基、车尔尼雪夫斯基、杜勃罗留波夫），以及对其他现实主义作家的评论也充满真知灼见。列宁同时非常关心无产阶级文学的发展，社会主义现实主义文学奠基人高尔基的创作，很大程度上是在列宁思想影响下发展的。

透过列宁的文学批评实践，透过列宁对具体作家作品的评论，还可以看出列宁的文学批评是有一系列明确的原则和标准，了解这些原则和标准对于发展马克思主义文学批评有重要的意义。

一　列宁要求文学作品要有正确的倾向性

列宁把文学当作党的事业，把文学批评当作思想斗争的武器，因此在评价作品时他首先要看作品是否具有正确的政治倾向性。这点通过列宁对马雅可夫斯基创作态度的变化看得很清楚。马雅可夫斯基是苏联社会主义诗歌的奠基人。他的诗歌创作走过一条曲折的道路。诗人早期属于未来派，未来派打着"革新"旗号全盘否定古典文学艺术遗产。马雅可夫斯基曾在《且慢高兴》（1918 年 12 月 15 日）一诗中宣称："是让子弹向博物馆的墙壁尖叫的时候了"，并且问道："为什么不向普希金和其他古典作家将军们进攻？"为此，他虽受到政府教育人民委员卢那察尔斯基的批

_____

① 《列宁论文学与艺术》，人民文学出版社 1983 年版，第 154 页。

评，列宁对诗人的创作倾向也一直持戒备态度。1921 年 4 月底，马雅可夫斯基把长诗《一亿五千万》作为革命新艺术的范本奉送给列宁，在题词的下款写着"向弗拉基米尔·伊里奇致以共产主义未来主义敬礼"。这部长诗是诗人最带未来主义色彩的作品，诗中宣扬对古典遗产的虚无主义的态度，把严肃的政治斗争简单化，形象离奇古怪，语言令人费解。对此，列宁对作品错误的倾向持明确否定态度，他在 1921 年 5 月 6 日给卢那察尔斯基的一张便条上写道："同意把马雅可夫斯基的《一万万五千万》发行五千册，难道就不觉得可耻吗？胡说八道，写得愚蠢，极端的愚蠢，装腔作势。我认为，这类东西十篇里只能出版一篇，而且不能超过一千五百册，供图书馆和一些怪人。"最后列宁还指出："卢那察尔斯基支持未来派应该受到责备。"① 在列宁的影响下，马雅可夫斯基后来的创作态度有了变化，当他摆脱未来主义影响，在自己作品中表现出正确的倾向时，列宁就给予热情的赞扬和鼓励，1922 年 3 月 5 日，马雅可夫斯基在《消息报》上发表了讽刺诗《开会迷》，尖锐讽刺当时存在的会议成灾不务实事的官僚主义现象。这首诗不仅内容十分尖锐，而且艺术形式新颖，想象丰富奇特，使用了夸张怪诞手法，有强烈的艺术效果，诗歌发表的第二天，列宁在全俄五金工人代表大会共产党党团会议上作了充分的肯定和高度的评价。列宁说："昨天我偶然在《消息报》上读了马雅可夫斯基的一首政治题材的诗，我不是他的诗才的崇拜者，虽然我承认自己在这方面外行。但是从政治和行政的观点来看，我很久没有感到这样愉快了。他在这首诗里尖刻地嘲笑了会议，讥讽了老是开会和不断开会的共产党员。诗写得怎样，我不知道，然而在政治方面，我敢担保这是完全正确的。"② 诗人在 1925 年回忆说："伊里奇既然承认我的政治方向是正确的，那就意味着我在共产主义上做出了成绩。"无论是对《一亿五千万》的看法，还是对《开会迷》的评论，列宁首先抓住的是一部作品的政治倾向性，他要求文学作品必须具有正确的政治倾向性。

---

① 《列宁论文学与艺术》，人民文学出版社 1983 年版，第 363 页。
② 同上书，第 367 页。

二 列宁要求文学作品要为人民所理解和爱好

俄国革命民主主义文学批评一是坚持文学批评的人民性原则，列宁的文学批评也继承和发扬了这一光荣传统。列宁从无产阶级文学必须为千千万万劳动人民服务的根本性质出发，要求文学作品要为人民所理解和爱好。列宁在同蔡特金的谈话中提出了"艺术属于人民"的著名观点，从这一基本观点出发，他指出艺术"必须为群众所了解和爱好"。对于艺术的意见和对于艺术的评论来说，列宁认为个别人的意见和少数人的意见是不重要的，关键是人民群众的意见。不论是艺术创作也好，艺术评论也好，"必须经常把工农放在眼前"。他认为在工农大众还缺少黑面包的时候，不要只是把精致的甜饼干送给少数人。[①] 当然，列宁并不认为广大工农只享用黑面包就够了，他认为"他们有权利享受真正的、伟大的艺术"。人民是"文化的土壤"，当面包有了保证之后，"在那上面，将成长起一种按照内容而规定其形式的、真正新兴的、伟大的艺术，一种共产主义的艺术"。[②]

从文学要为人民所理解和爱好的批评原则出发，列宁不止一次向高尔基赞扬诗人杰米扬·别德内依的创作。这是因为诗人的诗歌善于运用俄罗斯民间诗歌和民间故事的艺术形式，内容富有思想性、战斗性和鼓动性，广泛流传于工人、农民和士兵之中，发挥了巨大的战斗作用。然而列宁在肯定别德内依诗歌的通俗易懂和鼓动作用的同时，也要求他得到进一步的提高。他说，诗人的诗歌"有点儿粗俗，他走在读者后面，可是他应该多少走在前面些"。[③]

看来，列宁对文学作品的要求是辩证的，他既要求文学作品要适应人民的要求，为人民所理解和爱好，为人民所喜闻乐见，同时也提出不要把粗俗当通俗，要求文学作品质量不断得到提高，以承担起提高群众思想水平和艺术水平的任务。

---

① 《列宁论文学与艺术》，人民文学出版社 1983 年版，第 435 页。
② 同上书，第 438 页。
③ 《列宁论文学与艺术》（二），人民文学出版社 1960 年版，第 886 页。

三　列宁要求文学作品要有真实性

列宁在评论文学作品时始终把真实性放在第一位，从艺术反映论观点出发，他认为文学艺术是生活的反映，文学艺术作品是否有价值首先在于它能否真实反映生活，能否帮助人们正确认识生活，指引一切，真正伟大的艺术家一定要在自己的作品中反映出生活某些本质的方面。列宁给予托尔斯泰作品崇高的评价，称他为"俄国革命的镜子"，就在于托尔斯泰的作品真实地反映了 19 世纪后三十几年俄国现实生活的矛盾，突出地体现了俄国资产阶级革命的历史特点，它的力量和它的弱点。

下面的事实说明列宁是按照真实性的标准来看待一切作品的。1918年，列宁为一位不出名作者的书《持枪扶犁的一年》写了序言，称赞"作者把一个偏僻县份的革命过程描写得非常朴素而生动，把它转述只能削弱它的感染力"。他认为："从这些著作中选出几百部或几十部最真实的、最实在的、最富有宝贵实际内容的优秀作品来出版，对社会主义事业来说，比发表那些经常钻在故纸堆里看不见实际生活的名作家写的文章要有益得多。"①

1919 年 7 月 14 日，列宁在《论第三国际的任务》一文中，读到法国作家巴比塞的小说《火线》，赞扬这部小说"非常有力地、天才地、真实地描写了一个完全无知的、完全受各种观念和偏见支配的普通居民，普通群众，恰恰因为受战争的影响而转变为一个革命者"。列宁认为这部小说的真实描写可以证实"群众的革命意识的日益增长，已成为到处都可看到的普遍现象"。②

1919 年底，列宁为英国作家约翰·里德《震撼世界的十天》作序，就在于作家真实描述了十月革命的历史过程。列宁说："我以极大的兴趣和不懈的注意力读完了约翰·里德的《震撼世界的十天》一书，我衷心地把这部著作推荐给各国工人。我希望这本书能发行千百万册，译成各种文字，因为它就那些对于理解什么是无产阶级革命，什么是无产阶级专政

---

① 《列宁论文学与艺术》，人民文学出版社 1983 年版，第 353 页。
② 同上书，第 357 页。

具有极端重要意义的事件，作了真实的、异常生动的描述。"①

1921 年 11 月 22 日列宁在《真理报》上发表了评论，称白卫分子阿维尔钦科攻击十月革命的小说集《插到革命背上的十二把刀子》是"一本有才气的书"，原因就在于作真实性地反映了被打倒的阶级——地主和工厂主对十月革命的感受和情绪，不失为一份难得的反面教材。

四 列宁要求文学作品要有艺术性

列宁向来重视艺术的特性和规律，艺术性的高低是列宁评价文学作品的重要标准。在评论阿维尔钦科的小说时，列宁就指出，当作者写自己不熟悉的题材时，"艺术性就很差"；当作者写自己非常熟悉的、亲身体验过、思考过和感受过的事情时，小说就十分精彩，就有很高的艺术性。列宁在评论作品的艺术性时，除了强调作品的真实性外，还注意到了以下两个重要的方面。

一是作品的典型性。列宁认为文学作品不仅要有真实性，还要有典型性，不是生活中存在的东西都可以写进作品，艺术家对生活进行艺术概括，要表现出现实生活某些本质的方面。1914 年 6 月 5 日，列宁在给印涅萨·阿尔曼德的信中，尖锐地批评了乌克兰反动作家文尼阡柯的长篇小说《父亲们的遗嘱》。作者在这部小说中充斥了大量骇人听闻的事，写的都是一些令人厌恶的畸形儿：沦为妓女的姑娘，得了花柳病的中学生，在妓院寻求真理的医生，挑拨离间的新闻记者，被难以痊愈的恶疾折磨的老律师，等等。列宁认为这些个别事在生活中是有的，但只是生活中消极、阴暗和病态的事物，写进作品就不真实，不典型，因为生活中还有积极、光明和健康的方面。列宁说："当然，像文尼阡柯所描绘的这些'骇人听闻的事'，个别的在生活中是有的。但是，把所有这些凑在一起，并且是这样地凑在一起，这就意味着在绘声绘色地描述骇人听闻的事，既吓唬自己又吓唬读者，把自己和读者弄得神经错乱。"②

二是作品的独创性。列宁在评论托尔斯泰的艺术成就时，就十分看重

---

① 《列宁论文学与艺术》，人民文学出版社 1983 年版，第 361 页。
② 同上书，第 342 页。

托尔斯泰创作的独创性。他指出托尔斯泰的创作是"富有独特性"的，他既不是从贵族立场也不是从资产阶级立场来进行批判，而是用宗法制农民的观点进行批判，把农民的心理放在自己的批判中，这样就给他的作品带来独特的思想色彩和艺术色彩。在思想上，使得他的作品"有这样充沛的感情，这样的热情，这样有说服力，这样的新鲜、诚恳并有这样'穷根究底'要找出群众灾难真正原因的大无畏精神"。① 艺术上，使得他的作品有"撕下一切伪面具"的"最清醒的现实主义"的艺术力量。

---

① 《列宁论文学与艺术》，人民文学出版社 1983 年版，第 218 页。

第十一章

列宁论民粹派文学

对民粹派文学的评论是列宁文学批评实践的重要组成部分。马克思主义同民粹主义的斗争是 19 世纪末叶俄国政治生活和文学生活中的重大事件，而列宁对民粹主义的批判是同列宁对民粹主义文学创作和民粹主义文学评论的评价紧密相连的。

民粹主义是俄国 19 世纪 70 年代出现的民主运动，1876 年彼得堡成立了革命组织"土地与自由社"，该社的纲领开始称之"民粹主义纲领"，参加该社的成员称之为"民粹派"。民粹派实质上是代表了俄国小生产者的利益和思想，他们在俄国首先提出资本主义制度的不合理性，同俄国农奴制和官僚统治"真诚地天才地进行了斗争"。在这个时期，他们掀起了"到民间去"的运动，也开展了秘密的革命实践活动。如果说 70 年代的民粹派是革命的，那么到了 80—90 年代民粹派就转向自由主义，站到了马克思主义的对立面。他们从主观社会学出发，否定俄国的资本主义道路，认为资本主义在俄国的发展不是历史的必然，鼓吹用农民村社来遏阻资本主义在俄国的发展，主张依靠农民而不是依靠工人阶级来实现社会主义革命，而实际上他们并不是真正依靠农民，而是鼓吹英雄创造历史。民粹派所宣扬的实际上是一套同历史唯物主义完全对立的历史唯心主义观点。

民粹派文学是俄国现实主义流派内部的思潮之一，代表作家有乌斯宾斯基、兹拉托夫拉茨基、卡罗宁和纳乌莫夫等。他们的作品反映了 1861 年农奴制度改革后农村在资本主义渗透下的经济崩溃和阶级分化，表现了农民贫困的生活和自发的抗议。可是自 80 年代起，随着民粹派的蜕化，有些民粹派作家为了宣扬民粹派的观点，把资产阶级主宰下的农村加以理想化，完全背离了现实主义。

　　民粹派的文学批评在俄国文学批评史上占有一定的地位。70 年代的民粹派文学批评在主要方面继承了俄国革命民主主义文学批评的传统，他们总是把文学创作同社会问题联系在一起，强调文学的思想性，捍卫现实主义，反对"为艺术而艺术"，然而也十分重视艺术形式。90 年代的民粹派文学批评有了变化，他们宣扬主观社会学的文学批评方法，以是否符合民粹派的观点为标准来评价文学作品，公开站到马克思主义的对立面。但是也要看到，就是这个时期的民粹派文学批评也仍然是反对颓废主义文学的，他们对一些作家的评论仍有可取之处，不乏真知灼见。民粹派文学批评的代表人物是米哈伊诺夫斯基、斯卡比切夫斯基和拉甫罗夫等。

　　民粹主义是 19 世纪末马克思主义在俄国传播的最大障碍。普列汉诺夫在俄国最早起来批判民粹派，他在《社会主义和政治斗争》、《我们的分歧》、《论一元论历史观的发展问题》等论著中，系统阐明了马克思主义的基本问题，揭露了民粹派方法论的唯心主义基础，指出他们在阐述历史、政治、经济和美学问题时忽视它们产生的客观条件和客观规律性。之后，列宁在《什么是"人民之友"以及他们如何攻击社会民主主义者》（1894）、《民粹主义的经济内容及其在司徒卢威先生的书中受到的批判》（1895）、《我们究竟拒绝什么遗产》（1899）等论著中，彻底摧毁了民粹主义。列宁在批判民粹主义时，着重批判了民粹主义的唯心史观主观社会学，阐明了社会存在决定社会意识的唯物史观，论证了社会发展的客观规律。同时，列宁还深刻地揭示了民粹主义的社会根源和阶级实质，指出民粹主义作为一种思想体系，反映了小资产阶级农民的利益和矛盾，民粹主义思想体系的双重性恰好反映了小资产阶级农民的双重性及其意识的矛盾。此外，列宁还十分注意划分民粹主义发展的不同历史阶段，指出 70 年代的民粹主义是进步的，是反对沙皇专制统治的，而 90 年代的民粹主义实际上已成为代表富农阶级利益和反对马克思主义的反动派别。列宁对民粹主义主观社会学的批判和关于民粹主义双重性和阶段性的论述，对于分析民粹主义文学创作和民粹主义文学批评有重要意义。

一　对民粹主义主观社会学的批判

　　列宁对民粹派文学的评价首先抓住对主观社会学的批判。民粹派观察社会现象不是从现实的社会经济关系出发，而是从空想开始，从是否符合"人类天性"出发。他们全然不顾资本主义在俄国发展的事实，认为资本主义是不符合"人类天性"的；他们全然不顾俄国农村两极分化的事实，认为农民村社是符合"人类天性"的。总之，他们认为主观意识是社会发展的根本动力，完全无视历史发展的客观规律，以为社会关系完全可以按照自己的任意选择的理想加以改造。同时，民粹主义者认为他们的主观社会学对于所有文化领域，其中包括文学创作和文学批评，都是万能的。不少民粹派作家和批评家宣称他们是忠于主观社会学的。因此，列宁在批判民粹主义的主观社会学时，特别注意主观社会学在民粹派文学批评中的反映，以及它对民粹派作家作品真实性的影响。在文学批评方面，民粹派往往只是根据作家同民粹派思想是否接近作为批评标准。民粹派的文学批评家米哈伊诺夫斯基在高尔基早期作品中发现高尔基的巨大才华后，就把高尔基往民粹主义方面拉，他极力歪曲高尔基作品的思想意义，力图证明高尔基作品同民粹主义的思想是一致的。比如他从高尔基的早期短篇小说《切尔卡什》中得出高尔基不满城市生活的结论，片面利用高尔基作品为民粹派观点服务。相反，他反对契诃夫的《农民》，因为这部作品的主人公夸耀城市生活，把农村描绘成暗无天日的贫穷王国，从而触犯了民粹派的观点。在文学创作方面，民粹主义的影响则表现为无视生活本身及其矛盾，力图用民粹派设计的模式来代替对现实生活的真实描绘。例如民粹派作家兹拉托夫拉茨基在长篇小说《根基》中，就力图按照民粹派的模式来表现农村生活，他歌颂农民村社，说村社是人民的生活理想，在村社不存在压迫和剥削，所有农民都是平等的；他完全无视资本主义在农村发展的事实，富农在他笔下似乎只是村社健康肌体上的一个瘤，迟早要被割掉的。同时，他完全否认新兴资本主义对于发展社会生产力的相对进步性，在他的心目中，工厂的烟囱只是"苦役和强制劳动的象征"。对于在文学批评和文学创作中所表现出来的民粹主义的主观社会学思想，列宁进行了深刻的批判。在《什么是"人民之友"以及他们如何攻击社会民主主义者》这部著作中，列宁批判了主观社会学的思想，并且说明了一切社会意识形态（其中包括文学艺术）的起源和发展。在谈到"社会学中的唯物主义思想"时，列宁引用了马克思《政治经济学批判》序言中的一段名言："……法律的、政治的、宗教的、艺术的或哲学的形式，简言之，即思想形式”，必须“从物质生活的矛盾中”去解释。[①] 在他看来，民粹派主观社会学的根本错误就在于否定马克思主义关于社会存在决定社会意识的根本原理，无视社会历史发展的客观规律，以为社会关系可以按照个人意愿任意加以改造。他指出主观社会学的“议论似乎从个人开始的，就是把他认为合理的（因为他把自己的‘个人’同具体社会环境隔开来，从而他就没有可能研究他们的实际的思想和感情）‘思想感情’安在这些个人身上，换句话说，‘是从空想开始的……”[②]

二　对民粹派文学创作的评论

　　然而列宁并没有把对民粹主义的一般批判机械搬用到分析民粹派文学创作上面来。他在分析民粹派文学创作时，充分注意到了现实主义艺术反映生活的重要法则。在民粹派作家创作中出现了这样一种现象：不少作家在思想上倾向于把农民村社理想化，然而生活的逻辑却使得它们的作品不得不描写旧的经济形式和生活方式的瓦解，不得不描写资本主义在农村的增长，不得不描写农村的日益贫困。列宁透过这种文学现象，敏锐地发现现实主义艺术创作规律是同民粹派主观社会学原则根本对立的。例如恩格尔加尔特（1832—1893）是一个著名的民粹派政论家，有一整套民粹派的观点，然而他的文学政论作品《乡村来信》（1872—1882）以生动鲜明的形式，具体形象地描写了农民和地主的生活，对 70—80 年代农村所发生的变化有深刻的观察和理解。在这部作品中，尽管他坚持认为俄国资本主义不可能发展，但他并没有把农民和农民村社理想化，而是揭示了农民的个人主义和农村的分化。列宁从这部作品看到清醒的现实主义使作者的民粹派观点同他的作品的客观意义产生矛盾。列宁指出：“恩格尔加尔特的民粹主义，虽然表现得很薄弱和胆怯，但与他以巨大的才能所描绘的农村现实的图画发生了直接的尖锐的矛盾……”[③] 所以，列宁和其他马克思主义者在同民粹派思想体系作斗争时，常常引用民粹派作家作品的材料来

---

　　① 《列宁全集》第 1 卷，人民出版社 1955 年版，第 119 页。

　　② 同上书，第 384 页。

　　③ 《列宁全集》第 2 卷，人民出版社 1959 年版，第 446 页。

驳斥民粹派的观点，以至于《世界》杂志的评论家波格丹诺维奇在分析民粹派作家卡罗宁的创作时这样写道："民粹派亲自积累了大量材料，可是这些材料却被'可恶的'马克思主义者利用来证明他们的结论。当这些结论像杆子似的从民粹派的著作中竖起来，不被利用才怪呢。"① 在这方面，列宁特别重视格列勃·乌斯宾斯基的创作，称他是"描写农民生活的优秀作家"，② 高度评价他的作品对农村变化过程本质的现实主义理解。列宁很同意古尔维奇对乌斯宾斯基的评价，引用他的话说："70年代的民粹派丝毫不了解农民内部的阶级对抗，把这种对抗只局限'剥削者'（富农或寄生虫）与其牺牲品即浸透共产主义精神的农民之间的关系。唯有格列勃·乌斯宾斯基一人持怀疑态度，他用讽刺的微笑来回答一般的幻想。他非常熟悉农民并且洞察事物本质的莫大艺术天才，所以他不能不看到，个人主义不仅已成为高利贷者和债务人之间的经济关系的基础，而且已成为一般农民之间的经济关系的基础。"③ 显然，列宁在评价民粹派文学时，既注意到它同民粹主义思潮的关系，指出主观社会学对民粹派文学的影响，同时也看到民粹派文学的现实主义特点，看到了由于现实主义的力量使得一些民粹派作家的作品远远超出了主观社会学的框框，真实反映了俄国农村的生活现实。正是从这个意义讲，列宁指出："马克思主义者应当透过民粹派乌托邦的外壳细心辨别农民群众真诚的、坚决的、战斗的民主主义的健全而宝贵的内核。"④

三 对民粹派文学批评的评价

列宁在评论民粹派文学创作的同时，对民粹派的文学批评也进行深刻的分析。他在《什么是"人民之友"以及他们如何攻击社会民主主义者》（1894）和《民粹派论米哈伊洛夫斯基》（1914）中，对民粹派社会活动家和文学评论家米哈伊洛夫斯基（1824—1904）进行了总的评价，这种

---

① 转引自《列宁和俄国文学问题》，中国社会科学出版社1982年版，第63页。
② 《列宁论文学与艺术》（一），人民文学出版社1960年版，第275页。
③ 《列宁全集》第1卷，人民出版社1955年版，第22页。
④ 《列宁全集》第18卷，人民出版社1959年版，第353页。

评价充分体现了列宁关于民粹派思想体系的两重性和阶段性的观点，体现了列宁文学批评深刻的历史主义精神。

列宁指出：“米哈伊洛夫斯基是代表 19 世纪最后三十多年的俄国资产阶级民主派观点并且发扬这种观点的主要人物之一。”[①]

列宁从资产阶级民主派的两重性出发，从民粹派思想体系两重性出发，首先指出“米哈伊洛夫斯基在有利于俄国解放的资产阶级民主主义运动中的伟大历史功绩在于：他热烈地同情农民受压迫的境遇，坚决地反对农奴制压迫的各种各样的表现”，[②]“他同农奴制，同‘官僚政治’（请原谅我用这个不确切的词）等等真诚地天才地进行斗争”。[③] 这是指的米哈伊洛夫斯基在 70 年代担任《祖国纪事》的编辑和撰稿人，在政治上反对农奴制，攻击资产阶级自由主义，在文艺问题上强调文学的社会作用，肯定进步的现实主义艺术，反对“为艺术而艺术”的主张，认为“纯艺术”的信徒们就是“艺术界的败类”。另一方面，列宁也指出：“但是，热烈维护自由和被压迫农民群众的米哈伊洛夫斯基，也具有资产阶级民主运动所具有的一切弱点。”[④] 列宁同时又特别注意到米哈伊洛夫斯基的观点在不同历史时期有重大变化，认为他的革命性，他同农奴制和“官僚政治”的斗争首先指的是 70 年代，到了 90 年代，他已失去昔日的优点，动摇到自由资产阶级方面，成为马克思主义的敌人。他所宣扬的社会理想是历史唯心主义的，完全是逆历史潮流而动的；他的哲学思想是从车尔尼雪夫斯基向后倒退了一步，是跟着实证主义走的；他的文学批评的方法论基础也是主观社会学的。

列宁对米哈伊洛夫斯基历史作用和思想演变的分析，贯穿着严格的历史主义观点，它旨在反对自由派和民粹派把米哈伊洛夫斯基理想化，同时对于我们分析民粹派文学评论和各种文学现象也有重要的方法论意义。

---

① 《列宁全集》第 20 卷，人民出版社 1958 年版，第 107 页。

② 同上书，第 108 页。

③ 同上书，第 11 页。

④ 同上书，第 1 页。

第十二章

列宁论俄国革命民主主义作家批评家

俄国革命民主主义者是俄国社会主义者的先驱，它们之间存在血肉联系。俄国革命民主主义的思想遗产和文学遗产，对俄国革命的发展和俄国文学的发展，都具有重大的意义。列宁一贯重视俄国革命民主主义的遗产，他不仅仅从总体上评论俄国革命民主主义作家和批评家，同时也对赫尔岑、别林斯基、车尔尼雪夫斯基、杜勃罗留波夫、皮萨列夫等作家和批评家作了具体、深刻的分析。列宁对俄国革命民主主义作家、批评家的评论，是列宁文学批评的重要组成部分，其中不仅充满精辟的见解，同时也闪耀着文学批评方法论的光辉。

一 维护俄国革命民主主义的进步文化传统

列宁对俄国革命民主主义作家批评家一向给予崇高的评价。在阐明19世纪40—90年代俄国进步思想界的发展道路时，列宁写道：

> 在上一世纪40—90年代这大约半个世纪期间，俄国进步的思想界，处在空前野蛮和反动的沙皇制度的压迫之下，曾如饥似渴地寻求正确的革命理论，孜孜不倦地、密切地注视着欧美在这方面的每一种"新发明"。俄国在半个世纪期间真正经历了闻所未闻的痛苦和牺牲，以空前未有的革命的英雄气魄、难于置信的努力和舍身忘我的精神，从事寻求、学习和实验，它经过失望，检查成败原因，参照欧洲经

验，终于得到了马克思主义这一唯一正确的理论。①

在谈到进步思想和革命理论对革命的重要意义时，谈到"没有革命的理论，就不会有革命的运动"时，列宁骄傲地指出：

> 现在我们只想指出一点，就是只有以先进的理论为指南，才能实现先进战士的作用。读者如果要稍微具体地了解这句话的意思，就请回想一下俄国社会民主主义的先驱者赫尔岑、别林斯基、车尔尼雪夫斯基以及 70 年代的那一群光辉的革命家；就请想想俄国文学现在所获得的世界意义；就请……只想想这些也就够了！……"②

从上面两段话可以看出，列宁是从革命理论和革命实践的关系，革命思想文化和革命运动关系的角度，来评价俄国革命民主主义思想文化遗产，指出它在俄国解放运动中的先锋作用和世界影响。

正因为俄国革命民主主义文化遗产具有很强的革命性，如何评价俄国的进步文化，如何对待革命民主主义文化传统，一直是 19 世纪末和 20 世纪初俄国政治思想斗争的焦点。列宁在这些斗争中，批判了对俄国革命民主主义遗产的种种歪曲和攻击，坚定地维护俄国革命民主主义文化传统，其中一次是同民粹派歪曲 60 年代传统的斗争，一次是同"路标"派攻击革命民主主义进步文化传统的斗争。

19 世纪 90 年代，俄国民粹派已经失去昔日的光彩，动摇到自由资产阶级方面，成为马克思主义的敌人。民粹派一方面打着捍卫和保存"遗产"的旗号，歪曲 60 年代传统的革命精神，妨碍"遗产"优秀遗言的实现；另一方面又攻击马克思主义者同 60 年代优秀传统"割断了关系"。针对这种情况，列宁发表了《我们究竟拒绝什么遗产》（1897）③ 一文，阐明了 60 年代"遗产"的本质，"遗产"的历史遭遇和马克思主义对

---

① 《共产主义运动中的"左派"幼稚病》，《列宁全集》第 31 卷，人民出版社 1955 年版，第 7—8 页。

② 《怎么办》，《列宁全集》第 5 卷，人民出版社 1959 年版，第 377 页。

③ 《列宁选集》第 1 卷，人民出版社 1972 年版，第 116—156 页。

它的态度。列宁认为"60 年代大部分文学代表"有三个重要特征：一是"对农奴制及其在经济、社会和法律方面的一切产物满怀着强烈的仇恨"。二是"热烈拥护教育、自治、自由、西欧生活方式和整个俄国全盘西化"。三是"坚持人民群众的利益，主要是农民的利益……他们衷心相信农奴制及其残余一经废除就会有普遍幸福；而且衷心愿意促进这一事业"。列宁认为这三个特征就是 60 年代"遗产"的本质，其中没有任何民粹派的东西。而任何一个著作家只要具有这三个特征，就是保持了 60 年代的传统。列宁指出马克思主义"攻击"的不是"遗产"，"而是民粹派分子加到遗产上面的浪漫主义和小资产阶级的东西"。这些东西概括起来就是民粹派世界观的三个主要特征：第一，认为资本主义在俄国衰落、后退，必须遏止资本主义；第二认为俄国经济制度有独特性，把农民和村社加以理想化；第三，忽视"知识分子"和全国法律政治机构是与一定社会阶级的物质利益相联系的。列宁认为民粹派这些基本观点同 60 年代"遗产"毫不相干，相反，它恰好是同 60 年代传统相矛盾的。因为 60 年代"遗产"的代表根本没有提出资本主义问题，根本不相信俄国农民村社的独特性，根本不认为知识分子和法律政治机构是能够使历史"越出轨道"的任何因素。列宁认为启蒙者虽然没有提出资本主义问题，但相信社会发展；而民粹派虽然提出资本主义问题，但害怕社会发展。俄国马克思主义者相信社会发展，认为俄国资本主义的发展是进步的，民粹派把小生产理想化是荒谬的。从这个意义上讲，列宁认为马克思主义"是比民粹分子彻底得多，忠实得多的遗产保存者"，马克思主义拒绝的不是 60 年代的"遗产"，而是民粹主义加到 60 年代"遗产"上的东西。

列宁除了同民粹派作斗争，同时还同"路标"派攻击革命民主主义作坚决斗争。1905—1907 年革命失败后，俄国自由派越发明显地把政治上的叛卖行为同鼓吹哲学上的唯心主义和美学上的颓废主义结合起来。他们对俄国进步文学传统，对俄国革命民主主义传统猖狂进攻。1909 年春天，立宪民主党出版了《路标》文集，作者是该党著名的政论家别尔嘉也夫、布尔加科夫、格尔申藏、基斯佳科夫斯基、司徒卢威、弗兰克和伊兹哥也夫。在这本集子中，"路标"派反对俄国革命民主主义传统，诬蔑1905 年革命，感谢沙皇"用刺刀和牢狱"为资产阶级挡住了"人民的狂

暴",号召知识分子为专制制度效劳。同年,列宁为了维护俄国民主派的
思想基础,维护俄国进步的哲学、政论和文学,写了《论〈路标〉》①一
文,对"路标"派进行反击。列宁认为"路标"派"扼要地草拟了一整
套哲学、宗教、政治、政论等问题的百科全书,对整个解放运动,对俄国
民主派的全部历史都做了评价"。列宁揭露他们以同"知识分子气"作斗
争为幌子,"同民主派最基本的思想和最起码的民主倾向实行了决裂",
"同俄国解放运动及其一切基本任务和基本传统实行彻底决裂"。他指出
"路标"派所攻击的不是"知识分子",而是"代表着民主运动的知识分
子",说穿了,"它从各方面攻击的仍是民主派和民主派的世界观","所
攻打的实际上是群众的民主运动"。具体来说,列宁指出"路标"派在哲
学方面反对民主派的唯物主义,把车尔尼雪夫斯基作为哲学家一笔抹杀,
说什么"不管怎样,与车尔尼雪夫斯基相比,尤尔凯维奇才是一位真正
的哲学家"。而实际上他们"攻打唯物主义和用唯物主义解释的实证论;
恢复神秘主义和神秘主义的世界观"。列宁又指出"路标"派在政治上反
对群众民主运动,他们把政论家别林斯基一笔抹杀,说什么别林斯基给果
戈理的信"激烈地、典型地表达了知识分子的情绪","别林斯基以后我
国政论历史,从对生活的理解程度来看,简直是恶梦一场"。列宁针锋相
对地指出,别林斯基给果戈理的信,"是一篇没有经过审查的民主出版界
的优秀作品"。列宁认为"路标"派忌恨别林斯基给果戈理的信,归根到
底是因为它表达了"农奴反对农奴制的情绪",所以他们才觉得,"最广
大的人民群众从 1861 年至 1905 年反对俄国生活制度中农奴制残余的历
史,显然是'恶梦一场'"。

　　上面介绍了列宁如何从革命思想文化和革命运动关系的角度,从总体
上阐明俄国革命民主主义作家批评家的地位和作用,并且指出如何在斗争
中维护俄国革命民主主义思想文化的进步传统。下面再分析列宁对俄国革
命民主主义作家批评家的具体评论,其中主要谈列宁对赫尔岑和车尔尼雪
夫斯基的评论。

---

① 《列宁论文学与艺术》,人民文学出版社 1983 年版,第 171—180 页。

二 论赫尔岑

列宁对俄国革命民主主义作家批评家的评论，最集中、最系统和最精彩的当推为纪念赫尔岑诞生 100 周而写的论文《纪念赫尔岑》（1912）①。这篇论文全面分析了赫尔岑的活动、世界观以及他的历史地位，它同列宁论列夫·托尔斯泰的论文一样，是列宁文艺批评的典范之作，不仅内容深刻，在方法论方面也极富启示意义。

赫尔岑（1812—1870）是俄国著名作家、政论家、哲学家和革命活动家。他出身莫斯科大贵族家庭，自幼深受十二月党人起义的影响，曾经与大学挚友奥加辽夫在莫斯科麻雀山上发誓，要为俄国人民的解放事业而献身。他虽然有过动摇，但一生积极从事文学创作活动和革命活动。用自己的文学作品和政论宣传革命思想，同俄国专制农奴制进行不懈的斗争。总括赫尔岑一生多方面的卓有成效的活动，正如列宁所指出的，"赫尔岑展开了革命鼓动"，他"在俄国革命准备上起了伟大作用"。

列宁的《纪念赫尔岑》一文 1912 年 4 月 25 日发表于《社会民主党报》。这时正是俄国革命第二次风暴开始增长之际，工人阶级运动经过失败的考验又迅速成长起来，历史性的布拉格会议刚刚结束。克鲁普斯卡娅曾谈到列宁这时深受革命情绪的感染，她说："伊里奇变成另一个人了，他立刻变成很少急躁，变成一个精力更集中的人，他更多地考虑着俄国工人运动所面临的任务。伊里奇的这种情绪，在他 5 月初（俄历——作者注）所写的论赫尔岑一文里可以说表露得最充分。这篇充满了伊里奇的热情的论文真是使人百读不厌，不忍释手。"②

列宁这篇文章是为纪念赫尔岑诞生 100 周年而写的，在革命重起高潮的年代，列宁写这篇文章充满捍卫赫尔岑革命性和同歪曲赫尔岑的言论作斗争的激情。因此，文章具有强烈的论辩色彩和鲜明的针对性。列宁开宗明义，指出各派政治力量都在纪念赫尔岑，而目的各不相同。他揭露自由

---

① 《列宁论文学与艺术》，人民文学出版社 1983 年版，第 125—133 页。以下相关引文均出于此。

② 《列宁回忆录》，人民出版社 1971 年版，第 204 页。

派"费尽心机地掩盖革命家赫尔岑和自由主义者的不同之处",谴责右派报刊诬蔑"赫尔岑晚年背叛了革命"。列宁明确指出工人政党纪念赫尔岑是"为了阐明自己的任务,阐明这位在俄国革命的准备上起了伟大作用的作家的真正历史地位"。这种论辩的色彩和热情,决定了论文的基调和结构,使论文一开始就具有一种急速的节奏、活跃的气势和动人的力量。

列宁在论文中是把赫尔岑放在俄国解放运动的广阔背景来考察他的历史作用和确定他的历史地位的,这就显示出十分开阔的视野,并且给人一种深邃的历史感。列宁指出俄国革命运动经历了贵族时期、平民知识分子时期和无产阶级时期三个阶段。在俄国革命活动的三代人物、三个阶级中,"赫尔岑是属于 19 世纪前半期贵族地主革命家那一代人物",是贵族革命家。俄国贵族革命家最早的代表是十二月党人,列宁说:"十二月党人唤醒了赫尔岑,赫尔岑展开了革命鼓动",这就是说,赫尔岑是在十二月党人的影响下走上革命道路的。贵族革命家十二月党人在武装起义失败后被绞死和被流放的事实激怒了赫尔岑,他同大学挚友奥加辽夫发誓要为这些"从头到脚用纯钢铸成的英雄"报仇。后来赫尔岑谈到,十二月党人起义"真正开创了我们政治教育的新阶段","这些人从绞架的高处惊醒新的一代人的灵魂"①。列宁充分肯定赫尔岑的革命性,肯定赫尔岑在俄国革命中的伟大作用。这主要表现在以下两个方面。

一是肯定赫尔岑通过自己的文学作品开展了革命鼓动工作。赫尔岑曾经说过:"凡是失去政治自由的人民,文学是唯一的讲坛,可以从这个讲坛上向公众发出自己愤怒的呐喊和良心的呼声。"② 赫尔岑的一生就是运用文学作品作为武器向专制农奴制进行斗争。列宁在论文中特别指出,赫尔岑的伟大功绩是在国外创办了自由的俄文刊物《北极星》和《钟声》,"极力鼓动农民的解放",打破了"奴隶般的沉默"。《北极星》是赫尔岑于 1855—1868 年在国外创办的,创刊号上以十二月党人五位领袖的侧面像作为封面,并连续登载被沙皇政府查禁的作品,其中包括别林斯基给果戈理的信,以及十二月党人的回忆录。《钟声》是赫尔岑与奥加辽夫于1857—1866 年在国外创办的,其中发表了许多主张废除农奴制的文章。

---

① 《赫尔岑论文学》,上海文艺出版社 1962 年版,第 59—60 页。
② 同上书,第 58 页。

这两个刊物都被大量运回俄国国内，大大促进了俄国解放运动的向前发展。

二是肯定赫尔岑在思想上"达到当代最伟大思想家的水平"。赫尔岑在 40 年代不倦探索革命理论，潜心研究哲学、历史和自然科学，发表了《科学上的一知半解》（1842—1843）、《自然研究通信》（1844—1845）等重要哲学著作，形成唯物主义的世界观，他肯定黑格尔的辩证法，认为矛盾是自然和社会进步的基础。列宁指出："他领会了黑格尔的辩证法。他懂得辩证法是'革命代数学'。"同时，他又批评黑格尔的唯心主义，强调自然和人、物质和意识的统一，认为"真实的世界无疑是科学的基础"。这就是列宁所肯定的："他超过黑格尔而跟着费尔巴哈走向了唯物主义"。列宁在高度评价赫尔岑的同时，也指出了他的历史局限，他说："赫尔岑已经走到辩证唯物主义跟前，可是在历史唯物主义前面停住了。"

列宁在指出赫尔岑的革命性的同时，也指出赫尔岑的弱点。在他看来，贵族革命家是有革命性的，但是"这些革命者圈子是狭小的。他们同人民距离非常远"。赫尔岑作为"地主贵族中的人"，"他没有看见革命的人民，也就不能相信革命的人民"。列宁认为赫尔岑身上的革命性和软弱性都是源于贵族革命家固有的特性，离开这一基本点，就无法对赫尔岑作出正确的和历史的评价。

列宁在评价赫尔岑的历史地位和历史作用之后，又运用辩证的观点客观地评论赫尔岑的精神悲剧，他的动摇和弱点，同时又肯定赫尔岑的主导方面仍然是民主主义的。列宁所指出的赫尔岑的动摇，主要指对待两个重大历史事件的态度：一是"在 1848 年革命失败后陷入精神破产状态"。对革命产生怀疑和悲观。赫尔岑 1848 年在欧洲目睹欧洲革命的失败，对西欧无产阶级的社会主义前景产生怀疑和失望，他看不到无产阶级的力量，转而寄希望于俄国农民，开始创立所谓"俄国村社的社会主义"，即民粹主义。他"把农民连带土地的解放，把村社土地占有制和农民的'地权'思想看作'社会主义'"，希望依靠俄国的农民村社，绕过资本主义达到社会主义。对此，列宁深刻指出："这完全不是社会主义，而是资产阶级民主派以及尚未脱离其影响的无产阶级用来表示他们当时的革命性的一种富于幻想的词句和善良愿望。"二是赫尔岑对 1861 年农奴制改革存在幻想。在农奴制改革前夕，赫尔岑由于长期流亡国外，无法接近革命的俄国人民，从而对沙皇政府自上而下的改良产生幻想。他给沙皇亚历山大写了"无数甜言蜜语的书信"，呼吁沙皇和贵族给农民以土地和自由。赫尔岑这种由民主主义向自由主义的退却，引起了车尔尼雪夫斯基、杜勃罗留波夫等人的批评。列宁在指出赫尔岑的动摇不定之后，仍然明确指出："平心而论，尽管赫尔岑在民主主义和自由主义之间动摇不定，民主主义毕竟还是在他身上占了上风。"1861 年自上而下的农奴制改革引起了农民的强烈不满，农民起义连绵不断，沙皇政府残酷镇压农民起义，贵族自由主义者也附和沙皇政府。这一切使赫尔岑看清沙皇政府的反动性，贵族自由主义者的虚伪性和平民知识分子革命理论的合理性，于是他又站到了民主主义一边。正如列宁所说："当他 60 年代看见革命的人民时，他就无畏地站到民主派方面来反对自由主义了，他进行斗争是为了使人民战胜沙皇制度，而不是为了使自由资产阶级去勾结地主沙皇。他举起了革命旗帜。"例如，赫尔岑支持农民用暴力对待地主，他"捍卫波兰的自由，痛斥亚历山大手下的镇压者、刽子手、绞刑手"，这时，尽管赫尔岑的观点同无产阶级的科学社会主义还有距离，但是"赫尔岑与巴枯宁决裂时，他的视线并不是转向自由主义，而是转向国际，转向马克思所领导的国际"。赫尔岑虽然来不及看到巴黎公社的光辉旗帜，但他在最后的日子里，已经敏锐感受到革命风暴即将到来的气息，并且深受鼓舞。他在1861 年 10 月 21 日从巴黎写给奥加辽夫的信中写道："这里一片混乱，我们正在火山上漫步……"他还在最后一部小说《医生，垂死的人和死人》（1869）中写道："巴黎和法国令人窒息的沉重空气起了变化。1848 年后反动统治初期开始建立起来的均势已经彻底垮台。出现了新的力量和新的人。"

　　最后，列宁还深刻指出赫尔岑的弱点不是个人思想的弱点，而是时代的产物。当时常常有人从赫尔岑个人思想的角度，去分析赫尔岑的精神悲剧。例如有人认为无神论是决定赫尔岑"悲观主义"世界观的主要原因，说什么"赫尔岑非但是信仰上帝的无神论者，而且内心也是不带宗教情绪的：'神'的精神接触不到他……他整个一生似乎都在猜度自己这一可怕而巨大的'不幸'，然而不论怎样都猜不透。"[1]（B. 阿斯特罗夫《找不

---

[1]　转引自《列宁文艺思想论集》，中国社会科学出版社 1986 年版，第 529 页。

到路子》，圣彼得堡，1914 年）列宁根本不同意这种看法，他认为：
"1848 年以后，赫尔岑的精神破产，他深厚的怀疑论和悲观论，是表明资
产阶级社会主义幻想的破产。赫尔岑的精神悲剧是资产阶级民主派的革命
性已在消亡（在欧洲），而社会主义无产阶级的革命性尚未成熟的那个具
有世界历史意义的时代的产物和反映。"在列宁看来，赫尔岑 1848 年对资
产阶级社会主义幻想的破灭，1861 年以后对农民社会主义幻想的破灭，
都是好事而不是坏事。列宁指出有两种怀疑论，一种是由民主派转到自由
派，而赫尔岑的怀疑论则是"从'超阶级的'资产阶级民主主义幻想到
无产阶级严峻的、不屈不挠的、不可战胜的阶级斗争的转化形式"。

三　论车尔尼雪夫斯基

除了赫尔岑，列宁在自己的著作中谈得最多、对他影响最深的是车尔
尼雪夫斯基。克鲁普斯卡娅曾经谈道："弗拉基米尔·伊里奇……是怀着
深厚的敬爱提到车尔尼雪夫斯基"，"他每一次谈起车尔尼雪夫斯基就会
一下子爆发出热情的火花"。她说："作为一个人，车尔尼雪夫斯基是以
他的不调和精神、坚韧不拔的精神，以他的那种庄严地、自豪地忍受了自
己闻所未闻的艰苦命运的精神，影响了弗拉基米尔·伊里奇的。"[1] 瓦连
廷诺夫在自己的回忆录中，也谈到列宁曾经对他说过："在我接触马克
思、恩格斯和普列汉诺夫的著作之前，对我起主要的、压倒优势的影响的
只是车尔尼雪夫斯基。"[2]

列宁给予车尔尼雪夫斯基崇高的评价。他指出车尔尼雪夫斯基是
"站在农民方面的革命家"。[3] 作为启蒙主义者，车尔尼雪夫斯基极端仇视
农奴制及其在经济、社会、法律等领域内的全部表现，热情捍卫教育、自
治、自由，保护人民的利益，主要是农民的利益。列宁虽然看到车尔尼雪
夫斯基作为启蒙主义者，作为空想社会主义者，有其历史局限性，在当时
只能幻想通过农民村社过渡到社会主义，不能也看不见只有资本主义和无

[1]　《列宁论文学与艺术》，人民文学出版社 1983 年版，第 400 页。
[2]　《列宁论文学与艺术》（一），人民文学出版社 1960 年版，第 30 页。
[3]　《列宁论文学与艺术》，人民文学出版社 1983 年版，第 147 页。

产阶级的发展，才能为社会主义的实现创造物质条件和社会力量。然而列宁明确指出："车尔尼雪夫斯基不仅是空想社会主义者，他同时还是一个革命民主主义者。"① 因为他善于用革命的精神去影响他那个时代的全部政治事件，通过书报检查机关的重重障碍宣传农民革命思想。总的来说，列宁认为车尔尼雪夫斯基"比赫尔岑更前进了一大步。车尔尼雪夫斯基是彻底得多的、更有战斗性的民主主义者。他的著作散发着阶级斗争的气息"。② 显然，列宁是把车尔尼雪夫斯基作为一个农民革命家，作为一个革命民主主义者，来分析他的革命性和局限性的，同时始终把他的革命性摆在首位。

列宁在评价车尔尼雪夫斯基时，还有一个重要特点，这就是充满历史主义精神。列宁不是孤立地评价车尔尼雪夫斯基，而是把他放在俄国历史发展的广阔背景上来评价这位作家的。列宁认为车尔尼雪夫斯基作为一个思想家和作家，是有其独特的历史个性的，同时又强调车尔尼雪夫斯基个人的思想和探索又是同时代紧密联系的，他是俄国历史发展中进步力量的代表。列宁指出："60 年代的自由派和车尔尼雪夫斯基是两种历史倾向、两种历史力量的代表，这两种倾向和力量从那时起一直到今天都在决定着为建立新俄国而进行的斗争的结局。"③

列宁对作为哲学家的车尔尼雪夫斯基也给予很高的评价，认为他作为俄国哲学中唯物主义思潮的代表，大大高于一切唯心主义流派。列宁在《唯物主义和经验批判主义》一书中专门补充了"车尔尼雪夫斯基是从哪一边批判康德主义的？"一章，④ 具体阐明车尔尼雪夫斯基对康德的批判，以及"俄国伟大的黑格尔主义者和唯物主义者车尔尼雪夫斯基的认识论立场"。列宁认为车尔尼雪夫斯基对康德的批判与阿芬那留斯和马赫对康德的批判完全不同，"车尔尼雪夫斯基完全站在恩格斯的水平上"。列宁把车尔尼雪夫斯基唯物主义认识论的主要观点归结为：我们感性知觉的形象和对象的真实的即客观实在的存在的形式是有相似之处的，对象是真实

---

① 《列宁论文学与艺术》，人民文学出版社 1983 年版，第 148 页。

② 同上书，第 161 页。

③ 同上书，第 147 页。

④ 同上书，第 141—143 页。

存在的，是我们完全可以认识的；思维规律不是只有主观意义，也就是说，思维规律反映对象的真实存在形式；在现实中，有着我们以为是因果联系的东西，有着自然界的客观的因果性和必然性；一切背弃唯物主义而走向唯心主义和不可知论的言论都是胡言乱语。列宁在总结车尔尼雪夫斯基的唯物主义认识论之后，深刻指出："车尔尼雪夫斯基是唯一真正伟大的俄国著作家，他从50年代起直到1888年，始终保持着完整的哲学唯物主义水平，能够摈弃新康德主义者、实证论者、马赫主义者以及其他糊涂虫的胡言乱语。但是车尔尼雪夫斯基没有上升到，更确切些说，由于俄国生活的落后，不能上升到马克思和恩格斯的辩证唯物主义水平。"列宁对车尔尼雪夫斯基哲学观点的评价既是从现实斗争出发，又完全是科学的，既指出他达到了唯物主义哲学的高度水平，又指出他尚未达到辩证唯物主义水平。车尔尼雪夫斯基的哲学观点是他的美学观点的理论基础。列宁对车尔尼雪夫斯基哲学观点的评价，特别是对他的认识论的基本观点的理论概括，对于我们认识车尔尼雪夫斯基美学的基本观点以及他的美学所达到的高度和局限，具有重要的意义。

列宁非常喜爱车尔尼雪夫斯基的文学作品，根据克鲁普斯卡娅回忆，在克里姆林宫列宁办公室里就有车尔尼雪夫斯基的全集，"弗拉基米尔·伊里奇一有空，就拿来一遍一遍地读"。[1] 列宁称车尔尼雪夫斯基是"唯一真正伟大的俄国著作家"，这是就他的科学著作而言，也是就他的文学作品而言。列宁给予车尔尼雪夫斯基文学创作很高的评价，不仅看重他的作品认识生活的意义，对人们的教育意义，同时也充分肯定他的作品的艺术感染力量。作为革命家和作家的车尔尼雪夫斯基，他的文学创作的意义也是在于思想和艺术的紧密结合。

列宁很欣赏车尔尼雪夫斯基的作品《序幕》（1877）。这部作品是车尔尼雪夫斯基1867—1870年流放西伯利亚时创作的，它以对社会问题深刻的洞察力和细腻的心理分析，展示了农奴制改革准备时期的社会生活图画，表现了民主派同自由派、保守派的斗争。车尔尼雪夫斯基在小说中成功地塑造了以沃尔金为首的新人——农民革命家的形象。沃尔金尖锐揭露农奴制改革的阶级实质，一针见血地指出自由派和地主党之间"区别是

---

① 《列宁论文学与艺术》，人民文学出版社1983年版，第404页。

不大的"，表示"倒不如让农民不要土地而得到解放吧"！总之，沃尔金反对妥协，主张用革命的手段解决农民问题。列宁肯定这部作品，一是因为"车尔尼雪夫斯基深刻而透彻地了解他那个时代的现实，了解什么是农民的支付，了解俄国社会各阶级的对抗性"，① 并且把这一切通过艺术形象表现出来；二是因为车尔尼雪夫斯基具有天才的艺术洞察力，列宁说："正是要有车尔尼雪夫斯基的天才，才能在当时，在农民改革刚刚进行的时候（那时它甚至在西方还没有得到充分的说明）这样清楚地懂得这个改革的基本的资产阶级性质"，"懂得一个掩盖我国对抗性社会关系的政府的存在是使劳动者状况特别恶化的大祸害"。② 列宁对《序幕》的评论抓住了车尔尼雪夫斯基文学创作的重要特征：作品真实性和作家的天才的艺术洞察力。车尔尼雪夫斯基本人正是把对人和周围世界的敏锐的洞察力，当作文学天才的最大特征。③

列宁最为重视、受其影响最大的一部作品是《怎么办?》这部长篇小说是车尔尼雪夫斯基1862—1863年在狱中用四个月时间写成的，作品塑造了具有全新理想和全新生活态度的新人形象——自觉为革命事业彻底献身的坚强的职业革命家的形象。车尔尼雪夫斯基通过这部小说回答了在革命低潮时期，平民知识分子如何行动的问题，从狱中向人们发出革命的召唤。

列宁高度评价车尔尼雪夫斯基的《怎么办?》，埃森在回忆录中谈到，列宁认为车尔尼雪夫斯基不仅是一个优秀的革命志士，伟大的学者，进步的思想家，同时也是一个艺术巨匠，他塑造了拉赫美托夫型的真正的革命者，大无畏的战士的杰出形象。列宁说："这才是真正的文学，这种文学能教导人、引导人、鼓舞人。我在一个夏天里把《怎么办?》读了五遍，每一次都在这个作品里发现一些新的令人激动的思想。"④ 瓦连廷诺夫在自己的回忆录中也谈到1904年一次交谈中，列宁对《怎么办?》的评价。当瓦连廷诺夫把车尔尼雪夫斯基的《怎么办?》称之为"缺乏才气、粗浅

---

① 《列宁论文学与艺术》，人民文学出版社1983年版，第135页。
② 同上书，第136页。
③ 车尔尼雪夫斯基：《生活与美学》，人民文学出版社1959年版，第7页。
④ 《列宁论文学与艺术》（二），人民文学出版社1960年版，第897页。

的作品"时，列宁立刻尖锐地批驳了他。

> "您明白您在说些什么吗？"他冲着我说。"您怎么会出现这种荒谬的念头，居然把车尔尼雪夫斯基的作品说成是缺乏才能的、粗浅的作品呢？他是马克思之前的社会主义的最伟大最有才华的代表。马克思本人就曾称他为伟大的俄国作家。"
>
> 我说："马克思不是因为《怎么办？》而这样称呼他的。这部东西马克思也许还没有读过呢。"
>
> "您怎么知道马克思还没有读过呢？我声明：将《怎么办？》说成缺乏才气的、粗浅的作品是不许可的。在它的影响下成百成千人成了革命者。如果车尔尼雪夫斯基写得既无才气，又很粗浅，能出现这种情况吗？比如说，它曾吸引了我哥哥，也吸引了我。它对我的影响可深啦。您在什么时候读的《怎么办？》呢？如果乳臭未干便去读它是没有用处的。小小年纪便去理解和评价车尔尼雪夫斯基的小说，那是过于复杂、过于难理解了。我本人大概在十四岁那年便试着读它。这种阅读太肤浅，毫不中用。直到我哥哥被处死之后，我才知道，车尔尼雪夫斯基这部小说是他最喜爱的作品之一。于是我又开始认认真真地去读，读了不是几天，而是好几个星期。只有到这时候，我才领会了它的深刻涵义。这部作品能使人受用一辈子。一本没有才气的书是不可能具有这样的影的。"①

这段话表明了列宁十分欣赏《怎么办？》这部作品，并且给它崇高的评价。首先，列宁肯定它是一部具有深刻思想内涵的作品，"在它的影响下成百成千人成了革命者"。因为列宁一贯重视文学艺术作品的认识价值和教育作用，认为真正的文学艺术作品总是会帮助人们认识生活，总是对人们有巨大的影响力量的。其次，列宁认为它是一部有才气的艺术作品，它的影响力量不仅来自深刻的思想，也来自于艺术的力量，因为一部没有才气的、粗浅的作品是不可能产生巨大的艺术感染力的。在这里，列宁极力反对把思想评价和艺术评价割裂开来的看法，主张从思想和艺术的紧密

---

① 转引自《列宁文艺思想论集》，中国社会科学出版社1986年版，第50—51页。

联系中来研究艺术的认识价值和教育作用。第三，列宁认为它是一部内容复杂，内蕴深刻的作品，艺术接受者只有随着年龄的增长，随着生活阅历的增多，随着思想的逐渐成熟，才能够比较深刻理解这部作品。这里，列宁虽然只是具体评论一部作品，却涉及艺术评论和艺术接受一些带根本性的问题，对我们进行艺术评论和艺术接受极富启示意义。

第十三章

列宁论列夫·托尔斯泰

　　列宁在 1908 年到 1911 年期间，为了庆祝托尔斯泰 80 寿辰和悼念托尔斯泰去世，写了一组专门评论托尔斯泰的文章。就列宁在马克思主义文学理论批评史上所占的重要地位而言，就托尔斯泰在世界文学史上所占的重要地位而言，这组评论的重要意义是显而易见的。列宁对托尔斯泰的评论不仅在列宁文学批评中占有特殊地位，同时对马克思主义文艺理论和文艺批评的发展也具有重要意义。卢那察尔斯基曾经说过："列宁论托尔斯泰的几篇文章需要加以特别仔细的探讨：它们在一切主要方面透彻地阐明了托尔斯泰的创作这样伟大的文学现象和社会现象，它们是把列宁的方法运用于文艺学的光辉典范。"[1] 他认为："列宁对托尔斯泰的看法对于今后整个文艺学的道路有着巨大意义。"[2] 多年从事托尔斯泰研究的罗曼·罗兰也对列宁论托尔斯泰文章的独到之处给予很高的评价。他说："对于文学史家来说，研究下列问题是很有意思的：卢梭、狄德罗、伏尔泰，所有伟大的艺术家——革命的先驱们，他们有什么东西是超越他们本人的，他们有什么东西属于未来，而他们并没有发觉这一点，如果他们能够预见这个未来，他们又会抛弃它。这就是列宁以其固有的果断和洞察一切的精神开始进行的工作，并以此来评论他最心爱的作家。"[3]

---

① 《卢那察尔斯基论文学》，人民文学出版社 1983 年版，第 43 页。
② 同上书，第 33 页。
③ 转引自《列宁和俄国文学问题》，中国社会科学出版社 1982 年版，第 312 页。

一 列宁论托尔斯泰文章的历史背景和中心思想

列宁十分喜爱托尔斯泰的创作，他以俄罗斯大地上产生这位具有世界声誉的伟大作家而感到自豪。列宁论托尔斯泰文章的出现，首先是同列宁本人对托尔斯泰及其创作的喜爱和重视有关。列宁一生中曾反复阅读和欣赏过托尔斯泰的作品。克鲁普斯卡娅曾经从国外给玛·亚·乌里扬诺娃写信，抱怨看不到俄国文艺作品，她在谈到列宁时说："一本残缺不全的《安娜·卡列尼娜》也读了百来遍。"① 高尔基也曾谈到列宁对托尔斯泰作品的浓厚兴趣。他在回忆录《列宁》（1924）中写道：

> 有一次我到他那里去，看见桌上摆着一本《战争与和平》。"是的，托尔斯泰！我想读一读打猎的那个场面，可是我记起必须给一个同志写信。读书——这完全没有时间。只有昨天夜里我才读完了您那本关于托尔斯泰的书。"
>
> 微笑着，眯起眼睛，他快活地在靠椅上把身体伸直起来，放低声音，迅速地继续道：
>
> "怎样的一块大石头呵，噢？怎样伟大的一个人物呵！老兄，这才是一个艺术家呢。……您知道，还有什么令人惊异的呢？在这位伯爵以前文学里就没有一个真正的农民。"
>
> 接着，用那眯起的眼睛看着我，他问：
>
> "欧洲有谁能够同他并列呢？"
>
> 他自己回答道：
>
> "没有。"
>
> 于是搓着两手，他满意地笑了起来。②

从这段话可以看出列宁为托尔斯泰感到无比自豪，同时也表现出列宁对托尔斯泰创作的深刻理解，这一切在列宁论托尔斯泰的文章中都有生动

---

① 转引自《列宁与俄国文学问题》，中国社会科学出版1982年版，第307页。
② 《列宁论文学与艺术》，人民文学出版社1983年版，第416—417页。

的体现。

列宁论托尔斯泰文章的出现固然同列宁本人对托尔斯泰创作的喜爱和重视有关，同时也有相当深刻的社会历史原因。托尔斯泰在俄国社会中占有重要地位，有着巨大影响。苏沃林早在1901年的日记中就写道："我们有两个沙皇：尼古拉二世和列夫·托尔斯泰。他们两人中谁更有力呢？尼古拉二世对托尔斯泰毫无办法，一点也不能动摇他的宝座。而托尔斯泰毫无疑义正在动摇尼古拉及其皇朝的宝座。"① 沙皇十分害怕托尔斯泰的影响，1901年曾经下令宗教院开除托尔斯泰的教籍，当时在社会上引起了一场强烈的抗议活动。1908年托尔斯泰的80寿辰，1910年托尔斯泰的逝世，同样在俄国社会引起强烈的震动。围绕着托尔斯泰的评价产生了十分尖锐的社会政治思想斗争和文学斗争。列宁评论托尔斯泰的文章同这场斗争紧密相连。这些文章首先是针对官方政府和资产阶级自由派对托尔斯泰的攻击和歪曲。列宁揭露他们的伪善，指出他们把托尔斯泰说成"人类的良心"、"伟大的寻神者"、"伟大的良心"、"生活的导师"，是为了抹杀托尔斯泰作品的阶级内容和批判意义。例如，在《言论报》庆祝托尔斯泰寿辰的专号上，卡尔达舍夫在《神学家托尔斯泰》一文中，颂扬托尔斯泰是个"伟大的寻神者"，反映了"俄罗斯灵魂对上帝真理和虔诚的国土、博爱和怜悯的全部巨大的思念"。梅列日科夫则认为托尔斯泰是个"洞察肉欲幽微的人"和"新启示的伟大的源泉"。②

值得注意的是，列宁论托尔斯泰在当时也针对革命队伍内部的偏激思想，有些人由于深感托尔斯泰主义的危害，因此对托尔斯泰的创作采取一种简单否定的态度。例如托洛茨基在《列夫·托尔斯泰》一文中，把托尔斯泰看成是"一座巨大的、盖满青苔的、陡峭的另一个历史世界的残片"，同时把托尔斯泰的全部矛盾归结为作家个人生活的矛盾，作家庄园内部的矛盾。他还否定托尔斯泰思想发展有过激变，认为托尔斯泰"从懂事的时候起直到今天，在他最新创作所反映的内心深处都始终是一个贵族"。即使在受到列宁基本肯定的普列汉诺夫文章中，普列汉诺夫也认为托尔斯泰"到死都是一个大地主"，并把思想和艺术加以割裂，称托尔斯

---

① 转引自《列宁和俄国文学问题》，中国社会科学出版社1982年版，第328页。

② 同上书，第338页。

泰是"天才的艺术家和极低能的思想家"。①

据车尔诺乌昌在《列宁所嘱托的》（《文学问题》1975 年第 1 期）所提供的材料，原来列宁并不准备亲自撰写评论托尔斯泰的文章，而是请当时党内文学家列别杰夫 – 波良斯基来写，但是，写成后列宁很不满意，于是才亲自动笔写了《列夫·托尔斯泰是俄国革命的镜子》这篇文章。1946 年列别杰夫 – 波良斯基向自己的研究生车尔诺乌昌讲述了当年的情景：

> 过了几天，我把写好的文章拿给列宁看，我在文章中以严厉谴责的语气，带着年青人的狂热性把托尔斯泰当作大、中地方贵族的思想家和无产阶级革命运动的不可调和的敌人加以揭露。列宁看完后沉思起来，带着嘲笑说："是啊，您对他很严厉，没什么好说的。但是，要知道，老兄，他不像我们这些凡人一样，仅仅是政治家和理论家，他还是一个艺术家，而且是这样的艺术家，就连我们，党的文学工作者们也可以向他学习。我们用不着对他进行审判和下判决，而应该更严肃地去分析他的作品中的矛盾。啊，既然您的情绪如此激烈，毫不妥协，那么我试试看自己写一篇，然后我们再讨论讨论。"很快列宁就写好了题为《列夫·托尔斯泰是俄国革命的镜子》一文。坦率地说，我实在惊奇不解，我责怪列宁对不怀好意的自由派妥协，还有许多其他罪名。幸亏，为你们所看到的，弗拉基米尔·伊里奇没有同意我的看法就把文章发表了，他不怕别人责难他对自由主义让步、姑息。②

列宁在 1908—1911 年所写的评论托尔斯泰的文章主要有以下几篇：《列夫·托尔斯泰是俄国革命的镜子》（1908.9.11）、《列·尼·托尔斯泰》（1910.11.16）、《列·尼·托尔斯泰和现代工人运动》（1910.11.28）、《托尔斯泰和无产阶级的斗争》（1910.12.28）、《"保留"的英雄们》（1910.12）、《列·尼·托尔斯泰和他的时代》（1911.1.22）。列宁撰写的第一篇文章的直接动因是托尔斯泰的 80 寿辰（1908），之后由于托尔斯泰的逝世（1910），列宁又回到这个论题上来。

---

① 《俄国作家批评家论列夫·托尔斯泰》，中国社会科学出版社 1982 年版，第 474 页。

② 同上书，第 473—474 页。

　　在列宁之前，没有一个评论家能够探入分析托尔斯泰创作和学说的本质，完整地说明整个的托尔斯泰，这个任务历史地落到列宁身上。列宁论托尔斯泰的一组文章由于写作动因不同，读者对象不同，每篇文章都有自己的侧重点和特色。《列夫·托尔斯泰是俄国革命的镜子》是第一篇文章，列宁在其中首次确定了评价托尔斯泰创作和学说的基本原则。文章开头先有一个方法论的导言，接着评述官方和自由派报刊的言论，指出托尔斯泰创作和学说的基本矛盾，并且进一步揭示矛盾产生的社会历史根源和阶级根源。第二篇文章《列·尼·托尔斯泰》是为悼念托尔斯泰而写的，它的重点是阐明托尔斯泰创作的历史地位和世界意义，指出托尔斯泰遗产对无产阶级的重要意义。第三、四篇《列·尼·托尔斯泰和现代工人运动》和《托尔斯泰和无产阶级的斗争》，是专门为工人读者写的，它侧重说明现代工人阶级和托尔斯泰对现存制度的批判是不同的，力图划清无产阶级思想和托尔斯泰思想的界限。最后一篇《列·尼·托尔斯泰和他的时代》似乎是列宁评论托尔斯泰的总结，它阐明产生托尔斯泰创作和学说的时代特点，托尔斯泰思想体系同"亚洲制度"思想体系的联系，特别说明托尔斯泰学说的批判成分将随着时代的变化而减弱。

　　列宁评论托尔斯泰的文章虽然各具特色，但对托尔斯泰创作和学说的本质都有统一的理解。这些文章都围绕一个中心，这就是运用马克思主义和工人阶级的观点，阐明托尔斯泰和俄国革命的关系，揭示托尔斯泰创作和学说的矛盾及其产生的社会历史根源和阶级根源，别开生面地说明完整的统一的托尔斯泰。

二　列宁论托尔斯泰创作和学说的矛盾及其根源

　　列宁评论托尔斯泰的出发点是托尔斯泰和俄国革命的关系，具体又是从揭示托尔斯泰创作和学说的矛盾入手的。列宁指出："托尔斯泰的作品、观点、学说、学派中的矛盾的确是显著的。一方面是天才的艺术家，不仅创作了无与伦比的俄国生活的图画，而且创作了世界文学中第一流的作品；另一方面，是一个发狂地笃信基督的地主。一方面，他对社会上的撒谎和虚伪作了非常有力的、直率的、真诚的抗议；另一方面，是一个'托尔斯泰主义者'，即是一个颓唐的、歇斯底里的可怜虫，所谓俄国的知识分子，这种人当众捶着自己的胸膛说：'我卑鄙，我下流，可是我在进行道德上的自我修养；我再也不吃肉了，我现在只吃米粉糊子。'一方面，无情地批判了资本主义的剥削，揭露了政府的暴虐以及法庭和国家管理机关的滑稽剧，暴露了财富的增加和文明的成就同工人群众的穷困、野蛮和痛苦的加剧之间极其深刻的矛盾；另一方面，狂信地鼓吹'不用暴力抵抗邪恶。'一方面，是最清醒的现实主义，撕下了一切假面具；另一方面，鼓吹世界上最卑鄙龌龊的东西之一，即宗教，力求让有道德信念的僧侣代替有官职的僧侣，这就是说，培养一种最精巧的因而是特别恶劣的僧侣主义。"① 列宁这里从四组八个方面详细分析了托尔斯泰创作和学说的种种矛盾。这些矛盾从思想上讲，就是对现实无情揭露、彻底批判同企图用道德自我完善和不以暴力抗恶的方法解决社会问题之间的矛盾；从艺术上讲，就是撕下一切假面具的最清醒的现实主义同宗教说教的矛盾。前者使托尔斯泰成为天才的艺术家，创造出世界一流的作品，而后者使托尔斯泰的思想变得软弱无力，作品的艺术力量也大大削弱了。如同列宁引用涅克拉索夫的诗句所表明的："俄罗斯母亲啊，你又贫穷又富饶，你又强大又软弱！"

列宁对托尔斯泰创作和学说矛盾的分析抓住了作家创作和学说的本质，在理论上具有很强的概括性。这些矛盾在托尔斯泰作品中处处可见，特别是在作家后期的创作中表现得极为充分和突出。例如，在长篇小说《复活》中，托尔斯泰对俄国现实的黑暗、罪恶和虚伪作了最有力的揭露和批判。在小说中，托尔斯泰以主人公聂赫留多夫为玛丝洛娃等无辜的犯人申冤而奔走于上流社会、法庭和政府机构为线索，揭露了法庭的反人民本质，宗教的伪善，并且对土地私有制作了最彻底的否定。正如列宁所指出："他在自己晚年的作品里，对现代一切国家制度、教会制度、社会制度和经济制度作了激烈的批判，而这些制度所赖以建立的基础，就是群众的被奴役和贫困，就是农民和一般小业主的破产，就是从上到下充满着整个现代生活的暴力和伪善。"② 另一方面，在《复活》中，我们也看到托尔斯泰主义的充分表现。在作品的第三部，作家的批判调子明显降低，作

---

① 《列宁论文学与艺术》，人民文学出版社 1983 年版，第 202 页。

② 同上书，第 217—218 页。

家几乎看不到战胜恶的可能性，找不到解决社会矛盾的办法，于是他只能把希望寄托于主人公的良心发现和精神复活，寄托于他们的"道德自我完善"，他甚至主张服从上帝的戒律，宽恕一切人，大家彼此相亲相爱。托尔斯泰还通过歪曲革命者的形象来宣传不抵抗主义、改良主义，宣传不以暴力抵抗罪恶。他引用《马太福音》的戒律，告诫人们不要以牙还牙，以眼还眼，而要温顺地忍受欺侮，他天真地幻想："一旦执行这些戒律（而这是完全可以办到），人类社会的全新结构就会建立起来，到那时候不但惹得聂赫留多夫极其愤慨的所有那些暴力会自动消失，而且人类所能达到的最高幸福，人间的天堂，也可以实现"。可以说，托尔斯泰的力量和软弱；托尔斯泰的真诚、天真和可笑，在长篇小说《复活》中都得到鲜明的表现。

实际上列宁之前的俄国评论也曾经涉及过托尔斯泰创作和学说的矛盾，俄国民粹派文学评论家米哈伊洛夫斯基在《列夫·托尔斯泰的左手和右手》（1875）中，就称托尔斯泰的作品是"优秀的艺术镜子"。他认为"托尔斯泰伯爵十分坚定地站在粗鲁、肮脏和愚昧的人民一边"。托尔斯泰的右手（长处）是厌恶不劳而获的有闲阶级，坚决卫护无闲阶级，反对对资本主义的颂扬；而他的左手（短处）则是宿命论，作家认为文明的人们"有权利和义务把某种为人民所缺乏的东西提供给人民"，"但我们有能力这样做吗？我们会不会只能是将事情搞糟了呢？倒不如让事情听天由命不是更好吗？"于是作家的"左手伸出来了"。①

如果说列宁之前的俄国评论已经涉及托尔斯泰创作和学说的矛盾，然而他们对于产生这种矛盾的原因茫然不解，只是把它看成是作家个人内心的矛盾，只从作家个人身上找原因。而列宁评论托尔斯泰的独特贡献就在于他深刻地揭示了产生这种矛盾的社会历史根源和阶级根源。列宁从辩证唯物主义的反映论出发，指出："如果我们看到的是一位真正伟大的艺术家，那么他就一定会在自己的作品中至少反映出革命的某些本质方面"，开宗明义称托尔斯泰是"俄国革命的镜子"。他第一次提出必须"从俄国革命的性质，革命的动力这个观点去分析他的作品"。② 俄国革命的性质

---

① 米哈伊洛夫斯基：《文学评论文集》，莫斯科，1957 年，第 59—180 页。

② 《列宁论文学与艺术》，人民文学出版社 1983 年版，第 201 页。

是农民资产阶级革命,它的重要动力是农民,在列宁看来,托尔斯泰的全部观点"总的来说,恰恰表现了我国革命是**农民**资产阶级革命的特点。从这个角度看,托尔斯泰观点中的矛盾,的确是一面反映农民在我国革命中的历史活动所处的各种矛盾状况的镜子"。①

具体来说,列宁从社会历史根源、阶级根源和思想传统根源等三个方面,深刻分析产生托尔斯泰创作和学说矛盾的原因。

从社会历史看,列宁指出:"托尔斯泰的主要活动,是在俄国历史的两个转折点——1861 年和 1905 年——之间的那个时期进行的。"② 1861 年指的是俄国农奴制改革,1905 年指的是俄国资产阶级民主革命。这是俄国社会从农奴制向资本主义过渡的时期,这期间社会上既有农奴制的残余,又有资本主义的发展,托尔斯泰的创作和学说就是非常突出地反映了这个时代。在这个俄国社会历史的过渡时期,旧的基础崩溃了,新的东西刚刚开始安排,农民刚刚从农奴制解放出来马上又遭到资本主义的洗劫,遭到空前的破产。这样一个充满矛盾和斗争的过渡时期不能不影响到作家的思想和创作。所以,列宁说:"托尔斯泰的观点和学说中的矛盾并不是偶然的,而是 19 世纪最后三十几年俄国实际生活所处的矛盾条件的表现。"③

从阶级根源看,列宁认为托尔斯泰创作和学说的矛盾归根到底是宗法制农民自身矛盾的反映。托尔斯泰出身于贵族,然而到了 80 年代由于现实生活的变化促使他站到农民一边。列宁说:"乡村俄国一切'旧基础'的急剧的破坏,加强了他对周围事物的注意,加深了他对这一切的兴趣,使他整个世界观发生变化。就出身和所受的教育来说,托尔斯泰是属于上层地主贵族的,但是他抛弃了这个阶层的一切传统观点,他在自己晚期的作品里,对现代一切国家制度、教会制度、社会制度和经济制度作了剧烈的批评。"④ 托尔斯泰转到农民立场后,他的创作和学说的矛盾实际上归根到底是体现了宗法制农民的革命性和软弱性。1861 年到 1905 年的俄国

① 《列宁论文学与艺术》,人民文学出版社 1983 年版,第 203 页。
② 同上书,第 216 页。
③ 同上书,第 203 页。
④ 同上书,第 217 页。

革命是农民资产阶级革命，宗法制农民是革命主力军。俄国农民长期受农奴制压迫，后来又遭资本主义洗劫，他们怀有深仇大恨和拼死的决心，要求推翻地主政府，铲除官方教会，废除土地私有制，具有很强的革命性。同时，由于小生产者的局限，他们又对统治者抱有幻想，斗争不坚决，常常与敌人妥协，显得非常软弱。列宁说："在托尔斯泰的作品里，正是既表现了农民群众运动的力量和弱点，也表现了它的威力和局限。"① 托尔斯泰作品中对官方政府和官方教会的无情揭露，对土地私有制的彻底否定，对资本主义的强烈抗议，都充分表现了农民的力量和威力；托尔斯泰作品所宣扬的道德自我完善，不以暴力抗恶，以及不问政治，逃避政治和悲观绝望，则充分反映了农民弱点和局限。因此，列宁说："托尔斯泰观点中的矛盾，的确是一面反映农民在我国革命中的历史活动所处的各种矛盾状况的镜子。"②

从思想传统看，列宁认为托尔斯泰创作和学说的矛盾，尤其是托尔斯泰主义，是属于东方思想体系。俄国横跨欧亚两洲，但长期存在农奴制和农奴制残余，类似许多长期受封建统治的亚洲国家。列宁说过："俄国在许多重要方面无疑是一个亚洲国家，而且是一个最野蛮、最中世纪式、最落后的亚洲国家。"③ 俄国的传统思想同东方思想体系有千丝万缕的关系。托尔斯泰从贵族立场转到农民立场之后，从对西方资本主义抱有幻想到幻想逐渐破灭之后，开始把目光转向亚洲。这时他开始从东方的古代哲学，特别是中国老子和孔子等人的学说中去寻找出路。托尔斯泰通过英、法、德等国文字翻译的老子和孔子的著作来研究他们的学说。他在 1877 年开始阅读老子著作，1893 年根据德文译本翻译老子的《道德经》，1910 年他又出版了自己编选的《中国贤人老子语录》，还在这本书中写了《论老子学说的真髓》一文。他非常欣赏老子的"道"和"无为"的思想。从1884 年起，托尔斯泰开始阅读和研究孔子，并写成《论孔子的著作》一文，他在 1900 年 11 月 12 日的日记中写道："什么也没有写，专心研究孔子，感到很好，吸取精神方面的力量。"1884 年托尔斯泰在日记中写道：

① 《列宁论文学与艺术》，人民文学出版社 1983 年版，第 211 页。
② 同上书，第 203 页。
③ 《列宁全集》第 2 卷，人民出版社 1959 年版，第 423 页。

"开始研究孟子。非常重要，非常好。"1893 年他又在给友人信中说："开始研究墨子"，表示喜欢墨子关于兼爱的思想。显然，托尔斯泰力图从亚洲的哲学、道德和宗教中吸取修身养性、以和为贵，以及兼爱等思想，以充实他的托尔斯泰主义，同时还想用亚洲的静止不动来对抗资本主义，为农民式的社会主义辩护。列宁指出："托尔斯泰主义的现实的历史内容，正是这种东方制度、亚洲制度的思想体系。因此也就有禁欲主义，也就有不用暴力抵抗邪恶的主张，也就有深沉的悲观主义调子。"① 然而，在俄国 1905 年革命的影响下，亚洲国家也爆发了资产阶级民主革命，结束了东方的静止不动的状态。列宁指出：1905 年 "是托尔斯泰主义的历史终点，是那个可能和应当产生托尔斯泰学说的整个时代的终点"。②

应当看到，列宁不仅从起源学的角度揭示托尔斯泰创作和学说的矛盾以及它产生的根源，同时还从功能学的角度评价托尔斯泰的创作和学说在其存在的各个历史时代的作用意义。

列宁充分肯定托尔斯泰遗产的价值，他说："托尔斯泰去世了，革命前的俄国也成为过去——但在他的遗产里，却有着没有成为过去而属于未来的东西，俄国无产阶级要接受这份遗产，要研究这份遗产。"③ 这里列宁一是强调托尔斯泰遗产的重要性，认为它并没有成为过去；二是强调对托尔斯泰遗产必须分析研究，认真区分其中属于过去的成分和属于未来的成分。

托尔斯泰遗产中属于过去的成分是托尔斯泰创作和学说中消极的部分，是作家所宣扬的道德自我完善和不以暴力抗恶，这些成分对人民是有害的。列宁认为对这部分也需要研究，"俄国工人阶级研究列夫·托尔斯泰的艺术品，会更清楚认识自己的敌人；而全体人民分析托尔斯泰的学说，一定会了解他们本身的弱点在什么地方，由于这些弱点他们不能把自己的解放事业进行到底。为了前进应该了解这一点"。④

列宁认为托尔斯泰遗产中属于未来的成分是对封建农奴制和资本主义

---

① 《列宁论文学与艺术》，人民文学出版社 1983 年版，第 235 页。

② 同上书，第 236 页。

③ 同上书，第 214 页。

④ 同上书，第 220—221 页。

的批判，是作家作品永恒的艺术魅力。列宁认为："俄国无产阶级要向劳动群众和被剥削群众阐明托尔斯泰对国家、教会、土地私有制的批判意义"，其目的在于启发人民将民主革命进到底，而"俄国无产阶级要向群众阐明托尔斯泰对资本主义的批判"，其目的是为了"去推翻资本主义，去创造一个人民不再贫困、没有人剥削人的现象的新社会"。① 此外，列宁还着重阐明托尔斯泰艺术作品具有永恒的艺术魅力，认为托尔斯泰"创造了可供群众在推翻了地主和资本家的压迫而为自己建立人的生活条件的时候永远珍视和阅读的艺术作品"。②

值得注意的是，列宁并没有把托尔斯泰遗产的意义和作用看成是凝固的、停滞的，而认为它将随着历史条件的变化而变化。列宁一方面指出："托尔斯泰的空想学说正像许多空想学派一样，是具有批判成分的"；同时又指出："不要忘记马克思的深刻指示：空想社会主义的批判成分的意义'恰与历史进程成反比例'"。如果说早期的托尔斯泰主义尽管有空想和反动的特点，但托尔斯泰学说的批判成分有时还能给某些居民带来好处。那么，随着历史的发展，随着无产阶级已经走上历史舞台，随着东方静止不动状态的结束，托尔斯泰的道德自我完善和不以暴力抗恶的说教，"都会造成最直接和最严重的危害。"③

三　列宁论托尔斯泰创作的艺术独创性

列宁对托尔斯泰评论的重点是揭示作家创作和学说的矛盾，并进一步阐明这些矛盾同俄国革命的关系。列宁的文章虽然带有强烈的政论色彩，并且侧重于思想分析，但决不像有些人所说的，好像列宁评论托尔斯泰只有思想分析没有艺术分析，只能算是一种政论文章。这种看法显然不够全面，也脱离了评论文章的实际，事实上，列宁在评论托尔斯泰的思想时，始终没有离开艺术，他在这一组文章中紧紧抓住了托尔斯泰创作的独创性，把思想家托尔斯泰和艺术家托尔斯泰完全统一起来看待，用历史的和

---

① 《列宁论文学与艺术》，人民文学出版社 1983 年版，第 214—215 页。
② 同上书，第 210 页。
③ 同上书，第 236—237 页。

美学的观点高度评价托尔斯泰的艺术成就及其在世界文学中的地位。他的评论完全体现了马克思恩格斯所倡导的历史和美学相统一的文学批评。

列宁首先给予托尔斯泰的艺术成就以崇高的评价。他称托尔斯泰是"真正伟大的艺术家"、"天才的艺术家",认为他"不仅创作了无与伦比的俄国生活的图画,而且创作了世界文学中第一流的作品",[1] 他"曾经写了许多最卓越的艺术品从而与世界大文豪齐名"。[2] 列宁还特别提到"托尔斯泰极其熟悉乡村的俄国,熟悉地主和农民的生活。他在自己的艺术作品里对这种生活描绘得这样出色,使这些作品列入世界最优秀的文学作品里"。[3]

列宁在评论托尔斯泰的艺术成就时,不是把社会历史分析和美学分析割裂开来,而是特别注意把二者紧密结合起来。他谈到托尔斯泰的作品主要是描写 1861 年以后停滞在半农奴制度下的俄国,他说:"在描写这一阶段的俄国历史生活时,列·托尔斯泰在自己的作品里能以提出这么多重大的问题,能以达到这样大的艺术力量,使他的作品在世界文学中占了一个第一流的位子。由于托尔斯泰的天才描述,一个被农奴主压迫的国家的革命准备时期,竟成为全人类艺术发展中向前跨进的一步了。"[4] 列宁这段话是十分精辟的,卢那察尔斯基认为它"在方法论上具有很大价值"。[5] 从这段话来看,列宁肯定托尔斯泰创作是"全人类艺术发展中向前跨进的一步",是基于两个重要的因素。基本因素是强烈要求得到艺术表现的时代的革命内容,即"一个被农奴主压迫的国家的革命准备时期"。俄国 1905 年革命是农民资产阶级革命,它不仅打击了沙皇统治,而且震撼了静止不动的东方,这场革命本身具有普遍的世界意义。世界上一切从事民主革命的国家的人民,都可以从托尔斯泰对俄国国家制度、宗教制度、经济制度和社会制度的批判中,从托尔斯泰所鼓吹的道德自我完善和不以暴力抗恶中,认识俄国革命,并从中吸取经验和教训。从这个意义上看,托尔斯泰所表现的艺术素材和艺术内容是具有全人类意义的。第二个因素是

① 《列宁论文学与艺术》,人民文学出版社 1983 年版,第 202 页。

② 同上书,第 216 页。

③ 同上书,第 217 页。

④ 同上书,第 210 页。

⑤ 《卢那察尔斯基论文学》,人民文学出版社 1983 年版,第 40 页。

"托尔斯泰的天才描述"，也就是托尔斯泰独特的艺术创造和艺术发现。正是由于托尔斯泰在长期创作实践中形成了"撕毁一切假面具"的"最清醒的现实主义"的创作原则，才有可能使具有全人类意义的重大的时代内容在作品中获得高度的艺术表现。在列宁看来，重大的艺术素材和天才的艺术描绘是不可分割的，是两者有机的完美的结合，才使得托尔斯泰的创作"成为全人类艺术发展中向前跨进的一步"，才使得托尔斯泰成为有世界声誉的伟大艺术家。

　　列宁分析托尔斯泰艺术成就的一个重要方面和重要特点，是紧紧抓住托尔斯泰的创作个性，托尔斯泰的艺术独创性。他既深刻分析了造成托尔斯泰艺术独创性的阶级根源，又细致地分析了这种独创性给托尔斯泰创作带来的鲜明的思想特色和艺术特色。这应当说是列宁论托尔斯泰最为精彩的内容之一，它体现了历史分析和美学分析的完美结合，但这一点以往却被许多研究者忽略了。

　　列宁指出："托尔斯泰的批判不是新的"；[1] 同时又指出："托尔斯泰富于独创性"。[2] 这两者看似矛盾，实际上是一致的，所谓"不是新的"，是指"他不曾说过一句那些早已在他以前站在劳动者立场方面的人在欧洲和俄国文学中所没有说过的话"。[3] 也就是说，托尔斯泰在自己的作品中所进行的对封建农奴制和对资本主义的批判，以往站在进步立场的贵族作家和资产阶级作家也都曾经进行过。所谓托尔斯泰是"富于独创性"，是指他既不是从贵族立场，也不是从资产阶级立场，当然更不是从工人阶级立场，而是从宗法制农民立场来批判封建农奴制和资本主义的。列宁说："托尔斯泰是用宗法式的天真的农民的观点进行批判的，托尔斯泰把自己农民的心理放在自己的批判、自己的学说当中。"[4] 在列宁看来，托尔斯泰的创作与农民心理有密切的联系，托尔斯泰的独创性是源于农民立场和农民心理，托尔斯泰作品的思想力量和艺术力量都是来自农民，正是农民的立场和农民的心理给托尔斯泰的作品带来鲜明的思想特色和艺术特

---

① 《列宁论文学与艺术》，人民文学出版社 1983 年版，第 218 页。
② 同上书，第 203 页。
③ 同上书，第 218 页。
④ 同上。

色，而这一切是其他作家的作品所没有的。

从思想上看，列宁认为托尔斯泰作品最大的特色是情感的真挚和诚恳，而托尔斯泰也一直把真诚视为艺术作品的首要条件。由于托尔斯泰把农民的心理放在自己的批判和自己的学说中，他的作品无论是对专制制度和官方教会的无情揭露，对资本主义的强烈抗议，还是对下层劳动群众的深切同情，甚至是对道德自我完善和不以暴力抗恶的虔诚追求，都是来自宗法制农民的真诚，正因为如此，列宁在论托尔斯泰的文章中，多次提到托尔斯泰的真诚，并视之为伟大作家创作的重要特色。例如，"他对社会上的撒谎和虚伪作了非常有力的、直率的、真诚的抗议"①；他"曾经以巨大的力量、信念和真诚提出许多有关现代政治和社会制度的基本特点的问题"②；他的作品"有这样充沛的感情，这样的热情，这样有说服力，这样的新鲜、诚恳并有这样穷根究底要找出群众灾难真正原因的大无畏精神"③；"托尔斯泰以巨大的力量和真诚鞭打了统治阶级"，④ 等等。

从艺术上看，列宁认为托尔斯泰创作最大的特色是"撕下一切假面具"的"最清醒的现实主义"。托尔斯泰在自己的作品中从不粉饰、不夸饰、不理想化，而是如实地揭露现实的矛盾和丑恶，无情地撕下一切假面具，因此他的现实主义具有一种强烈的批判力量，一种来自农民心理的热情、新鲜和诚恳。

托尔斯泰在描写那些统治阶级人物时，特别善于透过他们华丽辉煌、文雅优美的外表，暴露出他们内心的丑恶和虚伪。例如《复活》中法庭审判的场面，法官和检查官个个道貌岸然地坐在堂皇威严的法庭上，实际上他们的内心却十分龌龊。副检查官昨夜逛过妓院，他还没来得及看卷宗就起诉，在法庭上胡说什么"犯罪是下层阶级的天性"。三个法官，一个早晨与妻子吵架，惦着午饭没有着落；一个想着治胃病的药方是否灵验；一个惦着赶紧收庭好去会红头发情妇。正由于这伙人草菅人命，玛丝洛娃被无辜判处四年苦役。在托尔斯泰的笔下，法庭的假面具被无情撕下了。

---

① 《列宁论文学与艺术》，人民文学出版社 1983 年版，第 202 页。

② 同上书，第 216 页。

③ 同上书，第 218 页。

④ 同上书，第 220 页。

托尔斯泰在描写那些下层人民时，不仅善于表现他们的善良纯朴，他们的受侮辱受损害，而且善于表现他们的仇恨和觉醒，特别可贵的是着力表现他们对上层阶级不存幻想，不受欺骗，这在以往的文学中是很少见的，这充分体现了作家清醒的现实主义精神。这点在《复活》中的卡秋莎（玛丝洛娃）身上表现得最为突出。卡秋莎受贵族公子哥儿聂赫留多夫的欺侮和损害，后又被抛弃。开始她对他还存有幻想，而当她怀着身孕到火车站去见他时，幻想就完全破灭了。那是一个凄风苦雨的夜晚，卡秋莎赶到火车站，可是聂赫留多夫并不准备下车，车厢从她面前掠过，"他，在灯火明亮的车厢里，坐在丝绒的靠椅上，说说笑笑，喝酒取乐。我呢，却在这儿，在泥地里，在黑暗中，淋着雨，吹着风，站着哭泣……"从此，她再也不相信善，认为人们口头上说上帝，说善，都是为了骗人。后来当聂赫留多夫表示要用同她结婚来赎罪时，她对贵族虚伪的仇恨一下子爆发出来："我是苦役犯，是窑姐儿。你是老爷，是公爵……我的价钱是一张十卢布的钞票"，"你在尘世上的生活里拿我取乐还不算，你还打算在死后的世界里用我来救你自己！我讨厌你！讨厌你那副眼镜，讨厌你那肮脏的肥脸！你走开，走开！"

显然，无论是真诚也好，无论是清醒的现实主义也好，都是来自俄国农民的情绪和心理。俄国农民几百年来深受农奴制和资本主义的压迫，他们对农奴制的压迫，资本主义的洗劫，官僚的横暴和教会的伪善积下了极大的愤怒和仇恨，他们穷根究底地寻找灾难的原因和出路。这种原始农民民主的情绪，完全融合到托尔斯泰的作品的思想和艺术之中，形成托尔斯泰创作的独创性。

四 列宁和普列汉诺夫论托尔斯泰比较

普列汉诺夫在 1907—1911 年写了六篇关于列夫·托尔斯泰的评论：《预兆性错误》（1907）、《托尔斯泰和自然》（1908）、《概念的混乱》（1910）、《从这里到这里（一个评论家的札记）》（1910）、《卡尔·马克思和列夫·托尔斯泰》（1911）、《再论托尔斯泰》（1911）。

普列汉诺夫写这组文章的背景同列宁写论托尔斯泰的文章的背景是一致的。1905 年革命失败后俄国进入最黑暗的时期。俄国官方报刊和资产阶级报刊利用 1908 年托尔斯泰 80 寿辰和 1910 年托尔斯泰逝世的机会，大肆歌颂托尔斯泰主义，把他称之为"人类的良心"和"生活的导师"。正是在这种情况下，列宁和普列汉诺夫对他们进行反击。列宁在 1911 年 1 月 3 日给高尔基的信中写道："关于托尔斯泰，我完全同意您的看法，那些伪君子和骗子手会把他奉为圣人。对托尔斯泰的胡说八道和卑躬屈膝，惹得普列汉诺夫也大发雷霆了，在这个问题上我们是一致的。"①

普列汉诺夫对托尔斯泰的评论有哪些独到之处，在哪些方面是同列宁一致的呢？

首先，普列汉诺夫给托尔斯泰很高的评价，并指出作家的思想艺术特色。他指出"《战争与和平》的作者是俄罗斯大地的伟大作家"，"俄罗斯大地有权以他为骄傲并且热爱他"。② 他认为托尔斯泰的伟大和力量正是在"鲜明地描写了上层阶级赖以生存的对人民的剥削"。③ 普列汉诺夫也指出托尔斯泰具有"巨大的艺术才能"，认为他的创作的艺术特色是描写自然的技巧和描写心理的技巧。他说，"托尔斯泰喜爱自然，并且以好像从来没有任何人达到过的那么高的技巧描写了自然……自然在我们的伟大艺术家笔下不是被描写出来的，而是活着的"，他把自然的美"'通过眼睛，注入到自己的心灵中'"。④ 普列汉诺夫也十分赞同车尔尼雪夫斯基对托尔斯泰心理描写的分析，认为那是"异常精辟的评论"。

其次，普列汉诺夫指出托尔斯泰的矛盾和软弱。他说，托尔斯泰"只是作为艺术家才是伟大的，绝不是作为一个教派的信徒。他的教义并不证明他的伟大，而是证明他的软弱"。⑤ 他在自己的文章中从哲学的角度揭露了托尔斯泰说教的反马克思主义本质及其对革命运动的危害，他在《卡尔·马克思和列夫·托尔斯泰》一文中指出："马克思的世界观怎么能同托尔斯泰的世界观牵扯在一起呢？"他认为："马克思的世界观是辩证唯物主义，相反地，托尔斯泰不仅是唯心主义者，而且就其思想方法讲

---

① 《列宁论文学与艺术》，人民文学出版社 1983 年版，第 276—277 页。
② 《俄国作家批评家论列夫·托尔斯泰》，中国社会科学出版社 1982 年版，第 249—250 页。
③ 《普列汉诺夫美学论文集》第 2 卷，人民出版社 1983 年版，第 754 页。
④ 同上书，第 718 页。
⑤ 《俄国作家批评家论列夫·托尔斯泰》，中国社会科学出版社 1982 年版，第 250 页。

来，他终生都是不折不扣的形而上学者。"① 普列汉诺夫分析了托尔斯泰替不以暴力抗恶学说辩护时所提出的论据，揭示了这个学说的自相矛盾，并指出这个学说的哲学基础就是否定人对外界环境的依赖。他以非凡的逻辑力量说明不管作家的意愿如何，托尔斯泰的不以暴力抗恶的说教是对人民的压迫者有利的。他说："既然他从事这种说教，所以他本人尽管不愿意也没有觉察到，却站在人民的压迫者的一边。"②

普列汉诺夫对托尔斯泰的评论同时也存在明显的不足，这主要表现在以下两个方面。

首先，普列汉诺夫没有看到托尔斯泰从贵族立场到宗法制农民立场的转变，仍然把托尔斯泰看成"贵族的儿子"、"贵族的思想家"，③ 认为他"到晚年也始终是一个大地主"。④ 普列汉诺夫尽管承认托尔斯泰 80 年代的思想危机和思想激变，但认为那不是思想转变，而是道德转变，说托尔斯泰从道德观点去斥责贵族的丑恶时，"他继续关心的仍然是剥削者，而不是被剥削者"。⑤ "既然不能够在自己的视野里以被压迫者代替压迫者，换句话说，从剥削者的观点转到被剥削者的观点，托尔斯泰自然要把自己的主要努力放在从道德上矫正压迫者上面，提醒他们不要重复恶行"。⑥ 这样一来，普列汉诺夫就无法像列宁那样，从宗法制农民的长处和短处找到托尔斯泰创作和学说的力量和弱点的阶级根源。

其次，普列汉诺夫没有把托尔斯泰的矛盾看成是时代的矛盾的反映，而仅仅看成是作家个人的思想矛盾。在他看来，托尔斯泰的矛盾是"天才的艺术家和极软弱的思想家"的矛盾，是一个唯心主义者的心灵悲剧，由于不承认人的精神世界对外部世界的依赖性，他只能从自我内心省察中，在唯心主义虚妄的梦幻中寻求摆脱现实的出路。

造成普列汉诺夫评价托尔斯泰明显不足有深刻的原因，一是同普列汉诺夫对俄国革命的性质和动力的错误认识有关，他认为俄国革命既然是资

---

① 《普列汉诺夫美学论文集》第 2 卷，人民出版社 1983 年版，第 737 页。
② 同上书，第 746 页。
③ 同上。
④ 同上书，第 733 页。
⑤ 同上书，第 747 页。
⑥ 同上书，第 748 页。

产阶级民主革命，就应当由资产阶级来领导，他们是革命的动力，根本不把农民当作革命的动力，因此也就看不到托尔斯泰创作和学说的矛盾同1905年革命，同农民固有矛盾的内在联系。二是同普列汉诺夫方法论上的缺陷有关，他不是从艺术反映论的观点出发来分析托尔斯泰创作的矛盾同他所处的时代的社会历史环境的关系，而是用抽象逻辑的方法来分析托尔斯泰创作的矛盾，因此带有机械论的明显印记。尽管如此，普列汉诺夫对托尔斯泰的评论仍有其独到之处，并且具有重要意义。

第十四章

列宁论高尔基

列宁对高尔基的评论是列宁文学批评实践的重要组成部分。高尔基是无产阶级文学的奠基人，是伟大的无产阶级作家。列宁同高尔基的关系非同一般，他们之间有着二十多年的交往，是共同的革命事业把他们连结在一起。列宁从关心无产阶级文学发展的角度关心和帮助高尔基，最终成为高尔基的挚友。在列宁逝世的时候，高尔基献的花圈上的挽词是："别了，朋友！马·高尔基"。列宁对高尔基和他的创作有比较深刻的了解，他对高尔基的创作给予很高的评价，对高尔基的错误也给予严肃的批评，而这一切又都是同关心新生的无产阶级文学的命运相联系的。从列宁对高尔基的评论，我们可以看出马克思主义文艺批评对作家作品所应当采取的正确态度，对新生的、发展中的无产阶级文学所应采取的正确态度。

一　高尔基是无产阶级艺术最杰出的代表

列宁早在 19 世纪末就开始注意高尔基的创作。19 世纪 90 年代末，高尔基在《生活》杂志上发表一系列文艺作品和文章，列宁在给亚·尼·波特列索夫的信中称赞《生活》杂志："一个很不错的杂志！小说简直好极了，甚至比一切都好！"[1]

1901 年列宁在《火星报》发表文章《示威游行开始了》，谈到沙皇政府对高尔基的迫害以及高尔基故乡人民为此举行的示威游行，文中称高

---

① 《列宁全集》第 34 卷，人民出版社 1959 年版，第 19 页。

尔基是"全欧闻名的作家"。① 高尔基所发表的《海燕之歌》和《底层》也受到列宁的关注和称赞，他在《暴风雨之前》（1906）一文的结尾曾经引用《海燕之歌》中的词句：

> 无产阶级正在准备斗争，他们正在同心协力地、精神焕发地迎接暴风雨，一心想奔往战斗的最深处，胆怯的立宪民主党人，这些"蠢笨的企鹅"的领导权够使我们讨厌的了，他们畏缩地在崖岸底下躲藏着肥胖的身体。
>
> 让暴风雨来得更厉害些吧！②

1905 年俄国爆发第一次革命，这一年对高尔基创作有重要意义。6—7 月间高尔基第一次同列宁通信，冬，两人在彼得堡第一次会面。也正是这一年 11 月，列宁发表了对无产阶级文学发展具有重要意义的光辉文献《党的组织和党的出版物》，第一次提出文学事业要成为党的事业的一部分，文学要为千千万万劳动人民服务，文学要摆脱资产阶级的奴役，同真正先进的、彻底革命阶级的运动汇合起来。

正是在 1905 年革命和列宁文艺思想的影响下，高尔基于 1905 年写出无产阶级文学的奠基作品《母亲》，这部小说反映了 1905 年革命前夜蓬勃发展的工人运动。这时，由于 1905 年革命的失败，革命已走向低潮，但高尔基对革命充满信心，他认为 1905 年革命的爆发，不仅因为工人备受压迫，更因为工人运动已经由自发走向自觉，工人阶级一旦掌握革命理论就将成为不可战胜的力量。高尔基写这部小说旨在"支持低落下去的反抗精神，来对抗生活中黑暗的敌对势力"。

高尔基的《母亲》很快受到列宁的重视。1907 年在柏林参加俄国社会民主党第五次代表大会期间，列宁同高尔基谈到了《母亲》。据高尔基回忆，列宁"一只手摸着那苏格拉底式的前额，另一只握着我的手，亲切地闪亮着他的一双灵活得惊人的眼睛，立刻就谈到《母亲》这本书的

---

① 《列宁论文学与艺术》，人民文学出版社 1983 年版，第 241 页。
② 《列宁全集》第 11 卷，人民出版社 1959 年版，第 121—122 页。

缺点，原来他已经从拉得日尼科夫①那里把手稿拿去读过了。我说我是赶忙地写成这本书的，但还没有来得及说明为什么赶忙，列宁就赞成地点了点头，自己把原因说明了，我赶忙得很好，这是一本必需的书，很多工人都是不自觉地、自发地参加了革命运动，现在他们读一读《母亲》，一定会得到很大的益处。'一本非常及时的书'。这是他对我唯一的然而珍贵的赞语"。② 列宁对《母亲》作出肯定的评价，一是因为小说塑造了有觉悟的新的工人阶级的形象，揭示了工人运动从自发走向自觉的历史必然性，这对于启发工人阶级的觉悟有很大的益处；二是小说充满革命乐观主义精神，能在革命低潮时期鼓舞工人阶级的斗志，对于工人阶级迎接新的革命高潮是非常及时的。

　　列宁对《母亲》的评价在当时有重要现实意义。当时不仅资产阶级评论攻击《母亲》，就是在党内，普列汉诺夫、卢那察尔斯基、沃罗夫斯基等马克思主义文艺批评家在从总体上肯定高尔基创作的同时，对《母亲》也在不同程度上持否定态度。普列汉诺夫从机会主义立场出发，指责高尔基在小说中宣传的是"乌托邦主义"，扮演的是"马克思主义观点的宣传者"的角色，然而"对扮演这个角色来说，高尔基是完全不适合的，因为他完全不理解马克思的观点"。③ 卢那察尔斯基虽然认为《母亲》是"杰出的作品"，但对《母亲》的艺术价值估计不足，为了宣扬"造神说"，他把高尔基宣扬"造神说"的小说《忏悔》同《母亲》相提并论，甚至认为，"就艺术意义而论，《忏悔》比《母亲》更高得多"。④ 沃罗夫斯基出于对典型的片面理解，认为作品中母亲尼洛芙娜的形象不典型，他说："这样的母亲作为个别现象可以存在，但却不是典型现象。她们没有某一特定环境和某一特定时代的特征。"⑤

　　同上述种种观点相反，列宁是从高尔基同无产阶级革命运动关系的角度来评论他的创作的。列宁在1910年指出高尔基不属于任何"新的派

①　拉得日尼科夫是十月革命前的一个出版公司经理，他曾证实他把存有的《母亲》手稿交给了列宁，列宁就在柏林把它看完了。

②　《列宁论文学与艺术》，人民文学出版社1983年版，第411—412页。

③　《普列汉诺夫论文学与美学》（俄文版）第1卷，第132页。

④　《谈〈知识〉文集第二三辑》，《文学的瓦解》第2册，1909年。

⑤　《沃罗夫斯基论文学》，人民文学出版社1981年版，第284页。

别"，而是属于无产阶级。他说："高尔基毫无疑问是无产阶级艺术的最杰出代表，他对无产阶级艺术作出了许多贡献，并且还会作出更多的贡献。""高尔基是无产阶级艺术的权威，这是无可争辩的。"① 列宁在 1917年又一次指出："毫无疑问，高尔基是一个伟大的艺术天才，他给全世界无产阶级运动作了而且还将作出很多贡献。"② 总之，列宁认为高尔基在无产阶级艺术中的地位和作用是"毫无疑问"、"无可争辩的"。列宁给高尔基崇高的评价，归根到底是因为"高尔基同志用他伟大的艺术作品把自己同俄国和全世界的工人运动结合得太牢固了"。③

列宁对高尔基及其创作的崇高评价是有深远历史意义的，他不只是肯定高尔基个人，而是纵观世界文学发展的历史，从无产阶级革命使命出发，对新生的无产阶级文学及其未来的发展方向的充分肯定。自从有了工人运动，马克思和恩格斯就渴望无产阶级文学的诞生，早在 19 世纪 40 年代，恩格斯就批评德国的"真正社会主义者"只歌颂各种各样的小人物，要求文学歌颂"倔强的、叱咤风云和革命的无产者"。④ 80 年代，恩格斯又一次提出文学要表现工人阶级斗争的问题。他说："工人阶级对他们四周的压迫环境所进行的叛逆的反抗，他们为恢复自己做人的地位所作的剧烈努力——半自觉或自觉的，都是属于历史，因而也应当在现实主义领域内占有自觉的地位。"⑤ 90 年代初，随着世界工人运动的迅猛发展，恩格斯正式宣告无产阶级"新的历史纪元正在到来"，并期望文艺方面能有"一个新的但丁来宣告这个无产阶级新纪元的诞生"。⑥ 然而直到 20 世纪初，第二国际机会主义者考茨基仍然认为资本主义制度下不可能产生无产阶级文艺。只有列宁在 20 世纪初宣告"为千千万万劳动人民服务"的文学的诞生，"真正自由的、同无产阶级公开联系的文学"的诞生，并且在高尔基身上看到"新的但丁"的出现。在列宁看来，高尔基通过自己"伟大的艺术作品"，通过自己所塑造的有觉悟的工人阶级形象，宣告了

---

① 《列宁论文学与艺术》，人民文学出版社 1983 年版，第 272 页。

② 同上书，第 305—306 页。

③ 同上书，第 268 页。

④ 《马克思恩格斯全集》第 4 卷，人民出版社 1958 年版，第 224 页。

⑤ 《马克思恩格斯选集》第 4 卷，人民出版社 1972 年版，第 462 页。

⑥ 《马克思恩格斯选集》第 1 卷，人民出版社 1972 年版，第 249 页。

世界历史上无产阶级新纪元的到来。也正是从这个意义上讲，列宁称高尔基为"无产阶级艺术最杰出的代表"。

二 要用阶级斗争的观点看待文学现象

1905 年革命失败后，俄国进入斯托雷平反动时期，沙皇政府疯狂镇压革命，不少革命同路人消沉、变节，修正马克思主义成为时髦，赞美变节的反动作品大量出现。高尔基曾经称 1907—1917 这十年是"俄国知识界历史上最丢脸和可耻的十年"。这段时间高尔基虽然身居国外，仍然关心俄国政治斗争和文学斗争。在列宁思想的影响下，高尔基写了《个人的毁灭》（1909）、《论犬儒主义》（1908）这样一些战斗性很强的政论文章。在《个性的毁灭》中，他有力地抨击了资产阶级知识分子的消极颓废情绪，指出他们对革命传统和革命理想的背叛，同时赞扬了人民群众不仅是物质财富的创造者，而且是精神财富的创造者。对此，列宁给予充分肯定，他在 1908 年 2 月 7 日给高尔基的信中赞扬道："您认为必须经常不断地同政治上的颓废、变节、消沉等现象进行斗争，这个意见我万分同意"。他同高尔基谈道："党现在需要一个正常出版并能坚持不懈地执行同颓废消沉作斗争的路线的政治性机关报——党的机关报，政治性报纸。"同时还提出要把文学批评也同党的工作更紧密地联系起来。[1] 相隔几天，列宁又在 2 月 13 日给卢那察尔斯基的信中提出同意高尔基负责《无产者报》的小说栏，同时还提出要高尔基再负责文学批评栏，可见，列宁是充分肯定和非常重视高尔基在思想文化斗争中的重要作用，是对他寄予很大的希望的。

然而在这个时期，高尔基在思想上也犯了错误。从 1906 年到 1913 年期间，高尔基在意大利卡普里岛同波格丹诺夫、巴扎罗夫、卢那察尔斯基等人接触比较多，这些人当时在政治上要求党放弃公开的合法斗争，召回参加国家杜马的工人代表，被称为"召回派"；在哲学上反对唯物主义，宣扬唯心主义、"寻神说"和"造神说"。高尔基在思想上受他们的影响，也主张"造神说"，同时由于对党内斗争的实质不了解，担心党的分裂，

---

[1] 《列宁论文学与艺术》，人民文学出版社 1983 年版，第 247—249 页。

劝列宁同"召回派"和解。这个时期列宁为了帮助高尔基，在他身上倾注了很大心血，他两次到卡普里岛，并且给高尔基写了 40 多封信，反复说明唯心主义哲学的危害和党内斗争的必要性，表明他们没有和解的可能性，"斗争绝对不可避免"。[①]

这个时期，高尔基由于受到马赫主义思想的影响，写出了宣扬造神说的中篇小说《忏悔》（1908）。高尔基在这部小说里通过一个农民出身的青年马特威的生活遭遇，宣传必须创造一种"新神的思想"。马特威从小被人遗弃，饱尝了人间的辛酸，成年后又接连死去妻子和儿子，从此对生活完全丧失信心，于是进了修道院。可是无论在日常生活中，还是在修道院里，马特威看到的都是肮脏和罪恶，根本找不到上帝和真理。最后，他领悟到上帝是找不到的，"上帝不在我们之外，而是在我们心中"，人民是造神者，他们正在重新建造一种"新神——美和理智、公正和爱之神"。之后，高尔基又在《再论"卡拉马佐夫"性格》（1913）一文中再次重复造神思想："至于'寻神说'，应当把它暂时搁下，这是一种无益的事情：在没有放东西的地方，没有什么可寻找。没有播种，就没有收获。你们那里并没有神，你们还没有把它创造出来。不要寻找神，要创造神；不要虚构生活，而要创造生活。"

列宁对高尔基在自己的小说和政论中所宣扬的"造神说"给予耐心和严肃的批评，不仅指出其错误的实质，而且进一步分析产生错误的原因。

首先，列宁指出高尔基认为自己不是寻神，而是造神的看法是十分错误的，寻神和造神并没有根本的区别，因为任何神的观念在事实上都是帮助统治者奴役人民，"任何捍卫或庇护神的观念的行为（甚至是最巧妙、最善意的）都是庇护反对派的行为"，"美化了神的观念，也就是美化了他们用来束缚落后的工人和农民的锁链"。[②] 因此，列宁认为必须杜绝一切关于神的宣传，造神同寻神的区别丝毫不比黄鬼和蓝鬼的区别大。

其次，列宁指出高尔基尽管认为自己主张"造神说"是出于好意，是为了"把个人同社会联系起来"，是为了建立社会主义新宗教，是想以

---

① 《列宁论文学与艺术》，人民文学出版社 1983 年版，第 261 页。

② 同上书，第 299 页。

此来说出"善良和美好的东西"，指出"真理—正义"，等等，然而一种观念一旦散布到社会中去，散布到群众中去，就不取决于作者个人的愿望，"它的作用就不是由您的善良愿望来决定，而是由社会力量的对比、阶级的客观对比来决定了"。① 由此可以看出，列宁总是把任何一种观念和理论，任何一种文学现象放在阶级斗争的环境中加以考察，看它对哪个阶级有利，进而揭示它的阶级实质。这充分体现出个人主观动机必须接受社会实践检验的唯物主义观点。

第三，列宁深刻揭示高尔基思想错误的根源在于他看问题往往不善于运用阶级和阶级斗争的观点，在许多方面"想离开无产阶级观点去迁就一般民主的观点"。② 高尔基认为自己是想以宗教作为手段，以便于向群众灌输社会主义思想，而实际上他是试图把真理、正义和民主等抽象的理想变为崇拜的对象，以取代对神的崇拜，从而建立所谓的社会主义新宗教。然而在阶级社会里根本不存在所谓超阶级的正义、真理和民主，而只有阶级的正义、真理和民主。列宁所指出的高尔基缺乏阶级观点的毛病是根深蒂固的，这也正是高尔基在 1917 年革命紧要关头又一次犯错误的重要原因。

从列宁对高尔基错误批评来看，列宁既是严肃、尖锐，又是诚恳、爱护，如同克鲁普斯卡娅所说，列宁给高尔基的信"有着一种独特的色彩。他的口气常常很尖锐，但在尖锐中却流露出无限温存。这些信件往往是由于对某种事情的直接感受而写的，所以信中各种各样的情感：焦虑、不安、喜悦和希望都跃然纸上"。③ 例如，列宁 1917 年 3 月 12 日获悉高尔基向临时政府表示祝贺的事实后，在《远方来信》中这样写道：

> 人们在读到这封充满流行的庸俗偏见的信时，一定会感到沉痛。笔者有一次在卡普里岛同高尔基会晤时，曾经警告过他，并且责备过他在政治上所犯的错误。高尔基用他无比和蔼的微笑和坦率的声明挡回了这种责难，他说"我知道，我是一个不好的马克思主义者。并

---

① 《列宁论文学与艺术》，人民文学出版社 1983 年版，第 295 页。

② 同上。

③ 同上书，第 406 页。

且，所有我们这些艺术家，都是负不了多大责的人"。要反驳这种话
是不容易的。

毫无疑问，高尔基是一个伟大的艺术天才，他给全世界无产阶级
运动作出了而且还将作出很多贡献。

但是，高尔基为什么要搞政治呢？[①]

卢那察尔斯基认为这封信带有少有的抒情笔调，说明列宁对高尔基的
器重，然而不能由此得出"艺术家按其某种内在本质必定是个拙劣的政
治家"的结论。他认为从列宁对待高尔基的态度中应当得出的结论是：
"对艺术家相当宽容，能够原谅他个别谬误含糊的说法及思想上的毛病，
只要他的才能足以弥补这一切，主要的是，只要他热烈希望为革命事业
服务。"[②]

三　到生活中去，直接观察生活中的新事物

1917 年俄国二月革命后，国内出现两种政权并存的复杂局面。这时，
高尔基由于受到周围的资产阶级知识分子的包围和影响，在对待十月革命
的问题上又犯了政治错误。他在《新生活报》上发表了以《不合时宜的
思想——关于革命和文化的札记》为总标题的一系列文章，反对十月革
命。高尔基一方面错误地低估了工人阶级的力量，同时认为农民是消极因
素，不具有革命性；另一方面他夸大了知识分子在革命中的地位和作用，
把希望寄托于掌握科学技术的知识分子，认为他们是俄罗斯最重要的力
量，是俄罗斯"真正的大脑和心脏"。基于对形势的错误分析，高尔基认
为在文化和科学都很落后的俄国，当务之急不是进行暴力革命，而是由各
阶级齐心协力发展文化。因此，他在十月革命紧要关头，发表了《不能
再沉默》一文，公开反对武装起义。对高尔基的错误，列宁曾经提出严
厉的批评。十月革命后，许多被革命吓破胆的知识分子纷纷来找高尔基，
他每天听到的都是混乱、饥饿和流血。在历史的紧要关头，他分不清生活

---

①　《列宁论文学与艺术》，人民文学出版社 1983 年版，第 305—306 页。
②　《卢那察尔斯基论文学》，人民文学出版社 1983 年版，第 45—46 页。

的主流和支流，把现实生活存在的一切问题全部归咎于苏维埃政权，于是又在《新生活报》上继续发表题为《不合时宜的思想》的一系列文章，攻击列宁是拿工人阶级的"皮肉和鲜血作某种试验"，走的是一条"通向无产阶级和革命的灭亡之路"。

对于高尔基在《新生活报》上发表的种种错误观点，列宁给予严肃的批评。他在 1918 年写的《预言》中曾经把革命比喻为"特别困难的一种分娩"。他说："人的诞生会使妇女遭到极大的损失，痛苦昏迷，血流如注，半死不活"。但是，"谁会由一这点而拒绝爱情和生育呢？""马克思和恩格斯常常说，从资本主义过渡到社会主义是必然要经过一个长久的痛苦的分娩期的。"① 列宁在批评高尔基时，确信高尔基会回到革命队伍中来。1918 年 8 月 30 日，社会革命党人谋杀列宁，使高尔基受到很大震动，后来他曾经回忆说："从 1918 年，从卑鄙地谋杀列宁的那一天起，我又觉得自己是一个'布尔什维克'了。""正是从这时起，我改变了认为夺取政权是错误行动的看法。"②

然而，高尔基克服自己的错误是一个艰难的过程，1918—1919 年由于帝国主义武装干涉和国内反动势力的进攻，年轻的苏维埃共和国处于极端困难的境地。住在彼得格勒的高尔基由于受到"满怀怨恨的资产阶级知识分子"的包围，思想极为苦闷，情绪十分低沉。在他写给列宁的信中充满怨言，听来好像彼得格勒的贫困和疾病都是共产主义的过错。针对高尔基的思想和情绪，列宁在 1919 年 7 月 31 日给高尔基写了一封著名的长信。③ 在这封信中，列宁从无产阶级立场出发，既尖锐、坦率地批评高尔基的错误，又从辩证唯物主义认识论出发，从作家艺术家艺术创作劳动的特点出发，结合作家艺术家认识生活的特点，深刻分析高尔基错误的原因，并且指出改正错误的具体途径。这封信虽然是针对高尔基的错误而发的，但对于我们了解作家艺术家认识生活和反映生活的规律，认识社会主义文化艺术发展的方向，都有十分重要的意义。

列宁首先指出高尔基来信中所得出的印象和结论"都是完全不健康

---

① 《列宁全集》第 27 卷，人民出版社 1958 年版，第 466 页。

② 《高尔基生平和创作年鉴》第 3 卷，第 86—87 页。

③ 《列宁论文学与艺术》，人民文学出版社 1983 年版，第 308—311 页。

的"。因为高尔基把当时彼得格勒存在的贫困和疾病，不是归之于沙皇专制制度，归之于帝国主义的武装干涉和国内反动派的武装叛乱，而是归之于苏维埃政权和共产主义。同时，高尔基认为"残余分子"同情苏维埃政权，"大多数工人"中却在产生坏人，而革命依靠的是坏人，抛弃了知识分子。高尔基的这种看法从根本上混淆了敌我界限。列宁一针见血地指出，高尔基代表的不是革命阶级和革命知识分子的情绪，而是"一种在满怀怨恨的资产阶级知识分子的环境中变本加厉的病态心理"，"是人为地置身于无法观察新生活而受资产阶级大首都腐败印象折磨的境地的人的情绪"。列宁认为高尔基的这种情绪使他"神经失常到病态的地步"，这对于他的健康和创作都是非常有害的。

列宁在指出高尔基错误的同时，又进一步深入分析造成高尔基错误的三个原因。

一是受资产阶级的包围。高尔基所居住的彼得格勒"是近来最不健康的地方"，是沙皇和资产阶级的腐败的大首都。在那里，饥荒和战争危险最严重，居民苦难深重，而工人阶级的精华为了保卫苏维埃政权都到前线和农村去了。相对来说，丧失地位的和对革命充满仇恨的资产阶级分子和资产阶级知识分子就"特别多"。而高尔基从事的正是组织翻译和编辑出版这种常同资产阶级知识分子打交道的工作。列宁说："您主要接触的是这些'残余分子'，因为单是您的职业就使你'接待'几十个满怀怨恨的资产阶级知识分子"，"这种职业使您受到那些满怀怨恨的资产阶级知识分子的包围"。

二是脱离工农兵群众火热的战斗生活。高尔基1906—1913年长期在国外生活，对国内复杂的斗争缺乏具体、深切的了解。在彼得格勒期间又长期处于资产阶级知识分子的包围之中，根本没有到工厂、农村和前线去过，脱离了工人、农民和战士的生活和斗争。这样一种生活状况，就使他难于分清生活中的主流和支流，难于辨别生活中的新生事物和腐朽的事物。

三是缺乏政治经验。高尔基是伟大的文学家，可是在政治上是缺乏经验的，他看待问题往往不是从政治角度出发，从阶级斗争的观点出发，而是从个人的感情出发，往往是感情用事。高尔基认为"艺术家有另一种心理"，换句话说，"艺术家常常是在情绪的支配下行事的，他的这种情绪会产生一种压倒其他一切思考的力量"。① 对此，列宁曾经指出："高尔基始终是在政治上最没主见而且感情用事。"② 高尔基又认为自己"对政治有一种生理上的厌恶"，③ 经常强调艺术家"都是负不了多大责任的人"，"艺术家是无责任能力的人"，而实际上他又常常卷入政治斗争，这就是高尔基最大的悲剧。列宁在信中指出，在彼得格勒要能看到真心诚意帮助工人和农民的知识分子，而不是满怀怨恨的资产阶级分子的百分比正在逐月增长的事实，"只有非常了解政治情况，具有特别丰富的政治经验才行"。而高尔基不具备这一切条件，因为他"既不搞政治，也不观察政治建设的工作"。

列宁在分析高尔基错误的根源时，认为要看到高尔基从事的是"一种特殊的职业"，要看到作家艺术家认识真理的重要特点，也就是说，作家艺术家主要不是靠读书，而是靠观察，靠对生活的直接考察来认识生活真理的。他指出高尔基受"满怀怨恨的资产阶级知识分子"包围时，必然会产生不健康的情绪，因为在这样一种环境中，他"不能直接观察工人和农民，即俄国十分之九的居民生活中的新事物"。这样，从艺术反映论的观点来看，他也就丧失了艺术认识的首要的和基本的源泉。

那么，高尔基的出路何在呢？列宁根据作家艺术家认识生活的特点，在 7 月 15 日给高尔基的信中就劝他出去走走，并准备安排他乘坐克鲁普斯卡娅领导的宣传鼓动船"红星号"沿伏尔加河和卡马河旅行，宣传党代会的精神，但是高尔基没有采纳列宁的建议。④ 在 7 月 31 日这封信中，列宁又一次劝告高尔基到农村去，到工厂去，到部队去，到下面去观察新的生活。然而，高尔基还是没有接受列宁的劝告。到了 9 月 15 日，列宁在给高尔基的信中就更严肃指出："说老实话，如果您再不从资产阶级知识分子的包围中挣脱出来，您会毁灭的！衷心希望您早日挣脱出来。"⑤ 列宁之所以一而再，再而三地劝告高尔基到生活中去，归根到底是因为在那里单靠观察就容易分清生活的主流和支流，辨别新生事物和腐朽事物，

---

① 《列宁全集》第 35 卷，人民出版社 1959 年版，第 220 页。

② 同上。

③ 《回忆录选》，人民文学出版社 1959 年版，第 27 页。

④ 《列宁与高尔基通信集》，外国文学出版社 1981 年版，第 160 页。

⑤ 《列宁论文学与艺术》，人民文学出版社 1983 年版，第 314 页。

同时也能获得文艺创作最丰富的源泉。到生活中去，这不仅是高尔基改变错误思想的正确途径，也是作家艺术家从事文学艺术创作的基本条件。所以列宁向高尔基说："在这里生活，应当做一个积极的政治家，如果无意于政治，那就应当作为一个艺术家，到那些不是对首都举行疯狂进攻、对各种阴谋作激烈斗争、表现出首都知识分子的深仇大恨的地方，到农村或外地的工厂（或前线），去观察人们怎样以新的方式建设生活。在那里，单靠普通的观察就容易分辨出旧事物的腐朽和新事物的萌芽。"

认识来源于实践，列宁对高尔基犯错误原因的分析和为他指出改正错误的途径，都是符合辩证唯物主义认识论的，也是符合文学艺术创作的特性和作家艺术家认识生活的心理特点的。

历史证明，在列宁的帮助下和现实生活的教育下，高尔基逐步认识了自己的错误，他积极参加国内的政治生活和文化建设，用自己的创作为社会主义文学事业做出了不可磨灭的贡献。

第十五章

列宁论阿维尔钦科的小说

1921 年巴黎出版了一本薄薄的小说集,作者是十月革命后流亡国外的俄国作家阿维尔钦科,书中收集了他恶毒攻击十月革命的十二篇短篇小说,书名就叫做《插到革命背上的十二把刀子》。同年 11 月 22 日,《真理报》发表了列宁的评论《一本有才气的书》[①],对小说集进行了十分精辟的分析和评论,列宁的文章虽然不长,但是一篇少见的文艺批评的杰作。文章相当集中地体现了列宁的文艺批评观点,涉及了马克思主义文艺批评中一系列重要问题,诸如作品的政治倾向性和艺术性的关系,倾向性和真实性的关系,艺术创作和生活的关系,情感在艺术创作中的作用等问题,列宁都结合小说作了深刻的分析。同时,文章也是分析反动复杂的文艺现象的一个范例,它在方法论方面为我们树立了榜样。对于列宁这样一篇重要的文艺批评论文,以往是不够重视的,随着有关材料的发表,我们已经有条件对它进行比较深入的研讨,以促进我们的文艺批评。

《插到革命背上的十二把刀子》的作者阿尔卡季·阿维尔钦科(1881—1925)是白卫分子。他生于俄国南方塞瓦斯托波尔市一个商人家庭,15 岁开始在一家运输公司当文书,后又在哈尔科夫市一家采矿场当办事员。这时,他同当地文学界有了接触,1903 年在《南方报》上发表了一篇小说《我如何进行生命保险》。1905 年俄国爆发了资产阶级民主革命,引起了广大人民群众对讽刺作品的浓厚兴趣。24 岁的阿维尔钦科在《刺刀》杂志上发表了不少小品文,后来成为该刊主笔。1907 年,他移居

---

① 《列宁论文学与艺术》,人民文学出版社 1983 年版,第 365—366 页。以下相关引文均出于此。

彼得堡，次年与朋友合办《讽刺》杂志。1913 年他又同其他人创办了《新讽刺》杂志。阿维尔钦科熟悉城市资产阶级生活，对他们生活中一些庸俗和丑恶的现象进行辛辣讽刺。但是他作为一个资产阶级自由主义者，虽然看到旧俄国的一些社会弊病，却不愿对社会制度进行根本改革。他根本不理解无产阶级革命，更不理解革命进程中一时的破坏正是为了建立新的社会。因此，他从不理解革命，进而发展到疯狂反对十月革命和苏维埃政权。十月革命后，阿维尔钦科流亡国外，同白卫军沆瀣一气，成为被打倒的地主资产阶级的代言人。1925 年春死于布拉格。

阿维尔钦科的小说集《插到革命背上的十二把刀子》包括《前言》和《伟大电影的魔术》、《饥人之歌》、《被皮鞋践踏的幼苗》（《被践踏的幼苗》）、《鬼轮车》、《工人潘铁烈·格雷莫金生活中的片断》、《俄罗斯故事新编》、《国王们在自己家中》、《庄园和城市住宅》、《香喷喷的面包》、《俄罗斯书籍的进化》、《俄国人在欧洲》、《粉碎的残片》等十二篇小说①。在这部不足四万字的作品集里，这个白卫分子从某些方面反映了他在十月革命后所目睹的社会变迁，极力为被推翻的沙皇俄国招魂，发泄他对新生的苏维埃政权的仇恨。在小说集的《前言》中，阿维尔钦科认为革命的"开端是光明净化一切的火焰；它的中期是气体难闻的余烟和灰烬；它的结尾是烧尽了的、冷却了的木块"。他咒骂在十月革命烈火中诞生的新社会如同"患了抑郁性的白痴症的相当大的孩子"，"这种抑郁症往往会发展成为躁狂性的白痴症，那时候这个孩子就无法加以管教了"。阿维尔钦科感到极大的压力，感到不堪忍受，因此他疯狂叫嚷："当有人骑在您的脊梁上的这种情况使您感到无尽期时，那么不管他妈的什么救世主不救世主啊！我本人，我想还有您，如果您不是混蛋的话，也要在他背上插上不止一把，而是整整十二把刀子"。显然，阿维尔钦科的仇恨不是属于个人的，而是代表被打倒的地主资产阶级，他们失去了昔日的"天堂"，因此对新生的苏维埃政权充满刻骨仇恨。他不仅个人要起来向革命插上刀子，而且号召他所代表的阶级的成员都起来向革命反扑。

为什么这样一部政治倾向十分反动的书，列宁却如此重视，而且称之为"一本有才气的书"呢？

---

① 见《马列文论研究》第 7 集，中国人民大学出版社 1985 年版，第 443—487 页。

　　文章一开头，列宁就尖锐地指出阿维尔钦科是一个"仇恨得几乎要发疯的白卫分子"，但有些地方又写得"精彩到惊人的程度"。列宁认为，"考察一下，切齿的仇恨怎样使这本极有才气的书有的地方写得非常好，有的地方写得非常糟，是很有趣的"。在这里，列宁提出了作品的政治倾向性和作品的艺术价值的关系问题，在他看来，政治倾向固然是重要的，但是光有"切齿的仇恨"，光有鲜明的政治倾向，并不一定就写得非常好，并不一定就有艺术价值。在文章里，列宁既不因为作者政治立场反动而对他的作品一概否定，也不因为作者有鲜明的政治倾向和强烈的爱憎感情而对他的作品一概肯定，而是通过对作品艺术描写和人物刻画的具体分析，深刻地揭示作者的政治立场、思想感情和作品真实性、艺术性之间复杂的内在联系。

　　列宁首先指出，小说集中那篇描写列宁和托洛茨基私生活的小说"艺术性就很差"。这里指的是小说《国王们在自己家中》。作者在这篇小说中极其荒谬地把托洛茨基和列宁写成一对夫妻，前者是丈夫，后者是妻子，前者是强有力的男性，后者是软弱的女性，他们俩为前线失利，工厂停产，物价飞涨而相互埋怨，大吵大闹，认为他们"在私生活方面也是庸俗不堪的"。作者在小说中完全把艺术当作自己政治观点的图解，把自己对革命的仇恨化为恶毒的丑化和谩骂，正如列宁所指出的，"恶言恶语很多，只是写得一点也不像"。只有恶言恶语，只有丑化和谩骂，而没有丝毫的真实性，这除了暴露出作者赤裸裸的反动政治立场之外，当然也就没有什么艺术性可言。这说明作家的政治倾向性如果不同艺术真实性相结合，就谈不上什么艺术性。同时，列宁还进一步指出，这篇小说失败的根本原因在于作者把艺术当成政治的图解，在于作者对所描写的对象并不熟悉，并不了解，因此只能胡编乱造，他说："当作者用自己的小说写他所不熟悉的题材时，艺术性就很差。"

　　列宁除了指出阿维尔钦科的败笔外，也指出了这本书好就好在作者用大部分篇幅来"描写他所非常熟悉的，亲身体验过的，思考过和感受过的事情。他以惊人的才华刻画了旧俄罗斯代表人物——生活优裕、饱食终日的地主和工厂主的感受和情绪"。列宁认为作品真正动人的地方，就在于对旧俄罗斯阔人们大吃大喝的描写。在作者笔下，这些描写生动、逼真，阔人们馋涎欲滴的神态跃然纸上。列宁所指的就是《饥人之歌》这篇小说。小说写的是革命后彼得堡寒冷、饥饿，一伙旧俄罗斯阔人凑在一起搞精神会餐，轮流回忆昔日如何大吃大喝的情景。他们一个个饿得气喘吁吁的，连彼此握手都觉得是吃力的劳动，为了节省体力尽量用很轻很轻的声音交谈，但真正进入情景时却又是争先恐后，甚至忘乎所以地跳起来。这篇小说写得好，列宁认为首先是作者对自己所描写的对象非常熟悉，比如煎鳕鱼这道菜，作者不仅记得鳕鱼一共四条，裹着面包渣，用油炸，记得鳕鱼一边放着一点过了大油的香芹菜，另一边放着半个柠檬，而且记得鳕鱼只有一根骨头，三角型的，吃的时候要把鳕鱼肉和它的刺轻巧地拨开。这种描写，用列宁的话说，"他在这方面是不会搞错的"。其次是作者对自己所描写的对象亲身体验过，感受过，他不是旁观地冷静地描写对象，而是在所描写的对象中渗透了自己浓烈的情感，因此他的描写既准确又动人。半个柠檬在别人看来就是半个柠檬，在作者看来却是黄澄澄的，酸汁汁的，真是勾人食欲。红葡萄酒在别人看来就是红葡萄酒，在作者看来就大不相同了，他是这样描写的："你把这种酒斟在高脚杯里，对着阳光一照，活像是红宝石，货真价实的红宝石。"至于吃鱼的过程，作者简直把它描写成一种仪式，先拿起叉子，一块小面包，把鳕鱼肉和刺轻巧拨开，再斟上一杯伏特加酒，之后才在鱼肉上挤上一条细细的柠檬汁，放上不多一点香芹菜，最后抿了一口酒，再吃一口鱼。在这种有板有眼的，津津有味的仪式中，渗透了阔人们昔日真切的体验和得意洋洋的感受。这种对昔日生活的无限怀念和向往，使他们对今日的生活充满热火般的仇恨，当有人煽动"去袭击那一小撮制造饥饿和死亡的人，去咬断他们的喉咙，把他们踏入泥土"时，这伙人虽然饿得气喘吁吁，但仍然拼力往外冲。而正是这种烈火般的仇恨，使小说写得"精彩到惊人的程度"。

列宁在文章中非常重视情感在艺术创作中的作用，指出"烈火般的仇恨，有时（而且多半）使阿维尔钦科的小说精彩到惊人的程度。有些作品简直妙不可言，例如，描写经历过和经历着内战的儿童的心理的《被践踏的幼苗》就是这样"。《被皮靴践踏的幼苗》确实是阿维尔钦科小说中最精彩的一篇。作者写这篇小说当然也是为了煽动起人们对新生的苏维埃政权的不满和仇恨。但是他并没有让自己烈火般的仇恨赤裸裸地直接表现出来，而是把这种仇恨隐藏在对内战时期被扭曲的儿童心理的惟肖惟妙的描写之中，也就是说作者的情感和描写对象得到比较好的结合，作品的政治倾向性和真实性得到比较好的结合。其中关键是对内战这个特定时期出身于资产阶级家庭的特定儿童的心理的准确把握。作为一个几岁的小姑娘，作者一方面说"她那调皮的小鼻子朝天翘着，唧唧喳喳地说个不停，活像一只麻雀"，像普通儿童一样活泼可爱；一方面又突出她"天真无邪的额头上不知从哪儿爬出一道深深的横皱纹"，她那玫瑰色的小嘴"还似乎有些浮肿"，而且在小小年纪竟然会清楚辨别各种枪弹的声音。通过这种强烈的反差，作者把矛头指向革命，认为这孩子是被革命和战争践踏的幼苗。除了描写小姑娘的外形，作者侧重描写了小姑娘的心理。当小姑娘声称自己不是八岁而是八岁半时"我"向小姑娘开玩笑说："是吗?! 真不小了，俗话说，人老乐趣少。说不定你都选中未婚夫了吧?"这时小姑娘竟严肃回答道："别提啦！（突然她天真无邪的额上不知从哪儿爬出一道深深的横皱纹。）难道现在能够成家吗？什么东西都这么贵。"从小孩的嘴里说出"什么东西都这么贵"这句话，确实让人觉得十分沉重。更令人惊讶的是作者接着又让小姑娘的小嘴"不慌不忙地飞出这样一句可怕的话：'你说，难道梵蒂冈对布尔什维克的胡作非为就会没有任何反应！'"这句话听来确实十分严肃可怕，跟小姑娘的年龄很不相称，但作者却从小姑娘的经历和感受找到了心理依据：一是小姑娘忘不了妈妈得了贫血病，整整一年老生病，于是小姑娘就半是不满半是挖苦地说："贫血。你知道吗？她在布尔什维克统治下的彼得堡住了整整一年，就得了这种病。没有大油，再说，这些……亚硝质，身体也……怎么说来！……也不吸收。嗯，总之一句话——共产主义天堂嘛。"二是小姑娘忘不了自己小小的金铃铛被没收了："哎呀，我真傻！我的小小的金铃铛当时是和妈妈的黄金一起放在保险柜里的，共产党根据财务人民委员的命令把它给没收了。我怎么忘了呵！"显然，作者是通过小姑娘的嘴来表现被打倒的阶级的不满和仇恨，然而，这一切又没有脱离开小姑娘的年龄特征和心理特征，力求令人觉得十分真实可信，这大概就是作者的高明之处，也就是列宁所称赞的"才气"。

最后，在列宁看来，小说里无论是写得非常好还是写得非常糟的地方，都是受作者政治立场和情感态度支配的，而作者在作品中所体现的全部思想感情正是鲜明地表现了被推翻的地主资产阶级对十月革命的感受和情绪。列宁引用小说《粉碎的残片》中两个统治阶级代表人物的声声哀叹：“我们对他们作了什么坏事？我们妨碍了谁？”“这一切对他们有什么妨碍？”“他们为什么要把俄国搞成这个样子？”随后，一针见血地指出：“为什么，阿尔卡季·阿维尔钦科不懂得。看来，工人和农民倒不难懂得这一点，他们不需要任何解释。”这就彻底揭露了作者敌视工农、仇恨革命的反动立场。看来，列宁对小说的评论并没有把政治标准和艺术标准割裂开来，而是把无产阶级的党性原则同艺术创作规律紧密结合起来，通过对作品具体的艺术分析，深刻揭示作者的政治立场和世界观对艺术创作的制约作用，从而论证了这部作品所反映的一定的社会生活内容和思想倾向具有什么样的客观意义。

列宁的这篇评论同样是运用反映论分析复杂文学现象的一个杰出范例，说明他善于确定作家及其作品同一定时代的社会生活和阶级矛盾的客观关系。卢那察尔斯基曾经指出，列宁之所以十分重视阿维尔钦科这本小说集，并称之为“有才气的书”，正是因为“其中贯穿着‘旧俄罗斯的代表人物——生活优裕、饱食终日的地主和工厂主的感情’”，“反映了资产阶级对于把它抛出历史大船的十月革命的反响”。① 对于正在保卫和建设新社会的工农群众来说，它不失为一份难得的反面教材，可以使人们具体形象地了解到被打倒的剥削阶级是怎样对革命磨刀霍霍，恨得咬牙切齿的，从而提高自己的政治觉悟和革命警惕性。正因为如此，列宁认为“有几篇小说值得转载。应该奖励有才气的人”。

附录：阿维尔钦科小说《插到革命背上的十二把刀子》（四篇）*

国王们在自己家中

不知为什么大家都认为举行过加冕仪式的人物都是一些神仙，他们头

---

① 《卢那察尔斯基论文学》，人民文学出版社 1983 年版，第 6—7 页。

* 以下四篇小说均为乌兰汗所译，选自《马列文论研究》第 7 集，中国人民大学出版社 1985 年版。

戴金钢钻石的皇冠，额上嵌着一颗星星，肩披银鼠长袍，长达三俄丈的袍摆，拖在后边。

事实完全不是如此。我非常清楚，加冕后的人物和我们这些有罪的人一样，在私生活方面也是庸俗不堪的。

以列宁和托洛茨基为例吧！

当他们出席正式招待会和阅兵式时，他们是一种派头；而在家庭环境中，他们完全是另外一种样子了。不喊不叫，不发雷霆。

喏，让我们讲一讲吧！

莫斯科灰沉沉的早晨。克列姆里。多棱宫。

列宁和托洛茨基心平气和地在喝茶。

一清早，托洛茨基就穿上了讲究的弗列奇式上衣，脚蹬漆皮靴子，靴子上还有刺马针，口含雪茄烟，雪茄烟插在长长的琥珀烟嘴里。他在这一对奇妙的夫妻关系中，代表主要的、强有力的、男性的一方。列宁是位太太，他代表俯首听命者，是较之软弱的女性一方。

他的穿戴也很适当：一件破旧的长衫，脖子上围着类似头巾一类的东西，因为多棱宫里总有些潮湿；脚上穿着红色的毛线长袜，是防御风湿病的，还有软软的睡鞋。

托洛茨基吸着烟嘴，一心在看报。列宁用手巾擦着玻璃杯。沉默。只有自沸壶发出它那一贯的单调的曲调。

"再倒上一杯。"托洛茨基说，目光没有离开报纸。

"你要浓茶还是淡茶？"

沉默。

"你别看你的报纸了！总是把鼻子尖插在报纸上，得问你十次八次的。"

"唉，老太婆，你让我安静一点吧！这事你管不着。"

"呵！现在我管不着了！当初，从国外把我勾引到俄国来时，——那时我就管得着！……你们哪，所有的男人们，都是一类货色。"

"又来了！"

托洛茨基跳了起来，在多棱宫里神经质地走着，后来停了步。气哄哄地说道：

"克列门楚格陷落了。他们正在进攻基辅。你明白吗?"

"你说什么!那我们的英勇的红色团队,世界革命的先锋队呢?……"

"英勇的?如果按我的意志办事,我就会把这些畜牲……"

"亲爱的列夫……听你说的多难听呀……"

"嗨,老娘呀,现在不是抠字眼儿的时候。顺便问一下:你派车把子弹运往库尔斯克去了吗?"

"我到哪儿去找车呀,这家工厂停了产,那家工厂在罢工……难道让我给你生一批车来不可?你还是好好想一想吧!"

"什么?我应当想一想!什么都让我去想,当丈夫的又得去打仗,又得组织国内事情,这事那事都得由我来干,而老婆却躺在沙发上,阅读愚蠢透顶的卡尔·马克思的著作?这事,该结束了。"

"你何必用'组织'二字刺我呢?!"列宁火了,暴躁地扔开了湿淋淋的手巾。"没话可说,国家是组织起来了:可是路上不能行人,到处都是死了的工人或断了气的马。"

"那,那群下贱胚为什么不打扫呢……我已经下过命令。天哪!最起码的清洁也不能保持。"

"嗨,难道就这么一点事儿?现在咱们都没有脸去见邻居——人家会笑死的。建立了国家,没话可讲,市场上却买不起任何东西——一只母鸡要八千卢布,粮食要三千卢布,大油……唉,有什么可说的!!到了市场,只能让人泄气。"

"喏,怎么……难道你要钱我没有给过?不够花的时候,可以再印一些嘛!你通知发行部门就行了……"

"唉,难道就这么一点事儿。还有匈牙利社会革命……让人笑掉大牙呀!你那位御用诗人放开嗓门大喊大叫:

我们燃起世界的大火,

让所有的资本家伤心落泪……"

"大火是燃起来了……听你说的!当年,山雀也吹嘘要把大海煮热。请你说一说,就凭你个脑袋,能管理得了这么一个国家吗?!"

"你这个该死的老婆子,给我住口!"托洛茨基嘎声叫道,拳头擂在桌子上。"你不愿意的话,你不喜欢的话——就请滚开!"

"滚开?"列宁跳了起来,双手叉腰。"滚到哪儿去?由于你进行的这场混头混脑的战争,我们身处重围之中,现在让我到哪儿去呢?你把我勾引来了,把我玩弄了一阵,戏耍了一番,现在又想把我抛弃,像抛弃一只破鞋?如果我早知道会有今天,当时还不如跟卢那察尔斯基了。"

托洛茨基的眼睛里射出疯狂的嫉妒的仇火。

"不许你提这个妥协分子的名字!!听见了没有?我知道你跟他眉来眼去,他在你身边一直坐到半夜三点钟;记住:万一让我碰见,我可就要动手伤人。这又是干什么?流眼泪?鬼晓得怎么一回事儿!天天吵架,在家里都让人不能安安静静地喝杯茶!喏,够了!如果有人找我,就说我去检阅英勇的红军去了。若不整一整这群该死的家伙们……你明白吗?你往烟盒里给我装些香烟,兜里放一条干净的手帕!今天中午吃什么?"

加了冕的人物的生活就是如此这般。

在大众面前,他们是身穿银鼠和紫袍的人,可是在自己的家中,当丈夫把对方气哭了的时候,也可以用家中围脖子用的围巾擤擤鼻涕。

饥人之歌

事到如今我才第一次感到懊恼和痛心,恨我妈妈当年为什么没让我去当作曲家。

我现在想写的东西,极难用文字来表达……总是恨不得一屁股坐在大钢琴前,一声轰响把双手按在键盘上,于是把一切,把一切的一切,都倾注在一连串美妙的声响中,它森严、它忧愁、它哀怨、它低声呻吟、它疯狂诅咒……

然而我那远不柔韧的手指已经弹不出声音了,已经无能为力了;大钢琴也会继续长时间地沉默下去,它无所事事,无人触动,而那通往绚丽多彩的声响世界的富丽堂皇的大门,对我来说已经关闭了。……

我只好以惯用的手法去书写哀诗和夜曲——不是写在五线谱上,而是写在(单线)横格本上,——迅速地,习惯地写成一行又一行,翻过一页又一页。啊,语言中蕴涵着多么丰富的能力和奇妙的效果呵,可是当心灵一听到现实的、平庸而清醒的语言就感到厌恶时,当心灵渴望听到发狂的手指以其疾劲的、疯狂的动作在键盘上奏出声响时,语言是无能为力的……

下面就是我的交响乐——用语言表达时，它是虚弱的、苍白的……

当玫瑰色和暗灰色交织在一起的蒙蒙黄昏降临到奄奄一息的、肚皮空空的、疲惫地合上自己那如今黯然失色，而过去却是闪闪发光的眼睛的彼得堡时；当变得野蛮了的居民们各自爬向阴森的洞穴去熬度又一个一千零一饥饿之夜时；当万籁俱寂，只有（政）委员们的轿车乱钻乱窜，像锋利的锥子一般麻利地钻进漆黑的、没有眼睛的街道时——那时，有几个一声不响的灰色的人影聚集在铸造厂大街的一个房间里，他们彼此握握颤抖的手，然后围着一张只有一支用脂油做的小蜡烛凄凄惨惨照射着的空桌子坐下来。

他们气喘吁吁，沉默了片刻。他们累坏了。他们干了多少付出巨大力量的活儿呵；又要顺着台阶爬上二层楼，又要彼此握手，又要把椅子移到桌前——这些都是多么吃力的劳动呵！……

冷风从破碎的窗口吹进来……可是谁都无力去用枕头堵住漏洞——刚才的活动已经把体力消耗尽了，致使他们在一个小时内恢复不起来。

他们只能坐在桌子周围。蜡烛油流了一桌。他们用很轻很轻的声音在交谈……

他们相互交换了一个眼神。

"开始吗？今天轮到谁讲？"

"轮到我了。"

"没有的话！您前天已经轮过了。您讲的是通心粉拌牛肉末。"

"通心粉是伊里亚·彼得罗维奇讲的。我的报告是煎嫩牛肉饼拼菜花。是在星期五作的。"

"那么该轮到您了。开始吧。诸位，注意！"

一个灰色的人影在桌前把腰弯得更低了，因而墙上的后影折了一下，摇晃起来。舌头在两片干裂的嘴唇之间习惯地、快速地跑了一圈，于是一个低哑的嗓音冲破了室内墓穴般的寂静。

"我至今记得一清二楚，五年以前，——我在阿里别尔饭店要了一盘煎鳕鱼和汉堡牛排。诸位，鳕鱼一共有四条呵——特大，裹着面包渣，用油炸过的！诸位，听懂了吗，那是奶油啊。用油炸的呵！一边放着一点过了大油的香芹菜，另一边放着半个柠檬。您晓得，这个柠檬呵，黄澄澄的，切开的一面颜色淡一些，酸汁汁的……只要把它拿在手中，在鳕鱼上挤一下就行了……可是我是这么做的！先拿起叉子、一小块面包（面包有黑的、也有白的，确实是这样），把鳕鱼肉和它的刺轻巧地拨了开……"

"鳕鱼只有一根骨头，在空中，三角型的。"他的邻居吃力地喘着气，打断了他的话。

"嘘！您别捣乱。喂，说下去！"

"我剥下几块鱼肉，您听我说，鱼皮煎得可脆啦，上面还有面包渣，有面包渣呵——我斟了一杯伏特加酒，在这之后我才在鱼肉上挤上一条细细的柠檬汁……上面我放了不多一点香芹菜，——呵，只是为了提提味道，仅仅为了提味儿——我抿了一口酒，再吃一口鱼——一口吃下去，嘿！还有那小面包，你们晓得吗，那种松软的法国式小面包，吃啊，吃啊，松软的小面包就着这种鳕鱼一块吃。第四条鳕鱼我实在吃不下去了！嘿嘿！"

"吃不下去了?!"

"诸位，干吗这么瞧着我呀！你们别忘了还有一道汉堡牛排呢。你们可晓得汉堡牛排是什么样吗？"

"是不是上面放了一个荷包蛋？"

"一点儿也不错!! 用一个鸡蛋。这只是为了提提味。牛排煎的内软外酥，新鲜，同时又经嚼；有一面煎得老一些，另一面嫩一些。您们当然还记得煎肉的味道，里脊肉——记得吧？调料汁浇得很多，多多地，浓浓地。我喜欢这么吃：掰一小块白面包皮，用它蘸蘸浇汁，和嫩肉一起吃——一口吞掉！"

"难道连炸土豆也没有？"坐在桌子远处的一个人，一把抱住了头，瓮声瓮气地叫道。

"说的就是嘛，有呵！可我们，当然，还没有谈到土豆哪！还有切成丝的辣根，还有白花菜芽——辣极了，辣极了，调味碗另一半几乎都是炸的土豆丁。鬼晓得，它为什么浸了这么多的牛肉汁。土豆丁这面浸了汁，那面却是干的，放在嘴里沙沙作响。有时你切上一块肉，把面包蘸在浇汁里，用叉子把它一搅，再和荷包蛋、土豆和撒了少许盐的黄瓜片一起……"

坐在他身边的人突然发出沉闷的吼声，跳起来，抓住讲话人的脖领，一边用无力的手摇晃他，一边叫道：

"拿啤酒来！难道你吃这盘带土豆的煎牛排时就没有喝味道强烈、冒泡沫的啤酒吗！"

忘乎所以的讲话人也跳了起来。

"没说的！满满一大杯啤酒，上边翻动着白色的泡沫，浓浓的沾在胡子上都不掉。吃一口带土豆的煎牛排，然后就大喝一口……

"不是啤酒！不能就啤酒吃，应当就红葡萄酒，而且还要加热一点！当时那里点过布尔公德葡萄酒，三块五一瓶……你把这种酒斟在高脚杯里，对着阳光一照——活像是红宝石，货真价实的红宝石……"

一拳猛击，顿时打断了飘浮在桌面上空的勾人食欲的悄声细语。

"先生们！我们都成了什么东西——真丢人！我们堕落到何等地步了！你们这些人！难道你们还配称为男子汉大丈夫吗？你们是一些卡拉马佐夫式的老头子，只知道梦想甜蜜的生活！你们成夜成夜地、津津有味地吃着一小撮杀人凶手和恶棍从你们手中夺走的东西，而且垂涎三尺！人家从你们手中夺走的是吃饭的权利，这即便是最末流的人也应当拥有的权利，也就是根据自己那朴素的爱好选择食物来填满胃囊的权利，——可你们为什么要忍受呢？一天只给你们一条破青鱼尾巴和两洛特①像泥巴一样的面包——像你们这样的人很多很多，成千上万！你们都涌到街上去吧，去吧，你们这些饿着肚皮的、绝望的人，成群涌上街头吧！你们像千百万只蝗虫一样地爬去，蝗虫是能以自己的数量控制火车的，去袭击那一小撮制造饥饿与死亡的人，去咬断他们的喉咙，把他们踏入泥土。到那时，你们就会有面包，有肉，还有煎土豆！！""对！还是油煎的土豆呢！香喷喷的土豆！乌啦！走吧！咱们去把他们踩死！把他们喉咙咬断！咱们人多！哈——哈——哈！我若是抓住了托洛茨基②的话，我就把他打翻在地，戳瞎他的眼睛！我就用我这双磨坏了的鞋后跟踩他的脸！用小刀割掉他的耳朵，然后把耳朵塞进他的嘴里去——让他自己吃！！"

---

①　洛特，俄国重量单位，等于 12.8 克。
②　当时托洛茨基是苏联领导人之一。

"诸位，赶紧去吧！所有饿肚子的人，所有人都到街头上去呵！"深陷在黝黑的眼窝里的眼睛在腐坏的脂油蜡烛头的光亮中像火炭似的闪烁着……"房间里响起了挪动椅子和迈动脚步的声音。

大家都跑去了……他们跑了很长的时间，跑了很远的路途。最有力气的人跑得最快，他跑到了前门口，另一些人摔倒了——有的倒在客厅门坎上，有的就倒在餐室的桌旁。

他们用自己那僵硬了的、不能弯曲的腿跑了几十俄里……如今他们半闭着眼睛，有气无力地躺在地上，有的在前厅，有的在餐室——他们做了可能做的事，他们都想那么干。

然而他们的巨大力气却使尽了，他们活像刚生着的篝火被抽掉劈柴似的熄灭了。

刚才的讲话人躺在邻居的身旁，凑近他的耳际悄悄地说：

"我告诉你，如果托洛茨基给我一碗粥和一小块烤乳猪肉，就这么一块，我告诉你，就这么小小一块——那我就不会割掉托洛茨基的耳朵，也不去用脚踩他了！我会原谅他的……"

"不，"邻居也低声说道，"不必给乳猪肉，你知道是给什么吗？……一小块阉母鸡肉就够了，那种白白的鸡肉，它一下子就可以从细细的骨头上剥下来……另外再加上一些米饭，浇上酸味汁。"

躺在地上的其他几个人一听到这席细语，就抬起贪婪的脑袋，慢悠悠地向他们爬去，聚成一堆，如同一群毒蛇听到了芦笛的声音一般……

他们贪婪地谛听着。

第一千零一个饥饿的夜慢慢地过去……取而代之的第一千零一个饥饿的早晨一瘸一拐地走来。

被皮靴践踏的幼苗

"你猜，我有几岁？"一个不大的小女孩问我。她两脚交替跳动着。深色的卷发也随着晃动，同时用灰色的大眼睛从旁边望着我……"你吗？依我看呀，你总有五十岁了。"

"不，说正经的。喂，倒请你说说呀！"

"你吗？八岁，差不多吧？"

"瞧你说的！大多啦，我都八岁半啦。"

"是吗?! 真不小了，俗语说，人老乐趣少。说不定你都选中了未婚夫了吧？"

"别提啦！（突然她那天真无邪的额头上不知从哪儿爬出一道深深的横皱纹。）难道现在能够成家吗？什么东西都这么贵。"

"上帝呵，我的主呵，这是多么严肃的话题呀！……你那可敬的玩具娃娃挺健康吧？"

"有点儿咳嗽，昨晚我跟她在河边坐了好久呢。噢，咱们到小河边上去坐一坐，你愿意吗？那儿可好了：有鸟儿唱歌。我昨天抓了一只非常滑稽的小瓢虫。"

"那你就代我吻吻它的爪子吧，可是咱们怎么能到河边去呀。那边儿，河对岸，不是直打枪吗。"

"难道你真害怕吗？可真傻，子弹打不到这儿，太远了。你要是去，我就给你念一首诗听。去吗？"

"噢，既然念诗——那我就不在乎了，去一趟也值得！"

路上，她牵着我的手，告诉我：

"你知道吗？夜里蚊子一个劲儿地叮我的脚。"

"呵，如果我遇见那只蚊子，一定给它一个耳光。"

"瞧，你这个人可真滑稽。"

"那还用说。我们就是这样儿的。"

我们在河边一棵小树的浓荫下找到一块石头，舒舒服服地坐下来。她紧贴着我的肩头，倾听着远方的枪声，这时那条忧虑和疑问的皱纹像一条可恶的虫子似的又爬上了她那纯洁的额头。

她把那由于走路而显得红润的小脸蛋在我粗糙的上衣面上擦了几下，然后，目不转睛地盯着那平静的河面，问道："你说，难道梵蒂冈对布尔什维克的胡作非为就会没有任何反应？……"

我吓了一跳，不由得身子往后一闪，看了看她那玫瑰色的小嘴，那上嘴唇还似乎有些浮肿呢。刚才就是从这张小嘴里不慌不忙地飞出了一句按其严肃性来说是那么可怕的话。我反问道：

"什么，什么？"

她重说了一遍。

我轻轻地搂住她的肩膀，吻了吻她的头，对着她的耳朵低声说：

"乖乖，不要谈这些好吗？你还是念诗吧，你答应过。"

"呵，诗呵！我倒把它给忘了。这是一首关于麻科斯的诗：

小麻科斯总叫苦，

小麻科斯不洗手，

肮脏的孩子麻科斯

双手黑得赛鞋油。

头发乱得像刷子，

搔起痒来不发愁……

这首诗滑稽吧，是不？这是我在一本旧杂志《贴心话》里看到的。"

"编得真好。你给妈妈念过吗？"

"哎，你知道吗？我妈顾不得听这些。她老生病。"

"她怎么了？"

"贫血。你知道吗？她在布尔什维克统治下的彼得堡住了整整一年，就得了这种病。没有大油，再说，这些……亚硝质，身体也……怎么说来？……也不吸收。嗯，总之一句话——共产主义天堂嘛。"

"你这个孩子真可怜呀！"我抚摸着她的头发，忧郁地说。"可不是够可怜的！我们从彼得堡逃难出来的时候，我把玩具娃娃的小床丢在车厢里了，小熊也不会叫了。你知道不知道它因为什么不会叫了？"

"看样子是它缺少亚硝质吧。不然就是故意怠工。"

"嘿，你这个人可真太滑稽了！活像我那个玩具橡皮狗，你能用下嘴唇舔着鼻子吗？"

"没门儿！我梦想了一辈子，想舔到，可怎么也不行。"

"你可晓得，我认识一个小姑娘，她就能舔着，滑稽极了。"一阵微风从河对岸吹过来，枪声顿时听得更清楚了。

"你听，机关枪打得多么欢。"我一边倾听，一边说。

"老兄，你怎么了？这哪是机关枪！机关枪嗒嗒嗒地响声密多了。告诉你，它和缝纫机的响声差不多。可这是一排排地响。你听？一梭子，又一梭子。"

　　呼——呼

"哎哟,"我一哆嗦,"榴霰炮弹响起来了。"

她那调皮的灰色眼睛露出明显的遗憾神色,看了看我,说:"你呀,如果不懂,就别吭声,这哪儿是榴霰弹呀?你把普通的三英寸口径的野炮和榴霰弹炮弄混了。你可知道,我顺便告诉你吧。榴霰弹飞过的时候,发生一种特别的嗖嗖声,可高爆弹飞过的时候跟狗叫一样。太滑稽了。"

"我问你,小家伙,"我大声说,怀着莫名其妙疑神疑鬼的恐惧望着她那粉红色的丰满的小脸蛋,望着她那朝天翘着的小鼻子和一双短小的手,这时她正在认真地用两手把脱落到鞋里的袜子提上来。"这些事,你是从哪儿知道的?!"

"你这个问题问得可真滑稽,真的!你跟我住一阵子,知道的事还会更多呢。"

在我们回家的路上,她已经忘记了"梵蒂冈的反应"和"高爆弹"。她那调皮的小鼻子朝天翘着,唧唧喳喳地说个不停,活像一只麻雀。

"你知道你得给我弄一只什么样的小猫吗?它得是粉红色小鼻头和黑眼睛的。我要给它结上一条淡蓝色的绸带,挂上一个小小的金铃铛。我有那么一个金铃铛。我可爱小猫啦。哎呀,我真傻!我的小铃铛当时是和妈妈的黄金一起放在保险柜里的,共产党人根据财务人民委员的命令把它给没收了。我怎么忘了呵!"

一些蛮横无理的人穿着笨重的,打着钉子的大皮靴在柔嫩的青草上走来走去。

他们践踏着它走过去。

他们走过去了——被人蹂躏的、被脚踩得半死不活的草茎倒在地上,倒在地上。但,阳光抚爱了它,于是它又挺立起来了,并且在温暖的和风吹拂下,又倾诉着自己的事,是些琐事,但也是永恒的事。

粉碎的残片

他们二人总是在塞瓦斯托波尔市海滨街心公园的圆亭前聚会。每当夕阳西下,万物发生着意外的色彩变化:海水从镜面般的淡蓝色一闪而为湛青,切掉半块的太阳下边,地平线显得格外清楚;太阳成了一个巨大的半圆体,从耀眼的桔红变成刺激人的绛红色;而那宁静的蓝天,整天经受着热气的抚爱，在抚爱中一味地抖动。当白天正在消失，夜晚即将降临时，天空也骤然显出鲜艳的绯红——总之，整个大自然在进入梦乡之前以意想不到的精力放射出新的光彩，并企图以其华丽的光辉震惊世人。就在这个时候，他们两人在圆亭前聚会，坐在低垂的橄榄树下的长凳上，聊起天来……

其中的一个，有一副老年人俊美的面孔，面孔侧影的轮廓线非常端正，蓄着一绺极其清净的小银须，两只乌黑的眼睛炯炯有神。他是彼得堡人，过去是枢密官，那时每次出席盛典时总要穿上绣金制服，下着雪花呢裤；当年，他富有，阔绰，交游很广。如今，他在炮弹库做短工，卸下枪弹并分类摆好。

另一个——红头发的小老头，一张彼得堡人的面孔，脸上没有一点血色，他动作缓慢，像是惯于发号施令。当年他是一家大型冶金工厂的经理，这个工厂在维堡区算是首屈一指的。如今他是寄售商行的雇员，近来他甚至积累了一些经验，能够对拿来寄售的女式旧长衫和童式旧长毛熊皮衣估价了。

他们二人走到一起，相对而望，沉默长久，仿佛在强打精神；其实，他们摇头晃脑，活像三伏天动物园水池里的两只白熊。枢密官终于第一个打起精神来：

"颜色太刺眼睛了，"他指着地平线说："不好呵。"

"粗糙，"寄售商行的雇员表示同意，口气里带点挖苦的调子。"调色板上的各种颜色根本没有调合，颜色一块一块太愣了。"

"您还记得咱们彼得堡的夕阳吗……"

"那还用说!! ……"

"天空——玫瑰红夹着灰色，河水——像一面玫瑰色的镜子，所有的树木都是黑色的影子，如同剪纸一般。珍珠具色的底衬上显示出喀山教堂的蒙蒙的轮廓线……"

"您甭提了! 甭提了! 当托罗依茨桥上华灯升起时……"

"还有靠近'血救'教堂的那段运河……"

"还有海军大街尽头那座沉重的拱门，那儿的时钟……"

"您就甭提了!"

"喂，您说说看：我们有什么对不住他们的？我们妨碍了谁的事？"

"您甭提了!"

两个老人低垂下头……过了一会,其中的一个又扬起甜蜜回忆的白帆,让它带着美妙的船只急速行进,他浸沉在回忆之中——于是,小船向后退去,向后退去,一直向后退去……

"您还记得音乐剧院①上演的《阿依达》吗?"

"当时拉皮茨基②已经红起来了,这个小子可真滑头!真会排戏。就说歌剧《奥涅金》吧,拉林家的舞会那一场,呵?"

"还有《卡门》的第二幕呢?"

"还有马林歌剧院③的乐队呢?您还记得吗,小提琴一奏起来,大提琴紧跟着便发出哀怨的声音,天哪,您会猜想:我这是在什么地方,在人间还是在天堂?!"

"纳坡拉夫尼克④可真了不起,真了不起……"

枢密官的头,苍白的头,他那罗马贵族式的侧影低了下去……旁边有两个东方人,身穿熨得平平整整的白衣服,露出无可非难的硬领,他们也在轻声交谈:

"我从早晨就干,从海关只来得及取出七箱柠檬和十二箱火柴。你懂吗?"

"那安巴尔宗呢?"

"给安巴尔宗安排了运输一大堆纺织品的活儿。"

"还有维利·费利罗⑤在贵族院的演出?!这是上帝的奇迹呀,仿佛是儿童时代的耶稣第二次降临人间了……观众有一半在低声哭泣……"

"可可怎么处理的?"

"可可也让安巴尔宗去运。"

"大概我永远也不会听到戈夫曼⑥的演奏了……"

---

① 音乐剧院:1912—1919 年间彼得堡的一家歌剧院。
② 内·米-拉皮茨基(1876—1944):歌剧导演,进行过歌剧革新活动。
③ 彼得堡马林剧院今已改为国立列宁格勒基洛夫歌舞剧院。
④ 艾·弗·纳坡拉夫尼克(1839—1936):俄国乐队指挥兼作曲家。
⑤ 维利·费利罗(1906—1954):意大利音乐指挥,他从六岁开始登台表演。
⑥ 依·克·戈夫曼(1876—?):波兰钢琴家、教育家、作曲家。

"您还记得尼古什①他是怎样地……"

微风送来了餐馆炒肉的香味，令人垂涎三尺。

"昨天我吃了一块煎肉饼，要了我八千……"

"您还记得'熊'餐厅吗？"

"记得。围着柜台用餐。的确，一杯柠檬酒，索价半个卢布，可是殷勤的招待员为了这半个卢布简直是硬塞给您各种酒肴：新鲜的鲟鱼子呵，鸭肉冻呵，孔别兰酱油呵，橄榄、油拌凉菜呵，野味干酪呵。"

"也可以吃点热菜：松鸡肉饼、小香肠配蕃茄酱、奶酪香菇……是呵！！！ 您听我说呀，——还有鱼肉饼？！"

"嗨，苏达柯夫呵，苏达柯夫！……"

"我最称心的是：不管钱多钱少！你都有条件进入相应的饭馆：如果你手头有五十卢布，你就到酒吧餐厅去，喝一杯马尔太里酒，吃十只牡蛎；或喝瓶沙勃利葡萄酒，吃盘丹浓肉饼；或喝瓶波米里酒，加上一碗古里耶夫粥；或喝杯咖啡掺些杜松子酒……你若只有十个卢布——就到维也纳餐馆或小雅罗斯拉夫人餐馆去。一顿饭，五个菜，还有一只小鸡，价目表定价只有一个卢布；上等香槟酒八个卢布；白酒加菜肴两个卢布……如果你只有半个卢布——那就到费多罗夫或是索洛维约夫开的饭铺去：花半个卢布就能吃饱，又可喝足，最后还有啤酒……"

"唉，费多罗夫呵，费多罗夫！……这碍了谁的呢？……""夏天到布弗轻歌剧剧场去：有音乐，塔玛拉②在舞台上扮演《薄迦丘》③……您还记得吗？她一唱：'应当如此爱护蓓蕾……'呵，朱培！呵，欧芬巴赫！……"

两个东方人谈完了自己的事，谛听枢密官和工厂经理的对话。他们越听越糊涂，长着大鼻子的脸上露出莫名其妙的神色……他们讲的是哪一国话呀？……

"还有《马斯科塔》④？我们快快坐上邮车……还有琼斯的《艺

---

① 尼古什·阿尔图（1855—1922）：匈牙利音乐指挥，曾在俄国进行过多次演出。
② 纳·伊·塔玛拉是20世纪初俄国女歌唱演员，演唱爱情歌曲和轻歌剧。
③ 《薄迦丘》：德国作曲家弗朗茨·冯·朱培（1819—1895）的轻歌剧。
④ 《马斯科塔》：德国作曲家埃·欧德朗的轻歌剧。

妓》①? …… '我愚蠢地，天真地落到情网中……'"

"嗯！……还有'月下公园'！"

"还有爱塞多拉！"②

"还有特罗依茨基剧场和铸造厂剧场的首次公演！！……"

"还有费里西恩餐厅的脚尖舞，和模仿罗马尼亚人在水池旁进晚餐！……"

"还有维拉·罗德餐厅的特技表演呢？……"

"还有心理笔相家莫根施坦③的启示！嘿嘿……"

"那时，早晨不看《彼得堡报》，能喝下咖啡吗？！"

"是呵！在报纸下端连载勃列什柯的小说④，看他那种描写：'维康特穿上马裤，装起巴拉贝伦枪，深深地吸一口博利伐尔烟，纵身跃上猎马，用小腿把马肚子紧紧一夹，直往冒险家彼得柯·米尔柯维奇家驰去！'字字句句都经过推敲斟酌呵，嘿嘿。"

"还有星期六的《讽刺画报》！早晨一起床就催促阿茹菲娅快到街头去买这个杂志……"

"还有安德烈耶夫的剧本的首次公演……多么激动人心呵！"

"当艺术剧院⑤的演员们来演出时……"

他们又低下头去，又重复着绞心的一句话：

"这一切碍他们什么事……"

一个卖彩票的人带着一叠子彩票和一个少女走来，少女捧着一个装钱的大箱子。

"先生们，请买彩票吧……"

"我们……是这个……我们不要这个。一张多少钱？"

"一张五百……"

"我们在街心公园里坐了一会儿就得买吗？！花五百？"

---

① 《艺妓》：英国作曲家西德奈·琼斯（1861—1946）的轻歌剧。

② 爱塞多拉·邓肯（1876—1927）：美国芭蕾舞女演员，一度与俄国诗人叶赛宁结婚。

③ 伊·弗·莫根施坦——心理笔相家，著有《心理笔相学——根据一个人的手迹判断其内心世界的科学》。

④ 尼·尼·勃列什柯 - 勃列什柯夫斯基是俄国言情小说家。

⑤ 指莫斯科的艺术剧院。

"二位请不要见怪，我们可以奏一段音乐……"

"阿列克塞·瓦列里扬奇，咱们走吧……"

他们垂着头走开了。

到了大门口他们停下脚步。

"您还记得咱们的夏季公园吗？那些破旧的雕像，长条的木椅……那时候也有人演奏音乐……"

"还有宫殿前的小运河。'已经到了午夜时刻，可是还不见格尔曼光临！'那歌喉多么甜呵！……呵，丽莎，丽莎……"

"他们为什么把俄罗斯搞成这个样子？……"

第 十 六 章

列宁文学批评的方法论问题

列宁的文学思想是一个极丰富的宝库，它既是理论的原则，又是方法论的原则。以往人们对前者的认识和研究充分一些，对后者的认识和研究则相对差一些。

在苏联，卢那察尔斯基首次系统地阐明列宁的文艺思想，最早阐发列宁方法论的重要意义。他在为苏联列宁文艺学的研究奠定基础的专著《列宁与文艺学》（1923）中深刻指出："由列宁论证过的马克思主义一般哲学原则，对于无产阶级科学的一个支脉的文艺学自然也有奠基的意义。"他说："列宁的遗产中有些宝贵的指示，揭明了我国经济史、政治史和文化史的精义，不懂得这个精义就既不能认识文学的过去，也不能历史地了解文学的现在和未来。"① 卢那察尔斯基之后，苏联文学理论界开始重视列宁文艺思想的研究，在一些论著中也逐渐涉及列宁文艺学的方法论问题。但是理论界真正重视列宁文艺学方法论的研究，还是从 20 世纪 60 年代末 70 年代初开始的。七八十年代以来，苏联文艺理论界开始把列宁文艺学方法论的研究提到了越来越突出的地位，这种现象的出现是有深刻原因的。

首先，从列宁文艺学本身来看，它既是理论原则又是方法论原则。近年来随着列宁文艺思想研究的发展和深入，理论家们自然把注意力转向这个十分重要而以往又较少涉及的领域。对此，苏联文艺理论家诺维科夫在《列宁方法论的历史力量》② 一文中谈道："列宁在文学艺术领域的言论，

---

① 《卢那察尔斯基论文学》，人民文学出版社 1978 年版，第 4—6 页。
② 《旗》1979 年第 8 期。

他的党性学说的意义，我们已经写过不少研究著作。然而列宁主义有这样一个方面，它的意义是随着列宁遗产研究的深入程度而增长，它好像是生气勃勃的源泉，是取之不尽的，是具有更新的历史力量的。这里所说的是列宁的方法论，这是基础的基础，伟大思想家本身的无论是关于社会发展的见解还是关于文学和艺术的见解都是以此为根据的，这是社会意识的重要组成部分。"

其次，在现代社会条件下，现代科学的发展互相渗透，国际上意识形态斗争的日趋尖锐和复杂，都对文艺学的发展提出新的更高的要求。这样，科学方法论的探讨就具有越来越迫切的意义。苏联文艺理论界认为，文艺学要适应新的时代的要求，就必须更新和丰富研究方法，把方法论的研究提到首要地位。理论家叶果洛夫就曾指出："应当把重点放在方法论的研究上，因为归根结底解决一切问题的关键，解决美学科学在各个研究方向和水平上发展的关键就在于此。"① 在这种情况下，深入研究列宁历史唯物主义和辩证唯物主义的方法论，并以它为指导，去丰富和发展当代文艺学和文学批评的方法论，这就自然成为列宁文艺学当前重要的研究方向。

列宁在新的历史阶段写了许多哲学著作和理论著作，对马克思主义的理论基础——辩证唯物主义和历史唯物主义，特别是对辩证唯物主义，作了天才的论述和创造性的发展。以辩证唯物主义和历史唯物主义为理论基础的列宁的文艺学方法论是一个严整的科学体系，它的内容是十分丰富的。本章仅从文学批评的角度，着重谈谈列宁文学批评的方法论原则。

一 反映论是列宁文学批评方法论的基础

列宁一贯坚持运用辩证唯物主义观点考察文学艺术问题，他的辩证唯物主义反映论发展了马克思主义的认识论，为马克思主义文学理论批评奠定了方法论的哲学基础。

1905 年革命失败后，哲学领域中的唯心主义盛行一时，修正马克思主义之风甚嚣尘上。1901 年，列宁在《政论家的短评》一文中指出："在

---

① 叶果洛夫：《马列主义美学理论问题》，莫斯科，1975 年，第 18 页。

目前时期，在科学、哲学和艺术领域中，马克思主义者同马赫主义者的斗争已经居于首要地位。"① 列宁在《唯物主义和经验批判主义》（1908）和《哲学笔记》（1914—1916）中，提出了革命的能动的反映论观点，彻底批判了唯心主义的认识论，捍卫和发展了马克思主义的认识论。列宁通过对认识过程中主客观关系、相对真理和绝对真理关系的论述，大大丰富了辩证唯物主义的认识论，这对于阐明文学艺术的本质和特征，文学艺术创作的特殊规律，现实主义的理论原则以及文学批评的理论原则，都具有重大的方法论意义。列宁指出："生产、实践的观点应当是认识论的首要和基本的观点"；"物存在于我们之外，我们的知觉和表象是物的映象。实验检验这些映象，区别它们的真伪"。② 这一论断从理论上肯定了现实生活是文学艺术唯一的源泉，文学艺术创作不能脱离人们的社会实践，社会实践是衡量文学艺术作品真伪和社会作用的唯一标准。同时，列宁又指出，人们的认识过程不是直线的、僵死的，而是一种复杂的、二重的、曲折的、能动的反映。他充分肯定想象、幻想、情感等主观因素在文学艺术创作过程中的能动作用。列宁的能动反映论既反对唯心主义，又反对机械唯物主义，这样就把马克思主义文学理论批评真正建立在辩证唯物主义的基础上。

　　无论是对赫尔岑的评论，对民粹派作家创作的评论，还是对反动文艺现象的评论，列宁都坚持反映论的观点。然而，运用反映论原理评论作家思想和作品的典范，则是分析托尔斯泰思想和创作的一组文章。卢那察尔斯基指出："列宁论托尔斯泰的几篇文章需要加以特别仔细的探讨：它们在一切主要方面透彻地阐明了托尔斯泰的创作和学说这样伟大的文学现象与社会现象，它们是把列宁的方法论应用于文艺学的光辉典范。""列宁对托尔斯泰的看法对于今后整个文艺学的道路有巨大的意义。"③

　　作为世界现实主义文学高峰的托尔斯泰的思想和创作，早就成为俄国和西欧文学批评研究的重要对象。然而在列宁之前所有文学批评都不能正确评价托尔斯泰充满矛盾的思想和创作。他们或者从主观唯心主义的评论

_____

① 《列宁全集》第 16 卷，人民出版社 1959 年版，第 201 页。

② 《列宁选集》第 2 卷，人民出版社 1972 年版，第 142、147 页。

③ 《卢那察尔斯基论文学》，人民文学出版社 1978 年版，第 44、43 页。

出发，用"人类良心的活动"来解释托尔斯泰的思想和创作；或者是从庸俗社会学的观点出发，认定托尔斯泰首先是贵族的代表，仅仅从贵族的破产和贵族对资本主义攻势的反应去分析托尔斯泰的思想和创作。而列宁则是首先透彻地阐明了托尔斯泰思想和创作这种伟大的文学现象和社会现象，科学地全面地评价了托尔斯泰在世界文学中的地位和作用。这种评论在方法论上的原则意义就在于从反映论的角度出发，把这位显然不理解俄国革命的伟大作家的思想和创作看做是"俄国革命的镜子"。列宁反对把托尔斯泰看成是贵族阶级的代表，也不同意把托尔斯泰的思想矛盾仅仅看成是个人思想的矛盾。他首先不是着眼于托尔斯泰的阶级出身或是托尔斯泰的说教，而是着眼于托尔斯泰的思想和创作所反映的社会历史内容，并进一步分析它所反映的是哪一个阶级的思想情绪。列宁认为托尔斯泰的思想和创作的矛盾是 1861 年至 1905 年以前俄国实际生活所处的矛盾条件的表现，是这一时期千百万农民思想情绪的反映。

列宁从反映论的角度评价作家作品给了我们哪些重要的启示呢？

首先，不能只看作家出身或者是只看作家主观宣言，而要分析作品客观上反映了什么，要把作品所反映的客观结果同一定时代的现实生活作比较。作家的创作不是什么"主观的臆造"，而是客观的社会现实的能动反映。因此，确定作家及其同一定时代的社会生活和阶级矛盾的客观联系，是运用马克思主义观点分析文学现象的基本原则。不论是评论托尔斯泰这样真正伟大的艺术家，还是评论反动复杂的文学现象，列宁都坚持这样的原则。1921 年，白党文人阿维尔钦科写了恶毒攻击十月革命的短篇小说集《插到革命背上的十二把刀子》，列宁同年在《真理报》发表评论，称之为"一本有才气的书"。列宁如此重视这本小说集主要是因为作者"以惊人的才华刻画了旧俄罗斯的代表人物——生活优裕、饱食终日的地主和工厂主的感受和情绪"，[①]"反映了资产阶级对于把它抛出历史大船的十月革命的反响"。卢那察尔斯基正是从列宁对托尔斯泰的评论和对阿维尔钦科的评论引出了一个重要的结论："反映论所注意的，与其说是作家隶属的家系，不如说是他对社会变动的反映，与其说是作家主观上的依附性和他同某个社会环境的联系，不如说是他对于这种或那种历史局势的客观代

① 《列宁论文学与艺术》，人民文学出版社 1983 年版，第 365 页。

表性。"① 这段总结是对列宁运用反映论分析文学现象的方法论原则的深刻阐述。

其次，也要重视作家的思想观点，但要看它的变化，把它看做是一定现实生活的反映，要从它所反映的社会矛盾和阶级情绪出发，对作家的思想观点做出全面的、历史的评价，既要看到其优点，也不掩盖其缺点。例如，列宁在谈到托尔斯泰时指出："就其出身和所受的教育来说，托尔斯泰是属于俄国上层地主贵族的，但是他抛弃了这个阶层的一切传统观点。"② 托尔斯泰站到了宗法制农民的立场上，反映了宗法制农民的思想和情绪。他的相互矛盾的思想观点正是广大农民情绪的反映，它"反映了强烈的仇恨、已经成熟的对美好生活的向往和摆脱过去的愿望；同时也反映了幻想的不成熟、政治素养的缺乏和革命的软弱性"。③

第三，要把作家的主客观因素结合起来，把作家的创作个性同所反映的客观现实统一起来，把社会分析和美学分析统一起来。列宁指出，作为俄国千百万农民在俄国资产阶级革命快要到来的时候的思想和情绪的表达者，托尔斯泰是伟大的。托尔斯泰是非常富于独创性的，因为他的全部观点总的来说恰恰表现了俄国革命是农民资产阶级革命的特点。列宁指出："列·托尔斯泰在自己的作品里能以提出这么多重大的问题，能以达到这样大的艺术力量，使他的作品在世界文学中占了一个第一流的位置。由于托斯泰的天才描述，一个被农奴主压迫的国家的革命准备时期，竟成为全人类艺术发展中向前跨进的一步了。"④ 卢那察尔斯基认为，列宁这一精辟论述"在方法论上具有很大的价值"。⑤ 从美学角度提出的"全人类艺术发展中向前跨进的一步"被认为是由两个因素造成的结果。基本的因素是强烈要求得到艺术表现的时代的革命内容，是具有全人类意义的重大艺术素材。第二个因素是"托尔斯泰的天才描绘"，也就是由于托尔斯泰天才的艺术独特发现，由于托尔斯泰在创作实践中形成了"撕毁一切假面具"的"最清醒的现实主义"的创作原则，才使巨大的时代内容获得

---

① 《卢那察尔斯基论文学》，人民文学出版社 1978 年版，第 6 页。
② 《列宁论文学与艺术》，人民文学出版社 1983 年版，第 217 页。
③ 同上书，第 205 页。
④ 同上书，第 210 页。
⑤ 《卢那察尔斯基论文学》，人民文学出版社 1978 年版，第 40 页。

了高度艺术性的表现形式。在这里，列宁阐明了作家反映客观现实过程的全部复杂性，他没有把创作中的主客观因素割裂开来，也没有把文学批评的社会分析和美学分析对立起来，而是把托尔斯泰的创作看作是由各种思想因素和艺术因素构成的有机整体，是作家的创作个性同千百万农民群众在革命转折时期的思想情绪、心理特点相结合的产物，是千百万人民群众的生活、实践、探索和追求在艺术家头脑中能动反映的产物。

列宁文学批评的反映论观点具有巨大的方法论价值，它为阐明复杂的文学现象，为反对文学批评的主观唯心主义观点和庸俗社会学倾向奠定了基础。

二　历史主义是列宁文学批评方法论的核心

列宁创造性发展马克思主义的社会存在决定社会意识，一切社会意识形态的更替都来自物质生活的矛盾发展这一历史唯物主义观点，在分析文学现象时坚持历史主义的原则。他深刻批评了民粹派所鼓吹的主观社会学观点，要求确定文学现象产生的社会历史环境，把文学现象、文学发展看作是由客观规律支配的发展过程。这是列宁文学批评方法论原则的核心。

苏联文艺理论家赫拉普钦科早在 1935 年就指出："具体分析某一历史时期全部特点的这一历史主义原则，是列宁方法论的核心。"[①]

近年来苏联文艺理论界加强了列宁历史主义原则的研究，出现一些论文和专著，对列宁历史主义原则做了深入的阐述。综合他们的一些观点，可以将列宁分析文学现象的历史主义原则概括为以下几个方面。

首先，要把一定文学现象放在一定的社会历史环境加以考察，把它看做是一定社会历史条件下的产物。

列宁在给印涅萨·阿尔曼德的信（1916 年 11 月）中指出："马克思主义的全部精神，它的整个体系要求人们对每一个原理只是（α）历史地，（β）只是同其他原理联系起来，（γ）只是同具体的历史经验联系起来加以考察。"[②] 列宁把这一方法运用于分析文学现象时，总是教导我们

---

①　转引自捷里多维奇《历史主义与创作》，哈尔科夫，1980 年，第 103 页。
②　《列宁全集》第 35 卷，人民出版社 1959 年版，第 238 页。

"要确定发生这一现象的活生生的社会年代，也就是确定作为被研究对象的历史基础的、各社会现象之间的联系"①，总是把作家和他的创作看作是时代的产物。他把托尔斯泰创作和思想的基本性质和基本矛盾看作是"19世纪最后三十几年俄国实际生活所处的矛盾条件的表现"②；把赫尔岑的精神悲剧看作是"资产阶级民主派的革命性已在消亡（在欧洲）、而社会主义无产阶级革命性尚未成熟的那个具有世界历史意义的时代的产物的反映"。③

其次，要把文学现象、文学发展看做是由客观规律支配的发展过程。

列宁指出，要对文艺和其他意识形态做出真正科学的说明，就要把社会发展过程当做自然历史过程来进行研究，要研究各种社会结构及其客观规律、内在矛盾、不同阶级之间的斗争和社会变化的客观逻辑。这就需要把社会及其精神生活看做一种活跃的、处在经常运动状态的社会机体。列宁在《什么是"人民之友"以及他们如何攻击社会者》一文中指出："马克思和恩格斯称之为辩证方法（它与形而上学方法相反）的不是别的，正是社会科学中的科学方法，这方法把社会看作处在经常发展中的活的机体（而不是机械结合起来因而可以把各种社会要素随便配搭起来的一种什么东西），要研究这个机体就必须客观地分析组成该社会形态的生产关系，必须研究该社会形态的活动规律和发展规律。"④列宁在这里提出两个对研究社会生活现象和文学现象具有重大方法论意义的科学范畴：一是要把任何文化、文学发展看作是"自然历史过程"，这一范畴要求我们去揭示历史过程的客观规律，这是研究社会生活任何一个领域的最重要的前提和基础；二是要把社会和包括文艺在内的全部精神生活看作是一种活跃的"社会机体"。在列宁看来，"社会机体"就是相互作用、相互抗衡、处在不断运动和不断发展中的一种结构。列宁认为研究者就是要把某一种社会形态"作为活生生的东西向读者表明出来"，将它的生活习惯、阶级对抗的具体社会表现以及它所特有的上层建筑、意识形态和家庭关系等都

---

① 《卢那察尔斯基论文学》，人民文学出版社1978年版，第36页。
② 《列宁论文学与艺术》，人民文学出版社1983年版，第203页。
③ 同上书，第126—127页。
④ 《列宁全集》第1卷，人民出版社1955年版，第32页。

"和盘托出"。①

列宁正是根据上述方法论原则来研究俄国社会历史和俄国文学的发展,对俄国文学发展的历史规律做出了精辟的阐述。列宁关于俄国资本主义发展的两条道路（改良的道路和革命的道路）的观点和关于俄国解放运动三个主要阶段的观点,正是力求寻找出俄国社会历史发展的"自然历史过程",揭示其客观发展规律,它们对于理解俄国社会历史发展过程和文学发展过程有重要的意义。俄国资本主义发展的两条道路表现在政治思想领域,就是以俄国革命民主主义者为代表的革命派和以贵族自由主义者为代表的改良派之间的斗争。这两派代表两种对立的历史趋势,两种不同的社会政治力量和社会思想,它们之间的斗争决定着俄国社会运动和文学发展的方向。列宁正是把俄国各种社会政治思潮和文学思潮的代表人物放在这一总的社会历史背景上加以考察和评价,因此才能对他们做出具体历史的科学分析。

第三,要把历史评价和党性原则有机结合起来。

卢那察尔斯基在《列宁与文艺学》（1932）中深刻指出:"整个列宁遗产所特有的战斗的党性的精神、这份遗产固有的政治尖锐性同哲学的深度和历史具体性的结合,必定要使得马克思主义文艺学富有创造力量,过去和将来都是如此。"② 这里所说的"历史具体性"就是指历史主义的原则,而党性原则和历史主义原则的有机统一正是列宁文学批评的显著特征。这一特征在分析文学现象时表现为两个方面。

一是公开站到一定阶级的立场上对文学现象做出历史评价,并且把它同当代的迫切问题联系在一起。列宁在革命前评论托尔斯泰的创作时就指出:"只有从社会民主主义无产阶级观点出发,才能对托尔斯泰做出正确的评价。"③ 他当时就是站到无产阶级立场上对官方和自由派对托尔斯泰的种种歪曲旗帜鲜明地进行批驳,并且把评论托尔斯泰同思考俄国革命的迫切问题结合起来,同总结俄国第一次革命的经验教训结合起来。

二是重视文学作品在不同时代所发挥的作用,不仅研究作品产生的社

---

① 《列宁全集》第 1 卷,人民出版社 1955 年版,第 122 页。
② 《卢那察尔斯基文集》第 8 卷,莫斯科,1967 年,第 406 页。
③ 《列宁论文学与艺术》,人民文学出版社 1983 年版,第 213 页。

会历史根源，而且研究它在整个历史过程中所起的作用。列宁评论托尔斯泰的论文就既从起源方面分析产生托尔斯泰创作的社会历史根源，又从功能角度分析托尔斯泰作品在其存在的各个时代所起的作用。列宁指出，虽然托尔斯泰和他的时代已经过去了，但在托尔斯泰遗产中"却有着没有成为过去而是属于未来的东西"，① 他认为俄国工人阶级应当向劳动群众阐明托尔斯泰创作的批判意义，以便将解放事业进行到底。至于托尔斯泰的空想学说，列宁认为它的批判意义"恰与历史发展的进程成反比"，如果它从前还能给某些阶层带来好处，在 1905 年以后就不可能了，必须清醒看到它会"造成最直接和最严重的危害"。②

三　辩证法是列宁文学批评方法论的灵魂

列宁把辩证法称做"马克思主义的灵魂"，列宁对文学现象的评论本身也是充满辩证法的。列宁把辩证法运用到文学批评领域时，善于从总和中，从联系中，从矛盾斗争中，从发展变化中把握文学现象。苏联文艺理论家诺维科夫指出："列宁对时代特有现象的见解的具体历史主义和辩证法，构成列宁方法论的基础。"③ 列宁把辩证法运用于文学批评领域时，有两个方法论原则对我们的文学研究有特别重要的意义。

第一个原则就是要从事实的全部总和、从事实的联系去把握文学现象。

在研究社会现象方面，列宁反对"胡乱抽出一些个别事实和玩弄实例"；反对"以'主观'臆想的东西来代替全部历史现象的客观联系和相互依存关系"。他认为要从事真正的科学研究，"就必须毫无例外地掌握与所研究的问题有关的事实的全部总和，而不是抽取个别的事实，否则就必然会发生怀疑，怀疑那些事实是随便挑选出来的"④。

列宁这一方法论原则在评论托尔斯泰和赫尔岑时得到充分的发挥。先

① 《列宁论文学与艺术》，人民文学出版社 1983 年版，第 214 页。
② 同上书，第 236—237 页。
③ 《旗》1979 年第 8 期。
④ 《列宁全集》第 23 卷，人民出版社 1958 年版，第 279—280 页。

拿列宁论托尔斯泰的一组论文来说，只要分析一下这组论文的事实根据和所利用材料的来源，我们便可发现列宁极其仔细地掌握和研究了同托尔斯泰论题有关的大量材料。首先，列宁对托尔斯泰的创作和思想非常熟悉：他一生曾多次阅读和欣赏托尔斯泰的作品，克鲁普斯卡娅侨居国外时曾在给玛·亚·乌里扬诺娃的信中谈到列宁："一本残缺不全的《安娜·卡列尼娜》也读了百来遍。"① 值得注意的是列宁还做过关于托尔斯泰的公开演说，题为《托尔斯泰和俄国社会》、《列·尼·托尔斯泰的历史意义》。其次，列宁十分关注这位伟大作家的活动以及不同政治派别围绕他而展开的社会文学斗争。关于托尔斯泰被"开除"教籍和由此引起的政治抗议、托尔斯泰寿辰和托尔斯泰逝世这些重大事件，以及官方报刊和自由派报刊的反应，列宁都仔细进行研究。第三，在写这组论文之前，列宁在1905—1908 年写了一系列分析第一次俄国革命及其动力的著作；在《唯物主义和经验批判主义》（1908）一书中专门研究这一时期的哲学斗争，阐明了反映论这一光辉学说；他对官方和自由派对托尔斯泰的歪曲以及革命队伍内部对托尔斯泰"左"的评论也十分了解。可见列宁是在把握围绕托尔斯泰及其创作而展开的社会政治斗争、哲学思想斗争和文学斗争的丰富材料基础上，在广阔的背景上，抓住了托尔斯泰和俄国革命这一核心问题，做出了"托尔斯泰是俄国革命的镜子"这一科学论断，因此这一论断本身也就有机地综合着社会历史的、哲学认识论的和文学审美的丰富内容。

列宁对赫尔岑的研究也同样坚持了上述方法论原则。列宁不仅对赫尔岑的著作、生平及其思想转变了如指掌，而且还翻阅和研究了围绕赫尔岑所进行的社会文学斗争的出版物、报刊资料，甚至包括已发表的赫尔岑与同时代人的私人通信。同时，列宁并没有孤立地、静止地研究赫尔岑，他还从纵向的角度，把赫尔岑一生的活动看作是从十二月党人起义开始直到无产阶级革命兴起的整个俄国社会政治解放运动发展史的一个必不可少的环节进行分析。列宁正是在这个基础上，对赫尔岑做出历史的全面的评价。

第二个原则是在分析文学现象时要善于从分析矛盾入手，并且把握住矛盾的主要方面。

----

① 克鲁普斯卡娅：《回忆列宁》，人民出版社 1972 年版，第 29 页。

列宁指出："可以把辩证法简要地确定为关于对立面的统一的学说"①，"就本来的意义说，辩证法就是研究对象的本质自身中的矛盾"。②

列宁在分析巨大的文学现象时特别善于运用这一方法论原则。面对托尔斯泰这一复杂的文学现象，面对对托尔斯泰创作和思想众说纷纭的评论，列宁在第一篇文章《托尔斯泰是俄国革命的镜子》中，一开头就抓住托尔斯泰思想和创作的本质，对托尔斯泰创作本身的构成做了天才的分析，正面揭示了他的创作的基本性质和基本矛盾，然后由此出发去考察产生这一矛盾的深刻的社会历史条件。列宁对赫尔岑的研究也是从分析他的复杂的内心矛盾入手，从他的交织在一起的长处和短处入手。列宁说"1848 年以后，赫尔岑的精神破产，他的深厚的怀疑论和悲观论，是表明资产阶级的社会幻想的破产"。他指出，一方面，"赫尔岑在国外创办了自由的俄文刊物，这是他的伟大功绩。《北极星》发扬了十二月党人的传统。《钟声》（1857—1867）极力鼓吹农民的解放"。另一方面，"赫尔岑是地主贵族中的人。他在 1847 年离开了俄国，他没有看见革命的人民，也就不能相信革命的人民。由此，就产生了对'上层'发出的自由主义的呼吁"。不过列宁在分析赫尔岑复杂的内心矛盾及其深刻的社会历史根源之后，又指出这些矛盾的主导因素依然是赫尔岑的革命性。他说："可是，平心而论，尽管赫尔岑在民主主义和自由主义之间动摇不定，民主主义毕竟还是在他身上占了上风。"③ 列宁就是这样历史地全面地评价赫尔岑的历史作用。

列宁文学批评方法论奠定了苏联文学批评的基础，它是反对文学批评中各种"左"的和右的错误倾向的锐利武器。近年来随着文艺创作实践的发展和现代科学的发展，苏联当代文艺学和文学批评的研究方法有了很大发展。根据这种情况，有些文艺学家就把所谓"现代方法"同文艺学和文学批评的传统研究方法对立起来。在他们看来，对文学的历史研究，社会根源分析等传统方法似乎已经过时了。这种看法实际上是站不住脚的，只要对苏联当代比较受重视的文艺学和文学批评研究方法进行一些分

---

① 《列宁全集》第 38 卷，人民出版社 1959 年版，第 240 页。

② 同上书，第 278 页。

③ 《列宁论文学与艺术》，人民文学出版社 1983 年版，第 128—129 页。

析，我们便会发现传统的方法依然有旺盛的生命力，马克思主义方法论依然是当代文艺学和文学批评方法论的基础。就拿系统分析方法来说，这种研究方法要求把文学的研究对象看作是多层次的、系统的、完整的有机构成体，而不是各种属性、方面和功能的简单总和。为了把握对象的实质，就必须对它的各个组成部分进行精细的研究，同时找出各部分之间的有机联系，在这种形成体的有机联系中把握整个对象。这种研究方法对传统的方法有不少发展，但它的理论基础实际上仍然是我们前面介绍的为列宁所阐明的"社会科学的科学方法"，它要求把社会看作相互联系、相互作用、不断运动和不断发展的活的机体，要求把各种社会形态当做活生生的东西向读者和盘托出。

当代文艺学和文学批评方法论的丰富和发展必须坚持以马克思主义的方法论为基础。同时，也应当看到坚持的目的是为了发展。在现代科学技术迅速发展的条件下，我们既要坚持文艺学和文学批评行之有效的传统研究方法，又要在马克思列宁主义方法论基础上，根据文学艺术发展的新成果、新经验和现代科学的新成就，不断丰富和发展文艺学和文学批评的研究方法，这样才能使文艺学和文学批评得到新的健康的发展。

下 篇

列宁文艺思想和当代
文艺学的发展

第十七章

列宁文艺思想与苏联文艺学的发展

列宁文艺思想同马克思恩格斯文艺思想一样，是苏联文艺学发展的指导思想。从 20—30 年代到 50—60 年代，苏联文艺学的种种论争和建设始终没有离开列宁所阐明的文艺学基本理论和基本方法论原则的指导，即使到了 70—80 年代，由当代科学的迅猛发展而带来的文艺学理论和方法的革新，也仍然是在列宁文艺思想的基本理论和基本方法论原则指导下进行的。苏联文艺学半个多世纪的历史证明，苏联文艺学所取得的成就总是同列宁文艺思想相联系的；而苏联文艺学所出现的种种失误则往往是偏离了列宁文艺思想的结果。历史地总结其中的经验和教训，对于当代马克思主义文艺学建设是有重要的现实意义的。

一 列宁文艺思想和苏联 20—30 年代文艺学的发展

十月革命后苏联文艺学发展的历史，是马克思列宁主义运用于苏联文艺理论批评实践并且同它结合的历史，是马克思列宁主义方法论在苏联文艺理论批评中确立的历史，同时也是马克思列宁主义同一切非马克思列宁主义思潮斗争的历史，列宁文艺思想指导地位的确立和苏联文艺学马克思列宁主义原则的确立从一开始就充满斗争。

十月革命胜利后的最初年代，文艺学的论争和建设主要是围绕社会主义文化艺术建设的中心论题展开的。这时马克思列宁主义文艺学面临的最大挑战是来自未来派和无产阶级文化派。未来派彻底否定文化遗产，他们宣称"把普希金、陀思妥耶夫斯基、托尔斯泰等等，从现代生活的轮船上扔出去"。在文学艺术领域，他们标新立异，"给工人培养一种荒唐、变态的趣味"。同未来派相比较，无产阶级文化派的理论就更为系统，影响也更大。在政治上，他们要求文化自治，摆脱党和政府的领导，声称"无产阶级文化协会是无产阶级文化创作的阶级组织，正如工人政党是无产阶级的政治组织，工会是无产阶级的经济组织一样"。在思想上，他们搞虚无主义，否定人类文化遗产，认为旧文化渗透了阶级的"臭气和毒剂"，不会"写出什么对共产主义有价值的和有教益的东西，只会'毒害无产阶级的心灵'"。在组织上，他们搞宗派主义，企图脱离生活，脱离农民和知识分子，在实验室里靠一些"特选的人物"来创造所谓纯粹的无产阶级文化，提出："建设无产阶级文化的任务只有靠无产阶级自己的力量，靠无产阶级出身的科学家、艺术家、工程师等等才能解决"。在创作上，他们搞机器主义、集体主义，把创作引向抽象化和概念化的道路，他们认为文学创作的主要对象是机器而不是人，无产阶级艺术也只能写"我们"而不能写"我"，不能有个人抒情成分。

　　无产阶级文化派的理论和实践给苏联的文学理论和文学创作的发展造成极大的危害，如果按照他们那一套办就会葬送新生的社会主义文学，因此，列宁从一开始就同无产阶级文化派展开坚决的和不懈的斗争。1920年10月2日，列宁在共青团"三大"发表了著名的演说《青年团的任务》，尖锐地批评了无产阶级文化派的错误，并从理论上深刻地阐明了无产阶级文化同人类文化的继承关系，指出："无产阶级文化应当是人类在资本主义社会、地主社会和官僚社会压迫下创造出来的全部知识合乎规律的发展。"① 紧接着，列宁又为无产阶级文化协会"一大"起草决议，为俄共（布）中央全会起草关于无产阶级文化协会的决定，并领导起草了俄共（布）中央给无产阶级文化协会的信，彻底批判了无产阶级文化派的错误。这场斗争终于在列宁领导下取得胜利。应当说，苏联文艺学第一场斗争是由列宁亲自领导的，苏联文艺学发展的第一页是由列宁亲自书写的。正因为有了列宁文艺思想的正确指引，苏联文艺学才能从一开始走上健康发展的道路。

　　列宁逝世后，在整个20年代，苏联文学是极其复杂和充满斗争的。由于联共（布）实行新经济政策，国内文学生活十分活跃，同时也不可

---

① 《列宁论文学与艺术》，人民文学出版社1983年版，第106页。

避免存在混乱。这个时期文学团体林立，文学流派纷呈，文学论争连绵不断。就文艺学领域而言，在列宁之后有以卢那察尔斯基、沃隆斯基、高尔基为代表的马克思主义文学理论批评，还有号称马克思列宁主义实为庸俗社会学的文学理论批评。它们之间展开激烈的斗争，马克思主义文艺学就是在斗争中得到发展的。

20世纪20年代，马克思主义文艺学面临的最大挑战来自形式主义和庸俗社会学。

形式主义文学理论在20年代很是红火一阵，但它的形成不是偶然现象，是有深刻的思想渊源和社会历史背景的。形式主义既同索绪尔语言学，同西方实证主义哲学有联系，也同俄国19世纪末20世纪初现代主义诗歌，同未来派、象征派的诗歌实践有联系，同时，十月革命后新一代知识分子厌恶旧的传统艺术，要求艺术革命的种种追求时髦的主张和实践也为它提供了土壤。形式主义对文学性的重视，对文学形式的探索，特别是对诗歌语言的研究，有很多富有内容的深刻见解，做出了很大贡献。然而就其总体来说，就其方法论来说，形式主义是唯心主义和形而上学的。他们把文学和生活割裂开来，认为文学是独立于社会生活的现象，手法是文学唯一的主人公，把文学的内容和形式割裂开来，认为"文学作品是纯粹的形式"，分析作品时"内容"这个概念没有必要。同时，他们还反对"把世界观的因素带进研究领域"。形式主义的这些主张都是同马克思主义文艺学格格不入的，因此当时就受到文艺界的批评。

如果说形式主义是强调文学的特性而忽视文学同其他意识形态的联系，庸俗社会学则是简单理解文学同其他意识形态的联系而忽视了文学的特性。文艺学中的庸俗社会学的产生是有深刻的社会历史原因的。20世纪初，一些文艺学家开始运用马克思主义观点批判资产阶级文艺学，肯定文艺同阶级斗争和经济基础的关系，肯定作家世界观的作用，然而简单地理解文艺与阶级、文艺与经济的关系，结果陷入庸俗社会学。20年代，以弗里契和彼列维尔泽夫为代表的文艺学家在批判资产阶级文艺观点，批判形式主义时，没有能够正确把握马克思主义文艺观，庸俗地理解文艺与社会的关系，他们自以为在宣传和捍卫马克思主义，结果也站到庸俗社会学一边去了。总的来说，庸俗社会学作为一种理论体系，是学术界把马克思主义运用于学术领域的不成熟阶段的产物。它在学术研究中对存在和意识，经济基础和上层建筑，以及意识形态的阶级性等根本问题作了简单化和庸俗化的阐述。文艺学中的庸俗社会学的主要特征是：（1）认为作家的创作直接依从经济关系和作家的阶级属性，甚至用经济因素和阶级因素去直接解释文学作品的内容和形式；（2）不把文学艺术作品看作是作家艺术家对客观现实生活的主观反映，而看作是对客观现实生活的消极记录；（3）把文学艺术的目的和内容同社会学的目的和内容完全等同起来，把文学艺术看成是社会学的"形象图解"。

20 年代文艺学中的形式主义和庸俗社会学得以流行，其中一个重要原因是马克思列宁主义文艺思想还没能得到充分重视，没能够得到广泛的学习、宣传和研究，也就是说还没能够在文艺学中深深扎下根来。在 20 年代，马克思恩格斯的文艺论著在苏联没有发表，当时流行这样一种看法，认为马克思恩格斯的文艺思想不成体系，只有一些零星的意见。弗里契曾经说过："除了一般历史唯物主义体系之外，马克思只给我们留下相当少量涉及艺术的断章残篇，恩格斯则没有研究过艺术问题。"① 当时只承认普列汉诺夫是马克思主义文艺学的权威，列别杰夫－波梁斯基就说过："在文学理论中，我们大家都是从普列汉诺夫的观点出发的"。② 如果说马克思恩格斯文艺论著在 20 年代不被重视，那么列宁文艺论著更是无人问津了。在 20 年代出版的几本马克思主义文艺论文选里，没有选进一篇列宁论文艺的论文，至于研究列宁文艺思想的文章就更是少得可怜。沃隆斯基说："正确阐述列宁对艺术、文化、文学的看法，并非是一件轻而易举的事情。他很少充分地谈过这些问题。这些问题不处于他视野的中心……在他的文学遗产里，只有论托尔斯泰的四篇小文是直接论述文学的，间接涉及文学的只有《纪念赫尔岑》和《党的组织和党的出版物》，他关于文艺的言论也少得很……"③ 这种情况的出现不是偶然的。当时德波林提出一个错误的口号："为普列汉诺夫的正统而斗争。"在他们看来，列宁是实践家不是理论家，理论上是普列汉诺夫，政治上才是列宁。同时，当时的无产阶级文化派领导人、"拉普"领导人以及搞庸俗社会学的

---

① 《艺术理论问题》1931 年第 5 期。

② 《文学和马克思主义》1935 年第 5 期。

③ 《革命时代文学运动简史》，莫斯科，1928 年，第 77 页。

学者们同列宁的文艺思想也是对立的，当然也不能指望他们来宣传和研究列宁文艺思想。弗里契曾声称普列汉诺夫是"马克思主义美学的奠基人"。"拉普"提出："在文艺学问题内，我们的批评将在普列汉诺夫正统的旗帜下发展。"①

　　到了 30 年代初，情况才发生根本变化。这时，文艺界为了肃清庸俗社会学的影响，为了解决文艺理论中的一些重要问题，开始从马克思和列宁的文艺论著中寻找武器，才开始重视马克思文艺思想和列宁文艺思想的学习、宣传和研究。1931—1932 年，在苏联首次发表了马克思恩格斯关于文艺问题的两封信，1933 年和 1938 年两次出版了《马克思恩格斯论艺术》，同时也出现一些研究马克思恩格斯文艺思想的文章。苏联对列宁文艺思想研究的重视也始于 30 年代。1920—1930 年苏联出版《列宁文集》第 9 卷和第 12 卷，首次刊载了列宁的《哲学笔记》，推动了文艺界对列宁的反映论和辩证法同文艺关系问题的研究。1932 年出版了列宁致高尔基的书信集。1938 年出版了《列宁论文化与艺术》一书。而对列宁文艺思想的研究首推卢那察尔斯基，1932 年他为《文学百科全书》撰写大型词条《列宁》，1934 年又修改为专著《列宁与文艺学》。在这部专著中，卢那察尔斯基首次全面阐发列宁文艺思想，充分肯定列宁文艺思想的重要地位和作用，高度评价列宁遗产的重大意义，称它是"当代文学实践和无产阶级文艺理论的指路明灯"。从今天看来，这部专著的内容也是相当系统和全面的，可谓是列宁文艺思想研究的开山之作，它为苏联文艺思想研究打下了坚实的基础。

　　30 年代对列宁文艺思想的重视和研究显然是同文艺界重新评价普列汉诺夫文艺思想和批判文艺学中的庸俗社会学相联系的。哲学界在 30 年代初就开展了对德波林学派及其"为普列汉诺夫正统而斗争"口号的批判，同时给列宁哲学思想以积极肯定的评价。与此同时，文艺界也批判了弗里契等人的庸俗社会学观点和不适当提高普列汉诺夫文艺思想并回避其缺点的做法。卢那察尔斯基就指出："我们向列宁学习的那种方法，比普列汉诺夫的方法准确得多"，必须"在列宁有关言论的烛照下重新检查普

---

　　①　杂志编辑部文章，《在文学岗位上》1929 年第 19 期。

列汉诺夫的艺术学"。① 文艺界也出现了诸如《拥护对普列汉诺夫观点列宁式的批评》（《在文学岗位上》1931 年第 34 期）、《拥护对普列汉诺夫文艺观点列宁式的批评》（《文学与艺术》1931 年第 4 期）这样的文章。

　　30 年代对马克思恩格斯文艺思想和列宁文艺思想的重视和研究，是苏联文艺学发展的一个重大转折，它对马列主义文艺思想在文艺学中的扎根有着深刻的影响。就列宁文艺思想对 30 年代苏联文艺学发展的影响而言，主要表现在文艺界以列宁文艺思想为武器，以列宁的反映论和两种文化学说为武器批判庸俗社会学把文艺看成是"经济的审美表现形式"、"阶级的等同物"、"阶级心理的投影"等错误观点，深刻阐明了文艺与生活的关系，文艺与传统的关系。

　　在文艺与生活的关系上，卢那察尔斯基针对把作家和阶级划画等号的错误观点，阐明了列宁反映论的重要思想。他说："反映论所注意的，与其说是作家隶属的家系，不如说是他对社会变动的反映，与其说是作家主观上的依附性和他同某个社会环境的联系，不如说是他对于这种或那种历史局势的客观代表性。"同时他又指出，列宁运用反映论去分析作家创作时，"从未忽视其中每个人的内心矛盾或者这些阶段的特点"，并由此得出一个重要结论："列宁的反映论从来不是意味着同历史脱节，它从来不是用同一把钥匙去开启一切历史局势的抽象公式"。② 里夫希茨也深刻阐明了阶级性同真实性的关系。他认为："反映的真实性并不是同阶级性相矛盾的，精神现象的阶级实质不仅取决于它们的主观色彩，而且取决于它们对现实理解的深度和正确性。阶级意识的主观色彩本身就是来自客观世界，主观色彩是结论，而不是出发点。"③

　　在文艺与传统关系问题上，卢那察尔斯基运用列宁的两种文化学说，批判了"拉普"否定文学遗产的错误。他认为"列宁对赫尔岑的评语提供了一个分析革命作家无比光辉的典范"，指出当时青年文艺学者们"在分析过去或现代某个未能超越本阶级的全部偏见、思想观点上未能达到纯正无瑕的境界的伟大先进艺术家时，总是带着一股特别的劲头，极力强调

①　《文化遗产》第 82 卷，第 101 页。

②　《卢那察尔斯基论文学》，人民文学出版社 1978 年版，第 7 页。

③　《列宁主义和文学批评》，《文学报》1936 年第 1 期，第 20 页。

和夸张这些缺点"。① 他认为这种对待遗产的"左"的态度和讳言缺点的右的态度同样是有害的。《真理报》在 1936 年 8 月 8 日也发表了题为《培养学生对古典文学的热爱》的社论,指出"过去的伟大艺术家是属于劳动人民的,劳动人民是以前各阶级全部文化宝贵财富的继承者",认为"庸俗社会学'理论'把这个或那个作家创作的全部复杂性和全部意义归结为简单的阶级描述,武断地贴上'贵族诗人','贵族戏剧'等等标签",是"极其有害和错误的"。卢卡契在《人民性和真实的历史精神》(1937)一文中强调具有人民性的作品并不表现在作品主人公是不是下层人物,而在于是否反映出人民的生活和命运,是否接触到时代的巨大问题。他说:"瓦尔特·司各特、普希金、列夫·托尔斯泰的主角们绝大多数出身于上层社会,然而他们一生中的事件仍反映出了整个人民的生活和命运。"他认为作家"创造了个人和社会历史命运最紧密结合的人物","在这些人物形象的个人生活中直接表达出人民命运中某些一定的、重要的和普通的方面","接触到时代的一切巨大问题"。②

二 列宁文艺思想和苏联 50—60 年代文艺学的发展

从 30 年代末到 50 年代中期,苏联文艺学的发展一直处于一种艰难的境地。

30 年代,由于马列主义文艺理论指导地位的确立,文艺学中庸俗社会学的清理,文艺学的发展开始出现转机,然而 30 年代末很快又开始肃反扩大化,这就使战前苏联文艺学又出现艰难的局面:一方面是斯大林宣布阶级斗争随着社会主义发展越来越尖锐,把现实生活中与文学艺术中的一切冲突都看作是阶级敌人活动的结果。例如 30 年代末开始批判《文学批评家》杂志在"反庸俗社会学幌子下贩卖超阶级的艺术理论"、"美化中世纪"、"看不起苏联文学"等所谓"有害观点"。随后把卢卡契、里夫希茨打成"卢卡契 - 里夫希茨集团"。1940 年,联共(布)中央通过了"关于文学批评与图书"的决议,决定让"脱离作家和文学"的《文学批

---

① 《卢那察尔斯基论文学》,人民文学出版社 1978 年版,第 16 页。
② 《卢卡契文学论文集》第 1 卷,中国社会科学出版社 1980 年版,第 176—178 页。

评家》停刊。另一方面的情况是，在文学理论批评中开始出现"无冲突论"。1940 年，哲学杂志《在马克思主义旗帜下》提出的观点是："在社会主义社会中不存在作为推动力的矛盾"，"矛盾、冲突的可能性……被排除了"。① 这种观点给苏联文学理论批评很深的影响，造成文学创作的"无冲突论"。1941 年，巴甫连科和列文在苏联作协一次公开会议的报告中，要求大家注意"我们这里简直形成一种独特的理论，即不存在什么冲突，生活像呼吸一样的轻松自如，只有一些冲突的残余等"，结果"冲突没有了，代之而来的是偶然的一时的误会"。他们认为造成这种情况的原因是作家"害怕干出什么不好的、有害的和犯罪的事情"，作家"本人是乐于写任何冲突的，但他拿不准这样做于国家于读者是有利还是有害，于是宁可缓和冲突，粉饰现实，并且认为这样做要容易得多"。②

卫国战争过后，苏联文艺学发展依然面临严峻局面。战后由于国际上出现冷战，联共（布）中央加紧对意识形态领域的控制，从 1946 年到1948 年三年期间连续发布了关于《星》和《列宁格勒》杂志，关于剧院上演剧目，关于音乐和电影的一系列决定，对文艺界提出严厉的批评，并轻易给文艺问题定下政治调子，扣上"反人民"、"反爱国主义"、"形式主义"、"世界主义"种种帽子。这样，战前早已出现的"无冲突论"又死灰复燃，并且愈刮愈烈。文艺界不敢去表现生活中的矛盾和冲突，因为只要触及生活中的困难、缺点和阴暗面，就会被说成是对生活的歪曲和诽谤。其结果是文艺界只能歌功颂德，粉饰太平，只能表现"好"与"更好"之间的冲突。在这种情况下，文艺学界出现种种错误观点，文艺学的发展受到严重阻碍。例如有人提出社会主义现实主义的任务不是批判，而是肯定现实，塑造正面形象；有人提出典型只是那些苏联社会中的正面事物，反面事物不能成为苏联文艺学术概括的对象；甚至有人提出写"理想人物"的理论主张。战后文艺学极端落后现象的存在，归根到底是违背了马列主义文艺理论的基本原理，不从现实生活出发，否定艺术创作的特点和规律。

从 50 年代中期开始，由于公开批判个人崇拜及其严重后果，随着社

---

① 《在马克思主义的旗帜下》，1940 年，第 6 页。
② 《文艺学习》1941 年第 4 期。

会生活和文艺生活的重大变化，苏联文艺学发展也出现了新的转折。总的来说，这是一个相当复杂的时期，其间充满矛盾和斗争：一方面是文艺理论和文艺创作大胆冲破教条主义和庸俗社会学的束缚，对不少问题进行富有创造性的探索，出现了新的生机；另一方面是在文艺理论和文艺创作中也出现混乱的现象，出现了一些不好的创作倾向和背离马列主义基本原理的理论观点。尽管如此，这个时期的文艺创作和文艺理论是打开了新的局面，出现了文艺创作和文艺理论发展的新时期。

面对新时期文艺学发展充满矛盾和斗争的新局面，由于现实斗争和理论发展的需要，列宁文艺思想的研究也出现了新局面，它不仅受到高度重视，同时也对新时期的理论斗争和理论探索产生深刻的影响。

从战后到 60 年代，苏联接连出版了不同版本的列宁文艺论著。1941年出版了谢尔宾纳编选并作序的《列宁论文学》，1956 年出版了克鲁季科娃编选和梅拉赫作序的《列宁论文化与艺术》，1957 年出版了克鲁季科娃编选和留里科夫作序的《列宁论文学与艺术》。留里科夫的"序言"给列宁文艺思想很高的评价，他指出："列宁的有关文化、艺术和文学的著作，就包含着在最细致、最复杂的社会精神生活的领域中进行活动的纲领，具有深刻的革命性、战斗性和科学性纲领。"认为马列主义的思想体系"过去是，现在仍然是苏联文化、文学、艺术发展的基础"。他还特别强调列宁文艺思想的现实意义，认为在新的时期文学愈来愈勇敢地和深入地反映生活，并且日益提高作用的情况下，"列宁不朽的思想帮助社会主义艺术顺利地解决新的、复杂的创作任务"。

这个时期研究列宁文艺思想的主要著作有：梅拉赫的《列宁和 19 世纪末 20 世纪初的俄国文学问题》（1947），谢尔宾纳的《列宁和文学问题》（1961），特罗菲莫夫的《列宁的党性和艺术中的现实主义》（1966），以及论文集《列宁和文学、美学问题》（1957）、《列宁和文艺学问题》（1961）、《列宁和文学》（1963），等等。其中值得提出的是梅拉赫的《列宁和 19 世纪末 20 世纪初的俄国文学问题》，这是战后最重要的列宁文艺思想研究专著，它从 1947 年到 1970 年共出了四版。作者在专著中提出"全面研究列宁的文学论述和揭示这些论述的具体的、历史的和方法论的内容是苏联文艺学的首要和迫切的任务之一"。这本专著就是这种主张的最好实践。书中包括列宁和文学中的民粹主义，列宁与第一次俄国革命时期文化和文学问题，列宁与 1908—1910 年时期文学和美学问题，列宁论列夫·托尔斯泰的文章，列宁和十月革命最初年代古典遗产的命运，以及列宁和俄国文学语言发展等内容。全书材料丰富、翔实，作者力求联系列宁文艺言论发表的具体历史背景，深入揭示列宁文艺思想具体的、历史的和方法论的内容。可以说它既是列宁论俄国文学的专著，也是研究列宁文艺思想基本理论问题的专著。1954 年，留里科夫在苏联作家第二次代表大会的报告《苏联文学批评的几个问题》中指出："梅拉赫所写的详尽而认真的专著分析了列宁关于俄国文学的意见"，"充满着已成熟的历史观点的感觉，历史具体性和艺术具体性的感觉"。[1]

　　除了研究专著，还应当提到这个时期出版的一些论述马列主义美学的专著，对列宁美学思想在马克思主义美学思想发展史中的地位和作用的评价。例如，1960 年出版的苏联科学院哲学研究所、艺术史研究所等单位研究人员集体编写的《马克思列宁主义美学原理》，就对列宁美学思想作了全面、深刻的评价。书中在谈到列宁美学思想的地位和特点时指出："列宁美学理论进一步发展、加深和丰富了马克思和恩格斯的美学基本原理——列宁的时代是资本主义体系开始崩溃和无产阶级革命胜利前进的时代，是我国进行社会主义建设的时代。列宁就是从无产阶级革命和已经开始的社会主义建设任务出发来考察这样或那样涉及到艺术和文学的一切问题的。这是列宁美学观点基础的基础，是它的突出特点。基本原则的统一性，即对社会主义社会中艺术的社会本质和作用的辩证唯物主义观点的统一性，保证了列宁美学理论的鲜明性、完整性和严密性。"书中在谈到列宁美学思想的贡献时进一步指出："列宁的功绩不仅在于，他在新的历史条件下进一步丰富、加深和发展了马克思主义美学的基本原理，给党在文化和艺术方面的政策提供了哲学和美学的依据，而且还在于他作出了历史具体地、辩证唯物主义地分析特定艺术现象的榜样。列宁在研究俄国艺术文化方面的功绩是伟大的。"[2]

　　50—60 年代列宁文艺思想研究是同这个时期文艺创作和文艺理论的实践密切联系的。而对于这个时期文艺学发展的复杂局面，列宁文艺思想

---

① 《苏联人民的文学》上册，人民文学出版社 1956 年版，第 226 页。

② 《马克思主义美学原理》上册，三联书店 1962 年版，第 202、216 页。

研究对文艺学发展过程是从两个重要的方面产生影响的：一是反对教条主义和庸俗社会学，一是坚持马克思主义文艺理论的基本原则。

首先是冲破教条主义和庸俗社会学的束缚，重视文艺特点和文艺规律的研究。

长期以来，苏联文艺学发展的最大障碍是教条主义和庸俗社会学。战后，除了无冲突论外，理论界存在的主要问题是片面理解文艺与政治的关系，例如把典型问题归之为政治问题，把文学史归结为"现实主义与反现实主义的斗争"。其实在列宁文艺思想中，既强调文艺同其他社会意识形态的联系，又强调文艺作为社会意识形态的独特性；既强调文艺是党的事业的一部分，又强调作家艺术家的创作个性和艺术的多样性，然而后者常常被庸俗社会学和教条主义忽视了，甚至是抹杀了。评论认为列宁的思想"可以帮助克服那些违反马克思列宁主义的简单化概念，帮助深入地理解艺术文学的特点、复杂性和价值"。新时期文艺学界正是以列宁文艺思想作为武器，批判教条主义和庸俗社会学，全面地把握艺术的本质和规律。这一点在对典型问题的理解上表现得最为充分。1952 年，在斯大林主持的苏共第 19 次代表大会上，马林科夫在总结报告中提出："典型不仅是最常见的事物，而且是最充分、最尖锐地表现一定社会力量的本质"；"典型是党性在现实主义艺术中表现的基本范围。典型问题任何时候都是一个政治性问题"。这种典型论是一种教条主义和庸俗社会学的典型论。1955 年，《共产党人》杂志（第 18 期）发表了专论《关于文学艺术中的典型问题》，指出这种观点"违背了马克思主义的精神"，是用"烦琐哲学的公式""冒充马克思主义的公式"。第一，把典型归结为"表现一定社会力量的本质"，从根本上抹杀了文艺与科学的区别，抹杀了文艺认识现实的特点。评论特别指出马克思、恩格斯和列宁始终强调典型个性化的意义。列宁指出："在小说里全部的关键在于个别的环节，在于分析这些典型的性格和心理。"① 所谓本质论实际上是把文艺当作用形象外衣图解本质的工具，这是文学创作公式化、概念化的根源，也是同马克思、恩格斯、列宁的典型论相违背的。第二，把典型归结为"党性在现实主义艺术中表现的基本范围"，把典型仅仅归结为政治，这是不符合实

---

① 《列宁论文学与艺术》，人民文学出版社 1983 年版，第 348 页。

际的，因为许多现实主义作家艺术家并不具有今天所谓的党性，更何况艺术创作的客观意义与艺术家的政治观点和政治同情有时是矛盾的。至于把典型问题归结为政治问题，更是把典型问题庸俗化，其结果只能给典型贴上政治标签，把典型变成单纯的政治传声筒。在典型问题讨论之后，从1956 年起，美学开始深入研究艺术的审美本质。布罗夫在《艺术的审美本质》（1956）一书中，强调艺术本身同样有自己的特殊对象和特殊内容，提出了"艺术审美本质"的概念。这样，苏联文艺学就出现了新的转折，由着重考察艺术同其他意识形态的共同性转为着重考察艺术本身的审美特性。

其次是坚持马列主义文艺理论的基本原则。

50—60 年代，苏联文艺学界在反对教条主义和庸俗社会学的同时，也出现一些背离马列主义文艺理论的观点，在同这些观点作斗争中，列宁文艺思想再次显示出它的战斗作用。例如围绕文学党性原则问题，有人宣称这一思想已经过时，据说《党的组织和党的出版物》只是为在党的报刊部门工作的政论家写的。针对这种看法，评论指出列宁的文章既适用于党的报刊，也适用于一般文学创作，至今对文学艺术创作仍有指导意义。又如有人认为党性原则排斥创作自由，评论指出这种看法不是不了解列宁的思想就是故意歪曲，因为列宁认为既生活在社会又要脱离社会是不可能的，资产阶级鼓吹的"创作自由"是虚伪的，只有无产阶级的创作才可能有真正的自由，艺术家只有为千千万万劳动人民服务才能获得真正的自由。再如有人从对行政命令的批评转变为否定党领导文学的必要性。评论指出，反对文学工作中的行政命令做法不能导致取消党对文艺的领导。正如列宁所说，共产党人"不应当袖手旁观，任凭混乱状态自己发展下去"，而"应该完全有计划地领导这一过程，并且促成它的结果"。所以，党对文艺的领导过去是、现在仍然是党在文艺工作方面的基本原则。

三　列宁文艺思想和苏联 70—80 年代文艺学的发展

经过 50—60 年代，到了 70—80 年代，苏联文艺界开始进入相对稳定的时期，本身有了比较大的发展。这个时期虽然仍有理论之争，但已经不像 50—60 年代那样唇枪舌剑，好走极端，而是在全面总结历史经验的基础上注重理论建设，逐渐形成一种求实和建设的气氛。同时，随着研究的深入和科学技术的发展，文艺学不断开拓新的研究领域，更新研究方法。从总体上来说，70—80 年代苏联文艺学的发展已达到一个新的水平。而在这个发展过程中，列宁文艺思想依然起着指导作用，并且继续产生影响。

在 70—80 年代苏联文艺发展总的背景下，列宁文艺思想研究也进入一个新阶段，这个新阶段显然是同 1970 年列宁诞生 100 周年纪念活动相联系的。随着《列宁全集》第 5 版和《艺术遗产》第 80 卷的问世，列宁文艺思想的研究大大深化了。由于大量论著的出现，研究往广度和深度发展，列宁文艺思想研究被看成是一门专门的学科，称之为"Литературоведцеская Лениниана"（可译为文艺学的列宁题材，或列宁文艺思想研究）。代表这个时期列宁文艺思想研究新水平的集体论著是苏联科学院高尔基世界文学研究所和俄罗斯文学研究所为纪念列宁诞生 100 周年而编写的论文集。

高尔基世界文学研究所的《列宁遗产与 20 世纪文学》（米亚斯尼科夫和艾里斯别格主编，1969 年，莫斯科），重点论述列宁文艺思想与 20 世纪美学迫切问题和 20 世纪思想艺术斗争的联系。其中主要论文有：米亚斯尼科夫《〈党的组织和党的出版物〉与 20 世纪美学思想》，谢尔宾纳《生活的观点》，鲍列夫《列宁的反映论和围绕形象思维认识论问题的斗争》，盖伊《列宁和高尔基的俄罗斯（科学和艺术思维类型）》，库尔吉扬《列宁的〈帝国主义是资本主义发展的最高阶段〉与 20 世纪西方现实主义问题》，诺维科夫《为社会主义文化而斗争的反映》，艾里斯别尔格《列宁的文学风格特点和我们时代》等。

俄罗斯文学研究所的《列宁遗产与文学科学》（布什明主编，1969 年，列宁格勒），重点是论述列宁对马克思主义文艺学的发展和列宁文学研究的方法论原则。其中的主要论文有：布什明《列宁的〈唯物主义和经验批判主义〉一书中的科学分析原则》，弗里德连杰尔《从马克思恩格斯到列宁的马克思主义美学思想的发展》，叶祖伊托夫《列宁和俄国革命民主主义者》，库普列诺娃《列宁辩证法和文学史进程的概念》，梅拉赫《列宁的历史方法论的几个问题和 19 世纪俄国文学研究》，普鲁茨科夫

《列宁对"革命准备时期"的理解和文学史科学》，安德列耶夫《从列宁反映论看社会主义现实主义形成的几个问题》等。

除了上述两部重要的集体论著外，这个时期研究列宁文艺思想的主要论著还有：《列宁美学遗产和艺术问题》（1971），戈尔布诺夫《列宁与社会主义文化》（1972），洛米泽《列宁主义和各民族文化的命运》（1972），卢金《列宁和社会主义艺术理论》（1973），戈尔布诺夫《列宁和无产阶级文化派》（1974），谢尔宾纳《列宁与文学》（1974），杰缅季耶夫《列宁和苏联文学》（1977），鲁金《列宁和苏联文学思想美学原则的形成》（1977），克鲁克《文学的列宁主义党性原则和创作自由》（1978），巴比依和恰可夫斯基《作为研究艺术特性的方法的列宁主义反映论》（1977），叶祖伊托夫《列宁和现实主义》（1980），马泽帕《列宁的美学遗产和文艺文化的当代问题》（1980），鲁基扬诺夫《列宁与文艺批评》（1982）、《作为读者的列宁》，等等。

这个时期列宁文艺思想研究的主要特点是研究资料的整理更为全面系统，研究专著明显增多，研究范围不断扩大，研究内容逐渐深入，同时研究工作同当代文学艺术的发展进程结合得也更为紧密，同资产阶级美学文艺学各种流派的斗争也明显加强。

从列宁文艺思想对70—80年代文艺学进程的影响来看，主要表现在对文艺学基本理论研究的指导和对文艺学方法论研究的指导这两个方面。

首先是对文艺学基本理论研究的指导。

艺术反映论和文学党性原则是列宁文艺思想的两块基石，也是文艺学基本理论的两个重要方面。70—80年代，这两个问题在列宁文艺思想研究的推动下有了新的进展，研究者提出了一些新的思路和新的见解。

关于艺术反映论问题。

艺术和现实关系问题是文艺学和美学的核心问题。苏联评论认为列宁的反映论是辩证唯物主义的反映论，它既反对唯心主义，也反对机械唯物主义。梅特钦科指出："列宁的反映论把实际的现实生活这个艺术的基原归还了艺术，加强了它的威信。这样，它就同反动唯心主义的艺术交上了火。同时，反映论也反对机械的解说艺术和生活的相互作用。反映论为客观地再现现实生活开辟了无限广阔的天地，强调了认识的积极作用。"①
新时期反映论的研究以列宁文艺思想为指导，着重阐明艺术反映的特征和
艺术反映的能动作用。

　　科学认识和艺术认识都是对客观现实的反映，然而艺术反映不仅在形
式上，而且在内容、对象和功能方面都有自己的特点。鲍列夫指出："科
学与艺术之间似乎可以相互补充，但不可相互取代，科学思维和艺术思
维，对于人类的实践活动和精神活动都是必需的。"② 他认为把艺术的特
殊对象仅归结为人是不够准确的，必须从艺术特殊职能的角度来认识艺术
的特殊对象，"艺术只选择、突出、揭示实现艺术特殊职能所必须的那些
联系、方面、性质和相互制约性。就是这些被选择的、突出的、揭示的方
面、性质、联系（审美方面多彩多姿的生活）构成艺术的特殊对象"。③

　　从艺术认识的过程来看，列宁曾经指出认识过程有三个阶段：从生动
的直观到抽象的思维，从抽象思维到实践。研究者认为这三个阶段是科学
认识和艺术认识共有的，然而艺术认识在这三个阶段上有自己鲜明的特
点。在艺术中一般只能通过个别来体现，因此艺术思维所认识的只是那些
可以通过具体感性形式来表现其内在本质的客观现实方面和现象。在认识
的第一个阶段，是生动的直观，艺术家是依靠个人的直接感受和印象来创
作，离开它就不可能有任何艺术认识活动。在认识的第二个阶段，科学认
识通过抽象得出范畴和概念，艺术认识则得出具体形象，通过形象揭示本
质。鲍列夫认为，不同于科学认识，"在艺术中，情感作为组成部分，不
仅进入创作过程，而且也进入形象结构"。④ 尤金指出："艺术认识和艺术
创作过程是感性的、情感的认识和形象思维的统一"，"生动的直观和抽
象思维的统一"。⑤

　　从艺术反映和艺术创造的关系来看，研究者充分注意到了反映和创造
的关系。他们根据列宁关于"人的意识不仅反映客观世界，而且创造它"
的重要观点。认为反映和创造不应当是对立和矛盾的，而应当是有机统一

① 梅特钦科：《继往开来》，中国社会科学出版社 1983 年版，第 26 页。
② 《列宁文艺思想论集》，中国社会科学出版社 1986 年版，第 79 页。
③ 同上书，第 85 页。
④ 同上书，第 95 页。
⑤ 同上书，第 149 页。

的，不能把艺术仅仅归结为反映，也不能认为创造与反映无关。同时，他们不仅强调认识过程是反映和创造的统一，而且强调实践在认识过程中属于首要地位，因为艺术家的创作动机、生活经验、思想认识都是来自实践，而艺术作品的艺术价值也要通过实践来检验。

关于文学党性问题。

在这个问题上研究者的视野比以前开阔，他们提出了新的思路，认为要从世界美学思想发展的大背景来研究文学党性原则。米亚斯尼科夫提出要"从更广阔的范围，从20世纪整个世界美学思想发展体系范围"来研究列宁文学党性原则。他指出："如果注意观察19世纪下半期和20世纪初的美学思想发展，就可以看出两个基本发展趋向，一批学者和作家遵循实证主义哲学，竭力把艺术融化到社会意识的其他形式中去。另一批却按照唯心主义哲学体系，企图使艺术离开其他社会意识形态而处于特殊的地位，并认为这是艺术的特点。"[1] 这两种流派归根到底都不能正确解决艺术作为特殊的社会意识形态同其他社会意识形态的关系问题，艺术创作中主体和客体的关系问题。列宁同这两种片面观点都是格格不入的。米亚斯尼科夫认为："在列宁的《党的组织和党的出版物》中提出了非常重大的复杂问题：艺术的特性以及艺术与社会意识其他形式之间的关系问题。只有从广阔的背景上来观察才能揭示出这个问题的全部意义。"[2]

文学党性原则研究的另一个特点是重视研究文学党性原则的审美特性。不少研究者鲜明指出文学党性原则不仅是个政治原则，同时也是一个审美原则，它不仅反映了社会发展的要求，同时也反映了艺术创作的内在要求，坚持党性原则是有益于艺术本身发展的，梅特钦科指出，真正意义的艺术特点，只有在我们念念不忘艺术是一种社会现象，牢记它的社会作用时，才能展示出来，然而，"另一方面，不懂得党性原则是反映了艺术创作内在要求的美学范畴，这样也会歪曲列宁的原意。无视艺术创作中党性原则的美学本性，结果就会对才华的作用、艺术家的个性、艺术家的积极作用估计不足，就是说同社会主义的精神发生矛盾"。[3] 卢金也指出，

---

① 《列宁文艺思想论集》，中国社会科学出版社1986年版，第223页。

② 同上书，第244页。

③ 梅特钦科：《继往开来》，中国社会科学出版社1983年版，第21页

艺术的党性不单是一个社会政治范畴，而且是一个美学范畴；它同审美内容、同对现实的选择和审美评价的原则是不可分割的；它是艺术家的思想观点和创作立场的有机结合。

研究者也从新的角度研究党领导文艺的问题，认为党领导文艺不仅仅是政治问题、思想问题和组织问题，也是一个美学问题。

巴拉巴什肯定列宁《党的组织和党的出版物》是"党文化政策的理论基石"，他认为党领导文艺是基于两个基本点：一是这些原则反映了社会发展的客观规律，是指导整个社会的马列主义科学的一部分；二是它也出自艺术本身的思想美学本质，是反映了艺术创作本身发展的客观规律，是艺术生命力的必备前提和条件。也就是说，党领导文艺不是从外部强加给文艺的，而是文艺本身发展的内在要求。同时，巴拉巴什认为，"只有建立在政治、意识形态和美学因素等密切的相互制约的总体上，换句话说，只有带有综合体系性质的文化政策才是成功的、有效的"。如果损害美学因素，把所谓"纯粹"政治方面提高到首位，就会产生庸俗化，就会对艺术采取粗暴的功利主义态度；相反，不合理地强调美学因素，也会忽视艺术的政治的和社会意识形态的职能。①

其次是对文艺学研究方法论的指导。

70—80 年代以来，苏联文艺学界把研究列宁文艺学方法论问题越来越提到突出的地位。这种情况的出现，一是列宁文艺思想本身既是理论原则，又是方法论原则，它对文艺理论和文艺批评方法论的研究有重要指导意义；二是随着现代科学技术的发展对文艺学发展提出新的更高的要求，文艺学方法论的探讨具有越来越迫切的意义。

70—80 年代以来，苏联文艺学研究方法得到很大发展，不断得到丰富和更新，除了坚持和发展传统的研究方法（如文艺社会学方法），恢复和发展受过批判的研究方法（如文学历史比较研究，文艺心理学研究），也引进和创造了一系列新的研究方法（如艺术综合研究，结构符号研究）。根据文艺学研究方法的新进展，有人把所谓的"现代方法"同传统方法对立起来，忽视马列主义基本理论对文艺学方法论研究的指导作用。其实这种看法是站不住脚的，只要我们对苏联当代一些文艺学研究方法稍

---

① 《列宁文艺思想论集》，中国社会科学出版社 1986 年版，第 553—556 页。

加分析，便会发现它们仍然是以马列主义基本理论作为方法论的基础的，同时也可以看出列宁所坚持的艺术反映论和历史主义等一系列文艺理论批评原则对当代文艺学方法论研究，仍然起着指导作用和产生着深刻的影响。

文学综合分析方法。这种研究方法要求把文学研究对象看作是多层次的、系统的、完整的有机整体，而不是各种属性、方面和功能的简单总和。为了把握对象的实质，就必须对它的各个组成部分进行精细的研究，同时找出各个部分之间的有机联系，在这种形成系统的有机联系中把握整个对象。这种研究方法的理论基础，实际上就是列宁所倡导的"社会科学的科学方法"，他要求把社会看作是相互联系、相互作用、处在不断运动和不断发展状态的活的机体，要求把某一社会形态"作为活生生的东西向读者表明出来"，将它的习惯、阶级对抗的具社会表现，以及它所特有的上层建筑、意识形态和家庭关系都"和盘托出"。①

文学历史比较分析方法。这种研究方法主要是研究世界各国文学之间的相互联系和相互影响，对各民族文艺现象的同异进行历史比较研究。它的理论基础也是历史唯物主义，是列宁阐明的"重复律标准"理论。列宁指出："唯物主义提供了一个完全客观的标准，它把'生产关系'划为社会结构，使我们有可能把主观主义者认为不能应用到社会学上来的一般科学的重复律运用到这些关系上来。"② 列宁这里所指出的人类社会普遍历史发展过程的统一性和规律性，正是各国社会历史现象、文学现象之所以具有重复性和常规性的客观根源。坚持唯物史观，就能使历史比较研究有正确的方向。

文学功能研究方法。这种方法要求对一些杰出的作品在整个历史过程中所起的作用进行研究，以便更好地把握作品的思想美学价值。这种研究方法的理论基础是列宁在文艺批评中一贯坚持的历史主义精神。列宁论托尔斯泰的一组文章早就为这种研究方法奠定了基础，他在文章中既从起源学的角度分析产生托尔斯泰思想和创作矛盾的社会历史根源，还从功能学的角度历史地分析托尔斯泰思想和创作在其存在各个历史时代所起作用的

---

① 《列宁全集》第 1 卷，人民出版社 1955 年版，第 122 页。

② 同上书，第 120 页。

变化。

文艺心理学研究方法。这种方法是从心理学的角度研究艺术创作和艺术接受的一般规律，探索审美心理活动的奥秘。苏联文艺心理学研究在克服忽视创作个性的庸俗社会学的同时，也特别注意反对把艺术创作看成纯粹是艺术家"自我表现"的唯心主义观点。他们认为文艺心理学研究应当以列宁的艺术反映论作为基础，把艺术家的心理看成是处于反映现实状态的大脑的功能。对现实生活的反映是创作的源泉，但艺术家反映现实不是简单的照镜子的行为，而是一种创造性的能动的反映过程。因此，只有坚持艺术反映论才能深入到复杂的、多方面的、内在的和隐秘的创作过程中去，才能正确阐明主体反映客体的复杂的心理过程。

通过以上分析，可以看出 70—80 年代苏联文艺学方法论的研究是以马列主义基本原理作为理论基础的，列宁文艺理论和文艺批评的方法论原则仍然是当代文艺学方法论研究的重要指导原则，离开这个基础和指导思想，任何文艺学和文艺批评方法论的革新都会偏离正确的方向。同时，也可以看出，在马列主义基本原理的指导下，也只有根据当代科学技术发展的新成就和当代文艺发展的新成果、新经验，不断革新和丰富文艺学的研究方法，才能推动文艺学的发展。

第十八章

列宁文艺思想和中国文艺学的发展

一　列宁文艺思想和 30 年代左翼文艺思潮

　　列宁文艺思想在中国的传播，是同马克思主义文艺理论在中国的传播同步进行的。根据目前掌握的材料，早在 20 世纪 20 年代中期列宁文艺论著就介绍到中国来。1925 年 2 月 13 日，上海《民国日报》的副刊《觉悟》发表了赵麟翻译的《托尔斯泰和当代工人运动》。1926 年 12 月 6 日，中国共产主义青年团的机关刊物《中国青年》第 144 期发表了一声翻译的《论党的出版物和文学》。这时，在大革命的推动下，中国新文学正从"五四"文学革命转向革命文学，列宁文艺论著的译介对中国革命文学的发展，无疑有深远的影响。

　　到了中国新文学的第一个十年（1927—1937），马列主义文艺理论在中国的传播才出现了高潮。从 1928 年革命文学论争到 1930 年中国左翼作家联盟的成立，中国革命文学进入一个新的历史阶段，即无产阶级革命文学的倡导、创立和发展的新阶段。同无产阶级革命文学的性质相联系，这个时期出现了马列文艺理论传播的高潮。以鲁迅为代表的革命作家为了解决革命文学论争问题，也为了反击"第三种人"、"自由人"等的进攻，以相当大的力量投入马列文艺理论的介绍和研究。1929 年，创造社的《文化批判》创刊号引用了列宁的名言："没有革命的理论也就不可能有革命的运动"，并把介绍和阐述马克思主义称为"一种伟大的启蒙"。1929 年春天起，冯雪峰主持的《科学的艺术论丛书》陆续出版，其中有鲁迅、冯雪峰译的马克思主义文艺理论著作数种。1932—1933 年，瞿秋白编译了几种马列主义文艺论著。1936—1937 年，东京左联分盟成员也编译了《文艺理论丛书》，其中也包含马克思主义文艺理论著作。1930 年左联成立时专门设立了马克思主义文艺理论研究会，把"外国马克思主义文艺理论研究"当作研究会的主要工作内容之一。这个曾经被鲁迅比作普罗米修斯盗火种给人类和运送军火给起义奴隶的工作，从理论上武装了革命作家，推动无产阶级革命文学运动走上"正确、前进的路"。

这个时期研究和介绍列宁文艺思想的主要情况有：1928 年 10 月，《创造月刊》第 2 卷第 3 期发表了嘉生翻译的《托尔斯泰论》，包括《托尔斯泰——俄国革命的明镜》和《托尔斯泰》两篇。1930 年 2 月，《拓荒》第 1 卷第 2 卷发表了成文英（即冯雪峰）翻译的《论新兴的文学》（即《党的组织和党的出版物》）。1933 年，瞿秋白翻译了列宁的两篇文章：《列甫·托尔斯泰像俄国革命的镜子》、《L·N·托尔斯泰和他的时代》。此外，比较集中的还有：1933 年 5 月，《文学杂志》第 2 号发表了陈淑君翻译的《托尔斯泰论》，其中包括《俄罗斯革命的镜子的托尔斯泰》、《托尔斯泰》、《托尔斯泰与现代劳动运动》、《托尔斯泰与其时代》等四篇。1934 年 2 月，思潮出版社出版了克己和何畏翻译的《托尔斯泰论》，其中包括列宁论托尔斯泰的四篇论文，普列汉诺夫论托尔斯泰的三篇论文，弗里契长篇绪论《L·N·托尔斯泰》和附录《关于托尔斯泰的论题》。值得一提的还有，1933 年上海正午书局出版的、韩起翻译的克鲁普斯卡娅的《列宁回忆录》，作者在其中介绍了列宁的文艺爱好和文艺见解。特别是书中还收录了克拉拉·蔡特金的《列宁印象记》，蔡特金在其中记述了列宁关于文艺属于人民等一系列重要文艺观点。

从上面的介绍来看，马列主义文艺理论对中国左翼文学的影响占有主导地位，然而也需要看到这种影响也是相当曲折和复杂的，马列主义文艺理论中国化的起步就是一个相当艰难的过程。1928 年革命文学论争时期就提出要建设中国的马克思主义文学批评，1930 年成立左联更明确提出要建设马克思主义文艺理论。然而我们看到从 20 年代末到 30 年代初中国文艺界根本不是从马克思、恩格斯和列宁本人的论著来直接了解马克思主义文艺理论的，因而谈不上对马克思主义文艺理论的真正理解，更谈不上正确的运用。这种局面的出现，是有相当深刻的社会历史原因的。

首先，苏联本身的情况就相当复杂。在整个 20 年代，马克思和恩格斯的文艺理论遗产没有被挖掘和确认，列宁的文艺理论遗产也没有被宣传和承认。这时文艺界树普列汉诺夫为正统，同时，文艺界庸俗社会学占统治地位，弗里契等人机械理解文艺与经济、文艺与政治的关系，严重阻碍了文艺理论和文艺批评的发展。这种情况到了30年代，随着马克思、恩格斯和列宁文艺思想的介绍和研究的开展，才有了根本性质的变化，马克思主义文艺理论这时才占有统治地位。

其次，中国的情况也是复杂的。从20年代末到30年代初，中国文艺界所介绍的马克思主义文艺理论是十分庞杂的，其中有马克思主义的，也有非马克思主义的。据左联出版物《文艺讲座》介绍，列入马克思主义文艺家的有普列汉诺夫、卢那察尔斯基，也有波格丹诺夫、弗里契。其中庸俗社会学代表人物弗里契的《艺术社会学》就被当作马克思主义文艺理论看待，并得到推崇，当时出了两个译本，冯乃超曾经评价说："此书之出世，确立了他在国际艺术理论上的第一人的地位。"（《文艺讲座》）中国左翼文学运动中"左"的文艺思潮的出现有其深刻的社会政治原因，但同苏联文艺运动中庸俗社会学等"左"的思潮的影响不能说没有关联。鲁迅在20年代末和30年代初为介绍俄国早期马克思主义者普列汉诺夫、卢那察尔斯基的文艺论著作出了巨大贡献。直到30年代，由于瞿秋白和冯雪峰等人的努力，中国文艺界才真正同马克思、恩格斯和列宁的文艺论著见了面。

如果了解了上述大的背景，我们便会发现，30年代马克思、恩格斯和列宁的文论在中国的传播面临的是一种十分复杂的局面。首先必须正确理解和阐释马列主义文论的基本原理，排除种种错误的理解和阐释。其次，在马列主义文论同中国文艺创作和文艺批评相结合时，更要接受来自各方面的挑战，其中包括来自资产阶级文艺思想的挑战，也包括来自革命队伍内部"左"的文艺思想的挑战。

就列宁文艺思想而言，30年代介绍到中国的主要是《党的组织和党的出版物》和论托尔斯泰这两个部分，其中涉及文学党性原则（文艺与革命的关系）和文艺批评的原则、方法这两个重要问题。下面就具体分析一下列宁这两个方面的思想对30年代左翼文艺运动的影响，以及列宁文艺思想同中国左翼文艺运动相结合过程中所出现的种种复杂情况，从中可以看出列宁文艺思想所显示的战斗活力和马列主义文艺理论同中国革命文艺实际相结合的艰巨性。

首先是文艺和革命的关系。

列宁在《党的组织和党的出版物》一文中，明确指出文学事业应当成为无产阶级总的事业的一部分，同时又指出文学事业不能同党的事业的其他部分刻板地等同起来。列宁这一思想一经介绍到中国，可以说就成了中国无产阶级革命文学运动的指导思想，成为左联的指导思想。鲁迅在左联成立大会的演讲中就根据列宁的思想，明确宣称："无产阶级文学，是无产阶级解放斗争底一翼"（《对左翼作家联盟的意见》），自觉地把无产阶级文学纳入无产阶级解放斗争之中。

列宁关于文艺与革命关系的思想是具有鲜明的党性和强烈的战斗性的，它一同中国革命文艺运动相结合，立刻就受到资产阶级文艺思想的挑战。资产阶级文艺思想的代表人物胡秋原、苏汶等人鼓吹文艺脱离阶级而"自由"，要求无产阶级"勿侵略文艺"。面对胡秋原等人的挑战，瞿秋白、冯雪峰、周扬等人运用列宁文艺思想进行有力的回击。瞿秋白发表了《文艺的自由和文艺家的不自由》等文章，文中翻译和引用了列宁在《党的组织和党的出版物》中揭露资产阶级鼓吹所谓"文艺自由"时说过的名言："资产阶级的著作家，艺术家，演剧家的自由，只是戴着假面具（或者伪善的假面具），去接受钱口袋的支配，去受人家的收买，受人家的豢养。"瞿秋白指出，在阶级社会中不可能有独立于阶级利益之外的"文艺自由"，"当无产阶级公开的要求文艺的斗争的工具的时候，谁要出来大叫'勿侵略文艺'，谁就是无意之中做了伪善的资产阶级的艺术至上派的'留声机'"，胡秋原所要求的，正是"文学脱离无产阶级而自由，脱离广大的群众而自由"。[①]

"左联"的革命作家在运用列宁文艺思想批判资产阶级文艺思想的同时，也非常注意全面阐释列宁关于文艺和革命关系的思想，纠正革命文艺队伍中把文艺等同于宣传的机械论的错误。胡秋原是利用钱杏邨的机械论来指责左翼文学的，瞿秋白在批判胡秋原的同时，明确指出钱杏邨根本区别于胡秋原，前者是竭力要为新兴阶级服务的，只是还没有找到运用艺术来帮助政治斗争的正确方法，而后者则是打定主意反对一切"利用"文艺的政治手段。瞿秋白在这个问题上辩证地阐明了文艺与政治的辩证关

---

① 《瞿秋白文集》（二），人民文学出版社 1953 年版，第 957 页。

系："新兴阶级自己也批评一些煽动的作品没有文艺的价值，这并不是要取消文艺的煽动性，而是要煽动作品之中的一部分加强自己的文艺性。而文艺反映生活，并不是机械的照字面来讲的留声机和照相机。庸俗的留声机主义和照相机主义，无非是想削弱文艺的武器。真正能够运用艺术的力量，那只能加强煽动的力量。"① 在瞿秋白看来，煽动不等于艺术，艺术作品只有具备自己的艺术力量才能更好地发挥文艺的战斗作用，革命文艺的宣传煽动作用和它的艺术力量应当是统一的。冯雪峰也指出："标语口号式的宣传鼓动作品，决负不起伟大的斗争武器的任务。而非狭义的宣传鼓动文学，它越能真实地全面地反映现实，越能把握客观的真理，则它越是伟大斗争的武器。"②

显然，有了列宁文艺思想的武器，左联革命文艺工作者对文艺与革命关系的认识达到了一个新水平，既认识到文艺的战斗作用，也注意到了文艺的特性，这样，他们不仅能够有力回击资产阶级的进攻，也能够同自己队伍中的机械论划清界限，这在当时是十分难能可贵的。

其次是文艺批评的原则和方法问题。

如何正确掌握和运用文艺批评的原则和方法，是 30 年代左翼作家批评家面临的重要问题。考察文艺现象固然不能离开阶级和阶级斗争的观点，不能离开分析作家的世界观，然而，当时存在的机械论文艺批评却是脱离现实生活，脱离艺术本身的特点和规律，机械和简单地理解文艺与政治、文艺与阶级、文艺与作家世界观的关系。例如他们反对客观地如实地描写现实生活，要求直接表现阶级倾向性；他们把作家的阶级出身和作品的倾向性等同起来，等等。在这种情况下，这个时期列宁论托尔斯泰文章的较集中的介绍和宣传，对于左翼作家批评家真正掌握马克思主义文艺批评的原则和方法起了很大的作用。克己在《托尔斯泰论》的"译者序言"中谈到介绍列宁论托尔斯泰论文的意义时说："在这些论文上，我们除掉得以正确地理解托尔斯泰主义之批判意义之外，同时，还可以学得站在唯物辩证法的基础上的，艺术社会学底性质的批评方法。"那么什么是马克思主义的艺术社会学的批评方法呢？冯雪峰针对当时文艺界存在的种种弊

---

① 《瞿秋白文集》（二），人民文学出版社 1953 年版，第 946 页。
② 《雪峰文集》第 2 卷，民文学出版社 1983 年版，第 198 页。

病，明确指出马克思主义文艺批评的特点是："不以向来的玄妙的术语在狭小的艺术范围内工于所谓的不知所以然的文章，而是依据社会潮流阐明作者思想与其作品底构成，并批判这社会潮流与作品倾向之真实否，等等，这才是马克思主义批评家的特质。"同时，冯雪峰强调文艺批评要运用马克思主义观点来分析一切文学现象。他说："现在在中国，跟着无产阶级文学底泼辣的抬头和进击，对于旧文学的真正从马克思主义的立场，严正而峻烈的批评也紧要起来了……在我们中国对于现存的文学家，也有人试以猛烈的批评——但有谁真正用过马克思主义的批评方法吗？那学者的可厌态度当然是可以抛弃的，但最要紧的是在用'马克思主义 X 光线'——像本书作者所用的——去照澈现存文学的一切；经了这种透视，才能使批评不成为谩骂，却是峻烈的批评。"① 在冯雪峰看来，马克思主义文艺批评不是学究气的，也不是靠搬用玄妙的名词来吓唬人的，而是要根据一定的社会思潮，从一定的社会历史条件出发，来评价作家作品，其中关键是掌握马克思主义的观点。

左翼作家批评家在理论上初步分清了马克思主义文艺批评和号称马克思主义实为机械论文艺批评的界限，30 年代的马克思主义文艺正是在学习马克思主义和逐步克服"左"倾机械论文艺批评的影响中确立自己的地位的。鲁迅、茅盾、瞿秋白、冯雪峰等一大批左翼作家批评家通过自己的探索，努力使马克思主义文艺批评同创作实践相结合，从而使马克思主义文艺批评在实践中获得新的生机。其中，最值得重视的是瞿秋白的《〈鲁迅杂感选集〉序言》。② 这篇文章体现了左翼作家批评家运用马克思主义观点评价文学现象所达到的最高水平，也反映了列宁论托尔斯泰文章和论赫尔岑文章对他的启示（文中就引用了列宁《纪念赫尔岑》的文字），反映了列宁文艺批评方法对左翼作家批评家的深刻影响。首先，瞿秋白反对关于作家阶级性质的庸俗化理解，他不是机械地从鲁迅的出身来评价鲁迅的创作和思想，而是根据鲁迅的作品来评价鲁迅是代表哪个阶级的利益，是反映哪个阶级的情绪。他认为鲁迅虽然出身于封建绅士阶级，但他"是封建宗法社会的逆子，是绅士阶级的贰臣"，他"同农民群众有

① 《雪峰文集》第 2 卷，人民文学出版社 1983 年版，第 753—754 页。
② 《瞿秋白文集》（二），人民文学出版社 1953 年版，第 977—1011 页。

比较牢固的联系",从而深刻地揭示了鲁迅的叛逆精神同农民阶级、同社会历史进步思潮的深刻联系。其次,瞿秋白揭示了"鲁迅从进化论到阶级论,从绅士阶级逆子贰臣到无产阶级和劳动群众的真正的友人,以至战士"的演变过程,并且认为这种变化是同辛亥革命以来四分之一世纪中国社会历史变动相联系的,也是同鲁迅个人痛苦而执着的精神追求相联系的。他还把鲁迅的精神归结为最清醒的现实主义,韧的战斗,反自由主义和反虚伪的精神。第三,瞿秋白认为鲁迅的杂感文体是作家个人的独创,是同作家个人的幽默才能相联系的,但它的形成也有深刻的社会历史原因的:一是"急遽的剧烈的社会斗争,使作家不能够从容的把他的思想和感情镕铸到创作里去,表现在具体的形象和典型里";二是"残酷的压力,又不容许作家的言论采取通常的形式"。归根到底,"这里反映着'五四'以来中国的思想斗争的历史"。总之,瞿秋白不论是对鲁迅创作思想内容的分析,还是对艺术形式的分析,都是从一定社会历史条件出发的,都体现一种社会历史分析的精神,而这正是马克思主义文艺批评的精髓所在。

二 列宁文艺思想和毛泽东的《讲话》

马克思主义文艺理论的力量在于它同各国革命文艺实践的结合,如果说 30 年代是列宁文艺思想同中国革命文艺实践的结合是初步的,那么到了抗日战争时期,到了延安抗日根据地,这种结合就达到了一个新阶段,而这个新阶段则是由毛泽东的《在延安文艺座谈会的讲话》(简称《讲话》)来完成的。

毛泽东的《讲话》是马克思主义同中国革命文艺实践相结合的产物,它解决了"五四"以来革命文艺运动存在的问题,把马列主义文艺理论推到了一个新的阶段。《讲话》既是马列主义文艺理论的继承,也是马列主义文艺理论的发展。我们从以下列举的事实可以看出《讲话》同列宁文艺思想有深刻的内在联系,可以看出毛泽东在解决中国革命文艺运动问题时是很重视学习和研究列宁文艺思想的,是很重视总结苏联革命文学的历史经验教训的。

首先,《讲话》前后,延安报刊接连发表了马克思主义文艺论著,特别是列宁文论，供革命文艺工作者学习和研究，明确解决文艺问题的根本指导思想。

由延安革命文艺运动的性质所决定，尽管当时条件非常困难，延安文艺工作者一直很重视马列主义文艺理论的学习和研究。1940年鲁迅艺术学院出版了《马克思恩格斯列宁论艺术》（曹葆华、天兰译，周扬编），书中就收入列宁论托尔斯泰的四篇文章（《托尔斯泰：俄国革命的镜子》、《论托尔斯泰之死》、《托尔斯泰与他的时代》等），同时附有虞丁写的《列宁与文学批评》一文。在延安文艺座谈会召开期间，在毛泽东亲自指导下，《解放日报》在5月2日发表《讲话》的"引言"和5月23日发表《讲话》的"结论"期间，于5月14日发表P. K（博古）翻译的列宁《党的组织和党的文学》的全译本，5月20日又在《列宁论文学》的标题下，辑录了列宁有关文艺问题的几段话。延安文艺座谈会召开之后，《解放日报》又于1943年1月21日发表萧三翻译的蔡特金《关于列宁的回忆》，其中涉及列宁提出的文艺属于人民等重要思想，这些译文的发表，对于延安文艺工作者讨论革命文艺问题，领会和贯彻文艺座谈会的精神起了直接的指导作用。

其次，从《讲话》文本来看，毛泽东提出一些重要观点时都是以列宁文艺思想为依据，同时很注意苏联革命文艺的历史经验教训。

毛泽东在谈到文艺与革命事业的关系时，引用了列宁关于文学是整个革命机器中的"齿轮和螺丝钉"的论述，指出革命文艺是整个革命事业的一部分，要成为团结人民，教育人民，打击敌人，消灭敌人的有力武器。在谈到文艺与人民的关系时，他也是以列宁文艺思想为依据的，他说："这个问题，本来是马克思主义者特别是列宁早已解决了的。列宁还在1905年就已着重指出过，我们的文艺应当为千千万万劳动人民服务。"毛泽东正是从列宁这一基本观点出发来解决中国革命文艺的方向问题的。

以往强调毛泽东的《讲话》是对"五四"以来革命文艺运动实践经验教训的总结，实际上《讲话》也很注意列宁所建立的第一个社会主义国家苏联革命文艺运动实践的经验教训。比如在谈到文艺为工农兵服务就要表现新的人、新的时代时，毛泽东针对有人认为只有写"大后方"才有"全国意义"的观点，特别指出苏联革命文艺表现工农兵所产生的世界的影响。他说："法捷耶夫的《毁灭》，只写了一支很小的游击队，并没有想去投合旧世界读者的口味，但是却产生了全世界的影响，至少在中国，像大家所知道的，产生了很大的影响。"① 针对有人提出"从来的文艺作品都是写光明和黑暗并重，一半对一半"时，毛泽东总结苏联革命文学经验指出："苏联在社会主义建设时期的文学就是以写光明为主。他们也写工作中的缺点，也写反面人物，但是这种描写只能成为整个光明的陪衬，并不是所谓'一半对一半'。"② 又如在谈到马克思主义和文艺创作的关系时，毛泽东针对苏联"拉普"提倡的所谓"辩证唯物论创作方法"的错误观点指出："学习马克思主义，是要我们用辩证唯物论和历史唯物论的观点去观察世界，观察社会，观察文学艺术，并不是要我们在文学艺术作品中写哲学讲义。马克思主义只能包括不能代替文艺创作中的现实主义……"③

上面的事实证明，毛泽东在运用马列主义解决中国革命文艺问题时，也十分注意总结苏联革命文艺的正反面经验，而不是采用不加分析、全盘照搬的教条主义态度。

第三，从周扬在《讲话》之后所编的《马克思主义与文艺》，可以看出毛泽东《讲话》同马列主义文艺理论的血肉联系。

1944 年，延安解放社出版了周扬根据《讲话》精神编纂的《马克思主义与文艺》。书中内容分五辑：意识形态的文艺，文艺与物质，文艺与阶级，无产阶级文艺，作家、批评家。选辑了马克思、恩格斯、普列汉诺夫、列宁、斯大林、高尔基以及毛泽东有关文艺问题的评论和意见。周扬1944 年 4 月 8 日在《解放日报》发表的《〈马克思主义与文艺〉序言》，他首先指出《讲话》的伟大意义："毛泽东同志的《在延安文艺座谈会上的讲话》给革命文艺指示了新方向，这个讲话是中国革命文学史、思想史上一个划时代的文献，是马克思主义文艺科学和文艺政策的最通俗化、具体化的一个概括，因此又是马克思主义文艺科学和文艺政策的最好课本。"接着周扬阐明了毛泽东《讲话》同马列文艺理论之间深刻的内在联系，他说："他们的意见虽然是在不同的历史情况之下，针对不同具体问

---

① 《毛泽东论文学与艺术》，人民文学出版社 1960 年版，第 81 页。

② 同上书，第 76 页。

③ 同上书，第 78 页。

题而发的，但是它们中间却贯串着立场方法上的完全一致：最为科学的历史观点和革命精神之结合。"他认为："从这本书当中，我们可以看到毛泽东同志这个讲话一方面很好地说明了马克思、恩格斯、列宁等人的文艺思想，另一方面，他们的文艺思想又恰好证实了毛泽东同志文艺理论的正确。"① 显然，周扬当年编这本书和写这篇序言的目的并不侧重于说明毛泽东如何发展马列主义文艺理论，而是着重说明毛泽东的《讲话》不是无源之水，而是同马列主义文艺理论一脉相承的，是源于马列主义文艺理论的，因而证明毛泽东的《讲话》是正确的。周扬这些看法是实事求是的，同时也受当时历史条件的限制。历史已经过了半个世纪，从今天的角度来看，毛泽东的《讲话》不仅继承了马列主义文艺理论，同时也发展了马列主义文艺理论。下面具体分析一下《讲话》同列宁文艺思想的继承发展关系。

毛泽东曾经谈到学习马列主义，不但应当了解马克思、恩格斯和列宁研究现实生活和革命经验所得出的结论，而且应当学习他们观察问题和解决问题的立场和方法。对比一下毛泽东的《讲话》和列宁的《党的组织和党的出版物》，可以发现他们观察文艺问题和解决文艺问题的方法是完全一致的，这就是从实际出发，而不是从定义出发，是"从客观存在的事实出发，从分析这些事实中找出方针、政策、办法来"。列宁在他的文章中首先分析了俄国革命的新形势，正是由于党的出版物在新的形势下有可能合法出版，所以必须明确提出党的出版物的原则，明确提出文学事业应当成为无产阶级总的事业的一部分。毛泽东在《讲话》中也是首先分析了当时的国内外形势，"五四"以来革命文艺运动的成就和缺点，根据地文艺工作者面临的任务，以及延安文艺界的争论，然后提出了文艺为工农兵服务和如何为工农兵服务的根本方向问题。解决文艺问题从实际出发而不是从定义出发，这是马列主义文艺理论固有的特点和它的生命力之所在，认识和坚持这一传统对于继承和发展马列主义文艺理论具有重要意义。从马列主义文艺理论发展史可以清楚看到，马列主义的经典作家们正是由于坚持了一切从实际出发的唯物主义态度，才使得他们在各自时代能够在坚持基本原理的基础上，又根据当时的实际情况作出新的发展和独特

---

① 《周扬文集》第 1 卷，人民文学出版社 1984 年版，第 454 页。

的贡献。这点在毛泽东的《讲话》中得到充分的体现。

关于文艺与群众关系问题。《讲话》指出，文艺为群众的问题和如何为群众的问题是个中心问题、根本问题，这个问题解决好了其他问题才能迎刃而解。毛泽东在解决这个问题时，依据是历史唯物主义关于人民群众是历史的创造者的思想，继承的是列宁提出的文艺要"为千千万万劳动人民，为这些国家的精华、国家的力量、国家的未来服务"的思想。更重要的是，他又从中国革命的实际和中国革命文艺运动的实际出发，进一步发展了列宁文艺思想，深刻地阐明了文艺为工农兵服务和如何为工农兵服务这一根本问题和原则问题。毛泽东根据人民群众中各阶级在革命事业中的地位和作用，指出文艺为人民群众服务，第一是为工人的，第二是为农民的，第三是为武装起来的工农——士兵的，第四是为城市小资产阶级劳动群众和知识分子的，而首先是为工农兵的。这样，就明确了中国革命文艺的根本方向。在解决了方向问题之后，毛泽东对列宁文艺思想的最大发展还在于解决了文艺如何为劳动人民服务，如何为工农兵服务的问题。

第一，毛泽东总结"五四"以来革命文艺工作者同工农兵相脱离的教训，深刻指出要彻底解决文艺为工农兵服务的问题，首先要解决文艺工作者同工农兵相结合的问题。他指出，我们的文艺工作者"一定要把立足点移过来，一定要在深入工农兵群众、深入实际的过程中，在学习马克思主义和学习社会的过程中，逐渐移过来，移到工农兵这方面来，移到无产阶级这方面来。只有这样，我们才能有真正为工农兵的文艺，真正无产阶级的文艺"。[①] 在这里，毛泽东是抓住了文艺为人民大众服务的根本问题。工农大众是被剥削阶级，文化水平普遍不高，在相当一个时期无产阶级文艺主要靠知识分子来建设，这就产生创作主体和接受主体之间的矛盾和冲突。知识分子在立场、世界观和思想感情方面如果不同工农兵一致起来，就很难为工农兵服务。毛泽东解决了这个问题是对马列主义文艺理论的重大发展。

第二，毛泽东提出文艺为工农兵服务必须解决普及与提高的问题。列宁在十月革命后曾经说过："艺术是属于人民的。它必须在广大劳动人民

---

① 《毛泽东论文学与艺术》，人民文学出版社 1960 年版，第 61—62 页。

的底层有其深厚的基础。它必须为这些群众所了解和爱好。它必须结合这些群众的感情、思想和意识，并提高它们。它必须在群众中唤醒艺术家，并使他们得到发展。难道当工农大众还缺少黑面包的时候，我们要把精制的甜饼干送给少数人吗？"同时列宁也指出："我们的工人和农民确实应该享受比马戏更好的东西。他们有权享受真正的伟大的艺术。"① 列宁在这里已经涉及文艺适应群众要求和提高群众水平的关系问题，但真正解决文艺普及与提高关系的是毛泽东。毛泽东从列宁的基本思想出发，结合延安文艺界轻视普及，片面强调提高的倾向，从理论上全面论述了普及和提高的辩证关系。他指出正确解决普及与提高的关系是解决文艺为工农兵服务的重要途径，普及也好，提高也好，都是为工农兵的，这是根本出发点。他认为普及和提高是相互联系和相互作用的，"我们的提高，是在普及的基础上的提高；我们的普及，是在提高指导下的普及"。同时，根据当时的情况，他强调普及第一，普及和提高的统一。这样，他就为文艺如何为工农兵服务指出了一条正确的道路。

第三，毛泽东指出文艺为工农兵服务是同文艺表现什么人紧密联系的。文艺的服务对象改变了，文艺的表现对象也需要随着时代而改变。他认为文艺工作者"必须和新的群众相结合"，表现"新的人物，新的世界"，因为"一切革命的文学家艺术家只有联系群众，表现群众，把自己当作群众的忠实的代言人，他们的工作才有意义"。② 在艺术表现形式方面，毛泽东强调要运用群众的生动活泼的语言，要具有"新鲜活泼的、为中国老百姓所喜闻乐见的中国作风和中国气派"。

文艺与群众关系问题是《讲话》的中心问题，也是毛泽东文艺思想的核心，毛泽东对马列主义文艺理论的继承和发展在这个问题上得到最集中和最充分的表现。当然，毛泽东对马列主义文艺理论的继承和发展远不止于这个问题。例如，在文艺与生活关系的问题上，毛泽东继承了列宁艺术反映论的思想，指出社会生活是文学艺术的唯一源泉，强调艺术作品所反映的生活可以而且应该比实际生活更高、更强烈、更有集中性、更典型、更理想，因此也就更带普遍性，革命文艺要帮助群众推动历史的前

---

① 《列宁论文学与艺术》，人民文学出版社 1983 年版，第 438 页。
② 《毛泽东论文学与艺术》，人民文学出版社 1960 年版，第 62 页。

进。这样，他在马列主义文艺理论发展史上，第一次从文艺源于生活、高于生活和反作用于生活三方面全面地论述了文艺与生活的辩证关系，既同唯心主义划清了界限，也同机械唯物论划清了界限，在理论上闪耀着辩证唯物论的光辉。

毛泽东的《讲话》可以说是列宁文艺思想同中国革命文艺实际一次生动的成功的结合，这次结合显示了列宁文艺思想的活力，也表现了毛泽东把马列主义运用于中国革命实际的高度水平。当然也应当看到这种结合本身也是一个艰难的过程，限于种种历史条件，其中难免出现一些曲折。就以《讲话》解决文艺与革命关系问题来说，毛泽东根据列宁在《党的组织和党的出版物》中所指出的"文学事业应当成为无产阶级总的事业的一部分"的思想，针对当时有人宣扬文艺与政治相互独立的观点，强调"文艺是从属于政治的"，"是服从党在一定革命时期内所规定的革命任务的"。[①] 这在当时的历史条件下是完全正确的，是可以理解的。但是全面地看，这样关于文艺与革命，文艺与政治关系的表述是值得推敲的。其一，不能说世界上一切文艺都是为政治服务的，也不能把革命文艺的作用仅仅归结为服从一定革命时期的革命任务，这样就把文艺的作用理解得过于狭窄了。其二，对文艺的特殊性注意得不够。列宁在谈到文艺与革命的关系时是十分全面的，他既强调了文艺是无产阶级总的事业的一部分，又强调文艺事业不能同无产阶级事业的其他部分刻板等同起来，要求尊重作家艺术家个人的创造性，要求重视内容和形式的多样性。毛泽东在引用列宁这段论述时恰恰把后者忽略了，只强调文艺是无产阶级总事业的一部分，只强调文艺是革命机器中的"齿轮和螺丝钉"。在特殊的历史条件下更多地强调问题的一个方面，这是可以理解的。问题是以后在文艺政策问题上出现的种种偏见，不能说同这种理解没有关系。正是考虑到这种情况，邓小平才在1980年提出："不继续提文艺从属于政治这样的口号，因为这个口号容易成为对文艺横加干涉的理论根据，长期实践证明它对文艺的发展利少害多。但是，当然不是说文艺可以脱离政治。文艺是不可能脱离政治的。"[②]

---

① 《毛泽东论文学与艺术》，人民文学出版社1960年版，第70页。
② 《邓小平文选（1975—1982）》，人民出版社1983年版，第220页。

三　列宁文艺思想和中国当代文艺学

中华人民共和国成立以后，随着我国社会主义文学新时期的开创，列宁文艺思想在我国的传播和研究也进入崭新的阶段。较之新中国成立前，这个时期的译介更为系统、内容更为广泛，译文质量明显提高，研究工作更是得到大力加强。特别是党的十届三中全会以后，这方面的工作又出现了新的局面。

新中国成立后列宁文艺思想的传播和研究，同马克思恩格斯文艺思想的传播和研究一样得到空前的重视，这是由我国社会主义文艺的性质决定的。我国社会主义文学是以马克思列宁主义作为指导思想，新中国成立后广大文学艺术工作者的创作迫切需要马列主义文艺理论的指导，而面临着建设具有中国特色的文艺学任务的文艺理论工作者，更是需要以马列主义文艺理论作为武器，来总结中国文艺理论遗产和中国革命文艺运动的历史经验。

新中国成立后不久，出版界就着手马列主义文艺理论的出版，并且始终把它摆在外国文艺理论出版的首位。1951 年，人民文学出版社出版了《马克思恩格斯列宁斯大林论文艺》。1958 年，人民文学出版社首次单独出版了《列宁论文学》（根据苏联 1957 年版）。1960 年，人民文学出版社出版了两卷本《列宁论文学与艺术》（根据苏联 1957 年版）。1983 年，人民文学出版社出版了中国社会科学院文学研究所编的《列宁论文学与艺术》。1988 年，漓江出版社出版了杨炳主编的《列宁论文艺与美学》，这后两本是由我国文艺理论工作者独立主编的列宁文艺论著。这些列宁文艺论著的出版，对我国文艺理论的建设和文艺理论的教学，都产生了广泛和深刻的影响。除此以外，新中国成立后还出版了《列宁给高尔基的信》（张古梅译，上海书局 1950 年版），《列宁和高尔基通信集》（安徽大学苏联文学研究组编译，外国文学出版社 1981 年版），《列宁论作家》（吕荧辑译，上海新文艺出版社 1952 年版）。

随着列宁文艺论著的译介，研究列宁文艺思想的专著也陆续介绍到我国，其中有牟雅斯尼科夫《列宁与文艺学问题》（曹葆华译，人民文学出版社 1952 年版），梅拉赫《列宁与十月革命前的俄罗斯文学问题》（蔡时济等译，新文艺出版社 1956 年版），卢那察尔斯基《列宁与文艺学》（见蒋路译《卢那察尔斯基论文学》，人民文学出版社 1978 年版），戈尔布诺夫《列宁与无产阶级文化协会》（申强等译，外国文学出版社 1980 年版），梅拉赫《列宁与俄国文学问题》（即《列宁与 19 世纪末和 20 世纪初的俄国文学问题》，臧仲伦等译，中国社会科学出版社 1982 年版）。以上论著都分别反映了苏联各个时期列宁文艺思想研究的重要成果，而《列宁文艺思想论集》（张耳、董立武编译，中国社会科学出版社出版 1986 年版），则比较集中地反映了苏联 70—80 年代列宁文艺思想研究的最新成果，从中可以看出苏联在列宁文艺思想的基本理论研究和列宁文学批评研究方面的最新进展，以及研究方法方面的革新。

在译介的同时，新中国成立后国内列宁文艺思想的研究工作也不断得到加强。且不说研究列宁文艺思想的论文在各个时期大量涌现，党的十一届三中全会以后出版的各种马列文论发展史都设有列宁专章，近年来高等院校也普遍开设马列文论课程。最值得提出的是 1984 年 4 月全国马列文论研究会在厦门召开讨论列宁文艺思想的第六次学术讨论会，1984 年 9 月中国苏联文学研究会在庐山召开的列宁文艺思想讨论会。这两次学术讨论会的召开可谓是中国列宁文艺思想研究的一大盛事。在两个讨论会上，与会者提交了大量研究列宁文艺思想的论文，这也可以说是新中国成立以来首次列宁文艺思想研究的大检阅。与会者密切结合中国文艺创作和文艺理论的实际，认真研讨了列宁文艺思想，认为列宁文艺思想是马克思恩格斯文艺思想的继承和发展，特别是列宁又总结了社会主义文化建设的经验，因此，认真学习和研究列宁文艺思想，对于具有中国特色的马列主义文论的建设和中国社会主义文学艺术的发展，都具有重大意义。这两个讨论会既是我国列宁文艺思想研究的总结，又把我国列宁文艺思想的研究引向深入。

综观当代中国对列宁文艺思想的研究，可以看出两个明显的特点：一是列宁文艺思想研究同中国当代文艺理论的拨乱反正和积极建设密切相联系；二是列宁文艺思想研究同具有中国特色的社会主义文化艺术建设密切相联系。就研究的重点而言，80 年代以来理论界关注的重点有三个方面：基本理论研究（反映论，党性原则，两种文化学说）；文艺批评方法论研究；社会主义文化建设纲领研究。

关于基本理论研究。

艺术反映论、文学党性原则和两种文化学说是列宁文艺思想的理论基石，也是历年列宁文艺思想研究关注的重点和争论的焦点。在相当一个时期内，从当时的历史条件出发，根据国内文艺斗争的需要，在这些基本理论问题的阐发方面更多地强调反对文艺创作的主观唯心主义，反对资产阶级的创作自由和反对文化问题上的非阶级观点，这当然是十分正确的，同时也存在种种片面性。进入新时期以来，结合文艺界的拨乱反正和理论建设，理论界在坚持唯物主义、党性原则和阶级观点的基础上，就更多地结合文艺本身的特点和规律，力求阐明艺术反映的审美特征，文学原则既是政治思想原则也是审美原则，以及文化问题上阶级性表现的全部复杂性。这样，就把基本理论问题的研究引向深入，并且达到更高的科学层次。

就艺术反映论而言，以往的研究更多地强调反对主观唯心主义，反对文艺创作脱离客观的现实生活，同时也出现机械反映论的片面性。近一个时期的研究在坚持唯物主义观点的基础上有了新的进展，这主要表现在两个方面：一是反对机械反映论，强调列宁的艺术反映论是能动的反映论，强调创作主体在反映过程中的能动作用，要求全面理解主客体在创作过程中的辩证关系。有的同志认为列宁反映论的精髓是：（1）观念意识形态的能动性；（2）认识过程的辩证法；（3）社会实践对认识的重要意义。有的同志结合列宁对托尔斯泰的评论指出："列宁精辟地论述了艺术创作中的主客观关系，天才地指出了托尔斯泰创作的复杂性，科学地揭示了它的美学价值和历史价值，它使我们认识到，评价作品既要看它客观上对时代和历史的反映，又要注意研究作家独特的立场、观点、审美心理、创作个性等在艺术反映中的作用，也不能忘记这些主观因素与时代、历史、阶级的最终复杂关系。"① 二是强调艺术反映是审美反映，它不同于科学的反映，有其自身的特殊性。有的同志认为，"审美反映是一种灌满生气、千殊万类的生命体的艺术反映，它具有实在的容量，巨大的自由，它不仅曲折多变，而且可以使脱离现实的幻想反映，具有多样的具象形态，可以使主客体发生双向变化"。艺术作为一种实践、一种精神把握世界的方式，"决定了艺术反映中感情和思想的融合，感性和理性的相互渗透，认

---

① 《马列文论研究》第 7 集，中国人民大学出版社 1985 年版，第 416 页。

识和评价的感受形式与语言、形式统一的审美本质特征"。因此，在文艺理论中，以审美反映代替反映论，不是取消反映论原理，而是将它具体化和审美化了。[①]

就文学党性原则而言，以往的研究侧重点在于阐明文学事业是党的事业的一部分，反对资产阶级创作自由的主张，同时也存在片面理解文学事业和党的事业关系的简单化毛病。新时期以来，理论界则侧重研究文学事业本身的特殊性，党性与作家艺术家个性的辩证关系，以及党对文学的领导与文学的特点、规律的关系等问题。研究者指出，列宁《党的组织和党的出版物》明确提出文学事业是党的事业的一部分，提出文学要为千千万万劳动人民服务，同时也强调艺术创作的个性和独创性，文艺内容和形式的多样性等问题。另外，列宁在其他方面还阐明了艺术真实性和倾向性的辩证关系，社会典型和文学典型的区别，阐明了文学典型的关键在于个别的环节，在于分析和表现典型人物的性格和心理。列宁的这些论述为全面、正确地理解党的事业和艺术事业的辩证关系，党领导艺术事业的特点，为制定党的文艺政策奠定了坚实的理论基础。无产阶级文学艺术发展的历史告诉我们，党的文艺政策出现的"左"和右的种种偏差，都是在不同程度上，从不同的方面偏离了列宁文学党性原则。列宁文学党性原则的基本精神至今仍然具有现实意义。

就两种文化学说而言，从当前改革开放的现实出发，为进一步吸收和借鉴资本主义社会和过去时代的文化艺术成果，以繁荣和发展社会主义文学艺术，研究者对两种文化学说进行了深入的理论探讨。[②] 研究者认为列宁的两种文化学说没有过时，用阶级分析观点对待种种文化现象，仍然是我们考察过去文化和当今资本主义文化的指导思想。同时，从当前文化建设的实际出发，也必须深入探讨一些重要问题。一是两种文化的对立统一关系问题。社会主义文化和资本主义文化之间存在差别性、矛盾性和对抗性，这是不容否定的事实，但同时也必须承认这两种文化不是毫无关系的。特别是在当代，随着世界市场的迅速发展，科学技术的突飞猛进和前所未有的信息时代的到来，社会主义文化的发展决不能孤立于国际文化的

---

① 钱中文：《现实主义和现代主义》，人民文学出版社 1987 年版，第 74—78 页。

② 见吴元迈《浅论人类文化成果的吸收和借鉴》，《外国文学评论》1992 年第 4 期。

客观进程，必须要同资本主义文化发生世界性的相互联系和相互作用，共同面对生态平衡、环境保护、人口控制等一系列世界性问题。二是文化的阶级性和历史性的关系。分析两种文化既要讲阶级性，也要讲历史性，而且两者是统一的，因为文化本身就是历史发展的产物。资本主义文化在文艺复兴时期和启蒙时期具有进步意义，因为当时资产阶级尚处于上升时期和革命时期，它是代表着人民的利益而走上历史舞台的。就是当今的资本主义文化也经历着一个复杂而深刻的矛盾过程，现代资本主义文化有不少颓废、没落、腐朽的东西，同时在文学艺术领域也出现不少有价值的东西。因此，对资本主义文化全盘肯定和全盘否定的态度，都是错误的。只有正确认识现代资本主义文化演变的矛盾而复杂的过程，才能在吸收和借鉴方面防止片面性。

关于文艺批评方法论研究。

80 年代中期以来，理论界出现方法论热，大量引进西方文艺理论与文艺批评的方法论，在这种情况下有些人就认为列宁在论托尔斯泰文章中所体现的社会历史分析方法似乎过时了。这种观点的出现，引起了理论界对列宁文艺批评方法论研究的关注，不少人认为列宁的文艺批评方法是马克思恩格斯文艺批评方法的继承和发展，列宁在托尔斯泰评论中所体现的文艺批评方法论原则，至今对文艺理论批评仍然有指导意义。理论界所关注的是列宁文艺批评所体现的"美学的和历史的观点"的结合。列宁说："在分析任何一个社会问题时，马克思主义理论的绝对要求，就是要把问题提到一定的历史范围之内。"[1] 列宁就是运用这种历史的观点来评价托尔斯泰，在历史上首次从俄国革命的性质、动力的角度来揭示几十年来讲不清楚的托尔斯泰学说与创作矛盾的根源，充分显示出社会历史批评的巨大威力。同时，研究者指出列宁文艺批评的历史观点又是同美学观点相结合的，他把对托尔斯泰作品的思想分析和美学分析紧密结合起来，充分重视托尔斯泰的艺术个性和创作独创性，认为他的创作的思想特色和艺术特色都是源于农民的情绪和心理。列宁文艺批评历史分析和美学分析的有机结合，今后仍然是文艺批评的榜样，它对于克服文艺批评中离开社会历史谈艺术，离开内容谈形式的形式主义批评，对于克服离开艺术谈社会历

---

[1] 《列宁选集》第 2 卷，人民出版社 1972 年版，第 512 页。

史，离开形式谈内容的庸俗社会学批评，具有重要的现实意义。

关于社会主义文化建设纲领研究。

当代中国正面临着建设具有中国特色的社会主义的任务，其中包括建设具有中国特色的社会主义文化的任务，如何正确处理好当代文艺与传统文化、外来文化的关系，如何处理好当代文艺与生活的关系，如何处理好当代文艺与人民群众的关系，如何处理好党对文艺的领导问题，始终是文艺界所关注的重要理论问题和实践问题。在思考这些问题时，理论界自然把目光转向列宁在十月革命后从事社会主义文化建设的实践经验和理论概括。十月革命后，列宁在巩固苏维埃政权和恢复经济的同时，也对社会主义文化艺术建设倾注了极大的心血，不仅制定了一系列文艺方针政策，还采取了一系列具体措施。这是一项开创性的事业，因为社会主义国家的文化建设是历史上前所未有的，从这个意义上讲，列宁领导社会主义文化建设的实践和理论，是具有普遍意义的。有的研究者从苏维埃新文艺的性质和任务，作家队伍的培养，深入生活和表现新事物文艺批评的标准，批判地继承文学遗产，防止文艺中的"左"、右两种错误倾向和党对文艺的领导等方面，总结了列宁 1917—1924 年的文艺思想和实践。[①] 有的研究者从文艺与传统，文艺与人民，文艺与生活三个方面概括了列宁社会主义文化建设纲领的主要内容：社会主义文化艺术应当在批判继承人类文化遗产的基础上得到发展；社会主义文化艺术必须面对新的生活，表现新的事物和新的人；社会主义文化艺术必须扎根于人民，为群众所了解和爱好。同时指出，列宁认为党的领导是实现社会主义文化建设纲领的根本保证，党和国家要保证作家艺术家的创作自由，同时十分注意对作家和艺术家加以引导，保证他们的创作按照正确的方向发展，最终产生好的结果。[②] 对列宁社会主义文化建设纲领的探讨虽然仅仅是开始，但它在当代列宁文艺思想研究中所占的地位越来越重要。随着具有中国特色的社会主义文化的发展，列宁社会主义文化建设纲领将越来越显示出它的理论光辉和巨大的现实实践意义。

---

① 连铗、周忠厚：《列宁的文艺思想和实践（1917—1924）》，文化艺术出版社 1984 年版。

② 程正民：《列宁的社会主义文化建设纲领》，《北京师范大学学报》1992 年增刊。

参考书目

中文部分

《列宁论文学》，人民文学出版社 1958 年版。

《列宁论文学与艺术》（一、二），人民文学出版社 1960 年版。

《列宁论文学与艺术》人民文学出版社 1983 年版。

《列宁论文艺与美学》，漓江出版社 1988 年版。

《列宁给高尔基的信》，上海书店 1950 年版。

《列宁论作家》，上海新文艺出版社 1952 年版。

《列宁与高尔基通信集》，外国文学出版社 1981 年版。

牟雅斯尼科夫：《列宁与文艺学问题》，人民文学出版社 1952 年版。

梅拉赫：《列宁与十月革命前的俄罗斯文学问题》，新文艺出版社 1956 年版。

卢那察尔斯基：《列宁与文艺学》，见《卢那察尔斯基论文学》，人民文学出版社 1978 年版。

戈尔布诺夫：《列宁与无产阶级文化协会》，外国文学出版社 1980 年版。

梅拉赫：《列宁与俄国文学问题》，中国社会科学出版社 1982 年版。

《列宁文艺思想论集》，中国社会科学出版社 1986 年版。

连铗、周忠厚：《列宁的文艺思想与实践（1917—1924）》，文化艺术出版社 1984 年版。

俄文部分

《列宁与文艺学问题》，莫斯科 - 列宁格勒，1961 年。

季莫菲耶夫与谢尔宾纳主编：《列宁与文学》，莫斯科，1963 年。

B. 谢尔宾纳：《列宁与文学问题》（第 2 版），莫斯科，1967 年。

《列宁与艺术》，莫斯科，1969 年。

《列宁与高尔基》（第 3 版），莫斯科，1969 年。

布什明主编：《列宁遗产与文学科学》，列宁格勒，1969 年。

米亚斯尼科夫和艾里斯别格主编：《列宁遗产与 20 世纪文学》，莫斯科，1969 年。

В. 梅拉赫：《列宁和 19 世纪末 20 世纪初的俄国文学问题》（第 4 版），列宁格勒，1970 年。

В. 谢尔宾纳：《从列宁遗产看文艺学问题》，莫斯科，1971 年。

《列宁遗产与艺术问题》，莫斯科，1971 年。

В. 沃罗比约夫：《马克思列宁主义与文学科学》，基辅，1971 年。

《列宁和卢那察尔斯基》，《文学遗产》，第 80 卷，1971 年。

В. 戈尔布诺夫：《列宁和社会主义文化》，1972 年。

《列宁和文化革命》，1972 年。

Я. 艾里斯别格：《列宁遗产·生活与文学》（第 2 版），莫斯科，1973 年。

Ю. 鲁金：《列宁与社会主义艺术理论》，莫斯科，1973 年。

А. 叶祖伊托夫：《有生命力的武器·列宁著作中的文学党性原则》，1973 年。

В. 谢尔宾纳：《列宁与文学》，莫斯科，1974 年。

М. 奥夫相尼科夫：《马克思恩格斯和列宁的美学理论》，莫斯科，1974 年。

В. 戈尔布诺夫：《列宁与无产阶级文化派》，莫斯科，1974 年。

А. 沃尔科夫：《列宁与高尔基》，莫斯科，1974 年。

В. 马克西莫娃：《列宁的〈火星报〉与文学》，莫斯科，1975 年。

А. 杰缅季耶夫：《列宁与苏联文学》，莫斯科，1977 年。

Ю. 鲁金：《列宁和苏联文学思想美学原则的形成》，莫斯科，1977 年。

杜勃罗文：《论艺术创作的党性》，莫斯科，1977 年。

《列宁和国外马克思主义文学批评》，莫斯科，1977 年。

А. 巴比伊、В. 恰科夫斯基：《作为研究艺术特性的方法的列宁主义反映论》，基什涅尔，1978 年。

И. 札伊采夫：《列宁和政论与文学批评问题》，基辅–顿涅茨克，1978 年。

И. 克鲁克：《文学的列宁党性原则和创作自由》，基辅，1978 年。

《列宁论文学与艺术》（第 6 版），莫斯科，1979 年。

《列宁论文化》，莫斯科，1980 年。

《马克思列宁主义与文学创作》，莫斯科，1980 年。

C. 加林：《列宁论文化革命》，莫斯科，1980 年。

《列宁美学遗产与艺术文化》，莫斯科，1980 年。

A. 叶祖伊托夫：《列宁和现实主义问题》，列宁格勒，1980 年。

M. 泽里多维奇：《历史主义与创作：列宁的遗产与俄国文学和文学批评问题》，哈尔科夫，1980 年。

B. 马泽帕：　《列宁的美学遗产和艺术文化的当代问题》，基辅，1980 年。

B. 戈尔布诺夫：　《列宁对马克思主义文化理论的发展》，莫斯科，1980 年。

O. 埃加德泽：《列宁和〈真理报〉论艺术党性》，1980 年。

A. 德列莫夫：《文学党性和现代性》，莫斯科，1980 年。

Ю. 鲁金：《列宁与现代美学》，莫斯科，1980 年。

《文学史研究的方法论问题》，莫斯科，1981 年。

B. 别里亚克：《伟大的话语》，莫斯科，1981 年。

B. 鲁基杨诺夫：《列宁与文学批评》，莫斯科，1982 年。

Ю. 沙拉波夫：《作为读者的列宁》（第 2 版），莫斯科，1983 年。

H. 基雅先科、H. 伊列捷洛夫：　《反映论与美学问题》，莫斯科，1983 年。

A. 叶祖伊托夫：《列宁与俄罗斯文学》，莫斯科，1985 年。

第二编

卢那察尔斯基文学
理论批评的现代阐释

导　论

卢那察尔斯基其人

卢那察尔斯基对我们来说并不是一个陌生的名字，作为革命家，我们知道他是列宁的战友，苏联第一位教育人民委员（教育文化部长），领导了第一个社会主义国家的文化建设工作；作为文艺理论家和文艺批评家，我们知道鲁迅先生当年就译介了他的《艺术论》、《文艺与批评》和《文艺政策》，并指出卢那察尔斯基"是革命者，也是艺术家，批评家"，[1] 他"在现代批评界地位之重要，已可以无须多说了"。[2]

安那托里·瓦西里耶维奇·卢那察尔斯基（1875—1933）是俄国第一代无产阶级革命家，苏联党和国家著名的政治活动家，科学院院士，文艺理论家，文艺批评家，政治家和戏剧家。他一生从事革命活动，十月革命后由列宁提名担任苏维埃政府第一任教育人民委员（教育文化部长）。卢那察尔斯基为无产阶级革命事业和社会主义社会的建设，贡献了自己的一生。同卢那察尔斯基很熟悉的高尔基在给他的信中写道："您度过了艰难而光辉的一生，做了大量的工作。长期以来，几乎是一生，您都同列宁和他的最伟大、最卓越的同志们并肩走在一起。"[3]

卢那察尔斯基的创作遗产是博大精深的，列宁称他是一位"天赋异常丰富的人"。[4] 卢那察尔斯基一生著述范围非常广泛，涉及哲学、历史、教育、科学、外交、宗教、建筑、戏剧、美术、音乐和文学各个领域，共有 4300 多种，其中有关文艺学、美学、艺术理论、文学史和文学批评的著述也达 2000 多种，收进这方面著述的《卢那察尔斯基文集》就有皇皇8 大卷。同时，他还写有 28 个剧本。他的著作被译成世界上 72 种文字。

卢那察尔斯基是不脱离革命实践和文化建设实践的理论家和批评家。真正的党性、丰富的天赋、渊博的学识，以及长期领导社会主义文化建设的经验，使得他能为马克思主义文艺理论批评做出重要贡献，成为杰出的马克思主义文艺理论家、文艺批评家和社会主义文化活动家。毋庸讳言，十月革命前后卢那察尔斯基在政治问题上和文化问题上都有过失误，都受

---

① 鲁迅：《〈艺术论〉小序》，《鲁迅译文集》第 6 卷，人民文学出版社 1958 年版，第 3 页。

② 鲁迅：《〈奔流〉编校后记》，《鲁迅全集》第 7 卷，人民文学出版社 1973 年版，第 537 页。

③ 《列宁与高尔基通信、回忆录和文件》，1968 年，第 376 页。

④ 高尔基：《列宁》，人民文学出版社 1977 年版，第 30 页。

到过列宁的批评，他的政治观点、哲学观和美学观点的发展也经历过曲折的道路，但他从不讳言自己的失误，并且勇敢改正自己的错误。总的来看，卢那察尔斯基文艺思想中主要的、基本的和具有决定意义的部分，无疑是马克思主义文艺理论批评的宝贵财富。

从 19—20 世纪马克思主义文艺理论发展来看，在马克思和恩格斯之后，俄国马克思主义文艺理论的发展占有特别重要的地位，它开创了马克思主义文艺理论发展的列宁阶段。在这个阶段，卢那察尔斯基是一位重要的代表人物。在俄国三大马克思主义文艺理论批评家当中，普列汉诺夫在十月革命前逝世，沃罗夫斯基革命后基本上停止理论批评活动，唯有卢那察尔斯基亲身参加了社会主义文化建设，参加十月革命后的文艺理论批评实践和文学创作实践，有条件面对新的实践作出新的理论概括。因此，在 20 世纪马克思主义文艺理论批评发展中，卢那察尔斯基自然就成为一个需要特别加以关注的重要人物，他的理论批评遗产也就特别值得加以珍视。

第 一 章

卢那察尔斯基的生平和思想发展

卢那察尔斯基的一生走过艰难而又曲折的道，有过辉煌、有过迷误，但他始终同俄罗斯人民同命运共患难，把自己的一生毫无保留地贡献给人民的事业，为俄国的革命和建设做出重大贡献。因此，他能充满自信和激情地说："无论我们做过的事情中有多少渣滓和错误，我们总能以我们在历史上所起的作用而自豪，并且无所畏惧地把自己交给后代去评判，对于他们的裁决没有丝毫的怀疑。"①

一 走上艰难的革命道路（1892—1904）

1883 年普列汉诺夫等人在日内瓦建立"劳动解放社"，1895 年列宁在彼得堡成立"工人阶级解放斗争协会"，从此俄国解放运动由平民知识分子时期转入无产阶级革命时期，马克思主义的发展进入列宁阶段，这是俄国革命的重要转折时期，卢那察尔斯基正是在这个新的历史时期走上革命道路和从事文艺理论批评活动的。

卢那察尔斯基 1875 年出生于乌克兰波尔塔瓦市一个开明的官员家庭。用卢那察尔斯基的话说，家里经常进行"革命性的和半革命性的谈论"，他从小就对俄国进步作家和思想家的著作感兴趣。

1884 年生父去世，全家迁居基辅，1887—1895 年卢那察尔斯基在基辅第一中学学习，在中学时代，他就读了《共产党宣言》、《资本论》和其他马克思恩格斯的著作。在七年级的时候，他就参加学生秘密学习小

---

① 《卢那察尔斯基论文学》，人民文学出版社 1983 年版，第 626 页。

组，并在铁路机车车辆工人和手工业者中进行革命宣传活动。为此，内务部通知司法部："根据警察司的情报，卢那察尔斯基从 1894 年起就很可疑"。

1895 年中学毕业后，卢那察尔斯基到瑞士苏黎世大学自然科学哲学系学习。同年，加入俄国社会民主党。在大学期间，一方面受到经验批判主义即马赫主义创始人之一阿芬那留斯的影响，在他的指导下学习哲学和生物心理学，后来他说"在阿芬那留斯的课堂上、著作中和他的讲习班上，我找到了确立我的哲学世界基础的方法"，① 甚至认为"经验批判主义是通向马克思所建立的堡垒的最好阶梯"。② 显然他当时没能认清马赫主义的唯心主义实质，也没能划清马赫主义和马克思主义的界限。另一方面，在大学期间，他也同"劳动解放社"的普列汉诺夫和阿克雪里罗德建立密切的联系。他在普列汉诺夫指导下研究 18 世纪法国唯物主义和德国古典哲学。在艺术史和艺术理论方面，他也从普列汉诺夫的谈话中得到很多"真正富于营养的决定性的东西"。③ 阿克雪里罗德也关注他哲学思想的发展，批评他"把社会看作是一个不断进化的机体这种斯宾塞的观点"。④ 值得关注的是，这两方面的情况说明马克思主义和马赫主义对卢那察尔斯基都有深刻的影响，他早期的哲学思想是充满矛盾的，这也就为以后他的思想发展出现的曲折种下了根子。

1898 年卢那察尔斯基从国外回到莫斯科，积极参加俄国社会民主工党的地下工作，重建被警察破坏的莫斯科党组织。1899 年以"在工人中进行反政府的宣传"的罪名被捕，之后在莫斯科和基辅的监狱中和俄国北方流放地卡卢加、沃洛格达和托契玛共度过六年的监禁和流放的生活。在此期间，他并没有停止自己的思考和活动，他发表文章支持列宁的《火星报》，批判民粹主义、"合法马克思主义"和无政府主义，发表了第一篇文学评论《莫里斯·梅特林克》（1902），第一部美学著作《实证主义美学原理》（1904）。1902 年，他同波格丹诺夫的妹妹安娜·亚历山大

---

① 《卢那察尔斯基未出版的资料》，文学遗产出版社 1972 年版，第 550 页。
② 卢那察尔斯基：《回忆与感想》，莫斯科，1968 年，第 20 页。
③ 特里丰诺夫：《卢那察尔斯基与苏联文学》，文学出版社 1974 年版，第 14 页。
④ 卢那察尔斯基：《回忆与感想》，莫斯科，1968 年，第 20 页。

罗芙娜结婚。

二　同列宁并肩战斗（1904—1907）

卢那察尔斯基在国内的革命活动和文章的政论天才及战斗倾向，引起了布尔什维克党的重视。1904 年秋，为编辑布尔什维克的报纸《前进报》，列宁决定召卢那察尔斯基到日内瓦。他的到来，列宁非常兴奋，列宁对他说："如果您认为我来找您是太早了，那么，相反，我认为来得太晚了。"[1] 这样，卢那察尔斯基开始同列宁的并肩战斗。卢那察尔斯基为《前进报》撰写政论文章，同时到各处发表演说，揭露沙皇专制制度，同孟什维克机会主义展开坚决的斗争，受到了群众的欢迎和列宁的器重。克鲁普斯卡娅回忆说："阿纳托里·瓦西里耶维奇来到了日内瓦，我记得，弗拉基米尔·伊里奇简直抓住他不放，他们整小时整小时不停地谈论运动的前景，谈论如何进行斗争，谈论应当如何开展党的工作，把当时的工人运动推向应有的高度。阿纳托里·瓦西里耶维奇给我的第一个印象：他是一个战士。来到日内瓦的这个同志，同弗拉基米尔·伊里奇，同当时还不大的布尔什维克—列宁主义小组并肩站在一起，他把自己全部的天才，自己所有的力量都献给了为捍卫正确的马克思主义路线而斗争的事业，献给了反对孟什维克的斗争。"[2] 她还说："现在我们的工作沸腾起来了。来了一艘驱逐舰，它全心全意投入战斗。他是一位出色的演说家，并总是得到热烈的喝采。"[3]

1905 年 4 月在伦敦召开的全俄社会民主工党第三次代表大会上，卢那察尔斯基受列宁的委托做了关于武装起义的重要报告。大会充分肯定了《前进报》在同孟什维克主义作斗争中的"革命主动性"和在阐明党的战略问题上所表现的"革命敏锐"，同时决定创办中央新的机关报——《无产者》周报。该报先后出版的 26 期中有 16 期刊登了卢那察尔斯基的文章，有的一期多达两三篇。这些文章继续揭露孟什维克，痛斥沙皇专制制

---

[1]　转引自帕夫洛夫斯基《卢那察尔斯基》，黑龙江人民出版社 1984 年版，第 10 页。

[2]　同上书，第 11 页。

[3]　同上。

度，嘲笑资产阶级自由主义者。其中不少文章又印成小册子发行。

卢那察尔斯基在列宁领导下从事《前进报》和《无产者》报工作期间，充分发挥了自己的文学天才和政论天才，列宁非常珍视他的天赋、博学、敏锐和能力，同时也对他进行同志式的帮助，为他校订和修改政论，使文章更有深刻的思想和锐利的锋芒。卢那察尔斯基日后写道，日内瓦"在我的生活史上起了明显的作用"，是"生活和政治生活中最重要的部分"。①

1905 年夏，卢那察尔斯基因健康恶化到意大利治病、休养。在这期间，他仍然出版了小册子、发表了文章，其中在《真理》杂志发表了《关于艺术的对话》一文，涉及艺术和无产阶级的关系。

1905 年 10 月，俄国发生 1905 年革命，卢那察尔斯基同列宁等人立即赶回祖国。在革命风暴中，列宁紧紧抓住有巨大影响的舆论工具，卢那察尔斯基协助他创办第一份公开出版的布尔什维克报纸《新生活》，并在报上发表文章捍卫布尔什维克的路线，号召工人武装起义，把资产阶级民主革命转变为社会主义革命。在这期间结识了高尔基之后，他又先后在布尔什维克报刊《浪潮报》、《前进报》和《回声报》工作，继续进行革命宣传工作。年底又遭逮捕。1906 年秋出狱后，赴斯德哥尔摩参加俄国社会民主工党第四次代表大会的工作，站在列宁立场上反对孟什维克的机会主义。

1907 年秋，由于革命失败，革命活动遭到挫折，卢那察尔斯基被迫离开祖国，先后侨居意大利、巴黎、瑞士，开始十年的政治流亡生活。

三　革命低潮时期的迷误（1907—1912）

到国外后，1907 年 8 月，卢那察尔斯基同列宁一起参加了在德国斯图加特召开的第二国际的国际社会主义代表大会，在党与工会问题上坚持列宁的立场，并写了《论党对工会的态度》的小册子，列宁对这本书很赞赏。他写道："您的关于斯图加特的书我读完了……我看，您写得非常

---

①　卢那察尔斯基：《回忆与感想》，莫斯科，1968 年，第 15 页。

好，全体同志对这本书也十分满意。"① 同年发表《社会民主主义艺术创作的任务》一文。

尽管卢那察尔斯基试图在革命低潮时期，在革命遭到挫折时寻找正确的立场，但他还是犯了严重的错误。1905 年革命失败后，俄国进入斯托雷平的反动时期，沙皇政府疯狂镇压革命，不少人消沉、变节，修正马克思主义成为时髦，赞美变节的反动作品大量出现。高尔基曾经称，1907—1917 这十年是"俄国知识界历史上最丢脸和最可耻的十年"。在这股思潮的影响下，1908 年，卢那察尔斯基在党内斗争中离开了列宁的革命路线和布尔什维克的行列，参加了以波格丹诺夫为首的召回派——前进派，参与了该派在意大利卡普里岛和波伦亚斯所办的短期党校的教学工作。召回派要求党拒绝利用各种合法的工作形式，卢那察尔斯基不理解革命低潮时期进行合法斗争的重要性，站到了召回派一边。同时，他提出所谓的"造神说"，这种观念在《宗教和社会主义》（1908—1911）中叙述得最为充分。他主张为了在革命低潮时期把群众凝聚起来，为了在社会主义时代充分发挥群众的潜能，必须造出新的神。他认为人类具有集体的潜力，应当把它充分发挥出来，创造人间的奇迹。他提出要把人类的集体潜力"加以神化，给它加上荣耀的光轮，以便更强烈热爱它"。② 因此神"就是人类、完美的社会主义的人类"，③ 以这个神为中心的新宗教则是"人类的宗教、劳动的宗教"。④ 从这种观点出发，他把高尔基宣传"造神说"的小说《忏悔》同《母亲》相提并论，甚至认为"就艺术意义而论，《忏悔》比《母亲》更高得多"。⑤

列宁对卢那察尔斯基的迷误给予尖锐的和"同志式"的批评，他在《唯物主义和经验批判主义》中指出："我们决不能用作者（指卢那察尔斯基）的'善良意图'、他的话的'特殊含义'来为这些可耻言论辩护。""在卢那察尔斯基的所谓'人类最高潜力的神化'和波格丹诺夫的

---

① 《列宁与卢那察尔斯基：通信、报告和文件》，《文学遗产》第 80 卷，1971 年，第 36 页。

② 《无神论》，见《马克思主义哲学概论》，1908 年。

③ 《谈〈知识〉文集第二三辑》，《文学的瓦解》第 2 册，1909 年。

④ 《宗教与社会主义》第 1 部，圣彼得堡，1908 年。

⑤ 《谈〈知识〉文集第二三辑》，《文学的瓦解》第 2 册，1909 年。

所谓用心理的东西来代替整个自然界的'普通代换'之间有着思想上的血缘关系。这是同一种思想，不过前者主要是用美学观点来表达，而后者是用认识论观点来表达。"他的"人类最高潜力的神化"也像波格丹诺夫的经验批判主义一样颠倒了主体和客体的关系，用"无限扩大了的、抽象的、神化了的、僵死的、'一般心理的东西'来代换"客观的物质世界，因而必须同他作"同志式的斗争"。① 1910 年在第二国际的哥本哈根代表大会期间，列宁又同卢那察尔斯基见面，并就"造神说"问题同他进行"长时间的谈话"，继续对他进行帮助，指出绝对不能在马克思主义和哪怕是有一点点宗教气味的东西之间架桥。

　　列宁对卢那察尔斯基的批评完全是"同志式"的，他始终相信他是忠于无产阶级事业的，是能克服自己的错误。列宁用十分温暖和尊敬的语气同高尔基说起他："他的个人主义没有那两位（指波格丹诺夫和巴扎罗夫）多。一个天赋异常丰厚的人。我对他'有偏爱'……您知道，我很喜欢他，是一个杰出的同志！他有一种法国人式的光芒。他的轻率也是法国式的，这样轻率来自他的唯美主义。"② 正如克鲁普斯卡娅回忆的那样，列宁对卢那察尔斯基非常好，"甚至在同前进派有分歧的时候，仍然有些偏袒他"。③ 应当说，列宁是尽一切力量争取卢那察尔斯基，他继续请他同布尔什维克报刊《无产者》进行合作，支持他在报刊上开辟文学专栏。他说："您珍惜《无产者》，我很高兴。必须十分珍惜……您看，不要忘记，您是党报的合作者，也别让周围的人忘记这一点。"④

　　1911 年，卢那察尔斯基来到巴黎，给一些报刊撰稿，就西方文化问题、文学和艺术的问题发表文章和进行演讲，同时在巴黎组织了俄国工人作家和诗人小组。

四　回到革命队伍，投入十月革命（1912—1917）

　　事实证明，卢那察尔斯基没有辜负列宁的期望，他在 1912 年终于脱

---

① 《列宁选集》第 2 卷，人民出版社 1977 年版，第 532—533 页。
② 高尔基：《列宁》，人民文学出版社 1977 年版，第 30 页。
③ 《回忆列宁》第 1 卷，莫斯科，1968—1969 年，第 289 页。
④ 《列宁全集》第 47 卷，莫斯科，1958—1965 年，第 154—155 页。

离前进派，回到布尔什维克队伍中来。1912 年，卢那察尔斯基同前进派成员产生深刻分歧，促使他离开前进派，卢那察尔斯基写信给列宁谈到前进派分裂的问题，列宁在该信的信封上写上了："重要！卢那察尔斯基反对阿列克辛斯基。"① 列宁指出卢那察尔斯基反对阿列克辛斯基的演说是前进派分裂和垮台的证明。列宁在《论 A·波格丹诺夫》一文中写道："这不过是已经由'前进'集团的彻底瓦解证实了的事实。工人运动一复兴，这个由各种分子拼凑起来的没有一定的政治路线、不懂阶级政治和马克思主义的集团就彻底瓦解了。"② 在第一次世界大战前夕，卢那察尔斯基逐渐同列宁和布尔什维克接近，并成为《真理报》的追随者，为《真理报》写稿。1913 年，列宁给高尔基写信说："我非常高兴，终于发现了一条使前进派逐渐回来的道路，这就是通过他——《真理报》。"③ 1914年，卢那察尔斯基发表了著名的论文《论无产阶级文学的信》。

卢那察尔斯基能摆脱马赫主义和造神论，同前进派决裂，最终回到列宁立场上来，主要有两个因素：一是卢那察尔斯基忠于无产阶级事业，没有更多的个人打算，于是在革命新的高潮时期又回到了布尔什维克队伍中来。二是列宁尖锐的、不妥协的批评。列宁在原则问题上决不让步！在具体做法上又完全是同志式的关怀和帮助。对此，卢那察尔斯基一直心怀感激，他曾说过："大概没有列宁，我们之中不管谁都不会是现在这个样子，列宁教会了我们许多东西。"④

卢那察尔斯基回到布尔什维克队伍后，又同列宁站在一起积极投入革命斗争。在第一次世界大战期间，他痛斥帝国主义战争是"无耻抢劫的残暴行为"，揭露资产阶级的民族主义和沙文主义，揭露第二国际的叛变行为，反对他们的"伪爱国主义"。

1917 年 5 月，卢那察尔斯基回到俄国，为推翻临时政府和建立苏维埃政权积极投入宣传鼓动工作，5 月 22 日，他在彼得堡工人和士兵代表苏维埃会上发言反对克伦斯基；7 月 4 日他同斯维尔德洛夫一起在克舍辛

---

① 转引自帕夫洛夫斯基《卢那察尔斯基》，黑龙江人民出版社 1984 年版，第 17—18 页。
② 《列宁全集》第 24 卷，莫斯科，1958—1965 年，第 341 页。
③ 《列宁全集》第 48 卷，莫斯科，1958—1965 年，第 141 页。
④ 帕夫洛夫斯基：《卢那察尔斯基》，黑龙江人民出版社 1984 年版，第 48 页。

斯基宫阳台上向数以千计的示威者发表演说。之后被临时政府逮捕，投入监狱。出狱后又重新埋头革命工作，几乎是每天都在群众大会上发表演说，进行革命宣传鼓动工作。7月，他多次在群众大会发表演说，抨击临时政府内外政策，要求把一切政权交给苏维埃。8月20日，卢那察尔斯基被中央任命为布尔什维克报纸《无产者》的文学部主任。同日，被选为彼得堡市议会文化问题副主席。10月根据卢那察尔斯基提议在彼得堡召开无产阶级文化教育协会第一次代表大会。

在十月革命的日子里，卢那察尔斯基完成彼得堡革命军事委员会交给的各项任务。十月革命胜利的当天晚上，在全俄苏维埃第二次代表大会上，卢那察尔斯基被选入大会主席团，宣读了列宁起草的《告工人、士兵和农民书》，宣告全部政权归苏维埃。第二天，以列宁为首的工农政府成立，根据列宁提议，卢那察尔斯基进入政府，任教育人民委员部的人民委员（部长），主管全国的教育、文化、艺术和出版工作。这一决定表明卢那察尔斯基用自己的革命行动证明自己立场的转变，也表明列宁对他的信任和器重。卢那察尔斯基曾经这样写道："我想，当列宁领导的中央委员会在十月革命之后……召我到人民委员会里来，委托我领导教育人民委员部这样在文化方面极为重要的部门。做出这样的决定是以承认我能够从我以前的全部严重错误中解脱出来为前提的。"①

五　战斗在教育人民委员岗位上（1917—1929）

卢那察尔斯基从1917—1929年主持教育人民委员部达十二年之久，面对十月革命后复杂的政治、经济、文化形势，他在列宁的领导下克服一切困难，在建设社会主义的文化教育方面做了大量的工作。同时，他还完成党交给的各项任务，从事党委、组织、宣传、军事和外交各方面的工作。

卢那察尔斯基在教育人民委员部的工作是十分艰难的，但他始终得到列宁的信任和支持。列宁写道："在教育人民委员部，有两个——而且只有两个——负有特殊任务的同志，那就是人民委员卢那察尔斯基同志和副

---

① 卢那察尔斯基：《论无神论与宗教》，莫斯科，1972年，第443页。

人民委员波克罗夫斯基同志。前者任总的领导……全党对卢那察尔斯基同志和波克罗夫斯基同志是十分了解的，当然相信他们两人在教育人民委员部的上述工作中是本行的‘专家’。"① 列宁的支持给了卢那察尔斯基极大的鼓舞，他回忆道："如果有谁能记起我们，那就是列宁——亲爱和富有同情心的领袖。在各种困难的情况下，我们都去找他。每当十分艰难的时候，当我们缺钱缺人，形势变得绝望的时候，我就去找他诉苦，要求给予关怀和帮助。我总能得到在当时那种艰苦条件下，能够得到的东西。"②

教育人民委员部首先面临的是扫除文盲和普及教育的工作，要在短时间内把广大人民群众从长期文化落后的状态中解脱出来。在革命之后的第二天，列宁就召见卢那察尔斯基，并对他说："您必须解决俄国存在的文盲问题。" 1919 年 12 月通过了《关于在俄罗斯联邦居民中扫除文盲》的政府命令，规定了 5 岁至 50 岁居民有义务识字。1920 年 7 月，在教育人民委员部领导之下成立了扫盲全俄非常委员会，与此同时，教育人民委员部着手从根本上改造国民教育体系，实现国民教育民主化，使工农能享受教育。在最初十年，共训练成年人 1000 万人，普通教育学校学生从 289.6 万人增至 1229.6 万人。

教育人民委员部的另一份任务是保护文化艺术珍品，1918 年 7 月，政府颁布了具有全民意义的艺术品国有化，并禁止向国外输出的法令。卢那察尔斯基还签署了在各地组建博物馆，保护艺术纪念碑的文件。同时，在 1918 年，卢那察尔斯基还主持实施了列宁提出的建立伟大革命家、思想家、科学家和文学艺术家塑像的宏伟计划。从 1918 年到 1921 年期间在莫斯科和彼得堡两地建立了 40 多尊塑像。

卢那察尔斯基对十月革命后文学艺术的发展还倾注了极大的心血。他参与 1925 年党的文艺政策的讨论，并最后参与制定对苏联文学艺术发展具有历史意义的联共（布）中央《关于党在文学方面的政策》的决议。在列宁文艺方针的指导下，他积极捍卫继承人类文化艺术遗产的方针，同无产阶级文化派否定人类文化艺术遗产的错误倾向展开斗争；他也反对否定建设社会主义文化可能性的观点，积极团结老作家老艺术家为社会主义

---

① 《列宁全集》第 42 卷，莫斯科，1958—1965 年，第 324 页。
② 《论国民教育》，莫斯科，1958 年，第 368 页。

文化建设服务，同时努力培养和建立工农兵作家艺术家队伍。为了在继承人类文学艺术遗产的基础上发展社会主义文学艺术，卢那察尔斯基主持编辑出版了俄国和欧洲古典作家的作品集，并亲自为不少作品集写了很有学术水平的序言，其中包括普希金、托尔斯泰、陀思妥耶夫斯基、契诃夫、歌德、巴尔扎克、福楼拜、法朗士等作家。同时，他还担任了《出版与革命》、《红色的田地》、《文学》等20种刊物的责编和编委，担任了《土地与工厂》和科学院出版社的主编。

科学研究工作在教育人民委员部工作中也占有重要的地位。1918年，卢那察尔斯基受列宁委任亲自同俄国科学院接触，号召科学院集中力量考察同俄国经济研究有关的问题，围绕这个大题目，布置全国的科研力量。之后，他又积极参与改善科学家日常生活和吸收科学家们参加社会主义建设的工作，他的工作受到科学家们的肯定。1925年9月，在科学院成立200周年的庆祝大会上他致开幕词，引起了国内外强烈的反响。

卢那察尔斯基在教育人民委员部工作的十二年，他的工作远远超过文化教育的范围，经常受中央和列宁的委托完成不少政治、军事和外交方面的工作，如1918—1920年内战期间，他作为革命军事会议的特派员到过许多前线和战区从事组建红军，巩固政权和宣传鼓动工作，1927年11—12月作为苏联代表团成员参加日内瓦举行的裁军筹备委员会的工作。

卢那察尔斯基在教育人民委员任期内，虽然也犯过一些错误，如1920年10月没能坚决反击波格丹诺夫把持的无产阶级文化协会脱离党的领导搞组织独立的要求，受到列宁的尖锐批评。但总的来说，在教育人民委员部工作的十二年，卢那察尔斯基是为第一个社会主义国家的文化建设做出了不可磨灭的历史贡献。

六　最后的岁月（1929—1933）

1929年，卢那察尔斯基离开教育人民委员部。他虽然不担任何政府职务，但仍然在学术界和文学艺术界积极工作，从事大量学术著述工作。

1929年9月12日，卢那察尔斯基被任命为苏联中央执行委员会所属学术委员会主席，主要是领导全国各科研中心和高等学校，他积极参与了改革科学院的工作。1930年2月1日，卢那察尔斯基以满票当选科学院院士，这是对他领导科研工作功绩的承认。卢那察尔斯基领导科研工作期间在科学界的知识分子中享有崇高的声誉，科学院院长 H. H. 卡尔宾斯基写道："卢那察尔斯基是一位具有很高文化水平、具有非凡广博知识的人，他在各方面都适合我们的要求，科学院的巨大工作规模使访问苏联的外国学者感到震惊。这应当主要归功于他。"①

1931 年卢那察尔斯基被任命为科学院主席团委员和列宁格勒科学院文学研究所所长，同时兼任莫斯科共产主义学院文学艺术和语言研究所所长。同时，他还兼任《苏联大百科全书》文艺和语言部分以及《文学百科全书》的主编，亲自撰写了不少重要的词条，其中如《列宁与文艺学》、《文学批评》，等等。

1929—1930 年，卢那察尔斯基同瓦·波隆斯基主编《俄国批评史》，他撰写了批评家普列汉诺夫、批评家奥尔明斯基、批评家沃罗夫斯基以及《俄国批评从罗蒙诺索夫到别林斯基的先驱者》等部分。

1933 年，卢那察尔斯基积极参与苏联作家协会的组建工作，他在苏联作家协会筹备委员会上作《苏联戏剧创作的道路和任务》的报告，后改名为《社会主义现实主义》，对社会主义现实主义创作方法发表了精辟的看法。

卢那察尔斯基晚年还积极从事外交和对外学术文化活动，1930 年 8 月，参加在英国牛津召开的国际哲学家代表大会，在会上作了《西欧艺术理论中的新流派与马克思主义》的报告。1932 年 4 月，参加第一次日内瓦国际裁军代表大会。在关于哲学历史和艺术问题的国际科学大会上，卢那察尔斯基是苏联科学界当之无愧的代表。法国作家罗曼·罗兰对卢那察尔斯基这方面的活动给予很高的评价。他说：卢那察尔斯基在西方"是大家都尊敬的苏维埃思想和艺术的代表"。②

不断被捕和监禁流放，以及长期艰苦紧张的工作严重损害了卢那察尔斯基的健康，他晚年心脏病加剧，一目失明，1932 年 11 月他到德国治病，恰逢德国为庆祝著名剧作家霍普特曼 70 寿辰上演他的新剧本《日落之前》，卢那察尔斯基看完剧本后写下了评论《日出和日落之前——庆祝

---

① 《为了社会主义科学》1933 年第 24 期。
② 《文学报》1934 年 1 月 5 日。

霍普德曼 70 寿辰》，这可能就是他留给我们的最后的评论文章。

　　1933 年 8 月，卢那察尔斯基被任命为苏联驻西班牙的第一任大使，但病魔使他无法完成这项工作。1933 年 12 月 26 日，卢那察尔斯基去西班牙赴任途中，在法国南部滨海小城门通逝世，享年 58 岁。他逝世的时候，联共（布）中央发表讣告，称颂他是"功勋卓著的老布尔什维克、杰出的苏联社会主义文化建设者"。

第 二 章

卢那察尔斯基的历史贡献和个性特征

一 卢那察尔斯基的历史贡献

卢那察尔斯基把自己的一生贡献给俄国的无产阶级革命事业和社会主义文化建设事业，作为社会主义文化建设的领导人和杰出的马克思主义文艺理论家和批评家，他的历史贡献有以下三个方面。

1. 领导了第一个社会主义国家的文化建设

十月革命后年轻的苏维埃社会主义共和国在打退国内外敌人的进攻和恢复国民经济的同时也面临着社会主义文化建设的任务，这是人类历史上前所未有的开创性事业。完成这项任务所面临的困难是后人难以想象的，在当时既要面对战争的创伤和物质条件的极端匮乏，更重要的是还要面对思想文化领域复杂尖锐的斗争，面对来自右的和"左"的挑战。托洛茨基从右的方面否定无产阶级文化艺术存在的可能性，在他的影响下，沃隆斯基在一段时间也认为，"无产阶级艺术现在没有也不能有，暂时我们面临的任务是掌握旧文化和旧艺术"。① 而无产阶级文化派和未来派则从"左"的方面否定过去的文化艺术传统，否定社会主义文化同人类文化的继承关系。列宁非常关注社会主义文化建设，他尖锐地批判了种种错误倾向，明确提出社会主义文化建设应当继承传统、面向生活、扎根人民的主张。在这个问题上，卢那察尔斯基站到了列宁一边，作为教育人民委员，在第一线领导了第一个社会主义国家的文化建设。在苏维埃政权建立的最初年代，卢那察尔斯基具体领导了扫除文盲、组建国民教育体系、改组科

---

① 转引自吴元迈《苏联文学思潮》，浙江文艺出版社 1985 年版，第 13 页。

学研究机构的工作，在领导文学、艺术、戏剧、电影事业以及出版和博物馆事业方面也做了大量的艰苦的工作。卢那察尔斯基不仅是以一个社会主义文化建设的组织者出现的，同时对社会主义文化建设的理论也做了深入的研究，他深入阐述了列宁社会主义文化建设理论的一系列现实问题，其中诸如革命和文化的关系，社会主义建设中文化的作用，文化的继承性，文化和知识分子，文化和个人等问题。他对社会主义文化建设的理论认识是有相当深度的，例如他提出要区分文化建设近期的任务和长远的任务，近期的任务是扫除文盲，提高人民的文化水平，形成科学的世界观，而长远的、更为根本的任务则在于造就全面发展的和谐的个性。他认为革命本身过去和将来都不是目的，革命的目的是"创造和谐的文化"，是"使人的力量和美无限增长"，是"人的完善"。① 从某种意义上讲，卢那察尔斯基既是社会主义文化建设卓越的组织者，也是社会主义文化建设杰出的理论家。

2. 捍卫和发展了马克思主义文艺理论

马克思主义文艺理论的崛起是 19 世纪末 20 世纪初俄国文艺理论的重大现象，俄国的马克思主义者在运用马克思主义观点解决俄国革命问题时，也运用马克思主义观点解决俄国文学发展问题，总结无产阶级文学运动的新鲜经验，于是产生了俄国的马克思主义文艺理论。俄国马克思主义文艺理论是普列汉诺夫开创的，其代表则是列宁，列宁提出了艺术反映论、文学党性原则和两种文化学说，把马克思主义文艺理论推到了一个崭新阶段。俄国马克思主义文艺理论家，除了列宁和普利汉诺夫以外，还有卢那察尔斯基、沃罗夫斯基、奥尔明斯基、邵武勉等人，他们情况各不相同，成就高低不一，但都为俄国马克思主义文艺理论做出了自己的贡献。除了列宁之外，人们往往把普列汉诺夫、卢那察尔斯基和沃罗夫斯基称之为俄国三大马克思主义文艺理论批评家，其中普列汉诺夫和沃罗夫斯基的理论批评活动都是在十月革命前进行的，唯有卢那察尔斯基亲自参加了社会主义文化建设，面临革命后新的实践和新的问题，有可能为马克思主义文艺理论做出新的阐释。因此，在俄国马克思主义文艺理论批评家中，卢那察尔斯基的贡献值得特别加以重视。

---

① 《卢那察尔斯基文集》第 7 卷，莫斯科，1963—1967 年，第 140 页。

卢那察尔斯基对马克思文艺理论的贡献主要体现在以下两个方面。

第一，坚决捍卫和全面阐发了列宁文艺思想。

普列汉诺夫为马克思主义文艺理论的发展做出了重大的贡献，但他的文艺思想是有局限性的，可是在 20 年代，普列汉诺夫却被树为文艺理论的权威，德波林等人提出"为普列汉诺夫的正统而斗争"，而列宁文艺思想却没有引起足够的重视。到了 30 年代，随着文艺界批判庸俗社会学的文艺观点和片面抬高普列汉诺夫的做法，情况才有了变化。其中起重要作用的首推卢那察尔斯基，他的专著《列宁与文艺学》（1932）首次系统阐发了列宁的文艺思想，不仅高度评价列宁文艺思想的重大意义，称之为"当代文学实践和无产阶级文艺理论的指路明灯"，而且对列宁的艺术反映论、两种文化学说等一系列重要理论问题作了深入的阐述。卢那察尔斯基的专著可谓列宁文艺思想研究的开山之作，为列宁文艺思想研究打下坚实的基础，对马克思主义文艺理论的发展产生了深远的影响。

第二，针对错误的文艺思潮，面对现实出现的新问题，对一系列重大的文艺理论问题做了新的阐述。

十月革命后，文艺界面临着前人未曾碰过的建设社会主义文学艺术的新问题，虽然列宁在革命前的《党的组织和党的出版物》（1905）中已为社会主义文艺的发展指明了方向，但革命后的文艺界仍然出现了种种错误的文艺思潮，如无产阶级文化派否定人类文化遗产，庸俗社会学派把文艺与经济、文艺与政治、文艺与生活简单地等同起来，形式主义者片面强调艺术形式的重要性，等等。针对这些思潮，卢那察尔斯基在列宁文艺思想的光照下，对文艺和革命的关系问题、文艺与传统的关系问题，以及社会主义现实主义创作方法问题做了马克思主义的阐释，他既坚持了无产阶级文艺和社会主义文艺固有的特性，又十分重视艺术的审美特性，既坚持了马克思主义的原则性，又不把复杂的问题简单化，充分体现出一种科学的宽阔的文艺观，这在当时"左"的、狭窄的文艺思想影响很大的文艺界是十分不容易的，也是十分难得的。联系到 20—30 年代苏联文艺学界的复杂局面，我们就会加倍珍惜卢那察尔斯基对马克思主义文艺理论的贡献。

3. 发展了马克思主义文艺批评

卢那察尔斯基是马克思主义文艺理论家，也是马克思主义文艺批评家。从某种意义上讲卢那察尔斯基更是一位马克思主义文艺批评家,他对于马克思主义文艺批评的贡献要大于对马克思主义文艺理论的贡献。这样讲不仅仅是因为他的文艺批评文章在马克思主义文艺批评家中数量是最大的,也不仅仅因为在《卢那察尔斯基文集》八卷本中,文艺批评的文章比起文艺理论文章占绝对优势,主要还在于卢那察尔斯基对马克思主义文艺批评理论的系统阐述,在于他的批评实践为马克思主义文艺批评提供了新范例。

卢那察尔斯基一生主要的文学活动是文学批评,作为杰出的马克思主义文艺批评家,他不仅有丰富的文艺批评实践,而且对马克思主义文艺批评理论有深入的独到的研究。他曾经专门研究过俄国的文艺批评,以及普列汉诺夫、沃罗夫斯基、奥尔明斯基等人的马克思主义文艺批评,同时写出了《马克思主义批评任务提纲》(1928)这篇重要的理论文章,这篇论文把它称之为马克思主义文艺批评理论的重要文献是一点也不过分的。卢那察尔斯基在这篇论文中系统地阐述了马克思主义文艺批评的性质和特点,社会批评和美学批评的关系,评价作品内容和形式的标准,批评文章科学性和艺术性的关系,批评家和作家的关系等一系列重要批评理论问题。这样广泛而深入地论述马克思主义文艺批评的理论问题,在马克思主义文艺论著中是很少见的,难怪鲁迅给予极大的重视,并亲自把它翻译介绍给中国的文艺界。

卢那察尔斯基的文艺批评在20—30年代的苏联文艺界是独树一帜的,它既不是令人憎恶的把文学等同于政治的庸俗社会学的文艺批评,也不是把文学封闭于文本之中,封闭形式和语言之中的形式主义的和唯美主义的文艺批评,而是通过他的大量的、独特的文艺批评为马克思主义文艺批评提供一种新的范例,让人觉得马克思主义文艺批评既是科学的,又是可亲近的,它的特点一是历史分析和美学分析的紧密结合,而不是两者的分裂;二是非常富有个性特征,而不是千篇一律的,它充满着批评家的独到见识,饱含着批评家的情感。从某种意义上说,卢那察尔斯基的文艺批评还马克思主义文艺批评本来的面目,又发展了马克思主义的文艺批评。

二　卢那察尔斯基的个性特征

我们在研究历史人物时，以往只重视共性不关注个性，殊不知他的个性特征对他们的理论活动和实践活动都有深刻影响。卢那察尔斯基作为无产阶级革命家和马克思主义文艺理论家和批评家，他能对无产阶级革命事业和社会主义文化建设事业做出贡献，对马克思主义文艺理论批评做出贡献，也是同他异常的天赋和鲜明的个性相联系的。

1. 充满热情的和不知疲倦的革命家

无论是十月革命前还是十月革命后，卢那察尔斯基总是充满热情地、不知疲倦地投入革命斗争和文化建设，他的一生充满沸腾的政治活动和思想理论活动。

作为职业革命家，十月革命前他多次被捕、被流放，但从来没有动摇过革命信念，只要一从监狱释放出来，他就立即投入革命斗争。1904 年，卢那察尔斯基被列宁召到日内瓦，他一到日内瓦就给革命工作带来生气，列宁夫人克鲁普斯卡娅回忆道："现在我们的工作沸腾起来了。来了一艘驱逐舰，它全心全意投入战斗。他是一位出色的演说家，并总得到热烈的喝彩。""因为来了一位新同志，现在我们所有人的情绪都是高涨的。他是一位出色的演说、天才的作家，能使群众真正激动起来。"① 1907 年 7 月，卢那察尔斯基又一次被捕，但当他出狱后，又立即重新埋头于革命工作。他几乎每天都在工厂、兵营和马戏院的群众大会上发表演说，他给住在瑞士的妻子写信说，"现在我通常的听众是四千人"。

十月革命后，身负教育人民委员的重任，在组织教育科研和文学艺术方面做了大量工作，同时还完成党交给的党务、军事、外交和宣传等多项任务。除此之外，他还进行大量的理论著述工作，不算哲学、教育、宗教无神论、外交方面的著述，仅就文学艺术方面的著述就达到皇皇八卷。由此可见卢那察尔斯基罕见的工作强度和过人的精力。艺术研究院院长、文艺学家柯根在回忆卢那察尔斯基一天的工作强度时写道："我记得阿纳托里·瓦西里耶奇在革命后的最初几年里是怎样的。一次在他那里召开教育

---

① 转引自帕夫洛夫斯基《卢那察尔斯基》，黑龙江人民出版社 1984 年版，第 11 页。

工作者会议。他作了有关教育体系的报告，提出了发展苏联学校的方针。他还没来得及作完报告，就接到通知说，艺术工作者们来了……阿纳托里·瓦西里耶维奇所讲的苏维埃国家的艺术发展前景吸引了他们。艺术工作者们走了，戏剧界的代表又来了。阿纳托里·瓦西里耶维奇令人鼓舞地、热情地、引人入胜地讲道，苏维埃戏剧应当描写现实，戏剧应当向哪些方面引导苏维埃观众。他还为苏维埃戏剧规定了下一步工作的途径和剧目……然后，我们一起到了艺术研究院，阿纳托里·瓦西里耶维奇要在文艺学家的代表大会上就但丁的创作问题发表讲话。"① 下面我们再看看卢那察尔斯基进行著述活动所达到的工作强度，他在这方面的活动往往是在政府工作之余，挤时间进行。在他的台历上曾经记下了 1928 年 2 月 18 日这一天应当完成的著述任务：（1）为《文化与革命》写《论高尔基》；（2）为《世界报》（巴比塞）写 250 行；（3）为《消息报》写谈无家可归的文章，为《新世界》写一篇同样题目的文章，并以这个题目在编辑部讲话；（4）论哈特菲尔德；（5）为《教师报》写《资产阶级的和平主义和无产阶级的和平主义》。② 据统计，卢那察尔斯基在十月革命后的 16 年中，仅在《消息报》上发表的报导、文章、随笔、简讯和评论就约达 400 篇。

2. 天赋异常和知识渊博的艺术家和理论家

在俄国第一代无产阶级革命家和马克思主义理论家当中，像普列汉诺夫、列宁等不少人都是才气横溢、知识渊博，卢那察尔斯基也是当中的一位。卢那察尔斯基不同于一般的革命家和领导人，他是一位学者型的艺术型的革命家和领导人，他天赋丰厚，知识渊博，又有很强的艺术感悟力和很高的艺术修养。他一生的著述涉及人文社会科学的众多领域，有哲学、历史、教育、宗教、外交等，就是在文艺领域他也是行行精通，除文学以外，戏剧、音乐、建筑、美术他都十分在行。同时他还写了 28 个剧本。卢那察尔斯基的才华也让国外的专家学者和作家折服。1925 年，年轻的苏联纪念科学院成立 200 周年，世界许多著名的专家学者都来参加纪念

---

① 《共产主义科学院通报》1935 年第 3 期，第 36 页，转引自帕夫洛夫斯基《卢那察尔斯基》，黑龙江人民出版社 1984 年版，第 23—24 页。

② 《卢那察尔斯基文集》第 1 卷，莫斯科，1963—1967 年，第 9 页。

会。其中有些人是怀着友好感情来的，有些人则是带着偏见来的，他们认为苏联是个不文明的"野蛮"国家。在这次大会上卢那察尔斯基以教育人民委员的身份登台致词，他开始用俄语讲话，然后用德语、法语、英语、意大利语讲话，最后用拉丁语结束自己的发言。卢那察尔斯基的才华和博学使与会者为之倾倒。当时一家法国报纸称卢那察尔斯基为欧洲最文明最有教养的教育部长。正是卢那察尔斯基的才华，使得列宁尽管多次批评过他，但还是对他有偏爱，并委以重任。列宁曾经对高尔基这样评价过卢那察尔斯基："真是稀有的才能。我对他有些偏爱，——见鬼，多么愚蠢的话：有些偏爱。我的确喜欢他，你知道，一个优秀的同志！他有一些法国式的光彩。他的轻率也是法国式的，他的轻率来自他的唯美主义。"①

由于卢那察尔斯基有丰厚的学识和很高的艺术素养，面对 20—30 年代苏联文艺学界"左"的思潮的冲击，他始终保持清醒的、理性的态度。对待一系列重要的理论问题，他虽然无法摆脱时代的局限，但仍然有一种有别于潮流的独立见解，开阔的视野和勇于探索的创新精神。当人们狠批形式主义的时候，他虽然也参与批评，但又坚持要把形式主义同形式的艺术区分开，认为马克思主义者绝不否认存在着纯粹形式主义的艺术。（见《艺术科学中的形式主义》）当人们对欧洲出现的种种艺术新流派采取简单否定的态度时，他运用自己渊博的知识和敏锐的艺术感受力，对艺术中立体主义、象征主义、印象主义、结构主义、未来主义、表现主义等一一作了具体的一分为二的分析（见《艺术及其最新形式》）。当人们大谈艺术的社会学因素，进行艺术的社会学分析时，他在强调社会学因素占主导作用的同时，也充分估计到生理因素的影响（见《艺术史上的社会因素和病态因素》）。在讨论社会主义现实主义时，他反对把社会主义现实主义看成教条，狭隘地理解它的含义，特别强调社会主义现实主义是一个"广泛的纲领"，应当重视内容、题材、风格、形式和手法的多样化，指出它可以包容不同等差的作家。（见《社会主义现实主义》）

3. 充满矛盾又是非常真诚的人

卢那察尔斯基所生活和工作的年代是一个新旧社会交替的年代，一个充满矛盾和斗争的年代，一个政治和文化艺术紧紧捆在一起的年代，面对

---

① 高尔基：《列宁》，见《回忆录选》，人民文学出版社 1959 年版，第 23 页。

革命和文化的种种复杂和尖锐的问题，作为一个革命者和领导人在文化艺术问题上他要同中央和列宁保持一致，作为一个艺术家和理论家他又有自己独立的思考和独到的见解。在文化艺术问题上，他既要坚持政治方向，又要坚持审美的原则，实在是一个很大的难题。作为一个文化思想战线的领导人，他以自己学识、素养、见地和对知识分子的爱护，受到文化、教育和科学知识分子的尊重，享有崇高的声誉，但又时常遭到来自"左"的方面的批评，说他是"自由主义者"。这样他就经常陷入矛盾和痛苦之中。这情况有点类似我国的周扬，作为思想文化战线的领导人，他一方面要坚持中央和毛泽东的路线，另一方面他对艺术本身的特点和规律又有自己的见解，这样他就必定成为"文化大革命"中姚文元所批判的"反革命两面派周扬"。

难得是卢那察尔斯基面对种种矛盾和压力，他并没有随风倒，如果自己认为是正确的，他极力坚持自己的立场；如果被认为是错的，他则痛快承认自己的错误，从不掩盖自己的失误，从中我们可以看出一个尽管有过失误的革命家和艺术家的真诚。

如前所述，十月革命前在革命低潮年代，卢那察尔斯基曾犯过"造神说"的错误，当年列宁曾给予尖锐的批评。对此他从不掩盖，在十月革命后的一些文章中，他多次承认自己的失误，感谢列宁对他的帮助。他生命的最后一年，在为萧伯纳的《黑女寻神记》写序言中，又一次真诚地承认："我也患过同样的'神话'癖，也打算与其说是寻找不如说是用集体的力量去建造一个很招人喜爱的神。可是我的伟大的列宁和我所隶属的伟大的党很快就治好了我的病，使我放弃了把脏水灌进科学的辩证唯物主义无神论的清泉中这种知识分子的尝试。是的，在萧伯纳的精雅形态的'自然神论'里，他仍旧将清水和脏水混淆起来了。"①

十月革命后，卢那察尔斯基在对待无产阶级文化派和未来派的问题上也同样陷入深深的矛盾之中，他同列宁发生矛盾，并受到列宁的批评。列宁坚决批评无产阶级文化派否定人类文化遗产，试图摆脱党的领导的错误，并请卢那察尔斯基在 1920 年 10 月召开的无产阶级文化协会代表大会上表态。可是卢那察尔斯基在大会上的讲话态度不够鲜明，他自己说是

---

① 卢那察尔斯基：《论文学》，人民文学出版社 1983 年版，第 491—492 页。

"用比较婉转和折衷的语气讲的",因此受到列宁的申斥。在未来派问题上,列宁也是持否定态度,一是认为他们的诗歌形式太古怪,二是认为他们把持了艺术领导部门,赶走了现实主义画家。卢那察尔斯基本人虽然对未来派不见得十分喜欢,但他支持艺术的"创新",赞扬青年人的热情,在为他们的作品集《黑麦的话》写序时,同高尔基一样,赞扬他们富有热情和青春气息。同时,他也同意发行马雅可夫斯基的诗作《一万万五千万》。为此,卢那察尔斯基受到列宁的批评,列宁给他的信中说:"卢那察尔斯基支持未来派应该受到责备。"[①] 如何对待现代派艺术,如何对待未来派,确实是一个十分复杂的问题,看来,列宁更多的是从政治的角度考虑问题,而卢那察尔斯基更多的是从艺术的角度考虑问题,主张对他们采取宽容的态度。他同意出版马雅可夫斯基的《一万万五千万》,主要是考虑到"象勃柳索夫这样的诗人十分欣赏",而诗人在工人中间朗诵时"也产生强烈的效果"。[②]

　　总的来说,卢那察尔斯基虽然不是完人,但对社会主义文化建设和马克思主义文艺理论批评做出了巨大的贡献,他的热情,他的才华,他的真诚,造就了他的独特的富有魅力的个性,也给他的实践活动和理论活动打下了深深的烙印。

---

① 《列宁论文学与艺术》,人民文学出版社 1984 年版,第 363 页。

② 同上。

第 三 章

卢那察尔斯基的研究情况和研究意义

一　卢那察尔斯基的研究概况

卢那察尔斯基文艺论著的出版在苏联一直进行，对卢那察尔斯基文艺理论批评的研究相对薄弱，而出版和研究的转机是在 1962 年，在这一年苏联权威的《共产党人》杂志第 10 期发表了《关于对待卢那察尔斯基文化遗产的态度问题》的专论，批评了在评论卢那察尔斯基的理论遗产时出现的公式化和简单化的倾向，要求对卢那察尔斯基的论著进行深思熟虑的马克思主义评价，对他的理论遗产采取具体的历史的态度，在他的论著中区分出对现代生活和进一步发展社会主义文化有意义的主要部分。从此，卢那察尔斯基文艺论著的出版在苏联出现了新的一页。

1963—1967 年国家文学艺术出版社出版的《卢那察尔斯基文集》八卷本，可谓是苏联卢那察尔斯基论著出版和研究的重大事件，它以空前的规模收集了卢那察尔斯基有关文学的论著。

八卷的内容如下：

第 1 卷　俄罗斯文学；

第 2 卷　苏联文学；

第 3 卷　革命前的戏剧和苏联戏剧；

第 4 卷　《西欧各重要时期文学史》；

第 5 卷　西欧文学；

第 6 卷　西欧文学；

第 7 卷　美学和文学批评；

第 8 卷　美学和文学批评。

除八卷文集外，后来陆续出版了《美学论文选》（1975）、《论艺术》（2 卷本，1982 年）、《在音乐的世界里》（1971）、《俄罗斯文学史概述》（1976）。同时，还出版了一系列重要文献：《关于卢那察尔斯基研究与回忆》（1975）、《卢那察尔斯基：研究与材料》（1978）、《卢那察尔斯基：未发表的材料》（《文学遗产》第 82 卷，1970 年）、《列宁与卢那察尔斯基》（《文学遗产》第 80 卷，1971 年）、以及《卢那察尔斯基：著作、书信和有关生活和活动文献索引》（2 卷本，1975 年，1979 年）。

关于卢那察尔斯基生平和思想的研究，关于卢那察尔斯基文艺思想和文艺批评的研究，从 60 年代就开始，七八十年代又出版了一系列研究著作。其中主要有：

А. 叶尔金《卢那察尔斯基》（1967）；

О. 帕夫洛夫斯基《卢那察尔斯基》（1980）；

А. 列别杰夫《卢那察尔斯基的美学观点》（1962，1970）；

П. 布加延科《卢那察尔斯基和苏联文学批评》（1972）；

Н. 特里丰诺夫《卢那察尔斯基与苏联文学》（莫斯科，1974）；

Н. 科赫诺《卢那察尔斯基和苏联马克思主义文学批评的形成》（明斯克，1979）；

А. 巴兰涅科娃《卢那察尔斯基论社会主义现实主义美学问题》（里加，1981）。

如果说苏联 70—80 年代的卢那察尔斯基研究克服了以往的简单化的倾向，开始出现了新的局面，那么在苏联解体后苏联文艺界又出现了一股否定卢那察尔斯基的逆流，一些评论家把卢那察尔斯基说成是"为了世界革命任务而力求摧毁一切旧文化"的代表人物，把卢那察尔斯基早期美学著作《实证主义美学原理》说成是社会主义现实主义理论的思想根源，指责他在 30 年代提倡"兵营式的美学"。对此，苏联著名文学批评家、《卢那察尔斯基与苏联文学》（1974）一书作者 Н. 特里丰诺夫与 В. 叶费莫夫发表了《应当"鞭挞"卢那察尔斯基吗?》（见《文学问题》1991 年第 1 期）一文给予反击。他们对"近年来攻击、责难、咒骂卢那察尔斯基已成为习以为常的现象"表示痛心和愤慨，并根据历史事实一一加以驳斥。在一些文艺论著中，可以看到卢那察尔斯基的文艺思想和文艺批评依然得到高度重视和正确的评价。例如圣彼得堡大学 1997 年出版的专著《俄罗斯 30 年代文学批评》（B. 别尔欣）中，在谈到 30 年代文学批评的政治意识、美学意识和历史意识时，都把卢那察尔斯基放在重要的地位，并给予正确的评价。

我国对于卢那察尔斯基文艺论著的译介是起于 20 年代，起于鲁迅。当时他痛感革命文艺队伍内部在介绍外国文艺时只是搬弄名词口号以吓人的错误倾向，决心译介马克思主义的文艺理论和批评，除了译介普列汉诺夫的著作，他还译介了卢那察尔斯基的《艺术论》（1929 年 4 月）、《文艺批评》（1929 年 8 月），并且给予卢那察尔斯基很高的评价，他认为卢那察尔斯基是"革命者，也是艺术家、批评家"，[①] 他"在现代批评界地位之重要，已可能无须多说了"。[②] 除鲁迅外，冯雪峰也译介了卢那察尔斯基的《艺术之社会基础》（1929 年 5 月）。

在鲁迅和冯雪峰之后，我国的卢那察尔斯基译介相对沉寂了，其中现在见到的有 1939 年世界书局出版的齐明、虞人合译的《实证美学的基础》，新中国成立后十七年也只有蒋路译的卢那察尔斯基《论俄罗斯古典文学作家》（1958），译作的"内容说明"指出："卢那察尔斯基是苏联最早和出色的马克思主义文艺理论家之一，在国际上享有广大的声誉"，他的论著"是用马克思主义观点分析作家作品的典范"，他的评论"有广泛的概括，有细腻的剖析，有严谨的评述，也有政论性和论战性的篇章，处处可以看出作者独创的见解和磅礴的才气"。[③] 新时期以后，卢那察尔斯基的译介出现了新的局面。1978 年，人民文学出版社出版了蒋路译卢那察尔斯基《论文学》（1983 年第二次印刷），1991 年三联书店出版了吴谷鹰译《关于艺术的对话——卢那察尔斯基美学文选》，1998 年百花文艺出版社出版了郭家申译卢那察尔斯基《艺术及其最新形式》。这三本译著包括了卢那察尔斯基美学文艺学有代表性、最重要的论著（其中包括鲁迅译过的《实证主义美学原理》），也包括了卢那察尔斯基评论俄罗斯文学、苏联文学和西欧文学的重要批评文章，为我们研究卢那察尔斯基的理论批评提供了较为完备的条件。

---

① 《〈艺术论〉小序》，《鲁迅译文集》第 6 卷，人民文学出版社 1958 年版，第 3 页。
② 《〈奔流〉编校后记》，《鲁迅全集》第 7 卷，人民文学出版社 1973 年版，第 537 页。
③ 卢那察尔斯基：《论俄罗斯古典作家》，人民文学出版社 1958 年版。

　　从新时期开始，对卢那察尔斯基的研究开始起步。

　　蒋路为卢那察尔斯基《论文学》写的《译后记》[①] 可以说是第一篇全面、客观地论述卢那察尔斯基生平和思想发展，卢那察尔斯基的文艺观和文艺批评的文章。作者认为卢那察尔斯基的文艺观经历过一条漫长而曲折的道路，十月革命后才进入更成熟、稳定的阶段。他指出卢那察尔斯基重视文艺的阶级性和倾向性，"力求把文学现象摆在一定的历史范围之内，摆在具体的时间和社会环境之内加以考察，同时用阶级斗争作为基本的指针，因而他能在看似迷离混沌的复杂性中发现规律性，比较确切地说明作家和作品的历史价值和现实意义"。同时，又特别指出卢那察尔斯基却不把社会和阶级对文学的制约加以绝对化，而十分注意作家的创作个性，注意作家可能超越本阶级的局限而表现人类的情感和理想，作者还特别赞扬卢那察尔斯基能以可贵的胆识顶住"左"派对文化遗产采取虚无主义态度的逆流，坚持对文学遗产批判继承的原则，"既不但善于发现矛盾，并且善于总观全面，抓住矛盾的主要方面，分清主流和支流，所以对遗产既能毫不留情地批判，又能理直气壮地继承"。对于卢那察尔斯基文学批评中对作品艺术性的重视以及批评文章独特的风格，作者也着重加以论述。

　　李辉凡的《列宁文艺路线的忠实执行者——纪念卢那察尔斯基逝世五十周年》[②]、《卢那察尔斯基与早期俄苏文学思想的发展》[③] 是新时期国内研究卢那察尔斯基的重要成果。作者在文章中系统论述了卢那察尔斯基关于无产阶级文化派和未来派、知识分子问题、文艺和政治的关系、社会主义现实主义问题的观点，同时也具体分析了卢那察尔斯基对苏联文学的评价和研究工作。他认为："从十月革命胜利到二十年代末这一十分困难而又复杂的时期里，卢那察尔斯基作为苏联文化工作的直接参加者和领导者，积极执行了列宁和布尔什维克党的文艺政策。他支持了文艺界的新生力量，同形形色色的异己思想进行了不懈的斗争；他反对文艺界的形式主义理论和庸俗社会学倾向，批评存在于各种文学团体和派别中的种种错误

　　① 卢那察尔斯基：《论文学》，人民文学出版社 1983 年版，第 626—644 页。
　　② 见《外国文学研究集刊》第 7 辑，中国社会科学出版社 1983 年版，第 37—68 页。
　　③ 见《二十世纪初俄苏文学思潮》，社会科学文献出版社 1993 年版，第 352—380 页。

思潮……他的《列宁与文艺学》一书是苏联文艺界研究马克思列宁主义文艺理论方面的第一本专著，系统地阐述了列宁主义文艺思想，从而为苏联研究马克思列宁主义文艺理论遗产的工作奠定了良好的开端。"总之，"他不愧是列宁文艺路线的忠实执行者，他在开创苏联社会主义新文艺事业中建立了不朽的功勋"。

　　程正民的《卢那察尔斯基早期文艺思想和文艺批评》、《卢那察尔斯基十月革命后文艺思想的发展》和《文艺批评家卢那察尔斯基》，① 对新时期国内卢那察尔斯基的研究有新的推进，主要表现在以下两个方面，一是首次着重研究卢那察尔斯基早期的文艺思想和文艺批评，提出"卢那察尔斯基的文艺思想在十月革命以后才比较成熟和稳定，然而这两个活动时期并没有不可逾越的界限，作为早期的马克思主义文艺理论家和批评家，他的十月革命前的文艺理论和批评仍然是值得重视的，它不仅预示卢那察尔斯基文艺理论批评发展的方向，同时也是俄国早期马克思主义文艺理论批评的重要组成部分"。二是首次集中研究了作为文艺批评家的卢那察尔斯基。文章指出卢那察尔斯基一生主要的文学活动是文学批评，系统分析了卢那察尔斯基的文艺批评理论和他的评论文章在思想分析和艺术分析方面的特色，并重点分析卢那察尔斯基如何把文学评论当作"独特的艺术作品"，形成自己文艺批评的独特风格。

　　王善忠在为郭家申所译《艺术及其最新形式——卢那察尔斯基美学论文选》所写的《前言》② 中，从美学研究的角度，首次对卢那察尔斯基一直有争议的早期美学专著《实证主义美学原理》进行了较为具体深入的分析，指出这部专著除了采用一些实证主义的方法，也受到马赫主义哲学思想的影响，"不过，书中某些美学观点、美学理论上的其他可争议之处则与上述问题的思想性质不同，作为学术问题是可以讨论的。过去苏联学者对这本论著重视不够，介绍不多，有的评价有欠公允，甚至有些偏激。其实，客观地说，尽管这篇长文还不完全是马克思主义的，但它的不

---

　　① 分别见刘宁、程正民著《俄苏文学批评史》（北京师范大学出版社 1992 年版）、程正民著《20 世纪俄苏文论》（百花文艺出版社 1994 年版）、刘宁主编《俄国文学批评史》（上海译文出版社 1999 年版）。

　　② 卢那察尔斯基：《艺术及其最新形式》，百花文艺出版社 1998 年版，第 1—15 页。

少论点是富有启发意义的"。

总的来说，不论是在苏联还是在中国，对卢那察尔斯基文艺论著的研究已经做了不少的工作，取得了很多重要的研究成果，但还是很不够，那么本书的研究重点是什么？它的研究对于建设当代的马克思主义文艺理论和文艺批评有什么现实意义呢？

二　卢那察尔斯基的研究意义

第一，研究卢那察尔斯基对马克思主义文艺理论发展的独特贡献，以他为个案，总结苏联模式的马克思主义文艺理论发展中的经验教训，为建设具有中国特色的马克思主义文艺理论提供有益的启示。

马克思主义文艺理论产生于 19 世纪，在 20 世纪又有了很大的发展，而这个发展既同世界范围的社会发展有关，也同各个国家各个民族的社会发展和文化语境有关，同各个国家各个民族马克思主义文艺理论的发展紧密相连，也就是说它有鲜明的民族特色。不具体了解和研究 20 世纪各个国家各个民族马克思主义文艺理论的发展，就无法从整体上把握 20 世纪马克思主义文艺理论的发展。卢那察尔斯基作为 20 世纪第一个社会主义国家著名的文艺理论家，在领导第一个社会主义国家的文化艺术建设中，在运用马克思主义解决文艺运动所提出的种种问题中，他面临着右的文艺思潮和"左"的文艺思潮的挑战，他所遇到的问题是前人所没有遇到过的。在这个过程中，他尽管不是完人，也有过失误，但他所提出的那些源于文艺运动和文艺创作实际的有价值的观点，乃至于他的种种矛盾和困惑，对于我们研究 20 世纪马克思主义文艺理论的发展，建设当代马克思主义文艺理论，都是有启示意义的。

第二，研究卢那察尔斯基对马克思主义文艺批评的独特贡献，以他为个案，突现马克思主义文艺批评固有的特色，还马克思主义文艺批评本来的面目，为建设具有中国特色的马克思主义文艺批评提供有益的启示。

早在 19 世纪马克思和恩格斯就为马克思主义文艺批评奠定了基础，提出文学批评应当是历史的和美学的观点。20 世纪马克思主义文艺批评在苏联和在中国都得到发展，但也存在种种问题，在一些人那里文艺批评成为政治批评，成为阶级斗争和政治斗争的手段，甚至成了打人的棍子，这种批评自然面目可憎，有的人甚至把它误认为马克思主义的文艺批评，因此败坏了马克思主义文艺批评。卢那察尔斯基一生主要从事文艺批评活动，在人们心目中他更主要是一位文艺批评家。他所生活和从事文艺批评的年代，苏联的文艺批评也一度突出政治批评，成为政治思想斗争的工具，然而他在文艺批评实践中，在坚持正确的政治方向的同时，一直坚持把文艺批评当作"独特的艺术品"来看待，坚持把思想分析与艺术分析结合一起，体现一种科学的态度、艺术的眼光和宽阔的视野。他的文艺批评在众多只讲思想不讲艺术的批评中独树一帜，具有独特的魅力，还马克思主义文艺批评本来的面目，为马克思主义批评做出了独特的贡献。在众多文艺批评中，马克思主义文艺批评当属社会学批评，作为一种文艺批评的形态，它也自然有自己一套范式和特色，例如它有鲜明的阶级性和政治倾向性，但是马克思主义文艺批评的政治维度、历史维度和艺术维度如何融为一体，这是我们很少深入思考和解决的问题。卢那察尔斯基文艺批评作为一个案，通过对它的研究，对于我们认识和发展马克思主义文艺批评应当是有启示意义的。

上 篇

卢那察尔斯基的文艺思想

第 四 章

卢那察尔斯基早期文艺思想

研究论著一般都认为卢那察尔斯基十月革命前在很多问题上受到波格丹诺夫的影响，犯有马赫主义和造神说的错误，曾受到列宁的批评，其文艺上的成就和贡献主要是在十月革命之后。这种看法有它的道理，卢那察尔斯基的文艺思想确实是在十月革命以后才比较成熟和稳定，然而这两种活动时期并没有不可逾越的界限。作为俄国早期的马克思主义文艺理论家和批评家，卢那察尔斯基十月革命前的文艺理论批评依然有许多有价值的成分，是值得重视的，它不仅预示卢那察尔斯基文艺理论批评今后发展的方向，同时也是俄国早期马克思主义文艺理论批评的重要组成部分。

卢那察尔斯基早期的马克思主义文艺理论批评活动，是同俄国马克思主义文艺理论批评的产生相联系的。马克思主义文艺理论批评的崛起是19世纪末20世纪俄国文学理论批评的重大现象，它的崛起是有深刻的社会历史原因的。19世纪80年代，随着资本主义在俄国的迅速发展，阶级矛盾的剧烈化，无产阶级的觉醒，俄国最终成为全世界、首先是欧洲革命的中心。这一切为马克思主义同俄国革命实践的结合，创造了有利的条件。俄国早期的马克思主义者在运用马克思主义解决俄国革命问题时，也运用马克思主义观点解决俄国文学发展的问题，于是产生了俄国的马克思主义文艺理论批评。

俄国马克思主义文艺理论批评是普列汉诺夫（1856—1918）开创的，列宁则是它的代表，他把马克思主义文艺理论批评推到了一个崭新的阶段。此外，卢那察尔斯基、沃罗夫斯基、高尔基、奥尔明斯基、邵武勉也都为俄国马克思列宁主义文艺理论批评的发展做出了自己的贡献。俄国马克思主义文艺理论批评总的来看有以下几个特点：一是独立地运用马克思主义的基本原理来解决俄国文学理论批评的实践问题，当时马克思和恩格斯关于文艺问题的重要信件尚未公之于世。二是在运用马克思主义的同时，也继承了俄国革命民主主义美学和文艺理论批评的传统，他们之间有深刻的思想理论渊源。前者关于文学与生活关系的唯物主义理解，关于文学倾向性和社会作用的观点，关于人民性和现实主义的观点，都给后者深刻的启示和影响。三是在批判民粹主义和颓废主义的斗争中，批判自己队伍内部的错误倾向（如马赫主义和造神说）的斗争中得到发展。四是在总结无产阶级文学运动新鲜经验的基础上得到发展，他们都非常关心和重视高尔基的创作和其他无产阶级作家的创作，并且在总结他们创作经验的基础上，确定了无产阶级文学发展的方向和远景。

了解俄国马克思主义文艺理论批评的产生和特点，有助于我们认识卢那察尔斯基早期的马克思主义文艺理论批评。总的来说，卢那察尔斯基早期文艺理论批评是体现了俄国早期马克思主义文艺理论批评的整体风貌和固有的特征，它的不成熟乃至失误，也是俄国早期马克思主义文艺理论批评发展过程中的必然产物。

一　卢那察尔斯基早期文艺思想的发展

同早期革命活动的历程一样，卢那察尔斯基早期文艺思想发展上经历了复杂和曲折的演变过程。他一方面继承俄国革命民主主义美学的优良传统，学习马克思、恩格斯和列宁的著作，在艺术理论方面，也从普列汉诺夫那里得到很多"真正富于营养的决定性的东西"。[1] 同时，积极参加革命斗争实践，特别是同列宁在革命报刊方面一道工作，另一方面他又迷恋实证主义和经验批判主义，深受马赫和阿芬那留斯的影响，认为在哲学领域内，"经验批判主义是通往马克思所建筑的堡垒的一个最好的阶梯"。[2] 同时还受到达尔文和斯宾塞的"生理因素"观点和尼采的"超人"理论的影响。马克思主义的观点和成分斑驳的非马克思主义观点同时对他产生

---

[1]　《同普列汉诺夫的几次会见》，见《回忆和印象》，苏维埃俄罗斯出版社1968年版，第61页。

[2]　同上书，第20页。

影响，这就构成了卢那察尔斯基早期思想演变的一个重要特点，同时还决定了他早期美学思想的矛盾和不彻底性。然而还应当看到，卢那察尔斯基美学思想演变的总倾向是力图摆脱唯心主义的影响，越来越自觉地运用马克思列宁主义的基本观点评论文学艺术现象，研究 19 世纪末 20 世纪初文学艺术发展的复杂过程。他在《关于艺术的对话》（1905）、《社会民主主义艺术创作的任务》（1907）、《关于无产阶级文学的信》（1914）等文艺论著中，坚持文学的阶级性和党性原则、文学的现实主义原则，批判资产阶级颓废主义文学，捍卫新的无产阶级文学，并努力从理论上论证俄国无产阶级文学产生的必然性以及它的性质和任务，揭示新的社会主义文学的广阔前景。

卢那察尔斯基在早期论著《艺术家总论和艺术家专论》（1903）和《实证主义美学原理》（1904）中阐明了自己的美学观点，其中《实证主义美学原理》最为集中地体现了卢那察尔斯基的美学观点。他在这部著作中力图总结自己的美学观点，书中涉及艺术的认识本质、艺术标准、艺术理想、美感的本质和特征、艺术真实和未来艺术等一系列重要的美学和艺术问题，并且想在心理学、生物学、认识论和社会学等学科的交接处集中论述艺术认识和艺术评价问题，然而由于卢那察尔斯基受到阿芬那留斯经验批判主义、斯宾塞生物学观点和尼采"超人"哲学的影响，结果在阐明上述问题时陷入了唯心主义，他强调离开具体社会历史条件的人是"衡量一切事物的尺度"，企图把生物学观点和社会学观点混同起来，明显表现出用生物学观点解释美学现象的倾向。尽管如此，卢那察尔斯基在这部著作中从"渴望生活"的观点出发，还是坚持了艺术对生活的积极态度，认为艺术是争取美好生活的手段，艺术应当唤起光明的、愉快的感情，巩固对生活的意志。

卢那察尔斯基虽然在美学观点上存在唯心主义的谬误，但他积极参加革命实践活动，这使得他有可能在革命实践中逐渐摒弃美学理论的抽象性，让"渴望生活"获得"阶级"意义。在 1905—1907 年革命准备时期，卢那察尔斯基在一系列论著中提出"艺术和革命"这一重大问题，捍卫现实主义的革命的艺术，反对资产阶级颓废主义的艺术。他在最早的文学论文《俄国浮士德》和《人生悲剧和神术》（1902—1903），《一个思想家的蜕变》（1904）中，批判别尔嘉耶夫的神秘主义和唯心主义，安德列耶夫等人的悲观主义和颓废主义，阐明了生活中的悲观主义和英雄主义问题，对待现实的消极态度和乐观态度问题。在《关于艺术的对话》（1905）这篇早期重要论文中，卢那察尔斯基指出，艺术要教会人们热爱生活，他颂扬战斗的、肯定生活的艺术，否定沮丧的、颓废的艺术，提出艺术要同无产阶级运动相联系。同列宁一道工作，其中包括受到列宁1905年发表的《党的组织和党的出版物》的影响，卢那察尔斯基在1907年发表重要论文《社会民主主义艺术创作的任务》，这是他十月革命前文艺理论批评的路标。论文根据列宁的文学党性原则和高尔基的文学创作实践，深入探讨无产阶级文学一系列带规律性的重要问题。作者明确宣布党性原则是艺术创作的根本原则，从新的艺术同无产阶级斗争和无产阶级意识不可分割的联系的角度，指出无产阶级文学产生的历史必然性，并且进一步阐明无产阶级艺术的一些主要特征，提出"无产阶级现实主义"的口号。卢那察尔斯基在这部论著中比其他论著更加坚决地克服抽象的生物学观点，明显表现出用彻底的阶级观点对待重要艺术创作问题的立场。

在第一次俄国革命失败后的反动时期，卢那察尔斯基逐渐离开列宁的革命路线和布尔什维克的行列，加入以波格丹诺夫为首的"前进派"，宣扬以唯心主义和经验批判主义为基础的"造神说"。他认为人类具有一股集体的潜在力，到了社会主义时代，这股潜在力将得到充分发挥，创造各种奇迹；他主张把这种潜在力"加以神化，给它加上荣耀的光轮，以便更强烈地爱它"。[1] 因此神"就是人类、完善的社会主义的人类"，[2] 以这个神为中心的新的宗教则是"人类的宗教，劳动的宗教"。[3] 这种政治上和哲学上的迷误必然影响到卢那察尔斯基的理论批评，例如他把高尔基宣传"造神说"的小说《忏悔》同《母亲》相提并论，甚至认为"就艺术意义而论，《忏悔》比《母亲》更高得多"。[4] 1911年的《天才和饥馑》和1913年的《年青的法国诗歌》也带有造神说的印记。对于卢那察尔斯基的迷误，列宁在《唯物主义和经验批判主义》中给予严肃的批评。他

---

① 《无神论》，《马克思主义哲学概论》，1908 年。

② 《谈〈知识〉文集第二三辑》，《文学的瓦解》第 2 册，1909 年。

③ 《宗教与社会主义》第 1 部，1908 年。

④ 《谈〈知识〉文集第二三辑》，《文学的瓦解》第 2 册，1909 年。

指出，"我们决不能用作者（指卢那察尔斯基）的'善良意图'、他的话的'特殊含义'来为这些可耻的言论辩护"，他的"人类最高潜在力的神化"也像波格丹诺夫的经验批判主义一样颠倒了主体和客体的相互关系，用"无限扩大了的、抽象的、神化了的、僵化的、'一般心理的东西'来代换"客观的物质世界，因而必须向他作"同志式的斗争"。① 然而后来列宁又向高尔基表示，他相信"卢那察尔斯基会回到党里来的"，认为"他个人主义没有那两位（指波格丹诺夫和巴扎罗夫）多。一个天赋异常丰厚的人。我对他'有偏爱'……您知道，我很喜欢他，是个杰出的同志！他有一种法国式的光芒，他的轻率也是法国式的，这种轻率来自他的唯美主义。"② 列宁同时希望卢那察尔斯基在美学上同波格丹诺夫决裂，他说，"阿列克辛斯基在政治上已经脱离波格丹诺夫，如果卢那察尔斯基也像他这样在美学上脱离波格丹诺夫……如果这样就好了"。③ 列宁对卢那察尔斯基的信任和希望完全是有根据的，他正是从卢那察尔斯基文学理论批评的思想性和战斗性方面，看到了帮助卢那察尔斯基克服思想迷误的内在基础。

事实证明，卢那察尔斯基没有辜负列宁的期望，他在 1912 年完全脱离了"前进派"，又开始为布尔什维克报刊写作。在第一次世界大战期间，他在《诗歌与战争》、《梅特林克对战争的想法》等文章中，揭露和谴责了文学中的资产阶级民族主义和沙文主义，他指出："沙文主义是资产阶级社会最可鄙的思想恶习，总的来说它同艺术是不相容的"，虚伪的爱国主义和战争沙文主义只能对艺术起毁灭作用。特别是在 1914 年，卢那察尔斯基又发表了重要论文《论无产阶级文学的信》，这篇论文在很大程度上可以说是卢那察尔斯基十月革命前文艺思想的总结。他反对取消派的观点，指出在资本主义条件下发展无产阶级文学的可能性，认为艺术是具有巨大价值的武器，无产阶级应当掌握这个武器，而且应当善于利用这个武器。

总之，卢那察尔斯基十月革命前美学思想的发展是曲折的。应当看

---

①　《列宁选集》第 2 卷，第 352—353 页。

②　高尔基：《列宁》，人民文学出版社 1977 年版，第 30 页。

③　《列宁和高尔基通信集》，外国文学出版社 1981 年版，第 114 页。

到，他在政治思想上和美学思想上的失误不能只用个人因素加以解释，而是有深刻的社会历史原因的，其中有革命低潮时期信仰的动摇，有对马克思主义美学问题研究的不足，等等。可幸的是，卢那察尔斯基作为俄国早期的马克思主义文艺理论家和批评家，他并没有把自己的文艺理论批评活动封闭在狭窄的美学框框里，而是积极参加革命斗争实践，让自己的文学理论批评服从于无产阶级革命事业的需要，这就使他有可能克服美学理论上的迷误，在自己的理论批评中批判颓废主义文学，颂扬新生的无产阶级文学，并且从理论上阐明无产阶级文学发展的一些带规律性的重要问题，为俄国马克思主义文艺理论批评做出贡献。

二　《实证主义美学原理》

《实证主义美学原理》（1904）是卢那察尔斯基早期的美学著作，也是他唯一的美学著作，鲁迅最早翻译过这部著作，后来又有人翻译过这部著作。尽管这部著作不完全都是用马克思主义观点来研究美学问题的，也存在着种种问题，但研究卢那察尔斯基美学思想，特别是研究他的早期文艺思想，这部专著是无法回避的。更何况这部著作也存在许多有价值的和有启示意义的观点，很值得加以关注。

苏联的研究论著对《实证主义美学原理》看法不一，以往不少人指责它犯了唯心主义和生物主义的错误，后来又出现了不同的声音，有人认为"在《实证主义美学原理》中，卢那察尔斯基对生物学的强调不是要证明主观主义，而是为了反驳它。因为卢那察尔斯基在认识论方面是无可怀疑的唯物主义者，他无条件地承认存在着一个不依赖于人的意识和人的心理的外部世界"。[1] 有人认为书中"存在着分析研究美感的心理生理学规律的有价值的思想"。[2] 评论前后的变化，从一个侧面反映出《实证主义美学原理》是一部复杂的、不够成熟的美学专著的，其中有价值的成分和有缺陷的部分是并存的，我们不能对它采取简单肯定和简单否定的态

---

① 转引自帕夫洛夫斯基《卢那察尔斯基》，黑龙江人民出版社1984年版，第55页。
② 同上。

度，需要做一些历史的具体的分析，给它一定的历史地位。

要深入理解《实证主义美学原理》必须了解卢那察尔斯基早期哲学思想和美学思想的来源，也就是他是在什么思想影响下写这部美学专著的，这部专著内在矛盾和复杂性归根到底是由卢那察尔斯基早期哲学思想和美学思想的内在矛盾和复杂性决定的。

卢那察尔斯基作为俄国的马克思主义者，他在写这部专著之前首先受到的是俄国革命民主主义美学的影响和马克思主义思想的影响，关注的是革命形势下艺术应当对生活采取什么态度。卢那察尔斯基早在少年时代就开始读俄国革命民主主义思想家和作家的作品，受到俄国革命民主主义思想的熏陶和俄国革命民主主义美学思想的影响。在中学时代，他就读了《共产党宣言》和《资本论》第 1 卷。1895—1896 年在苏黎世大学学习期间，卢那察尔斯基同俄国早期马克思主义阿克雪里罗德和普列汉诺夫建立密切联系，研究科学社会主义，讨论哲学、宗教和艺术问题。在普列汉诺夫影响下，他开始深入钻研德国古典哲学、文化史，学习用马克思主义观点看待艺术和艺术史。他常常就艺术问题同普列汉诺夫展开长谈，海阔天空地发表议论。他说："从任何一本书中，从任何一次参观博物馆中，我都没有得到象当时与格奥尔基·瓦连京诺维奇的交谈中所得到的那么确确实实有营养价值和有决定意义的东西。"① 不可否认，马克思主义对卢那察尔斯基思想的形成有重要影响。他自己曾经说过："随着我的智力的增长，我的马克思主义信念也增长起来了……马克思主义是我思想中真正的明灯和中心点。"② 同俄国早期的马克思主义美学家普列汉诺夫、沃罗夫斯基、奥尔明斯基一样，在马克思主义思想指导下，卢那察尔斯基也对文学艺术问题、美学问题表现出特殊的兴趣。在早期的文学评论《论一般艺术家与其中某些艺术家》（1903）、《莫里斯·梅特林克》（1902）中，他反对颓废的艺术，主张艺术要同现实、同革命保持密切的联系，要对生活采取积极的态度。

在考察《实证主义美学原理》时，我们不能否定马克思主义思想对卢那察尔斯基美学思想的影响，同时也必须重视成分斑驳的非马克思主义

---

① 《苏联作家自述》，中国文联出版公司 1984 年版，第 708 页。

② 转引自帕夫洛夫斯基《卢那察尔斯基》，黑龙江人民出版社 1984 年版，第 34 页。

思想对他的重要影响。他自己曾经这样说过:"我必须说明,在我从事革命实践的过程中,我对政治经济学、甚至对马克思主义社会学的兴趣远不如对它的哲学兴趣那么大。我在这方面的思想并不绝对纯正。"① 在中学时代,他不仅读马克思和恩格斯的书,也读了不少英国实证主义者孔德、斯宾塞、穆勒的书。在中学最后几年,他更是迷恋斯宾塞的学说,把社会看成一贯进化的机体,试图用斯宾塞学说和马克思学说"创造一种混合剂"。② 当时,他已经对阿芬留斯的经验批判主义产生强烈的兴趣,在苏黎世大学学习期间,更是投入到阿芬那留斯的门下,经常去听阿芬那留斯的课程,在他所领导的哲学和生物心理学科研班学习。卢那察尔斯基当时没有看清阿芬那留斯和马赫所鼓吹的感性经验的背后所隐藏的唯心主义实质,他试图用经验批判主义"补充"和"丰富"马克思主义。后来他谈到了阿芬那留斯对他的强烈影响:"在阿芬那留斯的课堂上,著作中和他的讲习班上,我找到了确立我的哲学世界基础的方法。"③ 他甚至认为经验批判主义是通向马克思所建立的堡垒的最好阶梯。④

卢那察尔斯基在《实证主义美学原理》中对美学的探索,固然同他早期的哲学美学思想的内在矛盾有关,同时也同美学研究从形而上走向形而下,从哲学美学走向心理美学,从逻辑推理走向实证研究的趋势相联系。从美学史看,早先的美学是哲学的一个附属部门,是哲学美学。到了19世纪下半期,随着自然科学的迅速发展,开始对形而上的哲学美学提出挑战,人们开始从物理学、生物学、心理学的角度来研究审美现象,对各种审美现象进行实证的研究。"自下而上"的美学开始冲击"自上而下"的美学。卢那察尔斯基把自己的专著称之为"实证主义美学原理",热衷于从生物学的观点来阐明美学现象,这决不是个人的爱好,而是同当时美学研究的总体走向相关连。

把握了《实证主义美学原理》的思想来源和文化背景,就可以来分析这部美学著作的主要内容和主要的美学观点。

---

① 转引自帕夫洛夫斯基《卢那察尔斯基》,黑龙江人民出版社1984年版,第35页。

② 同上。

③ 转引自《苏联作家自述》,中国文联公司出版社1984年版,第705页。

④ 同上。

这部书共分五章：第一章"生命和理想"，第二章"什么是美学？"第三章"什么是美？"第四章"美学的重要种类"，第五章"艺术"。

卢那察尔斯基对美学的研究是从生命，从理想的生命和理想的生活切入的，也就是说是从生物学的角度切入的。他认为生命的机体是各种物理属性和化学属性并处于依附状态的复杂组合物，这一组合物的各方面功能彼此协调并同周围环境协同一致。最有生命力的机体是能对环境作各种反应，足以在任何条件下保全自己的生命。机体如果同环境不能保持平衡就会产生生命变异。对待生命的变异有两种态度，一种是积极的，找出原因，对症下药；一种是消极的态度，逆来顺受，任其摆布。人的机体的力量是有限的，在同大自然作斗争中应当坚持减少力量消耗的原则，使人的精力得到合理的消耗。对精力的不合理消耗必然会引起负面的激情反应，而合理的消耗则会引起正面的激情反应，这就是说人维系自己的生命既是通过对外部环境的反应来实现的，也是受自己的感情所支配。从这个角度看，理想的生活就是精力消耗自如，就是自由愉快的生活，就是创造的本能得到最大的满足，这一切观点就是卢那察尔斯基评价什么是美学，什么是美，什么是美感的基础。

什么是美学？

卢那察尔斯基在两处给美学下定义：

一处是：

> 美学是评价的科学，它部分源于对创作活动的评价。由此可见，美学是作为一般生命科学的生物学的极其重要领域之一。我们倾向于认为，不仅美学，还有整个心理学乃至社会学都应被看作是生命科学的组成部分。①

这个定义把美学说成是生物学的分支，看来十分荒唐，但如果联系前面所说的卢那察尔斯基对生命，对理想的生命和理想生活的看法就不觉得奇怪了。美学同生物学、心理学是有联系的，美感是有生理和心理基础的，但离开社会生活，离开社会历史文化语境来谈美学和美感，那就不可

---

① 卢那察尔斯基：《艺术及其最新形式》，百花文艺出版社 1998 年版，第 13 页。

理喻了，那就会走向生物主义和机械的粗俗的唯物主义的道路。

另一处是：

> 美学是关于评价的科学。人们从三个方面进行评价：真、善、美。由于所有这些方面的评价彼此吻合，所以才能够谈论统一的、严谨的美学，但是这些方面的评价并不是相互一致，因而原则上统一的美学，又衍生出认识论和伦理学来。

那么，什么才是真的、善的和美的？他指出：

> 从生物学观点看，评价当然只能有一个：凡是有助于生活的都是真、善、美，都是某种值得完美肯定的、好的、吸引人的东西；凡是破坏或者贬低生活，限制它的活动的，都是伪、恶、丑，完全是一种否定的、坏的、令人生厌的东西。从真、美、美角度所作的评价，在这个意义上应当是相互吻合的。①

西方美学史上对美学的界定是五花八门，卢那察尔斯基此处给美学作的界定是相当独特的，尽管有不少值得推敲之处，但很有理论价值。

首先，他把美学界定为评价的科学，把美学看成是一种评价，一种价值判断。更重要的是他指出要从真、善、美三个方面进行评价，也就是说要从科学的、社会学的和审美的方面进行评价，而且特别强调真、善、美三个方面要彼此吻合、达到统一协调，才能符合美学的标准。在这里，卢那察尔斯基已经触及和深入到了美学学科的特点。在他看来，美的评价尽管不能混同于社会的道德的和科学的评价，但美的评价是同后者联系的。同时，他也清醒看到，在现实生活中，人的本能和理智是存在矛盾的，真、善、美是存在矛盾的，人们对正义的追求有时也毁坏了美，人们对真理的追求也常常与美感相矛盾，实用的评价和审美的评价也可能是截然不同的。

其次，他指出衡量真、善、美的标准要看是否有利于人类生活、人类

---

① 卢那察尔斯基：《艺术及其最新形式》，百花文艺出版社 1998 年版，第 24 页。

理想和人类进步，凡是有利和有助的就是真、善、美，凡是不利的和有害的则是伪、恶、丑。在这里卢那察尔斯基是用一种对生活的积极态度，一种对人类进步和人类理想的热望来看待和界定美学科学的。他满怀激情地渴望"包罗万象的知识理想，人类生活的正义制度和美的胜利的理想"终将"汇合成为一个最大的生活理想"。[①] 把对美学的界定，把美的标准同人类进步和人类理想紧紧连在一起，是卢那察尔斯基把握美学的重要特色，也是美学史上引人注目的现象。

卢那察尔斯基对美学的界定有其肯定生活的积极的一面，也有明显的生物学的成分。他用是否有助于生活作为衡量真、善、美的标准，这里所指的生活既有社会历史的层面，但更多的是生物学的层面，是机体与环境的和谐和统一。他在分析什么是审美的原则，什么是美，什么是美感时就更突出地表现出生物学观点和马赫、阿芬那留斯观点的影响。

在谈到审美原则和审美规律时，卢那察尔斯基提出了一条重要的原则，即最大限度地减少力量消耗的原则。比如说，"波纹、正确的几何图形、直线、一挥而就的线条、漂亮而正确的装饰韵律等，所有这些恰恰是适应了眼睛构造的需要；相反，七歪八扭的线和圆圈，奇形怪状的肢体形态等等，会使眼睛频频改变视线，觉得很吃力。由此可见，轻松感是眼睛评价形体的正确、悦目等等的基础"。[②] 在这里，卢那察尔斯基试图从以往人们所忽视的形式的角度、生理学的角度，来探讨审美的原则和审美的规律，这是有益探讨。但把美完全归结为生理学的因素，那就是片面的。同时还要看到卢那察尔斯基这种观点明显是受到马赫和阿芬留斯基的影响，"省力的原则"是马赫在《功的守恒定律》（1872），阿芬那留斯在《哲学——按照费力最小的原则对世界的思维》（1876）中最早提出的。在他们的影响下，卢那察尔斯基在专著中谈到逻辑学和美学的亲合性时说："正确的思维，首先是轻松的思维，即遵循最省力的原则——审美原则——的思想"。"认识不仅能够——它应当遵循美学的规律，即少花力量、多出成效的原则；换句话说，它理应遵循合理的原则。"[③] 这种思想

---

① 卢那察尔斯基：《艺术及其最新形式》，百花文艺出版社 1998 年版，第 24 页。

② 同上书，第 42 页。

③ 同上书，第 33 页。

遭到了列宁尖锐的批判，列宁说：“人的思维在正确地反映客观真理的时候才是‘经济的’，而实践、实验、工业是衡量这个正确性的准绳。”① 在马赫和阿芬那留斯看来，思维的“经济”取决于感觉，在列宁看来，思维的“经济”是取决于实践，取决于正确地反映现实。

什么是美？

卢那察尔斯基在回答这个问题时说：“直接激情的反应，即痛苦或享受，满足或不满足——这是审美情感的必不可少的基础。我们称之为美或漂亮的客体都能够在我们心中唤起审美情感。我们能否说一切漂亮的东西都能给我们以享受呢？我们没有理由把令人愉快的粗俗的东西从美学领域中单独分出来。凡是香味俱佳的东西，凡是光滑柔软的东西，凡是寒冷时能给予温暖和炎热时给予凉爽的东西，我们充分有权说它们具有审美意义……”②

卢那察尔斯基对美的界定体现了唯物主义的观点，他认为是美的客体唤起了我们的审美情感，也就是说美的事物是客观存在，而情感是人们对美的事物的反应。然而他对美感的理解更多是停留在生理的层面上，把人的生理需求同人的社会性需求混为一谈，他所说的温暖、凉爽、香味、柔软等种种感觉只能说是人的生理快感，是人的机体的一种满足。我们所说的审美情感应当是同人的社会需求相联系的，美的需求应当是一种高层次的需求，它是同社会历史的发展相联系的。

卢那察尔斯基也探讨了艺术和艺术发展的规律，他认为艺术“发展于特定的社会，并且与该社会结构的发展紧密相联系……每一个阶级都有自己的人生观和自己的理想，它们在艺术上打下本阶段的烙印，赋予艺术这样或那样的形式，这样或那样的意义”。③ 他认为新的人民的艺术即将到来，艺术家的任务是猛烈地抨击现实，使人民相信自己的力量，提倡乐于斗争、乐于胜利的精神，把人们的心联合起来。与此同时，卢那察尔斯基还特别指出艺术的发展除了同社会有密切联系，艺术的发展也有自己的规律，他以水流为例，说明水流不仅取决于河床和两边的堤岸，而且取决

---

① 《列宁选集》第 2 卷，人民出版社 1972 年版，第 171 页。
② 卢那察尔斯基：《艺术及其最新形式》，百花文艺出版社 1998 年版，第 38—39 页。
③ 同上书，第 81 页。

于水流动力学的规律。"如果艺术没有自己的发展规律，那就未免失之肤浅了"。① 卢那察尔斯基在人们大谈艺术和革命关系的年代，已经开始关注艺术发展的内在规律，这在当时文艺论著中显得十分突出，这也正是他的美学思想贯彻始终的一个重要特点。

　　总之，《实证主义美学原理》尽管内容驳杂，有明显的局限性，但它坚持美同生活的联系、艺术同社会的联系，认为艺术应当唤起人们对生活的渴望，促进对社会的改造，同时也存在着研究美感心理生理基础的有益尝试。苏联《卢那察尔斯基文集》（八卷本）的编者为《实证主义美学原理》所写的注释指出："尽管《实证主义美学原理》的许多观点是有争议的，甚至是错误的，但在这方面有无可怀疑的意义。想从俄国美学思想史中排除它是没有根据的。"②

三　文学艺术与无产阶级革命问题

　　卢那察尔斯基从 1902 年发表最早的文学论文开始，一直把文艺理论批评当作自己革命活动的重要组成部分。他的早期文艺批评实践是受早期美学思想制约的，早期美学思想中马克思主义的成分和马赫主义、造神说的成分都在他的文艺批评论文中打下印记。但总的来说，卢那察尔斯基早期文艺理论批评也是力图摆脱唯心主义的影响，越来越自觉地运用马克思列宁主义观点分析文学艺术现象，研究 19 世纪末 20 世纪初俄国文学艺术发展的复杂过程。他在阐明文学现象时始终固定一个中心，这就是力图阐明文学艺术和无产阶级革命的关系，并且从这一基本观点出发分析批判资产阶级颓废主义文学，评论肯定以高尔基为代表的新生的无产阶级文学。

　　1. 对文学艺术和无产阶级革命的关系的独到见解

　　卢那察尔斯基在革命斗争年代，从革命的需要出发，着重强调文学的战斗性和党性，但他又没有把党性问题简单化，他特别注意根据艺术的特点和规律来阐明这一重要问题。

　　卢那察尔斯基在 1905 年至 1907 年革命的准备时期，在许多著作中提

---

① 卢那察尔斯基：《艺术及其最新形式》，百花文艺出版社 1998 年版，第 81 页。
② 《卢那察尔斯基文集》第 7 卷，莫斯科，1966—1969 年，第 626 页。

出"文艺与革命"这个重大问题。他在《关于艺术的对话》（1905）中指出，最伟大的艺术是生活的艺术，艺术应当教会人们热爱生活，成为争取美好生活的手段。他说："一切生动的、真正美的艺术，就其本质而言是战斗的。如果它不是战斗的，而是沮丧的、郁闷的、颓废的……我们就把它作为病态而排斥它、作为生活中任何一个阶级腐败和衰亡的因素的反映而排斥它。"他认为文艺的现状一方面是现代的资产阶级艺术家"在总体上和整体上，他们只服务于正在衰亡的阶级"，"不善于、不敢和不能够反映未来体现者的运动和希望"，"精神堕落和受压迫的艺术家在绝望中幻想着和寻找出路"。另一方面是，"无产阶级正在成长，已经开始意识到艺术的价值"。因此"马克思主义美学家和批评家的任务，就是要向工人们介绍一切优秀的艺术作品"。他满怀信心指出，"新的读者产生和成长了，出现新的别林斯基的时代来到了，出现新一代伟大艺术家的时代来到了"。① 这篇文章同列宁的《党的组织和党的出版物》在同一年发表，虽然它没有像列宁那样明确提出党的文学的原则，但卢那察尔斯基已经意识到新的时代的到来，意识到新生的无产阶级对文学艺术的要求。

在《社会民主主义艺术创作的任务》（1907）中，卢那察尔斯基根据列宁的思想，自觉地批判了超阶级超政治的资产阶级美学观点，明确宣传艺术党性原则，阐明新的艺术同无产阶级革命运动不可分割的联系以及无产阶级艺术产生的历史必然性。他指出艺术向来是具有倾向性的，艺术的党性不单单是口号，而是艺术创作的最终倾向，他认为一切意识形态的斗争，包括艺术中颓废派思潮和无产阶级思潮的斗争，都是社会主义和资本主义斗争的表现。社会民主主义是个伟大的文化运动，社会主义同资本主义的斗争，是一场极其伟大的争夺文化的斗争。"在哲学方面资产阶级已经遭到惨重的失败，而在艺术方面的斗争才刚刚开始炽热起来。然而一切伟大的文化运动都有自己的艺术，对于工人运动来说，它也将具有最伟大的艺术。"这是因为"每个阶级都有自己的世界观和人生观……占统治地位的艺术是统治者的艺术，它不可能满足正在蓬勃成长和追求自由的下层阶级的需要。因此，正如贵族艺术、资产阶级艺术、小资产阶级艺术理所

---

① 《卢那察尔斯基文集》第 7 卷，莫斯科，1967 年，第 133 页。

当然存在一样，无产阶级艺术也应该诞生"。① 他认为艺术家在资本主义
社会是没有自由的。未同无产阶级结盟的知识分子在资本主义社会只有两
条路可走：一条是神秘地否定世界的虚假道路，一条是自然主义地揭露和
讽刺现实的道路。然而这只是一种虚无漂渺的反抗形式，资产阶级并不惧
怕这种反抗。他认为知识分子离开无产阶级或者是同现实妥协，或者是作
无效的反抗，"因为离开无产阶级，在社会创作中就没有使'批判的武器
变成武器的批判'的力量"。因此历史留给艺术家只有一条道路——只有
自觉地同伟大的无产阶级解放运动结盟，才有揭示现实发展的可能性。艺
术家同无产阶级结盟，同时也是无产阶级的需要。卢那察尔斯基在关于
《无产阶级文学的信》（1914）中指出，"艺术是武器，也是具有巨大价值
的武器"，无产阶级应当具有这个武器，也应当善于利用这个武器。他认
为，无产阶级的艺术"应当带有阶级特点，表现或者培养阶级的世界
观"，然而艺术又不同于政论，"艺术的基本任务是通过集中的，特别鲜
明突出的、充满感情的形象，反映不论是外部或者是内部的自然，社会和
个人生活的现象"。②

　　卢那察尔斯基在阐明无产阶级文学党性原则时不是简单化的和庸俗社
会学的，他特别善于根据文学艺术的特点和规律深入细致地剖析这一重要
问题。这集中表现在他对无产阶级文学题材和无产阶级文学作家成分的独
到见解上，这也是卢那察尔斯基论述文学艺术和无产阶级革命关系最精彩
的部分。

　　卢那察尔斯基在《社会民主主义艺术创作任务》中，认为无产阶级
艺术的重要任务是"鲜明地描绘无产阶级的斗争，以至无产阶级先辈的
斗争，总之要鲜明地勾画出他们多方面极其丰富多彩的斗争，破坏和创造
的心理"。③ 具体来说，他提出以下三个方面的任务："首先，他们仇恨腐
败的制度，因此，抨击的嘲讽的因素在无产阶级艺术中将占有地位。其
次，他们为争取新的世界而斗争，所以斗争在这些新的艺术家中间将占有
中心地位。第三，尽管是通过'猜想的反映'，他们实现的却是这个新的

---

① 《卢那察尔斯基文集》第 7 卷，莫斯科，1967 年，第 155 页。
② 同上书，第 169 页。
③ 同上书，第 166 页。

美好的世界。在这里我们面临社会主义艺术的第三个任务：描写未来。"①在卢那察尔斯基看来，选择题材对无产阶级文学来说绝非无关紧要，然而它又不是决定一切的。他指出："归根到底，重要的甚至不是题材，而是对题材作出令人欢欣鼓舞的、满怀必胜信念的解释，是未来的、像旭日一样充满朝气的阶级成员的观点。"② 卢那察尔斯基在《关于无产阶级文学的信》中，反驳了认为写工人就是无产阶级文学的观点，进一步指出不能把无产阶级文学的任务只局限于描写无产阶级斗争。他说："我绝不想这样说，无产阶级艺术家只应当对纯粹的革命题材感兴趣。相反，对整个广泛的世界都应当感到兴趣和使他激动。一切人类的激情，从最强烈的到最温柔的激情，都将得到他的渲染。然而要知道这个世界将透过新的无产阶级的意识来折射，要知道这些激情将通过不平常的而且是最新的历史视角来连结。好像童话里的米达斯国王，无论碰上什么，一切都将变成金子，无产阶级艺术也是这样，它无论表现什么，都要把一切材料变成工人阶级自觉和团结事业的武器。"③

卢那察尔斯基在阐明无产阶级文学党性原则时所注意的另一个问题是无产阶级作家的自身问题，也就是知识分子能否成为无产阶级作家。在他看来，关键不在于作家的出身，而在于信仰。他在《社会民主主义艺术创作的任务》中谈到，并不排斥从无产阶级中间产生新的艺术家，"从受折磨的工人，落后的俄国无产阶级当中升起新的艺术明星"是可能的，然而天才的工人走上艺术创作的道路面临着很多困难。他同时指出，科学的社会主义是由作为知识分子的马克思和恩格斯完成的，他们走在无产阶级前面。由此他认为，"这一切迫使考虑，伟大的、至少是非常巨大的无产阶级艺术家的出现也得以同样的方式产生"。④ 他谈到优秀的知识分子成为无产阶级的朋友和同盟者是可能的，因为他们如果脱离无产阶级只能向现实妥协，或者只能对现实作无效的抗议。他同时还强调，知识分子要成为无产阶级的朋友和同盟者，需要同工人群众感同身受，需要按照无产

---

① 《卢那察尔斯基文集》第 7 卷，莫斯科，1967 年，第 162 页。
② 同上。
③ 同上书，第 172 页。
④ 同上书，第 164 页。

阶级的观点评价社会和生活，需要"从自己脚上抖落旧社会该受诅咒的尘土"，"用自己的力量参加与旧势力的斗争"，"用全部心灵热爱新的、理想的世界"。① 在《关于无产阶级文学的信》中，卢那察尔斯基还就这个问题同波格丹诺夫展开争论。波格丹诺夫认为艺术是纯粹的阶级等同物，归根到底它不是客观现实的反映，而是阶级心理的主观表现，并由此得出结论：发展社会主义艺术只能是来自无产阶级中间的艺术家的事业。卢那察尔斯基不同意这种理论，认为写工人的作品不一定是无产阶级文学，工人写的作品也不见得是无产阶级文学。他说："我们很清楚，在政治经济斗争领域，许多真正的工人不仅是改良主义者，而且是最坏的自由主义者，或是黄色工人。工人作家中出现工人自由派分子，出现五花八门的无政府主义分子、神秘主义者或思想颓废分子乃至专学模仿、赶时髦的蹩脚作者，客观上完全是可能的……因此尽管他们可能当过上千次的工人，无产阶级作为阶级不能承认他们是自己的艺术家、思想家。"② 另一方面他指出，尽管来自资产阶级的优秀知识分子由于远离真正无产阶级的生活，很难唱出真正的无产阶级歌曲，然而，"一刻也不能怀疑，赞叹工人阶级理想及其高涨景象的有高度才能的艺术家，与现代生活方式相联系的、对恶劣的和卑微的事物充满卑视和仇恨的、有高度才能的艺术家，在无产阶级自我确定的事业中和组织无产阶级感情的事业中，可能给无产阶级巨大的帮助"。③

卢那察尔斯基在阐明无产阶级和知识分子的相互关系时，显然是力图摆脱庸俗社会学的羁绊，进入深入细微的分析，可是往往又陷入另一种极端，他时常低估了现实主义艺术家世界观的作用。他说："我们面前有这样的诗人，他自觉地不给自己提任何目的，他像鸟儿一样歌唱，就像他的自由感情暗示给他的那样歌唱。"④

2. 批判资产阶级颓废主义文学

批判资产阶级颓废主义文学是卢那察尔斯基早期文学理论批评一个重

---

① 《卢那察尔斯基文集》第 7 卷，莫斯科，1967 年，第 164 页。

② 同上书，第 168 页。

③ 同上书，第 172 页。

④ 同上书，第 170 页。

要的方面。他从无产阶级文学党性原则出发，批判资产阶级"为艺术而艺术"、"创作自由"等谬论，深入剖析了俄国颓废主义文学思潮。

在俄国，颓废主义文学在 19 世纪末就开始传播，特别是在第一次俄国革命失败后就更为盛行。这种文学反对俄国革命民主主义文学传统，宣扬"为艺术而艺术"的美学观点，力图使文学脱离现实，放弃社会职责，破坏现实主义的创作原则，同颓废主义接近的是被卢那察尔斯基称之为"阴暗的现实主义"的自然主义。这类作家力图离开现实斗争，钻进庸俗生活的平静河湾，宣扬做"非英雄"的小人物的权利。

卢那察尔斯基尖锐地揭露颓废主义文学宣扬"为艺术而艺术"和"无党派"的虚伪性。他称深入生活的、最接近"不安的俄罗斯"的艺术家为革命者，指出"逃避生活的艺术家……用'为艺术而艺术'的口号掩盖自己沉溺幻想、丝毫没有同人类的利益、痛苦和欢乐相联系的艺术家，是低级的艺术家"。① 他认为不同类型的颓废主义文学代表本身在实践上完全不是不问政治的，他们传播灰心丧气的思想，散播由于死亡是不可避免的而一切活动则是毫无成效和毫无意义的思想。为了揭露颓废主义文学的阶级本质，卢那察尔斯基在《关于艺术的对话》中进一步阐明了艺术的阶级本质的思想。他说："我以为……艺术作品的级别在最高意义上是按其社会效益实现的，对于它们是有评价标准的，不过对我来说，标准不是抽象的，而是阶级的。"② 他指出，从总体和整体上说，资产阶级颓废主义文学"只服务于正在衰亡的阶级，靠寄生的利益、可怜的感情和衰亡的、凶恶的分子的思想度日"。③ 而新生的无产阶级艺术则是为蓬勃发展的无产阶级事业服务的。"反映未来体现者的运动和希望。"因此，前者必然是沮丧的、颓废的，而后者则是生动的、战斗的。卢那察尔斯基是通过两个阶级文学的对比，深刻揭示资产阶级颓废主义文学的阶级本质。

卢那察尔斯基在批判资产阶级颓废主义文学时，还具体评论了安德列耶夫的创作。在早期著作《艺术家总论和艺术家专论》（1903）中，卢那

① 《市侩与个人主义》，莫斯科－彼得格勒，国家出版社 1923 年版，第 56 页。
② 《卢那察尔斯基文集》第 7 卷，莫斯科，1967 年，第 129 页。
③ 同上书，第 27 页。

察尔斯基认为安德列耶夫是天才的，然而又指出他只是半个天才——"具有丰富和鲜明的联想"，"具有在自己身上随意唤起大量鲜明的幻觉的才能"，在他看来，"天才的大小在这方面是同这种幻觉的数量和鲜明性以及善于描绘这种幻觉成正比的"。卢那察尔斯基又认为安德列耶夫完全缺乏真正天才的另一半，这就是应当"具有严格的趣味，能在豪华的花园里，在自己幻想繁茂的萌芽里，抛弃一切不合适的地方"。①

　　卢那察尔斯基几年后又在《社会心理和社会神秘主义》（1906）一文中详细分析了安德列耶夫的短篇小说《省长》和《曾经是这样》。前者描写省长亲自下令枪杀大批请愿工人和家属，之后因怕工人报复，而神思恍惚，惶惶不可终日，最后终被暗杀；后者描写医院的病人面临死亡的恐慌心理。卢那察尔斯基认为这两篇小说是"以社会神秘主义偷换社会心理的例子"，② 因为安德列耶夫不是用社会感情，用阶级斗争观点，而是用超世的正义法则来解释工人的复仇行为，作家在革命中只是看到"混乱的不祥的和谐"和人类无力克服自身的精神奴役。具体说，卢那察尔斯基认为《省长》是宣传"虚伪的玄学和按照自己的意思任意支配人的'神秘力量'的神秘悲剧"，而《曾经是这样》则是宣传庸俗的消极主义的反动哲学。他指出："黑暗王国、强力、暴政在你们内心就有！这就是安德列耶夫的艺术学说，这种学说不能是别的东西：他从个人精神的缝隙中窥探到自己的'秘密'。而安德列耶夫在这种缝隙中看不到一种东西；他看不到阶级。"③ 1908 年，卢那察尔斯基又发表《黑暗》一文，更无情揭露俄国颓废主义文学反动倾向，他指出安德列耶夫的《黑暗》这样一些新小说的总倾向是消极地否定生活，是"愤恨生活"。《黑暗》中的人物熄灭了灯，钻到黑暗中去。卢那察尔斯基指出："安德列耶夫'可怕的真实'，从理论道德观点看是分文不值的，而从实践观点看有一种穿着流氓无产阶级的破衣的反革命市侩对革命的反动。"④

　　今天，在谈到卢那察尔斯基当年对俄国资产阶级颓废主义文学的批判

---

①　《卢那察尔斯基文集》第 7 卷，莫斯科，1967 年，第 27 页。

②　《俄国文学批评文选》，莫斯科，高等学校出版社 1982 年版，第 147 页。

③　转引《俄国文学批评史》第 2 卷，苏联科学院出版社 1958 年版，第 604 页。

④　《卢那察尔斯基文集》第 7 卷，莫斯科，1967 年，第 441 页。

时，必须充分注意到当时的文化语境和文学界十分复杂的情况，既不能无视俄国文坛颓废主义的存在和影响，也不能把颓废主义文学和现代主义文学混为一谈。第一次俄国革命失败后俄国进入反动的斯托雷平时期，俄国思想文化界出现了历史的倒退，文学界也出现了颓废主义的思潮。当时，卢那察尔斯基和其他俄国时期马克思主义文学批评家（普列汉诺夫、沃罗夫斯基、高尔基等）一起同颓废主义文学思潮展开不调和的斗争，这必须历史地看待，给予充分的肯定。同时，也要看到颓废主义和现代主义虽有千丝万缕的关系，但现代主义不等于颓废主义，否定颓废主义不能连同现代主义一齐否定，对此必要有科学的态度。就卢那察尔斯基所评论的安德列耶夫的创作而言，情况是相当复杂的，他的不同时期的文学创作中有现实主义的成分，现代主义的成分，也有颓废主义的成分。卢那察尔斯基所批判的所否定的是安德列耶夫创作中的颓废主义成分，这远不是安德列耶夫文学创作的全部，对安德列耶夫的创作，则需要作出更全面的评价。这一点卢那察尔斯基在批判安德列耶夫创作中的颓废主义倾向时，凭着他的艺术素养和艺术嗅觉，似乎也意识到了，他充分肯定安德列耶夫是天才的，认为作家的创作有丰富的联想，具有表现幻想的才能，这正是现代主义文学的重要特征。

3. 评论以高尔基为代表的新生的无产阶级文学

评论高尔基的创作是卢那察尔斯基早期文学理论批评另一个重要内容。他是从俄国无产阶级文学崛起的角度，联系无产阶级文学面临的一系列重要理论问题，来评论高尔基的创作，其中心是高尔基创作在俄国无产阶级文学发展中的地位和作用，高尔基创作中的英雄主义和浪漫主义问题，同时也对小说《母亲》，剧本《小市民》、《仇敌》，特别是剧本《消夏客》和《野蛮人》进行具体深入的分析。他具体的评论对象是高尔基的创作，探讨的是新生的无产阶级文学的特征和发展规律的问题。

卢那察尔斯基早期对高尔基的评论是存在马赫主义和尼采学说的明显印记，他赞扬高尔基是同崇拜尼采相联系的，然而这些评论也从肯定生活的角度出发，赞扬高尔基作品的乐观情调。在《艺术家总论和艺术家专论》（1903）中，他从艺术应当肯定生活，唤起人民的积极性出发，赞扬高尔基的《小市民》是富有人生乐趣的。他还拿《小市民》所体现的改造旧世界的战斗纲领同欧洲和俄国资产阶级颓废主义文学作对比。随后在其他文章中，他又拿艺术中的资产阶级理想和无产阶级理想进行比较，指出资产阶级的"艺术自由"是脱离生动的生活和斗争的，而无产阶级艺术则倾心于基于现实的号召改造现实的理想。从这种理想出发，他认为，高尔基企图"在工人现实生活本身寻找健康的和热烈的因素，在无产阶级斗争'平凡'本身看到新的美好的事物，这是值得深切注意的，并且应当得到期望新的社会主义艺术的人们的感谢"。[①] 应当看到，无论是高尔基早期创作的浪漫主义，还是卢那察尔斯基早期美学的浪漫主义理想，归根到底都体现了未来的 1905 年革命的预感，同时还反映了这个时期无产阶级运动不成熟的方面。

卢那察尔斯基 1905 年在《关于艺术的对话》中呼唤"出现新一代伟大作家时代的到来"。接着写了两篇分析高尔基创作的文章：《避暑客》（1905）和《野蛮人》（1906）。他在这组评论中是把高尔基当作无产阶级的伟大作家加以评述的，是把高尔基当作"被压迫阶级为争取自己的权利，争取人应当有的生活"的歌手加以欢迎的。他力图从党性原则出发来阐明高尔基剧本所提出的问题，写法又是各具特色，显示出卢那察尔斯基文学批评手段的丰富和多样。《野蛮人》侧重于政论批评，这个剧本展示的是代表现代文明的工程师到穷乡僻壤修筑铁路，力图以资本主义城市文明改造宗法制农村，以新的野蛮人代替旧的野蛮人的场面，卢那察尔斯基评论开头简评剥削者—猛兽的两种类型以及他们之间的斗争，而后概评 20 世纪新俄国的阶级斗争，把无产阶级反对一切剥削制度的战争同"两种类型的野蛮人的野蛮战争"加以对比。《避暑客》则侧重于美学分析。这个剧本深刻表现了知识分子队伍的两极分化，揭示了知识分子市侩化的种种心态，指明他们不是祖国土地上的主人，而是临时的过客。卢那察尔斯基在这篇评论中把作品作为独立的艺术结构进行细微深入的分析，全面论证高尔基剧作的美学价值，他首先指出，作为正确地思考和很好地表现了社会阶层内在生活的总图画的艺术作品，"高尔基的新剧本是巨大的和可喜的文学现象"。[②] 他在具体评论剧本之前，先是简评了高尔基先前的剧本《小市民》和《底层》，从而确定新剧本在剧作家高尔基创作演变中

---

① 《社会主义和艺术》，《戏剧、论新戏剧的书》，莫斯科，1903 年，第 34 页。
② 《卢那察尔斯基文集》第 2 卷，莫斯科，1964 年，第 29 页。

的地位。卢那察尔斯基认为《避暑客》的创作是高尔基新的思想艺术高涨的体现，"这不仅是写知识分子社会分化的剧本，也是高尔基同知识分子习气彻底划清界限"。[①] 剧本所描写的各种知识分子典型是深刻有力的，它展示了俄国 20 世纪初各种知识分子之间的关系，卢那察尔斯基正是从分析三种知识分子典型的特点和关系入手深刻揭示剧本的思想实质。在他看来，剧本描写了俄国知识分子"分裂成三个大集团"：第一类是"自满自足的"，这是资产阶级知识分子；第二类是"不满和慌乱的"，这是深切感到自己对资产阶级的依赖而又无力转到无产阶级一边来的知识分子；第三类是"平静的"，这是劳动的无产阶级的知识分子。卢那察尔斯基最后由剧本得出的结论是："离开兴高采烈和懒散空谈的资产阶级知识分子，快快加入争取光明未来、争取目前无权者的权利、争取明日统治者今日不幸者的幸福的战士阵营中来。"[②] 评论在肯定剧本成就的同时，也指出剧本的不足，认为剧本正面典型同反面形象相比显得轮廓"模糊"，再有把"好哭"的颓废派卡列里娅带进革命知识分子阵营也破坏了高尔基所描写的思想的严整性和生活的真实性。

在这之后卢那察尔斯基对高尔基的评论主要围绕捍卫高尔基的创作和阐明高尔基创作中的浪漫主义问题进行的。

卢那察尔斯基在《社会民主主义艺术创作的任务》（1907）中称高尔基是"第一个掌握纯粹的社会主义题材并以纯粹的社会主义方式对它进行加工的俄国艺术家"，[③] 称赞高尔基是"用赞叹的目光揭示无产阶级的精神世界"。[④] 当时资产阶级反动评论对高尔基的《母亲》进行攻击，革命队伍内部的普列汉诺夫和沃罗夫斯基也多加指责，卢那察尔斯基固然对《母亲》的艺术价值估计不足，却在 1908 年《现代俄国文学概论》一文中针对颓废派诗人吉比乌斯的攻击，用大量事实证明《母亲》已在国外获得非凡的成功。1909 年又在《谈〈知识〉文集第二三辑》里写道："高尔基写出的是具有社会主义典型的重要著作：《母亲》、《仇敌》……

---

① 《卢那察尔斯基文集》第 2 卷，莫斯科，1964 年，第 11 页。
② 同上书，第 25—26 页。
③ 《卢那察尔斯基文集》第 7 卷，莫斯科，1967 年，第 164 页。
④ 同上书，第 165 页。

尽管还有缺点，却都是杰出的作品，它们在无产阶级艺术发展中的意义，总有一天会被注意的。"① 在《关于无产阶级文学的信》（1914）中，卢那察尔斯基在反对那种认为资本主义条件下不可能有无产阶级艺术的观点时，又以高尔基的创作为例，证明在资本主义条件下发展无产阶级艺术的可能性。

卢那察尔斯基十分重视分析高尔基创作中的浪漫主义。如果说他在早期更多的是用马赫主义和尼采学说分析高尔基创作的浪漫主义，那么后期更多的则是用历史的、阶级的观点进行分析。他在《市侩和个人主义》（1909）一文中谈到俄国当代文学现状时指出，"当代俄国文学处在相当混乱的状态"，独占优势的现实主义离开自己的时代，"处于原来轨道的俄国文学新时期的代表是浪漫主义者高尔基"，这种新的流派是"无产阶级的革命的新浪漫主义"，而另一种流派是"妄图充当盟主的神秘的新的浪漫主义"。他的结论是："现实主义的影响和两种浪漫主义的产生，一方面是反神秘的、革命的、无产阶级的浪漫主义，另一方面是消极的、神秘的、市侩的浪漫主义，这就是当代俄国文学特有的现象。"② 卢那察尔斯基这段论述很重要，他运用阶级的历史的观点分析高尔基创作的浪漫主义，指出它的革命的、无产阶级的性质。同时，卢那察尔斯基又进一步分析高尔基创作中英雄浪漫主义因素的演变，他认为高尔基"热望看到'挺直腰杆的'完整的人"，看到"一切美好的可能性的实现"，这种热望"导致对勇敢个性的热爱"，然而"个性抗议即独立存在的英雄主义道路只能导致美的闪现和美的死亡"。后来高尔基经过对周围环境的思考，看到无论是生活的改造还是人的高度发展，"只有通过强大的共同努力，只有靠创造的群众的压力才能达到。于是这些群众成了高尔基的主人公"。③ 卢那察尔斯基在这段话里深刻分析了高尔基创作由个人的浪漫主义向着集体的浪漫主义的转变。

综观卢那察尔斯基早期的文学理论批评，我们看到尽管有过迷误，然而他依然努力继承俄国革命民主主义美学和文学理论批评的传统，力图运

---

① 《谈〈知识〉文集第二三辑》，《文学的瓦解》第 2 册，1909 年。

② 《市侩与个人主义》，莫斯科－彼得格勒，国家出版社 1923 年版，第 44—45 页。

③ 同上书，第 25 页。

用党性的观点去评价他所处时代的文学艺术现象。他的文学理论批评有一个显著的特点：他总是把自己的文学理论批评同无产阶级革命事业结合起来，然而又不是把文学理论批评仅仅作为俄国无产阶级政治斗争的直观教具，他十分重视文学艺术本身固有的特征，重视探讨无产阶级艺术发展规律。他不同意波格丹诺夫的美学观念，不同意他把文学艺术简单地看成阶级的等价物，看成是阶级主观心理的反映，而不是客观现实的反映。既强调文学艺术同无产阶级革命的联系，又重视文学艺术本身的特点和规律，不把文学艺术问题简单化和庸俗化，这是卢那察尔斯基早期文学思想的重要特征，也是他作为马克思主义文艺理论家和批评家独具魅力之处。

第 五 章

卢那察尔斯基十月革命后文艺思想的发展

　　十月革命后，卢那察尔斯基的文艺思想逐渐走向成熟，这是他的文艺理论批评活动最富有成果的时期。作为文艺理论家和批评家，他常常利用国务活动和社会活动之余，牺牲休息和睡眠，在马克思主义思想指导下认真总结社会主义文化建设的新鲜经验，写出了《无产阶级与艺术》（1918）、《无产阶级美学的原则》（1919）、《马克思主义与文学》（1923）、《艺术及其最新形式》（1923）、《艺术科学中的形式主义》（1924）、《马克思主义文艺批评任务提纲》（1928）、《西欧艺术理论中的新流派和马克思主义》（1931）、《列宁与文艺学》（1932）、《社会主义现实主义》（1933）等一系列有价值的文艺论著，对马克思主义文艺理论的发展作出了重大贡献。

　　卢那察尔斯基文艺思想的发展和对马克思主义文艺理论所作的贡献，可以概括为若干重要方面。

一　首次全面阐发列宁文艺思想的历史地位和作用

　　20 世纪 20 年代，普列汉诺夫在苏联被认为是马克思主义文艺学的权威，德波林等人提出"为普列汉诺夫的正统而斗争"，而列宁关于文艺问题的言论尚未得到整理和研究，没有引起应有的重视。在他们看来，列宁是实践家不是理论家，理论上是普列汉诺夫，政治上才是列宁。同时，当时的无产阶级文化派的领导人、"拉普"的领导人以及搞庸俗社会学的学者们同列宁的文艺思想也是对立的，当然也不能指望他们来研究列宁文艺思想。30 年代初这种情况开始改变，苏联文艺界批判了庸俗社会学观点和片面抬高普列汉诺夫文艺思想的做法，要求用列宁的思想来重新评价普列汉诺夫的思想。卢那察尔斯基指出，"我们向列宁学习的那种方法，比普列汉诺夫的方法准确得多"，必须"在列宁有关言论的烛照下重新检查普列汉诺夫的艺术学"。① 1932 年他为《文学百科全书》撰写大型词条《列宁》，1934 年修改为专著《列宁与文艺学》，② 这部专著在苏联首次系统阐发列宁的文艺思想，对后来苏联列宁文艺思想研究产生了深远影响。

卢那察尔斯基首次充分肯定列宁文艺思想的重要地位和作用，高度评价列宁遗产的重大意义，称它是"当代文学实践和无产阶级文艺理论的指路明灯"。他认为，"整个列宁遗产所特有的战斗的党性的精神，这份遗产所固有的尖锐性同哲学深度和历史具体性的结合，必定使马克思主义文艺理论富有创造力，现在和将来都是如此"。他还特别强调列宁哲学思想对于文艺学的方法论意义。他说："由列宁论证过的马克思主义一般哲学原则，对于无产阶级科学的一个支脉的文艺学自然也有着奠基的意义。"他认为："列宁关于文化、关于过去文化和无产阶级文化的相互关系，以及我国无产阶级的文化任务的学说，更具有特别的意义……列宁的遗产中有些宝贵的指示，揭明了我国经济史、政治史和文化史的精义，不懂得这个精义，就既不能认识文学的过去，也不能历史地了解文学的现在和未来。"③

卢那察尔斯基着重阐明了列宁的反映论，并以它为武器批判苏联文艺界当时盛行的庸俗社会学。针对把文艺看成是"经济的审美表现形式"、"阶级的等同物"、"阶级心理的投影"，把果戈理和托尔斯泰等现实主义作家看成本阶级代言人的错误观点，他指出"反映论所注意的，与其说是作家隶属的家系，不如说是他对社会变动的反映，与其说是作家的主观上的依附性和他同某个社会环境的联系，不如说是他对于这种或那种历史局势的客观代表性"。④ 他赞扬列宁的论文《列夫·托尔斯泰是俄国革命的镜子》是运用反映论的"一个特别突出的范例"，认为列宁对托尔斯泰

---

① 《文学遗产》第 82 卷，莫斯科，文学遗产出版社 1970 年版，第 101 页。
② 《卢那察尔斯基论文学》，人民文学出版社 1983 年版，第 1—46 页。
③ 同上书，第 5 页。
④ 同上书，第 6 页。

的看法"对于今后整个文艺学的道路有着巨大意义"。① 同时又指出，俄国作家的创作反映着俄国社会斗争的不同阶段，列宁运用反映论去分析作家创作时，又"从来未忽视其中每个人的内心矛盾或者这些阶段的特点"，并由此得出一个重要的结论："列宁的反映论从来不是意味着同历史脱节，它从来不是用同一把钥匙去开启一切历史局势的抽象公式。"② 在这里，卢那察尔斯基对列宁的艺术反映论思想作了全面的、深刻的阐述，既指出评价作品不能只看作家出身，而要分析作品客观上反映了什么，要确定作家同一定时代的社会生活和阶级矛盾的客观联系，同时又高度重视作家反映客观现实时的主观能动性、每个人的个性特征和内心矛盾。

　　卢那察尔斯基还深刻分析了列宁的两种文化学说，并且批判了当时对待文学遗产的错误倾向。他指出列宁的文化观点同无产阶级文化派的文化观有根本的区别，列宁主张批判继承人类文化遗产，反对全盘否定人类文化遗产，而且特别强调列宁所提出的俄国资本主义发展两条道路（革命和改良）的观点对于正确对待俄国文化和文学有重要意义。他认为"列宁对赫尔岑的评语提供了一个分析革命作家无比光辉的典范"，指出当时的青年文艺家们"在分析过去或现代某个未能超越本阶级的全部偏见、思想观点上未能达到纯正无瑕的境界的伟大先进艺术家时，总是带着一股特别的劲头，极力强调和夸张这些缺点"。他认为这种对待遗产的"左"的态度同讳言缺点的右的态度同样是有害的。③

　　卢那察尔斯基在阐发列宁文艺思想的同时，十分强调研究列宁文艺思想的方法论问题。他最早提出要对列宁论著进行综合研究。在他看来，列宁思想是一个有机的严整的体系，列宁的哲学观、历史观、政治观和美学观"都应当得到文艺家最细致的研究"，都应当结合起来进行深入研究，因为"列宁遗产中有些宝贵的指示，揭明了我国经济史、政治史和文化史的精义，不懂得这个精义，就既不能认识文学的过去，也不能历史地了

---

① 《卢那察尔斯基论文学》，人民文学出版社 1983 年版，第 7 页。
② 同上。
③ 同上书，第 16 页。

解文学的现在和未来"。① 列宁的夫人克鲁普斯卡娅对此持有相同的见解，她曾经说过："重要的是，不仅要把马克思、恩格斯、列宁关于文化问题的个别言论拿过来，而且要将这些言论最紧密地同他们整个学说结合起来，这样是保证它免受各种歪曲的最好方法。"②

二　阐明按照文艺的特点领导文艺的原则

卢那察尔斯基早在革命前就指出艺术是无产阶级斗争的武器。在十月革命以后，艺术和革命又是一种什么关系呢？卢那察尔斯基在《革命和艺术》（1920）一文中指出："我期望革命给艺术以巨大的影响，说得简单一些，把艺术从颓废主义的最坏的艺术种类那里，从形式主义那里拯救出来；革命应当使艺术回到它的真正使命——强有力地、引人入胜地表现伟大的思想和伟大的感受上来。"他认为，如果"革命能给艺术以灵魂，那么，艺术就能给革命一张嘴"。③ 正是从这种立场出发，卢那察尔斯基坚持列宁的文学党性原则，强调列宁的《党的组织和党的出版物》"至今没有失去最深刻的意义"。④ 他有力地驳斥了资产阶级认为党性破坏艺术真实性的指责。他说："没有未来的阶级的党性把现实歪曲得不成样子，而命定要建设未来的阶级的党性却培育敏锐性和无畏精神，这是真正客观性的唯一形式。"⑤ 这是因为无产阶级有党性的艺术与生活真实并不矛盾，相反，它能最充分、最深刻地反映生活真实，因为生活的真实是符合革命阶级的根本利益的。他还驳斥了所谓党性破坏艺术性的谬论，指出如果19世纪俄国优秀作家艺术家丧失了批判的激情和先进的美学思想，他们是根本无法达到高度的艺术性的，他认为党性和艺术性是不矛盾的，党性只有通过艺术性才能得到充分的体现，因此艺术中的党性不仅是政治概念，而且也是美学概念，它是同艺术家的才能和技巧，同艺术家善于通过独特的艺术手段表现生活本质的能力分不开的。

---

① 《卢那察尔斯基论文学》，人民文学出版社 1983 年版，第 5 页。
② 转引自吴元迈《探索集》，外国文学出版社 1986 年版，第 152 页。
③ 《卢那察尔斯基文集》第 7 卷，莫斯科，1967 年，第 295 页。
④ 《卢那察尔斯基文集》第 8 卷，莫斯科，1967 年，第 463 页。
⑤ 《卢那察尔斯基文集》第 2 卷，莫斯科，1964 年，第 199 页。

面临十月革命后十分复杂的政治斗争和文学斗争，卢那察尔斯基十分强调党和国家对文化艺术的领导作用。卢那察尔斯基十分强调艺术创作自由，但他反对在艺术领域搞自由主义。针对资产阶级"艺术自由"的叫嚷，他在《论教育人民委员部在戏剧事业方面的政策》一文中指出，不干涉艺术生活任何时候也不是党的艺术政策的原则。在另一篇文章又谈到："如果认为，国家在艺术领域应该在最大程度上搞自由主义；如果认为它不该说：'瞧，某种艺术形式已经过时了。'而是让这种陈腐的艺术形式自然地发展或死亡；如果认为国家不该说：'某种艺术形式是一种偏向'……仍旧只能由生活自身去纠正或完全抛弃这种倾向……那么，从另一方面说，这一系列的情况就会使革命政权对毋庸置疑的原则也很难付诸实现"。①

卢那察尔斯基在阐明必须坚持党和国家对文化艺术领导的同时，向来十分重视必须按照艺术的特点来领导艺术。针对 20 年代庸俗社会学者提出"必须从纯政治的角度来看待文艺问题"的观点，他在俄共（布）中央文艺政策讨论会上的发言指出："不考虑艺术的特殊规律，就不可能提出有关文艺政策问题。如果不是那样，我们就会由于这种笨拙的政治尝试终于把一切文艺埋进坟墓……实际上，如果某一部艺术作品不具备艺术价值，即使它有政治性，也是毫无意义的。"② 为了真正做到按照艺术规律领导艺术，卢那察尔斯基在理论上和实践上做了不少有益的探讨。第一，反对用行政命令的方法领导艺术。他说："在艺术中，如同在科学中一样，采取行政手段是无法搞成十月革命的……对此我想说，无论是科学，无论是艺术的发展，应当依靠创造性的行动，而不是行政手段。"③ 第二，主张艺术多样化，他认为不能以为只有直接宣传共产主义的艺术才是重要的，"果戈理不是共产主义者，却不能因此认为《钦差大臣》对我们是格格不入的"。他还提出应当允许无益也无害的作品存在，因为这类作品"能使人愉快"，"从形式艺术的角度上看，它也可能有某些意义"。④ 第

① 《卢那察尔斯基文集》第 7 卷，莫斯科，1967 年，第 239 页。
② 《"拉普"资料汇编》（上），中国社会科学出版社 1981 年版，第 162 页。
③ 《卢那察尔斯基文集》第 2 卷，莫斯科，1964 年，第 227 页。
④ 《卢那察尔斯基文集》第 7 卷，莫斯科，1967 年，第 285—286 页。

三，提出要团结不同倾向的艺术家。他指出："我们决不能要求艺术家的多数同时又成为政治家。"如果有才气的作家写出反革命作品，当然要反对；如果只是有几分不太好的倾向，那必须允许这种作品存在。① 卢那察尔斯基能按照艺术规律领导艺术，关键在于他本人懂得艺术，是艺术行家。著名戏剧家斯坦尼斯拉夫斯基在 1920 年写道："理解艺术，这意味着感受艺术。远不是所有的人都具有这种才能。我们的领导人阿那托里·瓦西里耶维奇·卢那察尔斯基具有这种才能，这对我们俄罗斯戏剧来说是幸运的。"②

必须看到，卢那察尔斯基在党领导文艺问题上也有过失误，他对无产阶级文化派闹独立的倾向曾采取调和态度，对"左"的艺术团体也过分同情，但在受到列宁批评之后，这一切很快得到改正。

三　论述艺术的继承和革新对社会主义　文化建设的重要意义

正确对待文化遗产，解决好继承和革新的关系问题，是社会主义文化建设的一个重要问题。针对"左"的文学团体全盘否定文化遗产的错误，卢那察尔斯基坚决捍卫列宁的两种文化学说，他毫不含糊地宣称："我要一千零一次地重复说：无产阶级应当具有全人类的文明，它是历史的阶级，它应当在同全部过去的联系中前进。"在他看来，"以资产阶级性质为借口，抛弃过去的科学和艺术，就像以同样的借口，抛弃工厂里的机器和铁路一样荒谬"。③ 卢那察尔斯基还特别强调要正确处理好继承和革新的关系。他认为既要保存过去艺术有益的东西，又要在继承的基础上创造新的艺术，以适应新生活的需要。1918 年末 1919 年初，卢那察尔斯基曾就指导艺术的原则问题同列宁进行谈话，在列宁谈了自己的看法后，卢那察尔斯基说："这么说，可以总结一句，旧艺术中一切多少有益的东西要加以保存。艺术不是博物馆的艺术，而是有实效的艺术——戏剧、文学、

① 《"拉普"资料汇编》（上），中国社会科学出版社 1981 年版，第 162 页。
② 《戏剧通报》1920 年第 48 期，第 12 页。
③ 《卢那察尔斯基文集》第 7 卷，莫斯科，1967 年，第 205—208 页。

音乐，所以应该用细心的态度来推动它们快速向前发展，使之符合新的需要。对新的现象要有所选择。不容许粗暴地对待艺术。要让它们有可能用实际的艺术成就来取得更加显著的地位。在这方面，要尽可能地帮助它们。"对此，列宁说："我认为这是相当精确的定义。"① 在这个问题上，卢那察尔斯基全面、深刻地领会了列宁的文化思想，并得到列宁的肯定。

在卢那察尔斯基看来，真正的艺术革新应当同文化传统，同新的生活，同人民的审美要求相联系。在这个问题上他特别反对虚假的革新。他说："无产阶级创作的独立性表现在决非矫揉造作的独创性上，而且应该熟知此前文化的全部成果。"应当看到，卢那察尔斯基曾经同情和支持未来派，但对他们的创作倾向也很反感，他曾经说过："列夫"诗人要走新的道路"看来不大容易"，因为"革命带来的丰富题材和强烈感受难于纳入他们……堆砌夸饰的形式中去"。② 在 20 年代，他也曾经专门写了论文《艺术科学中的形式主义》③ （1924），批评了形式主义。他首先区分形式和形式主义的概念，认为"马克思主义者决不否定纯形式的艺术的存在"，指出"并不是所有无内容的艺术都是没有价值的"。同时他分析了形式主义文学和理论在俄国和苏联形成的历史背景，指出形式主义的本质和危害。他说："讲究时尚和渴慕新奇是形式主义的必然伴侣。好发乖僻议论，追求新鲜玩意，这是形式主义时代的特色，这是内容空泛的时代和丧失思想的阶级的文化。"

卢那察尔斯基对当时西方各国出现的现代主义艺术也进行了深刻的分析。他在《艺术及其最新形式》④ （1923） 一文中，以马克思主义观点作为指导，以其卓越的才识和敏锐的观察能力，从社会学角度对当时西欧各国出现的新印象主义、立体主义、未来主义、表现主义和纯粹主义等所谓最新的现代主义艺术流派作了十分生动和深刻的分析。他考察了这些思潮的社会根源、思想基础和演变过程，阐明了它们的实质和共同特征：内容空虚、缺乏情感和追求形式。值得称道的是他对这些艺术流派并不是简单

---

① 《列宁论文学与艺术》，人民出版社 1983 年版，第 431 页。

② 《卢那察尔斯基文集》第 2 卷，莫斯科，1964 年，第 286 页。

③ 《卢那察尔斯基文集》第 7 卷，莫斯科，1967 年，第 407—421 页。

④ 卢那察尔斯基：《艺术及其最新形式》，百花文艺出版社 1998 年版，第 248—292 页。

地一概否定，而是具体分析各流派作家艺术家的不同思想立场和创作动机，分析各流派在艺术表现上的长处和短处，分别给予恰当评价。

卢那察尔斯基认为对待社会主义文化问题应当采取谨慎的态度，一方面要了解和珍惜"旧文化中一切好东西"，"慎重对待旧文化单位的一切试验……避免不必要的破坏和不必要的急躁情绪"。另一方面，要支持无产阶级"在艺术领域探索新的形式"，但不能拔苗助长，不能采取"机械地加快新事物成长过程的做法"。①

四 指出社会主义现实主义是一个广泛的纲领

早在十月革命以前，卢那察尔斯基就提出了"无产阶级的现实主义"的口号。十月革命后他又指出，要适应当代读者的要求，"不论是象征主义的迷雾，还是令人眼花缭乱的未来主义的焰火都不行。需要明快的形式，清晰的印象，要写得通俗易懂又十分精美"，他提出苏联文学要求的是"社会主义现实主义"。② 在1932—1934年创作方法的讨论中，卢那察尔斯基先是提出"新的社会的现实主义"和"无产阶级的辩证的现实主义"的口号，后来也同意了"社会主义现实主义"的口号。他在《社会主义现实主义》（1933）等重要论文中，揭示了这一创作方法的一系列重要特点，成为苏联文艺界最早对社会主义现实主义做出权威性阐释的理论家之一。

卢那察尔斯基是通过同旧的现实主义的比较分析来确定社会主义现实主义的基本特点的。在他看来，前者是用"静止的眼光"看待现实和描写现实，而后者则是把现实看作是一个发展过程，要求从革命发展中描写现实。他说，社会主义现实主义"也是一种现实主义，是忠于现实的"，但是它认为"真实在飞跃，真实就是发展，真实就是冲突，真实就是斗争，真实就是明天"，因此，"社会主义现实主义者把现实理解为一种发展，一种在对立物的不断斗争中行进的运动……它确定自己一方面是历史

---

① 卢那察尔斯基：《艺术及其最新形式》，百花文艺出版社1998年版，第202—203页。
② 《卢那察尔斯基文集》第2卷，莫斯科，1964年，第312—313页。

过程的表现，另一方面又是能够决定过程的进展情况的积极力量"。① 在他看来，社会主义现实主义同以往现实主义的深刻区别就在于"社会主义现实主义者本人的态度是积极的。他不是在单纯地认识世界，而是在努力改造世界"。②

卢那察尔斯基在谈到社会主义现实主义时，也多次强调它不应当局限于"狭窄的现实主义"的框框之中，而应当发扬世界艺术的全部优良传统——现实主义和浪漫主义的全部优良传统"。他认为既然社会主义现实主义不是简单地按照事物本来的面目描写现实，是现实主义加上热情，现实主义加上战斗精神，那么"我们的浪漫主义是社会主义现实主义的一个部分，从某种意义上说，没有浪漫主义的参与的社会主义现实主义是不可思议的"。③

卢那察尔斯基在阐明社会主义现实主义的基本特点时，特别反对把社会主义现实主义看成教条，狭隘地理解它的含义，他特别强调"社会主义现实主义是一个广泛的纲领"。这里指的是社会主义现实主义文学内容、题材、方法、风格、形式和手法的多样化，指的是它可以包容不同等差的作家。这是一个十分重要的思想，至今仍有现实意义。

就内容而言，卢那察尔斯基认为社会主义现实主义文学的题材应当是广阔的，不能只限于描写工人题材和革命题材。针对"左"的文学团体只强调写机器和工厂，不写人、不要抒情的错误，他提出全面反映生活的口号，主张作家应当描写生活和自然界存在的一切。卢那察尔斯基提倡描写正面人物和英雄人物，同时也要求辩证地对待生活中的矛盾，既要反映正面现象，也要揭露反面现象。从这种观点出发，他要求社会主义现实主义给讽刺幽默作品一席之地。

就方法和风格而言，卢那察尔斯基认为社会主义现实主义文学的方法和风格应当是多样化的。在谈到社会主义现实主义是一个广泛的纲领时，他指出"它包括许多不同的方法；这些方法有的我们已经有了，有的我

---

① 《卢那察尔斯基论文学》，人民文学出版社 1983 年版，第 53—56 页。
② 卢那察尔斯基：《艺术及其最新形式》，百花文艺出版社 1998 年版，第 592 页。
③ 同上书，第 593 页。

们还正在掌握"。① 在谈到无产阶级文学的风格时，他认为"我们应当在风格探索方面为我们的剧作家（包括作家）提供最大限度的自由"，"党在处理无产阶级文学问题时，从不站出来规定什么是无产阶级文学的风格，甚至也不会预言某种风格将来一定成为绝无仅有的一种"。② 总之，他说："如果在社会主义现实主义的范围内能够用不同的方法，因而确定几种创作风格，创作出上乘佳作来，那我们只能为此感到高兴。"③ 他从社会主义现实主义的基本特点出发，强调这种创作方法应当包括"浪漫精神"或"浪漫因素"。他甚至还这样谈到，"实际上还可以有一种社会主义浪漫主义，不过它同资产阶级浪漫主义截然不同。由于我们拥有巨大的动能，社会主义现实主义使幻想、虚拟和描写现实时的各种自由发挥在其中起着很大作用的那些领域活跃起来了"。同时，他明确指出社会主义现实主义不应当拒绝西方艺术中"有价值的东西"，认为有人由于"革新派"想从西方寻求什么而表现不满，是"完全没有道理的"。④

就形式而言，卢那察尔斯基认为社会主义现实主义应当包括许多不同的形式和体裁。就以戏剧为例，他提出剧作家不应该"用体裁这道板壁来束缚自己"，对社会主义现实主义来说，正剧、喜剧和悲剧都可以写。他特别强调社会主义悲剧"不仅能够存在，而且应该存在"。它之所以能够存在，归根结底是因为"在我们今天，悲剧性的因素也还没有消除"，"牺牲不仅依然是可能的，而且是必要的"。

就作家而言，卢那察尔斯基认为"在社会主义现实主义文学内部，可以有非常大的等差"，可以包容各种各样的作家。仅以哲学素养为例，达到社会主义现实主义的作家，可能是"对马克思主义哲学有精湛研究的作家"，也可能是"哲学素养差"的作家。后者虽然"对辩证唯物主义懂得很少"，但他参加了革命实践，对斗争性质有清楚的理解，于是他就有可能"凭着本能揭示出我国现实许多极其重要的特点"。

尽管几十年来苏联文艺界对社会主义现实主义创作方法一直有争议，

---

① 卢那察尔斯基：《艺术及其最新形式》，百花文艺出版社1998年版，第557页。

② 同上书，第584页。

③ 同上书，第585页。

④ 同上。

但卢那察尔斯基对社会主义现实主义创作方法的阐释是深刻和独特的。同"左"的狭窄的封闭的观点不同，他在看到社会主义现实主义同旧的现实主义的区别的基础上，努力用一种宽阔的和开放的观点来看待社会主义现实主义，他十分强调社会主义现实主义同以往创作的内在联系，十分强调社会主义现实主义对不同的作家和不同的艺术风格、手法的包容性和开放性。从这一点也可以看出卢那察尔斯基难得的艺术素养和艺术眼光，看出他的美学思想的独特性。

第 六 章

卢那察尔斯基文艺思想的特征

　　十月革命以后，在列宁的正确指引下，面对崭新的社会主义文化艺术建设和文艺界尖锐复杂的斗争，卢那察尔斯基的文艺思想有了很大发展，逐步走向成熟，为马克思主义文艺理论的发展作出了重要的贡献。他的文艺思想的长处和短处，突出的贡献和明显的失误，不仅是那个特殊时代的产物，打下那个特殊时代的烙印，也带有鲜明的个性特色。卢那察尔斯基个人的学识才华，深厚的艺术素养和独特的眼光，使他得以在尖锐复杂的文艺实践和文艺论争中，有时是在十分狂热的艺术思潮面前，保持一份清醒和理智，同时也使他常常陷入矛盾和困惑，甚至被斥之为"自由主义"。从这个角度上看，卢那察尔斯基文艺思想的一些特点一方面是马克思主义文艺思想本身固有的，是马克思主义文艺思想在新的历史条件下的发展本身固有的，另一方面也是属于卢那察尔斯基个人的。

　　下面谈谈卢那察尔斯基文艺思想的一些主要特点。

一　坚持审美的立场

　　十月革命后虽有列宁文艺思想的指引，但马克思主义文艺理论受到各种思潮严重的挑战。一种新的美学原则的形成必然经历十分艰难的过程。先是"未来派"和"无产阶级文化派"狂热地鼓吹否定人类文化遗产，幻想建立与传统彻底决裂的"新文艺"、"新文化"，后来是"拉普"和庸俗社会学派把文艺等同于经济和政治，把文艺看成是阶级斗争的工具，是形式主义脱离社会历史文化语境片面强调艺术的形式，把艺术封闭于文本之中。应当说，这些思潮的出现是十月革命后崭新的社会主义文化艺术形成过程中的必然产物，十月革命后马克思主义文艺理论发展中必然的产物。

卢那察尔斯基十月革命后面对的就是苏联文艺界和文论界尖锐复杂的斗争，就是各种思潮的严重挑战。作为文化战线的主要领导人，作为马克思主义文艺理论家和批评家，尽管在对待未来派和无产阶级文化派问题上有过失误，受过列宁的批评，但总的来说，面对复杂的局面和严重的挑战，卢那察尔斯基始终坚持马克思主义文艺理论革命性和科学性相结合的原则。他同列宁站在一起，坚持文学的党性原则，同各种错误的文艺思潮展开斗争，十分难得的是在这个过程中，他始终坚持对艺术特性和艺术规律的重视，坚持艺术的审美原则，在当时十分狂热和十分强大的"左"的文艺思潮面前，他的清醒和理性显得格外突出。

在文艺与传统关系问题上，面对"未来派"和"无产阶级文化派"狂热鼓吹否定人类文化遗产，"要把拉斐尔烧成灰，要把博物馆统统捣毁"，"要把普希金、陀思妥耶夫斯基、托尔斯泰等等，从现代生活的轮船上扔出去"，卢那察尔斯基从文化和文学发展的内在规律出发，从文化和文学的内在继承性出发，指出各时代、各民族、各阶级的文艺虽然有明显的不同，但艺术是全人类的，"历代和民族作品中最珍贵的东西都是全人类宝库中不可分割的内容"，因此，无产阶级作为一个历史的阶级，"应该在同一切过去的联系中不断前进"，社会主义文化艺术的创造应该"在较宽广的范围内进行"。①

在文艺政治关系问题上，面对"拉普"强调"文学是阶级斗争强有力的工具"，主张"从纯政治的角度看待文艺问题"，面对庸俗社会学派提出作家的创作直接依从经济关系和作家的阶级属性，卢那察尔斯基坚持列宁的主张，坚持艺术创作的特殊性，坚持重视作家的创作个性。他认为提出"从政治的角度看待文艺问题"是错误的，因为"纯粹的政治领域是狭窄的"，因为各个部门，各个领域都有自己的特殊性。党在制定文艺政策的决策时如果"不考虑艺术的特殊规律"，最后终将葬送艺术。由此，他提出要重视艺术家的个性特征，指出"不要忘记艺术家是特殊类型的人，我们决不能要求艺术家的多数同时成为政治家。在很多情况下，

---

① 卢那察尔斯基：《艺术及其最新形式》，百花文艺出版社 1998 年版，第 198 页。

艺术家当中有一些人不倾向于极为敏感的思考或一定的意志的行动。马克思理解这一点，所以能够非常细致而友好地对待象歌德或海涅这样的文学现象"。①

在文学批评问题上，卢那察尔斯基既反对把文学批评当成阶级斗争的工具，当作书刊检查，也反对把文学批评混同学术批评，"把它当作解剖室的尸体，割得七零八碎，再把它发一通枯燥的议论"。② 他认为应当充分重视文学批评的特性，要看到它"既是一项科学工作，同时又是一项独具特色的艺术工作"。从文学的特性出发，针对文学批评中美学批评最薄弱的现状，他指出马克思主义文学批评应当把社会批评和美学批评结合起来，社会批评和美学批评是"彼此一致，互相补充的"。③ 他认为真正的文学批评家应当是"特殊的艺术家"，而他的批评文章"应该变成独特的艺术作品"。④ 在庸俗社会学盛行的年代，在文艺界和批评界大讲政治和阶级斗争，大讲社会分析的年代，卢那察尔斯基提出要重视艺术特征，重视美学批评，是振聋发聩的，也是要有胆识和勇气的。他的见解对于还马克思主义文学批评本来的面目，对于克服文学批评中的庸俗社会学倾向，在当年是有警示作用的。

二　坚持开放的原则

社会主义文艺是一种崭新的文艺，但它不是从天上掉下来的，也不是孤立于世界的，因此如何正确对待社会主义文艺和其他文艺的关系，就是一个重要的问题，它关系到社会主义文艺能否得到健康的发展。在这个问题上存在两种对立的观点，一种是封闭的、狭窄的观点，主张社会主义文艺同其他文艺决裂或隔绝；一种是开放的、宽阔的观点，主张社会主义文艺向其他文艺开放，从中汲取有益的成分。卢那察尔斯基采取的是后一种立场，他的文艺思想体现出一种开阔的眼光，一种开放的立场。

---

① 《"拉普"资料汇编》（上），中国社会科学出版社 1981 年版，第 163 页。
② 卢那察尔斯基：《论俄罗斯古典作家》，人民文学出版社 1958 年版，第 21 页。
③ 同上书，第 17 页。
④ 同上书，第 22 页。

卢那察尔斯基在十月革命前反对颓废主义的文学，坚持现实主义的创作原则，但他并不排斥其他创作方法，他一直十分重视高尔基创作中的浪漫主义。十月革命后，他仍然认为不应当局限于狭窄的现实主义的框框之中，社会主义文艺要发扬世界艺术的全部优良传统，其中包括现实主义和浪漫主义的优良传统。他不是关起门来建设社会主义的文学和艺术，而是始终关注欧洲文学艺术出现的新潮流，具有一种世界眼光。1923 年 12 月 2 日在国立莫斯科大学的报告中，他以《艺术及其最新形式》为题，对当时欧洲出现的种种所谓最新的现代主义艺术流派作了十分中肯和深刻的分析。不同于当时的"左派"理论家和艺术家对现代艺术一概骂倒的态度，卢那察尔斯基以丰厚的艺术素养和敏锐的艺术眼光，分析了产生这些流派的社会思想基础，指出各种流派之间迅速交替的变化，源于现代社会的不稳定，指出这些流派的共同特点是内容空虚、缺乏情感和追求形式。但是这些看法不影响他对各种艺术流派艺术上独到之处的肯定。

以印象主义为例。卢那察尔斯基指出虽然印象主义中的"首领们"出身于现实主义，但"印象主义和古典现实主义之间却存在本质的区别"。他认为印象主义是"绘画中的一场巨大变革"，① 艺术家追求的已经不是直接再现我们所看到的事物的形态，而是力求反映事物给我们的直接瞬间的感受，是我的眼睛的真实。由于这种对现实刻画的独特变化，便出现了由现实主义向主观主义的过渡，艺术家对抓住什么瞬间的印象完全是同艺术家主体的眼光、兴趣、情绪和气质相联系的。卢那察尔斯基进一步认为，印象主义的价值还不仅仅在于他们对艺术和现实关系的独特理解、他们要表现对事物的瞬间感受，而且还在于他们如何独特地表现瞬间的感受，在于他们非凡的技法，这就是为人们所称道的对光和色的处理。印象主义善于运用色彩各异的鲜明斑点表现颤动的色彩，颤动的光。总之，卢那察尔斯基认为"善于'从新的角度'、主观地进行观察，善于将自己主观的独特感受描绘下来——这也就是印象主义的力量和意义所在"。②

在 30 年代关于社会主义现实主义的讨论中，卢那察尔斯基在坚持社

---

① 卢那察尔斯基：《艺术及其最新形式》，百花文艺出版社 1998 年版，第 261—262 页。

② 同上书，第 264 页。

会主义现实主义的基本原则的同时，也独树一帜地提出"社会主义现实主义是一个广泛的纲领"，反对把它当作束缚文学艺术创作的教条。遗憾的是，在一些"左"的思想的影响下，后来文艺界不少人一直把社会主义现实主义当作不可动摇的教条，不是用一种宽阔的视野，一种开放的眼光来看待社会主义现实主义，其结果是严重影响了苏联文学艺术的发展。过了四十年，直到70年代理论界才有人提出社会主义现实主义"开放体系"，引起了相当大的震动，尽管今天人们对社会主义现实主义创作方法有种种不同的看法，但当年卢那察尔斯基以一种开放的、宽阔的眼光来看新生的社会主义文学艺术是很有远见卓识的，至今仍有深刻的启示意义。

三　坚持创新的精神

马克思主义不是凝固的、一成不变的，它是随着社会生活的发展，随着科学技术的发展不断得到发展。卢那察尔斯基在研究文学问题时不仅坚持开放的原则，而且坚持发展的原则、创新的原则，他不满足于现有的结论，总想根据生活和科学的发展对文艺问题做出新的阐发，体现一种可贵的探索精神和创新精神，尽管这种探索和创新有时不够成熟，甚至出现失误。如前所述，卢那察尔斯基在十月革命前的《实证主义美学原理》（1904）中，就试图从生物学的观点来探讨美学问题，特别是美感的生理基础。尽管这次尝试并不十分成功，十月革命后卢那察尔斯基始终不改初衷。1923年《实证主义美学原理》再一次出版，卢那察尔斯基把它送给列宁。

在专著《列宁和文艺学》（1932）最后一章"列宁与现代马克思主义文艺学"中，卢那察尔斯基又回到老问题上来。他指出列宁曾经尖锐批评把生物学规律运用到社会关系领域的企图，马克思主义社会学"扬弃"生物学，生物学因素不再是人的社会生活的主导因素，"但这并不是说可以完全无视人的机体，包括大脑、疾病等的结构和功能了。所有这一切都获得了新的性质，所有这一切都被新的社会力量深深改头换面了，但所有这一切并没有消失"。[①] 因此，卢那察尔斯基认为一个文艺学家不应该是

---

① 卢那察尔斯基：《艺术及其最新形式》，百花文艺出版社1998年版，第535页。

狭隘的研究者，不应该无视文学艺术领域"尚未进行研究的丰富宝藏"。他批评当时文艺学界庸俗社会学者别列韦尔泽夫等人的观点，他们认为马克思列宁主义文艺学只能依靠社会科学本身，对于把生物学、心理学、语言学吸收到文艺学研究中来抱非常怀疑的态度。卢那察尔斯基指出，"列宁要求任何研究都要具体化，即要求对真正的客观材料作真正的研究，然后就应该运用辩证唯物主义的方法对这些材料作出阐释和说明，同时，他认为一切研究，自然也包括文艺学研究，都必须置于广泛的科学基础之上"。① 他谈到列宁曾指示在研究"一般认识历史"时必须吸收生理学、心理学和语言学作为辅助学科，他认为文艺学的研究也应当把这些学科做为辅助学科。

　　1929 年 10 月，卢那察尔斯基在共产主义学院文学、艺术、语言部就艺术中的社会因素和生物学因素问题做了专题报告，报告在 1930 年以《艺术史上的社会因素和病态因素》为题发表。在这项研究中以德国著名的浪漫主义诗人、精神病患者弗德里希·荷尔德林（1770—1843）的生平和创作为个案，力求从理论上阐明艺术中现象中社会学因素和生物学因素的关系。文中卢那察尔斯基列举了世界文学和俄罗斯文学的大量现象，指出"不能认为我们常见的卓越作家天才和心理变态乃至精神病的结合，是一种偶然现象"，认为这必须从作家心理和心理结构的特点出发加以说明，因为作家艺术家具有强烈的感受力，有高度的敏感性，他们特别容易冲动，容易在客观影响下失去心理平衡，造成精神疾病。问题的关键在于如何运用马克思主义观点正确阐明作家艺术家产生精神疾病的社会学因素和生物学因素的关系。卢那察尔斯基认为应当反对两种提法：一种把它完全归于遗传或解剖生理学上的蜕变，一种是把它完全归之为社会环境的产物。而这两种提法都是简单化。他认为"这里有某种双重制约性，而社会的制约明显占主导地位……我们不能忽视病理学，不过，正如我所说过的，应当把它溶化在社会因素中"。② 也就是说，应当承认病理学因素的存在和影响，但必须看到这种情况的产生正是社会因素造成的，社会因素归根到底是占主导的。他说："如果承认精神病（也许是大部分精神病）

---

① 卢那察尔斯基：《艺术及其最新形式》，百花文艺出版社 1998 年版，第 534 页。

② 同上书，第 351 页。

常常是正常机体对不正常环境条件的反应，这样马克思主义就能从非马克思主义的精神学家那里夺回四分之三（也许更多）的地盘。因为这等于承认了这样的结论，那个人的不正常是由不正常的环境条件所引起的，而这则是马克思主义的结论。"① 在这里，卢那察尔斯基认为眼下的困难在于如何掌握大量的可资研究的材料，说明社会关系和个人关系的全部复杂性。他认为从社会历史角度看，个人因素可以淡然处之，但决不能置之脑后。产生艺术作品的生命变异状态一定得是社会的，但这些社会变异状态的感受是各不相同的。因此，他说："文学史家的任务不是要抛弃作者主体的独特性，将其一笔勾销，而是要说明这种独特性的社会渊源及其特殊的社会影响，把个人因素置于规律性的社会网络之中，而个人因素则是这种网络独特的纽带。"②

从十月革命前的《实证主义美学原理》（1904）到十月革命后的《艺术史上的社会因素和病态因素》（1930），卢那察尔斯基对于艺术中生物学因素的探索一直非常执着，力求在文艺学研究上有创新，他在后者的开头就指明"我今天的报告题目非常广泛，相对来说，也很新颖"。他的这种探索也可以说是在克服自身的不足中不断前进的。如果说十月革命前他只关注美学感受的生物学因素，忽视生物学因素和社会学因素之间的关系，那么在十月革命后他就更为充分更为辩证地说明艺术现象中社会学因素和生物学因素之间，社会学因素和个人因素之间的复杂关系。这说明他的文艺思想是不断走向成熟。

卢那察尔斯基文艺思想中所体现的和所坚持的审美原则、开放原则和创新原则，在十月革命后"左"的文艺思潮一度占重要地位的特殊语境中，显得十分刺眼，时常也招来一些非议，其中固然有其自身的不足，但更多的是同"左"的、庸俗社会学文艺学观念的深刻分歧。也正因为如此，卢那察尔斯基才得以在十月革命后众多的文艺学家中以其鲜明的特色占有独特的地位。

---

① 卢那察尔斯基：《艺术及其最新形式》，百花文艺出版社 1998 年版，第 356 页。
② 同上书，第 362 页。

下　篇

文艺批评家卢那察尔斯基

第 七 章

卢那察尔斯基的文艺批评理论

文艺批评史上的大批评家都有自己独特的文艺批评理论观念，即关于文艺批评的性质、任务和方法的见解。例如别林斯基批判地吸收了德国思辨哲学中的历史、辩证的观点，提出了历史的、审美的文学批评观。他主张在肯定文艺是现实的"创造性的再现"的基础上，把社会的、历史的批评同美学的批评有机地结合起来，强调文学与批评都是对于时代的认识，应当及时反映时代精神，批评的使命就是在于促进文学接近现实，接近人民。同是俄国革命民主主义美学批评家，同是现实主义批评家，杜勃罗留波夫进一步提出了"现实的批评"的方法论原则，主张把批评的重点由阐释作者的主观创作意图转移到分析和评判作品所反映的社会生活现象，揭示作品的客观社会意义上。而马克思主义文艺批评则是以历史唯物主义和辩证唯物主义作为观察、分析和研究各种文艺现象的方法论基础的。它科学地总结和探讨了人类艺术发展的历史规律，批判地吸收了以往文艺理论批评中的合理因素，提出了从美学的和历史的观点综合分析和评价文艺作品的批评原则，奠定了真正科学的文学批评观念的基础。但是马克思主义文艺批评的形成和发展都经历了一个曲折和复杂的过程，它是在同外部的和内部的各种错误倾向和观念作斗争中得到发展的。卢那察尔斯基作为马克思主义的文艺批评批评家，他的批评理论观念是植根于马克思主义文艺批评的理论基础，是同马克思、恩格斯、列宁和普列汉诺夫的文艺批评理论观念密切相连，同时又是在同苏联二三十年代各种错误的文艺批评观念和倾向的斗争中得到发展的。

卢那察尔斯基一生主要的文学活动是文学批评，作为著名的马克思主义文艺批评家，他不仅有丰富的文学批评实践，而且在《马克思主义批

评任务提纲》①（1928）、《作为批评家的普列汉诺夫》②（1928—1930）
《批评》③（1931）、《批评家普希金》④（1934）等重要论文中，对文艺批
评的性质、任务和方法发表了不少精辟的见解，其中特别有理论价值的是
阐述马克思文艺批评的一系列根本性的理论问题。

一　论文艺批评的性质和任务

"批评"这一术语源于希腊文中的 Kritike（作出判断）一词。广义的
批评就是对各种文学现象的判断。可以说有了文学作品的第一个读者，也
就有了第一个文学批评家。

卢那察尔斯基在 1931 年为苏联《文学百科全书》第 5 卷所写的大型
词条《批评》中指出，"'批评'这个词意味着'判断'"。⑤ 既然是"判
断"，他认为一方面就是要对某种事物进行观察、讨论，分析某个客体，
试图理解它的意义，把它同其他现象联系起来，是对对象作出一些周密的
考察；另一方面他认为判断意味着要给客体做一个最终的认定性的结论，
就是说要么批判它，推翻它，要么论证和承认它的积极作用。而且这种判
断可能是分析性的，就是说被判断的客体有些成分被肯定下来，有些成分
则被否定掉。总之，卢那察尔斯基认为任何批评只要是有根有据的，实际
上都包含着一种结果，就是"对对象进行考察和对它进行判断"。在这
里，卢那察尔斯基对作为判断的批评进行深入的分析，他既反对纯客观主
义的批评，也反对主观主义的批评，强调批评既要对客体作出客观的考察
和分析，也要根据一定的原则对客体作出价值判断，指出它的社会价值和
审美价值。也就是说，批评本身从来就不是纯客观的，它有批评家自身的
强烈的主观色彩，归根到底批评是主客观的统一。

批评家如何对客体和对象进行判断呢？他不是毫无根据地，也不是只
凭自己的兴趣，卢那察尔斯基指出，"批评不局限于判断该客体，它还力

---

① 《卢那察尔斯基文集》第 8 卷，莫斯科，1967 年，第 7—18 页。
② 《关于艺术的对话——卢那察尔斯基美学文选》，三联书店 1991 年版，第 300—410 页。
③ 《卢那察尔斯基文集》第 8 卷，莫斯科，1967 年，第 333—376 页。
④ 卢那察尔斯基：《论俄罗斯古典作家》，人民文学出版社 1958 年版，第 8—24 页。
⑤ 《卢那察尔斯基文集》第 8 卷，莫斯科，1967 年，第 333 页。

求找到一些对某些客体范畴进行合理判断的规则和方法"。① 在这里，他强调批评总是遵循一定的原则和方法进行的。如果说批评的第一阶段只不过是观察和判断，那么批评的高一阶段就是要找出判断客体和对象所依据的原则和方法。例如，古典主义的批评主张依据理性的原则和规范化的美学标准来分析作品，浪漫主义批评主张打破古典文学规范，强调创作自由和主体的趣味，而马克思主义批评则是以辩证唯物主义和历史唯物主义的世界观作为观察、分析和研究各种文学现象的方法论基础，提出以美学的和历史的观点综合分析和评价文学作品的批评原则。

卢那察尔斯基认为专业的批评家是从整体上看待艺术作品的，既看它的思想内容，也看它的审美价值。文学艺术作品对读者、听众和观众产生艺术感染力，是由作品的思想力度和艺术表现力决定的。批评要揭示作品的艺术魅力是一件非常艰巨的事情。因此，批评家要掌握批评的方法，不仅要了解判断文学艺术作品所依据的规则，而且要了解艺术创作本身的法则，这是一整套科学。从这个意义上讲，文学批评要同文艺学结合起来。他认为，不去了解艺术作品的审美力量和方向，不去了解这种力量是如何起作用的文艺学家是片面的文艺学家；同样，在讨论艺术作品的时候，既不关注作品的形成过程（作品的起源），也不关注产生作品思想艺术力量的原因，这样的批评家也是片面的批评家。如果对影响作品思想艺术力量的社会原因缺乏清晰的概念，没有深入的了解，要对作品进行充分和全面的判断是不可思议的。在他看来，文学批评应当是全面的，既要关注思想内容，也要关注艺术价值，既要关注作品文本本身，也要关注使作品获得成功的艺术法则和艺术方法，关注产生作品思想力量的社会原因，也只有这样的批评家，才是成功的批评家。

卢那察尔斯基也十分重视文学批评的功能，他非常赞同普希金给批评下的定义："批评是发现艺术作品中的美和缺点的一门科学。"② 那么，批评家为什么要去发现作品的美和缺点呢？批评的作用究竟何在呢？他认为

---

① 《卢那察尔斯基文集》第 8 卷，莫斯科，1967 年，第 333 页。
② 《论俄罗斯古典作家》，人民文学出版社 1958 年版，第 15 页。

批评首先是充当读者的向导，批评家"在不够敏感的人发现不出美的地方，他发现了美，在经验较少的眼睛看不出缺点或者也许还预感有优点的地方，他揭露了缺点"。① 如果一个批评家同读者站在同一水平上，那何必要批评家呢？批评家像博物馆的导游，如果他站在艺术作品面前只会泛泛空谈，无法帮助参观者感受艺术作品的真正魅力，那么参观者就要把他赶走。其次，批评也应当是"作家的朋友"。他认为批评家应当是艺术家，"他是一种特殊的艺术家，他是开方下药的艺术家，他可以说是群众的魁首或者一批理想的群众代表的一员，他是合乎希望的群众本身，他是人们所期望的有鉴别力的读者、热诚的读者，他有时是作家的朋友，有时又是论敌，但他永远是一个最好的评判人"。② 这里，卢那察尔斯基指出批评家要作为群众的代言人，作为理想的读者，对作家的创作产生影响，同时又强调批评家对作家的作用只是影响和引导，而不是站在作家之上指手画脚，他是作家的"朋友"，而不是作家的"教师爷"。总之，卢那察尔斯基是把文学批评看作是整个审美活动系统和艺术活动系统的中介环节来考察其性质和功能的。在生活——作家——作品——读者——生活这个系列环节中，这个文学活动系统中，文学批评起的是一种中介作用，批评既要代表社会的要求，反映读者的审美要求和欣赏趣味，积极影响和引导作家的创作，又要通过对文学作品的评论，向读者深入揭示作品所反映的生活内涵、思想意义和所具有的审美价值，以提高读者的艺术欣赏水平，加深读者对生活的理解。

卢那察尔斯基在研究文学批评的理论时，也注意到了这样一个重要的问题：随着文学的发展，随着文学内部各种体裁和活动方式的分化和发展，文学批评开始走向成熟和独立，文学批评的性质和功能逐渐明确起来，因此才有可能从理论上去概括和阐明文学批评的性质和功能，对它做出种种界定。同时，随着社会思想的发展和文学的发展，随着各种文学思潮的出现和各种文学观念的变化，对文学批评的界说和理论阐释也产生历史演变，因而在历史上也形成各种不同的批评观念和批评流派。因此，要在历史层面上对文学批评进行类型研究，阐明文学批评史上出现的各种文

---

① 《论俄罗斯古典作家》，人民文学出版社 1958 年版，第 21 页。

② 同上书，第 22 页。

学批评流派的特征。其中涉及教条的和玄学的批评、印象主义批评、启蒙主义批评、历史主义批评和马克思主义批评等类型和流派。[①]

1. 教条的和玄学的批评

卢那察尔斯基指出，这类批评家认为存在着一些亘古不变的规则，一些绝对的标准和准则，这些规则只要拿来准确地运用，就能评出艺术作品的优劣，就能分清艺术作品的短长。但他认为这种批评在阶级社会里是不存在的，因为只有在文学艺术领域确立超阶级的标准，才有可能赋予文学艺术以玄学的、绝对的和规范的性质。就拿法国的古典主义批评和后来的俄国古典主义批评来说，这些批评家主张依据理性的原则和规范化的美学标准对文学艺术作品的优劣长短进行分析和评价，他们崇尚理性，把人的理智当作衡量美丑、善恶的准绳，要求文学语言、文学体裁、文体风格要有严格的规范。然而，他们的理性原则，都包含着一定的阶级内容，他们的理性是资产阶级的理性，他们都要求文学艺术为国家的利益服务。

2. 印象主义批评

卢那察尔斯基指出，"印象主义批评是直接趣味批评，以'我喜欢'，'我不喜欢'"为判断之本，为了使人相信其趣味判断的正确无误，这种批评讲究语言词藻的华美。同时印象主义批评不仅确认"趣味无可争议"，每个人都有他自己的趣味，而且同一个人在不同情绪下都可能出现不同的判断，而这一切都是理所当然的。例如，俄国19世纪初期兴起的浪漫主义批评就主张打破传统的古典文学规范，实现创作自由，认为批评的首要职责就在于传播趣味。其代表人物茹科夫斯基说："批评是一种以有教养的趣味为基础的公正而自由的判断。你读一部叙事诗，欣赏一幅画，聆听一首奏鸣曲，感到愉快或不愉快——这就是趣味。"[②] 当然，他也不完全把批评归之为趣味，也指出批评要进一步"分析一下这愉快或不愉快的原因"。

卢那察尔斯基认为，印象主义讲究趣味，反对僵死的教条规范，看来这种批评似乎是教条主义批评的直接对立面，然而实际上印象主义批评和教条主义批评之间也有某些共同之点，这就是它们都缺乏标明自身正确性

---

① 《卢那察尔斯基文集》第 8 卷，莫斯科，1967 年，第 339—344 页。

② 茹科夫斯基：《美学与批评》，莫斯科，艺术出版社 1985 年版，第 220 页。

的证据。

3. 启蒙主义批评

卢那察尔斯基认为启蒙主义批评出现于新的阶级进入社会而且为夺取胜利而需要摧毁已形成的敌视它的价值的时候。这个年轻的阶级还不够强大，还没有稳定的威望，因此它需要以批判性的判断来团结自己，加强阶级的自觉意识。这里至关重要的是说服力和可证实性。启蒙时代的批评家所依靠的唯一的基本批评标准是对该阶级是否有利。然而，这个上升的阶级对自己利益的理解是非常宽泛的，资产阶级的利益虽然实际上很狭窄，但在上升时候却提出非常广泛和非常有吸引力的口号，以此来表现自己和改变自己的面貌，资产阶级认为自己不仅代表本阶级的利益，而且代表全民的利益，代表全人类的利益。启蒙主义者认为自己能给尽可能多的人带来尽可能多的好处，可以开启智慧，锻炼性格，建立人与人之间团结友爱的关系，而与此对立的东西则是有害的。卢那察尔斯基这里谈的启蒙主义批评显然是作为资产阶级革命先导的启蒙主义时代的批评，这种批评代表新兴资产阶级的利益，反对封建专制，推崇理性，张扬"自由、平等、博爱"的旗帜。他认为尽管这些见解的现实基础很薄弱，尽管后来的历史事实欺骗了启蒙主义者，尽管这些口号的社会经济基础如何不稳，但是这些见解实际的进步作用是不可否认为的，至少在当时是不可否认的。

4. 历史主义批评

卢那察尔斯基指出，当无产阶级开始夺取政权的时候，随着带来很有深度的社会学分析，它不需要像资产阶级那样借助于漂亮的口号，而且可以正视并宣传直接的真理。按照马克思的学说，我们可以有一些标准，用以展示和判断我们沿着人类历史路线前进的时候究竟是前进了还是倒退了，而这个标准就是某个社会促进人身上的潜能得到发展的能力。从这个意义上讲，无产阶级固有的自觉争取进步同启蒙主义者有某些同源关系。虽然无产阶级认为自己的主要力量不在于实现自己的思想，而在于合乎规律地发展经济力量，而自己的思想正是这种经济力量的表现。

卢那察尔斯基认为，处于启蒙梯级的批评达不到客观的科学性阶段。首先，作为标准的社会利益性不包括形式——艺术方面、纯美学的方面；其次，这种利益性归根到底是一个摇摆不定的标准。真正科学的艺术批评，狭义地说是文学批评，只有它历史地评价自己的客体时才能形成。资产阶级在它的成熟时候通过巴克尔①、泰纳②、伯吕纳吉埃尔③的著作建立自己的历史主义批评。但由于资产阶级的社会学和历史哲学永远是模糊的和折中的，它就没有能够紧靠文学批评的真正科学性。它只在某些情况下似乎预感过真正的道路（基佐④），后来又远离它。从资产阶级文化衰退开始，资产阶级的实证批评就滑到丧失任何水平线的"小"科学梯级上去了。

5. 马克思主义批评

卢那察尔斯基指出，确定客观的起源学批评及其一般方法的巨大功绩属于普列汉诺夫。根据马克思主义的原则，各种艺术作品，各种艺术派别、风格、时代，都要作为社会发展必要的合乎规律的表现来考察。要探究这部作品为什么是这样而不是那样，就是说把它解释透彻，这似乎是发生学批评的重要的任务。不过，普列汉诺夫非常清楚地意识到，在分析古往今来的艺术作品时，批评还是不能只局限这项重要的而又有必要的任务。首先，他正确地断言，任何时候也不能忘记作品的形式审美方面。因为作品的表现同它的内容是不可分的，这已为年轻阶级拥有非常丰富的内容但又时常缺乏艺术表现力量的现象所证实，每一个有经验的批评家都看到这一点。在衰败的阶级那里，巨大的形式成就和传统都是这样的，他们有时创造着真正的艺术幻象，但实际上是在重复老掉牙的东西，没有添进任何新的内容。显然，在这两个极端中间存在一个最佳点，这就在于能使作家艺术家通过形象所体现的那些思想、情感的新颖性和丰富性相一致，能以最大的艺术表现力达到这一致性。同时还必须记住，对一类人来说具有表现力的东西，对另一类人来说可能是完全不具有表现力的东西。不仅艺术作品日常生活的、情感的和其他方面的内容，就是艺术作品外部的形式，都可能在一个时期被评为完善得无与伦比，另一个时候就被认为是不

---

① 巴克尔（1821—1862），英国历史学家，实证论社会学家，社会学地理学派代表人物，著作有《英国文明史》（1857—1861）。

② 泰纳（1828—1893），法国文学家、哲学家，文化史学派创始人，著有《历史与科学文集》（1858）和《艺术哲学》（1865—1869）等。

③ 伯吕纳吉埃尔（1849—1906），法国批评家，历史学家和文学理论家，认为文学各流派的更替和审美兴趣的改变取决于创作者的艺术意图（《法国古典文学史》，1904—1912）。

④ 基佐（1787—1874），法国历史学家，马克思之前的阶级斗争理论的创始人之一，著有法国历史方面的著作。

正确的。对待文学作品的内容和形式的不同态度，当然取决于社会情绪的变化，而这种社会情绪的变化又是在具体的社会时空中产生的。因此，马克思主义批评在评价文学现象时要建立自己的原则，而把自己的标准当作某种绝对的东西塞给别的时代，对于科学的批评来说是不合适的做法，但在了解文学现象产生的社会必然性之后，必须坚持自己的原则。马克思主义批评从根本上来讲不仅是认识性的，而且是创造性的，战斗性的，它坚定地确认，文学艺术作品中什么东西是我们所亲近的，是接受得了的，什么东西是我们淡然处之的，什么东西是我们应当反对的。

总之，在卢那察尔斯基看来，马克思主义批评既不同于教条的批评，印象主义批评，也不同于启蒙主义批评和历史主义批评，它是一种科学的批评，它既关注作品的内容也关注作品的形式，特别着重于探究作品的内容和形式产生的社会历史根源、文学现象产生的社会历史根源，而且在阐明文学现象产生的社会历史必然性的同时，还要根据自己所确立的原则对文学现象做出明确的价值判断，因此这种批评达到科学性和革命性的统一。

二　论马克思主义文艺批评

卢那察尔斯基对批评的研究主要侧重于马克思主义文艺批评，在普列汉诺夫之后，他是对马克思主义文学批评作了最系统、最明确阐述的马克思主义文学批评家。在上述的有关文艺批评的一系重要论文中，卢那察尔斯基针对苏联二三十年代文艺批评存在的种种问题，对马克思主义文艺批评的任务、性质、标准和马克思主义文艺批评家的素养作了相当深入，相当精彩和很有针对性的阐述，给人一种面目一新的振聋发聩的感觉。

1. 马克思主义文艺批评的任务

卢那察尔斯基是根据当时苏联社会生活和文学艺术所处的形势来确定马克思主义文艺批评的任务的。他指出当时全国都在建设新的生活，"文学正处于自身发展的关键时刻"，一方面是全国都在建设社会主义的新生活，一方面是新旧之间的斗争在继续进行，而且斗争的形式比以往更加巧妙、更加深刻。这一切都对文艺和文艺批评提出了更高的要求。

卢那察尔斯基从分析当时的形势出发，十分强调文艺批评的意义。他认为当时面临着建设新生活和新旧事物的斗争，社会主义文学正处于"决定性关头"，马克思主义文艺批评也处于"极其崇高的地位"。在他看来，马克思主义批评"目前的使命就是同文学一道紧张地，精力充沛地投身于新人、新生活形成过程中"，成为建设新生活和新文学的一支重要力量。[①]

卢那察尔斯基认为尽管时代向马克思主义批评提出的要求是迫切和崇高的，但眼下马克思主义文艺批评却不太令人满意，而且短时间内不会得到改善。他尖锐地批评有些人利用文艺批评随便给人扣上种种政治罪名，并加以恶意攻击的现象，指出文艺批评主要是确定作品在建设中的客观价值，而不是用来进行斗争的工具。

2. 马克思主义文艺批评的性质和特点

卢那察尔斯基认为马克思主义文艺批评同其他批评不同之处首先在于它是以马克思主义作为指导的。他说："马克思主义的批评跟其他批评的不同之处，首先在于它不能没有至关紧要的社会学性质，而且，不言而喻，是以马克思和列宁的科学的社会学的精神为依据。"[②] 在他看来，马克思主义文艺批评就是要把辩证唯物主义和历史唯物主义运用到文艺批评领域，但这种运用又不能简单化和机械化，他特别强调文艺作品并不是直接依附于社会的生产形式，而是要通过其他的环节为媒介，如社会心理、阶级心理。

卢那察尔斯基指出马克思文艺批评包括两个重要的方法：一方面是要揭示文学艺术现象产生的社会根源，指出它出现的带规律性的原因。他引用普列汉诺夫的意见说："马克思主义者跟——比如'启蒙运动者'的不同之处，就在于'启蒙运动者'向文学提出的是人所共知的目标和要求，'启蒙运动者'评论文学时是从众所周知的理想的观点出发，而马克思主义者则是在阐明这部或那作品出现的带规律性的原因。"[③] 另一方面还要说出对文学作品的判断，"必须指出该作品的意义、照作者的本意它应该起什么作用，它在作者生活的时代和以后各个时代确实起过什么作用"，

---

① 《艺术及其最新形式》，百花文艺出版社 1996 年版，第 326 页。

② 同上书，第 326—327 页。

③ 同上书，第 330 页。

特别具有头等意义的是要指明作品对我们今天"可能有什么损益"。① 他在这里说的就是马克思主义文艺批评科学性和革命性的统一，它不仅要客观揭示作品产生的规律，同时还要对社会变革产生积极的作用，不仅要说明世界还要改造世界。他深刻地指出："马克思主义批评家不是文学上的天文学家——向我们解释大大小小文学星斗运动的必然规律。马克思批评家既是战士，又是建设者。从这个意义上说，评价的因素在当代马克思主义批评中应该提到特别的高度。"②

卢那察尔斯基特别强调马克思主义文艺批评应当是社会批评和美学批评的结合。他谈到普希金十分重视美学批评，认为"批评是发现艺术作品中美和缺点的一门科学"，而美指的就是作品艺术感染力。而别林斯基"不管来自审查机关和政府方面的危险多大，总是情不自禁地要把他的美学标准和社会标准结合起来"。③ 面对苏联当时的文学批评，卢那察尔斯基认为"最薄弱的一点恰恰是美学评价"，其表现一是只把文艺批评当作阶级斗争的工具，只说明作者追求什么阶级目的，作品达到什么有利于阶级的结果，二是"扼杀了文学，把它当作解剖室的尸体，割得七零八碎，再对它发一通枯燥的议论"。卢那察尔斯基认为"真正的、名副其实的批评"一定要包含社会批评和美学批评这两个因素，"美学批评和社会批评实际上是一个东西，至少是一个东西的两面"。④ 因此，"一般批评达到某个完善境界，在它发展到某个高级阶段的时候，美学批评和社会批评是彼此一致，相互补充的"。⑤

卢那察尔斯基对马克思主义文艺评论的写作提出很高的要求，他认为批评论著"既是科学著作，同时又是具有独特艺术性的著作"，真正的批评家是"特殊的艺术家"，他不仅要对文学作品做出正确的理解和评价，而且要善于把它传达给别人。因此，批评家"应该善于从独特的开方下药的艺术家变为独特的创造的艺术家"，他的批评文章也应该变为"独特的艺术作品"。卢那察尔斯基虽然不赞成在评论中使用"过于美丽的词

---

① 《论俄罗斯古典作家》，人民文学出版社 1958 年版，第 15 页。
② 《艺术及其最新形式》，百花文艺出版社 1998 年版，第 330 页。
③ 同上书，第 14 页。
④ 《论俄罗斯古典作家》，人民文学出版社 1958 年版，第 14 页。
⑤ 同上书，第 17 页。

藻",但又指出如果因此"把准确性、鲜明性、热情和激动一律摈弃于批评文章以外,那可就太遗憾了"。①

3. 马克思主义文艺批评的标准

卢那察尔斯基认为马克思主义文艺批评在评论一部作品时应当坚持的标准是内容和形式的统一,首先要关注内容,其次要考察形式适合于内容的程度。他认为文学作为语言的艺术、作为接近思想的艺术,同其他艺术形式相比,内容比形式的意义更重大。在文学中,整个作品的关键在于它的艺术内容。然而,内容本身趋向于一定的形式,任何一个具体的内容仿佛只有一个最相宜的形式。作家只有找到最相宜的形式,他的思想感情才能得到最生动和最鲜明的表现,读者才能得到最强烈的感染。因此,他指出:"马克思主义批评家首先要把作品的内容,把作品中所体现的社会本质作为自己的研究客体。他确定作品同这些或那些社会集团的联系,确定作品中可能包涵的感染力对社会生活所发生的影响,然后才转到形式上,首先从说明这种形式与其基本目的适应情况着眼,即说明形式是为最大限度的表现力服务,是为使作品内容最能感染读者服务。"② 难能可贵的是,卢那察尔斯基肯定作品内容意义重大的同时,又十分重视形式的意义,提出形式本身的相对独立性。他说:"不能否定研究形式的独特任务,马克思主义者不应该对形式不闻不问。"在形式研究方面,他提出两个新鲜的观点,第一,认为"一部作品的形式不仅取决于它的内容,而且还取决于某些其他因素",诸如思维和言语的习惯、生活方式、社会的物质文化水平、昔日的惰性和对更新的渴望,这一切都可能对形式产生影响。"都是决定形式的补充因素"。第二,认为"形式有时会脱离内容,带上独特的、不切合实际的特点"。例如有的作品要表现一些阶级的倾向,而这些阶级又缺乏内容、害怕面对现实,于是便使用空洞的形式、夸张的言词。在他看来,这些形式因素决不是无缘无故脱离社会生活的,马克思主义对此不能不做出分析。③

卢那察尔斯基同时还深入探讨了评价文学作品内容和形式的具体标

① 《论俄罗斯古典作家》,人民文学出版社 1958 年版,第 22—23 页。

② 同上书,第 14 页。

③ 同上。

准。从作品的内容看，他认为"凡是有助于无产阶级事业发展和胜利的都是好的，凡是有害于这一事业的都是糟的"。当然评价一部作品的内容也不是那么简单，批评家应当善于抓住作品的基本倾向做出总的评价。在评价作品内容问题上，卢那察尔斯基针对当时文艺批评存在的种种问题，存在"左"的倾向，提出了不少很有针对性的大胆见解。第一，他认为马克思主义批评家不能只认为提出紧迫的问题才是富有社会意义的作品，应当反对题材决定论。他说："在不否定提出紧迫问题的特殊重要性的同时，决不可否定提出另一些问题的作品的重大意义，这些问题看上去显得好像很一般，或者很遥远，但实际上仔细一研究，它们对社会生活还是有影响的。"① 第二，评价表现纯当前问题的作品不能看它如何表现我们的纲领，而要看它在生活中有什么新的发现。他说："用自己的作品图解我们纲领的既定原则的艺术家，是蹩脚的艺术家；艺术家可贵之处正在于他能够倡导新生事物，能够凭借自己的直觉洞察一般统计学和逻辑学难以插足的领域。"② 第三，对待同我们格格不入的，甚至是敌对的文学现象不能挥手了事，要从中了解敌人的情绪，引证我们圈子以外的材料，丰富我们生活知识的宝库，从中获得效益。他说："不看作品的来源和倾向。只看其在我们建设中的作用如何，进行这样的再评价，是马克思主义批评家的直接任务。"③

从评价内容转到评价形式，卢那察尔斯基认为这对于马克思主义批评来说就更加复杂和更加困难了。对于形式的评价，总的来说，他认为"形式应该最大限度地与自己的内容相一致，应该给内容以最大的表现力，保证它能够对读者产生最强烈的影响"。④ 具体来说，他认为评价形式的标准有以下三个方面。

首先是形象性。

他赞同普列汉诺夫的意见，认为"文学是形象的艺术，任何赤裸裸的思想、赤裸的宣传对它的干预，对于一部作品来说，必然意味着失

---

① 《艺术及其最新形式》，百花文艺出版社 1998 年版，第 331 页。
② 同上书，第 332 页。
③ 同上。
④ 同上书，第 333 页。

败"。① 固然，形象鲜明的政论是宣传和文学的好形式，但文艺小说加进纯政论，哪怕是精彩的政论，都会让读者感到乏味。因此，他认为"如果艺术作品内容不是通过形象的出色冶炼，浇铸而得，而只是冷冰冰地矗立在流动的钢水之中"，② 那么批评家完全有权指出作者对作品艺术加工不够。

其次是独特性。

他认为作品的独特性表现在"作品的形体同作品的构思、内容融成一个不可分割的整体"。一部真正的艺术作品，内容应当是新颖的，应当表现前人所没有表现过的东西。同时，"作品的新内容也要求作品具有新的形式"。他指出妨碍作品独特性的三大弊病是：第一，新的内容装进了旧的形式，新酒装进了旧皮囊。第二，形式很差，艺术家有新的见地，但缺乏一定的形式储备。第三，追求形式上的标新立异，用肤浅的装饰来掩盖内容的空虚，用五花八门的小玩艺儿断送了创作。③

第三是通俗性。

他指出要像托尔斯泰那样坚持作品为所有人接受，创造一种替群众着想、为群众服务的文学，反对任何孤芳自赏，只为少数唯美主义着想的形式。同时，他认为通俗性并不等于降低作品的水平，把作品拉齐到文化水平不高的广大工农水平上。马克思主义批评应当表扬这样的作家，"他们能够以艺术上的浑厚有力的朴实风格表现复杂和有价值的社会内容，激动千百万人的心"。④ 同时，马克思主义批评也应当肯定这样的作家，他们作品的内容虽然比较简单，比较初级，但他们却善于打动千百万群众的心。对这样的作家要给予高度的评价，也要特别加以精心的关照。总之，"对工农群众有好处的作品，只要写得成功，富有才气，我们就应该给予高度评价"。⑤

卢那察尔斯基对艺术形式所提出的三条标准既体现了人类艺术的共同标准，也体现了无产阶级艺术的特殊要求。

① 《艺术及其最新形式》，百花文艺出版社1998年版，第333页。
② 同上。
③ 同上书，第334页。
④ 同上书，第335页。
⑤ 同上。

3. 马克思主义文艺批评家的素养

卢那察尔斯基对批评家的素养也发表了不少精辟的见解，他认为批评家应当是作家和读者的"向导"和"良师"，"在不敏感的人发现不了美的地方，他发现了美，在经验较少的眼睛看不出缺点或者也许还预料有优点的地方，他揭露了缺点"。为了做到这点，他认为马克思主义批评家"应是极其坚定的马克思主义者，具有特殊鉴赏力的人，学识渊博的人"。①

首先，他认为马克思主义批评家作为坚定的马克思主义者，"一定要有纯理论经验的深厚的功底"。作家们常常是非常敏感的，但缺乏抽象的科学思维，在这方面需要批评家的帮助。作为批评家，特别是马克思主义批评家，他也必须善于向读者说明作品的社会根源，它在社会中的地位，以及它与有关时代的社会关系的联系。同时要说明作品对当前现实的利弊得失。他说："在批评中，一个真正的马克思主义理论家应当态度严谨、科学、客观，同时，他又应该是一位真正热情洋溢的战士，就像一个名副其实的马克思主义者应该身体力行的那样。"②

其次，要有特殊的美的鉴赏力。

卢那察尔斯基认为有才华的艺术家必须具备三个本质要素："敏锐的观察力；对观察所得进行情感加工的雄厚实力；最后，对自己的内容一定要有令人心悦诚服、清澈见底、出神入化的表现能力（形式）。"③ 对于批评家来说，他认为"必须先具有敏锐的鉴别力"。④ 也就是说先要对作品有准确而深刻的感受。他批评当时的一些所谓的马克思主义批评家只是依据"某些原则"来立论的人，只能差强人意地说明作家追求什么阶级目的，他们评论作品不是从感受出发，而是从"原则"出发，其结果是当批评转入美学评价时就开始混乱了。他认为真正的批评家应当是特殊的艺术家，是最有审美鉴别力的读者，"他应该善于向别人传达艺术作品在他的神经中引起的战栗，在他的意识中引起的震动，传达经过他再创造的艺

---

① 《艺术及其最新形式》，百花文艺出版社 1998 年版，第 336 页。
② 同上书，第 224 页。
③ 同上书，第 245 页。
④ 《论俄罗斯古典作家》，人民文学出版社 1958 年版，第 18 页。

术形象，这个形象融合了他的社会出身、他的社会职能、以及他对该艺术作品究竟为什么能令人陶醉这一问题的理解"。①

第三，要有渊博的学识。

卢那察尔斯基认为马克思主义的作家批评家都应当是学识渊博的人。他指出那种认为文化会妨碍马克思主义作家，认为研究文学理论、文学史和文学技巧是有害创作，一听说作家学识太渊博就直摇头，是十分可笑的。而马克思主义批评家不仅应当掌握马克思主义，还应当掌握人类所创造的全部知识，研究文学史、文学理论和文学技巧的问题。在他看来，一个真正的批评家应当是杰出的艺术家，出色的思想家，又是学识渊博的人，这种人"博览了全欧的书籍，又不把自己锁闭在一个阶级的僵硬的小框子里"。②

卢那察尔斯基在谈到批评家的素养时，特别强调马克思主义文艺批评眼下还不太令人满意，同时批评家需要努力地、坚定不移地学习，不要把自己看得高人一头。他既然是作家的良师，就有责任向作家，特别是向青年作家指出他们的缺点，帮助他们提高对社会生活的认识。同时也要向作家学习，"那种能以热情、赞赏的态度对待作家的人，至少能够预先对作家就抱有友好情谊的人，才是最优秀的批评家"。在他看来，批评家和作家不要互相指责，而要互相学习，一齐努力，共同促进文学艺术事业的繁荣。他说："实际上，历来的情况是：恰恰由于著名作家和文学批评跟卓有才华者的通力合作，过去曾经产生过，今后还将产生真正的伟大的文学。"③

综前所述，卢那察尔斯基的文艺批评理论是相当丰富的、系统的和深刻的，也是有很强的时代针对性。在苏联，二三十年代"左"的文艺思潮、庸俗社会学和教条主义甚嚣尘上，文艺界把文艺批评完全当成阶级斗争和政治斗争的工具，根本谈不上美学批评。在这种情况下，卢那察尔斯基坚持了马克思恩格斯所提出的文艺批评美学的和历史的原则，在强调马克思主义文艺批评社会学性质的基础上，坚持了文艺批评科学性和革命性

---

① 《论俄罗斯古典作家》，人民文学出版社 1958 年版，第 22 页。
② 同上书，第 18 页。
③ 《艺术及其最新形式》，百花文艺出版社 1998 年版，第 337 页。

的统一，坚持了社会批评和美学批评的统一，坚持了批评家政治思想素养和艺术素养的统一。他的这些见解在当时文坛上是独树一帜的，给文艺界吹来一股清新的空气，同时也表现出一个真正的马克思主义文艺批评家的学识和勇气。

第 八 章

卢那察尔斯基的俄国文学批评史研究

卢那察尔斯基作为马克思主义文艺批评家，他的文艺批评理论观念是以马克思主义文艺思想作为基础的，同时又继承和发扬了欧洲文艺批评的传统，特别是俄国文艺批评的传统。他不仅对文艺批评理论，特别是对马克思主义文艺批评的理论有相当系统和深入的研究，而且对文艺批评史也有相当系统和深入的研究，对历史上重要的文艺批评家和他们的文艺批评理论都有独到的见解，这也是卢那察尔斯基对文艺批评有深刻的理解，广泛的视野和熟练的技巧，并且成为大批评家的重要原因。他在1931年为《文学百科全书》第5卷撰写的大型词条中，系统地阐述了欧洲文艺批评从古希腊、中世纪到文艺复兴的发展，以及后来在法国、意大利和英国的发展。1929—1930年，他同瓦·波良茨基共同主编《俄国批评史》，在第1卷中他撰写了《从罗蒙诺索夫到别林斯基的先驱者的俄国批评》，在第3卷中撰写了《作为文学批评家的普列汉诺夫》。除了有关批评家别林斯基、车尔尼雪夫斯基、杜勃罗留波和列宁的研究文章外，他还专门写了不少批评家的专论，如《作为文学批评家的奥尔明斯基》（1926）、《作为文学批评家的普列汉诺夫》（1934）、《作为批评家的普希金》（1934），这在马克思主义文艺批评家中是很少见的。

卢那察尔斯基的文艺批评思想同欧洲文艺批评思想固然有联系，但更多是源于俄国文艺批评的传统，特别是俄国马克思主义文艺批评的传统。他的文艺批评的激烈的政论色彩，对现实的密切关注和深厚的道德感，分析作品的理论深度、历史深度和精细的艺术分析，以及真诚、坦率、尖锐的风格，都是俄国文艺批评家所固有的。

一　18—19 世纪俄国文学批评的研究

卢那察尔斯基在 18—19 世纪俄国文学批评的研究方面是下了很大功夫的。

首先是对 18 世纪俄国文学批评产生和形成的研究。

卢那察尔斯基在 1929 年为《俄国批评史》撰写的长达四万字的《从罗蒙诺索夫到别林斯基的先驱者的俄国批评》[①] 的论文中，系统地研究了 18 世纪俄国文学批评的产生和形成。

文中他明确提出马克思主义文学批评"不仅关注文学史的研究，同样要求关注文学批评史的研究"。马克思主义文学批评尽管年轻，但在研究过去的创作和评论当前的新的作品方面做了不少的工作。在批评史方面，普列汉诺夫做了"经典性的、几乎常常是完全正确的分析"，为今后的工作积累了基础。他指出马克思主义文学批评界至今没有编写出俄国文学批评史，因此用马克思主义观点来研究和编写俄国文学批评史是一项重要的任务和一次尝试。可以说，卢那察尔斯基在倡导运用马克思主义观点编写俄国文学批评史方面是具有开创性的。

卢那察尔斯基在这篇论文中，一开头就提出了运用马克思主义观点研究文学批评和文学批评史的一系列重要见解。

首先，他提出批评史的研究应当同社会意识发展的历史和民族文化史结合起来。他说："在社会意识成长中，一般说在民族文化史中，文学批评的意义当然是非常重大的。"[②] 从文学批评史来看，没有社会思想文化的发展，没有文学的发展，就没有文学批评的发展；反过来说，文学批评本身作为文学的自我意识，作为社会思想的自我意识，它又能大大推进文学的发展和社会意识的发展。这点在俄国看得很清楚，俄国社会进步的社会意识在俄国文学中得到集中和形象的表现，而俄国文学所表现的俄国社会进步的社会意识最后又通过俄国文学批评得到突现和张扬。在文学中所表现的社会意识可能是朦胧的、不自觉的，而进入文学批评它则是鲜明的

---

① 《卢那察尔斯基文集》第 8 卷，莫斯科，1967 年，第 120—181 页。

② 同上书，第 120 页。

和自觉的，这就能发挥更大的社会作用。从这个角度看，也只有密切地联系俄国社会意识的发展，俄国思想文化的发展，才能真正把握俄国文学批评的发展，才能真正把握俄国文学批评固有的品格和特征。

其次，他指出文学批评本身有个发展过程，随着对文学本质认识的复杂化，也就形成文学批评的角度的多样化。初始的文学批评作为文学起步的补充，是一种语言批评、形式批评。然而"甚至纯粹的形式批评也有无可怀疑的利益，因为它是在社会的基础上长成起来的"。因此，批评的进一步发展就要求确定出美学标准，确定对待世界历史、对待社会、对待艺术在社会中的地位的美学观点。"批评不应当长久停留在单纯形式方面，它不能不首先提出总的问题——关于文学在社会生活中的作用，关于作家的意义"，总之，"批评不能回避文学的社会分析"。文学批评要重视社会分析，但文学批评不等于社会批评。卢那察尔斯基明确指出："文学批评家不是社会学家，甚至不是文学史家，他首先是语言艺术家。他依靠的是通过形象表现的艺术，热情地阐释它、分析它，进而，更敏锐地感受和专注于艺术家所独特体验的艺术作品的事件。"[1]

第三，他指出文学批评既是客观的又是主观的，是二者的统一。他说，马克思主义认为"文学不是生活的简单反映，也不是个别天才丰富的思想和情感的传达"，"文学是社会生活本身复杂和深刻的表现"，而"文学批评则是透过文学的窗口来观察社会生活的本质"。在他看来，文学批评不像只是力求阐明事情的事实方面的社会学科学，它在从实践因素进行批评时总是充满热情，甚至当它仿佛是在从事客观的科学分析时，也是为了直接转向强烈感受到的结论。然而，文学批评并不是纯主观的，它是同客观紧密联系的。"批评家有别于艺术家，他不创造直接的基本材料，而是依靠别的，他负有理性的系统化的任务，而不是情绪化的暗示，他要把直觉的语言转化成思想的语言。事实上要求批评家完全客观，在任何情况下都是不可能的。只有他以全部的热情靠近先进阶级的倾向，才可能客观地谈论一切。在这里，最热情的主观性是通过内在的历史情势的力量变成了客观性。"[2]

---

① 《卢那察尔斯基文集》第 8 卷，莫斯科，1967 年，第 122 页。

② 同上。

卢那察尔斯基正是依据一系列研究批评史应有的观点来从事俄国批评史的研究，而他的研究又是从俄国文学批评史的起始阶段开始的。他为什么要这样做呢？他认为俄国文学批评的产生和发展可称之为俄国批评的童年和少年时期，"尽管这个初始时期的思想有自然的弱点，但对我们来说它不能被认为是僵死的。它的意义不仅在于需要对所有历史时代的各个阶段都要做出某些唯物主义的阐释，而且在于它通过基础、萌芽状态的，但毕竟具有独特意义的形式，有时所表现出来的健康的有成效的思想"。[①]

卢那察尔斯基认为叶卡捷琳娜的时期是俄国自觉的文学和批评产生的时代。他说："罗蒙诺索夫之前的文学和批评是幼儿期，可以说是史前的、缓慢发展的时期，而叶卡捷琳娜时期，或者准确说是罗蒙诺索夫时期，可以认为是我们文学的童年。"[②] 那么是什么原因导致 18 世纪中期俄国社会中文学的出现和批评的萌芽呢？他认为这是由于居民中某些阶层的觉醒，而这种觉醒当然是经济秩序的事实引起的。具体来说就是俄国打开了面向欧洲的窗户，国内外贸易和工商经济有了很大的发展，同时欧洲先进的思想进入俄国，这一切促进了俄国社会中民主思想和民族意识的觉醒和增长，于是文学批评随着文学的发展得到发展。

卢那察尔斯基在对 18 世纪俄罗斯文学批评的产生和形成进行宏观把握之后，又对特列季亚科夫斯基、罗蒙诺索夫、苏马罗科夫、诺维科夫、克雷诺夫、冯维辛、拉吉舍夫、卡拉姆辛、梅尔兹利亚科夫等一系列 18 世纪下半期和 19 世纪初的文学批评家进行具体、深入的评述。他认为罗蒙诺索夫无论作为文学家还是作为文学批评家和文学理论家，都占有重要的地位：作为文学家，给予没有完全准备好的文学的俄罗斯语言某些东西；作为文学批评家和理论家，力图洞悉文学的过程和需求。罗蒙诺索夫的功绩在于对当时俄语的规范化，他是三种文体理论（高级体、中级体、低级体）的奠基者和捍卫者。卢那察尔斯基认为从当代观点来看，他的三种文体理论固然有些极端，以是否运用陈旧过时的和脱离当代语言的斯拉夫语作为标准来断定文体的高低是荒谬的，但是他的三种文体理论

① 《卢那察尔斯基文集》第 8 卷，莫斯科，1967 年，第 122 页。
② 同上书，第 123 页。

"事实上是向前跨进一步"，① 因为它对于当时俄语的规范化有重要的意义，有利于提高俄语的地位和把口语引入文学创作。

卢那察尔斯基指出苏马尔科夫作为文学理论家和文学批评家明显高于自己的时代。他在自己的文学实践中是彻底的保守分子和伪古典主义者，但在文学批评和文学理论中却支持相对先进的观点。受到法国布瓦洛和他的《诗艺》的影响，他崇尚理性和重视语言：从唯理主义哲学出发，他认为唯有合乎理性才是美的；他十分热衷俄罗斯语言，认为优美的语言主要指接近群众的口语。卢那察尔斯基深刻指出，苏马尔科夫在他那个时代虽是贵族作家，虽是屈从于贵族制度，然而他在某种程度上已染上了资产阶级的精神，即崇尚理性的精神。②

在分析了古典主义批评的代表人物罗蒙诺索夫和苏马尔科夫之后，卢那察尔斯基又分析了启蒙现实主义批评的代表人物诺维科夫和克雷诺夫，然后以较大的篇幅分析了感伤主义批评的代表人物卡拉姆辛，因为卡拉姆辛是 18 世纪和 19 世纪之交俄国文学界公认的领袖，他第一个在俄国杂志开辟文学批评专栏，他的文学批评活动对 18 世纪末和 19 世纪初俄国文学有很大影响。卢那察尔斯基认为卡拉姆辛是"俄国社会批评思想从童年期向青年初期过渡的最著名的人物"，是俄国文学从杰尔查文时期向普希金时期过渡的真正桥梁。③ 卡拉姆辛受欧洲启蒙主义思想家卢梭的影响，强调情感，十分重视作家个人情感在创作中的作用。他高度评价莎士比亚的剧作，正是因为"很少有作家像莎士比亚那样如此深入人的本性，很少有作家如此洞悉人的一切最隐秘的念头，最深藏的动机，以及每一种情欲，每一种气质和每一种生活的区别"。④ 这一切标志着俄国文学批评正由古典主义向感伤主义，以及后来的浪漫主义过渡。卢那察尔斯基指出卡拉姆辛的一大功绩是对俄罗斯语言的改革，他说："卡拉姆辛最大的功绩在于他敢于从理论上和实践上打破罗蒙诺索夫在文体方面所创造的不稳定的折中做法"，⑤ 他一方面坚决要求报刊语言接近口头语言、民间语言，

---

① 《卢那察尔斯基文集》第 8 卷，莫斯科，1967 年，第 141 页。
② 同上书，第 157 页。
③ 同上书，第 164 页。
④ 同上书，第 167 页。
⑤ 同上书，第 169 页。

同时，也要求语言应当是精致的，应当是更合乎语法，更有表现力和更易于接受。

在 18 世纪末 19 世纪初的批评家中，卢那察尔斯基关注的另一个人是梅尔兹利亚科夫，指出在谈到 19 世纪初的批评家时是不该忽视梅尔兹利亚科夫的，称他是天才的哲学家，认为他给文学和文学批评带来了借之于鲍姆加登和其他德国人的某些哲学因素，力图给文学和批评打下某些理论基础。他认为诗歌是对自然的模仿，但又强调诗人对自然的模仿是带着自己的想象和情感的，诗人对自然是有所选择的。这种观点是同左拉认为艺术是透过艺术家的气质反映自然的观点相似的。在这个问题上，他是试图把崇尚理性的古典主义和崇尚情感的感伤主义加以调和。[1] 他的批评所存在的问题是过于受制于古典主义的规范，过于关注一些琐细之处。卢那察尔斯基很欣赏梅尔兹利亚科夫对新的文学现象的敏感性。他说："梅尔兹利亚科夫活到普希金的时代。当他读了《高尔加索的俘虏》时热泪盈眶。虽然他没有对这一新现象做出反应。但他可能感到太阳升起了。这太阳是那样明亮、热烈，而之前却是那样暗淡，他感到真正的早晨开始了，俄罗斯文学真正的历史开始了。"[2]

卢那察尔斯基在研究俄国 19 世纪初文学批评时，把普希金放在重要的地位，并写了专论《批评家普希金》（1934）。重视普希金并不因为他有什么自成体系的系统理论和原则，而是他在 19 世纪俄国文学发展中占有重要的地位。高尔基称普希金是俄国文学"一切开端的开端"（《俄国文学史》），就因为普希金是俄国文学转折时期继往开来的人物，他完成了俄国文学从浪漫主义向现实主义的过渡，是俄国现实主义文学的奠基人，同时也是俄国文学理论和批评家的开拓者，他在从事文学创作的同时，写了大量的文学评论，阐明了文学批评的性质和任务，树立了现实主义批评的原则。正如卢那察尔斯基所说的："普希金不是理论家，可是他从事批评的时候，最后总能得出正确的结论来。"[3]

从普希金的评论文章可以看出，他最关注的是俄罗斯文学的民族独创

---

① 《卢那察尔斯基文集》第 8 卷，莫斯科，1967 年，第 177 页。

② 同上书，第 181 页。

③ 《论俄罗斯古典作家》，人民文学出版社 1958 年版，第 19 页。

性问题，改造俄罗斯文学的语言问题，以及俄罗斯文学的人民性、真实性和人物刻画等问题。其中心则是探讨现实主义创作原则和现实主义批评观念。卢那察尔斯基十分重视普希金对文学批评性质、任务和现实主义批评原则的探讨。他引用了普希金在《论批评》中对文学批评的界定：

> 批评是发现艺术作品中的美和缺点的一门科学。它的基础是：第一，对艺术家或作家在作品中所遵循的法则的透彻了解，第二，对范本的深刻研究和对现代杰出作品的积累及考察。①

卢那察尔斯基肯定了普希金对文学批评性质和任务的界定，但又从俄罗斯文学批评的演变和发展的角度来加以理解。

从批评的法则或趣味的关系来看，卢那察尔斯基认为把文学批评看成是有法则和规律可循的科学是正确的。普希金既反对俄国有些批评家只凭自己的趣味，只凭自己"喜欢"或"不喜欢"来评价作品，而是力求通过探索艺术本身的法则和方法，或同其他作品相比较的方法确定作品的价值。同时，普希金也反对只根据原则来评论作品，十分注重创作的实践和对作品的艺术感受。卢那察尔斯基引用别林斯基对普希金的评论："普希金不是一个根据某些原则来立论的批评家，而是一个天才人物，无论他看什么，他那深刻而准确的感觉，或者说得更恰当些，他那丰富的实体，总能处处为他发现出真理来。"②

从美学批评与社会批评的关系来看，卢那察尔斯基认为当文学批评达到完善境界和高级阶段时，美学批评与社会批评是彼此一致和相互补充的，而普希金的文学批评主要是一种美学批评，他所倡导的是对文学作品进行艺术分析的美学批评，而社会批评并不占重要地位，但这并不等于说普希金的文学批评没有社会批评。卢那察尔斯基认为普希金是要求作品要有思想的，"任何人只要细心重读一下普希金的原文，就会清楚地了解普希金的论断中常常包含着社会因素"③。事实上，对文学作品进行社会历

---

① 《论俄罗斯古典作家》，人民文学出版社 1958 年版，第 19 页。
② 同上书，第 18 页。
③ 同上。

史分析，在文学批评中把美学批评和社会批评结合起来，这是后来俄国革命民主主义美学家和批评家别林斯基所倡导的和实践的。

二　俄国革命民主主义文学批评的研究

在俄国的文学批评传统研究中，卢那察尔斯基最为关注的是俄国革命民主主义文学批评的传统，他对别林斯基、车尔尼雪夫斯基和杜勃罗留波夫的文学批评都有深入的研究。卢那察尔斯基高度重视俄国革命民主主义文学批评，是因为他始终认为俄国的马克思主义文学批评和俄国革命民主主义批评有血肉关系，俄国革命民主主义文学批评是俄国马克思主义文学批评的先驱。当年文学界一些人肆意诋毁革命民主主义文学批评，认为别林斯基"害了俄罗斯文学"，车尔尼雪夫斯基和杜勃罗留波夫"没有教养"，不配研究艺术之类的高雅问题。对于这种攻击，卢那察尔斯基充满义愤地说："这纯然是一派胡言。我敢断定，任何俄罗斯作家都不像别林斯基、车尔尼雪夫斯基和杜勃罗留波夫那么接近我们的观点，接近无产阶级现实的观点。列宁是完全正确的，他提到他们时总是抱着极大的敬意，普列汉诺夫也是完全正确的，他的一大功绩，就在于他恰恰指出六十年代的革命家和更早的别林斯基，都是我们艺术科学的先驱。"[1] 马克思主义的文学批评是有其共同性的，有其共同的性质和方法，但各国的马克思主义文学批评也有鲜明的民族特点，是同各国的文化传统和文学批评传统有密切的联系，文化的多样性决定了各国马克思主义文学批评的民族特色。因此，深入考察卢那察尔斯基对俄国革命民主主义文学批评的研究，对于我们了解卢那察尔斯基文学批评和俄国马克思主义文学批评的文化渊源和文论渊源以及同这种渊源相联系的特色，是十分重要的。

1. 别林斯基文学批评的研究

卢那察尔斯基有关别林斯基的论文在《卢那察尔斯基文集》（8卷集）中有两篇：《维·格·别林斯基》（1924）、《别林斯基的历史意义》（1927）。他对别林斯基的评论抓住了以下几个重点。第一，别林斯基是俄国民族觉醒时代的产儿，在俄国思想文化史上占有重要的地位。他认为

---

[1] 《论俄罗斯古典作家》，人民文学出版社版1958年版，第73页。

别林斯基所处的时代是俄国民族觉醒的时代，这时贵族中的优秀阶层虽然还在起作用，但是时代开始呼唤新的社会集团的出现，别林斯基作为平民知识分子由于出身于下层更能接受人民，同时能在相当程度内掌握教育。于是他代替贵族知识分子成为民族觉醒时代的代表。他指出："别林斯基在俄国社会思想史上的意义是重大的。对于我们时代，他没有丧失直接意义，因为别林斯基思想世界的许多因素是现在我们世界观有些部分直接的生命源泉。"[1] 第二，别林斯基从事文学批评是同俄国文艺在俄国社会所起的巨大作用相联系的，由此也带来别林斯基文学批评的重要特点。他认为在专制警察制度下，人民是没有自由的，而"文学所以起杰出的作用，是因为这是可以稍微自由说话的唯一论坛"。这样一来，文学和文学批评就成为抗议专制和呼唤自由的气门，成为社会激情和先进社会思想的气门。他说："在所有一切国家里……艺术创作都同样是正在觉醒的新阶级的形象和语言。艺术在这样的时期总是努力追求思想，追求审美需要和思想需要的结合。所有一切社会的激情通过这个气门直冲出来。"[2] 文学批评在俄国作为发泄社会激情和社会思想的气门，于是就造就别林斯基文学批评努力追求思想，追求审美需要和思想需要相结合的重要特色。第三，别林斯基有巨大的艺术感受力和艺术才能，他重视思想也十分尊重艺术自身的规律，反对艺术说教。卢那察尔斯基指出，在警察专制的俄国，"别林斯基很难得以通过直接的形式表现自己的社会政治思想。别林斯基首先是一个文学批评家，他与其说是通过生活现象不如说是通过文学对生活观念的独特反映来表现自己的思想"。[3] 他善于促进文学力量的表现，阐明它的真实本质，把它转为鲜明的社会思想。别林斯基并不反对文学的功利性，但"别林斯基的功利性是不能同说教相混淆的"，他要求文学艺术作品要有巨大的说服力，要求文学艺术作品要有"内在的完整性、完满的形式和最大的生动性"。[4] 卢那察尔斯基认为别林斯基作为时代的产儿，具有巨大的艺术本能，"他号召俄国人到艺术领域去工作，并努力培养他

① 《卢那察尔斯基文集》第 7 卷，莫斯科，1967 年，第 536 页。
② 《关于艺术的对话》，三联书店 1991 年版，第 63 页。
③ 《卢那察尔斯基文集》第 7 卷，莫斯科，1967 年，第 539 页。
④ 同上书，第 540—541 页。

们的正确理解艺术的任务"，但是他"从来不纵容有倾向的艺术，就是说赤裸裸的思想的假的艺术表现。对别林斯基来说，艺术是特殊的领域，有与政论没有任何共同性的自己的规律。别林斯基在许多方面来说是真正的艺术至上主义者，可是他毕竟知道，艺术是思想的表现。他教导说：这种思想应当自上而下地贯串到艺术作品中，并使它具有完整性"。[1] 以往有些人认为别林斯基的文学批评只要政论批评，这种看法是有片面性的。在卢那察尔斯基看来，别林斯基的文学批评无疑具有政论的特点，具有很强的战斗性，但他的文学批评并不等于政论，他十分重视艺术的特殊性，可以说在别林斯基身上，对真理的爱和对艺术的爱是融为一体的。

2. 车尔尼雪夫斯基文学批评的研究

在俄国革命民主主义批评家中，卢那察尔斯基对车尔尼雪夫斯基情有独钟，涉及他的论文有四篇：《从现代眼光看车尔尼雪夫斯基伦理学和美学》（1928）、《作家尼·加·车尔尼雪夫斯基》（1928）、《尼·加·车尔尼雪夫斯基的长篇小说》（1932）、《六十年代文学》（1936）。他认为车尔尼雪夫斯基是一个具有多方面才能的人，不仅是哲学家、政论家、经济学家、革命家，同时，"是一位卓越的文学批评家和我们伟大文学中最出色的小说家之一"。指出在车尔尼雪夫斯基的活动中，文学批评虽然不占首要地位，"然而它在车尔尼雪夫斯基的文学遗产里有着重大的意义，在我们全部文学批评史上更是有着极重大的意义"。[2] 他认为当时马克思主义批评家都应当向车尔尼雪夫斯基学习。他说："……我敢大胆断言，今天每一个马克思主义批评家，都应该精心研究车尔尼雪夫斯基的文学批评遗产。在文学批评方面，我们可以向车尔尼雪夫斯基学习很多东西。"[3] 看来，卢那察尔斯基给车尔尼雪夫斯基文学批评予崇高的评价，一是它在俄国文学批评史上占有重要地位。二是它同马克思主义文学批评有血肉联系。卢那察尔斯基对车尔尼雪夫斯基文学批评的评论有两点值得注意。

一是强调为了理解车尔尼雪夫斯基的文学批评和所依据的原则，必须考察他的美学观。卢那察尔斯基认为"俄罗斯文学向来以其深刻的社会

---

① 《关于艺术的对话》，三联书店 1991 年版，第 66 页。

② 《论俄罗斯古典作家》，人民文学出版社 1958 年版，第 160—161 页。

③ 同上书，第 173 页。

性著称"。在专制统治下，人们不能自由表达自己的思想，于是便通过文学艺术的形式"来满足人们认识社会真理，向群众传播社会真理的渴望，满足人们宣传社会进步的渴望"。而文学批评"也摄取了文学镜子中所反映的实际生活现象，它在给这些作品作美学分析的借口下，有时竟能对一切有理解能力的人进行异常剧烈的革命宣传"。① 车尔尼雪夫斯基的文学批评就具有这种特点。而他的这种批评观念又是同他的美学观点相关系的。卢那察尔斯基认为车尔尼雪夫斯基美学观点是："美就是生活"，他反对脱离现实去追求所谓高于现实的假现实，主张"现实高于一切，现实美于一切，艺术的美的程度，要看它反映现实以及为现实服务的程度"。② 他的这种主张强调艺术要关注现实不要耽于所谓"高于现实"的美的思想；主张艺术不只是"象镜子似的什么都反映"，"艺术要对生活作出判断"，要从情感上对所描写的东西作出反映。③ 总之，他认为艺术是"变革现实的斗争中的一件非常重要的工具"。④

二是盛赞车尔尼雪夫斯基作为文学批评家的"敏感和眼力"。尽管托尔斯泰老爷式轻视车尔尼雪夫斯基，骂他"浑身臭虫味"，然而卢那察尔斯基指出，恰恰是车尔尼雪夫斯基根据托尔斯泰初期的创作指出托尔斯泰创作的两大特点："对内心生活秘奥运动的深刻了解和真诚纯洁的道德感情"，并且预见他的未来。⑤ 当皮萨列夫在一篇题为《温厚而隽永的幽默》的文章中把萨尔蒂科夫看作是一个不伤脾胃的幽默家和喜欢逗趣的人，车尔尼雪夫斯基则为他的作品《外省散记》发表了一篇深刻而严肃的论文，指出："至于萨尔蒂科夫先生这本书的文学价值，也让别人去评判吧。我们认为《外省散记》不仅是文学的一个好现象，这本高贵出色的书还是俄国生活中的历史事实之一"。卢那察尔斯基认为这些事实"十分明显地证实了他的文学批评远见"。⑥

---

① 《论俄罗斯古典作家》，人民文学出版社 1958 年版，第 161—162 页。
② 同上书，第 162 页。
③ 同上书，第 144 页。
④ 同上书，第 74 页。
⑤ 同上书，第 169 页。
⑥ 同上书，第 171 页。

3. 杜勃罗留波夫文学批评的研究

卢那察尔斯基有关杜勃罗留波夫的论文在《卢那察尔斯基文集》（8卷）中只有一篇《H. A. 杜勃罗留波夫》（1918）。这是在杜勃罗留波夫纪念碑揭幕式上的讲话。他指出杜勃罗留波夫是专门文学批评家，主要活动是文学批评。在指出杜勃罗留波夫"有很强的艺术鉴赏力，而且在艺术美学判断上极少发生错误"之后，卢那察尔斯基又强调杜勃罗留波夫文学批评对现实的关注。他说："他的任何一篇文学批评文章实质上都是一篇社会问题的论文。在那时的俄国公开宣传社会主义当然是不可能的。车尔尼雪夫斯基有时给社会主义穿上长篇小说的外衣，有时也和杜勃罗留波夫一样采取批评文章的形式，不过他总能给予令人惊叹的艺术以应有的评价。杜勃罗留波夫的方法是依据某部小说或戏剧，以他惊人的机智和巨大的说服力，发表充满社会主义宣传的整篇整篇的宏文。"① 在这里，卢那察尔斯基既指出杜勃罗留波夫的文学批评充满对社会的关注，具有强烈的政论色彩，同时又强调这一切是通过对小说或戏剧的评论展开的，他有很强的艺术鉴赏力和艺术分析能力。卢那察尔斯基还特别指出，杜勃罗留波夫不仅是一位文学批评家，而且还是一位出色的诗人。同《什么是奥洛莫夫性格?》、《黑暗王国的一线光明》、《真天的白天何时到来?》这样一些宏篇的政论性文学批评并列，他认为不能不指出杜勃罗留波夫发表在《同时代人》和《口哨》附页上的讽刺幽默诗作。这些诗作"就形式而言是像海涅和普希金的讽刺短诗那样是令人神往的和尖锐的，就内容而言是有分量的和准确的"。② 后来，卢那察尔斯基在1924—1925年主讲俄罗斯文学史时，在谈到60年代文学时，又把杜勃罗留波夫作为"对那个时代有决定作用的"优秀人物来加以评论。他以对普希金的评论为例，说明杜勃罗留波夫同车尔尼雪夫斯基这些60年代革命民主派的优秀代表一样，并没有因为新的阶级，即平民知识分子出现，而贬低普希金，提出打倒贵族文化，相反却十分珍惜它。他说："杜勃罗留波夫知道普希金犯过错误，然而他说，普希金即使在自己错误的时候，他仍然是当时最优秀的人

---

① 《卢那察尔斯基文集》第7卷，莫斯科，1967年，第203页。

② 同上书，第203页。

物，同这些错误并列着，他还有许多具有永恒意义的东西。"① 就此而言，他认为"杜勃罗留波夫能够如此深刻地了解艺术中最伟大的人物普希金，是由于他十分正确地懂得怎样的批评才合乎需要。"② 接着，卢那察尔斯基指出杜勃罗留波夫的文学批评遗产有两点是值得当时的马克思主义文学批评认真加以研究和继承的：一是杜勃罗留波夫所提倡的"现实批评"要求像对待现实生活一样对待艺术家的作品，极力抓住其准则和特点。二是杜勃罗留波夫的文学批评坚持用鲜明的态度对待文学问题，反对转弯抹角的和空洞无物的批评。

从卢那察尔斯基对别林斯基、车尔尼雪夫斯基和杜勃罗留波夫文学批评的研究来看，他的研究是有鲜明的现实针对性的，他是针对苏联当时文学批评存在的种种问题，如对文化遗产的否定，对文学艺术特点和规律的不尊重，对文学批评任务的简单理解等，希望所谓的"马克思主义批评家"们能从中吸取一些有益的东西。由此，他对革命民主主义文学批评做了相当全面和深刻的阐释，他指出这种文学批评具有现实性和政论性，并深入指出造成这种特征是由当时的专制制度造成的，因为失去自由的人民只有文学和文学批评是他们表达思想和情感的唯一"出气口"。同时，他又指出这些文学批评家个个对文学艺术的特点和规律都有深刻的了解，是用很高的艺术鉴赏力和对艺术品精细的分析来阐明自己的观点，他们是把思想的追求和审美的追求紧紧结合在一起的。卢那察尔斯基始终认为俄国的马克思主义文学批评同俄国革命民主主义文学批评是有血肉联系的。把握卢那察尔斯基对俄国革命民主主义文学批评的认识，对于理解卢那察尔斯基文学批评的特色和俄国马克思主义文学批评的特色是很有益处的。

三　俄国马克思主义文学批评的研究

马克思主义文学批评的崛起是 19 世纪末 20 世纪初俄国文学批评的重大现象。俄国马克思主义文学批评以普列汉诺夫和列宁为代表，其中还包括沃罗夫斯基、卢那察尔斯基和奥尔明斯基等人。他们在同民粹派的斗争

---

① 《论俄罗斯古典作家》，人民文学出版社 1958 年版，第 77 页。
② 同上书，第 78 页。

中继承俄国革命民主主义批评的传统，运用马克思主义的基本原理解决俄国文学和批评的实际问题，为俄国马克思主义文学批评奠定了基础。卢那察尔斯基在研究俄国文学批评史时，十分重视俄国马克思主义文学批评的研究，除了撰写研究普列汉诺夫和列宁文艺思想和文艺批评的长篇论文外，也撰写了有关奥尔明斯基和沃罗夫斯基的论文。他这样做除了俄国马克思主义文学批评本身的重要性外，还有强烈的现实针对性。他在20—30年代看到苏联文艺界和文艺理论批评存在的种种问题严重影响文学艺术的发展，试图通过对普列汉诺夫和列宁等俄国马克思主义文艺理论批评代表人物的研究，廓清理论迷雾，正本清源，为苏联的文艺理论批评寻找坚实的理论基础，使它得到健康的发展。

1. 普列汉诺夫文学批评的研究

普列汉诺夫是俄国马克思主义文学理论和文学批评的第一人，是俄国最早的马克思主义文艺理论家、文艺批评家。正如鲁迅所说，他是"用马克思主义的锄锹，掘通文艺领域的第一人"。[①] 卢那察尔斯基同普列汉诺夫的关系十分密切，通过他所译的著作学习马克思主义，向他学习艺术理论和艺术史。尽管在美学问题上同他常有争论，但给他很高的评价。在有关俄国革命民主主义美学和文学批评的研究论文中，卢那察尔斯基常常提到普列汉诺夫。1929—1930年，专门为《俄国批评史》第3卷撰写了长达八万言的长篇论文《作为文学批评家的普列汉诺夫》[②]，详细和深入地评述了普列汉诺夫的文学观和批评观，以及普列汉诺夫对别林斯基、车尔尼雪夫斯基、列夫·托尔斯泰和民粹作家（乌斯宾斯基、卡罗宁、纳乌莫夫）的专题研究。

卢那察尔斯基首先给予普列汉诺夫很高的评价，认为"正是普列汉诺夫奠定了马克思主义艺术学的基础"，虽在这方面如梅林的论著也作出有价值的贡献，"可是它们就基本原理的系统化而言，与普列汉诺夫的著作甚至远不能相比"。[③] 他认为："普列汉诺夫作为艺术学家，特别作为文艺学家，文艺批评家的巨大意义，是没有任何疑问的。我们还将有很长一

---

① 《鲁迅译文集》第6卷，人民文学出版社1958年版，第610页。

② 《关于艺术的对话》，三联书店1991年版，第300—410页。

③ 同上书，第300—301页。

段时间一再回到他所遗留下来的宝藏上来，以它们为根据，有时也胜过他，而所有这一切对于创立马克思主义科学体系的相应分支是极其有益的。"①

　　卢那察尔斯基在研究作为文学批评家的普列汉诺夫时，首先抓住了他的美学观、艺术观，特别是文学观，因为普列汉诺夫的文学批评同他的文学观是不可分割的。卢那察尔斯基说："普列汉诺夫作为文学批评家的意义，首先是同美学、艺术史和文艺学的一般问题联系着的。"② 这方面涉及艺术与社会生活的关系、艺术与功利主义、艺术中的内容与形式，以及个人在艺术中的作用等问题。

　　在评论普列汉诺夫的文学批评观时，卢那察尔斯基充分肯定他在同民粹派的主观社会学作斗争中所强调的文学批评的客观历史的方法、发生学的方法，这种方法既反对政论式的批评，又反对唯美式的批评，主张对文学艺术现象作客观的、历史的和发生学的考察。同时，卢那察尔斯基也肯定他认为马克思主义文学批评不能局限于社会学的分析，也应当作为美学分析，应当对所分析的作品作出美学评价。他说："当然，普列汉诺夫知道的很清楚，文学具有社会意义，文学作品完全可以从给正在俄国社会内部成长着的无产阶级革命力量带来或大或小利益的观点来合理分析。他同样懂得，只有当这些对社会发生良好影响的思想真正包含在艺术形式中时，就是说首先起作用的不是信念，而是以形象生动地展示生活，艺术才获得其真正的意义。"③ 针对 20—30 年代苏联文学批评中存在的只讲政治思想，无视艺术形式的弊端，卢那察尔斯基特别欣赏普列汉诺夫"对待论述文学的任务，是如此谨慎，如此有分寸，内心如此理解文学的特点"，认为"没有这种细腻的文学观和艺术分寸就谈不上艺术，否则就要生出许多倒霉的事情"。④

　　在肯定普列汉诺夫文学批评观有价值的一面的同时，卢那察尔斯基也清醒地看到普列汉诺夫批评观念本身存在的矛盾和不足，主要指出以下两

① 《关于艺术的对话》，三联书店 1991 年版，第 408 页。

② 同上书，第 300 页。

③ 同上书，第 408 页。

④ 同上书，第 409 页。

个方面：第一，在强调对艺术现象和艺术作品作历史客观分析时拒绝作出评价，拒绝从"应当"的角度提出问题。卢那察尔斯基认为当"文学成为党的极其重要的（教育的）武器"时，就不能拒绝从"应当怎样"的方面来对待文学，不能对当前的文学采取"消极的一发生学的态度"。他指出："真正的马克思主义批评，应当成为作家的助手，在某种关系上艺术应当成为作家的教师，向作家说明与革命一起产生的，并且反映着苏联巨大的建设成就的伟大的社会要求。"① 第二，他在强调客观的历史批评对纯粹政论批评和纯粹审美批评的优越性时，也没有把所有这些方法真正综合起来。卢那察尔斯基认为普列汉诺夫是在反对纯政论批评和纯审美批评时建立客观历史一发生学的批评，他虽然不是简单地反对政论批评和审美批评，但也没有把三者有机地整合在一起。他说："克服普列汉诺夫的某种片面性，确立所有三种观点的有机联系（发生学的、政论上和审美上评价的有机联系，为此显然需要标准。而对第一种观点则不需要标准），是我们时代在掌握和真正利用普列汉诺夫观点问题的任务。"② 在马克思主义文学批评中如何把历史的、美学的和政治的观点有机统一起来，这不仅是普列汉诺夫面临的问题，也是整个马克思主义文学批评所面临的和没有真正得到解决的问题，卢那察尔斯基敏锐地提出这个问题是有重大的理论意义的。

更为难得的和更为深刻的是，卢那察尔斯基认为普列汉诺夫文学批评观的一切优点和缺点都是时代的产物，要把它们放到一定的时代环境中才好理解。他说："应当记得，在普列汉诺夫那里，批评理论结构本身的这一类缺点，同时是它的优点，并且完全是他的时代决定的。也许，只有在保卫马克思主义客观历史一发生学方法的论战的尖锐性中，才能坚决打击政论家片面的主观主义和唯美派的印象主义讲究趣味的态度。"③ 同时，普列汉诺夫在论战中坚持发生学观点也不能是无条件的，"他在自己著作不同的地方好象在对政论的批评和审美的批评举起毁灭性的大锤之前，深

① 《关于艺术的对话》，三联书店 1991 年版，第 311 页。
② 同上书，第 310 页。
③ 同上书，第 309 页。

思熟虑，并且给予它们以合理的地位"。① 在卢那察尔斯基看来，普列汉诺夫文学批评观念的矛盾是内在的、深刻的，同时也是属于时代的。这种对批评家和批评史的历史主义分析，是相当深刻的和辩证的。它说明卢那察尔斯基对批评家的研究达到了相当的深度。

卢那察尔斯基在评述普列汉诺夫的文学观和文学批评观之后，又深入研究普列汉诺夫的文学批评实践。普列汉诺夫可以列入他的文学批评性质的专题论文可分为两类：一种是论述文学批评家的专题论文，如对别林斯基、车尔尼雪夫斯基和杜勃罗留波夫的评论；一种是论述文学家和艺术家的专题论文，如对民粹派作家乌斯宾斯基、卡罗宁和纳乌莫夫的评论，对列夫·托尔斯泰的评论，对易卜生和哈姆生的评论等。卢那察尔斯基认为别林斯基给予普列汉诺夫深刻的影响，普列汉诺夫尽管反对政论式的批评却深受政论式批评之影响，而他对作品艺术和形式的分析"则大体上符合于他本人从别林斯基的著作里摘出来的'美学法典'的一定的规范"。而普列汉诺夫论述别林斯基的许多论文则是"社会批评著作的真正瑰宝"，② 他不仅从社会学的角度，而且以艺术的惊人敏感性理解别林斯基。卢那察尔斯基也十分重视普列汉诺夫关于车尔尼雪夫斯基的评论，认为他论述车尔尼雪夫斯基的系列著作的重要性不下于论述别林斯基的著作。他指出普列汉诺夫同车尔尼雪夫斯基在美学和文学批评领域是存在分歧的，普列汉诺夫反对车尔尼雪夫斯基对待文学的"功利主义"，但又指出普列汉诺夫是从另一种观点来抨击功利主义，是拿文学研究的客观态度同功利主义对立，同时也看到车尔尼雪夫斯基"对自己的方针所作的那些明智的保留"。卢那察尔斯基还认为普列汉诺夫关于民粹派作家乌斯宾斯基、卡罗宁和纳乌莫夫创作的评论是"出色的论文"，因为普列汉诺夫在这些评论中"特别热心地坚持这一点，即政论家的性情非常强烈地使民粹派作家受到损害"。③ 卢那察尔斯基特别指出，凡是想对马克思主义批评有概念的人，应当仔细地阅读并且重读普列汉诺夫把马克思主义批评应用到巨著分析的出色典范，他论述列夫·托尔斯泰的一组"真正辉煌文章"

---

① 《关于艺术的对话》，三联书店 1991 年版，第 310 页。
② 同上书，第 371—372 页。
③ 同上书，第 394 页。

就是这种典范。他认为普列汉诺夫的这些论文其出色之处就在于"善于真正辩证地来对待他，绝不只在某一方面给他着上颜色"。[①] 他肯定普列汉诺夫对托尔斯泰社会道德学说的抨击，对托尔斯泰不以暴力抗恶的抨击，对托尔斯泰厌恶社会进步和文明发展的谴责。同时，批评普列汉诺夫把作为思想家和作为艺术家的托尔斯来对立起来，不了解托尔斯泰"巨大的艺术天才"何在？

卢那察尔斯基对普列汉诺夫文学批评的研究还有一点十分值得我们重视，这就是对普列汉诺夫文学批评文体的研究，这方面是我们在文学批评史研究方面长期被忽视的。他指出普列汉诺夫文学批评文体的三大特点：一是文体惊人的优雅；二是叙述的才能（可与别林斯基、赫尔岑并驾齐驱）；三是清晰的明快性。[②]

2. 列宁文学批评的研究

在俄国马克思主义文学批评研究中，列宁文学批评是卢那察尔斯基研究的另一个重点。如果说普列汉诺夫是俄国马克思主义文艺理论和文学批评的第一人，那么列宁则是俄国马克思主义文艺理论和文学批评的奠基者。然而在 20 年代，普列汉诺夫被某些人树为马克思主义文艺学的正统和权威，列宁文艺思想却没有得到应有的重视。30 年代，卢那察尔斯基发表了长篇论著《列宁与文艺学》（1934），在苏联文学界才真正树立了列宁在马克思主义文艺学和文学批评中的重要地位。可以说，是卢那察尔斯基在苏联首次系统阐释了列宁的文艺思想和文学批评。在这部论著中，卢那察尔斯基从以下几个方面论述列宁文艺思想和文学批评：（1）问题的提出；（2）列宁的哲学观点；（3）列宁关于文化的学说；（4）帝国主义论；（5）俄国资产主义发展的两条道路；（6）列宁对某些俄国作家的看法；（7）列宁对文学问题的一些意见；（8）列宁与现代马克思主义文艺学。从文学批评和文学批评史研究的角度来看，卢那察尔斯基这部论著的意义在于：（1）阐发了列宁文学批评理论基础——文学反映论、党性原则和两种文化学说；（2）分析了列宁对列夫·托尔斯泰等一系列俄国作家的评论。而这些对列宁文学批评理论和文学批评实践的论述，都是针

---

① 《关于艺术的对话》，三联书店 1991 年版，第 399 页。

② 同上书，第 409 页。

对 20—30 年代苏联文艺学和文学批评存在庸俗社会学倾向而发的，因此对马克思主义文艺学和文学批评的建设有重要的理论意义和实践意义。

卢那察尔斯基首先关注的是列宁文学反映论和两种文化学说对于文学批评和文学史研究的意义。针对文艺界的庸俗社会学派把文艺看成"阶级的等同物"，他指出反映论所注意的与其是作家的阶级出身，不如说是他对社会历史的客观反映。同时也注意作家反映客观现实的个性特征、内心矛盾，以及历史阶段性。针对全盘否定文化遗产的"左"的倾向，卢那察尔斯基指出列宁的两种文化学说对于正确对待文学遗产有重要意义，同时强调列宁关于俄国资本主义发展两条道路（革命和改良）的观点，对于研究俄国作家和文学史也有重要意义，认为文艺学家从两条道路应得出的重要结论是：俄国文学史一直存在主张改良的自由派文学和主张彻底消灭农奴制的革命派文学的斗争，应当从这个角度来考察俄国文学的发展历史。

卢那察尔斯基认为列宁对俄国作家有深入的研究，尤其关注主张彻底消灭农奴制的革命派作家，其中有别林斯基、赫尔岑、车尔尼雪夫斯基、涅克拉索夫、萨尔蒂科夫·谢德林、民粹派作家、列夫·托尔斯泰和高尔基等人。卢那察尔斯基在研究列宁对这些俄国作家的评论时，除了关注列宁对这些作家的具体评价，更关注列宁这些评论所体现的马克思主义文学批评的方法论原则。在谈到列宁对赫尔岑的评论时，他特别指出："列宁对赫尔岑的评论为我们提供了一个分析革命作家的绝对范例。"[①] 针对当时一些"青年文艺学家"对已往的作家或夸大缺点或讳言缺点的有害倾向，卢那察尔斯基以列宁对赫尔岑的评论作为范例，一是采取一分为二的实事求是的态度，"列宁在评论中并没有忘记作家活动的重大缺陷，但是决没有把这些缺点夸大到一定要抛弃这些先驱者的程度"；[②] 二是把赫尔岑的精神悲剧看成是自己时代的产物。在谈到列宁对列夫·托尔斯泰的评论时，卢那察尔斯基认为全部俄国作家中，"列宁关注得最多的则是列夫·托尔斯泰的创作"，而且特别指出，"列宁对托尔斯泰的看法，对整

---

① 《艺术及其最新形式》，百花文艺出版社 1998 年版，第 494 页。
② 同上。

个文艺学继续发展的道路具有重大的意义"，① 那么列宁对托尔斯泰的评
论为文艺学和文学批评提供了哪些重要的启示呢？卢那察尔斯基指出以下
几个重要的方面。第一，"不能把'两条道路'的观点运用在文学上而不
考虑反映论"②。也就是说在分析作家的创作时，不能只考虑阶级观点，
只是注意他的阶级出身，需要分析他的作品客观上反映了什么，客观上反
映了哪个阶级的情绪。就托尔斯泰而言，他的作品所反映的阶级性和软弱
性已属于农民而不属于贵族。第二，要从作家创作本身结构入手，抓住创
作的基本特点和基本矛盾，并由此出发，对造成这些特点和矛盾的社会历
史条件作具体的考察，③ 列宁对托尔斯泰的评论就是从他的创作和学说的
基本矛盾出发并进一步揭示造成这些矛盾的阶级的和历史的原因。第三，
要把作品所包含的伟大的社会素材同作家天才的描述，即表现材料的高超
艺术形式统一起来。他认为列宁称托尔斯泰的创作是"全人类艺术发展
中的向前跨进的一步"，是由这两个因素决定，其中缺一不可。④ 第四，
对作家的创作既要从起源学角度又要从功能学的角度进行评论。他提出列
宁对托尔斯泰的评论，"既从追根渊源方面，即从产生托尔斯泰创作力量
的观点，又从功能的观点，即在托尔斯泰的作品存在的不同时代所能发生
的作用的意义上，对托尔斯泰作坚实、明确的总结和总的评价"。⑤

　　在俄国马克思主义文学批评的研究中，卢那察尔斯基除了重点研究普
列汉诺夫和列宁的文学批评外，还研究了奥尔明斯基（1863—1933）和
沃罗夫斯基（1871—1923）的文学批评。

　　奥尔明斯基是俄国早期革命家、理论家和文学批评家。在《作为文
学批评家的奥尔明斯基》（1926）中，卢那察尔斯基评论了奥尔明斯基的
三部专著《论文学问题》、《论报刊》和《萨尔蒂科夫·谢德林》，认为
这些论著对于制定文学艺术和文学批评的共产主义原则，对于这方面工作
的进一步发展，都是具有历史意义的。他非常欣赏奥尔明斯基对契诃夫创
作的不确定性、客观性和象征主义的分析，认为奥尔明斯基论述契诃夫的

---

① 《艺术及其最新形式》，百花文艺出版社 1998 年版，第 510 页。
② 同上书，第 484 页。
③ 同上书，第 514 页。
④ 同上书，第 518 页。
⑤ 同上书，第 514 页。

论著是"真正的马克思主义批评对待艺术作品应有的罕见的细致态度的范例"。① 他对奥尔明斯基关于萨尔蒂科夫·谢德林的研究也给予很高的评价，认为不仅是任何一个想进一步研究谢德林的批评家都不能绕过奥尔明斯的著作，而且任何有权称自己为有教养的共产党人和苏联公民的读者，任何想接受谢德林留下的宝藏的读者，都应当借助奥尔明斯基来认识他。

沃罗夫斯基是苏联早期的革命家、文艺学家和文学批评家，在俄国文学批评史上，在俄国马克思主义批评家中，他是同普列汉诺夫和卢那察尔斯基并列的。在《作为文学批评家的沃罗夫斯基》② 的长篇论文中，卢那察尔斯基称他为"真正的知识分子"，"热情的政治活动家和战士"，"一个极其令人神往的人物"，认为他是把文学活动和文学批评活动看作是革命活动的重要部分。他说："可以自豪地说，早在革命前，同欧洲无产阶级运动各支派相比，我们在文学批评领域已经创造出巨大的珍品，那么这在很大程度上应归功于普列汉诺夫和沃罗夫斯基。就叙述的鲜明性和艺术性而言，就马克思主义分析的深度而言，我们在欧洲的无产阶级文学中还没有遇见像他那样的批评家。"③ 卢那察尔斯基认为，沃罗夫斯基作为文学批评家非常好地理解文学语言的特点，是一个有细腻的理解能力的热情的读者和最高意义上的文学爱好者，但他在文学中首先带来的毕竟是社会政治分析的色调。沃罗夫斯基认为批评不能局限于主观的感受，批评的任务是对艺术作品进行客观评价。一是看它是不是一部真正的艺术作品，二是看它是否为人类的文学艺术宝库贡献某些新的东西。卢那察尔斯基认为这种看法是正确的，是坚持了别林斯基、车尔尼雪夫斯基和普列汉诺夫所坚持的看法，继承了这些伟大批评家的路线。沃罗夫斯基更亲近普列汉诺夫，尽管普列汉诺夫的著作更多是基础性、理论性的，而沃罗夫斯基的著作更多的是对一定的文学作品和文学现象的评论。但这并不妨碍沃罗夫斯基有自己的文学观点，有自己对文学现象的独特阐释。卢那察尔斯基认为"不存在不为自己建立艺术理论普遍原则的文学批评家"，而沃罗夫斯基

① 《卢那察尔斯基文集》第 7 卷，莫斯科，1967 年，第 472 页。
② 《卢那察尔斯基文集》第 8 卷，莫斯科，1967 年，第 377—403 页。
③ 同上书，第 380 页。

的文学见解是见于他的文学批评论文之中。例如他相当深入地研究了艺术的倾向性问题，反对非艺术的倾向性；他从创作心理的角度研究生活真实和艺术真实的关系。指出作家艺术家从事创作是受到外在生活素材和内在的创作心理两种因素的交错影响；同时也研究艺术创作的艺术自觉和无意识问题等。卢那察尔斯基认为沃罗夫斯基的文学批评论文涉及屠格涅夫、安德列耶夫、高尔基等一系列俄国作家，涉及了俄国知识分子的从贵族阶层到无产阶级的历史。这些批评论文是"社会分析的范例"，对于评论文学先辈"具有无可怀疑的巨大的历史意义"。① 卢那察尔斯基在论文末尾指出，沃罗夫斯关于艺术作品特殊本质的一些见解是错误的，是应当反对的。但非常有意思的是他针对当时许多人过于轻易地给艺术涂上政治色彩，过于轻易地让艺术屈服于意识形态的要求，过于轻易地忽视艺术风格，又认为"尽管他有些过于夸大美学方面的意义，对于我们时代也是有益的"。②

　　总结卢那察尔斯基对俄国马克思主义文学批评的研究，总结他的研究的关注点，可以看出他的文学批评同俄国马克思主义文学批评之间的内在联系。他在这方面的研究有几点是值得注意的：第一，他在强调俄国马克思主义文学批评同俄国革命民主主义文学批评的继承关系的同时，又充分肯定它在理论上的创新和在方法论上的优势，指出这种优势是源于马克思主义历史唯物主义和辩证唯物主义的理论和方法，同时也不讳言俄国马克思主义文学批评的不成熟之处。第二，针对苏联20—30年代文学批评存在的种种弊端，特别强调马克思主义文学批评应当是历史分析和美学分析的结合，并努力挖掘和总结马克思主义文学批评家在这方面的宝贵经验和贡献，让人们了解真正的马克思主义文学批评虽然有不回避政论的倾向，但并不是纯粹的政论批评。

---

① 《卢那察尔斯基文集》第8卷，莫斯科，1967年，第401页。
② 同上书，第403页。

第 九 章

卢那察尔斯基文艺批评的
社会历史维度和美学维度

　　卢那察尔斯基既对马克思主义文艺批评的理论和俄国文学批评史做了较为系统的阐述，同时又给后代留下相当丰富的文学批评遗产。他对俄国文学、苏联文学以及欧洲文学都有深入的研究，发表了不少精彩的作家作品评论。据统计，他所写的文学艺术批评文章达两千多种，其中论托尔斯泰、高尔基和罗曼·罗兰的文章就各达三十多篇。卢那察尔斯基一生写下的文学批评文章数量之多和涉及作家之广，在马克思主义文学批评家中是少见的。同时，他的文学批评文章不论在思想分析方面还是在艺术分析方面，都有独到的见解和鲜明的特色。

　　在许多人看来，马克思主义文艺批评是一种政论批评，有很强的政治意识和政治倾向性，再加上苏联二三十年代的文艺批评有很强的政治意识，一些人把文艺批评当成阶级斗争和政治斗争的工具，这种看法就更加牢固。其实马克思恩格斯倡导的是文学批评的美学观点和历史观点。卢那察尔斯基继承的正是这种文艺批评的传统，当"左"派文艺家强化文艺批评的政治意识时，他强化的是历史意识和美学意识，当"左"派文艺家把文艺批评当作阶级斗争和政治斗争的工具时，他强调文艺批评应当是社会批评和美学批评的结合。当然，他的文艺批评依然坚持马克思主义文艺批评的倾向性，不过他认为倾向性应当同时对作品的社会历史分析相结合，同作品的美学分析相结合，也就是说他坚持马克思主义文艺批评的倾向性和科学性相结合。他的这种批评观念贯穿于他的批评文章之中，使得他的文艺批评文章在纷繁复杂的苏联二三十年代文艺批评中显得格外突出。

一 卢那察尔斯基文艺批评的社会历史维度

社会历史分析是马克思主义文艺批评的主要特色，卢那察尔斯基的文艺批评一贯坚持对文学现象进行社会历史分析，具体阐明社会历史因素对文学的制约作用。更为难得的是，他以大量的文学批评实践丰富和发展了马克思主义文艺批评的社会历史分析。具体来说，在进行社会历史分析时他强调要重视阶级分析，但又不把阶级分析简单化，主张要坚持艺术反映论的观点，反对只看作家阶级出身，不看重作家对历史发展的客观代表性；他既重视从起源学和发生学的角度，深入揭示文学作品生成的社会历史根源，将作家置于具体的时代环境中加以考察，又强调要从功能学的角度对文学作品作出价值判断，指出作品在当时的社会意义，特别是在当代的现实意义；他不仅分析作家作品同社会历史的关系，而且特别重视分析创作主体的个性特征，作家个性的内在矛盾，重视作家如何以自己特有的个性对社会历史作出反映，甚至对时代作出对抗和超越。卢那察尔斯基对文学现象的社会历史分析是独树一帜的，他对马克思主义文艺批评的社会历史分析的新发展是值得认真探索和总结的。

1. 阶级分析和反映论

卢那察尔斯基的社会历史批评有两块重要的基石，一是阶级斗争的观点，一是艺术反映论。他在《列宁与文艺学》中谈到列宁关于资本主义发展两条道路的理论，认为它对于理解俄国的历史和文学起到了很大的作用。所谓两条道路就是革命的道路和改良的道路，两条道路的矛盾就是以俄国革命民主主义者为代表的主张自下而上地彻底解放农奴的革命派，同以贵族自由主义者为代表的主张自上而下地解放农奴的改良派的斗争。卢那察尔斯基认为"文艺学家应该从两条道路的理论中做出的结论，是非常重要的"，[①] 列宁两条道路理论对于文学研究和文艺批评的意义就在于要用阶级斗争的观点来看待俄国的文学现象，把作家作品放在这两条道路、两种派别的斗争的大背景中加考察。具体来说，俄国文学中有过主张

---

① 《卢那察尔斯基论文学》，人民文学出版社 1983 年版，第 13 页。

农奴制的作家兼思想家，他们的作品美化地主和农民间的封建关系，赞成反动的农奴制，否定任何资本主义发展道路。而影响更大的是同一阵营的自由派，其中包括资产阶级化的贵族作家和资产阶级代表。他们反对走革命的道路，主张走自上而下的解放农奴的改良道路。最后，同自由主义改良派相对立的，则是主张用革命手段彻底消灭农奴制的革命作家，其中包括别林斯基、赫尔岑、车尔尼雪夫斯基和民粹派作家。他认为，列宁他们的评论虽然简短，"但它们同列宁整个历史观结合起来，无疑勾画出了维护农民的斗争的各个基本阶段，这些阶段也应该成为俄国文学史上的路标"。①

特别值得注意的是，卢那察尔斯基在指出进行社会历史分析要重视阶级分析的同时，又十分强调不能把阶级分析简单化。他说："把'两条道路'的观点运用于文学的时候，不能不注意到列宁对待历史过程现象的态度中占有如此重要地位的反映论。反映论所注意的，与其说是作家隶属的家系，不如说是他对社会变动的反映，与其说是作家主观上的依附性和同某个社会环境的联系，不如说是他对于这种或那种历史局势的客观代表性。"② 也就是马克思主义文艺批评的社会历史分析，不能仅仅看作家的阶级出身如何，而要看他客观上代表了什么历史发展的趋势，批评家看重的是他的作品同时代的联系。正是在这一点上，卢那察尔斯基的社会历史批评同苏联二三十年代庸俗社会学的文艺批评划清了界限，显示出马克思主义文艺批评的科学性和它的无穷魅力。

卢那察尔斯基以列宁论托尔斯泰创作为例，深刻说明马克思主义文艺批评的社会历史分析如何把阶级分析和艺术反映论统一起来。他认为列宁论托尔斯泰的文章是运用反映论分析作家创作的"一个突出的范例"，他说："列宁论托尔斯泰的几篇文章需要加以特别仔细的探讨：它在一切重要方面透彻地阐明了托尔斯泰创作这样伟大的文学现象和社会现象，它们是把列宁的方法运用于文艺学的光辉典范"③，"列宁对托尔斯泰的看法对于今后整个文艺学的道路有巨大的意义"④。在卢那察尔斯基看来，列宁

① 《卢那察尔斯基论文学》，人民文学出版社1983年版，第14页。
② 同上书，第6页。
③ 同上书，第43页。
④ 同上书，第33页。

对托尔斯泰的评论在方法论上的原则意义就在于从反映论的角度出发，把这位显然不理解俄国革命的伟大的作家的思想和创作看作是"俄国革命的镜子"。列宁反对从阶级出身出发把托尔斯泰看成贵族阶级的代表，也不同意把托尔斯泰的思想矛盾看成是个人思想的矛盾。卢那察尔斯基认为列宁不是着眼于托尔斯泰的阶级出身或托尔斯泰的说教，而是"一开始就对托尔斯泰创作主体本身的构成作了天才的分析，揭示了他的创作的基本性质和基本矛盾，然后由此出发，去考察这一结果所由产生（而且不能不产生）的社会条件"。① 列宁认为托尔斯泰思想和创作的矛盾，他的作品所体现出的革命性和软弱性，是 1861 年至 1905 年以前俄国实际生活所处的矛盾条件的表现，是这一时期俄国千百万农民思想情绪的反映。卢那察尔斯基在谈到列宁论托尔斯泰对马克思主义文艺批评的启示时指出："在这里，在处理一个真正巨大的、具有重要社会意义的文学现象的方法上，他教导我们要确定发生这一现象的活生生的社会年代，也就是确定作为研究对象的历史基础的、各社会现象之间的联系。其次还必须抓住这些错综复杂的事件的基本环节，发现这些主要环节究竟如何反映在所研究的作品的主要思想特点中，从而当然也反映在作品的形式中。"② 分析作家作品不能只看作家出身或者只看作家主观宣言，而要分析作品客观上反映了什么，要把作品所反映的客观结果同一定时代的现实生活作比较，从而确定作家及其作品同一定时代的社会生活和阶级矛盾的客观联系，这是马克思主义文艺批评对作家作品进行社会历史分析的重要原则。

在运用反映论来分析作家作品同一定历史时代社会生活的客观联系时，卢那察尔斯基又十分强调要重视把握历史的具体性和阶段性。他说，"列宁的反映论从来不是意味着同历史脱节，它从来不是用同一把钥匙去开启一切历史局势的抽象公式"，具体来说，"别林斯基、赫尔岑、民粹派、托尔斯泰反映着各个不同的斗争阶段，列宁从未忽视其中每个人的内心矛盾或这些阶段的特点"。③ 在《亚历山大·谢尔盖耶维奇·普希金》一文中，卢那察尔斯基具体分析了普希金和托尔斯泰如何对自己的时代做

① 《卢那察尔斯基论文学》，人民文学出版社 1983 年版，第 36 页。
② 同上。
③ 同上书，第 7 页。

出具体的反映，如何反映出历史的阶段性。在他看来，普希金和托尔斯泰同属于俄国农奴制崩溃和资本主义兴起的大时代，同属于贵族作家，同属于"探索的、惶恐不安的贵族文学"。但具体来说，他们又分属于这个大时代的不同历史阶段。他们同本阶级的对立又处于不同的情况，因此他们的作品所反映的社会生活就具有鲜明的时代特色和历史阶段性，不能笼而统之加以对待。具体来说，普希金处于那个时代的开头，处于19世纪的头三十年，农奴制的崩溃和资本主义的兴起刚刚开始，处于比较缓慢的时期，社会矛盾还没有那么触目惊心，他本人并没有彻底背弃贵族立场，而处于摇摆不定的地位，因此他的作品的情绪不如托尔斯泰那么愤怒，批判也不如托尔斯泰那么强烈。而托尔斯泰是处于那个时代的结尾，处于19世纪的最后三十年，这时农奴制的崩溃和资本主义的兴起非常迅速，社会矛盾异常尖锐，他本人已经彻底背叛贵族立场站到宗法制农民一边来，因此他的作品充满愤怒的情绪和强烈的批判精神，鲜明地体现出时代的特色和历史的具体内容。

2. 起源学和功能学

卢那察尔斯基认为社会历史分析不仅要重视从起源学的角度，从发生学的角度揭示文学作品产生的社会历史根源，而且要从功能学的角度对文学作品作出判断，重视它在每个时代所起的作用，特别是它同当代生活的联系，它的现实意义。

在这个问题上，卢那察尔斯基同普列汉诺夫是有分歧的。他不同意普列汉诺夫把文学批评分成两个步骤，即首先必须从起源上研究社会根源，然后从美学上进行分析，但反对对作品进行论断和评价，"不哭也不笑，而是理解"。他指出："批评必须先说出对作品的论断。照普列汉诺夫的说法，结果常常是这样：根据科学原则的'真正的'批评家、马克思主义批评家不应该对作品有所论断。显而易见，他是过于偏颇了；普列汉诺夫的思想体系中有这个错误，是因为他当时太热衷于论战，才用了这种粗糙的'客观态度'去对抗主观派社会学家的真正谬论。"①

在卢那察尔斯基看来，研究某个艺术作品的社会根源固然重要，但根据马克思主义文学批评的精神，"必须提出该作品的意义，照作者的本意

---

① 《论俄罗斯古典作家》，人民文学出版社1958年版，第15页。

它应该起什么作用，它在作者生活的时代和以后各个时代确实起什么作
用"，特别具有重要意义的是必须回答该作品对我们今天的现实生活"可
能有什么损益"。① 文学批评的功能分析归根到底是由马克思主义文学批
评的性质决定的，是马克思主义文学批评的重要特点，它体现了马克思主
义文学批评科学性和革命性的统一，因为它不仅要客观揭示文学现象的客
观规律，同时还要对社会变更起积极作用，不仅要说明世界还要改造世
界。卢那察尔斯基指出："我们要求一个真正的、完全的马克思主义者还
必须具有影响环境的一定能力。马克思主义批评不是文学上的天文学
家——向我们解释大大小小的文学星斗运行的必然规律。马克思主义批评
家是战士，又是建设者。从这个意义上说，评价的因素在当代马克思主义
的批评中应该提到特别的高度。"②

　　卢那察尔斯基认为列宁论托尔斯泰的论文正是既从起源学的角度，又
从功能学的角度对托尔斯泰的创作进行社会历史分析的，为马克思主义文
学批评树立了榜样。他说："《列·尼·托尔斯泰和他的时代》一文既从
起源学方面（即是从产生托尔斯泰的作品的各种力量的角度），又从功能
的角度（即是就托尔斯泰作品在存在的各个时代所能起的作用来说），对
托尔斯泰作了明确的概括和总的评价。"③ 所谓起源学的角度，就是列宁
指出托尔斯泰创作和学说的矛盾是 19 世纪最后三十几年俄国实际生活所
处的矛盾的表现，是那个时代俄国宗法制农民的力量和弱点的表现。所谓
功能学的分析，就是列宁深刻分析了托尔斯泰的创作遗产的意义和作用，
以及它们如何随着历史条件的变化而变化。

　　列宁充分肯定托尔斯泰遗产的价值，他说："托尔斯泰去世了，革命
前的俄国也成为过去——但在他的遗产里，却有着没有成为过去而属于未
来的东西，俄国无产阶级要接受这份遗产，要研究这份遗产。"④ 这时列
宁一是强调托尔斯泰遗产的重要性，认为它并没有成为过去；二是强调对
托尔斯泰遗产必须分析研究，认真区分其中属于过去的成分和属于未来的

---

　　① 《论俄罗斯古典作家》，人民文学出版社 1958 年版，第 15 页。
　　② 《艺术及其最新形式》，百花文艺出版社 1996 年版，第 330 页。
　　③ 《卢那察尔斯基论文学》，人民文学出版社 1983 年版，第 36 页。
　　④ 《列宁论文学与艺术》，人民文学出版社 1983 年版，第 214 页。

成分。

托尔斯泰遗产中属于过去的成分是托尔斯泰创作和学说中消极的部分，是作家所宣扬的道德自我完善和不以暴力抗恶，这些成分对人民是有害的。列宁认为对这部分也需要研究，"俄国工人阶级研究列夫·托尔斯泰的艺术品，会更清楚认识自己的敌人；而全体人民分析托尔斯泰的学说，一定会了解他们本身的弱点在什么地方，由于这些弱点他们不能把自己的解放事业进行到底。为了前进应该了解这一点"。①

列宁认为托尔斯泰遗产中属于未来的成分是对封建农奴制和资本主义的批判，是作家作品永恒的艺术魅力。列宁认为："俄国无产阶级要向劳动群众和被剥削群众阐明托尔斯泰对资本主义的批判"，其目的是为了"去推翻资本主义，去创造一个人民不再贫困、没有人剥削人的现象的新社会"。② 此外，列宁还着重阐明托尔斯泰艺术作品具有永恒的艺术魅力，认为托尔斯泰"创造了可供群众在推翻了地主和资本家的压迫而为自己建立人的生活条件的时候永远珍视和阅读的艺术作品"。③

值得注意的是，列宁并没有把托尔斯泰的遗产的意义和作用看成是凝固的、停滞的，而认为它将随着历史条件的变化而变化。列宁一方面指出，"托尔斯泰的空想说学正像许多空想学派一样，是具有批判成分的"；同时又指出，"不要忘记马克思的深刻指示：空想社会主义的批判成分的意义'恰与历史进程成反比例'"。如果说早期托尔斯泰主义尽管有空想和反动的特点，但托尔斯泰学说的批判成分有时还能给某些居民带来好处。那么，随着历史的发展，随着无产阶级已经走上历史舞台，随着东方静止不动状态的结束，托尔斯泰的道德自我完善和不以暴力抗恶的说教，"都会造成最直接和最严重的危害"。④

3.　社会历史和创作主体

一个时期以来马克思主义文学批评的社会历史分析只关注作品所反映的社会历史现实，不重视创作主体如何从自己的创作个性出发对社会历史

---

① 《列宁论文学与艺术》，人民文学出版社 1983 年版，第 220—221 页。

② 同上书，第 220—221 页。

③ 同上书，第 210 页。

④ 同上。

作出独特的反映，更不重视社会和创作主体之间复杂关系的辩证分析。而卢那察尔斯基在这方面做出了独特的贡献，为我们提供了宝贵的启示。

卢那察尔斯基的社会历史批评既不同于 20 年代至 30 年代中期流行的庸俗社会学，也不同于庸俗社会学基本被肃清之后出现的以超时空的抽象概念代替阶级分析的另一种极端。他在分析文学现象时，总是把它放在一定的社会历史环境中加以考察，并且把阶级斗争当作一条贯穿的主线。通过他对一系列俄国作家作品的分析，我们可以清晰地看到俄国封建农奴制的衰落，俄国资本主义的发展和俄国工人阶级的成长这条历史发展的主线。然而他又不是把文学作品简单看作是历史的图解，而是力求分析不同类型的作家如何从各自的阶级地位和创作个性出发，对历史的大变动和历史的发展作出独特的形象的反映，同时是对农奴制和资本主义制度的批判。卢那察尔斯基认为普希金和托尔斯泰是各不相同的，普希金是从先进贵族、"探索的惶恐不安"的贵族的立场来展开批判的。"他没有彻底背弃贵族的立场，而处于摇摆不定的地位"。因此，他的批判还是有所保留的，不彻底的。而托尔斯泰则是完成了"从绅士立场到农民立场的"转变，[①] 因此他的批判是无情的、彻底的，是体现了农民的愤怒和心理，他心里充满着农民情绪的强大力量。

卢那察尔斯基在关注创作主体如何从自己创作个性出发对社会历史作出独特反映时，特别善于揭示作家创作个性的内在矛盾，并把这种内在矛盾看成是某个时代现实社会矛盾的反映。他非常欣赏列宁关于托尔斯泰创作和学说内在矛盾及其社会历史根源的分析，非常欣赏列宁认为赫尔岑精神悲剧"是资产阶级民主派的革命性已在消亡（在欧洲），而社会主义无产阶级革命性尚未成熟的那个具有世界历史意义的时代的产物和反映"[②] 的分析，而他自己关于马雅可夫斯基双重人格的分析也相当精彩。[③] 他在分析马雅可夫斯基诗歌时敏锐地发现，在存在"金属的"马雅可夫斯基、革命家的马雅可夫斯基的同时，还存在一个容貌跟他相同的化身，一个柔弱的小市民、一个感伤的抒情诗人。"在这副反映出整个世界的金属铠里

---

① 《卢那察尔斯基论文学》，人民文学出版社 1983 年版，第 105 页。

② 同上书，第 16 页。

③ 同上书，第 389—411 页。

面跳动着的那颗心不仅热烈，不仅温柔，而且也脆弱和容易受伤。"正是这种双重人格的存在，使得他的诗歌除了雄壮豪迈的主旋律之外还存在柔弱感伤的音调，并且最终导致他悲剧性自杀。同时，他还指出马雅可夫斯基这种双重人格是苏联过渡时期的产物，具有极大的代表性。尽管如此，卢那察尔斯基仍然认为马雅可夫斯基是不朽的。他说："然而存在一个不朽的马雅可夫斯基。这个不朽的马雅可夫斯基不怕同貌人。同貌人则不能不腐朽衰亡，因为他多半是为了个人。即使人们有时会对同貌人所写的比较好的作品感兴趣，那也只不过是历史的兴趣罢了；而'金属的'马雅可夫斯基、革命家的马雅可夫斯基所写的东西，却标志出人类历史的一个最伟大的时代。"

卢那察尔斯基对创作个性和社会时代关系的认识是相当辩证的，他不仅研究作家个性是在什么社会历史环境中生成的，是如何以独特的方式反映历史现实，同时也关注创作个性，特别是强大的创作个性对抗时代，甚至超越时代的可能性。他在谈到普希金的创作时，指出普希金的创作反映的不只是贵族的统治地位、财富和文化教养，还反映了古老贵族的破落、"惨重失败的感觉"和设法战胜屈辱保全尊严的欲望，以致"对这即将到来的阶级灭亡的恐惧"，这一切使"他的心都破碎了"，但他又力图保持意识的统一。他认为"正是这一点，使普希金的作品充满着那样的多样性和光辉，具有那样招人喜爱的深度，以至能高出他的时代，成为流传千古的、不仅属于我国而且属于全人类的瑰宝"。①

二　卢那察尔斯基文艺批评的美学维度

卢那察尔斯基认为马克思主义的文艺批评应该是包括社会历史批评和美学批评，两者缺一不可，而且是彼此融合的。在他看来，文学作品的风格问题、技巧问题、形式问题、艺术感染力问题，都应当给予高度重视，只有进入美学批评这扇门，"才能成为真正的、完美的马克思主义文学批评家"。② 针对当时文学批评以政治代替文学，把文学问题极端简单化，

---

① 《卢那察尔斯基论文学》，人民文学出版社版1983年，第112页。
② 《关于艺术的对话》，三联书店1991年版，第370页。

不成体统地走向纯政治的极端，他把艺术形式提到重要的地位，认为应当理解艺术形式的重要性，"没有艺术形式作品就根本不再成为任何美学上有价值的东西"。卢那察尔斯基特别强调在对文学作品进行美学批评时，批评家一定要有细腻的文学观和艺术分寸观。他说："我们反正不能拒绝'应当'，拒绝计划性，拒绝政治。可是我们应当把这种细腻的文学观和艺术分寸观包括进这一切之中，没有这种细腻的文学观和艺术分寸观就谈不上艺术。否则我们就要干出许多倒霉的事情来。艺术，虽然是群众性的艺术，虽然从一开始它就是合乎目的的作品，虽然它强调地'带有'一定的倾向性，毕竟是高度细腻的事物。这毕竟是'瓷器'，而在碗店里决不能象在小五金铺的那样乱闯。"①

　　有别于二三十年代那些在"碗店"里的乱闯的"左"派批评家，卢那察尔斯基具有十分敏锐的艺术感受力和十分细腻的艺术感受，他总是能在别人发现不了美的地方发现美，并且作出符合作品实际的细腻的和有分寸的分析，让读者同他一起感受到作家心灵的颤动，一起受到强烈的艺术感染。他的美学批评的重要特点就是善于抓住作家创作的艺术特色，抓住艺术作品的独特性，并且做出细腻的、有分寸的和精到的艺术分析，同时又力求把这种艺术分析同思想分析紧紧结合在一起，把社会历史批评和美学批评紧紧结合在一起。

　　文学创作贵在独创，真正伟大的作家是对生活和艺术有独到理解的作家，是具有独特创作个性的作家，出色的文学评论也就要用敏锐的艺术眼光抓住作品特色。卢那察尔斯基非常欣赏列宁关于"托尔斯泰富于独创性"的论述。列宁指出"托尔斯泰的批评并不是新的"，这说的是以往的贵族作家和资产阶级作家都批判过农奴制和资本主义制度。但他强调托尔斯泰不是站在贵族立场和资产阶级立场，也不是站在工人阶级立场，而是站在宗法制农民立场来展开批判的，正是农民的立场和心理给他的批判带来独创性，带来鲜明的思想艺术特色。卢那察尔斯基认为托尔斯泰"如此忠实"地反映了他所代表的阶级的情绪，虽然"忠实"不好，因为农民的情绪是抗议和绝望交织在一起的。可是这"忠实"却赋予托尔斯泰以充沛的感情、热情、说服力、锐气、诚恳和大无限精神。他说："如果

────────────

① 《关于艺术的对话》，三联书店 1991 年版，第 409 页。

托尔斯泰表述他的批判时没有这份热情的力量，他便不能给文化增添什么东西。有了热情的力量，他那虽不算'新'但是异常重要的'批判'，才成为'全人类艺术发展中向前跨进的一步'。列宁这个论断的重大意义，读者是不会忽略过去。"① 卢那察尔斯基在这里提醒我们注意的既有托尔斯泰批判精神的阶级内容问题，更有艺术独创性的问题，也就是说托尔斯泰的批判如果没有独创性，没有给人类文化增添什么新东西，他就不能成为"全人类艺术发展中向前跨进的一步"。

卢那察尔斯基对文学作品精到的艺术分析突出表现在他善于从比较中抓住作家的艺术特色。在《符·加·柯罗连科》一文中，他为了比较准确地把握柯罗连科文笔的特色，竟然一连对比了托尔斯泰、陀思妥耶夫斯基、契诃夫、屠格涅夫、福楼拜等一系列作家的语言特色。让我们看看他是怎样拿柯罗连科同其他作家作比较的。②

他首先指出，柯罗连科的小说是用另一种笔法表达了美好的人道主义理论的。柯罗连柯身处沙皇俄国这座监狱，但居然保持平静态度，这不等于说他冷淡，他满怀激荡人心的真正的爱和强烈的恻隐之心。可是他保持外貌和心灵十分和谐的开朗，保持一种非凡的和谐的文笔，一种富于音乐性的、水晶似的奇妙文体。

接着，卢那察尔斯基比较了其他作家文体的特点。

托尔斯泰不注意雕章琢句，他的目的是给人造成一种无法抗拒的错觉，认为他的叙述是真实的。

陀思妥耶夫斯类似托尔斯泰，他的文体不像透明的空气一样，使对象历历可见，他创造的气氛是火热的，由于温度的变化而闪烁不定，常常明显地歪曲了来到你面前的事实和对象。因此，他不可能注意文词的优美和精确。

契诃夫在文笔上力求达到最大限度的朴素，但他比托尔斯泰更重视语言的艺术表现力，他力图迅速抓住成为要害的一切，因此产生词句非凡的内在精炼。

屠格涅夫是爱美者，他想通过非凡的文学美来解决自己的忧愁和问

---

① 《卢那察尔斯基论文学》，人民文学出版社版 1983 年，第 43 页。

② 同上书，第 230—232 页。

题，他十分注意每个形象和总的结构的明朗和精雅、言词的节奏、每个句子富于音乐性的构造。

福楼拜也是最大的语言崇拜者，他的语言比屠格涅夫更能抓住人，更有力、泼辣，屠格涅夫的语言则更优美、华丽、铿锵。

最后，卢那察尔斯基指出，柯罗连科在他达到的文笔的高度优美方面正是屠格涅夫的效仿者，这种美使他的作品几乎完全成了散文诗，使他的作品成为摆脱那横在阴暗现实同他的光明理想之间的矛盾的一条出路。

看了这些精到的艺术分析，我们不能不惊叹卢那察尔斯基丰厚的艺术修养和敏锐的艺术感受力。他对每个作家都有相当透彻的理解，因此才能十分准确地把握住他们每个人的特点，并且通过生动形象的文字把它表达出来。

卢那察尔斯基美学批评的另一个特点是内容分析和形式分析的结合、思想分析和艺术分析结合。他不像普列汉诺夫那样，简单地否定思想家的托尔斯泰，而肯定艺术家的托尔斯泰，把思想和艺术、内容和形式截然分开。列宁在谈到托尔斯泰的作品主要是描写 1861 年后仍然停滞在半农奴制度下的俄国时，曾经说过这样一段著名的话："在描写这一阶段的俄国历史生活时，托尔斯泰在自己的作品能以提出这么多重大的问题，能以达到这样大的艺术力量，使他的作品在世界文学中占了一个第一流的位子。由于托尔斯泰的天才描述，一个被农奴主压迫的国家的革命准备时期，竟成为全人类艺术发展中向前跨进的一步了。"① 卢那察尔斯基对列宁这段话给予高度的评价，认为"这段评语中包含着一个论点，在方法论上具有很大的价值"。② 这种价值何在呢？在他看来，就是马克思主义文艺批评应当把内容和形式、思想和艺术紧紧结合起来，而不是割裂开来。卢那察尔斯基认为列宁肯定托尔斯泰创作是"全人类艺术发展中向前跨进的一步"，是两个因素造成的结果。基本因素是强烈要求得到艺术表现的重大素材，即"一个被农奴主压迫的国家的革命准备时期"。俄国 1905 年革命是农民资产阶级革命，这样一个泱泱大国的封建农奴制度的崩溃不仅打击了沙皇统治，而且震撼了静止不动的东方。这场革命本身就具有普遍

① 《列宁论文学与艺术》，人民文学出版社 1983 年版，第 210 页。
② 《卢那察尔斯基论文学》，人民文学出版社 1983 年版，第 40 页。

的世界意义。世界上一切从事民主革命的国家的人民，都可以从托尔斯泰
对俄国国家制度、宗教制度、经济制度和社会制度的批判中，从托尔斯泰
所鼓吹的道德自我完善和不以暴抗恶中，认识俄国革命，并从中吸取经验
教训。从这个意义上讲，托尔斯泰所表现的艺术素材是具有全人类意义
的。第二个因素是"托尔斯泰的天才描述"，也就是托尔斯泰独特的艺术
创造和艺术发现。正是托尔斯泰在长期艺术实践中形成的"撕下一切假
面具"的"最清醒的现实主义"的创作原则，才有可能使具有全人类意
义的重大素材在作品中获得高度的艺术表现。在卢那察尔斯基看来，重大
的艺术素材和天才的艺术描绘是不可分割的。如果只有托尔斯基的天才和
禀赋，没有伟大的社会素材，"那么人类艺术就不会向前跨进一步。我们
最多也不过能得到一个灵巧的形式巨匠，他只会重复人所共知的某些东
西，或者因为缺乏内容而追求形式的精美"。而在光明的革命时代，特别
是在革命的时期，一定会有特别众多的人才脱颖而出，从时代本身获取丰
富的创造力。[①] 总之，卢那察尔斯基认为是重大艺术素材和天才的艺术描
绘的完全结合，才使得托尔斯泰的创作成为"全人类艺术发展中向前跨
进的一步"，才使得托尔斯泰成为具有世界声誉的伟大作家。

卢那察尔斯基在评论陀思妥耶夫斯基的创作时，[②] 也是把思想家的陀
思妥耶夫斯基和艺术家的陀思妥耶夫斯基紧紧结合起来分析。在说明艺术
家陀思妥耶夫斯基的特征时，他并不只是从技巧和形式着眼，而是力图说
明"在他的笔下，形象的艺术语言是怎样同他那内在的、热情的、以矛
盾重重为标志的世界观融合起来的"。他指出，陀思妥耶夫斯基是抒情艺
术家，而这种风格的形式是由他创作中的两个因素决定的：第一，"他所
有的中篇和长篇小说，都是一道倾泄他亲身感受的火热的河流。这是他的
灵魂奥秘的连续自由。这是披肝沥胆的热烈渴望"。第二，"当他向读者
表白他的信念的时候，总是渴望感染他们，说服和打动他们"。但是陀思
妥耶夫斯基并不是采用政论一类的形式直截了当地表达自己的感受和自
白，而是采用中长篇的形式，用虚构的叙事的形式来表达他的感受和自
白，把他的自白、他的灵魂的热烈呼唤包括在事件的铺叙之中。卢那察尔

---

① 《卢那察尔斯基论文学》，人民文学出版社 1983 年版，第 40—41 页。

② 同上书，第 212—216 页。

斯基认为促使陀思妥耶夫斯基采用叙事的艺术形式，是由于作家的创作中凌驾于他那直抒情怀、披肝沥胆的渴望之上的，还有第三个因素，这就是"宏大的、无穷的、强烈的生活的渴望"。正是这种热烈的、不可抑制的生活渴望，使陀思妥耶夫斯基"首先变成了艺术家"，使他创作了伟大的和卑劣的人物，使他在痛苦中生育他的形象，使他能亲自经受他的主角所遭遇的一切事件，为他们的痛苦而痛苦，而且还玩赏这些感受。卢那察尔斯基还指出陀思妥耶夫斯基创作的另一个特色是："他极力使读者去接近他的主角的思想感情的激流、思想感情的万花筒。"他之所以被称为"心理学作家"，也就是因为"他对人类心灵的感受最有兴趣"。卢那察尔斯基就是这样向我们说明了，正是思想家陀思妥耶夫斯基决定了艺术家陀思妥耶夫斯基。

三　卢那察尔斯基文学批评理论结构的内在矛盾和文化根源

　　作为马克思主义文艺批评家，卢那察尔斯基同普列汉诺夫在批评理论方面都坚持历史的和美学的观点，主张对文学现象进行历史分析和美学分析。但是如前所述，卢那察尔斯基认为马克思主义文艺批评不仅要分析产生文学现象的社会历史根源，而且要从"应当"的角度对文学现象做出价值判断，说明它的社会作用。而普列汉诺夫认为马克思主义批评家不应当对作品有所论断。正是在这个问题上，他们两人存在深刻的分歧。普列汉诺夫从科学的态度出发，从反对政论批评的主观主义和唯美派的印象主义出发，坚持文学批评的客观态度，坚持对文学现象进行客观的社会历史分析。而卢那察尔斯基从马克思主义文艺批评的要求出发，从党对文学艺术的要求出发，坚持对文学现象做出价值判断，对作家艺术家提出社会要求，坚持对文学的"功利"态度。他说："在我们现时对于当前的文学采取消极的一发生学的态度，难道可能吗？对于过去的东西在某种程度上还能容许，可就是在那里我们也要寻找能够帮助我们今天建设的有价值的东西。而对于现代的东西，真正的马克思主义的批评，应当成为作家的助手，在某种关系上甚至应当成为作家的教师，向作家说明与革命一起产生的，并且反映着苏联巨大的建设努力的伟大的社会要求。"① 正是从这种观点出发，卢那察尔斯基认为普列汉诺夫批评结构本身是存在缺点的，是有片面性的，也就是说他没有把马克思主义文艺批评历史的、审美的和政论的观点有机统一起来。他指出："克服普列汉诺夫的某种片面性，确立所有三种观点的有机联系（发生学的、政论上评价的和审美上评价的观点的有机联系，为此显然需要标准，而对于第一种观点则不需要标准），是我们时代在掌握和真正利用普列汉诺夫观点问题上的任务。"②

卢那察尔斯基在同普列汉诺夫的论战中，提出了马克思主义文艺批评的一个重要问题，这就是在马克思主义文艺批评中政论的、历史的和美学的观点三者之间是什么关系，它们如何有机统一起来。在马克思主义文艺批评史上这不仅是个理论的问题，也是个实践问题。许多文艺批评方面的争论和失误也正源于没有正确认识和处理这三者之间的关系。马克思恩格斯倡导文艺批评的美学观点和历史观点，因此我们常说马克思主义文艺批评是社会历史批评和美学批评的结合。然而我们也不能否认马克思主义文艺批评是有倾向性的，它要对文学现象做出价值判断，发挥文学艺术的社会作用，因此人们往往也把它看成具有强烈的功利性的政论批评，但它也决不能等同于苏联 20—30 年代"左"的文艺批评。

任何文艺批评都是有倾向性和功利性的，都要对社会生活发生实际作用。马克思列宁主义文艺批评也不例外。就苏联 20—30 年代"左"的文艺批评而言，问题并不在于强调文艺批评的倾向性和功利性，而在于把文艺批评当成阶级斗争和政治斗争的工具，完全抹杀了文学艺术和文艺批评的特征。其主要表现如下：

第一，把文艺批评当成阶级斗争和政治斗争的工具，借助文艺批评进行政治说教，宣扬自己的政治观点，攻击对方的政治观点，完全无视或任意宰割文学作品的历史真实性。

第二，用纯政治的观点对待文学艺术现象，根据作家的阶级出身来评价文学作品；要求打击"同路人"作家；认为古典文学作品浸透了剥削阶级的思想，必须彻底否定。

① 《关于艺术的对话》，三联书店 1991 年版，第 311 页。
② 同上书，第 310 页。

第三，把文学作品看成是一定政治观点的图解，当成政治思想的传声筒，完全忽视作家的创作个性，无视文学作品艺术形式和艺术风格，"把文学作品当作解剖完整的尸体割得七零八碎、再对它发一通枯燥的议论"。

第四，把文艺作品的政治功能摆在第一位，完全忽视文艺作品的认识功能、审美功能，乃至道德伦理的功能。

不能否认马克思主义文艺批评总是要通过对文学作品的分析、评价表达某种价值观念和理想，从而达到影响社会和改造社会的目的。它作为一种特殊的意识形态话语，总是要通过对作品的社会历史分析和美学分析来影响社会价值观念，发挥其社会作用。马克思恩格斯对巴尔扎克、莎士比亚的批评是如此，列宁对列夫·托尔斯泰的批评也是如此。与"左"的文艺批评不同之处在于马克思主义文艺批评社会功能的实现是通过社会历史分析和美学分析达到的，而不是把文学作品看成是自己政治的观念的图解。

在当年十分复杂的政治文化斗争环境中，从批评理论和批评实践来看，卢那察尔斯基的文艺批评是坚持了马克思主义文艺批评的原则和精神的，他既反对普列汉诺夫文学批评的客观主义倾向，也反对"左"派文学批评的非艺术倾向，他非常重视文艺批评的社会功能，又强调应当通过社会历史分析和美学分析来实现文艺批评的社会功能，很注意文艺批评中政论的、历史的和美学的观点的有机统一。联系到苏联 20—30 年代"左"的文艺思潮的猖獗，以及他受到的种种压力，卢那察尔斯基的文艺批评和文艺批评实践从今天来看都是十分难得和十分突出的。然而，由于当年政治文化环境的影响和历史的局限，卢那察尔斯基的文艺批评理论和实践也存在难以避免的内在矛盾，其主要表现如下：

一是对文艺批评社会功能的理解有时过于简单和狭隘。他强调文学批评要从"应当"的角度对文学提出要求，要求把评价因素提到特别的高度，要坚持车尔尼雪夫斯基、杜勃罗留波夫对待文学的"功利"态度。这都是正确的。问题是不能把这一切归结为政治。他虽然也说过"一个作家为社会服务的事当然决不能仅仅归结为政治"，[①] 但也要求批评对现

---

① 《卢那察尔斯基论文学》，人民文学出版社 1983 年版，第 236 页。

实担负起"众所周知的政治影响"。① 要求把文学看成是"党的极其重要的（教育的）武器"，并且指责说："有批评家说对于马克思主义者来说从应当怎样的方面来对待文学是罪恶，这样的批评家就象是怪诞的孟什维克，要是不是更坏的话"。② 从这个角度出发，卢那察尔斯基在评论古典作家时，在文章的结尾总是毫无例外地指出这位作家对当代有什么意义，有什么用处，而这种分析有时显得过于机械和简单。在《安·巴·契诃夫在我们今天》一文中，卢那察尔斯基虽然指出契诃夫是个对政治淡泊的作家，"不能认为契诃夫给予了我国知识分子在左派或者甚至于中间派什么认识教育"，但他还指出契诃夫"不但作为一个大作家，并且正是作为一名战士而活着"，认为他的印象主义和对庸俗习气的批判仍有用，甚至认为可以改造他的调和主义，把"他的微笑变成了讽刺的纵声大笑，他的悲伤变成勃然大怒"。③ 后一种说法对古典作家当代意义的理解就显得牵强了。

二是对作家的评论总要把政治放在突出的地位。卢那察尔斯基虽然有很高的艺术修养和艺术鉴赏力，由于生活在阶级斗争剧烈的年代，他首先要从政治上来考虑问题，要用政治标准来衡量作家作品。这样一来，当时就有可能使他的文艺批评变成政治批评，也就是说借助文艺批评来表明他的政治观点。在《赫·乔·威尔斯》一文中，由于作家的长篇小说对资产阶级制度的否定和批判，以及丰富的幻想，卢那察尔斯基给威尔斯很高的评价，认为"在今天欧洲文学的背景上，赫伯特·威尔斯是个极有创辟和异常光辉的人物"。随后他又否定了这个结论，认为威尔斯的一项"实质性的缺点"妨碍了他成为一位"意义重大的作家"。所谓的"缺点"，就是威尔斯反对列宁的暴力革命，主张进化革命。为此，卢那察尔斯基展开对威尔斯的政治批判，说他"连孟什维克也说不上，只好把他归入在我国不那么出名、可是同样不容易消灭的一类人，即所谓的费边社会主义者"。④ 同意暴力革命，就可以成为"意义重大的作家"，不同意暴

① 《艺术及其最新形式》，百花文艺出版社 1998 年版，第 325 页。
② 《关于艺术的对话》，三联书店 1991 年版，第 310—311 页。
③ 《卢那察尔斯基论文学》，人民文学出版社 1983 年版，第 238—239 页。
④ 同上书，第 469—472 页。

力革命，"就不可能成为真正的、名副其实的革命者"，就不可能成为"意义重大的作家"。在这里卢那察尔斯基进行的完全是政治批评，而不是艺术批评。在另一种情况下，卢那察尔斯基是在政治批评和美学批评之间游移。在《符·加·柯罗连科》一文中，一方面，从美学的角度肯定"他的全部中短篇小说经常写一个基本主题：对人的爱，对人的恻隐心，对那些作践人的势力的憎根。总之，他的小说用另一种笔法表达了美好的人道主义思想"。① 并且认为伟大的思想家和作家可能高于本集团的利益，创造出具有全人类意义的珍品。而另一方面，从政治的角度看，他又认为在剧烈的阶级搏斗中，"美妙的辞句、温情和人道主义，都可能变成敌人的工具，对我们是很有害的"，因此，柯罗连科虽然不是必须查禁或抨击的作家，对他也"应该有较大的保留和强烈的批判精神"。②

从文学批评理论和文学批评实践来看，卢那察尔斯基虽然努力同"左"的倾向作斗争，坚持历史分析与美学分析相结合的马克思主义文艺批评原则，但仍然可以看出他的文学批评有很强的政治意识和政论色彩，在他的文学批评中政论的、历史的、美学的因素有时依然不能很好地融为一体，并且存在内在的矛盾。这种情况的出现首先是时代的原因，在把文学和文学批评当作阶级斗争工具看待的年代，作为文化思想领域的领导，他不能不从政治的角度来评价作家作品和一切文学现象，或者借助文学批评来阐明他的政治观点，也就是我们常说的把政治标准放在第一位。

当然，卢那察尔斯基文学批评内在矛盾的产生还有深刻的历史文化根源。马克思主义文论和文学批评作为一种全球性的思潮在一个国家传播和扎根除了需要一定社会政治经济条件，也需要一定思想文化条件。一个国家的先进人物在接受外来先进思潮时，总是以本民族进步的文化作为思想文化基础，并且是同本民族先进文化相结合的。正因为各民族文化的多样性，所以才形成马克思主义文论和文学批评的多种形态。俄国马克思主义文论和文学批评是以俄国革命民主主义美学和文学批评作为基础，作为桥梁，来接受马克思主义的，是离不开俄国整体的文化语境的。因此，我们对卢那察尔斯基的文学批评及其矛盾要有深入的理解和把握，就必须深入

---

① 《卢那察尔斯基论文学》，人民文学出版社 1983 年版，第 230 页。

② 同上书，第 234 页。

了解俄国文化和俄国文论。以别林斯基、车尔尼雪夫斯基和杜勃罗留波夫为代表的俄国革命民主主义美学和文学批评，特别强调文学和现实生活的紧密联系，文学改造生活的社会功能，他们的文学批评具有强烈的政论色彩，他们常常通过文学批评来抨击黑暗的现实，表明和宣传自己的政治观点和政治主张。像《黑暗王国的一线光明》、《真正的白日何时到来?》这样一些文学评论的题目，就体现出很强的政治倾向性。他们的文学批评虽然不乏敏锐的美学鉴赏力，但主要形成一种富有论战性的社会政论批评。而这些特点的形成必须从俄国现实和俄国文化语境得到解释。俄国处于农奴专制制度，人民没有任何自由，文学成了反映人民自由思想的唯一论坛，社会思想在这个领域表现得最为自由最为充分，作家、批评家成了人民的代言人、人民的良心。赫尔岑曾经这样说过："凡是失去政治自由的人民，文学是唯一的论坛，可以从这个讲坛上向民众倾诉自己愤怒的呐喊和良心的呼声。"① 卢那察尔斯基在谈到别林斯基为什么从事文学批评时，也指出了俄国文学批评同俄国社会斗争的密切联系。他说："别林斯基几乎完全献身于文学批评这一点，与当时文艺在俄国所起的巨大作用有直接的联系，当然，这并不是因为这一代在艺术方面有特别的天赋。文学所以起杰出的作用，是因为这是可以稍微自由讲话的唯一论坛……艺术在这样的时期总会努力追求思想，追求审美需要和思想需要的结合。所有一切社会激情都通过这个气门直冲出来。"② 韦勒克在《近代文学批评史》中也认为俄国文学批评是不同于西方文学批评的，他指出别林斯基"具有一种令人瞩目的博大格局，献身于本国文学和社会进步事业的激情，这在西方是难于比肩的"。③ 从这个角度看，我们就不难理解卢那察尔斯基的文学批评为什么具有很强的政论色彩。其实这一特点也是普列汉诺夫和列宁这样一些俄国马克思主义文学批评家所固有的，他们不乏敏锐的艺术感受力和鉴赏力，不乏对社会历史的深入洞察，但他们更关心的是现实的政治斗争。在列宁一系列论列夫·托尔斯泰的文章中，可以看到他对托尔斯泰创作艺术特色的精到分析，对作家与时代关系的准确把握，但他更关心的

---

① 《赫尔岑文集》第 7 卷，莫斯科，科学出版社 1956 年版，第 198 页。
② 《关于艺术的对话》，三联书店 1991 年版，第 63 页。
③ 《近代文学批评史》第 3 卷，上海译文出版社 1991 年版，第 317 页。

是俄国革命，他是力图通过对托尔斯泰创作和思想的分析，把托尔斯泰当作"俄国革命的一面镜子"，来总结俄国 1905 年革命的经验和教训。

　　如何处理好文学批评中美学的、历史的和政论的关系，是马克思主义文学批评理论和实践需要解决的重要问题。在这方面，卢那察尔斯基为我们提供了有关的经验，也留下了历史的遗憾。

第 十 章

卢那察尔斯基文艺批评的文体特征

　　大的作家总有自己鲜明的文体特征，同样，大的批评家也总有自己鲜明的文体特征。批评家的批评文体既体现一定时代的思想文化精神，也表现批评家独特的个性特征和精神气度，它不仅负载着一定的思想文化内涵，而且也能以其独特的魅力吸引各个时代的读者，给人一种美的享受。俄罗斯大的批评家都形成自己独特的批评文体。别林斯基的批评既有哲学的理论深度，深厚的历史感，又有敏锐的审美鉴赏力，它既是文学理论、文学史和文学批评的融合，也是哲理性和抒情性的有机融合。车尔尼雪夫斯基倡导文学批评的坦率精神，要求文学批评具有彻底性、公正性、尖锐性，他更明确地区分文学批评、文学理论和文学史的界限和职能，把文学批评的重点放在评论当代作家作品上，而且更侧重于对作品所反映的社会生活现象进行社会历史分析。杜勃罗留波夫倡导现实的批评，要求以文学作品为依据，将文学形象和生活原型进行对比分析，解释和判断生活现象，具有很强的政治性。普列汉诺夫的文学批评气魄宏大，题目常常具有专题论文性质，他特别善于抓住重大的文学现象，从宏观的角度提出重大的理论问题，并且在说明重大问题上充分显示出马克思主义观点和方法的完整性和理论威力，具有很强的论辩色彩和逻辑力量。卢那察尔斯基的文学批评继承了俄罗斯文学批评的传统，在批评文体方面有不少共同的特征，同时又有自己鲜明的个性特征。

一　独特的艺术作品

　　卢那察尔斯基对文学批评有很高的要求，提出要把文学批评当作

"独特的艺术作品"来看待。他的文学批评是宏观把握和微观分析的结合，科学性和论辩性、战斗性的结合，情感、形象和理性的结合，呈现出独特的文体特征。

1. 宏观把握和精细品味的结合

卢那察尔斯基文学批评文章既有理论的深度，善于从宏观的角度把握文学现象和作家作品，同时又有高度的艺术鉴赏力，善于从微观的角度对文学现象和作家作品进行细致入微的分析，这种宏观和微观的结合，论的宏观把握和评的精细品味的结合，形成一种视野开阔、分析精当的文体效果。作为一个马克思主义文艺批评家，卢那察尔斯基的优势是对马克思主义的掌握。他力图运用历史唯物主义的观点来考察文学现象，把作家作品放在一定的历史文化环境中加以分析，这就使他的文学批评发生内在的变化，常常显示出科学方法论的巨大威力，常常能敏锐地揭示出一些复杂的文学现象的底蕴，显得视野开阔、见解深刻。在这个过程中，卢那察尔斯基又特别注意不使理论的把握流于抽象的概念和纯粹的思辨，而总是把它同对具体的文学现象的细致入微的分析结合起来。也就是说，卢那察尔斯基的文学批评是从宏观着眼，在微观处落实。这种结合和落实，既使具体作家作品分析有了理论的深度和高度，同时也使理论呈现出一种生动丰富的色彩，最终更能揭示出各种具体文学现象内在深刻的内容和独特的个性。也正是这种结合和落实，显示出卢那察尔斯基文学批评独特的文体特征。

卢那察尔斯基对一系列俄国作家的评论显示出一种开阔的视野和宏大的气魄。他不是就作家论作家，就作品论作品，而是把每一个作家放在俄国农奴制的崩溃和资本主义发展这一历史背景中加以考察，确定他们在俄国社会发展两条道路（革命道路和改良道路）斗争中的地位和作用。同时，他又是把这种宏观的把握同对每个作家具体的微观分析结合起来，不是用一种理论来图解俄国文学，不是把俄国作家所反映的俄国社会历史生活变成简单、重复和干巴的，而是通过每个具有鲜明个性的作家的分析，力求展示出他们所反映的俄国社会历史生活的全部丰富性、生动性和复杂性。在他的作家评论中，宏观的理论和微观的分析，俄国社会的历史把握和每个作家的独特文本和独特个性，很好地融合在一起，使人既感到具体、生动、亲切，又感到一种理论的震撼和思想的启迪。例如，以往流行的见解都把俄国剧作家格利鲍耶陀夫的《智慧的痛苦》（又译《聪明误》）看成是一部喜剧，而卢那察尔斯基从资本主义在俄国刚刚发生的角度，抓住主人公恰茨基的"智慧"在俄国社会受摧残这一中心，说明主人公所体现的"智慧"就是新兴资产阶级启蒙家所强调的理性，"智慧"在俄国所受的摧残，也就是资产阶级先锋队代表的"理性"所受到的摧残，主人公所受到痛苦和压力，正是新兴资产阶级在俄国刚刚出现所受到的痛苦和压力，他们代表历史的严肃要求，而在当时却无法实现。由此，卢那察尔斯基认为《智慧的痛苦》"其实是一篇描述人的智慧在俄国遭受摧残、智慧在俄国毫无用处、智慧的年代在俄国感到痛心的悲剧"。① 这种分析体现了历史唯物主义的观点，因此是有别于传统的宏观的深刻的见解。可贵的是这种见解在评论中也不是抽象展开的，而是通过对主人公形象的分析，通过文本的分析得出来的，其中有卢那察尔斯基许多细致入微的感悟和分析。正是这些具体的感悟和分析使评论整体的宏观的结论变得更加生动、丰富和深刻。当有人提出主人公恰茨基单枪匹马地同卡洛茹昂和法穆索夫这些庞然大物斗争显得不明智、不真实时，卢那察尔斯基指出，"恰茨基的疯狂和如醉如痴的劲头，原因在于他很年轻，他还太年轻，他还不成熟。他的智慧是一个优秀的顽皮孩子的智慧"。② 这里所强调的主人公的年轻，他的不成熟和他的勇气，相当准确地把握了主人公的性格特征，也反映了资本主义刚刚进入俄国的历史情势。

卢那察尔斯基对许多文学现象和文学理论问题的评论，也体现了宏观把握和微观分析的结合。在《艺术及其最新形式》（1923）中，他试图运用马克思主义的观点，从社会学的角度分析欧洲各国相继出现的"最新"的现代艺术流派。评论首先从总体上，从宏观角度分析出这些流派产生的社会历史背景和思想基础以及它们共同的特征，但又指出不能简单地把每一个新的流派的出现直接归之于经济和政治的原因。之后，他对印象主义、象征主义、未来主义、表现主义、立体主义、纯粹主义等一系新流派一一作了具体分析。在这些具体分析中，一方面印证了他的总体的宏观的见解，另一方面更细致把握每一种流派的特征和它们之间的区别。他认为

---

① 《卢那察尔斯基论文学》，人民文学出版社 1983 年版，第 79 页。
② 同上书，第 89 页。

印象主义不像现实主义那样"追求再现我们所看到的事物的形态，而是力求反映事物给我们的直接瞬间感受了"，① "善于从新的角度，主观地进行观察，善于将自己主观的独特感受描绘下来——这就是印象主义的力量和意义所在"。② 而印象主义和立体主义的区别则在于："印象主义在表现最重要的内容时仅仅抓取最独特的部分，并将其概括为光怪陆离的斑点。而立体主义则力求找出三两个基本'典型'特征，在几何学的帮助下，使各个线条具有更大的共性和图式的确定性。"③ 光靠一般的理论，没有高度的艺术素养和对各种艺术流派的深入了解，是很难做出这样准确和精细的艺术分析。

2.　科学性和论辩性、战斗性的结合

我们在阅读卢那察尔斯基的文学批评文章时，突出感到它既是科学的、冷静的、客观的，同时又是充满热情、富有论辩精神和战斗精神，正如他自己所认定的，"在批评中，一个真正的马克思主义理论家应当态度严谨、科学、客观。同时，他又是一个真正热情洋溢的战士，就像一个名副其实的马克思主义者应当身体力行的那样"。④ 所谓的文学批评的科学性，他指的是要运用历史唯物主义的观点，善于客观、公正地对待一切作家作品和文学现象，找出产生它的社会历史根源，说明它在社会生活中的地位，它和有关时代，特别是自己时代的联系。所谓文学批评的战斗性，他指的是站在无产阶级立场，对艺术文学作品对于社会主义事业、共产主义事业产生的利弊得失做出应有的评价，他认为在这方面"表现出一定的热情，这不仅是允许的，甚至是很好的事；这种热情的，富有战斗性的评论已经是批评家责无旁贷的任务了"。⑤

在评论俄国作家作品时，卢那察尔斯基是抓住俄国社会农奴制崩溃和资本主义发展这个大的历史背景，看看不同阶级的作家如何从自己的阶级立场和个性特征出发，对俄国社会历史的大变动作出历史的富有个性特征的反映。他指出普希金没有彻底背叛贵族立场，但他是从"探索的、惶

---

① 《艺术及其最新形式》，百花文艺出版社 1998 年版，第 262 页。

② 同上书，第 264 页。

③ 同上书，第 274 页。

④ 同上书，第 244 页。

⑤ 同上。

恐不安"的贵族的立场对历史的变动作出反映，这是有别于墨守成规的保守的贵族的立场；陀思妥耶夫斯基是从"惶恐不安的痉挛得发抖"的小市民立场，特别是小市民知识分子的立场，对历史的变动作出反映；而托尔斯泰是彻底背叛了贵族的立场，他是从农民的立场对历史的大变动作出反映，他的创作和思想中的一切矛盾必须从农民的心理得到解释。卢那察尔斯基这种对俄国作家的分析之所以是科学的，是因为他既注意到了文学作品是社会生活的反映，力求揭示文学作品产生的社会历史根源，同时又十分重视历史的阶段性和作家的个性，特别着重阐明不同作家在自己的文学作品中如何从自己独特的立场和个性出发对不同的历史阶段做出生动的、富有个性的反映。

卢那察尔斯基文学批评的科学性和战斗性的结合，主要体现在他不仅努力揭示文学现象产生的社会历史根源，同时对文学现象做出自己的评价，既指出它在那个时代的意义和价值，也指出它在当代的意义和价值，也就是对今天有什么损益。尽管他在谈到文学作品的当代意义和价值时，有时过于简单和牵强，但可以看出他的立场、观点和情感，他不只是个对文学现象进行客观冷静分析的批评家和学者，更是一个充满热情的战士。例如在《亚历山大·谢尔盖耶维奇·普希金》一文中，他除了指出普希金对他那个时代有重大意义之外，还特别指出"普希金对我们当前的新生活建设大有好处"。除了对生活的积极态度、乐观精神，以及对自然和爱情的描写，他还特别强调要学习普希金"如何通过艺术的形式，将个人的东西提高为社会的东西"的能力，如何"把自己的血化为红宝石，把自己的泪化为珍珠的能力"，其中包括把主观的激情和客观的描述相结合，把感情和思想包括在"具体的、浮雕式的、因而吸引人的形象之中"，使语言的表现力和音乐性获得统一等。①

如果说科学性和战斗性的统一是马克思主义文艺批评固有的共同特征，那么从文体角度看，从风格角度看，卢那察尔斯基文学批评的重要特征是它的论辩性。在《马克思主义批评任务提纲》中，当有人问到马克思主义文学批评能否采取激烈、尖锐的辩论形式时，他给予肯定的回答。这种"激烈、尖锐的辩论形式"在他的文学批评文章中处处可见。例如

① 《卢那察尔斯基论文学》，人民文学出版社 1983 年版，第 154—155 页。

他不同意传统的看法，认为格利鲍耶陀夫的《智慧的痛苦》是悲剧而不是喜剧；他反驳那种认为普希金是"一个爱美、寻求快乐、关于调和矛盾、高雅清逸、能容忍矛盾的希腊人的完美典型"的奇谈，认为普希金的内心是充满矛盾的；他同否定车尔尼雪夫斯基小说的艺术性，对其作品抱鄙薄态度的唯美派观点展开论战，为有思想性的作品辩护，认为作家是有"杰出的小说才能"的；他高度评价柯罗连科的作品，但又不能同意其对革命的否认，认为在阶级斗争激化的年代任何调和、任何挥动橄榄枝的做法对弱小的一方都是有害的和不可容忍的；有人说托尔斯泰不关心社会利益，不关心各阶级之间的关系，其令人感兴趣的内心感受是在良心面前提出许多问题，他反驳说："如果托尔斯泰的内心感受仅仅属于他一个人，那当然毫无价值，如果他只写他一个人固有的东西，谁愿意读它呢？而他却在千百万人心里引起了反响。这表明那些内心感受在现代人中是很普遍的"；[①] 他批评普列汉诺夫和沃罗夫斯基认为高尔基作品的政论性过于膨胀、倾向性歪曲了艺术形象的论调，认为高尔基是"伟大的现实主义者"，是"最深刻的思想性意义上的艺术描写的代表"。

我们还可以举出许多例子，可以说论辩的形式在卢那察尔斯基的文学批评文章中是无处不在，从某种意义上讲，这种论辩的色彩和激情在许多文章中成为文章的基调和结构，它不仅使作者的论述更为深刻和更具有说服力，也使通篇文章具有一种急速的节奏和一种活跃的气势。

卢那察尔斯基文学批评的论辩性的形成固然同时代尖锐复杂的政治思想斗争有关，同时还反映出批评家一种自觉的文体意识。他试图运用论辩的形式来吸引读者的关注。他曾经这样说："总的来说，尖锐的辩论是有好处的，好就好在它能够吸引读者。辩论文章，特别是互相交锋的文章，在同样的条件下更能影响读者，更能被读者深刻掌握。而且，作为革命者的马克思主义批评家的战斗气质会情不自禁地使他尖刻地表达自己的思想。"[②]

在肯定文学评论辩论形式的同时，卢那察尔斯基针对当时文艺论争中存在的尖酸刻薄、冷嘲热讽的倾向，特别指出文学批评要与人为善，要反

---

① 《卢那察尔斯基论文学》，人民文学出版社 1983 年版，第 274 页。
② 《艺术及其最新形式》，百花文艺出版社 1998 年版，第 339—340 页。

对恶意的攻击，但又不可姑息迁就。他指出马克思主义文学批评家的工作包括三个方面：一是"发现好的东西并将其全部妙处展现给读者"；二是"给人指明道路，预防不好的东西发生"；三是只有在少数情况下才需要对拙劣的作品给予抨击。①

3. 情感、形象和理性的融合

卢那察尔斯基反对把文学批评文章写得花里胡哨，过于追求美丽的词藻，但他认为文学批评文章也不应该是冷冰的、枯燥的、干巴的和乏味的，文学批评文章要讲究，要有一套给予群众深刻影响的办法。他指出文学批评家"应该善于从一个独特的开方下药的艺术家变为独特的创造的艺术家。他的批评文章、他的艺术批评讲义应该变成独特的艺术作品——说是艺术作品，因为其中也有一套给予群众以最广泛深刻影响的方法"。②

卢那察尔斯基是把文学评论当作"独特的艺术品"来看待，对它提出严格的要求。他本人的文学批评文章是深刻的理性分析、深刻的社会历史分析同热烈的精神和鲜明形象的结合，并且呈现出多姿多彩的风格，给人一种美的享受，可称得上是"独特的艺术作品"。在他的文学批评文章中，强烈的情感和鲜明的形象能唤起读者的想象，打动读者的情感，而深刻的理性分析则能引导读者正确认识文学现象，使读者由感性向理性超越。

卢那察尔斯基不喜欢那种冷冰冰的评论，他的评论充满爱憎，包含热烈的情感。他同论敌论战时慷慨激昂，完全是个战斗者。例如当托洛茨基写文章攻击马雅可夫斯基的悲剧在于他虽然尽可能去热爱革命，但这场革命不是真革命时，卢那察尔斯基抑制不住满腔怒火，挺身痛斥托洛茨基对十月革命的诋毁。他说："当然啰，既然托洛茨基没有参加这场革命，它怎么能算真革命！光是'他没有参加'这一标志就足以证明那是'假'革命了！托洛茨基断言，马雅可夫斯基所以自杀，实际上是因为革命没有依照托洛茨基的意思进行的缘故；要是依了托洛茨基，革命便会显得光华灿烂，这样一来，马雅可夫斯基也根本不会痛苦了！"③ 卢那察尔斯基在

① 《艺术及其最新形式》，百花文艺出版社1998年版，第339—340页
② 《论俄罗斯古典作家》，人民文学出版社1958年版，第22页。
③ 《卢那察尔斯基论文学》，人民文学出版社1983年版，第409页。

这段话里既痛斥了托洛茨基，又保护了马雅可夫斯基，捍卫了十月革命，透过他的冷嘲热讽，我们可以感受到他那强烈的战士激情。卢那察尔斯基在论及作家，甚至在涉及他们的错误和缺点时，却又总是充满温厚的爱。他在分析马雅可夫斯基的双重人格，指出他的小市民的柔弱和伤感时，又对他采取体谅的态度，情不自禁地抒发了自己的感叹："马克思说过，诗人需要亲切的抚爱；但是我们中间有些人并不像马克思那样。我们有些人不了解这一点，我们有些人不了解马雅可夫斯基需要亲切的抚爱，不了解他有时候需要的是一句知心话，——也许是一句最简单的知心话；它适合这个同貌人的胃口，它会消除同貌人的内心苦闷。"① 在这段温情脉脉的话语里，让人感受到卢那察尔斯基那种对待同志的灼人的温厚的爱。更难能可贵的是，卢那察尔斯基能向读者真诚坦露自己的胸怀，抒发自己的心曲。他在评论文章中不止一次谈到自己在思想上的迷误。例如，在为萧伯纳的《黑女寻神记》所写的序言中，当他谈到不少文学家热衷于神时，就坦率承认自己也患过同样的毛病，曾企图用集体的力量去创造一个很招人喜爱的神，后来是列宁和党治好他的病，才使他"放弃了把脏水灌进科学的辩证唯物主义无神论的清泉中的这种知识分子的尝试"。②

卢那察尔斯基的文学评论既不是冷冰冰的，也不是干巴巴的，他特别善于把深刻的思想化为生动的形象，把论说的语言变成艺术的语言，用形象的感染力增进逻辑的说服力。前面谈到的他用同貌人的比喻来说明马雅可夫斯基的双重人格就是生动的一例。体现小市民柔弱感伤的同貌人死死缠住革命家马雅可夫斯基，马雅可夫斯基虽然害怕它，但又不讨厌它，这最终导致他的悲剧。从历史的发展来看，柔弱感伤的同貌人终究是要消失的，而革命家的马雅可夫斯基却是不朽的。卢那察尔斯基就是用这样一个生动的形象的比喻，把马雅可夫斯基世界观的双重性，自杀悲剧的根源以及诗人创作的意义这样一个相当深刻的理论问题讲得相当透彻。又如他驳斥"如实地写出一切"的真实观和阐明社会主义现实主义的真实观时，打了一个相当有名的生动比喻。他说："请想象一下，人们正在兴建一所房子，等它建好，将是一座富丽堂皇的宫殿。可是房子还没有建成，您便

---

① 《卢那察尔斯基论文学》，人民文学出版社 1983 年版，第 406 页。
② 同上书，第 491—492 页。

照这个样子描写它，说道：'这就是你们的社会主义，——可是没有房顶'。您当然是现实主义者，您说了真话：但是一眼可以看出来，这真话其实是谎言。只有了解正在兴建的是什么房子以及如何建造的人，只有了解这所房子一定会有房顶的人，才能说出社会主义的真实。"① 卢那察尔斯基用这样一个比喻形象地说明了一个深刻的道理：社会主义现实主义的作家不是静止论者，他把现实理解为一种在对立物不断斗争中进行的运动，社会主义现实主义要求从革命发展中表现现实。

卢那察尔斯基的文学评论既不是冷冷冰冰的、干巴巴的，也不是单调乏味的，他的评论文章风格多姿多彩，有时写得洋洋洒洒，既有理论高度，又有历史深度；有时写得相当精炼，只有寥寥几千字就勾勒出一个作家的创作特征和时代风貌。就每篇评论而言，时而有热烈的论辩，时而有透彻的说理，时而有动人的柔情，有时是论说文，有时又像优美的散文。试看《亚历山大·谢尔盖耶维奇·普希金》一文的结尾，② 这里记叙卢那察尔斯基游览奥斯塔菲耶沃的一座花园，在一尊不大的普希金纪念雕像旁看到的背景：

> 一小群共青团员——三、四个小伙子，三、四个姑娘、——正在游览花园。他们兴致勃勃地逛了由维亚赛姆斯基家的住宅改成的博物馆，逛了花园，然后停在普希金纪念像面前。其中一个小伙子弯下腰（碑铭有点模糊），念道：
>
> 你们好，年轻的、不相认的一代！③
>
> 我站得离他很近；碑铭在这个情况下显得非常相宜，这使我感到惊奇。共青团员们看来也很惊奇。他们不知为什么沉静下来，交相使了眼色。伟大的诗人从坟墓里直接向他们说话了。一个戴红头巾的小小的女团员，抬起她那充满某种羞怯、诧异但也流露出友爱的眼睛，望着普希金，低声说：
>
> "你好，普希金"。

---

① 《卢那察尔斯基论文学》，人民文学出版社 1983 年版，第 55 页。

② 同上书，第 159 页。

③ 引自普希金诗《我又访问了……》（1835），这两句话原是诗人对幼嫩的树丛说的。

这段文字饱含情感，充满想象。卢那察尔斯基用这样一段情景交融的优美散文作为一篇数万言的论文的结尾，简单是妙不可言，它形象地说明普希金对十月革命后一代青年人仍然是弥足珍贵的，给人耳目一新的感觉。

总的来说，卢那察尔斯基在马克思主义文学理论批评史上是一位不可多得的人物，他的批评文章有独特的文体特征。当然，他的多数文章是由他口述，请人笔录的，其中有些难免加工锤炼不够。

二　丰厚的思想艺术修养

卢那察尔斯基高度的文学欣赏水平和文学评论能力，他独特的批评文体的形成，是同他丰厚的思想艺术修养分不开的，列宁曾称赞卢那察尔斯基是一个"杰出的同志"，是一个"天赋异常丰富的人"。[①] 卢那察尔斯基文学欣赏和文学评论的实践就闪耀着他的天才的光芒。下面让我们先看看卢那察尔斯基夫人尼·卢那察尔斯卡娅－罗杰涅丽的两段回忆：[②]

1932 年 11 月，德国大规模庆祝德国著名剧作家盖尔哈特·霍普特曼七十诞辰，剧院上演了他的新剧本《日落之前》。这时正在德国治病的卢那察尔斯基看完演出之后觉得这个戏太吸引人了，他同时想起作家早期的剧本《日出之前》，考虑加以评论。第二天，他一口气看完要来的剧本，用铅笔写了几点想法，随即唤来速记员开始口述。过一会儿，苏联驻德使馆来电话说，送他去医院动手术的汽车已来到门口等候。他说完"我马上就完"之后，又继续口述。几分钟后，他慷慨激昂地说完这篇文章最后几句："无论资产阶级如何赞赏霍普特曼，我完全能够对它大声喝道：'你们撒谎，他不是你们的人！'同时，遗憾的是我们还不能说：'他是我们的人！'"这篇后来被评论

---

① 高尔基：《列宁》，《回忆录选》，人民文学出版社 1959 年版，第 23 页。
② 尼·卡那察尔斯卡娅－罗杰涅丽：《心忆》，莫斯科，艺术出版社 1965 年版。

界誉为历史主义分析方法的小型杰作的评论《日出与日落之前》① 就是这样写成的。

看完这段回忆，我们确实不能不为卢那察尔斯基的天才所折服。但是他并不认为自己是天生的评论家，并不认为自己口述的文章和发表的演说都是可以不用准备、轻而易举的。让我们再看看下面一段回忆：

> 国家艺术科学院副院长阿马格洛别里带着院长柯岗的一封信，去请卢那察尔斯基到研究院一次隆重的晚会上发个言。为了完成这个任务，阿马格洛别里下决心紧紧盯着卢那察尔斯基，直到把请来参加晚会为止。一整天他等着卢那察尔斯基接待来访者，跟着他先后参加了国家学术委员会、建筑奖金评选委员会和科学院出版社编委会。最后他总算把卢那察尔斯基请来艺术科学院。一路上卢那察尔斯基坐在汽车上显得异常疲劳，问了报告的题目就没有再说话了。十分钟后，卢那察尔斯基作了一个半小时的报告，博得了晚会上作家和学者热烈的欢呼。会后，阿马格洛别里赞叹道：“我一整天跟您寸步不离。您不是没有做任何准备吗？”卢那察尔斯基非常认真地回答道：“我为这个报告准备了一辈子。”

的确，卢那察尔斯基的每次演说，每篇评论看来好似轻而易举，实际上他是用了毕生的劳动为它做了准备的。卢那察尔斯基之所以有很高的文学欣赏水平，能够成为杰出的马克思主义文学评论家，是同他毕生积累的马列主义理论修养，广博的学识和丰厚的文艺素养，以及革命工作实践和艺术创作实践分不开的。

卢那察尔斯基是革命家，也是哲学家，这是他成为杰出的马克思主义文学评论家的重要条件。在苏联，他是最早认识到列宁对马克思主义文艺理论贡献的人，他在 1932 年撰写的《列宁与文艺学》，是苏联第一部系统阐述列宁文艺思想的学术专著。他在文学评论中力求运用历史唯物主义和辩证唯物主义来分析作家作品，这就使得他的文学欣赏和评论充满新的

---

① 《卢那察尔斯基论文学》，人民文学出版社 1983 年版，第 600—609 页。

活力。

　　丰富的革命实践和生活实践，对卢那察尔斯基的文学欣赏和评论也起
了很大的作用。卢那察尔斯基对普希金、果戈理、陀思妥耶夫斯基、托尔
斯泰和契诃夫等一系列俄国作家作品的深刻认识，是同他对俄国历史有深
刻了解，同他对俄国封建农奴制的衰败，资本主义的发展和工人阶级的成
长的熟悉分不开的。由于卢那察尔斯基亲自参加了伟大的十月革命和建设
社会主义新生活的斗争，对新旧社会和新旧思想有比较深切的了解，他才
能对高尔基、马雅可夫斯基等无产阶级作家作出比较正确的评价，才能深
刻指出社会主义现实主义文学必须把现实看作一个发展的过程，看作一种
在对立物的不断斗争中进行的运动，必须从革命发展中来表现现实。

　　卢那察尔斯基的文学评论和文艺欣赏的成就在相当程度上也得力于他
丰厚的艺术修养和创作实践。就文学而言，他不仅通晓俄罗斯文学和苏联
文学，而且还研究过法国、意大利、德国、奥地利、瑞典等国的文学，他
的评论所涉及的外国作家非常广泛，其中包括歌德、席勒、海涅、司汤达
尔、塞万提斯、莎士比亚、萧伯纳、易卜生、罗曼·罗兰、狄更斯，等
等。就艺术而言，他的评论涉及戏剧、电影、音乐、舞蹈、绘画、雕塑和
美学各个领域。一般来说，人们对某一种类文学艺术作品的高度欣赏力往
往是由各种不同审美能力积极参与的结果。丰厚的艺术修养使得卢那察尔
斯基在欣赏和评论作家作品时，能够显露出敏锐的艺术感受力和艺术判断
力，使得他能够对作品作出精到的艺术分析。卢那察尔斯基一生在繁忙的
革命工作和评论工作之余，还创作了 28 个剧本。由于他自己有创作实践，
他就比较能够体会创作的甘苦，体察创作的得失，对作品作出正确的、精
细的分析。卢那察尔斯基说过："作为艺术家的评论家，评论家的艺术
家，——这真是一种值得赞赏的现象。"① 他认为别林斯基、车尔尼雪夫
斯基、杜勃罗留波夫、赫尔岑和普希金在不同程度上都是这种人物，其实
卢那察尔斯基本人也是当之无愧的。

---

　　① 　卢那察尔斯基：《论俄罗斯古典作家》，人民文学出版社 1958 年版，第 24 页。

附录：卢那察尔斯基年表

1875 年　11 月 23 日生于乌克兰波尔塔瓦市一个官吏家庭。

1887 年　在基辅第一中学学习。开始接触马克思主义。

1892 年　加入社会民主组织，在郊区工人中间从事革命宣传。

1895 年　中学毕业后进入瑞士苏黎世大学。受业于经验批判主义哲学创始人之一阿芬那留斯，同时与苏黎世的第一个马克思主义小组——"劳动解放"社的成员普列汉诺夫和阿克雪里罗德建立密切的联系。

1898 年　8 月末或 9 月初从国外回到莫斯科，参加俄国社会民主工党莫斯科委员会的地下革命工作。

1899 年　4 月 13 日因"在莫斯科市工人中进行违法宣传"而第一次被捕。

1899 年　5 月 24 日第二次被捕，囚禁在塔甘监狱。

1900 年　1 月被流放到卡鲁加。

1902 年　2 月被流放到沃洛格达。发表演说支持列宁的《火花报》，批判民粹派、"合法马克思主义"和无政府主义的社会学观点。发表第一篇文学批评文章《莫里斯·梅特林克》。

1902 年　同马利诺夫斯卡娅结婚。

1904 年　流放期满，迁回基辅。7 月，第一本美学著作《实证主义美学原理》载于《现实主义世界观文集》

1904 年　10 月应列宁召唤出国，在日内瓦参加列宁领导的党中央机关报《前进报》和《无产阶级报》的工作。

1905 年　4 月参加在伦敦举行的俄国社会民主工党第三次代表大会的工作，受列宁委托作关于武装起义的报告。

1905 年　11 月回国参加《新生活报》编辑部工作。《关于艺术的对话》发表。12 月又一次被捕。

1906 年　年初获释，4 月参加在斯德哥尔摩举行的俄国社会民主工党第四次代表大会。《谈艺术与革命》一文发表。

1907 年　同列宁一起参加在斯图加特举行的第二国际社会主义者大会。《社会主义文艺创作的任务》一文发表。

1908 年　1 月来到意大利喀普里岛，参加波格丹诺夫领导的《前进报》党内派别活动，暂时背离了党内列宁核心。

1908 年　《宗教与社会主义》一书第一集出版，在此书和其他文章中鼓吹"造神说"，列宁在《唯物主义和经验批判主义》中给予激烈的批判。

1909 年　参加组建喀普里学校，并教课。成为《前进报》党内派别成员。《小市民与个人主义》一文发表。

1910 年　8 月在哥本哈根参加国际社会主义代表大会。参加组建波伦亚的学校，并教课。

1911 年　移居巴黎。《宗教与社会主义》第二集出版。任报刊记者。组织俄国工人作家，诗人小组。

1912 年　脱离《前进报》党内派别。

1914 年　母亲去世。发表《关于无产阶级文学的通信》一文。

1915 年　移居瑞士。研究国民教育问题。

1917 年　7 月 4 日同列宁等人一起向游行示威者发表演说。7 月 22 日，被临时政府以叛国罪逮捕入狱。8 月 22 日，出狱后任《无产者》报文学部主任，彼得堡文化问题组织的副主席。10 月根据他的提议召开无产阶级文化教育协会第一次代表大会。

10 月 25—26 日参加苏维埃第二次全俄代表大会，在会上宣读列宁起草的《告工人、士兵和农民书》，在大会通过的第一届工农政府中，根据列宁建议，任教育人民委员，主管政府文化教育工作。

1918 年　8 月在全俄第一次教育代表大会上作报告，阐述发展新型社会主义学校的基本途径和形成苏维埃教育的思想理论基础的基本方法。在全俄无产阶级文化教育组织第一次代表会议作题为《无产阶级和艺术》的报告。

1919年　3月参加俄共（布）第八次代表大会工作。5月在全俄第一次校外教育代表大会上作校外教育问题的报告。5月—11日受党中央委托，到雅罗斯拉夫尔、图拉等地进行宣传鼓动和党务、政治工作。同年，发表《社会主义文化问题》、《再谈"无产阶级文化派"和苏维埃的文化工作》、《无产阶级美学原则》等文章。

1920年　3月参加俄共（布）第九次代表大会工作。7月，给共产国际第二次代表大会的代表作关于俄罗斯联邦国民教育问题的报告。10月参加第一次全俄无产阶级文化协会代表大会，由于在谈及协会任务时没有明确驳斥协会领导人企图摆脱党的领导的要求，受到列宁的批评。同年，根据党和政府的决定，先后到乌克兰和顿河地区进行政治和组织工作。

1921年　3月参加俄共（布）第十次代表大会的工作。10—11月前往伏尔加河流域，组织同饥饿作斗争。发表《出版自由和革命》一文。

1922年　3月参加俄共（布）第十一次代表大会的工作。11月在全俄第四次教育工作者代表大会上作报告。

1923年　4月参加俄共（布）第十二次代表大会的工作，12月2日在莫斯科大学作题为《艺术及其最新形式》的报告。《在音乐的世界》等文集出版，《论"实用"艺术的意义》、《工业和艺术》、《马克思主义文学》等文章发表。

1924年　5月，参加俄共（布）第十三次代表大会的工作，发表《列宁和艺术》、《艺术科学中的形式主义》等文章。

1925年　1月9日在全苏无产阶级作家会议上作报告，1月23日，在纪念列宁逝世一周年的国家学术委员会大会上作题为《列宁论科学与艺术》的报告。

11月参加科学院成立二百周年的庆祝大会，用俄、德、法、意、英、拉丁语致开幕词。

12月参加俄共（布）第十四次代表大会的工作。同年在党中央决定成立的专门委员会工作，参与制定具有历史意义的《关于党在文学方面的政策》的决议。

1926 年　前往列宁格勒和列宁格勒州，视察博物馆、宫殿和画廊，访问普斯科夫、诺夫戈罗德、普希金故地。《马克思艺术学概论》出版。

1927 年　担任无产阶级作家和革命作家第一次国际代表大会主席。《音乐的社会的问题》、《今日戏剧》等文集出版。

1928 年　在第一次全俄无产阶级作家协会会议上作《马克思主义批评任务提纲》的报告。《西方电影和我们的电影》文集出版。

1929 年　5 月在全苏第七次艺术工作者代表大会上作报告。在全俄第十四次苏维埃代表大会上作题为《当前的文化建设任务》的报告。10 月 30 日在共产主义学院文学艺术、语言部作《艺术史上的社会因素和病理因素》的报告。
　　　　任苏联中央执行委员学术委员会主席。《艺术与青年》演说集出版。

1930 年　当选为苏联科学院院士。3 月参加牛津国际哲学代表大会，作《西欧艺术理论中的新潮流和马克思主义》的报告。

1931 年　当选俄罗斯文学院院长。

1932 年　4 月参加第一次日内瓦国际裁军代表大会。夏天参加海牙历史学家国际代表大会。
　　　　《文学百科全书》（6 卷本）刊发《列宁与文艺学》一文。
　　　　在德国治病。

1933 年　在苏联作家协会筹备委员会第二次全体会议上作《苏联戏剧创作的道路和任务》的报告，后改名为《社会主义现实主义》发表。出版《论弗拉基米尔·伊里奇论文和回忆录集》一书。
　　　　8 月被任命为苏联第一任驻西班牙特命全权大使。秋天在巴黎就医。12 月 26 日赴任途中在法国滨海小城门通逝世，享年 58 岁。

编 后 记

本集收入我研究俄苏文学批评家的两部专著。

《列宁文艺思想与当代》是我主持的"八五"国家社科基金项目的研究成果,1997 年曾由北京师范大学出版社出版。

《卢那察尔斯基文艺理论批评的现代阐释》是我主持的"九五"国家社科基金项目研究成果,2001 年曾由北京大学出版社出版。这里选了我撰写的"导论:卢那察尔斯基其人"、"上编:卢那察尔斯基的文艺思想"、"中编:文艺批评家卢那察尔斯基"。"下编:卢那察尔斯基的文艺批评实践"由邱运华和王志耕撰写的,故未选入。

责编罗莉工作认真、细致,为本书编辑出版付出辛勤劳动,我向她表示诚挚的感谢。